西北大学学术著作出版基金资助出版

OUYANGXIU
SHIBENYI YANJIUXINTAN

歐陽修《诗本义》研究新探

陈战峰 著

中国社会科学出版社

图书在版编目（CIP）数据

欧阳修《诗本义》研究新探 / 陈战峰著. —北京：
中国社会科学出版社，2015. 3
ISBN 978 - 7 - 5161 - 5544 - 8

Ⅰ. ①欧…　Ⅱ. ①陈…　Ⅲ. ①《诗经》—诗歌研究
Ⅳ. ①I207. 222

中国版本图书馆 CIP 数据核字(2015)第 032540 号

出 版 人　赵剑英
责任编辑　宋燕鹏
责任校对　郝阳洋
责任印制　李寡寡

出　　版　中国社会科学出版社
社　　址　北京鼓楼西大街甲 158 号（邮编 100720）
网　　址　http://www.csspw.cn
　　　　　中文域名：中国社科网　　010 - 64070619
发 行 部　010 - 84083685
门 市 部　010 - 84029450
经　　销　新华书店及其他书店

印　　刷　北京君升印刷有限公司
装　　订　廊坊市广阳区广增装订厂
版　　次　2015 年 3 月第 1 版
印　　次　2015 年 3 月第 1 次印刷

开　　本　710 × 1000　1/16
印　　张　26.75
插　　页　2
字　　数　436 千字
定　　价　79.00 元

凡购买中国社会科学出版社图书，如有质量问题请与本社联系调换
电话：010 - 84083683

序

赵馥洁[1]

欧阳修的《诗本义》是《诗经》学发展史上的重要著作。它不仅直接开启和推动了宋代《诗经》学的解经新风，具有汉—宋学术的过渡特征，而且标志着《诗经》研究由经学研究向文学研究的转向。《四库全书总目提要》说："自唐以来，说《诗》者莫敢议毛、郑，虽老师宿儒，亦谨守《小序》。至宋而新义日增，旧说俱废。推原所始，实发于修。"正由于《诗本义》开始了一代解《诗》新风，所以在朱熹《诗集传》出现之前，《诗本义》即对学界有重大影响；即使在《诗集传》被尊崇的时候，《诗本义》的影响依然持续不衰。特别是在清代汉宋学术、今古文经学的纷争中，《诗本义》所具有的汉—宋学术范式转型的基本特征，显得更加鲜明。

由于《诗本义》独特的学术地位，近年来对它的研究也备受关注，出现了一些新的成果。陈战峰同志的《欧阳修〈诗本义〉研究新探——重估汉宋〈诗经〉学的转变与意义》就是其中的佼佼者。该书是在充分考察和综合分析该领域研究历史和现状的前提下，在细致、精深研读《诗本义》文本的基础上，所进行的创新性学术研究。其创新性主要体现在以下几方面。

首先，学术史和人生史相结合。将《诗本义》置于汉唐至宋明《诗经》学转型过程中进行考察，以揭示其兼具汉宋学术的基本特征和学术思想发展的内在规律。如专门论述《诗本义》与齐、鲁、韩三家《诗》

---

① 西北政法大学资深教授，陕西省社会科学界联合会名誉主席，著名价值哲学研究专家。

的承传与革新关系，揭示了学术发展的规律，也弥补了以往《诗本义》研究的不足。同时，结合欧阳修个人人生历程进行分析，关注贬谪夷陵时期的人生遭际以及中晚年经历与《诗经》学研究的关系。景祐、宝元年间，欧阳修三十岁左右的时候，已经出现《诗解》（或《诗解统》）等作品，后经过长时期摸索研讨，欧阳修在中晚年备受目足病痛折磨的情况下，熙宁三年《诗本义》定稿，并准备与好友讲评商榷。这种考察展现了欧阳修《诗经》学思想的不断成熟和演进过程。学术史和人生史相结合，有助于比较全面地把握《诗本义》的独特价值和复杂面貌。

其次，思想史和文学史相贯通。该著对《诗本义》的研究探索，突出了其中体现的道论思想和据文求义、以今论古的解经方法及其影响，特别是阐明了《诗本义》“义理解经”对宋代以“道”为核心的《诗经》学的开启作用，以及它在“理学”思想形成发展史上的重要地位。这种比较成熟的解经方法，是奠基于解经的本末观念和载道论（道论）基础之上的，并为新的经解开辟了道路。从而在思想史与文学史的贯通中对《诗本义》进行了创造性的探讨。

最后，理论研究与文本考证相兼备。该著既有对《诗本义》的学术思想的理论研究，又有对《诗本义》文本的演变、卷次、版本形态等问题的详细考证与辨析，并与其他著作作不同程度的比较，如刘敞《七经小传》、朱熹《诗集传》、吕祖谦《吕氏家塾读诗记》等，启人良多。作者比较全面细密地考察了《诗本义》版本的演变历程、卷次关系及其思想学术意义，避免将《诗本义》作为一种静止的文本来对待。在欧阳发《先公事迹》、韩琦《故观文殿学士太子少师致仕赠太子太师欧阳公墓志铭》、苏辙《欧阳文忠公修神道碑》等作品中，均记载《诗本义》十四卷，后来流传至今的《诗本义》基本是十五卷和十六卷两种形式。作者在研究《诗本义》主要卷次的关系与校勘基础上，通过内证和校勘等方法，彰显了《诗本义》流传与传播的历史性特征。

当然，学无止境。该著在有些地方还可作进一步努力。该著突出了《诗本义》在学术史、理学史上的地位和影响，考察了欧阳修《诗经》学研究与《诗本义》版本及效果史（或接受史）的变迁，但在结合欧阳修文学思想与文学创作实践方面，还有不断挖掘的空间。例如从文论角度考察，《诗本义》蕴含了哪些文论思想，对于当今有何启迪，尚可深入探索。

陈战峰同志专门从事中国思想史的教学和研究，我与他相识多年，深感他是一位踏实勤奋、严谨谦和的青年学者。既能耐得住寂寞，沉潜于学问，执着于学术，以期在学术探索上有所创新；又能立志高远，自觉用中国传统文化精髓陶冶精神，锻造人格，升华境界，追求治学与做人的内在统一。《欧阳修〈诗本义〉研究新探——重估汉宋〈诗经〉学的转变与意义》就充分反映了作者良好的学术功底、独特的研究方法和严谨扎实的学风。战峰同志在此书撰写期间曾就一些问题与我交流，写成后我又是这部书稿的较早读者，故战峰同志于大作出版之际特邀我为该书作序，我虽深感学力不逮，但又盛情难却，于是乎写了上面一些话，供读者朋友们参考。是为序。

2012 年 12 月 27 日于西北政法大学静致斋

目　录

导论

欧阳修《诗本义》研究述评

20 世纪以来，宋代《诗经》学的研究呈现不断深化、扩展的态势，研究队伍也日益壮大。以20 世纪《诗经》研究文献目录为例，据统计，多达5749 种（篇）之多①，而集中整理或讨论宋代《诗经》学的只有97 种（篇），而其中人物部分（基本是期刊论文），单朱熹就占了49 种（篇），其他人物依次是郑樵（6）、欧阳修（5）、苏辙（2）、王安石（2）、王应麟（2）、王质（1）、周孚（1）、王柏（1）、马端临（1），整理影印古籍单行本15 种（不包括《补遗》所列3 种）、研究专著1 部（张祝平《朱熹〈诗经〉学论稿》，吉林人民出版社2000 年版），研究史方面的期刊论文10 篇（有3 篇是汉宋比较），其他1 篇。《二十世纪诗经研究文献目录》，尽管还不能说将这一百年的《诗经》学研究成果完全网罗无遗，但大略可窥概貌。或许可作简略概括：关注的学术问题和人物相对较集中，如对待《诗序》和“淫诗”的态度、汉宋《诗经》学的比较等问题，人物研究也更加突出欧阳修、苏辙、朱熹等；涉及宋代整个《诗经》学史的研究论文多属论纲性质②。

在《诗经》学问题和《诗经》学史探讨上，人物与作品的专题研究，

① 寇淑慧编：《二十世纪诗经研究文献目录》，学苑出版社2001 年版。

② 如夏传才《论宋学〈诗经〉研究的几个问题》（《文学遗产》1982 年第2 期）、《〈诗经〉研究史概要》《思无邪斋诗经论稿》，石文英《宋代学风变古中的〈诗经〉研究》（《厦门大学学报》1985 年第4 期），冯宝志《宋代〈诗经〉学概论》（《古籍整理与研究》1986 年第1 期），檀作文《汉宋诗经学的异同》（《北京大学研究生学志》1999 年第2 期，《齐鲁学刊》2001 年第1 期），常森《论〈诗经〉汉宋之学的异同》（《文史哲》1999 年第4 期）等。

重点依然是朱熹及《诗集传》。欧阳修的《诗经》学研究相对比较薄弱[①]。但是，相较宋代其他《诗经》学学者，学术界对欧阳修和朱熹的《诗经》学研究相对比较集中，前者主要集中在其解《诗》的方法和思想探讨上[②]，后者侧重其文学与阐释学的研究。唐海燕《欧阳修〈诗本义〉研究综述》对一百多年来大陆和台湾等地《诗本义》研究的著作和论文作简要浏览[③]，有助于人们把握这个时期《诗本义》研究角度和方法不断多样、日益热烈的状况，但仅限于篇目的罗列，概括还比较简略，研究成果也有一定的遗漏。可贵的是，该文在总结之后，对《诗本义》研究现状作了如下的概括："综观海内外欧阳修的《诗本义》研究，已经从最初的少有人问津到队伍逐渐扩大，研究视角也不再局限于经学范围，研究方法亦呈多样化。然而，论述的角度似乎仍囿于单一性与阐发性，缺乏一种全面而深入的学术性研究，学人可作进一步的研究，以期从多角度更深入地探讨《诗本义》的价值意义。"[④] 这个结论应是发人深省的，在《诗本义》研究中作比较细致和深入的考察尤其重要。

这里，仅就笔者目耕所及，择要对当前《诗本义》研究的重要推进

① 傅建忠：《宋代诗经学研究百年综述》，《中国韵文学刊》2008 年第 1 期，第 25—31、50 页。

② 据台湾学者车行健的介绍，第一部系统研究《诗本义》的著作是裴普贤的《欧阳修诗本义研究》（台北东大图书公司 1981 年版），其后有赵制阳《欧阳修诗本义评介》（收入赵制阳《诗经名著评介》，台湾学生书局 1983 年版）、黄忠慎《欧阳修诗经学之评价》（载台湾《孔孟月刊》24 卷 7 期，1986 年 3 月），赵明媛《欧阳修诗本义探究》（"国立"硕士学位论文，中央大学中文研究所，1990 年）、马秀娟《欧阳修诗本义与宋代诗经研究》（收入北京大学中国传统文化研究中心编《北京大学百年国学文粹·语言文献卷》，北京大学出版社 1998 年版）等专文；同时一些研究欧阳修的专著也涉及《诗本义》研究，如何泽恒《欧阳修之经史学》（台湾大学文史丛刊 1980 年版）、蔡世明《欧阳修的生平与学术》（台北文史哲出版社 1986 年修订再版）、刘若愚《欧阳修研究》（台湾商务印书馆 1989 年版）、刘德清《欧阳修论稿》（北京师范大学出版社 1991 年版）、黄进德《欧阳修评传》（南京大学出版社 1998 年版）等 [参见车行健《诗人之意与圣人之志——欧阳修〈诗本义〉的本义观及其对〈诗经〉本义的诠释》，载中国诗经学会编《诗经研究丛刊》（第五辑），学苑出版社 2003 年版，第 155—156 页]。此外，黄忠慎《宋代诗经学探析：以欧阳修、苏辙等六家为中心的考察》（台北花木兰出版社 2009 年版）；黄忠慎《宋代之〈诗经〉学》（博士学位论文，台湾政治大学中国文学系，1984 年）；简泽峰《宋代〈诗经〉学新说研究》（博士学位论文，台湾彰化师范大学国文研究所，2008 年 5 月），据摘要，该著以宋代《诗经》学为研究对象，侧重探析解释内容的多元与解释方法，是宋代《诗经》学的诠释学研究作品。

③ 唐海燕：《欧阳修〈诗本义〉研究综述》，《齐齐哈尔大学学报》（哲学社会科学版）2010 年第 6 期。

④ 同上书，第 108 页。

和亟须加强的领域予以论述，以窥《诗本义》研究状况。大略分为七个方面，即《诗本义》的版本、《诗本义》与三家《诗》的关系、欧阳修《诗本义》影响（主要是《诗本义》与朱熹《诗集传》的关系）、《诗本义》研究方法的原则与特征、欧阳修的经学（包括《诗经》学）思想研究、《诗本义》的经学史地位和意义、《诗本义》的缺陷与不足。

一 关于《诗本义》的版本

裴普贤著《欧阳修诗本义研究》是最早一部系统研究《诗本义》的学术著作，主要针对的是《诗本义》的书名卷帙版本、对宋代《诗经》学的影响、研求诗人本志的方法，并考察了《一义解》《取舍义》《二论》《三问》《诗统解》《郑氏诗谱补亡》等，侧重《诗本义》文本结构与意义的研究。其中关于《诗本义》的版本，该著突出了《四部丛刊》本、《通志堂经解》本、《四库全书》本三大版本[①]，对此后研究《诗本义》的影响很大，但是明版系统则缺漏未考。

黄进德《欧阳修评传》认为"《诗本义》现存版本有三种：《四部丛刊》本、《通志堂经解》本和《四库全书》本"[②]，这三种版本系统基本属于宋版系统，而对明版系统（多种印本、刻本、抄本）没有提及，未详原因，或许是比较重视宋版系统。

车行健《诗本义析论——以欧阳修与龚橙诗义论述为中心》首次比较集中深入地讨论了欧阳修《诗本义》的宋版和明版系统及其关系问题，并在此基础上提出关于《诗本义》新校本的设想[③]，其中宋版系统包括《四部丛刊》本、《通志堂经解》本与《四库全书》本三种；明版系统包括明成化、万历等刻本，并据《中国古籍善本书目·经部》《静嘉堂文库汉籍分类目录》等推断至少应有八种明刻本和两种明抄本。作者认为"十四卷本与十五卷本、十六卷本最大的差异是《诗解》九篇收录与否的问题"[④]，并说"虽然没有直接证据可以证明《通志堂经解》本所依据的本子为《四部丛刊》本，不过就目前这两个本子的内容来做相互对照，

---

① 裴普贤：《欧阳修诗本义研究》，台北东大图书有限公司1981年版，第5页。

② 黄进德：《欧阳修评传》，南京大学出版社1998年版，第329页。

③ 车行健：《诗本义析论——以欧阳修与龚橙诗义论述为中心》，台北里仁书局2002年版，第131—149页。

④ 同上书，第135页。

至少可以肯定二者属于同一个版本系统，其特色同为：书名为《诗本义》、十五卷、附录一卷、无张瓘跋”[①]，与张元济《四部丛刊》本《诗本义跋》的意见不同，该著从版刻时间考虑，主张《四部丛刊》本不应有张瓘跋。同时，主张收录张瓘跋的十六卷本的《毛诗本义》，冠以《小序》、经文、《传》《笺》《论》《本义》，可能也出自宋代的另一个版刻系统。这些考察周密细微，发人深省。笔者认为，这个明版系统或许经过明人的改易，但与宋版的瓜葛明显，或可至晚溯源至南宋王应麟所见本子。

但是，关于《诗本义》现存的《四部丛刊》本、《通志堂经解》本、《四库全书》本，认为“欧阳修的《诗本义》现存几个版本实际上都是一样的，只是分卷不同”[②]，这是值得推敲的。

白云姣列举多种《诗本义》版本，如明万历刊本、《四部丛刊》本、《通志堂经解》本、文渊阁《四库全书》本、清乾隆五十年刻本、清道光元年刻本、清道光十四年重刊本、清同治十二年刻本、1912年都门印书局校印本九种[③]，其中除明万历刊本、《四部丛刊》本外，余基本出于《通志堂经解》本，差别并不甚大，而《四部丛刊》本与《通志堂经解》本区别也不十分大，显系宋版系统。该文还认为：“欧阳修所作书名应为《诗本义》，《毛诗本义》的名称可能是受《四库全书》本影响。《诗本义》正文内容应为十五卷，《诗图总序》《诗谱补亡》《补亡后序》均为附录，标明十六卷的版本其实是将此附录单列一卷。”[④]

李君华通过比较认为：“现存欧阳修所撰《诗本义》为十五卷，补亡《郑谱》及《诗图总序》为附录。书名称《毛诗本义》应为不正式的称呼，卷数称十六卷则是不规范的。”[⑤]《直斋书录解题》已称《诗本义》“十六卷”，王应麟也已称《诗本义》为《毛诗本义》，则前二位所称卷次与名称的意义值得进一步考察。

王学文主要考察了五种《诗本义》版本，包括《四部丛刊》本、明刻本（中国人民大学图书馆藏）、明抄本（山东省图书馆藏）、《通志堂经

① 车行健：《诗本义析论——以欧阳修与龚橙诗义论述为中心》，台北里仁书局2002年版，第137页。

② 曾建林：《欧阳修经学思想研究》，博士学位论文，浙江大学，2007年，第49页。

③ 白云姣：《欧阳修〈诗本义〉研究》，硕士学位论文，河北大学，2007年，第4—6页。

④ 同上书，第6页。

⑤ 李君华：《欧阳修〈诗本义〉研究》，硕士学位论文，浙江大学，2008年，第19页。

解》本、文渊阁《四库全书》本[①]。宋版系统《驺虞》诗“论曰”阙佚的文字，明抄本为“《驺虞》论曰：《驺虞》为《鹊巢》之应，其义不然，论于《麟趾》之篇详矣。毛、郑解‘彼茁者葭，壹发五豝’，得其本义，惟以驺虞为兽，虽失一篇之大旨。汉世《诗》说，分为四家，毛公章句最后出。当《毛诗》未出之前，说者不以驺虞为兽也。汉儒皆好符命，多言鸟兽之祥瑞，然而犹不以为言，是初无此义也。汉文帝时，贾谊以能《诗》称，其为《新书》，引《驺虞》之义，以谓：‘驺者，文王之囿名；虞者，囿之司兽也。’以文义上下寻之，谊说为得。若依毛、郑所解，则文意分离，不相联属，岂有上句方叙文王田猎，凡一百七十九字”[②]。这段文字论述“驺虞”的看法与《诗本义》其他地方以及后人引述相合，似乎没有太大问题。但是从“以文义上下寻之”“岂有上句方叙文王田猎，凡一百七十九字”文字表述来看，或可为好事者续貂之作，《诗本义》中重视因文见义，但无“以文义上下寻之”的说法，“岂有上句方叙文王田猎，凡一百七十九字”更不符合写作的习惯和常情，文字语气也柔弱无力、繁杂凌乱，当属后人补缀无疑，但内容可略作参考。根据王学文考察的明刻本、明抄本来看，其中饶有可疑者，明刻本“前十三卷内容与《四部丛刊》本同。其不同者，十四卷内容只包括《时世论》《本末论》《十月之交解》三篇，第十五卷内容依次为《诗解统序》《二南为正风解》《周召分圣贤解》《十五国次解》《定风雅颂解》《王国风解》《鲁颂解》《商颂解》《鲁问》《序问》《豳问》。一百一十四篇本义说解前，均附有原诗及《毛传》《郑笺》。在卷次分配上，此本显得不及《四部丛刊》本”[③]，明抄本“卷十四以前同明刻本，而第十五卷内容的排列依次为《诗解统序》《二南为正风解》《周召分圣贤解》《王国风解》《豳问》《十五国次解》《定风雅颂解》《鲁颂解》《鲁问》《商颂解》《序问》，篇目排列更显得混乱。一百一十四篇本义说解前，亦附有原诗及《毛传》《郑笺》”[④]。明人刻书好改易，《诗本义》明刻本、明抄本之间似乎有渊源关系，但仅在十四卷、十五卷卷次上与宋版有差异，而且排列机械紊乱，难以看到更早的版本渊源，当然，如果明版系统是在宋版系统基

① 王学文：《欧阳修〈诗本义〉传世版本之我见》，《兰台世界》2010 年第 14 期。
② 同上。
③ 同上。
④ 同上。

础上对卷次的调整的看法能够成立，则明版出于宋版系统，本义说解前附原诗、《诗序》《毛传》《郑笺》等，则显然出于方便读者的需要。明抄本保存的张瓘《跋》与《经义考》卷一百四可比较，以及对《驺虞》补充的一百七十九字应有重要的参考价值。

二　关于《诗本义》与三家《诗》的关系

《诗本义》与三家《诗》的关系，历来研究比较薄弱。

李君华的研究比较有新意，注意到目前《诗本义》研究的不足，但是还比较简略[①]。作者根据清代学者王先谦《诗三家义集疏》所载三家《诗》义，与毛郑的古文《诗》义、欧阳修《诗本义》进行比较，依次列举《周南·汉广》《周南·卷耳》《召南·驺虞》《邶风·击鼓》《召南·甘棠》《郑风·野有蔓草》《邶风·静女》《小雅·白华》《小雅·鼓钟》《小雅·沔水》《小雅·皇皇者华》[②]十一首诗，其中能明确看到《诗本义》受三家《诗》影响的仅有《周南·汉广》《召南·驺虞》两首诗诗解，远反映不了欧阳修与三家《诗》的关系；同时，因为郑《笺》已经吸收三家《诗》的某些观点，"《毛传》孤行，郑《笺》间采鲁、韩""世讥郑康成好改字；不知郑《笺》改毛，多本鲁、韩之说；寻其依据，犹可征验"[③]，清代陈奂《郑氏笺考证》、陈乔枞《毛诗郑笺改字说》等作过不少发明。因此，这种比较应是比较细致的，某些对郑《笺》的认可背后隐藏着与三家《诗》的密切关系，该问题还需进一步探讨和研究。

这个问题其实有助于我们思考欧阳修前后期经学思想变化的原因，虽然人们注意到《诗解》（或《诗解统》）是欧阳修早期的思想（如裴普贤），也有学者将《诗解》（或《诗解统》）与《诗本义》《时世论》等作比较（如曾建林），进一步巩固《诗解》（或《诗解统》）早期说，并比较具体地展示了欧阳修《诗经》学前后期思想差异的面貌。这个问题的研究无疑呈现出不断推进深化的趋势。但这些还依旧停留在表象的层面，关键问题是欧阳修《诗经》学思想前后期变化的原因是什么，是什

① 李君华：《欧阳修〈诗本义〉研究》，硕士学位论文，浙江大学，2008年，第41—45页。

② 同上。

③ （清）皮锡瑞著，周予同注释：《经学历史》，中华书局2004年版，第174、189页；皮锡瑞在《诗经通论》中还多次讨论过这一现象，详见皮锡瑞《经学通论》中的《诗经通论》。

么因素导致欧阳修在《诗本义》中作了一些“温和”的修正。笔者认为，从思想学术因素考察，三家《诗》影响是极为重要的方面，当然，关于三家《诗》如何影响、什么时候影响欧阳修，还可作进一步研究。三家《诗》不过江东，但《诗》解却有相当一部分保留在《史记集解》《文选注》等资料中，欧阳修对三家《诗》的某些观点比较熟悉。目前，学者们注意到欧阳修前后期《诗经》学思想与论点的矛盾，“在‘统解’中，欧阳修力主《二南》作于文王时，而在《本义》《时世论》中却又认为《二南》首篇《关雎》作于周衰的康王时。尤其对司马迁的态度，大为改变，前面批评说是‘史氏之失也’，后面却又说‘司马迁去周秦未远，其为说，必有老师宿儒之所传，吾有取焉’。更以孔子之言来论证司马迁之说。同样这说明欧阳修前后思想的变化……可以断定《二南为正风解》同样是欧阳修弃而不用的早年之作”①。我们认为，这种变化与差异是显而易见的，但形成原因应包括三家《诗》的影响。仅就《二南为正风解》与《诗本义》《时世论》解《关雎》来分析，无疑更加典型集中，因为“刺康王”的说法，这是三家《诗》的看法，欧阳修改变了对《关雎》美诗的看法，是受到三家《诗》的影响。而对司马迁的肯定，除历史的合乎情理的因素外，还因为司马迁学习《鲁诗》。而在汉代，《鲁诗》相较其他各家《诗》解，更加接近本义。当然，造成欧阳修后期稳重审慎的学术态度，一方面取决于其个人自觉的修订与严格要求（“畏于后生”），另一方面社会历史原因也不能忽视。欧阳修屡受打击，特别是困顿于两次“风闻”言事，精神疲惫，加上子女早夭、目足病患，晚年经学风格略变也是情理中的。但思想学术因素却是内在的，更加重要的。因此，我们认为，三家《诗》与《诗本义》的关系，可以给反思与研究欧阳修《诗经》学思想变化提供一种途径与思路。

三　关于欧阳修《诗本义》的影响（主要是《诗本义》与朱熹《诗集传》的关系）

欧阳修《诗本义》影响方面，学术界比较重视其与朱熹《诗集传》（《诗经集传》）关系的考察，比较系统的著作是裴普贤《欧阳修诗本义研究》。

---

① 曾建林：《欧阳修经学思想研究》，博士学位论文，浙江大学，2007年，第83页。

裴普贤《欧阳修诗本义研究》集中比核《诗本义》114 首诗解与朱熹《诗集传》的异同，将朱熹受《诗本义》全面影响与局部启发的诗歌抉择出来，使《诗本义》的价值得到比较清晰和具体的展示，成为人们研究的重要参考。作者考察认为："朱《传》之采欧公意者，有《兔罝》《野有死麕》《考槃》《氓》《竹竿》《兔爰》《女曰鸡鸣》《东方之日》《东门之枌》《鸱鸮》《破斧》《皇皇者华》《出车》《何人斯》《小明》《青蝇》《白华》《文王》《凫鹥》《瞻卬》《天作》《时迈》《酌》《那》《长发》等二十余篇，其余则大多为部分采欧公义，如《关雎》采以淑女为太姒，《葛覃》卒章'害澣害否'句，依欧公意，采郑释而弃毛传，即其例。其中如毛《传》于《秦风·黄鸟》之'交交黄鸟'，《小雅·小宛》之'交交桑扈'皆释交交为'小貌'，郑《笺》却于《桑扈》篇之'交交桑扈'毛《传》不再训释处，释交交为'飞往来貌'以否定毛义。欧公于《小宛》篇特提出以郑为是，朱《传》遂于此三'交交'均训为飞往来之貌。此并可见欧朱读书，均极精细。《关雎》是周衰之作，欧公在十四卷《时世论》中，更明白指出齐、鲁、韩三家，皆以为康王政衰之诗。朱子虽不采此说，但也效欧公广采三家义等来注《诗》，故其诗名《集传》。《关雎》篇即亦引《齐诗》匡衡语。而朱《传》《周颂》三十一篇中以《昊天有成命》《噫嘻》之为康王时诗，《执竞》之为昭王时诗，即系采欧公《时世论》之说者。朱《传》不采欧公意而独创新说者，仅(邶风)《柏舟》《采葛》《丘中有麻》《有女同车》《山有扶苏》《褰裳》《子衿》等数篇，除《柏舟》外，其余均系指为淫诗者。其实朱子指郑卫的若干篇章为淫诗，也自欧公启之。像《静女》篇欧公即谓'述卫风俗男女淫奔之诗'，而朱《传》从之，仅卒章不采欧公意耳。"[①] "郑卫淫奔之诗和改变毛《传》兴体，为朱《传》两大特性。前者既由欧公启之，后者也由欧公发其端。"[②] 这种研究，将欧阳修《诗本义》对朱熹《诗集传》研究的影响揭示得更加具体和鲜明，侧面论证了《诗本义》在《诗经》学史上的重要价值。

《诗本义》中的《一义解》二十首诗解，虽是论述毛《传》、郑

---

① 裴普贤：《欧阳修诗本义研究》，台北东大图书有限公司 1981 年版，第 97 页。标点略作变动。

② 同上。

《笺》的一二失误，往往不被研究者重视，但裴著却将这些诗解与《诗序》、毛《传》、郑《笺》、欧阳修取舍、朱《传》取舍作了比较，厘清了它们之间的异同和影响，认为朱熹《诗集传》全部吸收了《一义解》中的十二首诗解，占十之六七，比例较《诗本义》前十二卷高[①]；《取舍义》共涉及诗歌十二首，裴著考察欧阳修从毛弃郑者七首，从郑弃毛的五首，而朱熹《诗集传》除《玄鸟》一首外，基本都吸收了欧阳修的意见[②]。我们之所以详述裴著的考察结果，主要目的和论证意图在于，一是欧阳修《诗本义》虽然被某些学者目为成就不大，或认为在当时并不具有重要的现实影响，但是通过将《诗本义》与《诗集传》进行比较，可以肯定这种影响和学术联系是客观存在的，朱熹在《朱子语类》中对欧阳修《诗本义》的景仰与赞叹也绝不是虚浮之词；二是《诗本义》前十三卷与《诗集传》比较的另一种启迪，是有助于为我们考察《诗本义》版本流变提供旁证，这种细致的比较，终可以使人们相信至少今本《诗本义》前十三卷对朱熹影响很深，或许这进一步确证直至朱熹时期，《诗本义》可能还是以“十四卷”的形式在流传，而这“十四卷”的前十三卷应是比较稳定的，也是后世增益卷次的基础。

欧阳修“在《时世论》中，竟谓《二南》之事，《序》皆不通。这又难怪郑樵、朱熹要全废《小序》了。所以我要说欧公尊《序》，而苏氏删《小序》首句以下，郑、朱全废《小序》，不但是受到欧公对毛郑立异的间接影响，实在是受欧公删《序》与议《序》不通的直接影响的”[③]。主要讨论了欧阳修《诗本义》对郑樵、朱熹《诗经》学的影响和启发。

王倩注意到欧阳修、朱熹在《诗经》学思想上的继承关系，认为朱熹吸纳了欧阳修对待“汉学”的科学态度，将欧阳修“求诗人之意，达圣人之志”的“《诗》教”原则体系化，借鉴欧阳修的《诗经》学研究成果，《诗集传》在《诗本义》“阙疑”的诗篇（如《思文》《臣工》《卷阿》《生民》《凫鹥》《鸳鸯》《伐木》《有駜》《南山》等）上继续推进，探求诗义，是对《诗本义》解《诗》路径的继承和拓展[④]。

欧阳修对苏轼、苏辙的影响也被加以探讨。刘茜认为苏轼、苏辙

① 裴普贤：《欧阳修诗本义研究》，台北东大图书有限公司 1981 年版，第 104—114 页。

② 同上书，第 114—119 页。

③ 同上书，第 134 页。标点略作变动。

④ 王倩：《朱熹在“〈诗〉教”思想上对欧阳修的借鉴》，《教育史研究》2008 年第 3 期。

"'仁义不离于人情'的观点，将《诗》抒发情志的特质纳入到儒家'仁义'观中，使北宋《诗经》学具有了文学与经学相融的特征。苏辙的《诗集传》则成为北宋《诗经》学走上文学与经学相融发展道路的典范之作"[①]，虽然在经学与文学的关系上还可进一步探讨，但肯定"仁义不离于人情"是宋代儒家学者解经新变的良苦用心，苏氏父子同样具有这样的观点，"夫《六经》之道，惟其近于人情，是以久传而不废"[②]，其受欧阳修的影响很深刻。"北宋时期首先注意到《诗》抒情表意特征并以此作为依据来探求诗本义的是文坛领袖欧阳修。他在其《诗经》学著作《诗本义》中提出了'以情论诗'的观点。"[③]"《诗本义》对《诗》的阐释已表现出经学与文学相融的特点，但欧阳修并未将其《诗经》学思想提高到理论的高度，完成这一任务的是其后的苏氏昆仲。二苏《诗论》对'仁义不离于人情'观点的阐发是对传统儒家'仁义'观的补充与深化，这显示了二苏经学家的立场；但与一般经学家不同，二苏对《诗》'吟咏性情'特征的揭示与对'兴'意的创造性诠释则体现了其文学家的立场。与此同时，《诗》所具有的文学性与经学性双重特征在二苏那里得到了进一步的融合。'仁义不离于人情'的观点将《诗》抒发情志的特征纳入到儒家的'仁义'观中，打破了自汉代形成的《诗经》学在文学与经学发展道路上分离的局面，从理论上为《诗经》学走上文学与经学相融的发展道路提供了依据。"[④]

李君华《欧阳修〈诗本义〉研究》第八章《〈诗本义〉与〈七经小传〉》[⑤]比较有新意，注意到目前《诗本义》研究的不足，肯定了《诗本义》在思想内容上对《七经小传》的借鉴，刘敞《诗经》学对欧阳修的影响，还比较简略。当然，刘敞《七经小传》"为杂论经义之语，好以己意改经，实变先儒淳朴之风"[⑥]，虽对《诗本义》有启发，但《诗本义》

① 刘茜：《文学与经学的相融——论二苏的〈诗经〉学思想》，《文学遗产》2008年第5期。

② （宋）苏轼：《东坡全集》卷四十一《诗论》，文渊阁《四库全书》（第1107册），第563—564页。

③ 刘茜：《文学与经学的相融——论二苏的〈诗经〉学思想》，《文学遗产》2008年第5期。

④ 同上。

⑤ 李君华：《欧阳修〈诗本义〉研究》，硕士学位论文，浙江大学，2008年，第46—47页。

⑥ （清）皮锡瑞著，周予同注释：《经学历史》，中华书局2004年版，第157页，注⑥。

毕竟是一部专门的论说式著作，具有比较自觉的理论体系和方法原则，“体现了欧阳修在对传统的传笺注疏模式进行反动后，企图建立新的解诗模式的探索”①。

四　关于《诗本义》研究方法的原则与特征

刘子健曾说“欧阳修提倡经学，是人情味的，不是道学派的”②，凸显了《诗本义》经学研究重人情事理的基本特色。

裴普贤《欧阳修诗本义研究》虽然在《诗本义》研求诗人本志的方法章节中的论述比较简略笼统，但如果仔细分析，还是可以看到其中点明了几个关键问题：一是《诗本义》解诗方法受到孟子“不以文害辞，不以辞害志”“以意逆志”的影响，“欧公的辨毛郑得失，常以《小序》为证，是因与孟子说《诗》多合，所以欧公研求诗本义的方法，其实不是据《诗序》为说，而是依孟子说《诗》的方法”③；二是“情理”是欧阳修推求诗本义和辨别毛郑得失的重要依据，“欧公说《诗》，就是以人情的常理为准则。因为事理也就是人情的常理也。欧公的所谓理，是事理，是人情的常理，也是物理，是诗文的文理”④；三是欧阳修经学方面体现的“以理说经”的特色及开创价值，“欧公以理说《诗》，也以理说《易》、说《书》、说《春秋》，开宋代以理说经的先河。元人脱脱说他‘折之于理，以服人心’，纪昀说他‘尽其说而理有不通，然后以论正之’，都能阐发欧公作文为学的特长。而且朱子也承认欧公是宋代理义之学的先驱。那末欧公《诗本义》研求诗人本旨的方法，在《诗经》学历史的发展上，也就更是值得我们重视的一环了”⑤。虽然有些《诗本义》或欧阳修经学思想方面的论著在简略综述中，往往遗憾裴著理论性不强，实际上，认真辨别这些要害的问题，则是《诗经》学汉宋学术转型和宋学、理学发展史的重要因素，而裴著的提示和简要论证，则昭示后人作更加精审的研究，意义巨伟，自不可轻论。

---

① 李君华：《欧阳修〈诗本义〉研究》，硕士学位论文，浙江大学，2008年，第24页。

② 刘子健：《欧阳修的治学与从政》，台北新文丰出版公司1963年版，1984年10月补正再版，第34页。

③ 裴普贤：《欧阳修诗本义研究》，台北东大图书有限公司1981年版，第99页。标点略有改动。

④ 同上书，第100页。标点略有改动。

⑤ 同上。

章权才认为《诗本义》“利用‘自相抵牾’，揭露传注中存在的问题，这是欧阳修经常使用的手法。这种手法是有效的，是新人耳目的，它对后世疑经思潮的泛起，起到一种导向性的作用”①，这基本论述了“因文见义”中的一种情况，并揭示了它的作用和影响。

张启成《论欧阳修〈诗本义〉的创新精神》将《诗本义》在《诗经》研究方面的创见与贡献概括为四个方面，即“确立了探求《诗》本义的方法与原则”“《诗本义》动摇了毛、郑的权威性”“《诗本义》对风诗题旨有所发明”（如《邶风·静女》《召南·草虫》《郑风·野有蔓草》，朱熹《诗集传》继承了欧阳修的诗解）、“《诗本义》对《诗经》部分比兴之义有独到的理解”②。该文从方法论角度注意到《诗本义》解经方法的独特性，“如果说‘因其言，据其文’是探讨《诗》本义的根本原则，那么以人情求意、以理性求理便是探求《诗本义》的基本方法。以‘人情求之’是欧氏研究《诗经》一个重要思想”③，欧阳修强调“理的批判”的“理”“既指理义、文理、推理，也指人情之理，在不同的场合，各有所侧重”④，“欧阳修确立了《诗经》研究的原则与方法，即‘因其言，据其文’，以《诗经》本义为重的原则，以‘情’与‘理’探求《诗经》‘意’与‘理’的方法。这样就淡化了传统偏重经学研究《诗经》的偏见，推动了《诗经》研究的健康发展”⑤。该文已经注意到《诗本义》情理原则的重要性，但是欧阳修解《诗》方法与原则的历史影响的具体梳理，《诗本义》多种层面的“理”如何统一，以及“人情”与“事理”的内在关系与意义等都是值得进一步研究的问题。

蒋立甫认为：“欧阳修探求诗本义的出发点，也与后来的朱熹一样是对《诗经》的经学研究，只是由于三百篇的本质是文学作品，欧阳修力求探知诗的本义，即诗人之意，因此不论其主观认识如何，客观上他所作的研究工作，在一定程度上是还《诗》本来面貌。”⑥ 该文将《诗本义》破旧说、探本义的途径概括为三条，即“以文本为依据”“把握文学特

① 章权才：《宋明经学史》，广东人民出版社 1999 年版，第 87 页。

② 张启成：《论欧阳修〈诗本义〉的创新精神》，《贵州社会科学》1999 年第 5 期。

③ 同上。

④ 同上。

⑤ 同上。

⑥ 蒋立甫：《欧阳修是开拓〈诗经〉文学研究的第一人》，《安徽师范大学学报》（人文社会科学版）2002 年第 1 期。

性：人情”“以文理、文意作检验”[1]，其中第一条和第三条基本可归并为一条。在《诗本义》“人情”的理解上，该文注意到“人情”的丰富内涵，具体为“事理，也包括‘物理’的内容。物理，本是指人对‘物’的认识，自然也是属于人情范围”[2]，“《诗本义》‘人情’所指更多的则是‘人之常情’”“‘人情’说贯穿《诗本义》全书始终”[3]，这都是值得肯定的。

谭德兴《宋代诗经学研究》第四章《欧阳修的〈诗〉学思想》涉及四个方面，即“据文求义”“以情论诗”“比兴新论”“叙事研究”[4]，其中“据文求义”“以情论诗”侧重的是方法，认为欧阳修“《诗》学创新的主要表现之一便是把文学性的思想和方法引入《诗》学研究。欧阳修的《诗》学思想主要汇集于《诗本义》中。对《诗本义》文学思想的研究，有助于深刻认识宋代以诗看《诗》的文学特征，从而更透彻地把握中国古代经学与文学发展的密切关系”[5]。谭德兴还从叙事特点角度探求《诗本义》对叙事人称的体察，“欧阳修把《诗》中诗人叙事话语归为三类：一为诗人自述其言，一为诗人录当时人之言，一为诗人自述与录他人言杂以成篇。这是对《诗》篇叙事特征的研究，涉及到了叙事模式和叙事话语等问题”，“诗人代言，这是《诗》的一个重要叙事模式。诗人代言，与诗篇的主人公以及诗人之间是一个什么样的内在关系呢？这无疑是求取《诗》本义的关键。欧阳修充分认识到了这一点，为求取诗篇本义，于是深入研究诗人代言的叙事特点。往往正是通过对诗人代言问题的研究，方打破汉、唐《诗》学定论，建立起自己的一家之言”，“欧阳修的《诗》学研究已经不再停留在表层的讨论，而是进入到了相当深层的意义批评”[6]，从叙事特征角度考察诗篇是把握《诗经》的重要变化，也是《诗本义》探求文理、文意的独到体会，对朱熹等影响很大。欧阳修的

---

① 蒋立甫：《欧阳修是开拓〈诗经〉文学研究的第一人》，《安徽师范大学学报》（人文社会科学版）2002 年第 1 期。

② 同上。

③ 同上。

④ 谭德兴：《宋代诗经学研究》，贵州人民出版社 2005 年版，第 131—142 页；谭德兴：《论欧阳修〈诗本义〉的文学思想》，《贵州教育学院学报》（社会科学版）2004 年第 1 期。

⑤ 谭德兴：《宋代诗经学研究》，贵州人民出版社 2005 年版，第 131 页。

⑥ 谭德兴：《论欧阳修〈诗本义〉的文学思想》，《贵州教育学院学报》（社会科学版）2004 年第 1 期。

“因文见义”与“人情事理”实际都是一种意义把握和批评，但是这种意义是内外有别的，也正因为如此，欧阳修才能将“诗人之意”与“圣人之志”统一起来，作为解读《诗经》的根本，也最终难以摆脱经学解读的视阈。

在中国古代文学发展史上，《诗经》也曾哺育文学的发展与演变，但“宗经辨骚”① 却是主流，如何考察经学与文学的关系，仍然是值得进一步探讨的问题。拙著《宋代〈诗经〉学与理学——关于〈诗经〉学的思想学术史考察》不采用“《诗经》学理学化”“《诗经》学文学化”的说法和思路，就是着眼于这种关系的复杂性。拙著在宏观层面考察宋代解《诗》的两种相辅相成的方法，以欧阳修为开端，并专章讨论欧阳修义理解《诗》的倾向与影响（“本末论”的义理评价包括在内），分别是第四章《“据文求义”与“古今人情一也”——宋代解〈诗〉的两种方法史论与理学》②、第五章《宋代〈诗经〉学的义理萌芽——欧阳修及三苏的〈诗经〉学研究》③。但是在两种方法的理论与实践关系、历史评价与影响方面也还需要不断加强。

陈冬根将“诗本义”作为一种文学理论，贯穿整个经学、诗学以及文学艺术领域，他认为，“诗本义”第一次提出，应是欧阳修《论九经正义中删去谶纬劄子》，“为了提出系统的诗本义理论，强调其理论的重要性，欧阳修专门撰写了一部‘诗经学’著作——《诗本义》对诗本义理论进行全面的阐述和论证”④。该文从六个方面揭示“诗本义”的理论建构意义，即“诗歌批评的自觉”、“修补传统‘诗经学’的巨大理论缺陷”（包括“对《诗经》作者和编者的认定”、“对《诗经》性质的重新判定”、“对汉代‘诗经学’中‘美刺说’的主流话语的驳议和扳正”、“对秦汉‘诗经’学的瓦解”、“突破了‘以史证诗’和‘以诗证史’的解说模式及汉代五行说的影响”、“寻找被遗忘了的诗人的存在”六个方面）、“‘诗本义’理论的目标任务”（包括“唤起文人的自觉及文学的回归”、“促使诗学和经学的分途”）、“‘诗本义’说的方法论问题”（包括

① 参见萧华荣《中国诗学思想史》，华东师范大学出版社 1996 年版。

② 陈战峰：《宋代〈诗经〉学与理学——关于〈诗经〉学的思想学术史考察》，陕西人民出版社 2006 年版，第 155—184 页。

③ 同上书，第 185—206 页。

④ 陈冬根：《欧阳修“诗本义”的诗学阐释》，《中州学刊》2007 年第 2 期。

"回到文本，因文求意、以意逆志"、"以情解诗"、"诗歌还原"）①。当然，该文尝试建构一个"诗本义"的理论系统，涉及的内容比较丰富，但是还有可以值得深思的地方，如关于经学与文学的关系，尽管《诗本义》对后来"以诗解《诗》"的影响深远，当前不少学者主张以文学与经学的分离作为《诗经》学转折的标志，而且关于这个转折的开端时期也多有争议，如主张"魏晋"②、"南北朝"③、"宋代"④、"明代"⑤、"清代"⑥、"五四"⑦。但在《诗本义》及其后来的两宋时期的《诗经》学作品（包括朱熹的《诗经集传》等）依然还是经学作品，将文学性的逐渐突出与经学本质对立起来是不合乎史实的；关于《诗本义》是否瓦解了"秦汉《诗经》学"，不能仅仅根据《四库全书总目》等判断，如果结合《诗本义》自身来看，与其说是"瓦解"还不如说"补充、发展"了汉唐《诗经》学，并推陈出新，即使排斥抨击毛郑也并非决绝的变革，欧阳修受汉唐《诗经》学的影响很深刻，是汉宋《诗经》学转折关头的重要标志；关于"以情解诗""诗歌还原"等，还需要对《诗本义》及欧阳修所运用的"情"的范畴与意义进行比较细致的辨析。因此，该文指出的"诗本义"理论的三个不完善性（"主要表现就是方法的不自由"），即"汉语文字意义一直处于演化之中，并且一词多义情况相当普遍，导致据文求意时难免失真""《诗经》无论是内容、思想还是情感、形式都很复杂，并不是全部都属于诗人'本情'之作，尤其是'颂'部分，更多属于集体创作或者多次创作""还原的乌托邦"⑧ 等还可作进一步研讨。

---

① 陈冬根：《欧阳修"诗本义"的诗学阐释》，《中州学刊》2007 年第 2 期。

② 户瑞奇：《魏晋诗经学研究》（硕士学位论文，苏州大学，2009 年）等。

③ 刘新忠：《南北朝诗经学研究》（硕士学位论文，苏州大学，2009 年）等。

④ 莫砺锋：《从经学走向文学：朱熹"淫诗"说实质》（《文学评论》2001 年第 2 期）、莫砺锋：《朱熹文学研究》（南京大学出版社 2000 年版，第 260—261 页）、蒋立甫：《欧阳修是开拓〈诗经〉文学研究的第一人》[《安徽师范大学学报》（人文社会科学版）2002 年第 1 期]、檀作文：《朱熹诗经学研究》（学苑出版社 2003 年版，第 79—219 页）、谭德兴：《宋代诗经学研究》（贵州人民出版社 2005 年版）、刘茜：《文学与经学的相融——论二苏的〈诗经〉学思想》（《文学遗产》2008 年第 5 期）等。

⑤ 刘毓庆：《从经学到文学——明代〈诗经〉学史论》（商务印书馆 2001 年版）等。

⑥ 李家树：《从经学到文学——方玉润〈诗经原始〉读后》（李家树：《〈诗经〉专题研究》，太白文艺出版社 2001 年版）等。

⑦ 胡适：《谈谈诗经》等。

⑧ 陈冬根：《欧阳修"诗本义"的诗学阐释》，《中州学刊》2007 年第 2 期。

易卫华《北宋政治变革与〈诗经〉学发展》着重考察北宋政治文化与《诗经》学的关系，突出《诗经》学解经义理及方法与时代政治原因之间的有机联系。该文对庆历新政、熙宁变法、元祐更化的特点与关系作了扼要的概括，并将欧阳修、刘敞、王安石、苏辙和二程的《诗经》学纳入这个总体历史变动中研究，认为："庆历新政的目标是革除弊政，而其改革的动力之一就是希望凭借对儒家思想的重新挖掘和利用重建政治宪纲，从而为社会发展寻得一条光明大道，因而这一阶段关于如何'师古以用今'的问题就摆在庆历学者面前，这也是其时欧阳修、刘敞《诗经》学需要面对的问题。而熙宁变法则可看作庆历新政的延续，在改革的目标和一些举措上，二者多有类似，但王安石等人除了颁布新法推动改革外，还走上了更为彻底地以学术引导政治改革方向、学术直接参与政治构建的路子，由此也不可避免地带来了学术研究泛政治化的倾向，这对王安石等人的《诗经》学产生了相当大的影响。元祐更化的基本精神乃是要将熙宁变法转化为温和的政治改良，虽然时间短暂，但由此带来的对熙宁变法的反思则成为推动学术进一步发展的新动力。从某种意义上来讲，苏辙、二程等元祐学者的经义新解正是为澄清王安石新学派的指导思想而作，他们与新学派最大的不同之处并不在经义训释本身，而在于由经义训释所彰显出的指导思想，他们的《诗经》研究同样体现着这一特点。"① 虽然有些细节还可以进一步探讨，但是这段文字比较清晰地梳理了北宋三次大的政治革新事件与《诗经》学学术的密切联系，揭示了《诗经》学关注社会现实、积极参与应对时代问题的特点，是发人深省的。当然，北宋《诗经》学的新变除了政治社会的风云激荡之外，内在的学术发展规律也是一个更加值得关注的因素，而且《诗经》学（以及《六经》学）与社会政治的影响是相互的，也就是说《诗经》学不仅仅是政治变革的同步反映和历史记录，情形比较复杂。但是，这部论文，注意到历史考察的维度，并在严谨的史料考辨的基础上尝试解决《诗经》学学术问题凸显的时代原因，是饶有新意的。

王庆玲《〈诗本义〉研究》涉及《诗本义》的内容特点、《诗经》学上的地位贡献以及不足。其中，将欧阳修探求诗意的方法概括为"据

---

① 易卫华：《北宋政治变革与〈诗经〉学发展》，博士学位论文，河北师范大学，2010年，第8页。

文求义”“人情义理”“以意逆志”“旁考经史”[①]，将《诗本义》的贡献概括为“削弱了毛、郑的权威地位”“‘因文求义’‘切于人情’的文学视角的引入”“平实的文风和实事求是的态度”“《诗本义》的理论意蕴——本义观的方法论”“部分比兴之义的独到见解”“发疑《序》之端，开百世之惑”[②]，基本也是因袭前人旧说，对“情理”也缺乏深入剖析。

商意盈《欧阳修〈诗本义〉研究》涉及《诗本义》对传统《诗经》学的批评、对《诗经》研究的重构、对《诗经》文学价值的强调、经学与诗学的融合问题，其中关于《诗本义》与传统《诗经》的关系尤其值得进一步加强。该文在《诗本义》的理论重建方面，探讨了欧阳修对“文意相属”的文本整体关联性的重视[③]，比较有新意，但展开不够，其次涉及“以‘本义’说诗”“以‘人情’说诗”“舍‘末’求‘本’”“以意逆志”[④]，也是《诗本义》研究中经常讨论的问题，问题的关键是如何深化。作者认为：“欧阳修的《诗本义》在宋代并没有引起足够的重视，他的解经方法自然也没有大范围地流传开来。但是，在宋代解读经学的实践中，‘据文求义’的方法已经开始形成并付诸使用，宋代经学家们已经开始舍传惑经。而到了清代，这一个训诂的概念被广泛提及和使用，出现了‘因文求义’的说法，要求根据语境对词语的种种制约来得出这个词语在文本中的真正含义和解释。”[⑤] 这也是需要结合历史的考察反思的问题。

五　关于欧阳修的经学（包括《诗经》学）思想研究

刘子健《欧阳修的治学与从政》是最早进行关于欧阳修专门研究的学术专著，1963 年初版，1984 年补正再版。该著简明扼要，注解详尽，搜集资料比较广泛，奠定了后来研究欧阳修学术与政治的基础，所涉及的一些学术问题至今依然有启发。日本学者土田健次郎曾高度评价该著“是涉及有关欧阳修的全部问题点的力作，近年欧阳修研究中论及的问

① 王庆玲：《〈诗本义〉研究》，硕士学位论文，山东大学，2010 年，第 30—36 页。
② 同上书，第 41—56 页。
③ 商意盈：《欧阳修〈诗本义〉研究》，硕士学位论文，2010 年，浙江大学，第 20 页。
④ 同上书，第 20—27 页。
⑤ 同上书，第 23 页。

题，很多已被此书指出”[①]。《欧阳修的治学与从政》上编《欧阳修的学术与思想》首先讨论“欧阳修的经学”，“庆历之学以治经为要，侧重讲大义，发挥新见解”[②]，并指出欧阳修经学的五个特点，即“重视个人研究”“力主推理”“理一定是能简明易解的，一定是切实可行的，一定是合乎人情的”“‘理’是人事之理”“根据推理的方法，从人事之理的观点上，深觉历来对经义的解释有许多是不纯正的”[③]，这五点针对欧阳修总体的经学特点而言，也就是说隐含着欧阳修研究《六经》的共同思想和方法，虽然并没有集中讨论《诗本义》，但这种总体的概括依然可以在《诗本义》中得到印证。当然，这五条中有四条涉及欧阳修解经的情理标准，即使是发自个人的酌裁，也是与这一标准相关的，其中似乎忽略了欧阳修对文本重视的因素，在后来的研究中逐渐被人们所重视，无疑解经如何做到合乎人情事理，以及合乎人情事理的经解为什么就一定是经典的本义，便成为人们不得不面对的理论问题。刘著隐含这一问题，并作为反思欧阳修经学研究不足的出发点，也是今天研究欧阳修经学理念与方法的人们需要不断深化和推进的问题。

刘德清《欧阳修论稿》第五章《欧阳修的经学研究》，从三个方面概括了欧阳修的经学思想，即“振兴儒学，排斥佛老”“疑经惑传，质诸人情”“经世致用”等[④]。与同时期的其他经学家相较，该著所提出的“质诸人情”在欧阳修应是比较有特色的，除《诗本义》有集中繁多的涉及外，他的诗文集中也有丰富的材料，对后世影响也比较大，惜未遑细论。另外，欧阳修的经学思想，包括《诗经》学思想经历了一定的变化，有历时性的特征，在使用和研究材料时突出史料的历史感以及被不断加工改造的特征，将是谨慎细致的学术思想史研究必须重视的内容。这一点也是目前关于欧阳修经学思想包括《诗经》学研究的薄弱环节，在方法论上也值得深思和加强。

---

① ［日］土田健次郎著，朱刚译：《道学之形成》，上海古籍出版社2010年版，第44页。脚注②。

② 刘子健：《欧阳修的治学与从政》，台北新文丰出版公司1963年初版，1984年补正再版，第22页。

③ 同上书，第22—27页。

④ 刘德清著，郭预衡审订：《欧阳修论稿》，北京师范大学出版社1991年版，第130、132、136页。

黄进德《欧阳修评传》第四章《欧阳修的经学见解》，共涉及两个方面，即"'以经为正'，'不惑传注'""疑古创新，经世致用"①。"欧阳修认为求得《六经》本义就必须坚持质诸人情的原则。也就是符合人情物理与否乃检测《六经》真伪的天然尺度，也是取舍传笺的客观标准。"②该著认为"欧阳修舍传从经、疑传求真的治经精神在《易》《诗》《春秋》的研究中都有充分的展现，而以《诗本义》尤为突出"③，并专门探讨了欧阳修"正本清源，以意逆志，探究《诗》本义"④的特点，涉及了部分对《诗本义》的研究。作者认为"对毛《传》郑《笺》的评议中不难看到欧阳修研究《诗经》致力于探究诗人主观感情抒发的流程。正由于他能从整体上牢牢把握住诗歌内在的机杼意脉，才有可能捕捉到诗人的心灵的奥秘，从而对毛郑的谬说提出鞭辟入里、切中肯綮的评骘"⑤，将"情"拘泥于人物瞬间的情感世界，则是值得进一步推敲的。

曾建林《欧阳修经学思想研究》通过考察欧阳修的《易》学、《诗经》学、《春秋》学以及《尚书》《尔雅》《周礼》《四书》研究，比较集中地探讨了欧阳修的经学思想特点，注意到欧阳修《四书》研究的薄弱环节。该文从文统、道统、正统三个方面确定欧阳修在北宋的学术地位，是颇有新意的，"宋初经学转型是通过文统、道统、正统理论的确立来实现的，欧阳修以经学思想为理论基础通过文学复古运动、正统史学编纂以及儒家道德实践，完成了对宋初文统、正统、道统的构建，从而也确立了欧阳修在宋初经学转型中的领袖作用与地位"⑥。作者结合夷陵、滁州两次被贬将欧阳修的经学思想发展概括为三个发展阶段，即"夷陵之前时期，可视为欧阳修经学思想的发展初期，从致力于利禄的科举之学到在洛阳时转向致力于韩愈思想的研究""夷陵到滁州时期，是欧阳修经学思想形成并在实际中实践的阶段。通过庆历新政，欧阳修的经学思想初步得到贯彻""滁州之后的时期，通过反思总结，欧阳修的经学思想更加成熟，并撰成经学著作，影响社会，推动了汉学向宋学的转型"⑦。该著高

---

① 黄进德：《欧阳修评传》，南京大学出版社1998年版，第320—356页。
② 同上书，第325页。
③ 同上书，第329页。
④ 同上书，第329—340页。
⑤ 同上书，第337页。
⑥ 曾建林：《欧阳修经学思想研究》，博士学位论文，浙江大学，2007年，第3页。
⑦ 同上书，第4页。

度评价了《诗本义》在欧阳修经学思想体系乃至宋学中的地位，虽未展开，但良可参考，尽管有些细节还可以进一步推敲，如作者认为欧阳修“在景祐、宝元年间已开始撰写《诗本义》，到熙宁三年，欧阳修终于决定将撰写多年的《诗本义》定稿，至熙宁四年最后成书。《诗本义》的完成，标志着欧阳修疑古疑经的义理经学体系（宋学）的全面建立”① 等。

曾建林《欧阳修经学思想研究》第三章《欧阳修的〈诗经〉学思想》包括欧阳修《诗经》学发展背景（《五经正义》后韩愈、成伯玙的启发，欧阳修《诗经》学著作及《诗经》学思想的形成），欧阳修《诗经》学思想（对《诗经》作者、内容及孔子删《诗》的认识，对《诗序》作者的认识、对《诗经》的怀疑），欧阳修“求诗本义”的解诗方法（诗“本义”“末义”的区别，阙其所疑的解诗态度，“以史证诗”“考求文意”“质以人情”“以理说诗”的“求本义”的方式），欧阳修对《序》《传》《笺》的批评，欧阳修对《诗经》时世的考订，欧阳修《诗经》学中的几个问题（关于“诗解九篇”与欧阳修《诗经》学思想的前后差异，对《青蝇》篇的怀疑与解说，《诗经》语助词的问题）②，虽然涉猎广泛，但基本没有超出前人研究的视阈（除“诗解九篇”个别地方更加细微的考察与简短的“《诗经》语助词的问题”外），论述也比较单薄，材料虽较充实，但新发掘不足，特别是“《诗经》学思想”概括与提炼不够，需要进一步加强。

杨丽萍《欧阳修〈诗本义〉诠释思想研究》参考西方诠释学的研究成果，梳理《诗本义》的诠释思想，主要研讨《诗本义》“本末论”与“人情论”对增强文本诠释有效性的贡献和影响。作者认为，《诗本义》诠释部分符合诉诸最直接和显而易见证据的“简洁经济”原则，“欧阳修的‘人情论’就是用最基本的人类的喜怒哀乐之情来推断诗意”；基于文本内在连贯性的“作品意图”的推测与评价，《诗本义》的“本末论”为读者提供了阅读与诠释有效性的控制机制③。应该说，从诠释学角度切入，并选择欧阳修关于“本末”与“人情”的理解，是抓住了《诗本

① 曾建林：《欧阳修经学思想研究》，博士学位论文，浙江大学，2007 年，第 13 页。

② 同上书，第 47—88 页。

③ 杨丽萍：《欧阳修〈诗本义〉诠释思想研究》，硕士学位论文，首都师范大学，2007 年，第 31 页。

义》和欧阳修经学的重点问题之一，但除此之外，欧阳修《诗本义》对文本文理及其意义的分析和把握，都是相当重要的。任何经典的存在和传播，都离不开诠释，作品的活生生的存在方式就在于一代代读者的接受，其中的视界融合和接受效果是人们不能不面对和正视的问题。正如人们所观察的，因为我们在把握经典时，不可能摆脱前视界，也就是前知、前有、前见，对读者是如此，对于作者也是这样。所以，考察《诗本义》的意义和效果，将其放在汉宋《诗经》学的思想学术史转型中，不仅是可能的，而且是必要的，因为它本身就体现了对前见的重视和评判。当然，这个过程参与的因素比较多，需要慎重和具体分析，比如在欧阳修那里，西京洛阳一带的游宦与贬谪夷陵的交往就是重要的影响方面。

新近出版的姜广辉主编《中国经学思想史》（第三卷），将宋明经学划分为"宋初经学"与"理学化经学"（主体），在"宋初经学"部分辟有《庆历之际的易学》章，第三个专题是《欧阳修〈易童子问〉的理性怀疑精神》，仅讨论《易童子问》对《易大传》中《文言》与《系辞》的辩驳与排抑[①]。对欧阳修在《诗经》学、《周礼》等方面的研究关注不够，对欧阳修经学思想的特色及影响研究也留有较大研究空间。

六 关于《诗本义》的经学史地位和意义

欧阳修《诗本义》无疑在经学史中占有重要的地位，在《四库全书总目》之前，已经有"开百世之惑"[②] 的美誉。这一点是无可置疑的，今人也认为"宋人说诗的特征是反毛郑的风气，例如欧阳修（《毛诗本义》），说诗虽主毛郑，却已开了新解之端"[③]；"欧阳修是开北宋这种一代风气（文风、学风、思想之风）的首领人物"[④]；"欧阳修的《诗本义》

① 姜广辉主编：《中国经学思想史》（第三卷），中国社会科学出版社 2010 年版，第 109—115 页。

② 《经义考》卷一百零四引南宋楼钥语："由汉以至本朝，千余年间，号为通经者不过经述毛郑，莫详于孔颖达之《疏》，不敢以一语违忤二家，自不相侔者，皆曲为说以通之。韩文公，大儒也，其上书所引《菁菁者莪》，犹规规然守其说。惟欧阳公《本义》之作，始有以开百世之惑，曾不轻议二家之短长，而能指其不然，以深持诗人之意。其后王文公、苏文定公、伊川程先生各著其说，更相发明，愈益昭著，其实自欧阳氏发之。"

③ 何定生：《宋儒对于诗经的解释态度》，《诗经研究论集》，第 413 页。

④ 李泽厚：《中国古代思想史论》，人民出版社 1985 年版，第 230 页。

可以说是吹响了《诗》学解放的进军号"[①] 等。林叶连《中国历代诗经学》第七章《宋朝诗经学》第二节《宋朝经学之发展趋势》，将宋代《诗经》学著作划分为八派，第一派就是"议论毛传郑笺派"[②]，首列《诗本义》，说"欧阳修著《诗本义》，论正毛《传》、郑《笺》之不同处"[③]，下启刘宇《诗折衷》、项安世《毛诗前说》等。石文英认为"厘订毛郑之失，聚讼小序，废去传注"[④]，"是宋代诗经研究疑古、变古精神的出色表现，也是宋代诗经研究的最大贡献"，"欧阳修《毛诗本义》十六卷旨在厘订毛郑之失，这一点确是开了第一炮"[⑤]，"《毛诗本义》对宋代诗经研究的影响和贡献相当大"[⑥]。

当代《诗经》研究史成果中，20 世纪 80 年代初版、21 世纪初再版的夏传才《〈诗经〉研究史概要》是一部具有奠基性质的著作，它将朱熹《诗集传》视为中国古代《诗经》研究史的第三块里程碑，而对欧阳修《诗本义》的地位关注不够，但却明确指出《诗本义》"对汉学《诗经》学的基础——《诗序》《毛传》《郑笺》都进行了指摘……这就整个地动摇了它们的权威地位"[⑦]。夏传才先生还扼要地从学术精神角度高度估价欧阳修《诗经》学新风的影响和价值，认为"欧阳修、苏辙等人对《毛传》《诗序》《郑笺》的批评，创始了对整个汉学《诗经》学的怀疑之风，逐渐发展为充满一个时代的思辨精神"[⑧]。即使从《诗经》考据学的产生来看，欧阳修也是有一定开创贡献的，他辑佚考辨郑玄《诗谱》就是一个典型的例子。如果从思想学术史发展的内在规律考察，"宋学怀疑汉学的传、序、笺、疏，提倡自由研究，以求实的精神注重实证，这是考据学兴起的原因，从欧阳修辑录已经散佚的郑玄的《诗谱》（原注：附于《通志堂经解》本欧阳修《毛诗本义》书后），苏辙考证《史记》等史籍

---

① 刘复生：《北宋中期儒学复兴运动》，台北文津出版社 1991 年版，第 9 页。

② 林叶连：《中国历代诗经学》，台北学生书局 1993 年版，第 246 页。

③ 同上书，第 247 页。标点略作改动。

④ 石文英：《宋代学风变古中的〈诗经〉研究》，林庆彰编《中国经学史论文选集》，台北文史哲出版社 1993 年版，第 88 页。

⑤ 同上。

⑥ 同上书，第 89 页。

⑦ 夏传才：《〈诗经〉研究史概要》，中州书画社 1982 年版，第 132—133 页；《诗经研究史概要》（增注本），清华大学出版社 2007 年版，第 107 页。

⑧ 夏传才：《〈诗经〉研究史概要》（增注本），清华大学出版社 2007 年版，第 108 页。

批驳《诗序》，到郑樵、王质、朱熹、王柏等等，都是注重考证的，这也是一代学风。现在还保存的宋代《诗经》考据学名家的专著，有程大昌、蔡卞、王应麟的著作”[①]，虽然这个时期的考据学不能与清代的考据学相提并论，而程大昌《诗论》十八篇、蔡卞《毛诗名物解》二十卷基本不能算严格意义上的考据学著作，而南宋末年王应麟的《诗考》却的确开启了三家《诗》辑佚研究的先河[②]，对清代三家《诗》研究成为显学影响甚大。宋代“三家《诗》”研究渐次展开和发展，至清有范家相《三家诗拾遗》、丁晏《三家诗补注》、冯登府《三家诗异文疏证》、陈寿祺父子《三家诗遗说考》、陈乔枞《四家诗异文考》等，近代王先谦《诗三家义集疏》而成为此项研究的顶峰，而欧阳、朱、王在“三家《诗》”学术研究上的重视与开创之功，自不可没。将考据学创始与渊源，追溯到王应麟乃至欧阳修也当然有其深层次的学术原因。

随着《诗经》学与研究不断拓展和深化，人们对《诗本义》的学术地位逐渐有了比较明确的认识。如戴维《〈诗经〉研究史》就注意到欧阳修《诗本义》的深远影响和汉宋学术过渡特征，认为“《诗本义》十六卷，是全面系统地对《诗经》按欧阳修己意进行讨论的著述，此书上继魏晋驳正毛郑的衣钵，下启有宋以经证道之先河，不过，其体例严谨，立论平实，不像魏晋王肃者流出于门户私见，肆意讥弹，而是从理义上推论并且打破唐以来《毛诗正义》给《诗经》学界带上的牢笼，对《诗经》学研究不仅在结论上作出正确的论证，更重要是在思想方法上开辟了新的道路”[③]，尽管这段表述文字与内容还有未臻完善的地方，在该书中也没有较好地展开对这个观点的论述，但是，作者的这种体会和判断却带有一定的启发性，将宋代庆历至熙宁年间解经新风的变化和特征也揭示了出来[④]，值得肯定，特别是强调了欧阳修承上启下的《诗经》学学术地位，尤为难能可贵。“欧阳修虽是在前人的基础上来打破《毛传》的牢笼，但他的规模与成果是大大超过前人的，从思想上以及方法上都给《诗经》

① 夏传才：《〈诗经〉研究史概要》（增注本），清华大学出版社2007年版，第122页。

② “王应麟辑《三家诗》与郑《易注》，开国朝辑古佚书之派。”（清）皮锡瑞著，周予同注释：《经学历史》，中华书局2004年新1版，第217页。

③ 戴维：《〈诗经〉研究史》，湖南教育出版社2001年版，第272页。

④ 严格意义上说，《诗本义》的普遍的现实影响应是熙宁三年（1070）以后的事了，与王安石解经新风相互衔接，不过王安石以己意解经走得更远，以致牵强附会、受人诟病。

研究以极大的启迪作用。宋代经学研究方向的改变，就是从欧阳修诸人开始的。”[①] 洪湛侯认为欧阳修“经学上的成就似已为文名所掩，他的《诗本义》等著作直至清代才引起人们的注意”[②]，表面看清代学者提及《诗本义》者居多，但大多受门户限制而多有批评之论。事实上，在整个宋代《诗经》学发展史上，《诗本义》的影响确是客观存在的，宋代目录学家的著录、朱熹等的称述和《诗经》研究典籍的征引都可以说明这一点。

有学者提出《诗本义》“是一部《诗经》研究史上具有里程碑意义的注释名著”[③]，与传统的三大里程碑（参见夏传才《〈诗经〉研究史概要》）看法不同，但并没有展开论证，显得意犹未尽。

余敏辉从《诗本义》论说体角度揭示《诗本义》解经新风与影响，角度新颖，给人以启示。特别是与《毛诗正义》相互比较，更能反映《诗本义》承上启下的学术地位和重要价值。他认为，“如果把《诗本义》与唐代孔颖达等奉敕编撰的《毛诗正义》进行比较，它的特点是作通经察传、阐释本义的学术论辩，而不是循章逐句、疏不破注的训诂释义，具有鲜明的个人独创特征和强烈的考信求实精神。不过，欧阳修这种解《诗》体式，也是渊源有自的，因为它最早为唐代成伯玙所运用，不过对后世产生较大影响的还是欧阳修。其实，汉唐《诗》注不出传、笺、注、疏模式，而欧阳修《诗本义》采用‘论说’体式，则是和他怀疑旧说，期于发明新意分不开的。至于它之所以在庆历之际风行于世，并和讲义体、集解体、集传体等成为宋代解诗的主要体式，则和当时的疑古辨伪之风密切相关”[④]，这种侧重写作体式的比较是有意义的，但是根据欧阳修《诗本义》的说法，他并不是为独标新意而故立新论，这也应作实事求是的评价。而《诗本义》“论说体”的优长，与汉唐《诗经》学的关系和差异，这段文字揭示得比较简明。

郭丹丹《唐宋〈诗经〉学研究》，将唐宋《诗经》学分为上下编，扼要条陈唐宋《诗经》学的主要著作与发展概况，其中对唐代中晚期《诗经》学代表人物成伯玙、施士丐《诗经》学观点作了论述和钩沉[⑤]，

① 戴维：《〈诗经〉研究史》，湖南教育出版社 2001 年版，第 276 页。
② 洪湛侯编：《诗经学史》，中华书局 2002 年版，第 299 页。
③ 余敏辉：《欧阳修文献学研究》，人民出版社 2010 年版，第 89 页。
④ 同上书，第 92 页。
⑤ 郭丹丹：《唐宋〈诗经〉学研究》，硕士学位论文，苏州大学，2010 年，第 29—33 页。

是难能可贵的，但遗憾的是该文没有注意唐宋《诗经》学转变的内在规律与联系的探讨。在涉及《诗本义》部分，认为《诗本义》后三卷（即今本十三、十四、十五卷）体现了欧阳修的诗学理论[①]，而没有对卷次产生的时间以及体现的《诗经》学思想进行考辨，等量齐观这些史料，在历史学意义上则需要反思。该文将唐代《诗经》学作为汉宋《诗经》学的过渡阶段，认为“唐前期的《毛诗正义》全面保存、继承了汉魏以来《诗经》的研究成果；唐中晚期的《诗经》学则体现了《诗经》汉学向《诗经》宋学的过渡、嬗变”[②]，整体上具有这样的学术转型的态势，包括宋初八十年的经学都可以看作是其中的构成部分，但具体问题还有必要再进一步深化。

刘新忠《南北朝诗经学研究》注意到南北朝时期皇侃《论语义疏》所引九条《诗经》诗句（其中一条为“逸诗”）的义理化解经倾向[③]，已与两汉魏晋风尚不同；同时，也注意到刘勰、萧纲、颜之推等人对《诗经》中的《国风》与《小雅》文学性的重视和强调，揭示《诗经》与诗赋歌咏之间的密切关系[④]，将《诗经》义理解经新风溯源于南北朝时期。而户瑞奇《魏晋诗经学研究》强调魏晋时期，随着玄学思潮的出现，《诗经》已经出现义理化解经的倾向[⑤]。这些将《诗经》学中的义理化倾向不断追溯，重视思想学术发展的内在理路，是值得肯定的，也能颇给人以启发。

七　关于《诗本义》的缺陷与不足

刘子健对宋代后继学者批评欧阳修经学的观点作了简要的概括，主要针对以下五个方面，包括“‘理’只限于人事之理”（如王厚斋、苏轼、曾巩）、“专信《六经》”（如陈善、叶适）、“专信《六经》，却又觉得后代的政治也颇可称扬，似有矛盾处”（如叶适）、“太轻注疏”（如朱熹）、“不言性”（如杨时）[⑥]。而宋代各家批评实则情形很复杂，未必没有借他

① 郭丹丹：《唐宋〈诗经〉学研究》，硕士学位论文，苏州大学，2010年，第43页。
② 同上书，第68页。
③ 刘新忠：《南北朝诗经学研究》，硕士学位论文，苏州大学，2009年，第39—45页。
④ 同上书，第46—61页。
⑤ 户瑞奇：《魏晋诗经学研究》，硕士学位论文，苏州大学，2009年，第20页。
⑥ 刘子健：《欧阳修的治学与从政》，台北新文丰出版公司1963年版，1984年补正再版，第33页。

人之酒浇自己块垒的意思。

石文英认为宋代《诗经》研究在诗的概念、原始、六义、四始、二南、正变、世次、国次、篇次、采诗删诗、诗与乐等传统《诗经》学问题上“虽有进展，但未有明显突破，有的甚而后退。比如孔子是否删诗，欧阳修、邵雍、二程，就都拘执旧说，曲为解释”[①]。该文结合具体《诗经》学学术问题，批评包括欧阳修在内的宋代《诗经》学学者在学术研究方面推进不够，当然，这也难免带有汉学与宋学的遗痕，但更多从经学与文学的关系角度着眼：“宋代的《诗经》研究本应在文学批评史上有重大开拓乃至揭开新页。厘订毛郑之说，否定小序，废去传注，实质上是一种企图从经师绝对权威下挣脱出来的合理的学术要求；这种要求可以排除和澄清汉唐以来对诗三百篇的穿凿曲说，进一步拨开云雾直接进入作品形象，恢复其原有的文学面目。朱熹也认为：‘要人虚心静气，本文之下打叠交，空荡荡地不要留一点先儒旧说，莫问他是何人所尊、所亲、所憎、所恶，一切莫问，而唯本文是求，则圣贤之旨得矣。’这段话在当时可以说相当精彩，令人惋惜不已的，最后一句却是个沉重的尾巴。这个大不掉的尾巴，终于拖住了全身，使一场生动的《诗经》研究颠进了另一条歧路。”[②]

关于《诗本义》是否完全，是否具有系统性，宋代已有人否定其为“不全之书”，而力主为“欧阳氏全书”（《经义考》卷一〇四《张瓘序》），当然这已是重视欧阳《诗》解与毛郑互补关系的心解。但从卷次篇章来看，《诗本义》的系统性与完整性往往受到学者们的质疑，“欧阳修的《诗本义》虽然不是一部系统的研究《诗经》的专著，就其对《诗经》114首诗篇与若干问题的探讨来看，也未能完全摆脱毛、郑传统经学研究的影响与束缚。但《诗本义》毕竟是《诗经》研究史上一部具有创新精神的重要专著”[③]，这些论点都是发人深省的。

白云姣考察了《诗本义》的版本、内容、体例、文学思想、影响与局限，其中将《诗本义》的局限概括为“不识《诗经》音乐性特征”“诗篇数量较少，理论未成体系”[④]，这种概括虽然比较新颖，但也是需要

---

① 石文英：《宋代学风变古中的〈诗经〉研究》，林庆彰编《中国经学史论文选集》，台北文史哲出版社1993年版，第87页。

② 同上书，第93页。

③ 张启成：《论欧阳修〈诗本义〉的创新精神》，《贵州社会科学》1999年第5期。

④ 白云姣：《欧阳修〈诗本义〉研究》，硕士学位论文，河北大学，2007年，第33—34页。

推敲的。欧阳修“经学上的成就似乎较少被人关注，直到清代，他的《诗本义》著作才在经学史上得到应有的地位”①，也是需要商榷的。

李君华将《诗本义》与今本《诗经》篇章数目与分布进行比较，认为：“《诗本义》所论及诗篇在风、雅、颂三大类的分布比较平均，所占比例分别为：46.9%，53.3%，37.5%。而且《诗本义》所论及诗篇在十五国风、大小雅和周颂各小节以及鲁颂、商颂的具体分布也很均衡，竟然不存在缺漏一国风的情况，甚至雅、颂各小类中都没有一个缺漏。”②虽然《诗经》雅部分具体分类，各种《诗经》本子略有差异，但是就整体分布来看，该文认为的“分布比较平均”的结论是可靠的，但是《诗本义》毕竟有一国风没有论辩，即《魏风》，这种“缺漏”也是源于对毛郑原有解释的认可。

王庆玲注意到《诗本义》的研究不足，并作为论文论述的重要方面。作者将《诗本义》的不足具体归纳为四个方面，分别是“部分诗解主观附会，曲解诗义”“诗解存在疏谬脱漏之处”“体例缺乏整体的系统性”“方法论上循环论证，标准不一”③，虽然某些方面似不乏新意，但是在材料（如《与颜直讲长道》《与王龙图益柔》等）认定分析上还有商榷的空间。

欧阳修《诗本义》声名不彰的原因，有人认为是欧阳修对待《诗序》的矛盾态度，消解了个人的创新性解说，“欧阳修大胆怀疑《诗序》作者，对《诗序》中的某些问题勇于发难，是其功；但同时对《诗序》多所回护，又显露了以尊信《诗序》为主的态度。故在后人看来，他的见解颇多‘自相矛盾’之处。这样一来，其论中的不少精到分析，往往被‘本义’中归结到序义的解说消解了。而这正是《诗本义》在后世地位名声不彰显的原因之一”④。这还只是一种原因。李梅训进一步从自身原因、外部原因、不同历史时代的价值取向三个方面对《诗本义》声名影响不大作了分析。其中内部原因，除上述对《诗序》的矛盾态度外，还有欧阳修文学成就掩盖了经学成就、体例与内容缺少系统性、未刻意宣传学术

① 白云姣：《欧阳修〈诗本义〉研究》，硕士学位论文，河北大学，2007年，第1页。

② 李君华：《欧阳修〈诗本义〉研究》，硕士学位论文，浙江大学，2008年，第24页。

③ 王庆玲：《〈诗本义〉研究》，硕士学位论文，山东大学，2010年，第57—60页。

④ 李梅训：《欧阳修〈诗本义〉对〈诗序〉的批评及影响》，《安徽师范大学学报》（人文社会科学版）2004年第4期。

观点，外部原因包括时代因素导致的《诗本义》修订刊刻很晚、王安石《三经新义》的影响、“朱熹《诗集传》的强大替代性作用”，不同时代的价值取向表现在古代经学与文学的杂糅难辨使《诗本义》声名不显，而到近代以后经学与文学分离，才突现了《诗本义》的开创价值[①]。这种原因分析，我们认为只是大概，比如根据郑樵《通志·艺文略》仅收欧阳修《郑谱补亡》二卷而未及《诗本义》，苏辙《墓志铭》仅记“《诗本义》十四卷”而不予置评，《宋史》本传亦不称欧阳修经学成就，就判断《诗本义》受时代影响而声名不振[②]，是值得检讨的。因为郑樵《诗辨妄》不存，但根据《周孚》的《非诗辨妄》及顾颉刚辑佚的《诗辨妄》，郑樵未必对《诗本义》不熟悉，而在《诗》学主张上，郑樵接续欧阳修走得更远，也是毋庸讳言的事实；苏辙《墓志铭》记载“《诗本义》十四卷”只是遵循了墓志铭文体的写作要求，《宋史》本传的撰写情形就更复杂，似不能作为重要参照和论证依据。“直到近世打破经学研究的独尊局面，使文学研究逐渐受到充分重视，进而确认《诗经》作为诗歌的本来面目。这时，《诗经》的文学研究才得到充分重视。欧阳修的开创性研究也就被学者所看重而被挖掘、论证、展开。其《诗经》文学研究也就逐渐得到现代学者的承认。”[③] 这也是以经学价值与文学价值来确定《诗本义》影响的表现。其实，欧阳修在世及以后《诗本义》的客观影响与实际影响同时存在，也许，在思想学术史意义上，才能跳出经学与文学对立的局限，对《诗本义》的价值与意义作一比较系统和有效的把握。

综上所述，在已有的欧阳修《诗本义》研究论著中，关注问题相对比较集中，诸如《诗本义》的版本，但忽略明版系统；《诗本义》的“本义”与可能；《诗本义》对《诗序》《毛传》《郑笺》的态度；《诗本义》解《诗》方法；《诗本义》对朱熹《诗集传》的影响；《诗本义》的缺陷与不足等。比较薄弱的环节是欧阳修《诗本义》的历史形成过程，《诗本义》与欧阳修诗文集的互证研究，《诗本义》解诗方法的关系、形成的原因及理论意义，欧阳修《诗经》学与汉唐学术的渊源，《诗本义》与《七

① 李梅训：《欧阳修〈诗本义〉名湮不彰的原因》，《社会科学家》2005年第6期。
② 同上。
③ 同上。

经小传》的关系研究，《诗本义》与三家《诗》的关系，《诗本义》的影响史或效果史研究等。特别是关于《吕氏家塾读诗记》与《诗本义》的关系研究还鲜有人问津。

第一章

《诗本义》学术渊源与创作时间考

欧阳修（1007—1072）虽自称没有明确的学术师承，但其深受唐代韩愈（768—824）的影响，在文学与经学方面也有反映。作为欧阳修经学研究的代表作《诗本义》的学术渊源、写作情况、个人缘起等都是值得细致钻研的内容。

第一节 《诗本义》的学术渊源略考

关于《诗本义》的学术渊源，这里着重从思想观念，包括对《六经》本质与关系的认识，特别是“诗本末”观念的学术渊源予以探讨。“从起源中理解事物，就是从本质上理解事物。”（［德］杜勒鲁奇语）至于《诗本义》在具体学术观点上，如何受到汉晋隋唐学者的影响，可见于本书《〈吕氏家塾读诗记〉与〈诗本义〉》章相关内容的考察。另外，与《诗本义》相前后，形成了辩驳毛郑的《诗》解氛围，这种学术同调的存在对《诗本义》的初稿与改稿都有深刻影响，因此，亦应予以考察。

一 欧阳修经学观念与先秦汉唐遗风

作为经学汉宋过渡的枢纽，单从欧阳修对《六经》[①] 本质与关系的概括来看，就已崭露端倪。汉唐时期，占主导的是认为《六经》各有分工的主张（当然《汉书·礼乐志》提出“六经之道一原也”，则另当别论），宋代“《六经》一道”的思想愈来愈明确和强烈，这是追求经典解

① 因为《乐经》存亡的争论，或被认为亡于秦火，或认为与《诗》《礼》相表里，但秦汉以后《六经》实际上已指“《诗》《书》《礼》《易》《春秋》”《五经》了。

释简明简易的反映，也是摆脱烦琐的章句训诂、割裂经典的表现。欧阳修恰恰具有这两种截然不同的《六经》观，当然，应注意其中时间的变化，最后影响后世深远的则是其“《六经》一道”的观念，因为相对汉唐的经学观来看，这种“《六经》一道”的观念更加符合简易和载道的原则。

欧阳修对《六经》的认识比较复杂。他的经学观有一定变化，这也带来了相应的抵牾和矛盾。嘉祐六年（1061）四月十六日所撰《廖氏文集序》，主张“《六经》非一世之书”①，认为：“《六经》者，先王之治具，而后世之取法也。《书》载上古，《春秋》纪事，《诗》以微言感刺，《易》道隐而深矣，其切于世者，《礼》与《乐》也。自秦之焚书，《六经》尽矣。至汉而出者，皆其残脱颠倒或传之老师昏耄之说，或取之冢墓屋壁之间，是以学者不明，异说纷起。况乎周礼，其出最后，然其为书备矣。”②《六经》各有分工，传达圣人的志也会有不同，“《诗》可以见夫子之心，《书》可以知夫子之断，《礼》可以知夫子之法，《乐》可以达夫子之德，《易》可以察夫子之性，《春秋》可以存夫子之志”③。《代曾参答弟子书》曾被怀疑为不类欧阳修书，但据全集编者校订按语“《外集》此卷，则公所自改者，至《居士集》十七卷，方为定本。今并存之，使学者有考焉”④，具有一定的参考价值。欧阳修将《六经》全部与孔子挂起钩来，主张《六经》是孔子心性情志的流露和载体，认为《六经》价值和功能各有侧重，这种看法本质上并没有完全逃离汉唐经学的樊篱。

先秦至秦汉时期论述《六经》各有偏重。如：“《诗》以道志，《书》以道事，《礼》以道行，《乐》以道和，《易》以道阴阳，《春秋》以道名分。”（《庄子·天下》）“圣人者，道之管也。天下之道管是也，百王之道一是矣。故《诗》《书》《礼》《乐》之归是矣。《诗》言是，其志也；《书》言是，其事也；《礼》言是，其行也；《乐》言是，其和也；《春秋》言是，其微也……天下之道毕是矣。”（《荀子·儒效》）“《诗》道志，故长于质；《礼》制节，故长于文；《乐》咏德，故长于风；《书》著功，故长于事；《易》本天地，故长于数；《春秋》正是非，故长于治人。”

① 《廖氏文集序》，《欧阳修全集·居士集》卷四十三《序》，第298页。欧阳永叔：《欧阳修全集》，中国书店1986年版（据世界书局1936年版影印），后同。

② 《问进士策三首》，《欧阳修全集·居士集》卷四十八《策问》，第326页。

③ 《代曾参答弟子书》，《欧阳修全集·居士外集》卷九《时论》，第425—426页。

④ 同上书，第427页。

（《春秋繁露·玉杯》）“六经之道一原也。”（《汉书·礼乐志》）等等。

《白虎通义》强调五常的重要性。五常中“礼”为中心，反映了等级观念。仁被认为是以礼行事的等级名分标准，义是行礼的合适性、合宜性，智是对礼的正确理解，信是行礼忠诚专一的内心状态。《白虎通义》将“五经”与“五常”相对应，认为“经，常也。有五常之道。故曰《五经》。《乐》仁、《书》义、《礼》礼、《易》智、《诗》信也。人情有五性，怀五常不能自成，是以圣人象天五常之道而明之，以教人成其德也”①。

当魏晋文学自觉的时代到来后，《五经》作为文章的起源，各种体裁的作品形式便被与不同的经典联系起来，也是这种《六经》各有分工观念的反映。“夫文章者，原出《五经》；诏命策檄，生于《书》者也；序述论议，生于《易》者也；歌咏赋颂，生于《诗》者也；祭祀哀诔，生于《礼》者也；书奏箴铭，生于《春秋》者也。”（《颜氏家训·文章》）“论说辞序，则《易》统其首；诏策章奏，则《书》发其源；赋颂词赞，则《诗》立其本；铭诔箴祝，则《礼》总其端；纪传铭檄，则《春秋》为根。”（《文心雕龙·宗经》）②

欧阳修对《六经》的认识在先秦诸子与汉代学者基础上有所损益，其对礼乐的重视与后来的张载、朱熹异曲同工。但若仅仅拘泥于此，则掩盖了欧阳修经学思想的光辉，只有通过历史的眼光清理和辨析那些纷繁的经学材料，才能逐步把握其经学思想演变的脉络和侧重点。

如果注意到欧阳修后来对《六经》同道思想的表述，则其经学思想的演进脉络便不难被发现，而引起反响的，恰恰是这种和历史时代、学术发展相合拍的观念。欧阳修撰《新唐书·艺文志》对“六经”的看法就

---

① 《白虎通义·五经》，（清）陈立撰，吴则虞点校：《白虎通疏证》卷九《五经》，中华书局1994年版，第447页。宋代刘敞也有这种《五经》五常的观念，“五经者，五常也。《诗》者温厚，仁之质也。《书》者训告，信之纪也。《易》者渊微，智之表也。《春秋》褒贬，义之符也。惟《礼》自名，其道专也”［（宋）刘敞著，黄曙辉点校：《公是先生弟子记》卷一，华东师范大学出版社2010年版，第13页］。刘敞的论述基本是对《白虎通义》的调整和改造。

② 刘敞主张：“《礼》者德行之本也，《诗》者言语之本也，《书》者文学之本也，《春秋》者政事之本也。此四本者，君子之所尽心也。”［（宋）刘敞著，黄曙辉点校：《公是先生弟子记》卷一，华东师范大学出版社2010年版，第15页］实际也是对《颜氏家训·文章》与《文心雕龙·宗经》观点的袭革，刘敞与欧阳修同时且交谊甚厚，可略窥当时人关于《六经》功能及关系的基本思想观念。

已不同，“六经之道，简严易直而天人备，故其愈久而益明”（《新唐书·艺文志》），重视简严易直与欧阳修的《六经》观一致，根据《欧阳修年谱》，《新唐书》撰修完毕，在嘉祐五年（1060），欧阳修负责纪、志六十卷。《诗本义》初稿一般定在嘉祐三年（1058），可与此相佐证。他主张“《六经》简要”（《六经简要说》），与同时期稍后张载（1020—1077）等人的看法也相似。

“《易》《书》《礼》《乐》《春秋》，道所存也，《诗》关此五者而明圣人之用焉。迹其道不知其用之与夺，犹不辨其物之曲直而欲制其方圆，是果成乎？”（《诗本义》卷十五《诗解统序》）欧阳修认为《诗经》关乎其他“道”之所存的“五经”，并进一步明“用”，而“迹道”与“知用”应是紧密结合在一起的，尽管欧阳修的“用之与夺”主要是指“劝戒”“美刺”，但实际上已初步纠正对《诗经》的三种偏见（“章句之书”“淫亵之辞”“猥细之记”），渐次以降，“‘六经’皆道之所存”，以至有张程朱陆等学者的理学解读，所以，在某种意义上说欧阳修开启了宋代以“道”（这种形而上的道有多种表达形式，如“道”“理”“心”等）为核心的《诗经》研究是毫不夸张的，而且有助于从更深层次的思想文化角度理解《诗经》学术演变的内在规律。

“君子之所学也，言以载事而文以饰言，事信言文，乃能表见于后世。《诗》《书》《易》《春秋》皆善载事而尤文者，故其传尤远”①，在欧阳修看来，《六经》只是文的差异，而“道”则是相同的。南宋杨简论《六经》“文六而道一”，实际上就是遥承和发挥欧阳修的认识。杨简明确地把“六经”统一起来，认为是载“道”之文，“《易》《诗》《书》《礼》《乐》《春秋》，其文则六，其道则一，故曰：‘吾道以一贯之。’又曰：‘志之所至，诗亦至焉；诗之所至，礼亦至焉；礼之所至，乐亦至焉；乐之所至，哀亦至焉。’呜乎至哉！至道在心，奚必远求？人心自善，自正，自无邪，自广大，自神明，自无所不通”②。由“至道在心”及“知吾心所自有之，‘六经’则无所不一，无所不通”，则能发现杨简

① 《代人上王枢密求先集序书》，《欧阳修全集·居士外集》卷十七《书》，第486页。

② （宋）杨简：《慈湖遗书》卷一《诗解序》，文渊阁《四库全书》（第1156册），第608页。按：“礼之所至，乐亦至焉”，《自序》下衍一行“乐之所至，乐亦至焉”（《慈湖诗传·自序》）；“呜乎”之“乎”，《自序》作“呼”（《慈湖诗传·自序》，文渊阁《四库全书》第73册，第3页）。

浓郁的心学气息，而欧阳修主张沟通情理古今、重视现实践行的品格就更弥足珍贵了。这种情形同时说明宋代学者在面对《六经》时，虽沿袭“文以载道”“文以明道”的传统，但是在“道”的具体内容和品格上依然留下了广阔的理论空间，成为后来程朱理学、陆王心学等学派建构理论的基点。

然而，如果溯源的话，这种《六经》一道或《六经》“文六而道一”的观念也可以追溯到先秦时期。

郭店楚简《六位（六德）》认为义为君德、忠为臣德、智为夫德、信为妇德、圣为父德、仁为子德，但并非简单地划分不同社会成员的道德类型，而是以形象的表述揭示了这些道德内涵的特点和属性。《六位（六德）》强调“夫夫，妇妇，父父，子子，君君、臣臣，六者各行其职，而谗谄无由作也。观诸诗、书则亦在矣，观诸礼、乐则亦在矣，观诸易、春秋则亦在矣。亲此多也，钦此多［也］，美此多也，道御止”[①]。关于这六部典籍的内容，《六位》强调“道”的重要，主要体现在人的社会伦常生活中，人处于六种不同社会位置，分别形成三对关系，如夫妇、父子、兄弟等，每种社会角色都应该按照本角色的伦常要求行动，它或许与后来“三纲”思想的形成有某种内在的逻辑关联[②]。这段简文还提出了“仁，内也。义，外也。礼乐，共也。内立父、子、夫也；外立君、臣、妇也……为父绝君，不为君绝父。为昆弟绝妻，不为妻绝昆弟。为宗族疾朋友，不为朋友疾宗族”[③]。虽然在内容上“君”的地位还没有得到突出性的强调，但是基本的思维框架已具备。此外，社会成员各行其职，便不会产生奸慝现象。“观诸诗、书则亦在矣，观诸礼、乐则亦在矣，观诸易、春秋则亦在矣”，“《诗》《书》《礼》《乐》《易》《春秋》”都无差别地反映了这种“夫夫，妇妇，父父，子子，君君、臣臣”的道理。与先秦大多典籍认为“六经”各有侧重的观念不同，《六位》的经学观念与后来宋代学者的“六经一道”观念相一致。在《六位（六德）》的作者看来，“六经”所承载的也不过是六位所具备的六德而已，人们阅读经典自然不能忘却这种价值。比较这种经典的观念将会有助于我们深入理解中国

① 李零：《郭店楚简校读记》（增订本），北京大学出版社2002年版，第131页。
② 这种思想以后在《韩非子》《礼纬·含文嘉》《白虎通义》等中逐渐得到发展定型。
③ 李零：《郭店楚简校读记》（增订本），北京大学出版社2002年版，第131页。

经学思想的发展源起及流变过程。“六经”载道则是经学赖以存在和发展的理论基础。

郭店楚简对“六经”性质和功能的基本表述，与传世文献比较，虽然似乎还停留在粗糙的抽象阶段，不少概括难以摆脱表面现象的缠绕，比如对《诗》《春秋》等的论断。郭店楚简关于“六经”的界定已基本明确，在逻辑上奠定了以后考察“六经”关系及基本功能的基础。郭店楚简与传世典籍之间的内在关联在彰显彼此异同的同时，进一步突出了思想学术史演变的独特性和复杂性。在郭店楚简（以及部分上博简）中蕴涵着丰富的经学思想史研究的资料和观念，已引起人们的重视。

先秦原始儒家中，除孔子与思孟学派外，荀子也占有极为重要的地位；特别是荀子继承子游、子夏的学术传统，在重礼、传承“六经”方面做出了巨大贡献。战国至秦汉间的“六经”学术传承往往与荀学有密切的关系①，甚至就是荀学的一个重要组成部分。《荀子》中的“六经”观念也具有一定的典型性。

《荀子》倡导“宗经”“征圣”。“宗经”即重视经典，以《诗》《书》《礼》《乐》《春秋》《易》为主；征圣，则是效法圣贤与先王（他们的精神可以在后王身上体现出来）。“宗经”“征圣”的最终目的在于“明道”，所以，在荀子看来，“道”的地位是崇高的，是万事万物的关键和统摄，人们阅读经典和效法前贤最终不外是“明道”。《荀子·儒效》：“圣人者，道之管也。天下之道管是也，百王之道一是矣。故《诗》《书》《礼》《乐》之归是矣。《诗》言是，其志也；《书》言是，其事也；《礼》言是，其行也；《乐》言是，其和也；《春秋》言是，其微也……天下之道毕是矣。”《儒效》中两次提到“隆礼义而杀《诗》《书》”，按照梁启雄《荀子简释·儒效注》“杀，差也，省也”②，也就是强调实践更加重要，相比较而言，礼义是纲领，是主导，《诗》《书》则是辅助，是体现罢了。《劝学》说得更加明了：“《书》者，政事之纪也；《诗》者，中声

① 清代汪中认为《毛诗》《鲁诗》《左氏春秋》《谷梁春秋》都是荀子所传，《礼》和《易》也是荀子所擅长的，《韩诗外传》是荀学别传。他指出，荀学出于孔子，对诸经贡献尤大：“荀卿之学，出于孔氏，而犹有功于诸经。”“盖自七十子之徒既殁，汉诸儒未兴，中更战国、暴秦之乱，《六艺》之传赖以不绝者，荀卿也。周公作之，孔子述之，荀卿子传之，其揆一也……盖荀卿于诸经无不通，而古籍阙亡，其授受不可尽知矣。”［（清）汪中：《荀卿子通论》，载（清）王先谦撰，沈啸寰、王星贤点校《荀子集解》，中华书局 1988 年版，第 21—22 页］

② 梁启雄：《荀子简释》，中华书局 1983 年版，第 92 页。

之所止也；《礼》者，法之大分，类之纲纪也。故学至乎《礼》而止矣。夫是之谓道德之极。《礼》之敬文也，《乐》之中和也，《诗》《书》之博也，《春秋》之微也，在天地之间者毕矣"，"学莫便乎近其人。《礼》《乐》法而不说，《诗》《书》故而不切，《春秋》约而不速"，并批评"学杂志，顺《诗》《书》"学习与实践相分离的行为①。这样，在荀子眼中，经典、圣人、道是统一的，"道"虽然难以把握，但是它可以体现和统一在圣人的行动、经典的表述以及万事万物中。荀子注意到知识（经典）和价值的统一，这种主张的真正实现则在汉代，并成为以后经学特别关注的问题之一，即将对经典的阅读与对圣人之志的体悟、"道"的把握结合起来。这是荀子在经学思想发展史上最值得重视的内容，因为它涉及观念的层次。

宋代人们的"六经一道""六经皆文也""六经"中的本末观念等，都可在荀子那里找到一定的渊源，尽管这些学说的主张者或许更加倾向于孟学。欧阳修也不例外。

由此可见，欧阳修的经学观念，无论是《六经》各有侧重还是《六经》一道观念，都与先秦至汉唐的经学思想有密切的联系，如果将先秦视为经学思想的萌芽期，那么欧阳修的这种经学思想与汉唐经学的渊源就更值得人们关注了。

二　"诗本末"观念与王肃、王通等

欧阳修"诗本末论"在欧阳修《诗经》学中占据着很重要的位置，也得到了朱熹等人的高度评价。欧阳修比较系统地确立了《诗经》学研究的"本末"观念，使学者可以从"太师之职"及一些"经师之说"中摆脱出来，而去体味"诗人之意"和"圣人之志"，奠定了《诗经》研究恢复本义、借以寓道的理论基础。

欧阳修在《本末论》中集中阐发自己对解《诗》四种情况的本末认识，是我们理解其解读《诗经》思想的基础。

> 诗之作也，触事感物，文之以言，美者善之，恶者刺之，以发其

---

① 汉代学者进一步说："《六艺》者，王教之典籍，先圣所以明天道，正人伦，致至治之成法也。"（《汉书》卷八十八《儒林传》）

揄扬怨愤于口，道其哀乐喜怒于心，此诗人之意也。古者国有采诗之官，得而录之，以属太师，播之于乐，于是考其义类，而别之以为风、雅、颂，而比次之以藏于有司，而用之宗庙朝廷，下至乡人聚会，此太师之职也。世久而失其传，乱其雅颂，亡其次序，又采者积多而无所择，孔子生于周末，方修礼乐之坏，于是正其雅颂，删其繁重，列于“六经”，著其善恶，以为劝戒，此圣人之志也。周道既衰，学校废而异端起。及汉承秦焚书之后，诸儒讲说者整齐残缺，以为之义训，耻于不知而人人各自为说，至或迁就其事以曲成其己学，其于圣人有得有失，此经师之业也。惟是诗人之意也，太师之职也，圣人之志也，经师之业也，今之学《诗》也不出于此四者，而罕有得焉者，何哉？劳其心而不知其要，逐其末而忘其本也。何谓本末？作此诗，述此事，善则美，恶则刺，所谓诗人之意者，本也。正其名，别其类，或系于此，或系于彼，所谓太师之职者，末也。察其美刺，知其善恶，以为劝戒，所谓圣人之志者，本也。求诗人之意，达圣人之志者，经师之本也。讲太师之职，因其失传而妄自为说者，经师之末也。今夫学者得其本而通其末，斯尽善矣。得其本而不通其末，阙其所疑，可也。虽其本有所不能通者，犹将阙之，况其末乎？所谓周、召、邶、鄘、唐、豳之风，是可疑也。考之诸儒之说既不能通，欲从圣人而质焉又不可得，然皆其末也。若诗之所载，事之善恶，言之美刺，所谓诗人之意，幸其具（俱）在也，然颇为众说汩之，使其义不明，今去其汩乱之说，则本义粲然而出矣。今夫学者知前事之善恶，知诗人之美刺，知圣人之劝戒，是谓知学之本而得其要，其学足矣，又何求焉？其末之可疑者，阙其不知，可也。盖诗人之作诗也，固不谋于太师矣。今夫学《诗》者，求诗人之意而已，太师之职，有所不知，何害乎学《诗》也？若圣人之劝戒者，诗人之美刺，是已知诗人之意，则得圣人之志矣。（《诗本义》卷十四《本末论》）

欧阳修将学《诗》的目的分为四种，即把握诗人之意、圣人之志、太师之职、经师之业，通晓诗人之意、圣人之志则为“本”，了解太师之职则为“末”，而经师之业则随其所求而变化，为本则本，为末则末。后来南宋戴溪《续吕氏家塾读诗记》将《诗经》的创作具体分为某氏作、国人作、国之贤人作等几种，不如欧阳修将其区分为“诗人之意”与“太史假设之义”为妙！认为学者鲜有收获的原因正是“劳其心而不知其要，逐其末而忘其本”，没有处理好解读《诗经》的本末关系。表面上看，学《诗》只要理解作者的意图就行了，“今夫学《诗》者，求诗人之意而已”，而实际上欧阳修所认为的“本”有两项，即“诗人之意”和“圣人之志”，而且将两者紧密地联系在一起，认为“若圣人之劝戒者，诗人之美刺，是已知诗人之意，则得圣人之志矣”，这样，实质上将“圣人之志”依然放在最主要的地位，《诗经》研究还是经学的研究。因此，后来借《诗》来发挥和体认心性义理，也是在把握所谓的“诗人之意”和“圣人之志”，尤其是“圣人之志”，所以宋代的《诗经》学研究也依然是经学范围内的经典研究。当注意作者的意图和读者的接受效果时，《诗经》的文学解读才有可能，如朱熹解《诗经》之所以有不少文学的因素和影响，就是因为重视自己的多读和体味，但因未离开经学的目标，最终也不是完全的文学解读，根本原因也在如何处理这两者的关系上。

谭德兴从宋代《诗经》学范畴角度考察“本末”论的价值和影响，认为：“至宋代，文论范畴‘本末’又被引入到《诗》学中，成为宋代《诗》学十分重要的理论范畴。以‘本末’论《诗》首先见于欧阳修的《诗本义》。《诗本义》乃宋代《诗》学变革的发轫之作”①，“欧阳修论《诗》开创了宋代《诗》学发展的新风，而‘本末论’无疑是其《诗》学思想的重要理论基础。欧阳修的《诗》说主要建立在其‘本末论’之上”②，将“本末论”作为欧阳修《诗》解的基础和出发点是毋庸置疑的。但这种“本末”范畴的内涵已经与文论中的“本末”有根本的不同，曹丕《典论·文论》“夫文本同而末异”，刘勰《文心雕龙》、陆机《文赋》等亦有论述，其中的本末主要侧重文学作品的思想内容意义与艺术表现形式的关系。而《诗本义》中的“本末”则是对经学义理价值的判断，褒贬意味浓郁。如果按照中国传统哲学“本末一贯”以及关于“本末一源”或字源学考察，恰恰与欧阳修要表达的价值理想相反，本末本是“除蔽”的前提。谭德兴认为“《诗》学‘本末论’推动了《诗》学疑古惑经思潮的发展，是宋代《诗》学方法论变革的重要理论依据”“突

---

① 谭德兴：《宋代诗经学研究》，贵州人民出版社2005年版，第75页。

② 同上书，第76页。

破传统《诗》说的束缚，‘本末论’的形成很好地解决了宋代《诗》学发展变革的理论依据，为《诗》学能更好地为宋代社会服务铺平了道路”①，“本末论”作为衡量既有的《诗》学成果的原则，简明扼要，对宋以后的《诗经》学研究影响深远，但是也要强调它与汉唐《诗经》学的内在联系，否则不易厘清《诗经》学思想学术史发展的内在脉络。

“诗本末论”，到底有无学术上的承继关系，学术界历来较少讨论，也就难以理清欧阳修《诗经》学与汉唐《诗经》学的内在联系。

笔者认为，欧阳修“诗本末论”是对隋代王通（584—617）《诗》论的继承和进一步发展完善。王通（文中子）曾说：“九师兴而《易》道微，三传作而《春秋》散。齐、韩、毛、郑，《诗》之末也；大戴、小戴，《礼》之衰也。”②“齐、韩、毛、郑，《诗》之末也”，还可见于宋王应麟《困学纪闻》卷十，明何乔新《椒邱文集》卷一，清朱彝尊《经义考》卷二百九十五、二百九十七等。此语骨干源于王通《中说》，因《中说》多受人们讥评，特别是《四库全书总目》的作者③，但《四库全书总目》也不否认《中说》实有其书、文中子实有其人，并将“儒风变古”追溯至王通，这是有见地的。这里引用历代多家称述，以见该史料不虚。

《中说》卷二《天地篇》记王通与裴晞、贾琼等学术对话，“子曰：‘盖九师兴而《易》道微，三传作而《春秋》散。’贾琼曰：‘何谓也？’子曰：‘白黑相渝能无微乎？是非相扰能无散乎？故齐、韩、毛、郑，《诗》之末也；大戴、小戴，《礼》之衰也。《书》残于古、今，《诗》失于齐、鲁。汝知之乎？’贾琼曰：‘然则无师无传，可乎？’子曰：‘神而明之，存乎其人。苟非其人，道不虚行。必也传又不可废也。’”④“无师无传”中的“师”“传”正是欧阳修强调的“《诗》之本末”中的“经师之末”，不过欧阳修的概括更加全面，系统化更强。关于解经是否要摆脱师、传的约束，王通并没有完全否定传的价值，但鼓励自得，宋代阮逸的注解则很明确，并作了发挥，其语云：“传之在师，得之在己。所传有

---

① 谭德兴：《宋代诗经学研究》，贵州人民出版社2005年版，第86页。

② 转引自《徂徕石先生文集》卷七《录蠹书鱼辞》，（宋）石介著，陈植锷点校：《徂徕石先生文集》，中华书局1984年版，第81页。

③ 《四库全书总目·中说提要》认为：“摹拟圣人之事迹则自通始，乃并其名而僭之。后来聚徒讲学，酿为朋党，以至祸延宗社者，通实为之先驱……足见儒风变古，其所由来者渐也。”

④ 《中说》卷二《天地篇》，（隋）王通撰，（宋）阮逸注：《中说》，文渊阁《四库全书》本。

限，所得无穷，故周公师天下，仲尼自得之，仲尼师万世，仲淹自得之，皆神契其道，不尽由师，明矣。孟子曰：‘君子之深造于道也，欲其自得之。自得之则居之安，居之安则取诸左右逢其原。’然学不可无师，而得之不由师也。”①

《诗本义》对王通作品亦有引用，可以证明欧阳修对王通的学术观点比较熟悉。《诗本义》卷十五《定风雅颂解》：“《风》生于文王而《雅》《颂》杂于武王之间，《风》之变自夷、懿始，《雅》之变自厉、幽始。霸者兴，变《风》息焉；王道废，《诗》不作焉。秦、汉而后，何其灭然也？王通谓：‘诸侯不贡诗，天子不采风，乐官不达雅，国史不明变，非民之不作也。诗出于民之情性，情性其能无哉？职诗者之罪也。’通之言，其几于圣人之心矣。”② 欧阳修所引王通语，据《困学纪闻》记载，南宋林艾轩多次引用③，出自《文中子·关朗篇》。这段文字也能显示欧阳修对王通“诗出于民之情性”④ 观点的欣赏和赞许，而对情理的重视⑤，正是《诗本义》和欧阳修经学的特色之一。欧阳修受王通影响，他认为王通“诗者，民之情性”的观点“几于圣人之心”，也就是说，这应是“达圣人之志”的解《诗》之本。关注情性在《诗经》创作和接受中的重要地位，正是《诗本义》简约解《诗》、裁酌毛郑等的关键，并具有一定的理论意义。

《中说》卷二《天地篇》：“子谓：‘续《诗》，可以讽，可以达，可以荡，可以独处，出则悌，入则孝，多见治乱之情。’”当然这里的“情”不仅含有情感情理，还含有实情实况的意思，比较完整地反映了王通对

---

① 《中说》卷二《天地篇》。所引孟子语见于《孟子·离娄下》：“君子深造之以道，欲其自得之也。自得之，则居之安；居之安，则资之深；资之深，则取之左右逢其原，故君子欲其自得之也。”

② 《四部丛刊》本与文渊阁《四库全书》本同。《欧阳修集》卷六十一《居士外集》卷十一《经旨十八首》之《定风雅颂解》，“雅”下衍一“颂”字，《困学纪闻》翁元圻按语所引同。

③ 林艾轩《与赵子直书》：“文中子以为：‘诗者，民之情性。人之情性不应亡。’”［《困学纪闻》卷三《诗》，（宋）王应麟著，（清）翁元圻等注，栾保群、田松青、吕宗力校点：《困学纪闻》（全校本），上海古籍出版社 2008 年版，第 346 页］

④ 或“诗出于民之性情”，［参见《困学纪闻》卷三《诗》，（清）翁元圻注引，第 346 页］。

⑤ “文中子虽是儒者，但他对诗的情感性也有明确的认识，看到了诗是人情之所必有，那么要达到明道的目的，就必须借助诗这一重要的手段。他要通过《续诗》的文学手段来剖析社会，探索实行王道的经验教训。”（李小成：《文中子考论》，博士学位论文，西北师范大学，2005 年，第 134—135 页）

《诗经》的看法，对欧阳修《诗本义》的确有深刻影响。如果考虑到思想学术史的实际，接近欧阳修的“本末”论《诗》的则是隋代的王通，欧阳修仅是进一步继承发展而已。

在“诗本末”的影响下，解读《诗经》的核心任务就是把握“圣人之志”与“诗人之意”，这就是《诗本义》所强调的“本”，它需要通过对经文的合乎情理的解读才能最终实现①，也就是要“因文见义”。

在《诗经》的“因文见义”以及批驳郑《笺》方面，欧阳修受魏晋时期的王肃影响比较大，除《诗本义》中多次引用肯定王肃《诗》解（如《邶风·击鼓》等）外，在解《诗》方法与原则上有近乎一致的相似。这也是时下研究《诗本义》不甚关注的问题。王肃谈到自己辩驳郑《笺》的初衷时，强调两点：一是寻文责实、义理不安，不得不辩；二是并非好辩，以标新立异。“郑氏学行五十载矣。自肃成童，始志于学，而学郑氏学矣，然寻文责实，考其上下，义理不安违错者多，是以夺而易之，而世未明其款情而谓其苟驳前师，以见异于人。乃慨然而叹曰：‘予岂好难哉？予不得已也。’”（王肃《孔子家语解序》）其中的“寻文责实，考其上下”解《诗》方法与治学态度，对《诗本义》的影响比较显豁。

王肃反对谶纬，解《大雅·生民》“履帝武敏歆”定后稷为帝喾的遗腹子（《毛诗正义》），便没有神学的气息。这种重视合乎人情、反对谶纬风气的学风对欧阳修也有启迪。王肃将“郑学之中义理‘不安’与‘违错’的现象普遍化、扩大化了，郑玄学说里的合理成分，没有得到应有的认可”②，这种不足，在《诗本义》中得到了补充和完善。

“诗本末”观念表现的另一个重要方面就是如何对待《诗序》（《小序》）及毛《传》、郑《笺》的问题。在这方面，欧阳修的前驱有唐代中晚期的成伯玙、韩愈、施士丐等。

张启成将《毛诗指说》的创新概括为《鲁颂》《商颂》为变颂，《诗序》首句为子夏所传，语助词的作用，乐歌的结构形式等③，这些重视文本因素的考察以及大胆怀疑《诗序》的做法对欧阳修无疑具有启发作用，

① 参见本书第三章《〈诗本义〉的两大解经方法及影响》。

② 户瑞奇：《魏晋诗经学研究》，硕士学位论文，苏州大学，2009年，第37页。

③ 张启成：《成伯屿与〈毛诗指说〉新探》，《贵州教育学院学报》（社会科学版）1997年第4期。

《诗本义》中也多次引用成伯玙诗解，就是明证。

在经学思想与研究方面，欧阳修也受到韩愈的启发。韩愈论《春秋》，“《春秋》三传束高阁，独抱遗经穷终始”（《韩昌黎全集》卷五《寄卢仝》），具有舍传从经、注重经文自身的思想；论《诗经》，“子夏不序《诗》”①，已对子夏序《诗》发难。这些观点，因为欧阳修对韩愈著作接触较早，并编订整理过，而较早地影响到欧阳修。景祐四年（1037），他撰著《春秋论》上、中、下三篇与《春秋或问》等，明确提出“舍传从经”的思想，“若公羊高、谷梁赤、左氏（原注：一本“氏”作“丘明”）三子者，博学而多闻矣，其传不能无失者也。孔子之于经，三子之于传，有所不同，则学者宁舍经而从传，不信孔子而信三子，甚哉其惑也!”② “经不待传而通者十七八，因传而惑者十五六。”③ 同时，他还强调“师经”的重要，将“师经”作为“师道”的根本途径。“古之学者必严其师，师严然后道尊，道尊然后笃敬，笃敬然后能自守，能自守然后果于用，果于用然后不畏而不迁……夫世无师矣，学者当师经。师经必先求其意，意得则心定，心定则道纯，道纯则充于中者实，中充实则发为文者辉光，施于事者果毅。三代两汉之学，不过此也。”④ 当“道”本身难以独立呈现时，通过“道”的载体“经”来把握“道”无疑是一种快捷而确切的途径。因此，“师经”是“师道”的进一步延伸，通过经典解释与还原来理解、体认和践行“道”。

欧阳修经学（包括《诗经》学）的基本规模已经建立起来。“宋欧阳修《本义》始辨毛、郑之失，而断以己意。”⑤ 从隋代王通等起，自出新意的解经倾向一直隐伏不断。唐初虽有《五经正义》颁行，统一南北经义，但明经科帖经取士的死记硬背方式，“非选士取贤之道”⑥，削弱了经学关注现实的积极功能。历经安史之乱（755—763），明经的经学大衰，

---

① 《汉毛诗序》，《玉海》卷三十八《艺文·诗》。

② 《春秋论上》，《欧阳修全集·居士集》卷十八《经旨》，第131页。

③ 《春秋或问》，《欧阳修全集·居士集》卷十八《经旨》，第135页。

④ 《答祖择之书》，《欧阳修全集·居士外集》卷十八《书》，第499页。按：“施于事者果毅”原作“施于世者果致”，据文渊阁《四库全书》本《文忠集》卷六十八改。另，该书本无系年，严杰《欧阳修年谱》根据《龙学文集》卷十二附书及注，系于景祐四年（严杰：《欧阳修年谱》，南京出版社1993年版，第77页）。

⑤ （清）皮锡瑞著，周予同注释：《经学历史》，中华书局2004年版，第174页。

⑥ 《帖经条例》，《唐会要》卷七十五，上册，第1375页。

“自天宝后，学校益废，生徒流散”[1]，儒学复兴与古文运动相伴，均以重振儒学关注现实的人文精神为旨归。中晚唐的经学变古也渐次展开，“大历时，(啖) 助、(赵) 匡、(陆) 质以《春秋》，施士丐以《诗》，仲子陵、袁彝、韦彤、韦茝以《礼》，蔡广成以《易》，强蒙以《论语》，皆自名其学。而士丐、子陵最卓异”[2]。而据《唐语林》卷二《文学》载施士丐论《诗》[3]，主要是针对毛《传》训诂、注解的不妥进行的，虽一鳞半爪，但可窥主要是针对毛《传》的，这些都开启了庆历之际《诗经》新解的先河。但据《新唐书》卷二百《啖助传》的记载，大历时期解经虽已崭露不守旧注、寻求新解的努力，但基本还限于专经，而晚唐至宋初，学者们出入群经、泛滥释老，则给经学的发展带来了新的契机。

某种意义上，欧阳修后来经学（包括《诗经》学）理论与实践的发展就是在这些汉唐学者启示下进行的。汉唐《诗经》学不仅是宋明《诗经》学要辩驳、清理的负累，同时也是宋明《诗经》学发展和壮大的沃土。宋代经学的变古，除受时代风云的激荡外，思想学术史内在的潜流则是相当重要的因素，汉宋《诗经》学存在着有机联系。

三 欧阳修与《诗本义》的诸同调

庆历（1041—1048）年间解经风气为之一变，这已是学术史上的共识。但是这种解经新风也自有渊源，代表人物除唐代的成伯屿、啖助、赵匡等外，还有北宋的刘敞、欧阳修等。欧阳修曾提到的石延年（字曼卿）也应是这类解经者，欧阳修说石延年少年时读经“不治章句，独慕古人奇节伟行非常之功，视世俗屑屑，无足动其意者”[4]，当时风气可窥一斑。

柳开（947—1000）是宋初倡导儒学精神的重要代表，他解经重视大指，不拘传疏，对庆历解经新风的形成有一定的影响。张景称柳开“凡诵经籍，不从讲学，不由疏义，悉晓其大旨。注解之流，多为其指摘”[5]。石介称赞柳开“《六经》皆自晓，不看注与疏。述作慕仲淹，文章肩韩

---

① 《新唐书》卷四十四《选举志》，第 1165 页。

② 《新唐书》卷二百《啖助传》，第 5705 页。

③ （宋）王谠：《唐语林》卷二《文学》，中华书局 1985 年版，第 40—41 页。

④ 《石曼卿墓表》，《欧阳修全集·居士集》卷二十四《墓表》，第 168 页。

⑤ （宋）张景：《柳开行状》，柳开《河东集·附录》。

愈。下唐二百年，先生固独步”[1]，根据诗中所写“先生文武具，命兮竟不遇。死来三十载，荒草盖坟墓。四海无英雄，斯文失宗主”，应是柳开去世三十年后的作品。陈植锷《石介事迹著作编年》将该诗系年于天圣七年（1029）[2]，距柳开去世刚好三十年。但是无论如何，这首诗至迟应在庆历之前，“斯文失宗主”也是对当时学术界、古文界的真实反映。“《六经》皆自晓，不看注与疏。述作慕仲淹，文章肩韩愈”，不仅强调了柳开以己意解经、不受注疏牢笼的学术特点，而且将他的学术渊源追溯到隋代王通（字仲淹，号文中子）和唐代韩愈，这样，将宋初直至庆历之际的古文复兴运动与儒学复兴紧密结合，并贯通到隋唐以来的学术变革中，使庆历新风的学术脉络更加清晰。虽然柳开多为后人诟病，石介评价也或存有感情过激、不合中庸之道（“我思柳先生，涕泪落如雨”）的地方，柳开个人诗文成就淡薄，终究声名不及欧阳修等，但肇启之功实不能被忽略。

北宋经学的复兴，学术的发达，解经新风尚的形成，固然与学者个人的研究与努力，与激荡士风、重视德行的学坛领袖如范仲淹（989—1052）、欧阳修等的鼓励和提倡有关，但朝廷的重视，大规模的兴学，则有力地推进了这股新风。欧阳修认为庆历三年（1043）宋仁宗下诏兴学是促进学风、士风大变的重要因素，“庆历三年秋，天子开天章阁，召政事之臣八人，问治天下其要有几，施于今者宜何先，使坐而书以对。八人者皆震恐失位，俯伏顿首，言此非愚臣所能及，惟陛下所欲为，则天下幸甚。于是诏书屡下，劝农桑，责吏课，（学）［举］贤才。其明年三月，遂诏天下皆立学，置学官之员，然后海隅徼塞四方万里之外，莫不皆有学。呜呼，盛矣！学校，王政之本也。古者致治之盛衰，视其学之兴废。《记》曰：‘国有学，遂有序，党有庠，家有塾。’此三代极盛之时，大备之制也。宋兴，盖八十有四年，而天下之学始克大立，岂非盛美之事须其久而后至于大备欤？是以诏下之日，臣民喜幸而奔走就事者，以后为羞”[3]。“天圣中，天子下诏书敕学者去浮华，其后风俗大变，今时之士大

① （宋）石介著，陈植锷点校：《徂徕石先生文集》卷二《古诗·过魏东郊》，中华书局1984年版，第20页。

② 陈植锷著，周秀蓉整理：《石介事迹著作编年》，中华书局2003年版，第19页。

③ 《吉州学记》，《欧阳修全集·居士集》卷三十九《记》，第274页。按：“学贤才”之“学”，文渊阁《四库全书》本作“举”，义似优，据改。

夫所为，彬彬有两汉之风矣。”[①] 天圣（1023—1032）是仁宗用的第一个年号，较《吉州学记》所载“庆历三年”兴学早十余年，但同时都是矫厉士风、更易文风、淳朴学风的举措，其脉络亦自分明。

在欧阳修倡导“《六经》一道”的同时，与欧阳修有“同年”（天圣八年，1030）之谊而年齿略长的石介（1005—1045）也有相同的认识，并且在实践中亦同样以砥砺士风作为自己的职责。石介在《录蠹书鱼辞》中说：“魏、晋以降迄于今，又有声律对偶之言，雕镂文理，刓刻典经，浮华相淫，功伪相衒，劀削圣人之道。离析六经之旨，道日以刻薄而不修，六经之旨日以解散而不合，斯文其蠹也。”[②] 《录蠹书鱼辞》未见于《石介事迹著作编年》，未详具体结撰时间，但根据内容判断，应在庆历之前，当也是描述学术浮靡、儒学不振的“儒门淡薄”景象[③]。石介在景祐二年（1035）《答欧阳永叔书》中提到自己更加重视讲论和践行儒家之道，而不是专尚奇异、注重形式（如书法），体现了石介的耿直与气节，也可窥当时陶冶士人节操的良苦用心和谨敬功夫。他说：“介日坐堂上，则以二帝三王之《书》、周公之《礼》、周之《诗》、伏羲文王孔子之《易》及孔子之《春秋》，与诸生相讲论。尧、舜、禹、汤、文王、周公、孔子之道，不尝离于口也。三才、九筹、五常之教，不尝违诸身也。教诸生为人臣则以忠，教诸生为人子则以孝，教诸生为人弟则以恭，教诸生为人兄则以友，教诸生与人交则以信。勉勉焉率诸生于道，纳诸生于善，驱诸生以成人。”[④]

较欧阳修略长、与欧阳修交谊深厚的孙复（992—1057），是理学发展中的“宋初三先生”之一，疑传思想也很明显。欧阳修载孙复为仁宗讲说《诗》，被守旧者指为“多异先儒”[⑤]，这已经是解经新风大开的盛况和影响了。孙复还曾给范仲淹写过书信，指斥《六经》旧注，认为要广招鸿儒“讲求微义，殚精极神，参之古今，复其归趣，取诸卓识绝见

① 《与荆南乐秀才书》，《欧阳修全集·居士集》卷四十七《书》，第 321 页。

② 《徂徕石先生文集》卷七《录蠹书鱼辞》，第 81 页。

③ 宋代祝穆撰《古今事文类聚》别集卷四在《古今文集·杂著》记载杨大年《录蠹书鱼辞》，宋王霆震编《古文集成》卷七十一又标“杨亿”，“大年”系杨亿（974—1020）的字。该文与石介文辞基本相同，应为一篇。《宋文选》卷十五《石守道文》亦有选录。兹从陈植锷先生点校本，用以考察庆历前儒风状况，篇目归属倒可略居其次。

④ 《徂徕石先生文集》卷十五《答欧阳永叔书》，第 176—177 页。

⑤ 《孙明复先生墓志铭并序》，《欧阳修全集·居士集》卷二十七《墓志铭》，第 194 页。

大出王、韩、左、谷、公、杜、何、范、毛、郑、孔之右者，重为注解”，因为“专主王弼、韩康伯之说而求于大《易》，吾未见其能尽于大《易》者也；专守左氏、公羊、谷梁、杜预、何休、范宁之说而求于《春秋》，吾未见其能尽于《春秋》者也；专守毛苌、郑康成之说而求于《诗》，吾未见其能尽于《诗》者也；专守孔安国之说而求于《书》，吾未见其能尽于《书》者也”①，显示孙复治经“不惑传注，不为曲说以乱经”② 的特色，也打破了经学研究中的“师法”“家法”传统。

恪守师法、家法，是两汉经学传承的重要特点。当然，关于师法与家法及其关系，历代学者有不同探讨，如清皮锡瑞《经学历史》、王鸣盛《十七史商榷》等。“师法和家法主要流行于两汉时期，随着郑玄混合今、古文的‘通学’的流传，师法、家法虽名存而实亡。魏晋以降，以师法和家法传经的形式基本结束了。清代乾嘉学者虽强调其学遵循汉代师法、家法，但实质上已有很大区别。”③ 尽管魏晋南北朝隋唐有一定变化，如经学中的南学与北学融合、三教思想渗透等，但至宋初八十年，据守章句诵说、陈陈相因则是经学的整体态势。如果要出新解，契合经典的根本精神，以复古为革新，则走出既有的经典陈说与支离解释是经学发展的第一步。

然而，南学与北学的融合，一般认为唐孔颖达等《五经正义》已经暂告结束，实际上，在两宋时期，这种学术特色依然存在，叶国良《宋人疑经改经考》统计两宋 130 人中，南宋较多，南方人也居多（包括巴蜀）④，“师先儒者，北方之学；主新说者，南方之学也”⑤。欧阳修出自江西庐陵，自称没有师承，虽未必故作新奇，但也属于“主新说者”，影响很显著。

《续资治通鉴长编》卷六十六景德四年（1007）七月宋真宗对臣子说：“近见词人献文，多故违经旨以立说。”下距庆历时期三十余年，可见，解经新风已逐渐萌发，至庆历而蔚然壮观。当然，庆历解经新风并不是一朝一夕形成的，渊源有自，历代学者称述，多注意从庆历到熙宁、元

① 《孙明复小集·寄范天章书之二》。

② 《孙明复先生墓志铭并序》，《欧阳修全集·居士集》卷二十七《墓志铭》，第 194 页。

③ 许道勋、徐洪兴：《中国经学史》，上海人民出版社 2006 年版，第 386 页。

④ 叶国良：《宋人疑经改经考》，台湾大学出版委员会 1980 年版，第 148 页。

⑤ （宋）晁说之：《嵩山文集》卷十二《儒言南方之学》。

丰间尚新奇的解经风气（如王应麟等），其间也屡有变化。叶国良《宋人疑经改经考》指出："顾一风气之形成，非一朝一夕之事，其来必有寖渐，就吴曾、陆游、王应麟之说论之，若谓风气大开于庆历则是，若谓其前决无议论注疏、疑经改经者，则不然矣。"① 叶氏并作过比较扼要的考察②。司马光（《论风俗劄子》）、吴曾（《能改斋漫录》卷一）、陆游（《困学纪闻》卷八引）、王应麟（《困学纪闻》卷八）等关于庆历学术新风的论述，都是学者们乐于引用的习见材料，兹从略。

在宋初八十年，北宋经学思想基本因袭汉唐解经遗风，鲜有新意，至庆历而变。但是庆历新风并不是突然形成的，庆历前也已渐次有学者对《春秋》《诗经》的研究不守传统注疏的情况，遥承中晚唐经学新风，为庆历经学风气大变奠定了学术和思想基础③。

欧阳修《诗本义》究竟是否受到其他《诗经》学著作的启发，现在根据《诗本义》及《欧阳修全集》还不容易分辨清楚。但是，欧阳修与梅尧臣交谊敦厚，并很欣赏梅氏所著《毛诗小传》二十卷（《玉海》《宋史》本传），专门撰文评述（即《梅圣俞墓志铭》等）。他与刘敞也是莫逆之交，学术界比较关注《诗本义》与《七经小传》的影响与关系研究④。

然而，在欧阳修、刘敞、梅尧臣之前，却还有在《诗经》学上有一定新意的学者，客观上为欧阳修等张本，其中就包括周尧卿。周尧卿，字子俞，道州永明人，天圣二年（1024）进士，著有《诗说》三十卷（曾巩《隆平集》卷十五、《宋史》本传），已佚⑤。《宋史·儒林传》记载周尧卿："为学不专于传注，问辨思索，以通为期。长于毛、郑《诗》及《左氏春秋》，其学《诗》，以孔子所谓'《诗三百》，一言以蔽之，曰思无邪'，孟子所谓'说诗者以意逆志，是为得之'，考经指归，而见毛郑之得失，曰：'毛之《传》欲简，或寡于义理，非一言以蔽之也。郑之

① 叶国良：《宋人疑经改经考》，台湾大学出版委员会 1980 年版，第 141 页。

② 同上书，第 141—146 页。

③ "早在庆历以前，反传统汉学的苗头就开始了，孙复泰山讲学、石介徂徕授经，有异于先儒，孙复著不守传注的《尊王发微》，都在庆历以前，还有周尧卿也是不尊先儒之说，著《诗说》三十卷，多异于先儒，而其卒于庆历五年，大概也是在刘敞《七经小传》出来以前。"参阅戴维《〈诗经〉研究史》，湖南教育出版社 2001 年版，第 266 页。

④ 李君华：《欧阳修〈诗本义〉研究》，硕士学位论文，浙江大学，2008 年，第 46—47 页。

⑤ 参见刘毓庆《历代诗经著述考（先秦—元代）》，第 131 页。

《笺》欲详，或远于性情，非以意逆志也。是可以无去取乎？'” 裁夺毛郑，自然并非从北宋才开始，魏晋时期王肃等已驳郑甚力，“或以今文说驳郑之古文，或以古文说驳郑之今文”①。某种意义上，周尧卿、欧阳修接续了此项工作，但是更加简洁有力，为新解开辟了空间。特别是关于郑《笺》“欲详，或远于性情”，也是《诗本义》辩驳毛《传》、郑《笺》特别关注和凸显的一个问题，但是《诗本义》能够做到具体分析，并不简单一概而论，力破门户之见，终能平和持论，则不无青出于蓝而胜于蓝的效果。

欧阳修撰《太常博士周君墓表》，大力表彰周尧卿能够践行礼（特别是丧礼），“如周君者，事生尽孝、居丧尽哀而以礼者也”，“吾于周君有所取也”②。根据《太常博士周君墓表》所记“以庆历五年六月朔日卒于朝集之舍，享年五十有一”③，则周尧卿生卒年分别为宋太宗淳化五年（994）、宋仁宗庆历五年（1045），年齿较欧阳修高。欧阳修评价周尧卿“学长于毛、郑《诗》，《左氏春秋》，家贫，不事生产，喜聚书”④。此墓表作于皇祐五年（1053）。当时欧阳修可能也在完成《诗本义》，应对周尧卿的《诗经》学成果不陌生。

与欧阳修《诗本义》有共同的学术旨趣，即论辩毛郑优劣与得失的著作，还有刘宇《诗折衷》二十卷（《玉海》《直斋书录解题》）、周轼《诗传辨误》⑤ 等，可惜已佚。可见，与《诗本义》相前后类似学术旨趣的著作不独一两部，但《诗本义》能够平易立论，独彪史册，个中原因还需俟日另作考察。虽然这里不能贸然判断周尧卿等的《诗经》研究对欧阳修《诗本义》一定有所启发，但《诗本义》所反映的《诗经》学研究的新风气与新理念确是《诗经》学发展的必然趋势，当可由此管窥。

第二节 《诗本义》创作时间与情形考

《诗本义》创作具有深远的学术渊源与具体的时代氛围，但是也与个

① （清）皮锡瑞著，周予同注释：《经学历史》，第 106 页。

② 《太常博士周君墓表》，《欧阳修全集·居士集》卷二十五《墓表》，第 176 页。

③ 同上。

④ 同上书，第 177 页。

⑤ 戴维：《〈诗经〉研究史》，湖南教育出版社 2001 年版，第 269 页。

人的努力和身世经历有关。《诗本义》初稿与改稿，根据众多年谱的记载，可酌情在旁证的基础上进一步明晰化。贬谪夷陵是欧阳修仕途人生和经学研究的重要环节，对其《诗经》学研究也有深刻影响。长期的眼病足疾在欧阳修的诗文创作和学术研究中都打下了深刻的烙印。

一 《诗本义》创作与定稿时间考

欧阳修的《诗经》研究，常被划分为早期和晚期两个阶段。早期的《诗经》学研究作品为《诗解》（或《诗解统》）九篇，大约作于景祐四年（1037），疑毛、郑之说。与其同时的作品有《易童子问》《易或问》，排击系词，认为系词不是孔子所作；《春秋论》《春秋或问》，认为《春秋》三传有差池；《泰誓论》，本诸人情，质疑旧说。整体上呈现出“舍传从经”的气象和特点，成绩斐然，奠定了欧阳修经学研究的重要基础，某种意义上，夷陵贬谪对欧阳修的学术与为政也未必不是一件幸事。

《诗解》（或《诗解统》）作为欧阳修的早期作品，已几成定论。但是，关键是欧阳修前后期《诗经》研究的变化到底是什么，为什么会发生变化。从今本《诗本义》所载《诗解》（或《诗解统》）来看，与《诗本义》前十二卷、卷十三《一义解》《取舍义》还存在扞格不合之处（详见本书第四章《今本〈诗本义〉主要卷次内在关系及意义考论》）。《诗解》（或《诗解统》）疑毛、郑的传统被保留了下来，成为全面研究《诗经》三百一十一首诗歌的基础，相较九篇概论式的把握，《诗本义》无疑更加具体深入，而且与已有的毛郑《诗》解构成了互补辩证的关系，是“不全之全”的著作。

《诗本义》在学术态度的谨严，持论的平和，语言的平易，体味的真切等方面都有变化。何泽恒《欧阳修之诗经学》曾概括为“窃疑《诗解》九篇为欧公早年之作，《本义》则作于嘉祐四年，欧公五十三岁，编次是书时，其说已多见更易，故不复录入。江、浙、闽诸本皆无此九篇，独蜀本增入，盖后人编辑刊行时所加也。即如《居士集》五十卷，乃公亲订，亦不收此九篇；而后人编集，特将蜀本所增者抽出，附于《外集》耳……《诗解》九篇……应为较早年之作。盖欧公于毛郑所疑既多，而晚年论时，态度愈见审慎谨严，必详其终始而抵牾，质诸圣人而悖理者，始为之改易也……夫《诗解》九篇，欧公自订文集、《本义》时，皆所不取，殆以其说仍多见牵强，倘传后世，怕遭后生之笑欤?"[1]"倘传后世，怕遭后生之笑欤"，化用了宋代沈作喆《寓简》卷八欧阳修"不畏先生嗔，却怕后生笑"语。

《诗本义》作于嘉祐四年（1059）的晚年说，尽管有不同学者主张，但还没有准确的依据，大多还只是一种猜测。因为《诗本义》成书经历过漫长的过程，现在根据书信、诗文等资料显示，欧阳修曾在晚年不断修订该书，熙宁三年（1070）因目疾剧痛计划定稿，最终完成应不晚于熙宁四年（1071）秋。

《诗解》（或《诗解统》）作于景祐四年（1037），《诗本义》初稿可能开始于景祐、宝元年间。宝元二年（1039），欧阳修与谢绛、梅尧臣等相会。梅尧臣诗句中有"问传轻何学，言诗诋郑笺"[2]，这句诗存有不同的理解，"聚会期间，向梅尧臣出示《诗本义》（亦称《毛诗本义》）、《春秋论》等经学研究著述"[3]，将"言诗"视为《诗本义》（具体辨析可见后文相关内容）；曾建林《欧阳修经学思想研究》解为"'问传轻何学'当指《春秋论》《春秋或问》等，'言诗诋郑笺'指《诗本义》《诗解》等"[4]。但是，"诋郑笺"不是《诗本义》的重要特征，况《诗本义》当时并未形成，今传《诗解》九篇也不尽是"诋郑笺"能概括的；"轻何学"，与"诋郑笺"相对，"何"当有确指人物，因此，笔者疑"问传轻何学"当是说欧阳修《易》学的成就，"言诗诋郑笺"反映了欧阳修早期《诗经》学的特征，还不能像晚年在《诗本义》中能"和气平心""立论未尝轻议二家，而亦不曲狥二家"（《四库全书总目·诗本义提要》），当然，"二家"指毛、郑。但是，宝元二年（1039）欧阳修"舍传从经"的经学思想已经展露无遗，与景祐四年（1037）一脉相承，为后来疑经惑传进一步奠定了基础。

此后，通过撰写《诗本义》，欧阳修经学研究有了更大进步。苏舜钦有诗《和韩三谒欧阳九之作》，韩三即韩绛，欧阳九即欧阳修。诗中称

---

① 何泽恒：《欧阳修之诗经学》，台湾《孔孟月刊》第15卷第3期。转引自林叶连《中国历代诗经学》，第259页。

② 梅尧臣：《代书寄欧阳永叔四十韵》，（宋）梅尧臣著，朱东润编年校注《梅尧臣集编年校注》卷九，上海古籍出版社1980年版，第143页。

③ 刘德清：《欧阳修纪年录》，上海古籍出版社2006年版，第107页。

④ 曾建林：《欧阳修经学思想研究》，博士学位论文，浙江大学，2007年，第6—7页。

“永叔闻我来，解榻颜色喜。殷勤排清樽，甘酸饤果饵。图书堆满床，指论极根柢……永叔经术深，烂漫不可既。虽得终日谈，百未出一二”。可见，苏舜钦对欧阳修经学研究的服膺。该诗作于庆历二年（1042），时欧阳修三十六岁。

欧阳修曾评价孙复经学研究：“先生治《春秋》，不惑传注，不为曲说以乱经。其言简易，明于诸侯大夫功罪，以考时之盛衰，而推见王道之治乱，得于经之本义为多。”[①] 欧阳修撰《孙明复先生墓志铭并序》在嘉祐二年（1057）十月[②]，这段论述不仅评价了孙复《春秋》学研究的特点（“不惑传注，不为曲说以乱经”“其言简易”）、内容（“于诸侯大夫功罪，以考时之盛衰，而推见王道之治乱”），而且强调孙氏研究“得于经之本义为多”，欧阳修用是否“得本义”作为衡量经学研究的重要尺度，此时正是《诗本义》初稿撰写的时期，这种评价也是情理中的事。对碑铭作这双重的发覆，可以初现《诗本义》写作进程中欧阳修的心路历程。

根据欧阳修《与颜直讲（原注：长道）》，判断《诗本义》最终定稿不晚于书信的写作时间，即熙宁三年（1070）。欧阳修《与颜直讲》说：“某衰病如昨，幸得闲暇偷安，但苦病目，不能看书，无以度日。《诗》义未能精究，第据所得，聊且成书，正恐眼目有妨，不能卒业，盖前人如此者多也。今果目视昏花，若不草草了之，几成后悔。所以未敢多示人者，更欲与二三君讲评其可否尔。”[③] 与这封书简相关，还有一则致王益柔的书信，其中谈到《诗本义》的问题，相较《与颜直讲》，这则书信关注的人较少[④]，全文：“某承见谕《诗义》，晚年迫以多病，不能精意。苟欲成其素志，仅且了却，颇多疏谬。若得一经商榷，何幸如之？闲居少人力，俟录一二拜呈，但虑方居禁职，无暇及此也。某目足为苦，秋深尤剧，尚赖休闲足以安养，余生之幸！”[⑤] 这是判断《诗本义》成于熙宁四年的重要依据。《与王龙图》撰于欧阳修去世前一年，根据书信内容判断，是王益柔向欧阳修索求《诗本义》，但欧阳修因人力缺乏，身体欠

① 《孙明复先生墓志铭并序》，《欧阳修全集·居士集》卷二十七《墓志铭》，第 194 页。

② 刘德清：《欧阳修纪年录》，第 302 页。

③ 《与颜直讲（原注：长道）》，《欧阳修全集·书简》卷九，第 1319 页。该信简作于熙宁三年（1070）。

④ 顾永新《欧阳修学术研究》有引用，但时间判断似不妥。

⑤ 《与王龙图（原注：益柔，字胜之）》，《欧阳修全集·书简》卷五，第 1276 页。该信简作于熙宁四年（1071）。

安，难以一时抄誊另本，至于后来王益柔是否拿到了《诗本义》（或者其中某些部分），则不得而知。但是这封书信与稍前的《与颜直讲》都含有作者关于《诗本义》及个人《诗经》学研究感受的文字，是相互契合的。《与颜直讲》之九也记载了这种情形，“旧苦目足之疾，得秋增甚。旧书编稿，未经一二君商榷，今遂复田亩，会见无期，此为恨尔”[①]，给我们展示了《诗本义》定稿后，欧阳修欲广泛征求意见而身体欠安、交通不便的境况。后一《与颜直讲》所提的“未经一二君商榷”的“旧书编稿”似便指《诗本义》，或者包括《诗本义》《居士集》等在内的作品。

刘德清《欧阳修纪年录》在“熙宁三年”条下，撰“以眼疾日甚，拟将《诗本义》定稿成书”，并引《与颜直讲》简，加按语：“《诗本义》初撰于景祐、宝元间，参见宝元二年五月纪事。本年鉴于眼疾日甚，拟作定稿，熙宁四年秋季方最终成书。”[②] 但是详察《与颜直讲》语义，该年《诗本义》似已成书，但还没有征求其他学者的意见；《与王龙图》则是直接索要《诗本义》，自然已经在先完成。严杰《欧阳修年谱》于熙宁三年撰：“是年前，《诗本义》成书。”[③] 可从。另外，“景祐、宝元”间，《诗本义》初稿是否已经形成，值得商榷。景祐年间完成《诗解》（或《诗解统》）似已没有问题，作为早年的《诗经》学作品，后来被好事者收入今本《诗本义》中，我国台湾学者裴普贤等先生已有辩证，不能因今本《诗本义》中存有这九篇稿件，就将《诗本义》的撰写追溯于这个时期。宝元二年（1039）五月欧阳修与梅尧臣、谢绛等有一聚会，席间谈论过自己对经书（包括《诗经》）的看法，但和后来的《诗本义》出入较大，基本还是诋郑的风格，应与《诗解》（或《诗解统》）相合，均是欧阳修早期的观点。其与《诗本义》到底有无直接的联系，还需要进一步研究。这样，目前学术界关于《诗本义》一书成书的过程实际上还缺乏细致的研究和了解，但大体上，《诗本义》形成应是一个不断修改完善的过程。当然，在欧阳修定稿十四卷后，《诗本义》在流传的过程中，又发生了一些历时性的变化，其中内蕴着丰富的学术思想意义（详见本

① 《与颜直讲（原注：长道）》，《欧阳修全集·书简》卷九，第1320页。该信简作于熙宁四年（1071）。

② 刘德清：《欧阳修纪年录》，第444页。

③ 严杰：《欧阳修年谱》，南京出版社1993年版，第281页。

书第四章《今本〈诗本义〉主要卷次内在关系及意义考论》)。

这样，结合《诗解》(或《诗解统》)[①]《诗本义》的初稿和定稿，大略展示出欧阳修《诗经》学发展的三个主要阶段。

易卫华《北宋政治变革与〈诗经〉学发展》以庆历四年（1044）欧阳修奉使河东，在绛州偶然发现《郑氏诗谱》为界，将欧阳修《诗经》学研究划作前后两个时期，即“前期是草创期，主要成果是《诗解》八首和《诗图》；后期是成熟期，主要成果是《诗本义》和《诗谱补亡》。其中贯穿着一条主线，即通过对毛《传》、郑《笺》等的批驳来追求‘圣人本意’，借此还原《诗经》的原貌为经学研究提供一个规范可靠的本子，进而对治道、教化有所裨益”[②]。因为作者认为前后期贯穿着一条主线，即“通过对毛《传》、郑《笺》等的批驳来追求‘圣人本意’”，那么，欧阳修《诗经》学前后期的根本差异到底是什么，其经学观念与解经方法有无新的变化，推动欧阳修《诗经》学发展变化的内在动力是什么，这都是有待进一步深入探讨的问题。

笔者认为，景祐三年（1036）前后，以贬谪夷陵、与梅尧臣研讨为标志，这是欧阳修《诗经》学的早期或形成时期；《诗本义》初稿到嘉祐四年（1059）间定稿是欧阳修《诗经》学思想不断发展完善的时期；以熙宁三年（1070）到熙宁四年（1071）《诗本义》修订的完成，这是欧阳修《诗经》学思想的成熟与完成时期[③]。

二 《诗本义》与夷陵风土人情的关系

游宦洛阳、被贬夷陵、再贬滁州是欧阳修人生、政治与学术发展的几个重要转折点[④]，其中“被贬夷陵”影响尤深，所谓“庐陵事业起夷陵”

① 宋代黄震《黄氏日钞》认为“《诗解》，自是一家”（《黄氏日钞》卷六十一《欧阳文》，洪本健编：《欧阳修资料汇编》，中华书局1995年版，第411页）。

② 易卫华：《北宋政治变革与〈诗经〉学发展》，博士学位论文，河北师范大学，2010年，第44页。

③ 熙宁三年（1070），“撰《〈诗谱补亡〉后序》（卷41）、《诗图总序》（《古今图书集成》经籍典卷157）、《〈诗谱补亡〉序》（《古今图书集成》经籍典卷141）”（刘德清：《欧阳修纪年录》，第454页）。

④ 曾建林结合夷陵、滁州的两次被贬将欧阳修的经学思想发展概括为三个发展阶段，即“夷陵之前”的“发展初期”“夷陵到滁州”的“形成并在实际中实践的阶段”“滁州之后”的“成熟”阶段（曾建林：《欧阳修经学思想研究》，博士学位论文，浙江大学，2007年，第4页）。

(《随园诗话》卷一之六五)[①]，在《诗经》学方面，还有更加微妙的意义。

然而，贬谪夷陵之前，欧阳修的《诗经》学研究就已经发生变化。洛阳游宦相对的宽松、惬意甚至放浪不羁都给其学术观念及人生态度以深刻的影响。

黄进德《欧阳修评传》记述了天圣到明道年间（1023—1033），欧阳修的科举以及在洛阳任职期间与钱惟演、谢绛、梅尧臣、张先、尹洙等人的交往，并及《非非堂记》《上范司谏书》等[②]，生动地展示了欧阳修初仕时期锋芒毕露、才华横溢、不阿于世的精神风采和独特性格，这些都奠定了后来欧阳修成为古文复兴、儒学振兴、义理解经的个人基础。特别是明道元年（1032）《非非堂记》写道："夫是是近乎谄，非非近乎讪，不幸而过，宁谄无讪。是者，君子之常，是之何加。一以观之，未若非非之为正也。"[③] 此后，他能大胆批驳毛《传》、郑《笺》，怀疑《二南》的《诗序》，何尝不是更加难能可贵的"非非"举动呢？

李兴武、陆志成比较集中地考察了欧阳修遗族、遗迹与生平际遇的关系，其中对欧阳修贬谪夷陵后体察民风、了解时弊、改良县政、确立志向作了肯定，认为这段时期的生活奠定了欧阳修日后发展的基础，"欧阳修在贬到夷陵的生活，对他深入社会下层、进一步了解民生疾苦和吏政的腐败黑暗大有助益。所谓'庐陵事业起夷陵，眼界原从阅历增'是也。也是从此时起，'欧阳修更坚定了革除弊端的决心，在北宋的政治舞台上，更自觉地向守旧势力挑战'"[④]。但是，具体到经学研究，特别是《诗经》学研究，这个阶段的影响到底有多大，为什么会产生影响，都未作涉及，这也是目前关于欧阳修《诗经》学及经学研究需要加强和弥补的方面。

景祐三年（1036），因《与高司谏书》牵连进范仲淹与吕夷简政

① "庐陵事业起夷陵，眼界原从阅历增"，本是袁枚以翰林改官江南，友人宽慰之词，"翰林归娶，长安赠行诗甚多，记其佳者"，"庄参政有恭，时为修撰，诗云：'庐陵事业起夷陵，眼界原从阅历增。况有文章堪润色，不妨风骨露峻峭。廉分杯水余同况，明彻晶笼尔独能。儒吏风流政多暇，新诗好与寄吴绫。'"［（清）袁枚：《随园诗话》卷一之六五］

② 黄进德：《欧阳修评传》，南京大学出版社1998年版，第34—50页。

③ 《非非堂记》，《欧阳修全集·居士外集》卷十三《记》，第453页。

④ 李兴武、陆志成：《欧阳修的退却》，中国大百科全书出版社2010年版，第252页。

治争端，仁宗目为“党比”[①]，欧阳修被贬夷陵[②]。他曾写诗：“乐天曾谪此江边，已叹天涯涕泫然。今日始知予罪大，夷陵此去更三千。”[③]他在夷陵期间，曾对《诗经》作深入研究，今传《诗本义》中的一些内容或与夷陵有关。但夷陵地势险恶，是人迹罕至的地方，“闻说夷陵人为愁，共言迁客不堪游。崎岖几日山行倦，却喜坡头见峡州”[④]。

夷陵地处荆楚故地，自然风物别有特色，特别是在民风方面保留了一些原始质朴的因素，该地多有民歌民谣，这些都为欧阳修把握《诗经》提供了一定的借鉴。夷陵“时节同荆俗，民风载楚谣。俚歌成调笑，擦（原注：一作㩟）鬼聚喧嚣。（原注：夷陵之俗多淫奔，又好祠祭。每遇祠时，里民数百，共餕其余，里语谓之擦鬼，因此多成斗讼）……白发新年出，朱颜异域销。县楼朝见虎，官舍夜闻鸮”[⑤]，“游女髻鬟风俗古，野巫歌舞岁年丰（原注：夷陵俗朴陋，惟岁暮祭鬼，则男女数百，相从而乐饮，妇女竞为野服以相游嬉。夷陵俗下，一本有古字）”[⑥]，“道途处险人多负，邑屋临江俗善泅。腊市渔（原注：一作鱼）盐朝暂合，淫祠箫鼓岁无休。风鸣烧入空城响，雨恶江崩断岸流。月出行歌闻调笑，花开啼鸟乱钩辀。（原注：一本有“讼庭画地通人语，邑政观风间俚讴。土俗虽轻人自乐，山川信美客偏愁”四句）”[⑦]。南宋陆游（1125—1209）《老学庵笔记》记载：“欧阳公谪夷陵时，诗云：‘江上孤峰蔽绿萝，县楼终日对嵯峨。’盖夷陵县治下临峡江，名绿萝溪。自此上泝，即上牢关，皆山水清绝处。孤峰者，即甘泉寺山，有孝女泉及祠在万

① 柳植：《欧阳修谪守夷陵县制》，《儒林公议》卷下，《丛书集成初编》本。

② 据胡柯《年谱》，欧阳修被贬夷陵（今湖北宜昌）县令，事在宋仁宗景祐三年（1036）五月，十月乃至贬所。

③ 《琵琶亭》，《欧阳修全集·居士外集》卷六《律诗》，第389页。

④ 《望州坡》，《欧阳修全集·居士集》卷十《律诗》，第73页。

⑤ 《初至夷陵答苏子美见寄》，《欧阳修全集·居士集》卷十一《律诗》，第73页。

⑥ 《夷陵岁暮书事呈元珍表臣（原注：一本作元珍判官表臣推官）》，《欧阳修全集·居士集》卷十一《律诗》，第75页。

⑦ 《夷陵书事寄谢三舍人（原注：一作代书寄舍人三丈）》，《欧阳修全集·居士集》卷十一《律诗》，第75页。按：欧阳修《夷陵书事寄谢三舍人》：“道途险处人多负，邑屋临江俗善泅。腊市渔盐朝暂合，淫祠箫鼓岁无休。风鸣烧入空城响，雨恶江崩断岸流。讼庭画地通人语，邑政观风问俚讴。”（《瀛奎律髓》卷四《风土》，洪本健编：《欧阳修资料汇编》，中华书局1995年版，第443页）据此，《居士集》所载“讼庭画地通人语，邑政观风间俚讴”中的“间俚讴”似应为“问俚讴”。

竹间，亦幽邃可喜，峡人岁时游观颇盛。予入蜀，往来皆过之。”① 可作为旁证。

“山横天地苍茫外，花发池台草莽间。万井笙歌遗俗在，一樽风月属君闲”②，这种作品风俗古朴，保留了不少巫觋、游歌的传统，与《诗经》中的某些民歌也有近似的地方，这种身临其境的体验，有助于使人思考古今典籍相通的地方就在于人情事理，而超越经传注疏的束缚与牢笼，直接从人情事理角度考虑就是再自然不过的了。我们无法准确估量夷陵独特的风土民物对欧阳修《诗经》学研究的催动意义，但可以判断的是，这种因风俗言语不通，需要借助于绘画来“通人语”何尝不像人们面对久传难通的典籍，只有回归经典本身，从本义出发，合乎人情事理地把握才可能是合适与恰当的。风俗朴质，淫奔淫祠的盛行，也有助于思考《诗经》中的一些后被称为“淫诗”的作品，而欧阳修恰是将这些“淫诗”从“刺诗”中提取出来的重要代表人物之一，其关键也在于对这类诗作的以“第一人称”宣泄与抒发的敏感③。因此，欧阳修《诗本义》的解经新法与基本的理论基础，与他对夷陵风俗的感受有密切联系，而《诗本义》的早期稿件当完成于景祐年间谪居夷陵及稍后的宝元时期。面对狂野不经的风俗，他的感觉则是“土俗虽轻人自乐”，这也是难能可贵的。欧阳修年谱在夷陵期间的记载也足以印证这一判断。

景祐谪居夷陵，与欧阳修疑经惑传的解经新风关系密切，当时欧阳修三十岁左右，有学者将他《五经》学研究的一些代表作品就系年到这个时期（景祐四年，1037），如《易童子问》《易或问》《明用》《诗解》（八首），《春秋论》（上、中、下三篇）、《春秋或问》《泰誓论》等，主张“于夷陵疑经惑传，訾议毛、郑，首倡经学研究新风气”，“撰《诗解》八首，訾议毛、郑，力主舍传从经”④。当然，也有人比较刘敞《七经小

① 《老学庵笔记》卷七，洪本健编《欧阳修资料汇编》，中华书局 1995 年版，第 291 页。

② 《和刘原甫平山堂见寄》，《欧阳修全集·居士外集》卷七《律诗》，第 396 页。这首诗胡柯系于嘉祐二年（1057），是欧阳修与刘敞相互唱和的作品之一。时刘氏身处“芜城此地远人寰，尽借江南万叠山”（《公是集》卷二十五《游平山堂寄欧阳永叔内翰》），欧阳以诗宽慰，何尝没有夷陵、滁州之感悟，故特厝于此。

③ 关于“淫诗”起源的三种看法，如欧阳修、郑樵、毛《传》等，可参见拙著《宋代〈诗经〉学与理学》，第 139—140 页。

④ 刘德清：《欧阳修纪年录》，上海古籍出版社 2006 年版，第 98、99 页。

传》，认为《诗本义》在体例、内容、方法等方面都仿效《七经小传》[①]。虽然刘敞与欧阳修关系非常要好，《欧阳修全集》中保留了不少与刘敞交往、唱和的记录，但是缺少二人关于经学问题的探讨，在《书简》卷五中保留了欧阳修写给刘敞的书信31件（包括稿本等），横亘嘉祐二年（1057）至嘉祐七年（1062），没有探讨经学主旨的字句，即可作为一种旁证。当时学者相互切磋，互相影响，情形比较复杂；同时，古人撰著，反复修改，欧阳修《诗本义》最终在熙宁三年（1070）定稿，示人甚少。与刘敞《七经小传》的关系也需再作细致考察。

景祐四年（1037）八月欧阳修为朋友谢景山的妹妹谢希孟的诗集撰写书序，将谢希孟和《诗经》中的诗人进行对比，显示了这个时期欧阳修对《诗经》诗篇的熟稔和体会。他评价谢希孟诗歌风格“隐约深厚（原注：一作切），守礼而不自放，有古幽闲淑女之风”，又说“昔卫庄姜许穆夫人，录于仲尼而列之国风（原注：一有使字），今有杰然巨人，能轻重时人而取信后世者，一为希孟重之，其不泯没矣。予固力不足者，复何为哉？复何为哉？”[②]

宝元二年（1039）五月，欧阳修在清风镇会晤谢绛、梅尧臣，“聚会期间，向梅尧臣出示《诗本义》（亦称《毛诗本义》）、《春秋论》等经学研究著述”[③]。其实，这十多天的流连中，欧阳修与梅尧臣（1002—1060）谈论了一些经学问题，因为据欧阳修记录，梅尧臣也曾有《毛诗小传》二十卷[④]，梅尧臣对《诗经》的研究自不必说，但这并不意味着《诗本义》已经完全成形，广义上可以说，这个时期欧阳修的《诗经》学观点已经特色独具了。梅尧臣《宛陵集》卷六《代书寄欧阳永叔四十韵》：“尝亲马南郡，果谒谢临川。遂得窥颜色，重忻论简编。聊咨别后著，大出箧中篇。问传轻何学，言诗诋郑笺。漂流信穷厄，探讨愈精专。”“问

① 李君华：《欧阳修〈诗本义〉研究》，硕士学位论文，浙江大学，2008年，第46—47页。

② 《谢氏诗序》，《欧阳修全集·居士集》卷四十二《序》，第292页。

③ 刘德清：《欧阳修纪年录》，第107页。

④ 嘉祐五年（1060），至交梅尧臣去世，欧阳修在为梅尧臣所作的墓志铭中称，梅尧臣擅长《毛诗》学，“学长于毛氏《诗》，为《小传》二十卷”[《梅圣俞墓志铭（并序）》，《欧阳修全集·居士集》卷三十三《墓志铭》，第236页]，梅尧臣的《毛氏小传》不见于《直斋书录解题》《郡斋读书志》《宋史·艺文志》等，未详《毛氏小传》的大略内容与风格，与《诗本义》之间有无影响关系。

传轻何学”指《春秋论》《春秋或问》等著述，“言诗诋郑笺”指《诗本义》稿本、《诗解》等[①]。《四库全书总目》等认为《诗本义》向来持论平允中和，并不一味诋郑，虽然《诗本义》呈现的在毛郑二家中郑毕竟是批驳的重点，但还是与这里的“言诗诋郑笺”的说法有较大出入。根据梅尧臣“漂流信穷厄，探讨愈精专”的描述来看，这时欧阳修的《诗经》学观点还是早期的，大概是在夷陵时期的看法，当然，宝元元年（1038）三月欧阳修已经徙任乾德，正所谓“漂流信穷厄”。如果说《诗本义》的初次写作是在夷陵，或许“言诗诋郑笺”是他《诗本义》初稿的面貌，但更有可能是《诗解》（或《诗解统》）的看法。这是需要区别对待的，以避免抹杀了古代经典文献形成的历史性和历时性特征。

三　《诗本义》与目疾足病的关系

欧阳修《诗本义》创作与苦于目疾足病似也有关联，这里，试作讨论。欧阳修的目疾身衰是一重要关目，应值得关注，并愈益能体现欧阳修治学撮其大要、汇通古今、严谨精审的学术精神。

欧阳修体弱多病，甚至自称“病夫”[②]，尤其苦于目力衰坏的折磨，《诗本义》的最终完稿与目力不支有直接的关系，在一些关于他的年谱中也有反映。

他身体的状况，在不少诗歌中都有反映，如庆历五年（1045）：“今年得疾（原注：一作别病）因酒作，一春不饮气弥劣”[③]，并且肠胃不好，“饥肠未惯饱甘脆”[④]；“镇阳二月春苦寒，东风力弱冰雪顽。北潭跬步病不到，何暇骑马寻郊原”[⑤]，行动不便，不能远足；“天工施造化，万物感春阳。我独不知春，久病卧空堂。时节去莫挽，浩歌自成伤”[⑥]，诗人对

① 刘德清：《欧阳修纪年录》，上海古籍出版社2006年版，第107页。相关讨论可见前文。

② 《与刘侍读（原注：原父）》，《欧阳修全集·书简》卷五，第1267页。按：该书简系嘉祐二年（1057）所撰，《欧阳修全集》并注：“此贴，绵、吉本误作《与苏子容》。”

③ 《病中代书奉寄圣俞二十五兄》（原注：一本无奉及下四字），《欧阳修全集·居士集》卷二《古诗》，第12页。

④ 同上。

⑤ 《镇阳残杏》（原注：一本有寄圣俞字），《欧阳修全集·居士集》卷二《古诗》，第12页。

⑥ 《暮春有感》，《欧阳修全集·居士集》卷二《古诗》，第13页。

久病误春多有感伤和遗憾。“吾年未四十，三断哭子肠。一割痛莫忍，屡痛谁能当。割肠痛连心，心碎骨亦伤。出我心骨血，洒为清泪行。泪多血已竭，毛肤冷无光。自然须与鬓，未老先苍苍。”[①] 以上诗作均作于庆历五年（1045）。稍后，同年八月因谏官钱明逸、开封知府杨日严诬陷，被贬知滁州，十月到任。庆历六年（1046），“衰颜得酒犹强发，可醉岂须嫌酒浊”[②]，“我从多难壮心衰，迹与世人殊静躁”[③]，子女屡屡早丧，仕途坎坷，衔冤负屈，给欧阳修精神和肉体很沉重的打击，华发早生[④]，呈现衰态。

欧阳修目力不济似乎开始很早，晚年尤甚。

庆历五年（1045）《镇阳读书》对目力微弱情况下的读书艰难已有细致的描写，“春深夜苦短，灯冷焰不长。尘蠹文字细，病眸涩无光。坐久百骸倦，中遭群虑戕。寻前顾后失，得一念（原注：一作而）十忘。乃知学在少，老大不可强”[⑤]。“尘蠹文字细，病眸涩无光”是写目疾。庆历八年（1048），欧阳修说“某近以上热太盛，有见教云水火未济，当行内视之术。行未逾月，双眼注痛如割，不惟书字艰难，遇物亦不能正视，但恐由此遂为废人，所忧者，少撰次，文字未了尔”[⑥]，这是目前所见明确记录欧阳修目疾起因最早时段的资料[⑦]，而且能够看到欧阳修在病魔折磨下，心念文学与经术，拳拳挚诚，溢于言表。或许是因为这次初发目疾的治疗不当，诱使该病难以完全祛除，并伴随欧阳修后期生活与治学的始终，在其诗文书简治学中留下了鲜明的烙印。

皇祐元年（1049），欧阳修的书信中提到“以目病为梗，求颍自

---

① 《白发丧女师作》（原注：一本无下四字），《欧阳修全集·居士集》卷二《古诗》，第16页。

② 《新霜二首》，《欧阳修全集·居士集》卷三《古诗》，第22页。

③ 《希真堂东（原注：一本无东字）手种菊花十月始开》，《欧阳修全集·居士集》卷三《古诗》，第23页。

④ 早在贬谪夷陵后改赴乾德，便有诗句“多难我今先白发”（《送姜秀才游苏州》，《欧阳修全集·居士集》卷三《古诗》，第21页），该作作于宝元元年（1038），欧阳修三十二岁。

⑤ 《镇阳读书》，《欧阳修全集·居士集》卷二《古诗》，第14页。

⑥ 《与王文恪公（原注：乐道）》，《欧阳修全集·书简》卷四，第1256—1257页。

⑦ 严杰：《欧阳修年谱》认为该年“始患目疾”（严杰《欧阳修年谱》，第156页），刘德清《欧阳修纪年录》亦认为“是冬，行内视之术，损伤双目，酿成宿疾”（上海古籍出版社2006年版，第217页）。

便"[①]。皇祐二年（1050），化用《召南·甘棠》，"甘棠何止郡人思"[②]，表达福泽无边的美好祝愿。欧阳修化用《卫风·木瓜》，"礼有来必往，木瓜报琅玕"[③]，阐发"厚报"的思想。

至和元年（1054），欧阳修在《谢宣召入翰林状》中谈到自己的境遇，"近遭家祸，苟存余喘，复齿周行，风波流落者十年"[④]，给友人的书信中也称"衰病，须鬓悉白，两目昏花"[⑤]；至和二年（1055），欧阳修《与王懿恪公（原注：君贶）》称"以目疾畏风寒"[⑥]。

嘉祐二年（1057），在《乞洪州札子》中谈自己"迫于衰病，眼目昏暗，脚膝行步颇艰，右臂疼痛，举动费力"[⑦]，在书信中说"目疾得静安息虑，当益清明。某昏花日甚，书字如隔云雾，亦冀一闲处将养尔"[⑧]，"风眩发作，卧不能起"[⑨]；嘉祐三年（1058）三月，在《辞侍读学士札子》中强调"中年衰病，常忧废职，至于讲说经义，博闻强记，矧复非臣所长"[⑩]，嘉祐三年（1058）六月，在《辞开封府札子》中提及"乞一外任差遣，盖以臣久患目疾，年齿渐衰，昏暗愈甚，又自今年春末，忽得风眩，昨于韩绛入学士院敕设日，众坐之中，遽然昏踣，自后往往发动""素以文辞专学""早衰多病，精力不强"[⑪]，在书信中也称"某衰病不支，遽蒙以烦冗驱策，不敢固辞，其实非所能，亦非所乐，又非所堪也……某病目十年，遽为几案所苦"[⑫]，"近因病目在告……昏眩不能多书"[⑬]，"某苦风眩甚剧，若遂不止，当成大疾。作书未竟，已数眩转，屡

① 《与章伯镇》，《欧阳修全集·书简》卷四，第1259页。

② 《太傅杜相公有答兖州待制之句其卒章云独无风雅可流传因辄成》（原注：一本作因成四韵），《欧阳修全集·居士集》卷十二《律诗》，第84页。

③ 《送荥阳魏主簿》（原注：广已。一本作送魏广），《欧阳修全集·居士集》卷四《古诗》，第29页。该作可能在皇祐元年（1049）或皇祐二年（1050）。

④ 《谢宣召入翰林状》，《欧阳修全集·表奏书启四六集》卷二《状、札子》，第687页。

⑤ 《与韩忠献王（原注：稚圭）》，《欧阳修全集·书简》卷一，第1223页。

⑥ 《与王懿恪公（原注：君贶）》，《欧阳修全集·书简》卷三，第1253页。

⑦ 《乞洪州札子》，《欧阳修全集·表奏书启四六集》卷二《状、札子》，第687页。

⑧ 《与李留后（原注：公谨）》，《欧阳修全集·书简》卷四，第1263页。

⑨ 《与焦殿丞（原注：千之）》，《欧阳修全集·书简》卷七，第1297页。

⑩ 《辞侍读学士札子》，《欧阳修全集·表奏书启四六集》卷二《状、札子》，第688页。

⑪ 《辞开封府札子》，《欧阳修全集·表奏书启四六集》卷二《状、札子》，第689页。

⑫ 《与王郎中（原注：道损）》，《欧阳修全集·书简》卷四，第1260页。

⑬ 《与吴给事（原注：名中复）》，《欧阳修全集·书简》卷四，第1263页。

停笔瞑目”[①]。嘉祐三年（1058），欧阳修的目疾依然很严重，他在书信中说：“某为目疾为梗，临纸草率。”[②] 嘉祐四年（1059），欧阳修的病情有所加重，“自去岁秋冬已来，益多病，加以目疾，复左臂举动不得”[③]；“十年不曾灯下看一字书”，“目疾大作”，“惜目力”[④]，尽管有些夸张，但也可窥目疾之重。该年欧阳修给梅尧臣的诗里写道，“病眼自赠红蜡烛，何人肯伴白须翁”，“惟有吟哦殊不倦，始知文字乐无穷”[⑤]。如果有些学者推断《诗本义》完成于该年的结论不谬，则这条资料亦有助于体味当时欧阳修的心境。嘉祐五年（1060），“近年眼目尤昏，又却送在经筵，事与心违，无一是处，未知何日遂得释然，一偿素志于江湖之上，然后归老汝阴尔”[⑥]，虽充陈经筵讲习之列，但因身体原因，深感与个人追求有一定出入。嘉祐六年（1061），欧阳修记录赏花快慰，言“病目开豁，勉强饮数酌以当佳惠”[⑦]，在给刘敞的书信中也说“手指拘挛，又添左手。两目仅辨物，其余可知”[⑧]。

欧阳修晚年时期（诗文有“一生今过半”“自从中年来”“老尚把书卷”句）写过一首《读书》诗，叙述自己读书的经历与感受，“吾生本寒儒，老尚把书卷。眼力虽已疲，心意殊未倦。正经首唐虞，伪说起秦汉。篇章异句读，解诂及笺传。是非自相攻，去取在勇断。初如两军（原注：一作兵）交，乘胜方（原注：一作多）酣战。当其旗鼓催，不觉人马汗”，并有退隐后编纂修订著作的计划和心愿，“买书载舟归，筑室（原注：一作屋）颍水岸。平生颇论述，铨次加点窜。庶几垂后世，不默死刍豢”[⑨]，这首诗大概作于嘉祐七年（1062）或嘉祐八年（1063）。“篇章异句读，解诂及笺传。是非自相攻，去取在勇断”，当是写作《诗本义》的真切体会和内心感受，“平生颇论述，铨次加点窜。庶几垂后世，不默

① 《与李留后（原注：公谨）》，《欧阳修全集·书简》卷四，第1264页。

② 《与冯章靖公（原注：当世）》，《欧阳修全集·书简》卷三，第1246页。

③ 《与王懿敏公（原注：仲仪）》，《欧阳修全集·书简》卷三，第1249页。

④ 《与王文恪公（原注：乐道）》，《欧阳修全集·书简》卷四，第1257页。

⑤ 《戏答圣俞持烛之句》，《欧阳修全集·居士集》卷十二《律诗》，第89页。严杰《欧阳修年谱》将该诗系于嘉祐二年（1057）（严杰《欧阳修年谱》，第214页），此处从《居士集》。

⑥ 《与王懿敏公（原注：仲仪）》，《欧阳修全集·书简》卷三，第1250页。

⑦ 《与王懿恪公（原注：君贶）》，《欧阳修全集·书简》卷三，第1254页。

⑧ 《与刘侍读（原注：原父）》，《欧阳修全集·书简》卷五，第1269页。按：此帖被有些人怀疑为稿本，多两存以参证。

⑨ 《读书》，《欧阳修全集·居士集》卷九《古诗》，第61页。

死刍豢"，这个时候，欧阳修便有了修订平生著作的打算，可能也包括《诗本义》在内。南宋叶适（1150—1223）《习学记言序目》卷四十七针对这首《读书》诗阐发对欧阳修经学原则与方法的看法，认为"以经为正而不汩于章读笺诂，此欧阳氏读书法也。然其间节目甚多，盖未易言，以其学考之，虽能信经，而失事理之实者不少矣。且笺传杂乱，无所不有，必待战胜而后得，则迫切而无味，强勉而非真，几案之间，徒见其劳而未见其乐也。几案之乐，当默识先觉，迎刃自解，如日月朗耀，云阴解驳，安在斗是非，决胜负哉！"自不免徒惹嫌隙、吹毛求疵之感。

治平二年（1065），称"衰病眊然"[①]，也是指眼疾。

欧阳修目疾身衰也是熙宁元年（1068）春后屡屡上表、札子请求退休的重要原因，其中不完全是因为对王安石变法的异议，因为《亳州乞致仕》第一表、第一札子、第二表、第二札子、第三表、第三札子、第四表、第四札子、第五表，至最终《第五乞守旧任札子》均发生在熙宁元年（1068），同年的书简也流露出欧阳修因身体衰病，希望早日退隐，"某衰病难名，凡老患，或耳或目，不过一二，诸老之病并在一身，所以归心不得不速也"[②]，可作为补充证据。而熙宁二年（1069），王安石才"越次入对"，熙宁三年（1070）任参知政事，熙宁四年（1071）任"同中书门下平章事"。即使将变法发生时间算在熙宁二年，也与欧阳修致仕初衷无涉，其中主要的原因不能不考虑到身体的客观情况。如《亳州乞致仕》"鬓发凋残，忧患已多，精神耗尽，加之肺肝渴涸，眼目眊昏，去秋以来，所苦增剧，两胫惟骨，拜履俱艰，双瞳虽存，黑白才辨"[③]；"怨嫉谤谗，喧腾众口，风波陷穽（原注：一作槛阱），仅脱余生，忧患既多，形神俱瘁，齿发凋落，疾病侵陵，故自数年以来窃有退休之志"，"旧苦痟渴，盖已三年。腰脚细瘦，惟存皮骨，行步拜起，乘骑鞍马，俱觉艰难。而眼目昏花，气晕侵蚀，视一成两，仅分黑白"[④]；"自治平二年已来，遽得痟渴，四肢瘦削，脚膝尤甚，行步拜起，乘骑鞍马，近益艰

① 《与王懿恪公（原注：君贶）》，《欧阳修全集·书简》卷三，第 1255 页。

② 《与王文恪公（原注：乐道）》，《欧阳修全集·书简》卷四，第 1258 页。

③ 《亳州乞致仕第一表》，《欧阳修全集·表奏书启四六集》卷四《表、札子》，第 720 页。

④ 同上。

难。而两目昏暗多年，旧疾气晕侵蚀，积日转深，视瞻恍惚（原注：一作恍恍），数步之外，不辨人物。至于公家文字，看读签书，动成妨废”①，“所患眼目（原注：一作疾），自今年春夏以來，日更增加，其势未止。惟恐年岁之间，遂成废疾，若幸于未废之前获遂退休之请，与其病废尚窃美名”②；“痌瘆日增，弱胫零丁，惟存骨立，昏瞳眊瞀，常若冥行。既未知痊损之期，终当废去，而苟遂退休之恳，尚窃美名”③ 等。当然，欧阳修对王安石变法的某些条款是存有异议的，也是不争的事实，如熙宁三年（1070）夏，欧阳修上书《谢擅止散青苗钱放罪表》，认为青苗钱法“不便于人情”④，同年稍前还曾上书《言青苗钱第一札子》⑤ 力陈青苗钱之弊等。

熙宁二年（1069）三月，欧阳修在《谢赐汉书表》中说，“窃以右文兴化乃致治之所先，著录藏书须太平而大备”，“两目皆眊，虽嗟执卷之已艰”⑥。熙宁二年（1069）冬，《乞寿州第二札子》再申“臣旧患眼目已十余年，又苦渴淋亦五六岁，年日加老，病日加深，睛瞳气晕，侵蚀几尽，脚膝瘦细，行步艰难。自入今岁以来，心神又更昏耗，事多健忘，动辄差失”⑦。熙宁二年与友人的书信中也说“近秋冬以来，目病尤苦，遂不复近笔砚”“以病目艰于执笔”⑧。熙宁三年（1070）四月，《辞宣徽使判太原府札子》中说“今春眼目疼痛及渴淋旧疾作，脚膝细瘦，行步艰难”⑨。熙宁四年（1071）四月，《蔡州再乞致仕第一表》载“新春以来，旧苦增剧，中痟渴涸，注若漏卮，弱胫零丁，兀如槁木；加以睛瞳气晕，

① 《亳州乞致仕第四札子》，《欧阳修全集·表奏书启四六集》卷四《表、札子》，第723页。

② 同上书，第724页。

③ 《亳州乞致仕第五表》，《欧阳修全集·表奏书启四六集》卷四《表、札子》，第724页。

④ 《谢擅止散青苗钱放罪表》，《欧阳修全集·表奏书启四六集》卷五《表、札子》，第729页。

⑤ 《言青苗钱第一札子》，《欧阳修全集·奏议集》卷十八《青州》，第903页。

⑥ 《谢赐汉书表》，《欧阳修全集·表奏书启四六集》卷五《表、札子》，第728页。按：“两目皆眊”之“皆”，文渊阁《四库全书》本《文忠集》卷九十四《谢赐汉书表》作“昏”，亦通。

⑦ 《乞寿州第二札子》，《欧阳修全集·表奏书启四六集》卷五《表、札子》，第729页。

⑧ 《与韩忠献王（原注：稚圭）》，《欧阳修全集·书简》卷一，第1227页。

⑨ 《辞宣徽使判太原府札子》，《欧阳修全集·表奏书启四六集》卷五《表、札子》，第730页。

几废视瞻，心识耗昏，动多健忘”[①]。该年四月至六月间，相继撰写三表两札子，祈求退休，终于在熙宁四年（1071）六月正式退休，欧阳修撰写了《谢致仕表》[②]。该年下半年起，欧阳修的目足病情似略好转，他在给曾巩的书信中说：“某秋冬来，目足粗可勉强，第渴淋不少减。老年衰病，常理不足怪也。”[③]

根据欧阳修诗文书信等记载，欧阳修自中年起，目疾日益严重，肠胃不适，并长期伴有肢体行动不便的症状，具有类似中风的早期特征，对于喜好文章书法的他来说，举措不便，是何等的痛苦！因此，在诗文书简章奏等中屡有涉及，记录了自己身体变化的客观历程，并愈益使读者感受到在这种艰难的情况下，能够在文学、经学、政治等方面做出丰裕贡献的不易与可贵。

嘉祐四年（1059），欧阳修在给友人的信中说“十年不曾灯下看一字书”[④]，虽略有夸张和自责，但也传达出当时的实情与无奈，上溯十年，可至皇祐元年（1049），与当时的笔记、诗话中记载的欧阳修向博学多闻的刘敞请教、刘敞称欧九（欧阳修）不读书也略可印证，这些记载虽多戏说之语，但也从侧面反映了欧阳修中晚年身心煎熬的处境。但是，研究者虽不能仅仅拘泥于这些字词（因为后人也有评价欧阳修、朱熹读《诗》能注意到精细的问题），却可以在时代氛围、个人遭际、学术旨趣、交游讨论等多方面因素中把握《诗本义》创作中的历程和心迹。欧阳修苦于目疾，《诗本义》的最终定稿，也受到目疾的驱使，唯恐时光不再，留下终生遗憾。但是《诗本义》相关的一些内容和观点，出现却比较早，也有一个不断发展变化的过程，这是需要从思想学术史角度清理和考察的。

某种意义上，因为欧阳修自庆历五年（1045）后，身体每况愈下，目力衰减尤甚，阅读典籍、写作诗文屡屡主张要通其大旨（道），不能仅仅拘泥于文字，这些都对《诗本义》的写作产生了重要影响。《诗本义》能够在一定程度上摆脱烦琐的章句训诂，不做面面俱到的分析或集注，与

---

① 《蔡州再乞致仕第一表》，《欧阳修全集·表奏书启四六集》卷五《表、札子》，第733页。按：“耗昏”，文渊阁《四库全书》本《文忠集》卷九十四《蔡州再乞致仕第一表》作“昏耗”，亦通。

② 《欧阳修全集·表奏书启四六集》卷五《表、札子》，第736页。

③ 《答曾舍人（原注：巩，字子固）》，《欧阳修全集·书简》卷七，第1301页。

④ 《与王文恪公（原注：乐道）》，《欧阳修全集·书简》卷四，第1257页。

欧阳修自身的兴趣和身体状况密切相关。但这并不意味着《诗本义》就有“游谈无根”的弊端，相较而言，因为有《诗解》（或《诗解统》）的准备，经过景祐四年（1037）到熙宁三年（1070）二十多年的努力、写作与讨论、修订，《诗本义》也逐渐具有自己的独特面貌；在内容方面，欧阳修对毛、郑、王肃、王通等人的观点比较熟悉，酌裁权衡，间出新意和评断。整体上，欧阳修的《诗经》学研究及其他经学研究，确以简易和合乎人情事理为标志，与这些渊源和因缘分不开。

第二章

《诗本义》的“本义”问题与欧阳修“道”论思想

欧阳修《诗本义》的最大特征是探寻《诗经》“本义”，虽然某些地方在出新解同时又形成新的附会①，但整体上“本义”蕴含着对传统经解的反思和对新经学的构建，这个过程贯穿和寄寓着欧阳修的“道”论思想。在儒释道三教融合的背景下，对释老的看法也是反映欧阳修“道”论思想的重要构成部分。作为“义理解经”的重要代表人物，欧阳修为义理之学（包括理学）的发展奠定了一定基础，他与理学“宋初三先生”（胡瑗、孙复、石介）均有密切的交往，并为三人撰写过墓志铭或墓表②，与孙复、石介并多有诗文往还，将儿子欧阳发托付给胡瑗教育（至和元年，1054），与邵雍也有一定的联系③。嘉祐初年李觏也多次造访④。嘉祐二年（1057）欧阳修知贡举，三月殿试中第者即有苏轼、苏辙、程颢、张载等人。将欧阳修独立于理学思潮形成发展之外，是不符合思想学术史实际的，也忽略了思想学术史的复杂性。

---

① 如《伐木》，欧阳修认为伐木是“庶人之贱事，不宜为文王之诗”（《诗本义》卷六《伐木》），郑玄主张是文王未居位时，今人陈子展先生联系当时社会历史状况，论证君臣上下共同参与劳动是有可能的（《诗经直解》），则欧阳修批评郑玄的看法有过当之处，属臆测之词。

② 如嘉祐二年（1057）《孙明复墓志铭》（《欧阳修全集·居士集》卷二十七《墓志铭》，第193—194页）、嘉祐六年（1061）《胡先生（瑗）墓表》（《欧阳修全集·居士集》卷二十五《墓表》，第178—179页）、治平二年（1065）《徂徕石先生（介）墓志铭》（《欧阳修全集·居士集》卷三十四《墓志铭》，第239—240页）。

③ 治平四年（1067）欧阳修之子欧阳棐途经洛阳看望邵雍，“欧阳公在政府，闻康节之名，而未之识也。子棐叔弼之官，道经洛下，公曰：‘汝至洛，可往谒邵先生，致吾钦慕而无由相见之意。’”（朱弁《曲洧旧闻》卷二）邵伯温《邵氏闻见录》卷二十亦载熙宁初欧阳棐来洛省问一事。

④ 《与李贤良（觏）》，《欧阳修全集·书简》卷七，第1292页。

第一节 《诗本义》的“本义”所指及价值

“诗本义”探求并不自《诗本义》始，它具有深远的历史渊源。但欧阳修《诗本义》却在理论和实践方面对“诗本义”作了比较深入的论述，在思想学术史和《诗经》学史中占有重要地位。

一 《诗经》“本义”演变与欧阳修探寻本义的特色

《诗》的“本义”问题，应该从《诗经》学的萌芽期就已经存在了。但将“诗本义”凸显到《诗经》学研究的前沿并对《诗经》学史产生重要影响，则开始于欧阳修的《诗本义》。

春秋时期流行“赋诗断章”（《左传·襄公二十八年》），尽管学术界对这个时期“赋诗言志”现象的本质和价值还有不同的看法，一般认为不是严格意义上的研究，而是“用《诗》”的阶段，是“不学诗，无以言”（《论语·季氏》）的表现，但毋庸置疑，外交辞令中的“用《诗》”是在双方对诗歌主旨、诗句及各自的历史、外交目的等深入了解的基础上进行的，否则基于“断章取义”的运用和理解就会出现偏差，甚至给赋诗者招来杀身之祸，所以当时用《诗》实践有助于昭示出《诗》的本义所在及引申义的衍生过程，因而有一定的“研究”因素。清末经今文学家皮锡瑞认为“盖古以《诗》《书》礼乐造士，人人皆能诵习。《诗》与乐相比附，人人皆能弦歌，宾客燕享，赋诗明志，不自陈说，但取讽谕，此为春秋最文明之事。亦惟其在诗义大明之日，诗人本旨无不了然于心，故赋诗断章无不暗解其意，而引《诗》以证义者无不如自己出，其为正义，为旁义，无有淆混而歧误也”①，就突出了这一点。

《论语》中记载孔子对《诗经》的论述，如“《诗》可以兴，可以观，可以群，可以怨，迩之事父，远之事君，多识于鸟兽草木之名”（《论语·阳货》）等，就已经不仅仅停留在“诗人之意”的本义上了。孔门子夏、子贡分别奠定了“以礼解《诗》”和“以理解《诗》”的基础，《诗》本义就变得扑朔迷离。子夏以礼解《诗》，注重仁礼关系。“子

① （清）皮锡瑞：《经学通论》二《诗经·论〈诗〉有正义有旁义即古义亦未尽可信》，中华书局1954年版，第3页。

夏问曰：‘巧笑倩兮，美目盼兮，素以为绚兮，何谓也？’子曰：‘绘事后素。’曰：‘礼后乎？’子曰：‘起予者商也，始可与言《诗》已矣。’”（《论语·八佾》）“巧笑倩兮，美目盼兮”出自《卫风·硕人》，多解为描写卫宣姜或庄姜的美貌，“素以为绚兮”宋代有人认为是逸诗①，子夏由绚（彩色）和素（粉地）的关系而领悟到礼与“仁”的次第，汉唐学者张大此风，以郑玄为代表，并认为《诗序》的作者或主要作者即子夏。子贡以理解《诗》，注重心性修养。“子贡曰：‘《诗》云：如切如磋，如琢如磨，其斯之谓欤？’子曰：‘赐也，始可与言《诗》已矣。告诸往而知来者。’”（《论语·学而》）“如切如磋，如琢如磨”出自《卫风·淇奥》，一般解为卫武公谦抑修德。在孔子的启发下，子贡由“无谄”“无骄”而“知义理之无穷”（《论语集注》卷一《学而篇》），这种方法是宋明《诗经》学的主导方法，而否定郑毛、怀疑《诗序》进而摒斥《诗序》，疑经之风也以这个时期最烈（主要指宋代）。而清代之学则基本表现出兼采所长、由宋学返汉学、螺旋上升的回归特征，有些学者将这个过程推进得更早，艾尔曼就认为“晚明儒学著作已出现初步的回归汉学的动向”②。

简牍资料也有助于加强对《诗经》作者之志与诗歌之义的研究。上博简《季庚子问于孔子》：“夫诗也者，以志君子之志。夫义者，以谨君子之行也。”③《尚书·舜典》：“诗言志，歌永言。”《诗经·关雎序》：“诗者，志之所之也。在心为志，发言为诗。”郭店楚简《物由望生》：“礼，交之行述也。乐，或生或教者也。［书，□□□□］者也。诗，所以会古今之诗也者。易，所以会天道、人道也。春秋，所以会古今之事也。”④根据郭店楚简“易，所以会天道、人道也。春秋，所以会古今之事也”，《周易》《春秋》分别是会通天道人道、古今史事的凭借，那么，“诗，所以会古今之诗也者”便可以理解为《诗》也是会通古今诗歌的桥梁。因为“诗言志”传统是《诗序》《诗大序》《孔子诗论》《季庚子问于孔子》等作品共同的理论旨趣，通过《诗》把握诗人和君子的志，沟

① 朱熹《论语集注》卷二《八佾篇》认为此三句“逸诗也”。

② ［美］艾尔曼（Benjamin A. Elman）著，赵刚译：《经学、政治和宗族——中华帝国晚期常州今文学派研究》，江苏人民出版社1998年版，第55页。

③ 马承源主编：《上博馆藏战国楚竹书》（五），上海古籍出版社2005年版，第212页。

④ 李零：《郭店楚简校读记》（增订本），北京大学出版社2002年版，第160页。

通古今人情事理，便是把握经典意义、增进经典与生活和个人联系的重要纽带。在这个意义上说，欧阳修的解《诗》实践与理论具有重要的历史意义与理论意义。

上博简《曹沫之陈》记载鲁庄公问曹沫“为和于邦如之何”问题时，曹沫回答道：“毋获民时，毋夺民利。申功而食，刑罚有罪，而赏爵有德。凡畜群臣，贵贱同待，禄毋负。《诗》于有之曰：‘豈弟君子，民之父母。’此所以为和于邦。”[①] 所引诗见于《诗经·大雅·泂酌》，引《诗》论事，对理解诗歌也会有一定的帮助。

明确接触到《诗》本义的是《汉书·艺文志》，因为当时经今文三家《诗》盛行，经古文《毛诗》也开始崛起，关于四家《诗》哪一种更加接近《诗》本义，班固作了考量，认为相较而言《鲁诗》更加接近本义，但究竟什么是诗本义，均没有明确的界定。《汉书·艺文志》云：“《书》曰：‘诗言志，歌咏言。’故哀乐之心感，而歌咏之声发。诵其言谓之诗，咏其声谓之歌。故古有采诗之官，王者所以观风俗，知得失，自考正也。孔子纯取周诗，上采殷，下取鲁，凡三百五篇，遭秦而全者，以其讽诵，不独在竹帛故也。汉兴，鲁申公为诗训故，而齐辕固、燕韩生皆为之传。或取春秋，采杂说，咸非其本义。与不得已，鲁最为近之。三家皆列学官。又有毛公之学，自谓子夏所传，而河间献王好之，未得立。”

《史记·儒林列传》“申公独以《诗经》为训以教，无传，疑者则阙不传”。《诗本义》中大量“阙疑”的部分，体现了严谨质朴的学风，如果追溯起来，应是受了《鲁诗》“疑者则阙不传”的影响。清代范家相《三家诗拾遗·凡例》认为：“《韩诗外传》虽皆引诗证事，亦时见本义。”但今人也有考察《韩诗外传》整体上“与《诗》本义联系甚微”[②]。

“本义”对《诗经》诗篇的意义形成尤为重要，如果胶柱鼓瑟，诗解便会生涩难通，背离人情常理，《诗经》学史上的章句训诂与义理考据均有此类的经验与教训。明清之际王夫之《姜斋诗话》说：“不以诗解诗，而以学究之陋解诗，令古人雅度微言，不相比附。”清代方玉润《诗经原始·凡例》也说：“说《诗》诸儒，非考据即讲学两家。而两家性情与

---

① 马承源主编：《上博馆藏战国楚竹书》（四），上海古籍出版社2004年版，第255—257页。

② 靳利敏：《两汉诗经学研究》，硕士学位论文，苏州大学，2009年，第38页。

《诗》绝不相类，故往往穿凿附会，胶柱鼓瑟，不失之固，即失之妄。”从宋代《诗本义》直到朱熹《诗集传》（或《诗经集传》），重视因文见义，也就是以诗解诗，《诗经》本义才焕发出新的光彩。

欧阳修在《帝王世次图序》中认为，“君子之学，不穷远以为能，而阙其不知，慎所传以惑世也”，汉代以后“学者既不备见《诗》《书》之详，而习传盛行之异说，世无圣人以为质，而不自知其取舍真伪，至有博学好奇之士，务多闻以为胜者，于时尽集诸说而论次，初无所择而惟恐遗之也”，“其久远难明之事，后世不必知，不知不害为君子”，“夫孔子所以为圣人者，其智知所取舍”①，这里所反映的学术态度和精神，如阙疑与重取舍，在《诗本义》全书中均有反映，《取舍义》就是重取舍真伪的反映，而《诗本义》前十二卷中的“论”与“本义”两部分中也体现了这两种学术特色。典籍流传，不断累积，“本义”反愈来愈朦胧难辨，是历史文化流播不可避免的现象。

欧阳修《诗本义》探寻本义，包括《周礼》《春秋》《周易》等研究，也以探讨“本义”为旨归。而探求“本义”的途径和形式则是通过“疑经惑传”进而达到“崇经”的方式实现的。

章权才在《宋明经学史》中通过考察欧阳修《易童子问》与刘敞《七经小传》，试图揭示经学由疑经到改经思潮的发展，认为欧阳修和刘敞的疑经最具有代表性。“欧阳修在经学史上应该是有其地位的。所谓发古人所未发，从某种意义上说，也就是疑经问题，就是疑经中的超越传统问题。据载，欧阳修所疑之经，主要有《易》，有《诗》，有《周礼》和《礼记》。疑《诗》，体现在他的著作《诗本义》中。疑《礼》，在《问进士策三首》中有所反映，可见《居士集》卷四十八。而他疑经的代表作，自然要数《易童子问》。”② 在北宋由疑传到疑经到改经是经历过一个渐次深入的过程的，这里所涉及的欧阳修的“疑经”实际上只是“疑传”。即使突出的《易童子问》，也主要是辨析《系辞》《文言》等并非孔子所作，而《诗本义》除少数疑《序》外，大多是排击毛《传》、郑《笺》（特别是郑《笺》），都属于“疑传”的范围。但是，将欧阳修的疑传以《易童子问》作为代表是不够的，也容易忽视欧阳修在《诗本义》与《易

① 《帝王世次图序》，《欧阳修全集·居士集》卷四十三《序》，第 300—301 页。

② 章权才：《宋明经学史》，广东人民出版社 1999 年版，第 84 页。

童子问》中所反映的具有融通一贯特点的经学方法和经学观念，不利于克服考察中的支离现象。而章权才指出的“疑传、疑经思潮的发展，就是经学中义理之学的贯彻，其目的就是旨在为改革政治提供思想理论准备”①，却是发人深省的。

欧阳修在《春秋或问》中回答关于《春秋》经传关系问题，曾说：“经不待传而通者十七八，因传而惑者十五六。日月，万物皆仰，然不为盲者明，而有物蔽之者，亦不得见也。圣人之意，皎然乎经，惟明者见之，不为他说蔽者见之也。”② 这段论述也同样适用于关于《诗经》的经传关系的考察上，并对经学研究具有普遍意义。

欧阳修对经书的怀疑，应主要是针对汉唐学者对经书的注解而言的，他对自己的大胆怀疑很自信。嘉祐六年（1061）四月十六日在《廖氏文集序》中说：“自孔子殁而（原注：一无此字）周（原注：一有益字）衰，接乎战国，秦遂焚书，《六经》于是中绝，汉兴盖久而后出，其散乱磨灭，既失其传，然后诸儒因得措其异说于其间。如河图洛书，怪妄之尤甚者，余尝哀夫学者知守经以笃信，而不知伪说之乱经也，屡为说以黜之。而学者溺其久习之传，反骇然非余以一人之见，决千岁不可考之是非，欲夺众人之所信（原注：一作好），徒自守而世莫之从也。余以谓自孔子没至今二千岁之间，有一欧阳修者为是说矣，又二千岁，焉知无一人焉与修同其说也？又二千岁，将复有一人焉，然则同者至于三，则后之人不待千岁而有也。同予说者既众，则众人之所溺者可胜而（原注：二字一作以）夺也。夫《六经》非一世之书（原注：一有也字），其将与天地无终极而存也。以无终极视数千岁（原注：一作载）于其间，顷刻尔，是则余之有待于后者远矣，非汲汲有求于今世也（原注：一作今之世矣）。”③ “世无孔子久矣，六经之旨失其传，其有不可得而正者，自非孔子复出无以得其真也。儒者之于学博矣，而又苦心劳神（原注：一作疲精）于残编朽简之中，以求（原注：一作考）千岁失传之缪，茫乎前望已远之圣人而不可见，杳乎后顾无穷之来者，欲为未悟决难解之惑，是真所谓劳而少功者哉！然而（原注：一有六字）经非一世之书也，其传之

① 章权才：《宋明经学史》，广东人民出版社1999年版，第82—83页。

② 《春秋或问》，《欧阳修全集·居士集》卷十八《经旨》，第135页。

③ 《廖氏文集序》，《欧阳修全集·居士集》卷四十三《序》，第298页。

缪，非一日之失也；其所以刊正补缉，亦非一人之能也。使学者各极其所见而明者择焉，十取其一，百取其十，虽未能复《六经》于无失，而卓如日月之明，然聚众人之善以补缉之，庶几不至于大缪，可以俟圣人之复生也。然则学者之于经（原注：一无三字）其可已乎？"[①] 欧阳修在《答宋咸书》中对宋咸补注《周易》的做法很赞赏，并申述了自己的一些经学观点。欧阳修认为《六经》不是成于一时的作品[②]，在经典传播过程中，后代学者的传疏等造成了经典的谬误，解决这种误读需要通过学者们持续地"刊正补缉"才能逐步恢复或逼近经典的本貌，这种观念与其努力彰显《诗经》本义的主张和实践是相吻合的；或者说，《诗本义》作品本身就是欧阳修在《六经》方面"刊正补缉"的学术表现。

欧阳修痛斥谶纬乱经，对谶纬、经典、士风之间的关系也有深刻的理解。兹录《论删去〈九经正义〉中谶纬札子》全文，以见其详：

> 臣伏见国家近年以来，更定贡举之科以为取士之法，建立学校而勤养士之方，然士子文章未纯，节行未笃，不称朝廷励贤兴善之意，所以化民成俗之风。臣愚以为，士之所本在乎《六经》，而自暴秦焚书，圣道中绝，汉兴收拾亡逸，所存无几，或残编断简，出于屋壁，而余龄昏眊，得其口传。去圣既远，莫可考证，偏学异说，因自名家。然而授受相传，尚有师法，暨晋宋而下，师道渐亡，章句之篇，家藏私畜，其后各为笺传，附著经文，其说存亡，以时好恶，学者茫昧，莫知所归。至唐太宗时，始诏名儒撰定《九经》之疏，号为《正义》，凡数百篇。自尔以来，著为定论，凡不本《正义》者谓之异端，则学者之宗师，百世之取信也。然其所载既博，所择不精，多引谶纬之书以相杂乱，怪奇诡僻，所谓非圣之书，异乎《正义》之名也。臣欲乞特诏名儒学官，悉取《九经》之疏，删去谶纬之文，使学者不为怪异之言惑乱，然后经义纯一，无所驳杂，其用功至少，其为益则多。臣愚以谓欲使士子学古励行而不本《六经》，欲学《六经》而不去其诡异驳杂，欲望功化之成，不可得也。伏望圣慈下臣

① 《答宋咸书》，《欧阳修全集·居士集》卷四十七《书》，第324页。

② 当然，这和《答吴充秀才书》（见《欧阳修全集·居士集》卷四十七《书》，第321—322页）稍稍有异，在《欧阳修全集》中也比较多见，应是欧阳修的成熟观点，同时这种非成于一世的看法基本已成为迄今为止学术界的共同看法。

之言，付外详议。今取进止。①

欧阳修主张删去《九经正义》中的谶纬成分，实际也是尊经的表现，根本目的也在于恢复经典的本义。

疑经的本质本是尊经。“宋儒甚富怀疑精神。十三经义理宏深，所载史实又多不一，先儒于其难通、矛盾处，往往委曲穿凿。宋儒本怀疑精神以观其可疑之处，因而推考其作者或著成时代，实有‘实事求是，不作调人’之精神。吾人若以此着眼，则不忍以宋人之疑经改经为病，矧后人能辨别经书之伪，不惑于所谓圣人之言，多赖宋人启发乎？窃尝以为宋人疑经，所以尊经也：疑此经，所以尊他经；疑此经之一部分，所以尊此经之他部分。”②

欧阳修在《诗本义》中极力贬斥毛《传》、郑《笺》，特别是郑《笺》的附会风气，如《生民》《玄鸟》等诗诗解，努力从文本出发来把握诗歌的意义。但是，即使“以诗解诗”，所解是否就一定是诗歌的本义呢？在《诗经》文本流传过程中，很难摆脱历史的涤荡和陶铸，究竟什么是“本义”，“本义”与作者的“意”和圣人的“志”是什么关系，如何保证“本义”的信度和效度，则是不得不注意的问题。

二　《诗本义》的“本义”所指及意义

“诗本义”中的“本义”不能仅仅拘泥于诗文及其注解上下文或语境中考察，“本义”的形成和呈现本身即是一种复杂的思想文化现象，所以，探求本义过程和价值将是思想文化继承和创新的具体展示。

目前，关于《诗本义》“本义”概念已有比较明晰的讨论。如胡晓军从阐释学角度对“诗本义”内涵与外延作了多层次的考察，强调“欧阳修‘诗本义’有二重含义：诗文之意，即‘诗意’，是指‘言内之意’；引申之意，即‘诗义’，是指‘言外之意’。‘诗义’虽立足于文本分析的‘诗意’之上，但却在阐释者‘以诗为教’的引申、衍绎中，或远离、

① 《论删去〈九经正义〉中谶纬札子》，《欧阳修全集·奏议集》卷十六《翰苑》，第887页。按：“臣愚以谓欲使士子学古励行而不本六经”，“以谓”，文渊阁《四库全书》本《文忠集》卷一百十二《奏议十六·翰苑》作“以为”；《九经正义》非唐太宗时所定，当时仅为《五经正义》，但至欧阳修时《九经正义》已具，未详是否系笔误。

② 叶国良：《宋人疑经改经考》，台湾大学出版委员会1980年版，第154—155页。

或偏离甚至背离‘诗意’”[1]。具体而言，“诗义”包括《诗本义》中的“大义”“本义”“序意”“诗义”，相当于“主旨”（或“中心思想”）；“诗意”往往与“文理”“上下文”“文本”等相连，是指阅读《诗经》文本最初的文本意义[2]。当然，在《诗本义》以及《诗经》学发展中，“意”“义”的关系和区分是否如此泾渭分明，还可研究，但是从该角度来考察是颇有启发的，也有助于判断古人把握和诠释经典多重特征的原因，如《诗本义》等作品对经学性与文学性的融合与偏离等问题，“欧阳修所谓之‘义’，并非向来说《毛诗》者所谓之‘圣贤教化’之意，乃是专指‘作诗者之义’而言；或者，更确切言之，即文学创作时应有之‘文义’”[3]。

陈冬根将“诗本义”作为一种文学理论，贯穿到欧阳修整个经学、诗学以及文学艺术领域，他认为，“诗本义”第一次提出，应是《论删去〈九经正义〉中谶纬札子》，“为了提出系统的诗本义理论，强调其理论的重要性，欧阳修专门撰写了一部‘诗经学’著作——《诗本义》对诗本义理论进行全面的阐述和论证”[4]，《论删去〈九经正义〉中谶纬札子》，约撰于嘉祐元年（1056）[5]，但是否为最早注意到“诗本义”问题，还可以进一步研究。该文尝试建构一个“诗本义”的理论系统，涉及的内容比较丰富，然而尚有值得深思的地方，如关于经学与文学的关系等。该文指出的“诗本义”理论的三个不完善性（“主要表现就是方法的不自由”），即“汉语文字意义一直处于演化之中，并且一词多义情况相当普遍，导致据文求意时难免失真”“《诗经》无论是内容、思想还是情感、形式都很复杂，并不是全部都属于诗人‘本情’之作，尤其是‘颂’部分，更多属

---

① 胡晓军：《“诗意”与“诗义”：欧阳修“诗本义”的现代阐释》，《四川大学学报》（哲学社会科学版）2007 年第 2 期。

② 同上书，第 141 页。

③ 江乾益：《诗经之经义与文学述论》第二章《诗经雅俗之辨》，台北文史哲出版社 2004 年初版，第 17 页。

④ 陈冬根：《欧阳修“诗本义”的诗学阐释》，《中州学刊》2007 年第 2 期。

⑤ 严杰：《欧阳修年谱》，第 204 页。该文或被系于至和二年（1055）（刘德清：《欧阳修纪年录》，第 274 页），但《欧阳修全集》系于嘉祐年间，嘉祐二年（1057）以疑经惑传为题，撰《南省试进士策问三首》《问进士策四首》（《欧阳修全集·居士集》卷四十八《策问》，第 328—331 页）。严氏系年或可从。嘉祐二年（1057）欧阳修撰《孙明复先生墓志铭》评价孙复《春秋》学即有“得于经之本义为多”之誉，欧阳修经学“本义”观念已完全确立，当无疑义。

于集体创作或者多次创作” “还原的乌托邦”[①] 等还可作进一步研讨。《诗经》中除七篇仅有诗人名称的作品（是否诗歌作者还有争论），在孔子之前已经成型的《诗经》三百一十一首，不是一时一人的作品，经过多时代的众多人物（包括作者、乐师）加工的集体创作[②]，“还原”不仅是还原作者之意，而是“圣人之志”“诗人之意”，但是这种还原的确更是一种意义的生成与建构的过程，即其实质不是复古，而是创新。

“本义”的解经形式，在欧阳修之前，似乎很少见[③]。欧阳修之后，《宋史·艺文志》收有“吴氏《诗本义补遗》二卷（注：名亡）”，未详吴氏《诗本义补遗》是否为补遗欧阳修《诗本义》而作，但以“本义”探求经学典籍、阐发己说的风气兴盛起来[④]。最著名的如朱熹的《周易本义》，元明清研究《周易本义》的著作也甚丰富。此后，解诗探求本义的著作也时有涌现[⑤]。

欧阳修在《诗本义》中辩驳《毛传》《郑笺》《诗序》的做法，实际还是出于尊经的需要，所以回归《诗》本文，彰显《诗》本义，便是经学发展与壮大的新途径和新出路。如他所说，“孟子岂好非六经者，黜其杂乱之说，所以尊经（原注：一有也字）”[⑥]。

欧阳修探求《诗经》“本义”的主张与研究对郑樵、朱熹的影响尤为深刻。关于朱熹的《诗经》学研究，学术界已有丰硕成果，而且长期以来也是宋代《诗经》学研究中的重点内容，关于朱熹《诗集传》与欧阳修《诗本义》的关系，裴普贤等先生也有精深的研究。至于郑樵，人们关注朱熹与郑樵的关系，但因为郑樵作品除《通志》外，留存较少，赖

---

① 陈冬根：《欧阳修“诗本义”的诗学阐释》，《中州学刊》2007 年第 2 期。

② 详可参见张西堂《诗经六论》等。

③ 《旧唐书·经籍志》《新唐书·艺文志》载有薛仁贵撰《周易新注本义》十四卷，但未详具体内容，为“本义”解经初见。

④ 《宋史·艺文志》载欧阳修撰《诗本义》十六卷、吴氏撰《诗本义补遗》二卷、朱熹撰《周易本义》十二卷；《元史·艺文志》载程端学撰《春秋本义》三十卷、刘庄孙撰《春秋本义》二十卷、雷思齐撰《老子本义》，并有《滑寿难经本义》二卷；《明史·艺文志》载胡缵宗撰《春秋本义》十二卷、吕维祺撰《孝经本义》二卷、赵㧑谦撰《六书本义》十二卷、茅溱编《韵谱本义》十六卷；《清史稿·艺文志》载蔡德晋撰《礼经本义》十七卷、雷学淇撰《夏小正本义》四卷、王步青撰《四书本义汇参》四十五卷、魏荔彤撰《金匮要略方论本义》二十二卷、董德宁撰《阴符经本义》一卷、梅冲撰《庄子本义》二卷。

⑤ 如（清）齐翀撰《杜诗本义》二卷（《贩书偶记》），（东晋）陶渊明撰、（清）马璞注释《陶诗本义》四卷（《贩书偶记续编》）等。

⑥ 《易或问三首》，《欧阳修全集·居士集》卷十八《经旨》，第 130 页。

周孚《非诗辨妄》保留《诗辨妄》四十余则，成为后人辑佚的重要基础，但是，欧阳修对郑樵的影响，已经得到顾颉刚等学者考察的佐证，顾氏认为郑樵“辨《毛诗》，当然是受欧阳修《诗本义》、苏辙《诗传》的影响”[①]。郑樵的《诗经》学在继承的基础上有创新，继承方面欧阳修的《诗经》学研究是很重要的资源，郑樵认为“学［者］所以不识《诗》者，以大小《序》与毛、郑为之蔽障也；不识《春秋》者，以《三传》为之蔽障也”[②]，较成伯玙、欧阳修、苏辙更进一步，但遥承啖、赵以来的传统则自不需赘论。虽然，郑樵也曾说“《诗》者正所以维持君臣之道，其功用深矣”[③]，但他强调“《诗》主在乐章，而不在文义；《春秋》主在法制，亦不在褒贬”[④]，是《诗经》“乐歌”说的代表人物。与欧阳修、程朱等人通经致用、文以载道的看法不同，郑樵在自己的经学（注重鸟兽草木虫鱼与音韵六书、典章制度等）和史学基础上，提出了自己的“实学”概念，这并非“为己之学”，《通志》卷七十二《图谱略·原学》认为传统的“义理之学尚攻击，辞章之学务雕搜”“辞章虽富，如朝霞晚照，徒焜耀人耳目；义理虽深，如空谷寻声，靡所底止。二者殊途而同归，是皆从事于语言之末，而非实学也”，试图在传统的义理之学与辞章之学之外另辟新径，为明清实学的发展奠定了基础，这或许是他在继承之后创新的重要贡献吧。

在经学的理念上，郑樵受欧阳修的影响也很显然，如他强调情理与简易的原则，《通志》卷二十一《年谱序》“凡书所言者，人情事理，可即已意而求”[⑤]，“著书者，贵乎意明而语约”等。“欧阳修的‘诗本义’理论是建立在他的‘经文简且直’的‘简易’经学认识观上的”[⑥]，虽然刘子健《欧阳修的治学与从政》已经注意到这个问题，并反思了其中内蕴的矛盾，但“诗本义”与欧阳修经学观的关系依然是值得深入探讨的内容。就宋代“诗本义”的探询及欧阳修《诗本义》产生的过程来看，与古文复兴运动及新儒学的产生具有密切的内在关系。

---

① 《古史辨》第一册上编《论郑樵与北宋诸儒关系书》。

② 《夹漈遗稿》卷二《寄方礼部书》，见吴怀祺《郑樵研究》之《郑樵文集》，厦门大学出版社2010年版，第162页。

③ 《夹漈遗稿》卷二《论秦以诗废而王》，见《郑樵研究》之《郑樵文集》，第158页。

④ 《夹漈遗稿》卷二《寄方礼部书》，见《郑樵研究》之《郑樵文集》，第162页。

⑤ 同上。

⑥ 曾建林：《欧阳修经学思想研究》，博士学位论文，浙江大学，2007年，第57页。

三 《诗》“本义”与人情及事理

古文复兴运动的实质是儒学复兴运动，宋代的古文复兴运动实际是唐代韩柳古文复兴即儒学复兴运动的进一步展开。其中关于文道的关系，说法多种多样，但要旨是文以载道、文以明道的观念，“道”是文道关系的核心或中心，刘复生《北宋中期儒学复兴运动》作过比较细致的考察，“既以尊奉儒道为其核心，儒家经典于是成为北宋古文运动的最高典范，成为道德文章取之不竭的泉源，又是是非得失的价值标准”，“不但要古其文，更要儒其理，这是北宋古文运动倡导者们的共同认识”①。

曾建林注意到宋初儒学复兴运动与义理解经思潮、古文复兴运动的密切关系，认为欧阳修“正是集这三者于一身的精神领袖”②。而复兴的内容和目的，“尊经只是为了重新确立儒学的独尊地位，疑‘笺传’是为了寻找对儒学经典阐述的新方法，借以树立新的社会思想体系和价值体系，从而找回人们对儒学失去的信心，从更深层的意义上讲是为了找回以儒家为代表的积极入世的信心”③，简要而言，就是儒家人文精神的重新弘扬和勃发。曾建林认为“欧阳修的经学适应了宋初儒学复兴运动的需要，他的经学思想特点有三：以简易方法解读经典；以史实、‘人情’证经；围绕人事，以人事为中心阐发经典”④。这三个方面的概括比较准确，其实质也都紧扣着儒家人文精神。借欧阳修自己的说法，就是“大中之道”，即“圣人治其可知者，置其不可知者”⑤，继承了儒家“天道远，人道迩”（《左传·昭公十八年》）、重人道轻天道的思想和传统。

---

① 刘复生：《北宋中期儒学复兴运动》，台北文津出版社 1991 年版，第 75—76 页。

② 曾建林：《宋初经学的转型与欧阳修经学的特点》，《浙江大学学报》（人文社会科学版）2002 年第 2 期。

③ 同上。

④ 曾建林：《宋初经学的转型与欧阳修经学的特点》，《浙江大学学报》（人文社会科学版）2002 年第 2 期；曾建林：《欧阳修经学思想研究》，博士学位论文，浙江大学，2007 年，第 126 页。

⑤ 《怪竹辨》，《欧阳修全集·居士集》卷十八《经旨》，第 137 页。该作撰于康定元年（1040）。

重人道的典型体现就是在现实中重人情事理[①]，在典籍阐释中重古今人情事理的融通。欧阳修在夷陵期间的著述已具有这样的基本特征。景祐四年（1037），欧阳修在《泰誓论》一文中重点论证了"《泰誓》者，武王之事也。十有一年者，武王即位之十有一年尔"[②]，对历来关于该篇系于文王而引起的理解疑难作了澄清和考察，其论证过程三次从是否合乎人情角度立论，足证以"人情"论经，在欧阳修那里，不仅集中体现在《诗本义》中，还体现在其他经解中，是一种自觉的有意识的成系统的解经方法（详见第三章《〈诗本义〉的两大解经方法及影响》）。

《泰誓论》的这段论述比较典型，详录于下：

> 《书》称商始咎周以乘黎。乘黎者，西伯也，西伯以征伐诸侯为职事，其伐黎而胜也。商人已疑其难制而恶（原注：一作患）之。使西伯赫然见其不臣之状，与商并立而称王，如此十年，商人反晏然不以为怪，其父师老臣，如祖伊、微子之徒，亦默然相与熟视而无一言，此岂近于人情邪？由是言之，谓西伯受命称王十年者，妄说也。以纣之雄猜暴虐，尝醢九侯而脯鄂侯矣，西伯闻之窃叹，遂执而囚之，几不免死，至其叛己不臣而自王，乃反优容而不问者十年，此岂近于人情邪？由是言之，谓西伯受命称王十年者，妄说也。孔子曰："三分天下有其二，以服事商。"使西伯不称臣而称王，安能服事于商乎？且谓西伯称王者，起于何说？而孔子之言，万世之信也。由是言之，谓西伯受命称王十年者，妄说也。伯夷、叔齐，古之知义之士也，方其让国而去，顾天下皆莫可归，闻西伯之贤，共往归之。当是时，

① 欧阳修撰写《诗本义》的过程中，他论时事"重人情"，与其经义解释相通。如嘉祐四年（1059），他上书仁宗皇帝，结合百姓生存的困境乞请罢除上元节放灯的举动，认为"上元放灯，不出典礼，盖因前世习俗所传。陛下（原注：二字一作皆以）俯徇众心，欲同民乐，勉出临幸，非为嬉游，若乃时岁丰和（原注：一作时丰岁和），人物康富，以为乐事，亦是人情。今自立春以来，阴寒雨雪，小民失业，坊市寂寥，寒冻之人，死损不少，薪炭食物，其价增倍，民忧冻饿，何暇遨游？"（《乞罢上元放灯札子》，《欧阳修全集·奏议集》卷十五《翰苑》，第878页）按："上元放灯"，《欧阳修全集·奏议集》卷十五《翰苑》作"三元放灯"，兹据文渊阁《四库全书》本《文忠集》卷一百十一《奏议十五·翰苑》及上下文改；另，"寒冻之人"，文渊阁《四库全书》本《文忠集》卷一百十一《奏议十五·翰苑》作"寒冻之久"，似皆可。根据是否符合"人情"判断举动的得失，并反映了民间疾苦，用心良深。

② 《泰誓论》，《欧阳修全集·居士集》卷十八《经旨》，第136页。

纣虽无道，天子也；天子在上，诸侯不称臣而称王，是僭叛之国也。然二子不以为非，依之久而不去，至武王伐纣，始以为非而弃去。彼二子者，始顾天下莫可归，卒依僭叛之国而不去，不非其父而非其子，此岂近于人情邪？由是言之，谓西伯受命称王十年者，妄说也。[①]

欧阳修认为古今人情有相通之处，凡是不合乎后世人情事理的，那么在经典解读上就需要反思，这种简约的重估传统经学成果的方法，有一个理论基础就是“古今人情一也”，《诗本义》不仅有集中大量的论述，在欧阳修的其他诗文中也不少见，如他说“仕宦而至将相，富贵而归故乡，此人情之所荣，而今昔之所同也”[②] 等，虽大多还带有经验的成分，但也具有一定的说服力，并有助于缩短古今人事情理的差距，在把握经典意义（特别是时代价值）方面无疑具有重要的作用和启迪。

欧阳修重视“人情”，在关于国家管理（如礼仪制度）等方面也有反映。庆历三年（1043），他力申“刑在禁恶，法本原情”[③]，嘉祐八年（1063）九月，他在回复当时还是皇子的神宗皇帝的书信中谈到自己对官员管理与礼仪制度的看法，认为“命官有秩，正上下之等威；制礼缘情，以亲疏而隆杀”[④]，“法本原情”“制礼缘情”的“情”，根据所涉上下文与内容来看，当指人情事理。“欧阳修的‘人情’指人之情性、情理，也就是人之常理”[⑤]，这是很重要的，因为目前关于《诗本义》及欧阳修经学的研究，往往容易将欧阳修重视的“情”局限于“情志”“情感”的层面，从而使经典解说丧失了普遍性和稳定性，也不符合欧阳修将人情事理相提并论的特点[⑥]。

---

① 《泰誓论》，《欧阳修全集·居士集》卷十八《经旨》，第 135 页。

② 《相州昼锦堂记》，《欧阳修全集·居士集》卷四十《记》，第 281 页。此作撰于治平二年（1065）。

③ 《论大理寺断冤狱不当札子》，《欧阳修全集·奏议集》卷十《谏院》，第 842 页。

④ 《回皇子辞使相封淮阳郡王书》，《欧阳修全集·表奏书启四六集》卷七《书》，第 759 页。

⑤ 曾建林：《宋初经学的转型与欧阳修经学的特点》，《浙江大学学报》（人文社会科学版）2002 年第 2 期；曾建林：《欧阳修经学思想研究》，博士学位论文，浙江大学，2007 年，第 127 页。

⑥ 当然，欧阳修重情，在其词作中也有集中的表现，但鉴于古代诗文词各有不同分工，欧阳修承接《花间词》遗风而“疏隽开子瞻，深婉开少游”，展示了欧阳修丰富的情感世界和生活体验，一生中也有多次变化。这里不作过多涉及。详可参阅吴政翰《欧阳修的词学主张与创作分期浅探》，台湾《修平人文社会学报》2007 年第 8 期，第 59—82 页。

嘉祐元年（1056年），欧阳修在《议学状》中对儒者如何融通古今提出自己的看法，认为“夫儒者所谓能通古今者，在知其意达其理而酌时之宜尔”①，而欧阳修“通古今”的基础正是沟通人情事理。可见，《诗本义》中的两种方法（详见第三章《〈诗本义〉的两大解经方法及影响》）均是有渊源与基础的。欧阳修在其易学著作《易童子问》中判断经传的一些问题，也坚持因文见义和以今论古的原则，沟通古今人情事理。通过这种考察，便于弄清经典解释的方法与原则的一贯性及发展脉络，而绝不是空穴来风或偶然举动。

受欧阳修钦慕的邵雍，有一些关于古今辩证关系及以理沟通古今的精彩论述，可略与欧阳修以人情事理沟通古今关系加以比较，并见二者在学术旨趣上的异曲同工之处。《皇极经世书·观物篇五十五》“夫古今者在天地之间犹旦暮也。以今观今则谓之今矣，以后观今则今亦谓之古矣。以今观古则谓之古矣，以古自观则古亦谓之今矣。是知古亦未必为古，今亦未必为今，皆自我而观之也，安知千古之前万古之后其人不自我而观之也?”《观物篇五十二》“噫！圣人者非世世而效圣焉，吾不得而目见之也。虽然吾不得而目见之，察其心，观其迹，探其体，潜其用，虽亿千万年，亦可以理知之也。”《观物篇五十四》“察其心，观其迹，探其体，潜其用”，在邵雍那里，自有具体的所指，他将《六经》（主要是《易》《书》《诗》《春秋》）的内容区分为“心”与“迹”“用”与“体”，“皇帝王伯者，《易》之体也。虞夏商周者，《书》之体也。文武周召者，《诗》之体也。秦晋齐楚者，《春秋》之体也。意言象数者，《易》之用也。仁义礼智者，《书》之用也。性情形体者，《诗》之用也。圣贤才术者，《春秋》之用也。用也者，心也。体也者，迹也。心迹之间有权存焉者，圣人之事也”。就《诗经》来说，文武周召只是《诗》的载体和形式，而性情形体才是《诗》的关键和根本，当然，邵雍的体用迹心都不是相对独立的，而是相依相存、不断变化的，而“《易》《书》《诗》《春秋》”也是相辅相成的一个系统，《观物篇五十四》“夫意也者，尽物之性也；言也者，尽物之情也；象也者，尽物之形也；数也者，尽物之体也。仁也者，尽人之圣也；礼也者，尽人之贤也；义也者，尽人之才也；智也

① 《议（原注：一有新字）学状》，《欧阳修全集·奏议集》卷十六《翰苑》，第889页。

者，尽人之术也”。这种论述较欧阳修等“《六经》一道”的看法要更加细腻精致，但整体上也是对《六经》相通或一道观念的进一步延伸和发展，即使仅就将《诗经》的情性作为重要内容强调来看，与欧阳修等有近似之处，可作为补充。

欧阳修从情、欲、礼三者的辩证关系出发，肯定儒家礼义文明的积极作用，即礼义是顺应人情的自然流露和表现，“凡养生送死之道，皆因其欲而为之制。饰之物采而文焉，所以悦之，使其易趣也；顺其情性而节焉，所以防之，使其不过也。然犹惧其未也，又为立学以讲明之”①。

欧阳修关于情礼的看法，不仅反映了社会现实的客观需要，而且也是思想学术史（具体来说是唐中期以来解经新风）的必然发展。唐代中期经济与社会急剧变动，舍传求经的解经新风悄然形成，在啖助、陆淳等提倡“尧舜之道”，反抗礼法的基础上，韩愈《原道》将“尧舜之道”与“周公之礼”融合起来，便不仅是出于一种对儒家道统的认同，而且是对庶族与士族、淳朴无为与礼法清俭的现实与理想矛盾解决的尝试②，影响波及北宋庆历时期。欧阳修正是遥承啖助、陆淳、韩愈、李翱等人的思想，使情（以及性）与礼的关系探讨更加深入，只有在这个唐宋之际思想学术史变迁的过程中，才能更加凸显这个理论问题的价值和意义，也愈益能彰显欧阳修的学术贡献和影响。其实，即使一些辽阔、匪夷所思的复古作品（如石介的《原乱》《复古制》等）也多袭故弥新、“以复古为解放”③，具有现实主义的基本精神。

仅就欧阳修的《诗本义》而言，他提出“古今人情一也”，在具体诗解中以“情”论“礼”，评判毛《传》、郑《笺》、《小序》的得失，独获良多，其合乎历史与逻辑的衍变脉络也需在这种学术思想发展的链环和争鸣中加以把握。

《诗经》“本义”形成的意义启示我们，“本义”应该以动态的形式不断生成，“本义”并不是固定僵化的，但是如果这样变动不居、生生不

① 《本论上》，《欧阳修全集·居士集》卷十七《论》，第122页。此作撰于庆历二年（1042）。

② 可参见朱刚《唐宋四大家的道论与文学》，东方出版社1997年版。

③ 梁启超：《清代学术概论》，上海古籍出版社1998年版，第7页。

已的“本义”还能不能称得上“本义”呢?[①] 因此，“本义”的探寻最终还只是思想文化重构与创新的过程，经典研究的目的与宗旨是返本开新，而不仅仅是作历史的考古与回溯，这是彰显经典阐释文化生成魅力的关键。

第二节　欧阳修“道”论思想与《诗经》研究

欧阳修因文所见的本义到底是什么呢？联系欧阳修独特的道论思想，可以见到衡量于古今人情事理，洞察于上下文理脉络，所得的“本义”实际只是文道相生相应的“道”而已。而这个“道”意义上的“本义”的具体面目则并非如“本义”探寻途径般简易，却与儒释道三者紧密联系，在“理学”思想的形成发展中也有其一席之地。

一　欧阳修“道”论思想的形成、发展与《诗经》研究

欧阳修经学研究有一个发展的过程，大略在登第之前与登第之后有所不同，引起人们的誉讯也恰恰相反，自然也是经学新气象的必然反映。景祐四年（1037），欧阳修在书信中曾回忆自己治学经历的变化：“仆少孤贫，贪禄仕以养亲，不暇就师穷经，以学圣人之遗业，而涉猎书史，姑随世俗作所谓时文者，皆穿蠹经传，移此俪彼，以为浮薄，惟恐不悦于时人，非有卓然自立之言如古人者，然有司过采，屡以先多士。及得第已来，自以前所为不足以称有司之举而当长者之知，始大改其为，庶几有立，然言出而罪至，学成而身辱。为彼则获誉，为此则受祸，此明效也。”[②]“大改其为，庶几有立”，表面是改变暂时为应考而流连时文的作风，实际上更含有学术思想的变革，是发生在洛阳游宦与贬谪夷陵整

① 台湾著名《诗经》学学者王礼卿先生将《诗经》的意义分为三种，即“本义”“引申义”“推衍义”，并据此对三家《诗》与毛《诗》诗解进行会通裁决，启人良深。其中，关于“本义”的界定是“本义者：诗人初造此篇，所为作之义也。其义具于四家诗序，而三家序多已亡轶，唯见于论说”（王礼卿《四家诗旨会归》，华东师范大学出版社 2009 年版，第 91 页）。王氏“本义”虽然与欧阳修“诗本义”不完全一致，但因革之处也很明显，欧阳主张通过上下文、人情事理考求“诗本义”，而三家《诗》解也是其关注的重要内容，具体可详见第五章《〈诗本义〉与三家〈诗〉的关系》，在这种意义上，王氏踵武欧阳，并不断发扬光大，自然也是显而易见的。

② 《与荆南乐秀才书》，《欧阳修全集·居士集》卷四十七《书》，第 321 页。

个历程中的事情，侧面也说明了前文所强调的夷陵经历对欧阳修经学研究的重要意义，这是欧阳修经学研究中的重要转折，他自己也有自觉的认识。

明道二年（1033），欧阳修二十七岁，但对学术已有基本明确的看法。他在《与张秀才（棐）》书中主张文以明道，平易为文。《与张秀才第二书》比较集中地论述了“道”的特点、古今关系、衡量的标准以及如何践履等问题，“君子之于学也务为道，为道必求知古，知古明道而后履之以身，施之于事，而又见于文章而发之，以信后世。其道，周公、孔子、孟轲之徒常履而行之者是也；其文章，则《六经》所载至今而取信者是也。其道易知而可法，其言易明而可行。及诞者言之，乃以混蒙虚无为道，洪荒广略为古，其道难法，其言难行。孔子之言道，曰：‘道不远人。’言中庸者，曰：‘率性之谓道。’又曰：‘可离非道也。’《春秋》之为书也，以成隐让而不正之，传者曰：‘《春秋》信道不信邪？’谓隐未能蹈道。齐侯迁卫，书‘城楚丘’，与其仁，不与其专封，传者曰：‘仁不胜道。’凡此所谓道者，乃圣人之道也。此履之于身，施之于事而可得者也。岂如诞者之言者邪？”[①]“孔子之后，惟孟轲最知道。然其言不过于教人树桑麻、畜鸡豚，以谓养生送死为王道之本。夫二典之文，岂不为文？孟轲之言道，岂不为道？而其事乃世人之甚易知而近者，盖切于事实而已。今学者不深本之，乃乐诞者之言，思混沌于古初，以无形为至道者，无有高下远近，使贤者能之，愚者可勉而至，无过不及而一本乎大中，故能亘万世可行而不变也。今以谓不足为而务高远之为胜，以广诞者无用之说，是非学者之所尽心也，宜少下其高而近其远以及乎中，则庶乎至矣。”[②] 清储欣《六一居士全集录》卷五称《与张秀才第二书》为“高虚者之药石”，沈德潜《唐宋八大家文读本》卷一十一认为该信“论道切近，足以针砭骛高远而入虚无者”。严杰《欧阳修年谱》加按语：“永淑论文重道，道与事相关，非如理学家之侈谈心性。主张‘言易明而可行’，所作文章流畅自然，奠定宋文基本特色。”[③]

① 《与张秀才第二书》，《欧阳修全集·居士外集》卷十六《书》，第481页。

② 同上书，第482页。按：“以谓养生送死为王道之本”之“谓”“学者不深本之”之“深”“今以谓不足”之“谓”，文渊阁《四库全书》本分别作“为”“探”“为”。

③ 严杰：《欧阳修年谱》，南京出版社1993年版，第49页。

景祐二年（1035），欧阳修在《答孙正之（侔）第一书》中说："学者不谋道久矣，然道固不靑废，而圣人之书如日月，卓乎其可求，苟不为刑祸禄利动其心者，则勉之皆可至也。"[①] 欧阳修将"道"作为士人的理想，《六经》也是谋"道"的途径，只要不为名利祸福所驱遣，人都可以企及"道"。这个"道"不是玄远的，也不是背离人生实际的，所以也不可能违背人情事理。

景祐三年（1036），欧阳修《与乐秀才第一书》，强调"然闻古人之于学也，讲之深而信之笃，其充于中者足而后发乎外者大以光，譬夫金玉之有英华，非由磨饰染濯之所为，而由其质性坚实而光辉之发自然也"[②]、"古人之学者，非一家，其为道虽同，言语文章未尝相似。孔子之系《易》，周公之作《书》，奚斯之作《颂》，其辞皆不同，而各自以为经。子游子夏子张与颜回同一师，其为人皆不同，各由其性而就于道耳。今之学者或不然，不务深讲，而笃信之徒巧其词以为华，张其言以为大。夫强为则用力艰，用力艰则有限，有限则易竭。又其为辞，不规模于前人，则必屈曲变态，以随时俗之所好，鲜克自立。此其充于中者不足而莫自知其所守也"[③]。该书信有"官仅得一县令，又为有罪之人""夷陵水土之气，比频作疾，又苦多事"[④] 字样，当是贬谪夷陵时期的作品无疑。在《与乐秀才第一书》中，欧阳修已经比较清楚地表达重道的观念，而经的差异也不过是文的形式不同罢了，继承韩愈"文以载道"的思想也很明显。

景祐四年（1037），欧阳修《答祖择之书》，论述文道关系及有关"师经"的观点："古之学者必严其师，师严然后道尊，道尊然后笃敬，笃敬然后能自守，能自守然后果于用，果于用然后不畏而不迁……夫世无师矣，学者当师经。师经必先求其意，意得则心定，心定则道纯，道纯则充于中者实，中充实则发为文者辉光，施于事者果毅。三代两汉之学，不

---

① 《答孙正之（侔）第一书》，《欧阳修全集·居士外集》卷十八《书》，第 496 页。

② 《与乐秀才第一书》，《欧阳修全集·居士外集》卷十九《书》，第 506 页。

③ 同上书，第 506—507 页。

④ 同上书，第 506 页。

过此也。”① 这种“师经”以把握“道”的思想，朱熹也有，《朱子语类》卷十一“借经以通乎理耳，理得，则无俟乎经”。朱子注经目的是把握“理”。某种意义上，朱子的经学成果是其理学思想赖以寄寓与生发的基础。这些成果，也是“师道”“师经”的表现。当“道”本身难以独立呈现时，通过“道”的载体“经”来把握“道”无疑便是一种快捷而确切的途径。因此，“师经”是“师道”的进一步延伸，通过经典解释与还原来理解、体认和践行“道”。欧阳修解经（《诗经》《周易》《春秋》等）也是“师经”以“师道”的过程。

景祐年间，欧阳修的“道”论思想已初步形成，并在经典与道的关系方面有进一步探索。

康定元年（1040），“夫学者未始不为道而至者鲜，为非道之于人远也，学者有所溺焉尔。盖文之为言，难工而可喜，易悦而自足，世之学者往往溺之，一有工焉，则曰吾学足矣，甚者至弃百事，不关于心，曰吾文士也，职于文而已，此其所以至之鲜也。昔孔子老而归鲁，《六经》之作数年之顷尔，然读《易》者如无《春秋》，读《书》者如无《诗》（原注：一作读《春秋》者如无《诗》《书》），何其用功少而至（原注：此字一作自然）于至也。圣人之文，虽不可及，然大抵道胜者（原注：一有于字），文不难而自至也”②，本段体现了欧阳修重“道”③ 以及《六经》互映的思想，与欧阳修“《六经》一道”的观念一致。

欧阳修虽是文章大家，但是他并不以文章作为最终的归宿，而是更加重视人的才行，如庆历三年（1043）所撰札子中就认为“才行者人臣之本，文章者乃其外饰耳”④，这也是庆历新风的一个重要表现。

这种“道胜者，（原注：一有于字）文不难而自至”“才行者人臣之

① 《答祖择之书》，《欧阳修全集·居士外集》卷十八《书》，第499页。按：“施于事者果毅”，原作“施于世者果致”，据文渊阁《四库全书》本《文忠集》卷六十八改。另，该书本无系年，严杰根据《龙学文集》卷十二附书及注，系于景祐四年（严杰《欧阳修年谱》，第77页）。

② 《答吴充秀才书》，《欧阳修全集·居士集》卷四十七《书》，第321—322页。

③ 欧阳修的好友刘敞也有近似的看法：“道者，文之本也。循本以求末易，循末以求本难。”［（宋）刘敞著，黄曙辉点校：《公是先生弟子记》卷一，华东师范大学出版社2010年版，第3页］

④ 《论李淑奸邪札子》，《欧阳修全集·奏议集》卷四《谏院》，第803页。

本，文章者乃其外饰耳”的重“道”思想在欧阳修论《诗》的诗文书信中也比较多见。

庆历二年（1042），欧阳修《送黎生下第还蜀》云“《黍离》不复雅，孔子修《春秋》”，“圣言简且直，慎勿迂其求。经通道自明，下笔如戈矛”①。“《黍离》不复雅，孔子修《春秋》”，《孟子·离娄下》“王者之迹熄而《诗》亡，《诗》亡然后《春秋》作”，涉及“变风”“变雅”及其在思想学术方面的影响问题。“圣言简且直，慎勿迂其求。经通道自明”则简要地概括了欧阳修对经典（特别是《六经》）简直特点、载道本质及解读方法的体会，与《诗本义》中的论述一致。该年太原王陶“举进士甲科，调岳州军事判官”②，欧阳修撰《送王陶序》，云：“《六经》皆载圣人之道，而《易》著（原注：著一作尤明）圣人之用。吉凶得失动静进退，《易》之事也。其所以为之用者，刚与柔也。乾健坤顺，刚柔之大用也。”③

欧阳修曾向多次主动登门求教的僧人解说关于《诗经》的看法，“《诗》三百五篇，作者非一人。羁臣与弃妾，桑濮乃淫奔。其言苟可取，庞杂不全纯”④，这首诗约作于庆历七年（1047），欧阳修关于“桑濮乃淫奔”的观点已经形成。“桑濮”即《桑间》《濮上》。《吕氏春秋·季夏纪》：“郑卫之声，桑间之音，此乱国之所好，衰德之所说。”它认为“郑卫之声，桑间之音”是败坏国家、道德腐朽者所喜好的对象。上博简《弟子问》有句“□风也，乱节而哀声”，整理者张光裕先生引用《礼记·乐记》“桑间、濮上之音，亡国之音也，其政散，其民流，诬上行私而不可止也”，认为“‘乱节而哀声’云者，盖亦指此乎？”⑤《乐记·乐本》：“郑卫之音，乱世之音也，比于慢矣；桑间濮上之音，亡国之音也，其政散，其民流，诬上行私而不可止也。”主张郑卫之音、桑间濮上之音都是一种音乐形式，以后《通典》等就继承了这种说法。如果仔细体会，郑卫是地域名，桑间濮上也应是地域名，互文对称，是指某地域的民歌乐

① 《送黎生下第还蜀》，《欧阳修全集·居士集》卷二《古诗》，第8页。

② 范镇：《王尚书陶墓志铭》，《琬琰集删存》卷二。

③ 《送王陶序》（原注：一作刚说送王先辈之岳阳），《欧阳修全集·居士集》卷四十二《序》，第293页。

④ 《酬学诗僧惟晤》，《欧阳修全集·居士集》卷四《古诗》，第26页。

⑤ 马承源主编：《上博馆藏战国楚竹书》（五），上海古籍出版社2005年版，第269页。

调。后来，桑间濮上便转而成为乐曲或诗歌的名称了。南朝梁萧统《文选·序》“《关雎》《麟趾》，正始之道著；《桑间》《濮上》，亡国之音表。故风雅之道，粲然可观”，意思是《关雎》《麟趾》反映了端正初始的道理，而《桑间》《濮上》则是亡国之音的流露，这些都折射出可观的“风雅之道”。这里，《桑间》《濮上》已成为“淫诗”的代称。当然，《桑间》《濮上》或许是古代的乐曲，所谓“放郑声”“郑声淫”，而非仅仅关涉诗歌的内容。但疑《桑间》即《鄘风》中的《桑中》，是一首男女约会的情歌，正是“淫诗说”的写照。这种观点与《诗本义》中的相关论述也可相互辅佐。另外，对《诗经》“其言苟可取，庞杂不全纯”的观点，与后来朱熹关于《六经》（包括《诗经》）的评价如出一辙，这是值得反思的，或许朱熹在这一点上也受到了欧阳修的影响，可备一说。

欧阳修在经学方面，对经典传统解释所带来的分歧与混乱，深感担忧。皇祐元年（1049），他曾经结合《春秋》学的状况谈到对经学的整体看法，认为“一从圣人没，学者自为师。峥嵘众家说，平地生崄巇。相讼益迁怪，各斗出新奇”①，针对经典被蒙蔽甚至歪曲的现实，他感慨“常患无气力，扫除浮云披。还其自然光，万物皆见之”②，这实际就是一种推陈的过程，也是除蔽的过程，只有这样，新的经义与解经方法才能诞生。我们在《诗本义》中看到的正是“扫除浮云披”的努力。他肯定解经的新途径是一种简易的途径，而不是章句之学的崎岖纷扰，“正途趋（原注：一作常）简易，慎勿事岖崎”③，“读书趋简要，害说去杂冗”④。

嘉祐四年（1059），欧阳修在和诗中说“古今参雅郑，善恶杂皋共”⑤，提及以古今方法来阅读《诗经》诗歌（雅郑），以善恶混合的观

---

① “相讼益迁怪”，“讼”原本从“氵”，于义不通，似应为“讼”。

② 《获麟赠姚辟先辈》，《欧阳修全集·居士集》卷四《古诗》，第27页。

③ 同上。

④ 《送焦千子秀才》，《欧阳修全集·居士集》卷四《古诗》，第30页。该诗亦为皇祐元年（1049）作品。

⑤ 《喜定号和禹玉内翰（原注：用其韵，一作和禹玉喜定号）》，《欧阳修全集·居士集》卷十二《律诗》，第91页。

点来观照人性贤否（皋共）[1]。“古今参雅郑”，形象地揭示了阅读《诗经》庄正与通俗作品的方法论原则，即沟通古今，这与《诗本义》所提出的“古今人情一也”、论《诗》时重视以今论古的思想是相通的。

实际上，欧阳修的这种思想在明道元年（1032）就已逐渐形成。《明因大师塔记》[2] 撰于景祐元年（1034）。明因大师，俗名卫道诠，并州（今山西）文水县人，卒于“明道癸酉之正月，寿五十有三年”，即明道二年（1033），据塔记记载欧阳修“始道诠未死时，予过其庐，问其年岁几何，曰：‘五十有二矣。’”[3] 则欧阳修造访明因大师在明道元年（1032），交谈中探讨了关于《诗经·唐风》的问题，这是保存欧阳修较早关注和研究《诗经》的珍贵资料，当时欧阳修二十六岁。欧阳修“因与语曰：‘《诗》《唐风》言晋本唐之俗，其民被尧之德化，且诗多以俭刺，然其勤生以俭啬，朴厚而纯固，最得古之遗风，今能言其土风乎？其民俗何若？信若诗之所谓乎？《诗》去今余千岁矣，犹若《诗》之时乎？其亦随世而迁变也。’曰：‘树麻而衣，陶瓦而食，筑土而室，甘辛苦，薄滋味，岁耕日积，有余，则窖而藏之，率千百年不辄发。其勤且俭，诚有古之遗风，至今而不变也。’”[4] 明因大师俗家山西，欧阳修就趁机打听当地是否还保留有《唐风》中所描写的相传于尧的勤俭美德，明因给予了肯定的答复。这段材料显示了两点：一是欧阳修对毛《传》、郑《笺》认为《唐风》多以俭刺产生了怀疑；二是欧阳修此时已经意识到解《诗》中不可避免的古今问题，并试图通过当时的风俗状况沟通把握《诗经》时代的情形，由明因大师的回应，可以推断这种以今论古是有可能的。这两个方面对探讨欧阳修的《诗经》研究都很重要，对后世的影响也很深远。特别是后者，在《诗经》阐释中尤为关键，在《诗本义》中则得到了比较充分的阐发和运用。

欧阳修在评价汉代《诗经》学学术成果以及自己在《诗经》阐释中，都很注重情理标准。在《诗本义》卷六《出车》诗解中说：“论曰：诗文

---

① 按：此句有些人理解为“有古有今，有大雅，有郑风，有善有恶，有皋陶，有共工”，似未恰当，且没有揭示出其中内蕴的思想学术特色和内涵。

② 《欧阳修全集·居士外集》卷十三《记》，第452—453页。

③ 《明因大师塔记》，《欧阳修全集·居士外集》卷十三《记》，第452页。

④ 同上。

虽简易，然能曲尽人事。而古今人情一也，求诗义者以人情求之，则不远矣。然学者常至于迂远，遂失其本义。”这反映了欧阳修自觉的解《诗》思想，包含着对诗文功能的认识（曲尽人事）、解释的历史性和可能性（古今人情一也）的体认、解释的途径与目标（以人情求之与合乎人情，得本义）、解读的风格（简近，不迂远）等方面。联系他例，比较系统和一致。以“人情”会通古今与以“性理”会通古今，虽是两种不同的解释旨趣和途径，但其基础是相近的，即认为古今有相通的方面，《诗经》典籍是一座桥梁，沿着这些相同的方面即可获得本义，或诗意（作者之意），或性理。这也是欧阳修作为宋代《诗经》学开创者的重要贡献。孟子阐释思想有“说诗者，不以文害辞，不以辞害志。以意逆志，是为得之”，朱熹《孟子集注》卷九《万章章句上》解为“言说诗之法，不可以一字而害一句之义，不可以一句而害设辞之志，当以己意迎取作者之志，乃可得之”①。由此也可以发现，以人情会通古今、以性理会通古今，解决的都是读者的“意”与作者的“志”之间的矛盾及如何沟通二者的问题。

欧阳修怀疑《周礼》，主要出于以下两个原因：一是官制建构复杂完备，甚至烦琐周密，与周代井田制及人们的生产与生活实际不符；一是秦后各代统治者基本沿袭秦制，《周礼》“体大而难行”②，但他也肯定《周礼》“祭祀衣服车旗似有可采者，岂所谓郁郁之文乎？”③

从康定到嘉祐年间，欧阳修“道”论思想不断发展，相对景祐时期，他明确提出“六经皆载圣人之道”的说法，并结合具体的经学典籍深入讨论了把握经典“道”的原则与方法。这个过程与欧阳修的《诗经》研究与《诗本义》的写作是相伴的。

---

① 这段材料也能反映朱熹的阐释思想。“以己意迎”，最后通向“以己意解”，进而认己意为作者之志，“淫诗”说的看法就很难避免了。

② 《问进士策三首》，《欧阳修全集·居士集》卷四十八《策问》，第326页。严杰、刘德清系于“庆历二年”（1042）担任“别头试”考官时（严杰《欧阳修年谱》，第101页；刘德清《欧阳修纪年录》，第126页）。按：《问进士策三首》原并无系年，中第者有吕公著、王安石等人。王安石服膺《周礼》，后亲著《周官新义》。“《周礼新义》笔迹，犹斜风细雨，诚介甫亲书。”［（宋）蔡絛撰：《铁围山丛谈》，冯惠民、沈锡麟点校本，中华书局1983年版，第58页］何不闻欧阳《周礼》“体大而难行”之语。或许此三策不当系于此年，略记疑问，以俟他日。

③ 《问进士策三首》，《欧阳修全集·居士集》卷四十八《策问》，第326页。

欧阳修为洛僧鉴聿撰著《韵总》作序，指出“圣人之道，直以简，然至其曲而畅之，以通天下之理，以究阴阳天地人鬼事物之变化，君臣父子吉凶生死，凡人（原注：一作祸福）之大伦，则《六经》不能尽其说，而七十子与孟轲荀杨之徒，各极其辩而莫能殚焉”①，似乎隐含着《六经》载道但不能尽道的思想，这对当时及此前的“道论”无疑是一种补充和推进。欧阳修所撰《韵总序》，未著写作时间，也难觅踪迹。但根据其思想判断，似乎是对前述“道”论思想的调整和补充，姑系于此。而“六经”载道的观念，在北宋中期已经成为儒家学者（包括理学家）的共识，尽管“道”的所指与基本类型还存在着差异②，但对《六经》不能尽道之精微还没有足够的意识，直到南宋朱熹等人才作了更加充分的论述，从而推动了《四书》的形成与《四书》学的发展。

二　欧阳修论“道”内涵与佛老关系

日本学者土田健次郎探讨了欧阳修关于“理”“人情”“自然与简易”等问题，并揭示从欧阳修到王安石思想学术变迁的内在规律。土田健次郎没有停留在一般描述的层面，而是着力发掘欧阳修注重人情与事理考察的思想依据与价值理想，这是很有启发的。他说：“从前的欧阳修研究，大多陷于条条框框的罗列，如合理性、现实性、近代性，具体来说就是实事求是的精神、对人情的肯定、对简易的尊重等等，但不用说，问题在于那底下的思想基础是什么，它在思想史上的意义又如何。”③ 这种研究的局限，在当前的《诗本义》研究中也有反映。因此，从思想学术史角度，比较系统全面深入地把握欧阳修经学学术思想及其演变脉络是有必要的，也是迫切的。土田健次郎尝试将“理”“人情”“自然与简易”纳入一个思想体系中去考察，而不是孤立地分析，这种设想和方法值得肯定。

① 《韵总序》，《欧阳修全集·居士集》卷四十二《序》，第289—290页。

② 详可参见林素芬《北宋中期儒学道论类型研究》，台北里仁书局2008年版。该著将北宋中期的道论分为四大类型，即“法天为政的行道论”（范仲淹）、“知古求理的为道论”（欧阳修）、“观物循理的尽道论”（邵雍）、“道德业俱全的一道论”（王安石）。

③ ［日］土田健次郎著，朱刚译：《道学之形成》，上海古籍出版社2010年版，第44页。

欧阳修主张“六经简要”，经典的关键是“不尽言之烦而尽其要，言不尽意之委曲而尽其理”，对“书不尽言”“言不尽意”的看法不甚苟同。“妙论精言，不以多为贵，而人非聪明不能达其义。余尝听人读佛书，其数十万言谓可数谈（原注：一作言）而尽，而溺其说者以为欲晓愚下人，故如此尔。然则《六经》简要，愚下（原注：一有人字）独不得晓耶?”“书不尽言，言不尽意，然自古圣贤之意，万古得以推而求之者，岂非言之传欤？圣人之意所以存者，得非书乎？然则（原注：一无此字）书不尽言之烦而尽其要，言不尽意之委曲而尽其理，谓书不尽言、言不尽意者，非深明之论也。予谓《系辞》非圣人之作，初若可骇，余为此论迨今二十五年矣，稍稍以余言为然也。《六经》之传，天地之久，其为二十五年者，将无穷而不可以数计也。予之言久当见信于人矣，何必汲汲较是非于一世哉?”[①] 欧阳修的《〈六经〉简要说》与《〈系辞〉说》[②]，原本未系年，疑作于天圣七年（1029）到天圣八年（1030），当时欧阳修已与僧人释秘演、释惟俨等交往。欧阳修的这些看法与道家、佛教的思想或多或少有些联系。《六经》简要的看法似直接受到禅师解经的启发；《六经》“尽其要”“尽其理”也是对老庄“言不尽意”理论的反思。

欧阳修排抑佛道思想很强烈，但其中不无微妙之处，如韩愈和后来的程朱理学家那样，他交往的名道高僧也甚多，对佛学经典略有涉猎，并撰《本论》抑佛，但正如陆九渊等人评“亦只说得皮肤”[③]，远没有后来张载、程朱那样泛滥释老、入室操戈的。毋庸置疑，整体上，这也是三教融合在经学等思想学术领域中的体现。

欧阳修与道家道教有一定关系。相传他曾寄诗许昌龄道士《戏石唐山隐者》，云“石唐仙室紫云深，颍阳真人此算心。真人已去升寥廓，岁岁岩华自开落。我昔曾为洛阳客，偶向岩前坐盘石。四字丹书万仞崖，神

① 《〈六经〉简要说》，《欧阳修全集·试笔》，第1052页。

② 元祐四年（1089）九月十九日苏轼以按语评价：“皆文忠公冲口而得，信手而成，初不加意者也，其文采字画皆有自然绝人之姿，信天下之奇迹也。”（《欧阳修全集·试笔》，第1052页）

③ 陆九渊对欧阳修的评价就多有保留，据他的学生记载：“先生云：‘欧公《本论》固好，然亦只说得皮肤。’”[（宋）陆九渊著，钟哲点校：《陆九渊集》卷三十四《语录上》，中华书局1980年版，第408页]

清之洞锁楼台。云深路绝无人到，鸾鹤今应待我来”[①]。这首诗可能写于熙宁年间，当是晚年之作。“我昔曾为洛阳客，偶向岩前坐盘石”，可见欧阳修与道士往来，与道家道教接触，当在天圣九年（1031）、明道元年（1032）间就已开始，当时他也就二十五六岁。这首诗被一些诗话、笔记认定为欧阳修临终前魂归道山的作品，并有演绎，如《西清诗话》、《避暑录话》卷上、《青琐高议》前集卷八等[②]。《戏石唐山隐者》中的“石唐山隐者”即许昌龄道士，熙宁元年（1068），欧阳修《赠许道人》，所指同一人，诗有“至人无心不算心，无心自得无穷寿。忽来顾我何殷勤，笑我白发老红尘。子归为筑岩前室，待我明年乞得身”[③]，领悟也要迥异于常人所理解的道教长生久视之道，显系老庄思想。《赠许道人》同时也显示了欧阳修归隐思想在熙宁元年（1068）已很强烈，并非次年王安石干政所致（可参见前一章）。其他又如治平四年（1067）《赠隐者》[④]，熙宁元年（1068）《送龙茶与许道人》[⑤]《又寄许道人》[⑥]《赠潘道士》[⑦] 等。

欧阳修曾对道家的一些思想阐发自己的理解和体会，如“前后之相随，长短之相形，推而广之，万物之理皆然也，不必更言其余。然老子为书，比其余诸子已为简要也。其于窾见人情，尤为精尔，非庄周慎到之伦可拟。其言虽若虚无，而于治人之术至矣”[⑧]，“道无常名，所以尊于万物；君有常道，所以尊于四海。然则无常以应物为功，有常以执道为本，达有无之至理，适用舍之深机，诘之难以言穷，推之不以迹见”[⑨]，在某种意义上，欧阳修也将道家思想吸收改造到自己合乎简要与人情事理的学说中了，并对“万物之理”“有无之至理”有所探讨，甚至反以“常无常有”的理论来论证儒家的纲常名教，这种理路都是开理学先声的。

欧阳修结交了不少对儒家典籍有研究的僧人，仅诗文反映的就有昙

---

① 《戏石唐山隐者》，《欧阳修全集·居士集》卷九《古诗》，第 65 页。
② 参见严杰《欧阳修年谱》，第 39 页。
③ 《赠许道人》，《欧阳修全集·居士集》卷九《古诗》，第 64 页。
④ 《赠隐者》，《欧阳修全集·居士集》卷十四《律诗》，第 104 页。
⑤ 《送龙茶与许道人》，《欧阳修全集·居士集》卷九《古诗》，第 64 页。
⑥ 《又寄许道人》，《欧阳修全集·居士集》卷十四《律诗》，第 105 页。
⑦ 《赠潘道士》，《欧阳修全集·居士外集》卷七《律诗》，第 403 页。
⑧ 《老氏说》，《欧阳修全集·笔说》，第 1043 页。
⑨ 《道无常名说》，《欧阳修全集·笔说》，第 1045 页。

颖[1]、慧勤[2]、惟晤[3]、智蟾上人[4]、秘演[5]、惟俨[6]、鉴聿[7]、知白[8]、净慧[9]、居讷[10]、净照[11]、明因[12]等。还撰写有寺记等，如《河南府重修净垢院记》[13]《明因大师塔记》[14]等，具有一定的佛学知识。与他交往最著名的佛僧当是明教契嵩[15]。在北宋佛学界，对心法古今问题向有探讨。临济宗善昭强调“续佛心灯”“传祖师之心”，认为“虽是一心拈提有异。今古共同，随机利现，冥应诸缘，运通一切”[16]，具体的心法古今虽不同，但心却“今古共同”，心法自然可传授。

欧阳修经学思想，特别是《诗经》学思想中，有“古今人情一也”的论断，这是欧阳修经学新风的重要理论基础之一，也是解经新方法的重要体现。但是，关于这个思想的来源，一直鲜有人关注，似乎这是不需讨论的问题。实际上，古今之争，在中国思想学术史上也是有渊源的，但如何进行古今沟通、以今衡古则是值得深思的问题。《礼记·礼运》中有“何谓人情？喜、怒、哀、惧、爱、恶、欲，七者弗学而能”，其中人情还仅是人天生的七种自然的心理感受和机能。战国中晚期的文献和出土竹

① 《送昙颖归庐山》，《欧阳修全集·居士集》卷一《古诗》，第8页，庆历元年（1041）。

② 《送慧勤归余杭》，《欧阳修全集·居士集》卷二《古诗》，第10页，庆历三年（1043）；《山中之乐（并序）》，《欧阳修全集·居士集》卷十五《杂文》，第113—114页。

③ 《酬学诗僧惟晤》，《欧阳修全集·居士集》卷四《古诗》，第26页。

④ 《智蟾上人游南岳》，《欧阳修全集·居士集》卷十《律诗》，第67页，天圣九年（1031）；《送蟾上人游天台》，《欧阳修全集·居士外集》卷三《古诗》，第361—362页。

⑤ 《释秘演诗集序》，《欧阳修全集·居士集》卷四十一《序》，第284—285页，庆历二年（1042）。

⑥ 《释惟俨文集序》，《欧阳修全集·居士集》卷四十一《序》，第285—286页，庆历元年（1041）。

⑦ 《韵总序》，《欧阳修全集·居士集》卷四十二《序》，第289—290页。

⑧ 《送琴僧知白》、《欧阳修全集·居士外集》卷三《古诗》，第361页，宝元二年（1039）。

⑨ 《题净慧大师禅斋》，《欧阳修全集·居士外集》卷六《律诗》，第389页。

⑩ 《赠庐山僧居讷》，《欧阳修全集·居士外集》卷六《律诗》，第394页。

⑪ 《酬净照大师说》，《欧阳修全集·居士外集》卷七《律诗》，第397页。

⑫ 《明因大师塔记》，《欧阳修全集·居士外集》卷十三《记》，第452—453页，景祐元年（1034）。

⑬ 《河南府重修净垢院记》，《欧阳修全集·居士外集》卷十三《记》，第451页。

⑭ 《明因大师塔记》，《欧阳修全集·居士外集》卷十三《记》，第452—453页，景祐元年（1034）。

⑮ （元）念常：《佛祖历代通载》卷十九，文渊阁《四库全书》（第1054册），第630页。

⑯ （宋）楚园等集：《汾阳无德禅师语录》卷上，《大正藏》卷四十七，606b。

简中，发端于“性”的“情”逐渐便带有“情实”“情理”“理”的内涵（参见郭店楚简《性自命出》，上博简《性情论》与《孔子诗论》等）。欧阳修“求诗本义”的方法受《孟子》“以意逆志”思想的影响。《孟子·万章上》“说诗者，不以文害辞，不以辞害志，以意逆志，是为得之”，东汉赵岐作《孟子章句》，为该句作注：“人情不远，以己之意，逆诗人之志，是为得其实矣。”① 欧阳修对《孟子》很熟悉，在《诗本义》中也有引用，对赵岐的看法不陌生，“人情不远”正是“古今人情一也”的一个重要源头。但是，是否仅此一种渊源呢？毕竟这还不是明确的古今问题，尽管有了端倪。笔者认为，欧阳修简明的“古今人情一也”的论断可能也受到佛学理论的启发。当然，这个问题还需要进一步研究。

北宋时期，南方一些地方的佞佛风气已经很炽炎，“越俗僭宫室，倾赀事雕墙。佛屋尤其侈，眈眈拟侯王”②。欧阳修《送慧勤归余杭》中提到的僧人慧勤“乃云慕仁义，奔走不自遑。始知仁义力，可以治膏肓”③，显然也是援儒入佛的。在《酬净照大师说》中说：“佛说我不学，劳师忽款关。吾方仁义急，君且水云闲。意淡宜松鹤，诗清叩佩环。林泉苟有趣，何必市廛间。”④ 欧阳修思想品格毕竟还是儒家的，他所感受和理解的佛学志趣，从诗文来看与道家道教似乎相去并不远。这也是自觉不自觉地融合三教的表征，只是还远没有达到精细精微的程度。

庆历二年（1042），欧阳修《本论》上认为“礼义者，胜佛之本也”⑤，古代大多将其与唐代韩愈的《原道》齐论，如清唐介轩《古文翼》卷七主张《原道》与《本论》“辟邪崇正，前后一辙”；实际上，不独如此，在宋代就已经有学者甚至认为，欧阳修在某些方面超越了韩愈的认识，但是总体上，二人都没有深入佛学内部加以批判。如陈善《扪虱新话》：“退之《原道》辟佛、老，欲‘人其人，火其书，庐其居’，于是儒者咸宗其语。及欧阳公作《本论》，谓莫若修其本以胜之，又何必‘人其人，火其书，庐其居’也。此论一出，而《原道》之语几废。”（《扪虱新话》下集卷四）罗大经《鹤林玉露》：“欧阳公云：‘道家乃贪

① （清）焦循撰，沈文倬点校：《孟子正义》，中华书局1987年版，第638页。

② 《送慧勤归余杭》，《欧阳修全集·居士集》卷二《古诗》，第10页。

③ 同上。

④ 《酬净照大师说》，《欧阳修全集·居士外集》卷七《律诗》，第397页。

⑤ 《本论》上，《欧阳修全集·居士集》卷十七《论》，第123页。

生之论，佛家乃畏死之论。’此盖未尝深考二家之要旨也……韩文公、欧阳公皆不曾深看佛老，故但能攻其皮毛。”（《鹤林玉露》乙编卷四）《本论》撰著，欧阳修时年三十六岁。欧阳修排佛，直至晚年也没有更易这种基本的思想倾向，至于家人诵佛而不加劝阻则是另一回事。

针对北宋中期一些学者奢谈“性”的问题，欧阳修认为“性”并不是孔子和《六经》中探讨的核心问题，而关键是如何做到修身与处世的内在统一，体现了儒学积极入世的精神风貌。大约康定元年（1040）前后，李诩以所著《性诠》三篇请益，欧阳修曾两次回复。他在《答李诩第二书》中详细地论述了这个问题，并对自己关于“性”的看法作了简明的解说，其中渗透的古今同一的人情事理的观念，尤值得关注。特录如下：

> 修患世之学者多言性，故常为说曰：夫性，非学者之所急而圣人之所罕言也。《易》六十四卦，不言性，其言者动静得失吉凶之常理也。《春秋》二百四十二年，不言性，其言者善恶是非之实录也。《诗》三百五篇，不言性，其言者政教兴衰之美刺也。《书》五十九篇，不言性，其言者尧舜三代之治乱也。《礼》《乐》之书虽不完，而杂出于诸儒之记，然其大要治国修身之法也。《六经》之所载，皆人事之切于世者，是以言之甚详。至于性也，百不一二言之；或因言而及焉，非为性而言也，故虽言而不究。予之所谓不言者，非谓绝而无言，盖其言者鲜而又不主于性而言也。《论语》所载七十二子之问于孔子者，问孝问忠问仁义问礼乐问修身问为政问朋友问鬼神者有矣，未尝有问性者，孔子之告其弟子者凡数千言，其及于性者一言而已，予故曰非学者之所急而圣人之罕言也。《书》曰“习与性成”，《语》曰“性相近，习相远”者，戒人慎所习而言也。《中庸》曰“天命之谓性，率性之谓道”者，明性无常，必有以率之也。《乐记》亦曰“感物而动，性之欲”者，明物之感人，无不至也。然终不言性果善果恶，但戒人慎所习与所感，而勤其所以率之者尔。予故曰因言以及之而不究也。修少好学，知学之难。凡所谓《六经》之所载，七十二子之所问者，学之终身，有不能达者矣；于其所达，行之终身，有不能至者矣。以予之汲汲于此而不暇乎其他，因以知七十二子亦以是汲汲而不暇也，又以知圣人所以教人垂世，亦皇皇而不暇也。

今之学者，于古圣贤所皇皇汲汲者学之行之，或未至其一二，而好为性说以穷圣贤之所罕言而不究者，执后儒之偏说，事无用之空言（原注：一作文），此予之所不暇也。或有（原注：一作者）问曰：性果不足学乎？予曰：性者，与身俱生而人之所皆有也，为君子者修身治人而已。性之善恶，不必究也，使性果善邪，身不可以不修，人不可以不治；使性果恶邪，身不可以不修，人不可以不治。不修其身，虽君子而为小人，《书》曰“惟圣罔念作狂”是也；能修其身，虽小人而为君子，《书》曰“惟狂克念作圣”是也。治道备，人斯为善矣，《书》曰“黎民于变时雍”是也；治道失，人斯为恶矣，《书》曰“殷顽民”，又曰“旧染污俗”是也，故为君子者，以修身治人为急而不穷性以为言。夫七十二子之不问，《六经》之不主言，或虽言而不究，岂略之哉？盖有意也。或又问曰：然则三子言性，过欤？曰：不过也。其不同，何也？曰：始异而终同也。使孟子曰“人性善”矣，遂怠而不教，则是过也；使荀子曰“人性恶”矣，遂弃而不教，则是过也；使杨子曰“人性混”矣，遂肆而不教，则是过也。然三子者，或身奔走诸侯以行其道，或著书累千万言以告于后世，未尝不区区以仁义礼乐为急，盖其意以谓善者一日不教，则失而入于恶；恶者勤而教之，则可使至于善；混者驱而率之，则可使去恶而就善也。其说与《书》之“习与性成”、《语》之“性近习远”、《中庸》之“有以率之”、《乐记》之“慎物所感”皆合，夫三子者推其言则殊，察其用心则一，故予以为推（原注：一无此字）其言不过始异而终同也。凡论三子者，以予言而一之，而呶呶（譊譊）者可以息矣。①

欧阳修对“性”的认识，受到后来理学家的诟病，北宋王得臣《尘史》卷二记载“永叔卒贻后世之诮者，其在此书矣”，是有道理的。有学者比较了韩愈、李翱、欧阳修“性”论的差异，认为“唐代韩愈倡‘性三品’说，李翱倡‘复性’说，实开宋代理学先声。永叔所论平易质实，而理论上未能有所建树，故影响不大”②。

① 《答李诩第二书》，《欧阳修全集·居士集》卷四十七《书》，第319—320页。
② 严杰：《欧阳修年谱》，南京出版社1993年版，第92页。

欧阳修在《赠学者》一诗中阐述了自己关于人性与五常关系的看法，其中某些看法与周敦颐、邵雍比较接近，如果注意到欧阳修与宋初三先生（特别是石介）交往甚密，又曾经派自己的儿子专门看望邵雍，这首诗歌的思想便不难理解。宋代儒学与理学的鸿沟是否竟如后人研究的那样截然水火不容，也是值得进一步探讨的问题。《赠学者》的写作时间极有可能在庆历六年（1046）至皇祐元年（1049）之间。特别是诗歌结尾，作者提醒：“尔曹宜勉勉，无以吾言轻。”因此，在反映欧阳修学术思想方面，这首诗歌应该是比较重要的，不能忽略。全诗：“人禀天地气，乃物中最灵。性虽有五常，不学无由明。轮曲揉而就，木直在中绳。坚金砺所利，玉琢器乃成。仁义不远躬，勤勤入至诚。学既积于心，犹木之敷荣。根本既坚好，蓊郁其干茎。尔曹宜勉勉，无以吾言轻。”[①] 周敦颐《太极图说》“唯人也得其秀而最灵。形既生矣，神发知矣，五性感动，而善恶分，万事出矣”，“君子修之吉，小人悖之凶”，《易通》也主张君子要“乾乾不息于诚”，即“必惩忿窒欲，迁善改过而后至”。邵雍《皇极经世书·观物篇》对“性”也有一番类似的论述，如“人之所以能灵于万物者，谓其目能收万物之色，耳能收万物之声，鼻能收万物之气，口能收万物之味。声色气味者，万物之体也。目耳鼻口者，万人之用也。体无定用，惟变是用；用无定体，惟化是体。体用交而人物之道于是乎备矣”等。周、邵论述自然较欧阳修细密深邃得多，但理论旨趣却也有近似之处，未必有天壤之隔。

《公是先生弟子记》卷四记载了欧阳修与刘敞的多次问答。二人关于“性”问题的讨论，的确可以看到欧阳修对“性”问题不甚关注，但是《公是先生弟子记》中的记载却显示了欧阳修不关注这个问题的深层原因。“永叔曰：‘以人性为善，道不可废；以人性为恶，道不可废；以人性为善恶混，道不可废；以人性为上者善、下者恶、中者善恶混，道不可废。然则学者虽毋言性，可也。’刘子曰：‘仁义，性也；礼乐，情也。以人性为仁义，犹以人情为礼乐也。非人情无所作礼乐，非人性无所明仁义。性者仁义之本，情者礼乐之本也。圣人唯欲道之达于天下，是以贵本。今本在性而勿言，是欲导其流而塞其源，食其实而伐其根也。夫不以

① 《赠学者》，《欧阳修全集·居士外集》卷三《古诗》，第367页。按：“坚金砺所利”之“利”，文渊阁《四库全书》本《文忠集》卷五十三作“厉”。

道之不明为言，而以言之不及为说，此不可以明道而惑于言道，不可以无言而迷于有言者也。'"① 相较而言，刘敞所见就较欧阳修深刻一些，理学的旨趣更加浓郁。

虽然欧阳修关于"性"的论述后多被理学家等诟病，但通过这个问题亦可观照欧阳修以儒学为根基应对释老的初始努力，它是三教融合的典型表现之一。

三　欧阳修"本义"探求与理学的关系

欧阳修经学研究开创了宋代"义理解《诗》"的先河。

关于"义理化"解《诗》的争端，实际上取决于对"义理"内涵和解经风格与方法的综合把握，而不能仅仅拘泥于"义理"的字面理解。如果仅从"义理"角度考察，两汉时期已经有人认为汉代的学术也是注重义理的，那么，是否也要将"义理化"解《诗》追溯到汉代呢？虽然《四库全书总目·经部总叙》认为宋代经学"摆落汉唐，独研义理"，但章句训诂之学与义理之学只是各有侧重而已，而并非天壤悬隔，义理之学的"义理"内涵转变则是考察这一问题的关键，从这种意义上说，宋明时期的《诗经》学大略称为"义理之学"或者《诗经》宋学也是未尝不可的。

汉、宋《诗经》学皆是"义理"之学，但旨趣和方法各有千秋，前者侧重外在的礼仪规范，后者注重内在的心性修养；前者突出章句训诂，后者强调涵泳体会；前者以礼和史解《诗》，后者以理和《四书》解《诗》；前者周密烦琐，后者平易简约；前者家法森严，后者兼收并蓄。汉、宋《诗经》学的演变体现了《诗经》学由外向内、由繁向约的文本复归倾向，同时在理学及《四书》学的促进下逐步走向注重心性的精微义理阐说。在这种注重"因文见义"或"以诗解诗"、沟通古今人情事理的基础上，涉及不少《诗经》学的基本问题，如乐歌和徒歌、孔子是否删《诗》、淫诗的认定、对汉唐学术的再认识和再评价、诗歌的性质和作者、笙诗的声和辞以及对诗歌意味的涵泳等，《诗经》文本的不少文学因素和面纱已被有意无意地揭开；同时《诗经》学的文化性和学术性得到

---

① （宋）刘敞著，黄曙辉点校：《公是先生弟子记》卷四，华东师范大学出版社2010年版，第65页。

增强，成为把握宋代理学和《诗经》学研究的共同途径，这也是进一步推进《诗经》学和理学研究的薄弱环节和重要方面①。

因此，宋代《诗经》学的特征也许可以简略概括为“经学属性的本质、义理之学的内核、简直明易的风格、注重心性的倾向”②。

萧华荣《试论汉、宋〈诗经〉学的根本分歧》从时代精神冲突和价值取向角度分析汉宋《诗经》学的差异，认为其中的根本分歧是“以道制势”与“以道制欲”的不同，也是其他《诗经》学问题歧异的原因，这些问题包括“无邪”与“有邪”“比兴”与“兴于诗”“艰险”与“平易”等③。“以道制势”指用儒家之道（礼）制约君主的行为，以防止权势滥用；“以道制欲”针对众生特别是士子，试图从根本上改造人心，为人们指出一条“成圣成贤”途径。因而，汉宋《诗经》学就分别具有向外、向上和向内、向下的属性和特点④。该文并没有将汉宋《诗经》学割裂开来，强调了二者的统一性和连续性，认为“经学与理学是儒家思想发展的两个阶段，汉代《诗经》学与宋代《诗经》学是儒家《诗经》学发展的两个阶段。‘儒学’便是二者的统一点。它们对现世人生都抱有极大的热忱与关注，致力于现世人生的改善与提升，这是任何出世、遁世的思想体系所不可同日而语的”⑤。“具有宋代特色的《诗经》学，与理学的发生发展同步。理学的先驱人物韩愈，也正是疑《序》的嚆矢。”⑥“对于宋儒而言，与其说因为他们对汉人穿凿史实的发现引出了《诗经》学的新路向，毋宁说是理学的理路思致引起他们对汉人以史明诗的重新审视。因为他们注意的重心既然从修齐治平转移到修心养性，从美刺上政转移到反身而诚，从以道制势转移到以道制欲，从外王转移到内圣，那么就必须改变汉儒‘逐外’的释诗方法，破除其扭曲史实的迷

① 拙著《宋代〈诗经〉学与理学》，第58页。

② 同上书，第61页。

③ 受萧华荣《试论汉、宋〈诗经〉学的根本分歧》一文的启迪和影响，邵炳军将宋代《诗经》学革新精神的基本特征概括为“《诗》学批评方法由‘观世’向‘观道’转变，内容阐释由‘无邪’向‘有邪’转变，致用方向由‘比兴’向‘兴于诗’转变，解读方法由‘艰险’向‘平易’转变”［邵炳军：《朱熹〈诗集传〉所代表的南宋〈诗〉学革新精神的主要成因》，《上海大学学报》（社会科学版）2008年第6期］。

④ 萧华荣：《试论汉、宋〈诗经〉学的根本分歧》，《文学评论》1995年第1期。

⑤ 同上。

⑥ 同上。

障。"[①] 在汉宋《诗经》学转型中解释了解《诗》方法转变的必然性及简易的趋向。至于宋儒解《诗》为什么主张简易、平易，该文以朱熹和杨简为例，强调禅学对宋代《诗经》学的影响，这是值得注意的。"理学是儒表佛里的儒学。在宋代《诗经》学的种种新变中，皆可以看到禅宗的影子，对于'道'的规定也是如此。佛教禅宗宣传'触类见道''在在处处，皆是道场''搬柴运水，无非佛事'，理学也认为'道''理'并不是玄妙高深的东西，它就在日用平常之间……故对于《诗经》中的'道'，也应以'平易'之心，在'平易'之事中体认寻求"[②]，宋儒"意欲舍弃传注，不借史料，无复依傍地'体会''玩味'之法中，也可以看到禅宗不立文字、教外别传，内发自悟，不向外求之说的影子"[③]。作者虽然没有涉及欧阳修，但是这种平易解《诗》实际应发自欧阳修，而不是该文所提的张载，"北宋理学五子的张载率先向传统的《诗经》解读方法发难，提出'平易'的解读方法"[④]。

然而，欧阳修解《诗》是否受到禅宗的启发和影响？因为他虽然在《本论》中排佛，但他交往的佛教人士甚多，家人多信佛，自己也不加劝阻，那么，欧阳修平易解《诗》受禅宗的影响是可能的。虽然这并不意味着对"道"的体味和特征把握仅缘于禅宗，儒家传统的"道非远人、远人非道"(《中庸》)、"易则易知，简则易从。易知则有亲，易从则有功。有亲则可久，有功则可大。可久则贤人之德，可大则贤人之业。易简而天下之理得矣"(《周易·系辞上》)、"百姓日用而不知"(《周易·系辞上》)等道论更是一个重要的影响因素，但这的确为理学家义理解《诗》、简易把握经典开辟了道路。这个问题还可以进一步探讨。当然，萧华荣《试论汉、宋〈诗经〉学的根本分歧》采用了二元对立的方法，甚至将"知人论世"与"以意逆志"的侧重也作为汉宋《诗经》学的差异，这是我们不敢苟同的。而欧阳修本人恰具有浓郁的兼具和过渡的特征，并确立了宋代《诗经》学学术精神的基本面貌和发展方向。

当前欧阳修研究，特别是欧阳修与北宋理学思潮的关系，一直是学术界研究的薄弱环节。徐洪兴、杨月清认为"欧阳修是北宋理学思潮的最

---

① 萧华荣：《试论汉、宋〈诗经〉学的根本分歧》，《文学评论》1995 年第 1 期。
② 同上。
③ 同上书，第 13 页。
④ 同上书，第 11 页。

重要的开创者之一”：欧阳修“不绝天于人，亦不以天参人”的天人观打破了“天人感应”的理论框架，为张载、二程等理学家的新的“天人合一”理论扫清道路，充满了儒家的理性精神，是北宋理学“理本论”的直接理论先导；欧阳修以理性精神为标准衡量儒家经典传注，奠定了经学义理之学的基础；欧阳修“修本胜之”的排击佛道的思想，虽无法真正战胜佛道二教的影响，但却为稍后的理学家们加强儒家心性之学建设提示了方向[①]。笔者也曾结合欧阳修的《诗经》学揭示其理学思想的萌芽[②]。王国良、郭蕾从欧阳修主张文道合一角度倡扬孔孟之道，研读经典而不惑传注，“修本”主张推动儒家学说不断理论化、思辨化、本体化，为儒家（包括理学家）克服与战胜佛教开辟了新的方向[③]。欧阳修的排佛思想与影响，也有专门的学位论文予以集中探讨，甚至提出“欧阳修提出的儒家区别于佛教的‘修本说’，开启了宋代理学的先河，成为中国哲学史上由佛学鼎盛到理学兴起的关键性人物，对中国思想史的发展产生了极大的影响”[④]。这都可见近些年人们对欧阳修与理学思想研究的关注和推进。

欧阳修《诗经》学不信谶纬，历来多为人称道，这种观念不仅在经学领域有所体现，而且也表现在史学领域，体现了欧阳修稳定而自觉的认识和处理办法。《新唐书》卷三十六《五行志》“至为灾异之学者不然，莫不指事以为应，及其难合，则旁引曲取而迁就其说”。但是最终欧阳修在经学的道德研究与历史的事实研究的矛盾中采取了折中的路线，《新五代史》卷五十九《司天考》“盖世人不绝天于人，亦不以天参人。绝天于人，则天道废；以天参人，则人事惑。故常存而不究”。《诗本义》卷十《文王》“盖古人于兴亡之际，必推天以为言者，尊天命也”。这种理性主义和人文主义兼具的作风使欧阳修经学呈现出复杂生动的面貌。《诗本义》卷十二《维天之命》“论曰：《维天之命》者，谓天命文王尔，郑以命为道，谓天道动而不止、行而不已者，以诗下文考之，非诗人之本义也”，欧阳修将“天命”解为“天命于”或“天降命于”，更重要的是考

---

① 徐洪兴、杨月清：《试论欧阳修与北宋理学思潮的兴起》，《复旦学报》（社会科学版）1997年第6期。

② 详见拙著《宋代〈诗经〉学与理学》，第192—196页。

③ 王国良、郭蕾：《欧阳修与北宋儒学复兴运动》，《安徽大学学报》（哲学社会科学版）2007年第6期。

④ 崔路明：《欧阳修排佛思想研究》，硕士学位论文，山东大学，2010年，第34页。

虑到诗文意义完整通畅，并非自觉宣传“天命”意识，虽然在思想意义上似较郑玄的“天道”解释后退了一步，但有助于理解上下诗文。这种“天命于”的解释和理学家对“天命之谓性”的“命”解释也相吻合。

欧阳修注重理性的精神，反对谶纬神学的观念，也被以后的理学家继承了下来，当然少数学者如杨简等例外。《生民》“论曰：妄儒不知所守而无所择，惟所传则信而从焉。而曲学之士好奇，得怪事则喜附而为说，前世以此为‘六经’患者，非一也。后稷之生，说者不胜其怪矣，不可以遍攻，攻其一二之尤者，则众说可从而息也”①，“夫以不近人情、无稽臆出、异同纷乱之说，远解数千岁前神怪人理必无之事，后世其可必信乎？然则《生民》之诗，孔子之所录也，必有其义。盖君子之学也不穷远以为能，阙所不知，慎其传以惑世也，阙焉而有待可矣。毛郑之说，余能破之不疑；《生民》之义，余所不知也，故阙其所未详”，不信怪诞虚妄之说，表现出强烈的理性精神，但囿于圣人删录之见，坚信其必有意义，尽管不能释解。欧阳修的理性精神和阙疑态度都很可贵。

欧阳修也重视“天理之自然”，“凡物极而不变，则弊。变则通，故曰吉也。物无不变，变无不通，此天理之自然也”②。虽然如此，欧阳修所说的“理”还只是事理、规则，即“所以然”③之理，还没有完全上升到理学家的本体论的高度。“凡物有常理，而推之不可知者，圣人之所不言也。磁石引针，蝍蛆甘带，松化虎魄。”④欧阳修虽然反对谶纬附会之风，但认为事物也存有客观的“常理”，这种常理可能是人们思维无法企及的，但并不能否定其真实存在，因此圣人不言，这种看法具有一定的哲学内涵，是对其排击谶纬学风的有益补充。《诗本义》中的“理”一般也作事理、道理解，如“虽古今不同，其必不然，理不待论”，“兹理亦有所不通矣”，“无不濡之理”等。

欧阳修不仅注意到事物各有其特殊的理，“万物生于天地之间，其理不可以一概”⑤，即理学家所说的“分殊”，而且也隐约意识到万物背后又

---

①《诗本义》卷十《生民》。为避烦琐，以下凡引自此文者不再一一注出。

②《明用》，《欧阳修全集·居士集》卷十八《经旨》，第131页。

③《怪竹辩》，《欧阳修全集·居士集》卷十八《经旨》，第136页。

④《物有常理说》，《欧阳修全集·笔说》，第1045页。按：“物有常理说”，文渊阁《四库全书》本《文忠集》卷一百二十九《笔说》作“物有常理者”。

⑤《怪竹辩》，《欧阳修全集·居士集》卷十八《经旨》，第136页。

有制约和主宰者，“万物各有役，无心独浮云”[①]，类似于理学家所说的“理一”，但毕竟后者论述不发达，妨碍了理论在本体论意义上的建构。但欧阳修的“理”学思想的丰富性和启发性自然也不能轻易被人忽略。

土田健次郎发现，“欧阳修把‘理’当作自明的东西来提出，或者更准确地说，只有自明的‘理’才是重要的。万物必然都有各自的‘理’，与万物的多样性相应，这‘理’也是多样的”[②]，“‘理’是日常生活中可以体验到的，容易得到万人赞同的东西，因此也是党派性淡薄的语词。他求之于‘理’的是共同的理解和赞同”[③]，“他说的‘理’是以各种各样的形态融入在日常生活中”[④]，“欧阳修并不主张走向‘一’，他在分殊上停留下来”[⑤]，“‘人情’是欧阳修经常使用的另一个词语，这一点也已知者甚多。‘人情’带有一种浓厚的特点，就是对‘理’的具体说明，这与道学将‘情’‘理’对置的做法不同。[⑥] 对欧阳修而言，‘人情’才是可知的极限，因为‘人情’被直感所支持，是一切类推活动的基础。‘人情’应该是容易得到众人认可的东西，时而被当作与常识相等的概念来使用”[⑦]，“采取简易的形态，就能顺着自然的动向不断得以调和，由此产生建立在认同基础上的毫无勉强的一致”[⑧]，因此，“自然”与“简易”便是欧阳修的“理”与“人情”的基本特征和存在形态。

但是，土田健次郎在分析时也有不惬人意的地方，如他结合《诗本义》卷六《出车》“诗文虽简易，然能曲尽人事，而古今人情一也。求诗义者，以人情求之，则不远。然学者常至于迂远，遂失其本义”，认为：“按‘人情’去探求经义，是欧阳修时代的心情的绝对化，其结果表现为，经书的存在似乎只为显示‘人情’的权威，它担当的作用似乎是增

① 《送朱生》，《欧阳修全集·居士外集》卷四《古诗》，第 370 页。

② ［日］土田健次郎著，朱刚译：《道学之形成》，上海古籍出版社 2010 年版，第 45 页。

③ 同上。

④ 同上书，第 53 页。

⑤ 同上。

⑥ 原注：道学本来也不是一概地否定“情”，它只在妨碍“理”之发现的情况下才成为恶的原因，由此常被置入否定性的言说。至于“情”本身，既不善也不恶，是一种非价值性的存在。

⑦ 同上书，第 55 页。

⑧ ［日］土田健次郎著，朱刚译：《道学之形成》，上海古籍出版社 2010 年版，第 67 页。

强人们对于‘人情’的信赖。”[①] 实际上，《诗本义》的文字原本很清楚，远没有这样迂曲复杂。在欧阳修看来，《诗经》也是载“道”（或“理”）的凭借，但是它并不远离或违背人情，根据人情来把握和判断诗意是比较准确、简易和有效的途径，但人情并不仅仅是诗意本身。因此，在欧阳修那里，《诗经》诗篇及其蕴含的“理”的多样性和丰富性得到了保存，而不是像后来在“《六经》一道”思路下走向极致的理学家那样，抹杀了经典和篇章的个性（如杨简等）。自然，关注人生、现实无疑是欧阳修经学的根本出发点和归宿，他明确地说：“《六经》之所载，皆人事之切于世者。”[②] 二程也有相近的看法，“凡解文字，但易其心，自见理。理只是人理，甚分明，如一条平坦底道路。《诗》曰：‘周道如砥，其直如矢。’此之谓也”（《河南程氏遗书》卷十八）。

欧阳修解《诗》中多有对人伦的议论和阐发。“论曰：……宣公烝父妾，淫子妇，皆是鸟兽之行，悖人伦之理。诗人刺之，宜为甚恶之辞也”，“昔鲁叔孙穆子赋《匏有苦叶》，晋叔向曰：‘苦匏不才，供济于人而已。’盖谓要舟以渡水也。《春秋》《国语》所载诸侯大夫赋诗多不用诗本义，第略取一章或一句，假借其言以苟通其意，如《鹊巢》《黍苗》之类，故皆不可引以为诗之证，至于鸟兽草木诸物常用于人者则不应缪（谬）妄。苦匏为物，当毛郑未说《诗》之前，其说如此，若穆子去《诗》时近，不应缪（谬）妄也。今依其说以解诗，则本义得矣。毛郑又谓‘飞曰雌雄，走曰牝牡’，然《周书》曰‘牝鸡无晨’，岂为走兽乎？古语通用无常也”。欧阳修对宣公无人伦的举动的评价，表面似与毛郑没有太大的区别，而实际上，既讽刺郑氏妄分夷宣二姜而认为“独刺夷姜”，又嘲弄其以“男女才性贤不肖长幼宜相当”的“婚姻之礼”为“深厉浅揭”的比喻义，认为“毛郑二家不得诗人之意，故其说失之迂远也”。同时，对春秋引《诗》以言志的本质和意义有较辩证的认识，难能可贵。欧阳修评价有理学倾向，而“理”还不是完全的理学概念，还未达到“《诗》所以明天理也”[③] 的地步。

欧阳修已接触一些心性天命问题。“夫政化之行，可使人顾礼义而不

① ［日］土田健次郎著，朱刚译：《道学之形成》，上海古籍出版社2010年版，第59页。

② 《答李诩第二书》，《欧阳修全集·居士集》卷四十七《书》，第319页。

③ （宋）王应麟：《困学纪闻》卷三《诗》，第364页。

敢肆其欲，不能使人尽无情欲，心也。”《考槃》“论曰：《考槃》本述贤者退而穷处。郑解永矢弗谖，以谓誓不忘君之恶；永矢弗过，谓誓不复入君之朝；永矢弗告，谓誓不告君以善道。如郑之说，进则喜乐，退则怨怼，乃不知命之很人尔，安得为贤者也？孔孟常不遇矣，所居之国，其君召之以礼，无不往也。颜子常穷处矣，人不堪其忧，而不改其乐也。使诗人之意果如郑说，孔子录诗必不取也”（《诗本义》卷三《考槃》），援先儒事迹以说理，已初步具备宋代义理之学的特征。但主要还是辨析和整理前人的研究成果，欧阳修自己也并未完全摆脱汉唐儒者重礼义、美刺正变的先见，但能自觉地根据上下文探求诗歌的本义，已有体悟涵泳的倾向。这里提出的“命”的问题，与理学家“命”的概念比较接近，渗透着知命、乐命的中道意识。

《思齐》“本义曰：文王幼育于贤母，长得贤妃之助，以成其德。其德广被，由内及外，由近及远，自亲者始，故曰刑于寡妻至于兄弟以御于家邦……毛谓性与天合者，是也。诗人既述文王修身之善，能和敬于人神，而出处有常度，又述其遇事之聪明，所为皆中理”，值得注意的是，这种观念在宋代逐渐成为占主导的观念，并和《大学》“三纲领”“八条目”联系起来，至朱熹等人将其提到《诗经》首篇《关雎》释义中，成为理解《诗经》的基础和指导，这使《诗经》阐释由注重外在的礼义规范而转向更强调内在的心性修养，而这种风气和旨趣在欧阳修解《思齐》中已充分显露出来，其语句表达形式对朱熹也有直接的影响。

《伐木》“论曰：……出自幽谷，迁于乔木……考诗之意，是为鸟在木上，闻伐木之声，则警鸣而飞，迁于他木”，欧阳修解的是诗的字面义，并未赋予道德意味，这一句后来经过理学家阐发而转化成道德境界提升的标志。而早在《孟子》中已有此解，陈相见许行，“尽弃其学而学焉”，孟子《孟子集注》卷五《滕文公章句上》批评“吾闻用夏变夷者，未闻变于夷者也”，“吾闻出于幽谷迁于乔木者，未闻下乔木而入于幽谷者”，两句可互文，以比喻的方式进行道德说教。理学家进而光大之，也与“四书”学的兴起同步。《十月、雨无正、小旻、小宛》“又劝勉之云，中原有菽，庶民皆可采，往者无不得也；世有善道，凡人皆可为，为则得之矣，王何独不为也？又言人性虽恶，可变而为善，譬如螟蛉之子，教诲之则可使变其形而为蜾蠃子也”，这里除一些一般的科学常识（寄生现象）错误外，从思想角度分析前半部分似孟子，后半部分似荀子。

《抑》“本义曰：……‘人亦有言，靡哲不愚’云者，谓哲人不自修慎，则习陷为昏愚矣，如《书》云‘惟圣罔念作狂’也。‘庶人之愚，亦职维疾’云者，谓众人性本善而初不明，不能勉自开发而终为昏愚者，譬人之疾，是其不幸尔。‘哲人之愚，亦维斯戾’云者，言哲人性明而本善，惟不自修慎而习陷于过恶，终为愚人者，自戾其性尔。此虽泛论人之善恶在乎自修慎与不修慎，以讥王而勉之，亦以自警其怠忽也”，“‘荏染柔木，言缗之丝。温温恭人，维德之基’云者，泛言人必先观其质性之如何也，谓木必柔忍（韧）然后可以缗丝，人必温恭然后可以修德”，虽然欧阳修并未像程朱解《诗》以示人修养心性之道，而是从义理上贯通诗文本身。但他的解释，增添了不少思想内涵，交织有孟荀两种思想因素与“修慎”的工夫，尽管不如程朱等人明显，但已有萌芽。《抑》本身诗文中就含有修养磨砺道德的意思，宋代学者在阐发心性义理时对这首诗很重视，不是没有道理的。

整体上，欧阳修的《诗经》学贡献主要是对汉唐学术成果的反思，以及“据文求义”和“古今人情一也”论《诗》新主张的提出，对宋代《诗经》学产生了深远的影响。但从思想或义理角度而言，虽然还不够细致精微，达不到成熟理学家要求的高度，但欧阳修“道”论思想的形成和发展、丰富的哲学内涵及肇创理学先声的影响和脉络依然很明显。

欧阳修在《诗经》研究中涉及部分理学问题，既表现了自己受孟荀学术影响的思想痕迹，同时也在一定程度上体现出与理学相近的旨趣，或对理学家的解《诗》不无影响。欧阳修治学的理性精神和阙疑态度在宋代《诗经》学发展以及理学家的解《诗》原则上都有突出的反映。宋代陈亮《书欧阳文粹后》，认为欧阳修“文根乎仁义而达之政理，盖所以翼《六经》而载之万世者也”①，从侧面强调欧阳修的文道统一，文学与经学自然也是统一的。

---

①《书欧阳文粹后》，（宋）陈亮著，邓广铭点校《陈亮集》（增订本），中华书局1987年版，第245页。

第三章

《诗本义》的两大解经方法及影响

宋代思想学术包括《诗经》学学术新风气的形成肇始于庆历之际，已基本是学术界的共识。就《诗经》学而言，比较系统的研究者和奠基者不能不追溯至欧阳修。当然，同一个时期“学问广博、无书不通”① 的刘敞（字原父）怀疑诸儒之说，所著《七经小传》等，陈振孙《直斋书录解题》认为“以己意言经”“自敞倡之”，晁公武《郡斋读书志》认为他对王安石有直接影响，《四库》馆臣也将“好以己意改经字”的风气追溯至刘敞，并多有讥评②。

宋代《诗经》学有自己独特的学术方法，肇端于欧阳修。今人研究欧阳修大多集中在其对毛郑、《诗序》的态度以及解《诗》的方法上。有人认为他在《诗本义》中重文本、尚人情、裁事理，以三分的方式研究其治《诗》方法。实际上，欧阳修所称的人情事理是一致的，至于后来在理学的影响下，“义理”（或“理”或“心”等）成为解《诗》的观念和标准，则是渐起的事。而“据文求义”（或“以诗解诗”）、“古今人情一也”（或“以今论古”）则是贯穿整个宋代《诗经》学的方法论。理学家通过涵泳文本体会而得的所谓亘古不变的“理”或“心”，则与这两个方面紧密相连，甚至可以说，这两个方面是理学思想在《诗经》研究中得以寄寓、䌷绎的基础。

清代李慈铭评胡承珙《毛诗后笺》“取义兴观，多涉议论，后人之见，未必果得古人之心。此䌷绎经文，体玩自得，乃宋欧阳氏以后之

---

① 《三朝名臣言行录》卷四“刘敞”条。

② 刘毓庆：《历代诗经著述考（先秦—元代）》，中华书局2002年版，第133页。

法。唐以前家法皆重训诂，而不为《序》外之说，所以可贵也”[①]，总括汉宋两种不同的学术方法，并意识到典籍理解中的“古今”问题，尤其是以“细绎经文，体玩自得”概括宋代《诗经》学的方法特征，颇中肯綮。李慈铭将这种方法溯至欧阳修，与《四库全书》编者的看法相同。

第一节　“据文求义”和“以今论古”方法的成熟

“据文求义”见于欧阳修《诗本义》，并有多种近似的表达方式，如“以文考义”“考文求义”等。“古今人情一也”也出自《诗本义》，可称为“以今论古”，有时用“古今人之常也”（《诗本义》卷十二《烈祖》）等作置换性表达。

汪惠敏注意到宋代《诗经》学方法的意义和影响，她认为：“宋人往往以‘己之心与古人同’，揣度‘诗’旨，或以文学之情性，温柔之‘诗’旨，以观‘诗’，对汉以来守章句、遵‘诗序’之研究，颇有微词，故说‘诗’多有新解。”[②] 所言即欧阳修“古今人情一也”在《诗经》新解中的价值和反响。“宋人研究‘诗经’另有一番新风貌，盖重新检查‘诗经’，举凡‘诗序’、作者、‘诗’说，乃至‘毛传’‘郑笺’，皆有所考订，虽纷纭众说，未成定论，间或有矫枉过正，失经本旨，然皆本尊经之旨，期能重见圣人之本心。且脱离‘郑笺’‘诗序’之束缚，以人情度诗，更予‘诗经’平易近人之活泼生命，时至于今，吾人能以多重角度以观‘诗经’，或作民歌讽咏，或作经世之教，或识鸟兽名物，宋人发端之功，实不可没。”[③] 在概括宋代《诗经》学的功绩与影响方面比较准确扼要，“多重角度”正是当前研究《诗经》的特点和方向，《诗经》“具有文学的、语言学的、历史和文化学的多重价值”，“多元的、多学科、跨学科和跨文化的、全方位、多层面、多种模式的研究，是《诗经》研究转型期的特征”[④]。

---

① （清）李慈铭：《越缦堂读书记》（经部：诗类“《毛诗后笺》，（清）胡承珙撰”条），由云龙辑本，上海世纪出版集团、上海书店出版社 2000 年版，第 39 页。

② 汪惠敏：《宋代经学之研究》，台北师大书苑有限公司 1989 年版，第 176 页。

③ 同上书，第 213 页。

④ 夏传才：《现代诗经学的发展与展望》，《文学遗产》1997 年第 3 期。

重视情理，南宋一些受程朱理学思想影响的学者就已经用发挥理趣的说法来评价欧阳修《诗经》学及其贡献。黄震（1213—1281）就是一个典型的例子。黄震为自己的作品《读诗一得》（一卷）撰序，《经义考》卷一百一十：“《毛诗》注释简古，郑氏虽以《礼》说《诗》，于人情或不通，及多改字之弊，然亦多有足以裨《毛诗》之未及者。至孔氏《疏》义出，而二家之说遂明。本朝伊川与欧、苏诸公，又为发其理趣，《诗》益焕然矣。”

宋楼钥《跋欧阳公与张直讲帖》：“公发明经学，于《诗》最详，《易》道难言，公亦自言不敢以己意为准也。”① 与其他学者不同的是，楼钥更加强调欧阳修在《诗经》学上的发明，与司马光等所称的“排《系辞》”（见《困学纪闻》等）不同。在某种意义上，《易童子问》虽然在易学史上有其重要性，但作为欧阳修经学研究的有机构成部分，《诗本义》等《诗经》学成果在欧阳修一生的经学成就中占据着重要的地位，自不容争辩；将《诗本义》等作为欧阳修经学研究的代表，也有其内在理据。即使到今天，往往在观照欧阳修经学研究时，将其《易》学及《春秋》学作为代表，显然不如以《诗经》学为著，而且在概括欧阳修经学研究的整体特色和思想方法方面，特别是在欧阳修整体经学思想与研究方法方面，还有深入的余地。

欧阳修尽管十分注意“因文见义”的方法，但是他却极力反对“执文害意”、牵强附会的解《诗》现象。因此，在方法论意义上，欧阳修对“文”和“义”（“意”）的辩证关系有比较自觉的把握，这使他在裁断前贤《诗经》研究成果时往往多新人耳目而又合情合理的见解。欧阳修的解经方法（包括解读《诗经》）受到后人称颂。晁公武（1105—1180）《郡斋读书志》卷一上认为：“欧阳公解《诗》，毛郑之说已善者，因之不改，至于质诸先圣则悖理，考于人情则不可行，然后易之，故所得比诸儒最多，但平日不信符命。”叶适也强调欧阳修阅读经书的方法特质，《习学记言》卷四十七：“以经为正，而不汩于章读笺注。”

① 《攻媿集》卷七十五，洪本健编《欧阳修资料汇编》，中华书局 1995 年版，第 341 页。

欧阳修质疑《系辞》是圣人所作，也是根据“人情”和“文本”作出的结论，发现《系辞》中含有自相抵牾的观点[①]，目的也是为了避免《系辞》“害经惑世”[②]，欧阳修虽然没有将《系辞》与孔子联结在一起，但他并没有否认《系辞》的思想学术意义，而是将其作为后学的易学作品来看待，具有一定的历史眼光，这极为可贵。在方法论上，欧阳修在《易童子问》中所采用的学术方法与《诗本义》有近似之处，如《易童子问》卷三就明确有多处“考其文义”“岂近于人情”等表述，乃至提出“以常人之情而推圣人”[③] 的观点，自然也符合“古今人情一也”“因文见义”的《诗经》学研究方法，因此，这两种经学的基本原则与方法在欧阳修《诗经》学、《易》学研究中是贯通的，也是欧阳修经学研究的基本特色，对后世经学研究的影响也比较深远。一些学术系年作品将《易童子问》与欧阳修早年的《诗经》学作品列于同一年，作这样的比较研究自然具有其可比性和关联性。

一　两种方法的内涵及关系

欧阳修《诗经》学的鲜明特点，也是历来研究史不甚注意的，是注重诗歌的具体语境、上下文，我们可以用“据文求义”来作概括，还有具体“求”的方法，主要是沟通古今、推于人情的“古今人情一也”的方法及理论，强调人情事理的相同相近。这两个方面尽管更多侧重的是方法论层面，但对宋代的《诗经》学研究有深远的影响，既是衡量此前汉唐传注研究成果的方法，也是自铸新义、建构新解的方法，也就是说同时兼有破和立的意义。《诗本义》中有大量的表述，可以认为这两种方法是欧阳修解释《诗经》的根本方法。

这里，试对欧阳修《诗本义》“据文求义”和“以情理论诗”的方法作一统计，以窥这两种方法的概貌，详见表 1 与表 2。

---

① 详见《易童子问》卷三，《欧阳修全集·居士外集》卷二十五《策》，第 569—570 页。

② 《易童子问》卷三，《欧阳修全集·居士外集》卷二十五《策》，第 570 页。

③ 同上书，第 571 页。

表1 《诗本义》"据文求义"不同表述比较简表

	所出《诗本义》诗篇名称举例	备注
据文求义	《静女》《竹竿》《十月》《雨无正》《小旻》《小宛》	典型的因文见义表述
以文考义	《皇矣》	
考文求义	《黄鸟》《假乐》《长发》	
考诗本义	《天作》	
以文意考之	《鸿雁》	侧重作品意义
以义考之	《击鼓》	
以文意考之	《采苓》	侧重作者意图
考诗之意	《采苓》《鹿鸣》	
推其意理	《何人斯》	
以文理考之	《柏舟》《九罭》	侧重作品文理
推其文理	《氓》	
以诗文考之	《东方之日》	侧重作品语境
今考诗文	《沔水》	
以上下文考之	《皇矣》《抑》	
考上下经文	《鹿鸣》	
以诗下文考之	《维天之命》	

表 2　　《诗本义》评价《诗经》研究的情理标准比较简表

	所出《诗本义》诗篇名称举例	备注
岂成文理	《北风》《氓》《皇皇者华》 《鸿雁》《巧言》《菀柳》《酌》	侧重文理
文理易明	《柏舟》	
于理通也；于理近是	《九罭》	侧重事理
在理已无	《丘中有麻》《生民》	
理不然也	《假乐》	
理岂得通	《那》	
为说汗漫而无指归	《大东》	
汗漫而不切	《渐渐之石》	
为说汗漫，理不切当	《破斧》	
其说汗漫，不切于理	《防有鹊巢》	
于义岂安	《节南山》	侧重文义
于义不通	《皇皇者华》	
初无义理	《皇皇者华》《斯干》	侧重义理
此古今人之常也	《烈祖》	侧重人情
不近人情	《丘中有麻》《生民》	
非人情也	《葛覃》《十月》《雨无正》《小旻》《小宛》	
不近人情之甚	《节南山》	
岂近于人情	《有駜》	
推于人情，决无此理	《四月》	侧重人情事理

表 1《〈诗本义〉"据文求义"不同表述比较简表》中除"以文意考之""考诗之意"涉及一定的作者意图，其余十三项皆与作品（准确说可称为文本）自身特点相关，虽然各有侧重，如意义、文理、语境等；即使涉及作者创作意图的这两项，在欧阳修那里，也和作品意义很难明晰区分。所以，侧重文本自身特点，因文见义，是欧阳修很自觉的解《诗》方法，尽管还不能说他完全实现了这个方法。

表 2《〈诗本义〉评价〈诗经〉研究的情理标准比较简表》，可以较集中地反映欧阳修评价《诗经》研究的标准特点，当然，主要针对毛、

郑对《诗经》的研究成果毛《传》、郑《笺》而言。这个标准更多地侧重文义、文理、事理、人情等，而欧阳修分析文义、文理的依据也是是否符合人情与事理，所以可以说这个标准的关键是人情事理。“理”还不是理学所指的全部意义上的“理”，还局限于“事理”层面，但并不排除欧阳修涉及理学的命题①，尽管欧阳修还不能算严格意义上的理学家。

欧阳修的诗论除集中见于《六一诗话》之外，在一些书序、赠序中也有反映。如《梅圣俞诗集序》，感慨梅尧臣壮志难酬，徒怀有满腹诗情，只能“发于虫鱼物类羁愁感叹之言”，而不能“作为雅颂，以歌咏大宋之功德，荐之清庙，而追商周鲁颂之作者”，由这种感慨来看，欧阳修的诗学观点中其实也包括《诗经》学的观点，因此，他在这篇赠序开端的议论就很重要了，尽管所涉及问题也是诗人处境的“穷”与文学艺术的“工”的关系问题，但却并不仅仅着眼于形式，而是强调内容与真情实感。他说：“盖世所传诗者，多出于古穷人之辞也。凡士之蕴其所有而不得施于世者，多喜自放于山颠水涯（原注：一有之字）外，见虫鱼草木风云鸟兽之状类，往往探其奇怪，内有忧思感愤之郁积，其兴于怨刺，以道羁臣寡妇之所叹，而写人情之难言，盖愈穷则愈工。然则非诗之能穷人，殆穷者而后工也。”② 这段论述化用了不少《诗经》中题材，尤其值得人们注意的是，他对诗歌所传达的人情的重视，正是《诗本义》在解诗取向与方法上与众不同的一个地方，显示了欧阳修诗论观点的内在统一和一致。

欧阳修对《诗经》的语言风格作了简明的概括，“古者《诗》三百篇，其言无所不有，惟其肆而不放，乐而不流，以卒归乎正，此所以为贵也”③，对《诗经》诗篇语言风格的多样性与中和的特点有深切的体会，从表情达意角度把握语言的魅力，超出一般的关于语言功能的评价，颇中肯綮，这段材料不晚于《礼部唱和诗序》写作的时间即嘉祐二年（1057）春，而《诗本义》的初稿也大约与此相前后。

欧阳修提出“诗者，乐之苗裔”的看法，从诗歌发展历史角度比较准确地揭示了诗与乐的相互关系。他认为“古者登歌清庙，太师掌之，

① 参见第二章《〈诗本义〉的“本义”问题与欧阳修“道”论思想》。
② 《梅圣俞诗集序》，《欧阳修全集·居士集》卷四十二《序》，第295页。
③ 《礼部唱和诗序》，《欧阳修全集·居士集》卷四十三《序》，第299页。

而诸侯之国亦各有诗以道其风土性情。至于投壶飨射，必使工歌，以达其意而为宾乐。盖诗者，乐之苗裔与！"① "问：古之人作诗，亦因时之得失，郁其情于中，而发之于咏歌而已。一人之为咏歌，欢乐悲瘁，宜若所系者，未为重矣。然子夏序《诗》，以为动天地感鬼神莫近于《诗》者，《诗》之言果足以动天地感鬼神乎？"② 实际上，这道策题已经蕴涵着对子夏序《诗》，主要是对《大序》的怀疑了。

这些《诗经》研究成果的取得和欧阳修自觉的因文见义、以情理论诗的《诗经》研究方法分不开。南宋庆元二年（1196）周必大刻本《欧阳文忠公集》载罗泌（1131—1189）校正欧阳修《近体乐府》所撰按语："情动于中而形于言，人之常也。《诗》三百篇，如俟城隅、望复关、摽梅实、赠芍药之类，圣人未尝删焉……公性至刚而与物有情，盖尝致意于《诗》，为之《本义》，温柔宽厚，所得深矣。"③ 罗泌评价诗歌重视人情，并以《诗经》中《邶风·静女》（俟城隅）、《卫风·氓》（望复关）、《召南·摽有梅》（摽梅实）、《郑风·溱洧》（赠芍药）为例，这些诗歌基本是与罗氏同时代而稍后的王柏所拟删的诗篇（《召南·摽有梅》除外）；评价《诗本义》也重视从"有情"的角度出发，揭示了《诗本义》在诗学上的独到见解与贡献。

欧阳修的"据文求义"，并非拘泥于文字，在理学家那里，如二程，甚至认为即使文义解释错了，但无碍于义理传达，不算真正有损于文义，"善学者要不为文字所梏，故文义虽解错而道理可通者，不害也"（《二程外书》卷六），于此可略睹一端。宋代学者重"得其大者"（道）④，从庆历之际已基本是学者们的共识，至理学家而成为主体。宋人经典解释更注重理通，所以解读经典而得理就有两种情况，即"得文义而理通者"与"不得文义而理通者"。

二　欧阳修对两种方法的运用及意义

"据文求义"和"以今论古"，是相互结合，相辅相成，重视以情理论诗的。欧阳修在解《小雅·节南山之什·何人斯》时，"论曰：古诗之

① 《书梅圣俞稿后》，《欧阳修全集·居士外集》卷二十三《杂题跋》，第531页。

② 《问进士策题五道》，《欧阳修全集·居士外集》卷二十《策问》，第508页。

③ 《欧阳修全集·近体乐府》卷三，第1085页。

④ 《易或问三首》（第一首），《欧阳修全集·居士集》卷十八《经旨》，第129页。

体，意深则言缓，理胜则文简，然求其义者，务推其意理，及其得也，必因其言、据其文以为说，舍此则为臆说矣”，“今直以诗言文义，首卒参考，以求古人之意，于人情不远，则得之矣”，涉及“因文求义”和“合乎人情”之间的关系，主张两者是相辅相成的，不能截然分开。当然，在指导思想上尽管还不能算完全的理学思想，但受儒家的“无邪”“诗教”观念影响很深，至少还在经学的范围内。

虽然欧阳修对《序》不无批评，但因循的地方依然很多，而其依据也主要是诗文本身。《诗本义》解《草虫》“论曰：草虫、阜螽异类而交合，诗人取以为戒，而毛郑以为同类相求，取以自比。大夫妻实已嫁之妇，而毛郑以为在涂（途）之女，其于大义既乖，是以终篇而失也。盖由毛郑不以《序》意求诗义，既失其本，故枝辞衍说，文义散离，而与《序》意不合也。《序》意止言大夫妻能以礼自防尔，而毛郑乃言在塗（途）之女，忧见其夫而不得礼，又忧被出而归宗，皆诗文所无，非其本义”，并重新确认其本义，“本义曰：……此大夫之妻能以礼义自防，不为淫风所化……指以为戒，而守礼以自防闲，以待君子之归”（《诗本义》卷二《草虫》），还归于《序》的意思。

通过对诗文内在依据的重视，欧阳修尝试对一些诗篇的命名作出新解，跳出拘泥于文字的樊篱，《小明》“论曰：……《大雅》‘明明在下’谓之《大明》，《小雅》‘明明上天’谓之《小明》，自是名篇者偶为志别尔，了不关诗义。苟如郑说，则《小旻》《小宛》之类有何义乎？”（《诗本义》卷八《小明》）

正是因为对诗文本身的重视，欧阳修体味到《诗经》作者表情达意方式的细微差异和结构特点：“论曰：……《诗三百篇》大率作者之体不过三四尔。有作诗者自述其言以为美刺，如《关雎》《相鼠》之类是也。有作者录当时人之言以见其事，如《谷风》录其夫妇之言，《北风其凉》录去卫之人之语之类是也。有作者先自述其事，次录其人之言以终之者，如《溱洧》之类是也。有作者述事与录当时人语杂以成篇，如《出车》之类是也。然皆文意相属以成章，未有如毛郑解《野有死麕》文意散离，不相终始者”，但是他反对过分拘泥于文字，“执文害意”的解释倾向，《诗本义》卷二《野有死麕》“论曰：《诗序》失于《二南》者多矣。孔子曰：‘三分天下有其二，以服事殷。’盖言天下服周之盛德者过半尔。说者执文害意，遂云九州岛之内奄有六州，故毛郑之说皆云文王自岐都丰建号称王行化于六州之内，此皆欲尊文王而反累之尔。”

又如《邶风·击鼓》诗解：“论曰：《击鼓》，五章。自‘爰居’而下三章，王肃以为卫人从军者与其室家诀别之辞，而毛氏无说，郑氏以为军中士伍相约誓之言。今以义考之当时，王肃之说为是，则郑于此诗一篇之失大半矣。州吁以鲁隐公四年二月弑桓公而自立，至九月如陈见杀，中间惟从陈、蔡伐郑是其用兵之事，而谓其阻兵安忍众叛亲离者，盖卫人以其有弑君之大恶，不务以德和民，而以用兵自结于诸侯，言其势必有祸败之事尔。其曰众叛亲离者，第言人心不附尔，而郑氏执其文，遂以为伐郑之兵军士离散。案：《春秋·左传》言，伐郑之师，围其东门五日而还。兵出既不久，又未尝败衄，不得有卒伍离散之事也。且卫人暂出从军，已有怨刺之言，其卒伍岂宜相约偕老于军中？此又非人情也。由是言之，王氏之说为得其义。”

从诗文自身角度分析，欧阳修注意到诗歌修辞与语言的特色，《诗本义》卷十一《抑》“诗句无长短之限，短或一二言，长至八九言，取其意足而已。‘罔敷求先王克共明刑’，当以九言为一句也”。《破斧》“本义曰：斨刃可缺，斧无破理，盖诗人欲甚其事者，其言多过，故孟子曰‘不以辞害志’者，谓此类也”，指出毛郑穿凿，以斧斨比礼义，欧阳修则解为斧破喻征讨之难，还综合运用了夸张的修辞手法，欧阳修的解释虽不一定就是诗歌本义，但已较毛郑更加易于为人接受，重要的是，它体现了因文释义、注重文辞的方法，为以后由文本释义进而恢复《诗经》的文学阐释提供了可能。如果说“六经皆史”是经学中史学性质的凸显，经学向文学的转变则不如说是混杂在经学中的文学属性的凸显和独立。

因为注重诗文本身，所以欧阳修经常将若干诗篇结合起来加以比较，从而得出较一贯和有说服力的结论，这也是《诗经》学研究注重回归文本（可以称为文本化）的必然结果。如“诗人刺谗，常以积少成多为患，《采葛》之义如是而已，至于《采苓》《防有鹊巢》《巷伯》《青蝇》，其义皆然”，《唐风·扬之水》“论曰：……《诗》《王风》《郑风》及此有《扬之水》三篇，其《王》《郑》二篇皆以激扬之水力弱不能流移束薪，岂独于此篇谓波流湍疾、洗去垢浊。以意求之，当是刺昭公微弱，不能制沃，与不流束薪义同，则得之矣”。“经有其文，犹有不可知者。经无其事，吾可逆意而谓然乎？”欧阳修对鲁有《颂》的解释，也主要是从文本角度进行的，考察其与他《颂》语言形式的不同，不无新意，鲁《颂》

"非颂也，不得已而名之也，四篇之体，不免变风之例尔，何颂乎？颂惟一章，而鲁《颂》章句不等，颂无'颂'字之号，而今四篇皆有其《序》"，"先儒谓名生于不足，宜矣。然圣人所以列为颂者，其说有二：贬鲁之强，一也；劝诸侯之不及，二也"。在对"比兴"的认识上也是如此，"诗之比兴，必须上下成文，以相发明，乃可推据。今若独用一句，而不以上下文理推之，何以见诗人之意？"这种在上下文中理解比兴的看法直接启示了朱熹，程颐未说得清楚，而朱熹"兴者，先咏他物以引起所咏之辞也""比者，以此物比彼物也"，较程颐更明确，但未出欧阳修"上下成文，以相发明"的范围。

欧阳修已经注意到《诗经》中的"叶韵"问题，这早于吴棫《诗补音》《韵补》及朱熹《诗集传》。《诗本义》卷六《皇皇者华》"诹、谋、度、询，其义不异，但变文以叶韵尔，诗家若此，其类甚多"。这种"叶韵"的认识，虽然不无一定的学术渊源（肇至魏晋时期），但对后来影响很大，直至南宋时期，渐有集大成的作品出现。尤其可贵的是，欧阳修的"叶韵"说，并没有轻易根据时音改变某些字的读音，注意到音变的历史性与历时性，而这种求实的做法正开启了明代陈第及清代顾炎武等人反思《诗集传》"叶韵"改音弊端的先声。

《诗本义》卷十二《鲁颂·那》："论曰：诗云'寘（置）我鞉鼓'，毛、郑皆读'寘'为'植'，谓三代之鼓异制，夏足鼓，殷植鼓，周县鼓，汤伐桀，定天下，作《濩》乐，始用植鼓，故诗人叹美之者，非也。如毛、郑之说，鞉贯而摇之，非植鼓，则'寘'不读为'植'，已可知矣。"[①]《诗本义》卷十二《敬之》"'命不易哉'，当为'难易'之易，毛、郑以为'变易'之易者，非也"。这些都是通过考求语音来推断本字及读音，为释义奠定基础。

但更多的是，欧阳修通过归纳以及联系上下文的方法来推求字词本义，为探寻诗歌本义提供可能。

《诗本义》解《曹风·候人》，"论曰：《候人》，《笺》、《传》往往得之。至'维鹈不濡其翼'，则毛、郑各自为说，然皆不得诗之本义，而郑犹近之。毛云：'鹈在梁，可谓不濡其翼乎？'详其语，谓在梁则濡翼

---

① 按：《四部丛刊》本，"寘"作"置"，据后文"置，当读如'置器'之置"当统一为"置"。后同。

矣，此非诗人意也。郑谓当濡翼，而不濡为非常。考诗之意，谓鹈不宜在梁，如小人窃位尔，岂但不濡其翼为非常邪？‘不遂其媾’，毛、郑训‘媾’为‘厚’，郑又以‘遂’为‘久’。今遍考前世训诂，无‘厚’‘久’之训，训释既乖，则失之远矣。郑又谓天无大雨，岁不熟，则幼弱者饥，此尤迂阔之甚也。据诗本无天旱岁饥之事，但以南山朝脐之云不能大雨，假设以喻小人不足任大事尔，安有幼弱者饥之理？况岁凶饥人不止幼弱也。《郑笺》‘朝脐’，其说是矣，至‘幼弱者饥’则何其迂哉？媾，婚媾也。马融谓重婚为媾，不知其何据而云也。郑于注《易》又以‘媾’为‘会’，大抵‘婚’‘媾’，古人多连言之，盖会聚合好之义也”①。

《诗本义》解《小雅·斯干》，“《郑笺》不详诗之首卒，随文为解，至有一章之内，每句别为一说，是以文意散离，前后错乱，而失诗之旨归矣；又复差其章句，章句之学，儒家小之，然若乖其本旨，害于大义，则不可以不正也。郑谓‘秩秩斯干’者，喻宣王之德，流出无极已也；‘幽幽南山’者，喻国富饶民取足，如取于山；‘如竹苞矣’者，喻时人民之殷众；‘如松茂矣’者，喻民佼好。又以‘兄及弟矣’已下三句，谓时人骨肉相爱好，无相诟病，断此为一章。且诗之比兴，必须上下成文以相发明，乃可推据。今若独用一句，而不以上下文理推之，何以见诗人之意？且如郑说，则一章都无考室之义”②。

《诗本义》解《大雅·假乐》，“‘燕及朋友’，非谓‘燕饮’之‘燕’也。《语》曰：‘子之燕居。’则‘燕私’之‘燕’也。三者皆为小失，然既汩诗义，则不可以不明。‘燕及朋友’与‘以燕翼子’义同”③。“燕”训义为确。

《诗本义》解《大雅·文王》，“诗曰：‘於缉熙敬止。’诗屡言‘缉熙’，毛、郑尝以为光明，不知其何据也。《尔雅》云：‘缉熙，光

① 按：“维鹈不濡其翼”，诗文有“维鹈在梁，不濡其翼”句；“岂但不濡其翼为非常邪”，《四部丛刊》本作“其谓不濡其翼为非常耶”。

② 《四部丛刊》本“流出”下无“无极已也”四字。考，筑也。考室，筑室也。

③ 按：“子之燕居”见于《论语·述而》，原作：“子之燕居，申申如也，夭夭如也。”“燕”，通“晏”，即“平居”。“以燕翼子”，出自《大雅·文王有声》：“诒厥孙谋，以燕翼子。”此外，《四部丛刊》本无“燕及朋友与以燕翼子义同”十一字，察其上下文，《四部丛刊》本似优。

也。'《尔雅》非圣人之书，考其文理，乃是秦、汉之间学《诗》者纂集说《诗》博士解诂之言尔。凡引《尔雅》者，本谓旁取他书，以正说《诗》之失；若《尔雅》止是纂集说《诗》博士之言，则何烦复引也?《颂》《敬之》云：'学有缉熙于光明。'毛、郑说以为学有光明于光明，谓贤中之贤，此穿凿之尤甚者。许慎《说文》：'熙，燥也。'孔安国传《尚书》：'熙，广也。'他书或训为'安'，或训为'和'，随文义各自不同。而此'熙'训'广'，近是矣。缉，绩也。绩者，接续而成功也。'缉熙'云者，接续而增广之也。骏命不易，当音难易之易"①。解《大雅·瞻卬》，"'匪教匪诲，时维妇寺'者，谓妇人与寺人皆王所亲近者，其日相亲近则不待教诲而习成其性尔。言妇、寺者，举类而言尔。而毛训'寺'为近，郑谓近爱妇人，'寺'无训'近'之义，且诗所刺妇人本不谓疏远者，不暇更言'近'也。'妇无公事，休其蚕织'者，谓妇人不当与外事，苟无公事则但当乐其蚕织尔。'休'之义，当如'心逸日休'之'休'，而毛、郑以为休息也。谓妇止不蚕而干公事，考诗之文，义不如此也。公事者，王后以下所治宫中之内政及共祭祀之事也"。

欧阳修尝试通过比较归纳的方法来寻求诗文字词的本义，具有科学的价值与方法论意义。

《诗本义》继承了传统的训诂学方法，但行文更加简洁明畅，同时在训诂中也夹杂有评论和比较，使人们容易把握诗歌字词的意义。大体上可分为以下几种类型：

1. ××，××，××尔。表判断。例如：

"蛰螽，蝗类，微虫尔。"（《诗本义》卷一《螽斯》）

2. ××，××貌。一般用来描写物态情状，形象生动。这种格式也可叠加套用，形成表达中的排比语气，并伴有评价与比较。例如：

"振振，群行貌；绳绳，齐一貌；蛰蛰，众聚貌，皆谓子孙之多。而毛训仁厚、戒慎、和集，皆非诗意。"（《诗本义》卷一《螽斯》）

"肃肃，严整貌，而《毛传》以为敬。且布罝椓杙，何容施敬，亦其失也。"（《诗本义》卷一《兔罝》）

---

① "毛、郑尝以为光明"之"尝"，《四部丛刊》本作"常"，义似优；"或训为'和'"，《四部丛刊》本无"训"字。

3. ××，××也。一般用来表陈述或判断。例如：

“流，求也。”（《诗本义》卷一《关雎》）

“黄鸟，栗留也。”（《诗本义》卷一《葛覃》）

“‘不显亦临，无射亦保’……保，守也。‘肆戎疾不殄，烈假不瑕’，戎，众也；烈，光也；假，大也……‘不闻亦式，不谏亦入’者，式，法也。”（《诗本义》卷十《思齐》）

“在沙、在渚、在潨、在亹，皆水旁尔。”（《诗本义》卷十《凫鹥》）

“黎，众也。”（《诗本义》卷十一《桑柔》）

“‘薄言震之，莫不震迭’者……‘莫不’者，非一之辞也。”（《诗本义》卷十二《时迈》）

4. ×（者），×也，××也。反复阐释，以达到明晰酣畅的效果。例如：

“吉者，宜也，求其相宜者也。今者，时也，欲及时也。谓者，相语也，遣媒妁相语以求之也。”（《诗本义》卷二《摽有梅》）

“射，厌也，厌怠也。”（《诗本义》卷十一《抑》）

“‘天作高山，大王荒之’……荒，奄也，谓奄有之尔。”（《诗本义》卷十二《天作》）其中“荒，奄也，谓奄有之尔”应也是这种形式的变形。

5. 不××者，××也。表达形式相反，实际上意义一致。例如：

“且‘不韡韡’者，韡韡也，古诗之语如此者多，何烦改字。”（《诗本义》卷六《常棣》）

“本义曰：不尚，尚也。”（《诗本义》卷九《菀柳》）

“不遐，遐也，诗人语常如此。”（《诗本义》卷十一《抑》）

6. ×，×也。×，×也。××，××也。先分别训释，然后综合阐述，使表义层次更加清楚。例如：

“肤，体也。硕，大也。硕肤，犹言肤革充盈也。”（《诗本义》卷五《狼跋》）

上述这些语音、语义、语法成果的出现与影响，与欧阳修在《诗经》研究中注重因文见义的方法是分不开的，同时也使因文见义（或“据文求义”）方法具有更强的信度与效度，在一定程度上避免了空洞臆说的弊端。

三 欧阳修对待《诗序》、毛《传》、郑《笺》的学术态度

欧阳修在《春秋或问》中回答关于《春秋》经传关系问题，曾说："经不待传而通者十七八，因传而惑者十五六。日月，万物皆仰，然不为盲者明，而有物蔽之者，亦不得见也。圣人之意，皎然乎经，惟明者见之，不为他说蔽者见之也。"① 这段论述也同样适用于关于《诗经》的经传关系的考察上，并对经学研究具有一般的普遍意义。

前文已提到，欧阳修在《诗本义》中辩驳毛《传》、郑《笺》《诗序》的做法，实际还是出于尊经的需要，所以回归《诗》本文，彰显《诗》本义，便是经学发展与壮大的新途径和新出路。如他所说，"孟子岂好非六经者，黜其杂乱之说，所以尊经（原注：一有也字）"②。但他对《诗序》、毛《传》、郑《笺》的学术态度却是不尽相同的（见表3）。

表3 欧阳修对待《诗序》、毛《传》、郑《笺》的学术态度比较简表

	《诗本义》所见篇目举例	备注
驳《序》	《鹊巢》《节南山》《渐渐之石》《皇矣》	《鹊巢》"失自《序》始，而郑氏又增之尔"；《皇矣》微驳，指责《序》言未尽括诗文
驳郑	《考槃》《蒹葭》《鸿雁》《菀柳》《凫鹥》《时迈》《桑柔》《常棣》	《桑柔》据《国语》《史记》《大小雅》序；《常棣》据《史记》《小戎》序
尊《序》斥毛、郑	《汉广》《汝坟》《草虫》《行露》《静女》《墙有茨》《唐风·扬之水》《裳裳者华》《角弓》《白华》《抑》	《唐风·扬之水》解"白石凿凿然见"句，认为"毛郑说亦通"；《抑》侧重郑氏

① 《春秋或问》，《欧阳修全集·居士集》卷十八《经旨》，第135页。

② 《易或问三首》，《欧阳修全集·居士集》卷十八《经旨》，第130页。

续表

	《诗本义》所见篇目举例	备注
据《序》驳郑	《氓》《女曰鸡鸣》《鸤鸠》《狼跋》《湛露》《大东》《小明》《宾之初筵》《采菽》《思齐》《假乐》《烈文》《烈祖》	《宾之初筵》暗应《序》；《烈祖》以郑为重点
驳毛、郑	《采葛》《叔于田》《丘中有麻》《郑风·羔裘》《东方之日》《破斧》《天保》《斯干》《正月》《巧言》《四月》《文王》《皇矣》《生民》《荡》《瞻卬》《天作》《思文臣工》《敬之》《酌》《有駜》	《丘中有麻》"此诗失自毛公而郑又从之"；《斯干》主要驳郑；《敬之》、《酌》侧重郑；《有駜》兼及"为义疏者广郑之说"，即孔颖达等
驳毛	《伐柯》《桑柔》等	《桑柔》，毛以昊天为上帝，郑以为上天，"郑既不从，可知毛说非矣"
肯定《序》、毛、郑	《黄鸟》等	
肯定毛、郑	《南山》等	
肯定郑	《青蝇》等	
肯定毛	《湛露》等	

欧阳修以求《诗》的本义为旨归，评判毛、郑，虽不迷信《序》，多揭其失，但也不完全否定它。欧阳修恢复《诗》本义的努力，为《诗》的重新阐释开拓了空间，一扫古人权威传注的笼罩气息，为理性解《诗》、自由解《诗》、以诗解诗开辟了道路。但是欧阳修对前人的分析，是有侧重点的，一般认为是驳"二家"（指毛、郑），由《四库全书总目提要》以来直至今天几乎是一贯的看法。实际上，略作比较，欧阳修的确多数将毛、郑并提，但评毛更是为突出郑的渊源，独立批驳郑的地方很多，而且集中归纳出郑玄解《诗》的几种弊端，《兔爰》"论曰：郑氏于《诗》，其失非一，或不取《序》文，致乖诗义，或远弃诗义专泥《序》文，或《序》与诗皆所无者时时自为之说"，《斯干》"论曰：毛于《斯

干》，诂训而已，然与他诗多不同。郑《笺》不详诗之首卒，随文为解，至有一章之内，每句别为一说，是以文意散离，前后错乱，而失诗之旨归矣。又复差其章句，章句之学，儒家小之，然若乖其本者，害于大义，则不可以不正也"。《十月、雨无正、小旻、小宛》"毛氏当汉初兴，去《诗》犹近。后二百年而郑氏出，使其说有可据，而推理为得，从之可矣。若其说无据，而推理不然，又以似是之疑为必然之论，则吾不得不舍郑而从毛也"，能体现出一定的理性精神和取舍标准，评价郑有两个因素，一是依据，一是推理（即以人情事理求之），否则则舍近从远，弃郑从毛。有些学者认为欧阳修宗《序》，未敢疑之，实际上似不完全是这样的①。略作比较，以示概貌（见表3）。

这里通过比较强调欧阳修的批驳重点在郑，即成熟的典型的汉代《诗经》研究成果，从这种意义上视欧阳修为宋代《诗经》学研究的开创者和奠基者是不过分的。《四库》馆臣将宋代《诗经》学开创之功归于欧阳修，《四库全书总目·诗本义提要》"自唐以来，说《诗》者莫敢议毛、郑，虽老师宿儒亦谨守《小序》。至宋而新义日增，旧说几废，推原所始，实发于修"，"后之学者或务立新奇，自矜神解，至于王柏之流乃并疑及圣经，使《周南》《召南》俱遭删窜，则变本加厉之过，固不得以滥觞之始归咎于修矣"。

欧阳修关于《诗序》、毛、郑学术态度差异的原因略有说明，如《麟之趾》诗解：

> 论曰：孟子去《诗》世近而最善言《诗》，推其所说诗义，与今《序》意多同，故后儒异说为《诗》害者常赖《序》文以为证。然至于《二南》，其《序》多失，而《麟趾》《驺虞》所失尤甚，特不可以为信。疑此二篇之《序》为讲师以己说汩之，不然，安得缪（谬）论之如此也？据诗直以国君有公子如麟有趾尔，更无他义也。若《序》言《关雎》之应，乃是《关雎》化行，天下太平，有瑞麟

① 如《鸿雁》"本义曰：……或谓据《序》言美宣王，而此诗之说但述使臣，疑非本义。且使离散之民还定安集者，由宣王能遣人以恩意劳来之也。天子之尊，必不自往，作《序》者，不言遣使，以不待言而可知也，复何疑哉？"（《诗本义》卷六《鸿雁》）按："恩意"，疑为"恩义"之讹；尽管此例表面似结合具体诗文护《序》，而实际上是为了义理解释的圆满或合乎人情事理，并不能证明他恪守《序》或尊《序》。

> 出而为应，不惟怪妄不经，且与诗意不类。《关雎》《麟趾》作非一人，作《麟趾》者了无及《关雎》之意，故前儒为毛郑学者自觉其非，乃为曲说，云："实无麟应，太史编诗之时，假设此义，以谓《关雎》化成，宜有麟出，故借此《麟趾》之篇列于最后。"使若化成而麟至尔，然则《序》之所述乃非诗人作诗之本意，是太史编诗假设之义也。毛郑遂执《序》意以解诗，是以太史假设之义解诗人之本义，宜其失之远也。如毛言麟以足至者，郑谓角端有肉示有武而不用者，尤为衍说。此篇《序》既全乖，不可引据，但直考诗文，自可见其意。（《诗本义》卷一《麟之趾》）

这段文字能集中反映欧阳修的解释学思想及其对两种意义——作者之意和编者之义的区分。对《序》与毛郑的态度也有代表性，疑《序》而未为激烈，斥毛郑不遗余力，但较平和公允，如《四库全书总目》所言。解《诗》多直据诗文本身，使宋代《诗经》学焕然而有一新的途径，不拘泥于古人，有除"蔽"之意。同时，表现出较强的理性精神，反对天人感应的神学解说。区分两种意义尤有贡献，即使今人也多有继承和发展，如陈子展《诗经直解》就将其扩充为三种意义。

"孔子删《诗》，并录其功过者，所以为劝戒也，俾后世知大功盛德之君，虽小过不免刺讥尔。""虽为小失，不可不正。"欧阳修《诗本义》具有贯穿前后的学术原则，即使很小的失误，也绝不放过。正因为如此，在人情古今与文本依据的基础上，欧阳修才有可能对此前的《诗经》解读作出重新的评判，而已经完全摆脱拘泥门户之见的讨论。他对《诗序》（《小序》）、毛《传》、郑《笺》均有一定的批评，但也有些地方有所肯定，相较而言，对郑玄"改经就注"的做法批评尤烈。所以，如果说《诗本义》在学术倾向上是在反思毛、郑的得失，还不如说他的重点在于批驳郑玄所形成的一系列附会、混乱的观点。

欧阳修反对附会，特别是将自然与人事牵强解释的做法。如"（郑）又云'原隰以相与聚居之故，故能定高下之名'者，亦非也。且原也，隰也，乃土地高下之别名尔。土地不动，无情之物，或高，或下，不相为谋，安有相与聚居之理？此尤为曲说也"。"考诗之意，文王有酒食，以与群臣燕饮，如鹿得美草，相呼而食尔，其义止于如此。而《传》云'恳诚发于中'者，衍说也。圣人不穷所不知，鸟兽之类，安能知其诚不诚？考上下经文，初无此意，可谓衍说也。”“《书》称‘后稷播时百谷’者，盖其为舜教民耕殖以足食尔，如后世有劝农之官也，非谓尧、舜已前地无百谷而民不粒食，待天降种与后稷而后有也。然则百谷草木其有固已久矣，安知四谷之种为后稷而降也？使天有显然之迹，特为后稷降此四谷，其降在于何地？自周、秦、战国之际，去圣远而异端起，奇书怪说不可胜道，而未尝有‘天为后稷降种’之说。诗又无明文，但云‘诞降’，则毛、郑何据而云天为后稷降种也？可谓无稽之言矣。”“论曰：‘有駜’之义，毛以为马肥强貌，又谓马肥强则能升高进远，臣强力则能安国，据诗但述乘马肥强尔，毛以喻臣能强力，已为衍说。而郑又谓喻僖公用臣，必先足其禄食则莫不尽忠，意谓畜马者必先丰其养饲，养饲丰则马肥强，马肥强则能尽力，以喻养臣者必先丰其禄食，禄食足则臣尽忠者，皆诗文所无，此又妄意诗人而委曲为说，故失诗之义愈远也。”[①] 批评《毛传》牵强附会。

欧阳氏对《生民》与《玄鸟》诗的解释尤为典型，也是学者常引用的资料，此不具列。

《诗本义》解《周颂·烈祖》，“论曰”云：“《左传》鲁昭二十年，晏子为齐侯陈和同之异，云‘和如羹焉’者，其意本讥齐侯与子犹同欲，不得为和也，因引‘和羹’为喻，以谓和者咸酸异味相济为和，以喻君臣以可否相济为和，故曰君臣亦然，因引此颂云‘亦有和羹’，但谓羹当以五味相和尔。古人引诗喻事，多不用诗本义，但取其一句足以晓意而已，如《鹊巢》本述后妃而鲁穆叔引以喻晋君有国而赵孟治之之类是也。”[②] 对“亦有和羹”的附会解释进行辨正。“本义”则曰：“‘亦有和羹’者，言调和此羹之人，谓膳夫也。”解释平易而合乎情理。

重视合乎情理，在欧阳修对诗文的训解上也有深刻的影响。如他反对毛、郑将《召南·甘棠》中的“蔽芾”解为“小”，就从诗文出发，作出合乎人情的推断，终将“蔽芾”解为“茂盛”，成为今天被人们广泛采用的见解。《一义解》：“‘蔽芾甘棠，勿翦勿伐，召伯所茇。’毛、郑皆谓：蔽芾，小貌；茇，舍也。召伯本以不欲烦劳人，故舍于棠

① 《四部丛刊》本，“马肥强貌”之“貌”作“皃”。

② “齐侯与子犹同欲”之“子犹”，《四部丛刊》本作“子猷”。

下。棠可容人，舍其下则非小树也。据诗意，乃召伯死后，思其人，爱其树而不忍伐，则作诗时益非小树矣。毛、郑谓蔽芾为小者失诗义矣。蔽，能蔽风日，俾人舍其下也。芾，茂盛貌。蔽芾，乃大树之茂盛者也。”

欧阳修的一些文赋也可以作为研究欧阳修《诗经》学思想的参考，如学者关于《诗本义》对《青蝇》的解读，在辨别毛、郑得失上有不同看法（参见裴普贤《欧阳修〈诗本义〉研究》、曾建林《欧阳修经学思想研究》等）。但《憎苍蝇赋》[①] 强调苍蝇“其在物也虽微，其为害也至要”[②]，根据文末“止棘之诗，垂之《六经》，于此见诗人之博物，比兴之为精，宜乎以尔刺谗人之乱国，诚可嫉而可憎”[③]，则所称“止棘之诗”当为《小雅·青蝇》，诗文第二章即有“营营青蝇，止于棘。谗人罔极，交乱四国”，欧阳修所说的“刺谗人之乱国”正是该诗诗旨，是毛《诗》的看法。但《诗本义》在探讨取“青蝇”意象比兴侧重的方面时，辨析就很细致，认为“论曰：青蝇之污黑白，不独郑氏之说，前世儒者亦多见于文字，然蝇之为物，古今理无不同，不知昔人何为有此说也？今之青蝇所污甚微，以黑点白犹或有之，然其微细不能变物之色，诗人恶谗言变乱善恶，其为害大，必不引以为喻。至于变黑为白，则未尝有之，乃知毛义不如郑说也。《齐诗》曰：‘匪鸡则鸣，苍蝇之声。’盖古人取其飞声之众可以乱听，犹今谓聚蚊成雷也。本义曰：青蝇之为物甚微，至其积聚而多也。营营然往来，飞声可以乱人之听，故诗人引以喻谗言渐渍之多能致惑尔。其曰‘止于樊’者，欲其远之，当限之于藩篱之外，郑说是也。棘、榛，皆所以为藩也。”这种观点对后来《诗》解影响很大，如朱熹《诗集传》在注解《青蝇》时就特别强调“营营，往来飞声，乱人听也。青蝇，污秽能变白黑。樊，藩也”，“棘，所以为藩也”，“诗人以王好听谗言，故以青蝇飞声比之”，朱《传》中虽然融合有毛郑的看法，但也明显吸收了欧阳的观点。因此，我们认为，相较《憎苍蝇赋》来说，《诗本

① 《憎苍蝇赋》，《欧阳修全集·居士集》卷十五《赋五首》，第112—113页。按：“青蝇”是否即“苍蝇”，《齐风·鸡鸣》“匪鸡则鸣，苍蝇之声”，称“苍蝇”不称“青蝇”。今人在辩论时，将二者视为同物。

② 《憎苍蝇赋》，《欧阳修全集·居士集》卷十五《赋五首》，第112页。

③ 同上书，第113页。

义》阐发自然更加深入细微[①]，毕竟《憎苍蝇赋》作于治平三年（1066年），或许《诗本义》辨析该诗时前后观点略有变化。但重视情理的契合则是一贯原则，“蝇之为物，古今理无不同”。

经欧阳修解释后，基本解决了郑玄等解《诗》的乖舛支离问题，而是根据诗文本身，寻求一贯的诗义，使《诗经》解释更简明，不受前人僵化传注的约束，反对衍义为说，“论曰：……度、明、类、长、君、顺、比七者，皆古今常言。毛、郑曲为训义，虽未害文理，然于义为衍，去之可也”，可见针对两大问题：害文理，生衍义。

《诗本义》解《小雅·白华》：“今考诗意，言‘之子’者，弃妻斥其夫也。所谓‘硕人’者，乃刺幽后尔。又《序》言以妾为妻，以孽代宗，虽为两事而其实一也，盖妾子为孽，妻子为宗，既升妾为妻，则自然其孽子为嫡矣。今考诗但述妻妾之事，而无及嫡庶之语，乃作《序》者因言及之尔。”在重点考察诗文本身的基础上，指出《序》“因言及之”的特点，实际上，已经揭示《序》与诗文的不一致之处，即《序》的阐释学的特征。这为反思“尊序”提供了方法论的依据。

这两种方法直接促成了欧阳修简直明易的解经风格，对宋代《诗经》学研究风格的形成有奠基作用，反对迂远衍义为说，《诗本义》卷三《相鼠》“论曰：经义固常简直明白，而未尝不为说者迂回汩乱而失之弥远也”。他正面强调简明原则的地方有很多，略举数例：

> 论曰：……其忠信为周，访问为咨，意谓大夫出使，见忠信之贤人，就之访问。今诗文乃曰“周爰咨诹”，是出见忠信之贤人，止一周字，岂成文理？若直以周为周详周遍之周，则其义简直，不解自明也。（《诗本义》卷六《皇皇者华》）
>
> 一篇之义，简易而通明。（《诗本义》卷七《斯干》）
>
> 论曰：《无羊》之义，简而易明。（《诗本义》卷七《无羊》）

如果没有“据文求义”与“以今论古”方法的相互辅助与作用，这

① 当然，关于这篇赋与《青蝇》诗解的细微差异以及变化，也有学者认为反映了欧阳修认识的深化，“从欧阳修的《憎苍蝇赋》来看……表明其对《青蝇》之害比《诗本义》中的‘诗人恶谗言变乱善恶，其为害大，必不引以为喻’有了更深的认识”（曾建林：《欧阳修经学思想研究》，浙江大学博士学位论文，2007年，第87页）。

种简明的解经理想与特色是难以出现的。而这两种方法对宋代学者的深远影响，则使有宋一代《诗经》学（以及其他经典研究）解经风气一变，为经学的义理研究奠定了坚实的基础。

第二节　"据文求义"和"以今论古"方法的影响

"据文求义"和"以今论古"（古今人情一也）方法的系统确立始于欧阳修，对此后宋代《诗经》学学者产生了深远影响，其中包括相当一部分理学家，并逐步凸显"义理"解《诗》的学术特征和发展方向。

一　宋代《诗经》学学者对"据文求义"的继承述略

王安石（1021—1086）继承欧阳修注重对文本的体会。《常棣》，《诗传通释》"胡庭芳曰：王氏云，文武以来，宴兄弟，亦必有诗。然《鹿鸣》《四牡》等篇，词多和平，唯《常棣》一篇，词多激切，意若有所惩创。则周公因管蔡之事，其后更为此诗无疑"[①]。这种以诗词语气推及作者及诗旨的方法对朱熹也有很大的影响。以语言特点和道德高下区分《周颂》和《鲁颂》，兼顾了内容和形式两个因素。《閟宫》，《李黄集解》（李）"王氏曰：《周颂》之辞约，约所以为严，所美盛德故也。《鲁颂》之辞侈，侈所以为夸，德不足故也"[②]，继承了欧阳修注重文本考察的方法，但又和"德"联系起来，显示重新解释义理的倾向。

《六月》，《诗序》作"宣王北伐也。《鹿鸣》废则和乐缺矣。《四牡》废则君臣缺矣。《皇皇者华》废则忠信缺矣。《常棣》废则兄弟缺矣。《伐木》废则朋友缺矣。《天保》废则福禄缺矣。《采薇》废则征伐缺矣。《出车》废则功力缺矣。《杕杜》废则师众缺矣。《鱼丽》废则法度缺矣。《南陔》废则孝友缺矣。《白华》废则廉耻缺矣。《华黍》废则蓄积缺矣。《由庚》废则阴阳失其道理矣。《南有嘉鱼》废则贤者不安，下不得其所矣。《崇丘》废则万物不遂矣。《南山有台》废则为国之基坠矣。《由仪》废则万物失其道理矣。《蓼萧》废则恩泽乖矣。《湛露》废则万国离矣。

① 《诗义钩沉》卷九《鹿鸣之什义第十六》，（宋）王安石著，邱汉生辑校，中华书局 1982 年版，第 126 页。

② 《诗义钩沉》卷二十《駉义第二十九》，第 300 页。

《彤弓》废则诸夏衰矣。《菁菁者莪》废则无礼仪矣。《小雅》尽废则四夷交侵，中国微矣”。《李黄集解》（李）“王氏又从而为之说曰：序诗者，进《由庚》于《南有嘉鱼》之前，而退《南山有台》于《崇丘》之后，何也？盖其说以为：阴阳失其道理，则是人君不能用道。人君不能用道，则贤者亦必不安，下亦必不得其所矣。万物不遂，则是人君不能成物。人君不能成物，则必无贤者以立邦家之基矣”[①]，发挥和补充《诗序》的见解，实际上将《诗经》中的诗歌与历史、治国联系起来，形成义理解说，王安石则通过理性的推理使这个义理更加完整和鲜明。这种方法起自欧阳，至南宋而盛，演变过程比较明显。

《泂酌》，《李黄集解》（李）“王氏徒见序言皇天亲有德而飨有道，遂于诗中求其所谓道德。‘民之父母’，德也；‘民之攸塈’，道也。又其甚曰：周道于是为盛，故称皇天焉”[②]，将王安石以道德解《诗》、阐发《诗序》、穿凿体会义理的研究方法揭示了出来，但这种方法也开辟了一条较自由的研究《诗经》的新途径，注重文本依据和读者体会是它的两个鲜明特征。

以“义理”解《诗》至张载（1020—1077）渐趋明朗。

> 《灵台》，民始附也，先儒指以为文王受命之年，此极害义理。又如司马迁称文王自羑里归，与太公行阴德以倾纣天下，如此，则文王是乱臣贼子也。惟董仲舒以为文王闵悼纣之不道，故至于日昃不暇食；至于韩退之亦能识圣人，作《羑里操》，有“臣罪当诛兮，天王圣明”之语。文王之于纣，事之极尽道矣，先儒解经如此，君臣之道且不明，何有义理哉？如《考槃》之诗“永矢弗过”、“弗告”，解以永不复告君过君，岂是贤者之言！[③]

此处的“义理”与欧阳修注重文义的“义理”已有不同，标准是伦理纲常，宋代解《诗》由王安石至张载亦可见明显的转向痕迹，张载已自觉地以这种伦理意义上的“义理”来评价阐释的合理性。他侧重文义、因

① 《诗义钩沉》卷十《南有嘉鱼之什义第十七》，第142—143页。
② 《诗义钩沉》卷十七《生民之什义第二十四》，第249页。
③ 《经学理窟·诗书》，（宋）张载《张载集》，中华书局1978年版，第257—258页。

文见义的部分因素，与王安石从整体解析相似，有时也揭示了个别诗篇本文的特点，“《甘棠》初能使民不忍去，中能使民不忍伤，卒能使民知心敬而不渎之以拜，非善教寖明，能取是于民哉？”[①]

张载既以读书作为维持“此心”的手段，又以“此心”“不误”作为读书的条件，他认为“观书必总其言而求作者之意”，读书“以维持此心”，“读书则此心常在，不读书则终看义理不见”[②]，“盖所以求义理，莫非天地、礼乐、鬼神至大之事，心不弘则无由得见”，“游心经籍义理之间”，“心解则求义自明，不必字字相校”[③]，重“了悟”[④]，“发源端本处既不误，则义可以自求”[⑤]。这些显示张载已逐渐重视心性义理。

程颐（1033—1107）并不完全恪守《诗序》，也很重视诗文自身所传达出来的意义。他解《周南·麟之趾》“自‘衰世公子’以下，《序》之误也。以诗有公子字，故误耳。‘麟趾之时’，不成辞。麟趾言之时，谬矣”[⑥]，《唐风·葛生》“此诗思存者，非悼亡者，《序》为误矣。好攻战则多离阔之恨，葛之生托于物，蔹之生依于地，兴妇人依君子。‘谁与？独处！’谁与乎？独处而已。独旦，独处至旦也。昼夜之永时，思念之情尤切，故期于死而同穴，乃不相离也”[⑦]，这里，程颐批评《序》“悼亡诗”的解释，这种看法至今依然有影响[⑧]。同时自出机杼，运用体味及因文见义的方法，认为这首诗是“怀人诗”，为一新解，能给人以启发，同时，可见在学术方法上与欧阳修有一致处[⑨]。《小雅·常棣》“此燕乐兄弟，亲睦宗族之诗，不因管、蔡而作也”[⑩]，“穷究是理，图念是事，信其

---

① 《正蒙·乐器篇第十五》，（宋）张载《张载集》，中华书局1978年版，第56页。

② 《经学理窟·义理》，（宋）张载《张载集》，中华书局1978年版，第275页。

③ 同上书，第276页。

④ 《经学理窟·学大原下》，（宋）张载《张载集》，中华书局1978年版，第283页。

⑤ 《经学理窟·义理》，载（宋）张载《张载集》，中华书局1978年版，第277页。

⑥ （宋）程颐：《诗解·国风·麟之趾》，《二程集·河南程氏经说卷第三》（第四册），第1049页。标点略改。

⑦ （宋）程颐：《诗解·国风·葛生》，《二程集·河南程氏经说卷第三》（第四册），第1059—1060页。按：“谁与？独处！”原注标“是两句”。

⑧ 参见陈子展《诗经直解》、程俊英《诗经今注》、《诗经注析》及费振刚等的《诗经诗传》等。

⑨ 又如解《秦风·晨风》《小雅·白华》等。

⑩ （宋）程颐：《诗解·小雅·常棣》，载《二程集·河南程氏经说卷第三》（第四册），第1071页。

然乎？言信然。此诗句少而章多，章多所以极其郑重，句少则各陈一义故也”[①]，重视对诗文的涵泳体会。

郑樵（1104—1162）“以文解诗”的倾向与欧阳修相似，“郑子曰：以《芣苢》为妇人乐有子者，据《芣苢》，诗中全无乐有子意，彼之言此者何哉？盖书生之说，例是求义以为所，此语不徒然也，故以为乐有子尔。且《芣苢》之作，兴采之也，如后人之采菱则为《采菱》之诗，采藕则为《采藕》诗，以述一时所采之兴尔，何它义哉？”[②] 郑樵之说为胜，尤其末一句接近了解诗歌创作的缘起与本质，即文学创作起源于劳动，为文艺理论众家之说的一种，难能可贵；且以今时沟通古代，与“古今人情一也”有内在的承继关系和相同的方法理论。同时，联系郑樵“声乐之说”，更加透露出他“主乐说”而反对“主义说”的观点，批评在诗文中寻觅“他义”的行为。郑樵认为“诗主声乐”，“郑子曰：凡制文字，必依形依象而立。风、雅、颂，皆声，无形与象，故无其文，皆取他文而借用。如风本风雨之风，雅本乌鸦之鸦，颂本颂容之容。奈何叙《诗》者于借字之中求义也”[③]，在郑樵看来，《诗》主声乐，不关乎义，原因是《诗经》风雅颂本为假借之字，表声而不表义，因此，在这些文字中探索意义，区别诗篇次第，正是南辕北辙，愈求愈远，总之，反对在声乐之《诗》中求义。如果从广阔的视角来看，声乐也许是《诗经》的本义，而义理则是《诗经》的解读义，不是同一个范畴，因此，郑樵接续欧阳修恢复《诗经》本义的努力，欧阳修侧重义理，而郑樵侧重声乐，自然，郑樵走得更远，将这项工作向前推进了一步，也就更加接近《诗经》的本来面貌。

但是郑樵并没有将“因文求义”的方法贯彻到底。“郑子曰：《周颂》之《叙》，多非依仿篇中之义为言，乃知所传为真”，郑樵失于轻率，反被周孚抓住破绽，巧护《序》说，“且六亡诗已失，秦汉儒何所依仿而能序是也？无所依仿而有《序》，则诸《序》不出于汉儒明矣。此吾就郑子所言而言者也”[④]。

---

① （宋）程颐：《诗解·小雅·常棣》，载《二程集·河南程氏经说卷第三》（第四册），第1072页。

② （宋）周孚：《非诗辨妄》，《丛书集成初编》本，第3页。

③ 同上书，第4—5页。

④ 同上书，第12页。

即使尊崇《诗序》的周孚也不反对“以诗解《诗》”“因文求义”的方法。他在批评郑樵重复郑康成以礼解《诗》的方法，区分“燕”“飧”的意义，“是于《诗》之外求义也。训《诗》而不本《诗》，吾未见其能《诗》也”①，似对解《诗》的文本化有宽容甚至认可的态度。联系蔡卞（1058—1117）《毛诗名物解》，解名物时，多附以道德、礼法之理，即“于《诗》之外求义”，反复申述自己的思想，有宋学的特点。郑樵虽主张《诗》为声乐之作，但并不是全部否定和漠视诗作的意义，而是多以己意裁夺，引起了恪守《毛诗》学者的不满。

王质（1127—1188）重视解《诗》“即辞求事，即事求意”，也即“据文求义”的意思，不过更细致一些。《葛覃》“《总闻》曰：说《诗》当即辞求事，即事求意，不必纵横曼衍，若尔将何时而穷，一若稽古，至三万言，无足讶也……遗本旨而生他辞，窃取其美以覆芘其不知，此谈经之大病也”②。在《诗总闻》中，“寻诗”“寻文”的字眼很多，如《假乐》《菁菁者莪》《泂酌》《渐渐之石》《蓼莪》等诗解，主要就是体会探寻文字文义，是“因文见义”的置换表达。《假乐》“《总闻》曰：此诗皆媚上之辞，反覆（复）寻之，非苟为媚者也”③，《泂酌》“闻事曰”“此则言皇天亲有德，飨有道，寻诗盖无见”④。有些体会就涉及情景关系，《菁菁者莪》“《总闻》曰：诸侯喜见王者，凡经历览观，皆乐事赏心也。大率主明时泰与主暗时否，山川、草木皆一等，而人情、物态自两种，寻诗可见也”⑤，《渐渐之石》“《总闻》曰：东南夷见于《诗》者，淮夷荆舒。得人则有喜江山之心，不得人则有惧山川之怒，亦各系其人也。观此诗及《东山》、《江汉》诸诗可见。寻诗，其人非不冒难尽瘁，亦时节不嘉，人情少舒，触境皆非美气象尔”⑥，既继承了“因文见义”的解诗方法，同时体贴入微，突出了心物之间的微妙关系，“写气图貌，既随物以宛转；属采附声，亦与心而徘徊”（《文心雕龙·物色》），不是常见的“情以物迁”（见《物色》篇），而是更深入的“物以心染”。

---

① （宋）周孚：《非诗辨妄》，《丛书集成初编》本，第8页。

② （宋）王质：《诗总闻》卷一，《丛书集成初编》本，第6页。

③ （宋）王质：《诗总闻》卷十七，第281页。按：此句“媚”，郑玄解为“爱”，许慎解为“悦”，无贬义。

④ 同上书，第283页。

⑤ （宋）王质：《诗总闻》卷十，第173页。

⑥ （宋）王质：《诗总闻》卷十五，第253页。

朱熹（1130—1200）解《诗》，注重文本义，继承了欧阳修“据文求义”的方法，同时又考以义理，务使《诗》义平正合理。如《抑》，《诗序》作“《抑》，卫武公刺厉王，亦以自警也”，朱子《诗序辨说》作：

> 此诗之《序》，有得有失。盖其本例以为非美非刺，则诗无所为而作；又见此诗之次，适出于宣王之前，故直以为刺厉王之诗；又以《国语》有左史之言，故又以为亦以自警。以诗考之，则其曰刺厉王者失之，而曰自警者得之也。夫曰刺厉王之所以为失者，史记卫武公即位于宣王之三十六年，不与厉王同时，一也；诗以小子目其君而尔汝之，无人臣之礼，与其所谓敬威仪慎出话者自相背戾，二也；厉王无道，贪虐为甚，诗不以此箴其膏肓，而徒以威仪词令为谆切之戒，缓急失宜，三也；诗词倨傲，虽仁厚之君，有所不能容者，厉王之暴，何以堪之，四也；或以史记之年不合，而以为追刺者，则诗所谓“听用我谋，庶无大悔”，非所以望于既往之人，五也。曰自警之所以为得者，《国语》左史之言，一也；诗曰“谨尔侯度”，二也；又曰“曰丧厥国”，三也；又曰“亦聿既耄”，四也；诗意所指，与《淇奥》所美、《宾延》所悔相表里，五也。二说之得失，其佐验明白如此，必去其失而取其得，然后此诗之义明。今序者乃欲合而一之，则其失者固已失之，而其得者亦未足为全得也，然此犹自其诗之外而言之也，若但即其诗之本文而各以其一说反覆（复）读之，则其训义之显晦疏密、意味之厚薄浅深，可以不待考证而判然于胸中矣，此又读《诗》之简要直诀，学者不可以不知也。①

朱子破立依据各 5 条，以诗文为论据的，破者占 4 条，即二、三、四、五条；立者占 3 条，即二、三、四条，可见对诗文自身的重视。同时，又认为“即其诗之本文而各以其一说反复读之”为“读《诗》之简要直诀”，与《朱子语类》载其读《诗》四五十过、反复揣摩体会同，可见重视的是“据文求义”的简约途径。

他如《商颂》《駉》，《诗序》作“《駉》，颂僖公也。僖公能遵伯禽之法，俭以足用，宽以爱民，务农重谷，牧于坰野，鲁人尊之，于是季孙

① （汉）毛苌传述，（宋）朱熹辨说：《诗序》，《丛书集成初编》本，第 40—41 页。

行父请命于周，而史克作是颂"，朱子《诗序辨说》作"此《序》事实皆无可考，诗中亦未见务农重谷之意，《序》说凿矣"；又如《有駜》，《诗序》作"《有駜》，颂僖公君臣之有道也"，朱子《诗序辨说》作"此但燕饮之诗，未见君臣有道之意"[①]，皆是以诗文自身为据作出判断。

今有学者高度评价朱熹《诗经》学研究方法，"朱熹实现了对《诗》与'史'和《诗》与'论'（教化）的整合与超越，成功地建构起了以《诗》说《诗》的基本原则，朱熹'以《诗》说《诗》'原则不仅是《诗经》诠释学史上的一次重大变革，同时也是中国古典美学的一个具有普遍意义的思维方式，是对中国'以物观物'审美精神的继承和发扬，具有重大的理论意义"[②]。这里对朱熹解《诗》原则评价很高，而且将"以《诗》解《诗》"与源于《庄子》的"以物观物"思想和精神联系起来，使这个方法有了更浓郁的哲学色彩和现代意义，即反思研究方法和研究对象之间的关系。但朱熹是否对所有诗篇都贯彻了这个原则？在多大程度上贯彻了这个原则？这些问题都值得不断反思和研究。"因文见义"或"以诗解诗"自欧阳修以来就很普遍，影响深远，不独朱熹一人。

《小雅·鹿鸣之什·出车》，吕祖谦（1137—1181）通过反复体会认为"'喓喓草虫'以下六句，说者以《草虫》之诗有之，遂亦以为室家之语。观其断句，曰'赫赫南仲，薄伐西戎'，其辞奋张，岂室家思望之语乎？'毋逝我梁，毋发我笱，我躬不阅，遑恤我后'，两见于《谷风》《小弁》之诗，其一夫妇也，其一父子也"[③]，分析透彻，抓住文字本身，联系诗句语境进行体味。关于《王风·君子于役》，《小序》称"大夫思其危难以风焉"，吕祖谦指出"考经文不见'思其危难以风'之意"[④]。既能看到吕祖谦并非一味维护《小序》，又反映了他受欧阳修"考文见义"的明显影响，诸如"以文义考之"[⑤]、"以诗之所叙考之"[⑥]等类似表达。

---

① （汉）毛苌传述，（宋）朱熹辨说：《诗序》，《丛书集成初编》本，第46页。

② 邹其昌：《"以〈诗〉说〈诗〉"与"以〈序〉解〈诗〉"——朱熹〈诗经〉诠释学美学基本原则研究之二》，中国诗经学会编《诗经研究丛刊》（第六辑），学苑出版社2004年版，第143页。

③ 《吕氏家塾读诗记》卷十七《出车》，第312—313页。按：此句两"毋"字《丛书集成初编》本误作"母"。

④ （宋）吕祖谦：《吕氏家塾读诗记》卷七《君子于役》，《丛书集成初编》本，第129页。

⑤ （宋）吕祖谦：《吕氏家塾读诗记》卷二十六《行苇》，《丛书集成初编》本，第576页。

⑥ 同上书，第578页。

即使多借《诗经》来阐发心学思想的杨简（1141—1226）也很注意文本的重要。"《毛诗序》曰：'《葛覃》，后妃之本也。后妃在父母家，则志在于女功之事，躬俭节用，服澣濯之衣，尊敬师傅，则可以归安父母，化天下以妇道也。'夫人善心，即道心，妇人志于女功，躬节俭，服澣濯，念父母而归宁。方是心，油然而兴，互见错出，无非神用，何本何末？而为《诗序》者判本末而裂之，且曰则可。以是诗，初无是情，不省诗情，赘立己意，使天下后世平夷纯正质直之心，凿而穿之，支而离之"[①]，《殷之雷》"闵其君子勤劳之心，自是正心，道心。卫宏强起其说，曰劝以义，诗中无此情也"[②]。反对《诗序》本末论的方法和观点，进一步揭示了《诗序》支离、蒙蔽诗义的弊端，深化了自欧阳修以来"据文求义"的解《诗》方法，"以是诗，初无是情，不省诗情，赘立己意，使天下后世平夷纯正质直之心，凿而穿之，支而离之"，尽管最终导向了心学解释，但注重"诗情"却是不言而喻的。杨简认为解《豳风·东山》为"民忘其死，乃诗外之义"[③]，从反面强调了"诗情"的重要。

戴溪解《狼跋》，与《诗序》《传》《笺》多相左，别出新义，以"狼"为三监，有豺狼之暴[④]，"美周公"的题旨并无变化，但释义方式不同，自出心思，虽未必准确，但可见风气。他比较风雅之体，认为同是刺谗或听谗之诗，"《青蝇》之诗，与《采苓》不同。风主于讽，故其辞缓；雅有直体，故其辞切"[⑤]，比较两种体裁语言风格的不同，依然是以对诗歌文本的解读与体味为根据的。黄震《黄氏日抄》"永矢忽谖，程子以为弗忘君，但后章弗过弗告处难通，不如戴氏之说为长"，由此可见，戴溪"说此诗者，以弗谖为不忘其君，故下文多说不通。既不忘其君矣，

---

① （宋）杨简：《慈湖诗传》卷一《葛覃》，文渊阁《四库全书》（第73册），第10页。

② （宋）杨简：《慈湖诗传》卷二《殷之雷》，文渊阁《四库全书》（第73册），第25页。

③ （宋）杨简：《慈湖诗传》卷十《东山》，文渊阁《四库全书》（第73册），第137页。

④ （宋）戴溪：《续吕氏家塾读诗记》卷一《读豳诗·狼跋》，《丛书集成初编》本，第41页。

⑤ （宋）戴溪：《续吕氏家塾读诗记》卷二《读小雅·青蝇》，《丛书集成初编》本，第67页。

又誓不过其君而告之，何其舛也。其怨若此，既非忠臣，亦不可以为硕人矣”[①]，针对程子，解《诗》方法注重文本内部的依据和上下文。根据《诗序》，《鲁颂》四篇诗作中涉及鲁僖公的就有三篇，因此戴溪认为《鲁颂》是一种僭越，“比于他颂，其体失矣”，而且继承欧阳修“以诗文考义”的传统，由诗文内部发掘证据，认为“盖是诗，首章特言姜嫄生后稷，未尝言群公也，叙后稷文武而不及周公，言大王始剪商，文武致于牧野，辞不密察，皆下国大夫之故也。《春秋》书效始于僖公，前此群公岂无失礼者，独始于僖公何耶？意者僖公始僭郊礼，与作颂之意类耶？”[②]“《鲁颂》非圣人意也？删《诗》何取焉？存旧章以示训戒，未必皆记其德也”[③]，曲为解说。

虽然这些学者继承了欧阳修“据文求义”的方法，但具体落实的范围和程度不同，大多因自己的学术思想和背景而有差异，并导致新的见解和义理解《诗》的产生，如戴溪解《驺虞》作“备礼不杀，又何其仁也，仁心感人”[④] 就不是诗中的文本义。

二　宋代《诗经》学学者对“以今论古”的继承述略

宋代《诗经》学对“以今论古”（或“古今人情一也”）的继承，不仅表现在《诗经》学中涉及一定“情”的探讨[⑤]，而且反映沟通古今人情、重铸新解的尝试和努力。在此仅侧重后者，即作为方法层面；前者，即作为思想层面，则已见于第二章《〈诗本义〉的“本义”问题与欧阳修“道”论思想》。

王安石的《诗经》学见解主要保存在人们对《诗经新义》的辑佚著作中，但已不完整。仅就可见的资料分析，关于“古今人情一也”的内容似不十分明显，尽管不乏对“情”的看法，如《载驰》，《诗传通释》引“王介甫曰”条[⑥]；《采薇》《杕杜》，《诗传通释》分别引“胡庭芳

① 《续吕氏家塾读诗记》卷一《读卫风·考槃》，第14页。按：“永矢忽谖”的“忽”，疑为“弗”之讹。

② （宋）戴溪：《续吕氏家塾读诗记》卷三《读鲁颂·閟宫》，《丛书集成初编》本，第98页。

③ 同上书，第98—99页。

④ （宋）戴溪：《续吕氏家塾读诗记》卷一，《丛书集成初编本》，第6页。

⑤ 多和“礼”相联系，“发乎情，止乎礼义”；后渐渐集中在与“情”相关的“性”上。

⑥ 《诗义钩沉》卷三《鄘柏舟义第四》，第50页。

曰”条[①]等。

张载大略也近乎此。涉及“情”的如解《召南·殷其雷》《小雅·南有嘉鱼之什·蓼萧》《小雅·甫田之什·裳裳者华》[②]《小雅·鹿鸣之什·常棣》[③]。他论及《小雅·鸿雁之什·斯干》和《二南》时说：

> 《斯干》诗言“兄及弟矣，式相好矣，无相犹矣”，言兄弟宜相好，不要厮学。犹，似也。人情大抵患在施之不见报则辍，故恩不能终，不要相学，己施之而已。（《诗说》）
>
> 人不为《周南》、《召南》，其犹正墙面而立，常深思此言诚是，不从此行，甚隔著事，向前推不去。盖至亲至近莫甚于此，故须从此始。（《诗说》）[④]

这两则是否出自今已不见的一卷本《诗说》，还不能贸然裁断。但其蕴涵的古今人情相通的理论前提，则很明显，“人情大抵患在施之不见报则辍”，“盖至亲至近莫甚于此，故须从此始”。

程大昌（1123—1195）则明确地用“古今人情，不甚相远也”来表达对古今的看法，与“古今人情一也”相扣合。他说，“中国有事于北狄，惟汉人为力，故中国已不为汉，而北虏犹指中国为汉，唐人用事于西，故羌人至今以中国为唐，从其称谓熟者言之。古今人情，不甚相远也”[⑤]，与欧阳修相近，唯以史相证罢了。但在回答对有美刺的雅诗能否入乐的问题时，“或曰：颂则有美无刺，可以被之管弦矣。雅之辞，且具讥怨，亲出其时，而可明播无忌欤?”又反对以常情简单化对待古事，“其可悉用常情而度古事哉?”[⑥]虽不无谨慎，但也透露出一定的矛盾性。

王质在解《卫风·谷风》时说，“大率论古，当以人情推之”[⑦]，与欧阳修“古今人情一也”如出一辙。《式微》“《总闻》曰：中露，泥中，言行役冒犯之苦，语法如此，未必是地名也。郑氏所谓卫公以二邑处黎侯，

---

① 《诗义钩沉》卷九《鹿鸣之什义第十六》，第132、134页。

② 《正蒙·乐器篇第十五》，（宋）张载《张载集》，中华书局1978年版，第56页。

③ 同上书，第57页。

④ 《拾遗·近思录拾遗》，（宋）张载《张载集》，中华书局1978年版，第377—378页。

⑤ （宋）程大昌：《诗论·诗论十四》，《丛书集成初编》本，第17页。

⑥ （宋）程大昌：《诗论·诗论十七》，《丛书集成初编》本，第19页。

⑦ （宋）王质：《诗总闻》卷二，《丛书集成初编》本，第34页。

或说卫公者，宣公也。宣公父子夫妇其乱不可胜言，何暇及人？能以二邑处黎侯，盖亦过厚，而黎之臣子责以不修方伯连率之职，似非人情。故旄丘之叔伯，若以人情推之，当为黎之亲族，而非卫之臣子也”①，《中谷有蓷》“《总闻》曰”“今古虽异，人情不远也”②，认为古今人情相差不远，与欧阳修同。他根据人情推断，认为《行露》“总闻曰：暴男侵贞女，乱世容或有之，而召公之分壤，被美教，成雅俗，不应如此。女固可尚，男为何人？岂文王之化独及女而不及男耶？”③ 从而巧妙地否定了《诗序》的解释。

在这种今古“人情不远”的指导下，王质对一些历来有争议的问题作出了合乎情理、比较科学的解释。其中最鲜明的莫过于对“吞卵生商”的解释，他在《玄鸟》第一章的释文中说：

> 玄鸟纪节，而纪节之间，又自有说。《礼》：“仲春玄鸟至，以是祠高媒。”当是此年，玄鸟至而有字，此年玄鸟至而生契，是十三月而始诞也，故知其有天命。吞卵之事，不惟诞，又且猥。汉高犹龙种，商契乃燕种乎？④

王质将“玄鸟”解为节气的标志，颇合情理，反对神秘化的荒诞解释。如杨简就认为“吞卵生商”“履帝武敏歆”体现了道的变化⑤，反不客观理性，是其心学思想无限膨胀的必然结果。对名同诗异现象，王质《王风·扬之水》“《总闻》曰：《诗》有三《扬之水》、三《羔裘》、两《黄鸟》、两《谷风》，非相祖述也，有此曲名，故相传为之，如乐府一种名而多种辞，辞虽不同，而声则同也。今诸曲亦然”⑥，王质视《诗》为“乐歌”，论证的基础和方法是古今的相似比较。在解《鼓钟》时认为

---

① （宋）王质：《诗总闻》卷二，《丛书集成初编》本，第35页。

② （宋）王质：《诗总闻》卷四，《丛书集成初编》本，第66页。

③ （宋）王质：《诗总闻》卷一，《丛书集成初编》本，第17页。

④ （宋）王质：《诗总闻》卷二十，《丛书集成初编》本，第347页。

⑤ 《大雅·生民》《商颂·玄鸟》关于姜嫄“履帝武敏歆”、简狄吞玄鸟卵而生商的传奇记载，杨简根据“道无所不通”“变化无穷”作出宽容以至肯定的解释，“《生民》《玄鸟》之诗，孔子取焉，诸儒则穿凿为说，强使之无，孔子未必如此。诸儒为说，终不若诗文之明白坦夷。道无所不通，故变化无所不有，惟知道者信之，特难于言”［《慈湖诗传》卷二十，文渊阁《四库全书》（第73册），第315页］，较欧阳修、王质等人不能不算是倒退。

⑥ （宋）王质：《诗总闻》卷四，《丛书集成初编》本，第65页。

"雅、南，凡二音"，"《仪礼》，歌者《关雎》《鹿鸣》等，今存；笙者《南陔》《由仪》，管者《新宫》等，今亡。歌有辞，今伊州、渭州之类是也。笙管无辞，有腔，今四六句合之类是也。有辞者多存，有腔无辞者多亡，盖无辞故难传"①。这样，王质实际上是认为六首笙诗有腔无辞，将"存其义而亡其辞"（《毛诗正义》）的"亡"解为有无的"无"了，而古代"亡""无"相通，这样的解释也是有训诂学依据的。值得注意的是，这里的理解和阐释是建立在古今比附和比较上的，其基础是"古今一也"的相通观念。有些诗歌用辞相同，王质又以生活环境相似来解释，非常可贵，《郑风·扬之水》第一章，王质解为"此与周《扬之水》，其辞多同，当是同居此水之旁，故平常讽道之语多习传也"②。

朱熹也承继了欧阳修"古今人情一也"的论断，《朱子语类》载："问：以《诗》观之，虽千百载之远，人之情伪只此而已，更无两般。曰：以某看来，须是别换过天地，方别换一样人情，释氏之说固不足据，然其书说尽百千万劫，其事情亦只如此而已，况天地无终穷，人情安得有异?"③ 黄震在给章叔平的《读诗私记》（此书《经义考》作"佚"）作的《序》中说"王雪山、郑夹（浃）漈始各舍《序》而言《诗》，朱晦庵因夹（浃）漈而酌以人情天理之自然而折衷之，所以开示后学者，已明且要"④，朱熹解《诗》"酌以人情天理之自然而折衷之"的治学特点与理学之间的关系早在南宋已有学者点明。

重人情对吕祖谦也有影响。吕祖谦说"诸姬非必俱嫁于此国，盖有所思而欲与思者谋，乃人情之常，亦非必真得相见也"⑤。如《卫风·硕人》，针对《小序》，指出"美反正，刺淫泆（佚），此两语烦赘。见弃而悔，乃人情之常，何美之有?"⑥《唐风·绸缪》，吕祖谦解为"三星见（现）则非昏（婚）姻之时，在天在隅在户，随所见而互言之，不必以为时之先后。方束薪而见三星，慨然有感于男女失时，而其不期而见，又似于男女适然相遇也。故叹息而言曰：'是夕也，男女倘相见，其乐当如

① （宋）王质：《诗总闻》卷十三，《丛书集成初编》本，第221—222页。

② （宋）王质：《诗总闻》卷四，《丛书集成初编》本，第81页。

③ （宋）黎靖德编：《朱子语类》卷八十，王星贤点校，第2083—2084页。

④ （清）朱彝尊编，朱昆田校：《经义考》卷一百一十，乾隆四十二年（1777）本，第2页。

⑤ （宋）吕祖谦：《吕氏家塾读诗记》卷四《泉水》，《丛书集成初编》本，第83页。

⑥ （宋）吕祖谦：《吕氏家塾读诗记》卷六《硕人》，《丛书集成初编》本，第115页。

何?'曰'良人',曰'粲者',盖互为男女之辞,以极其思望之情耳"[①],除根据对本文的体味外,还有合乎人情的原则。

虽然杨简解《诗》多本心学思想,指认"本心至善",阐明"无邪"之旨,但可以发现,他重视体味涵泳,对一些诗篇的意味情感体会得很真切、细腻,对清代以姚际恒、崔述、方玉润为代表的"独立思考派"的解《诗》方法有启示,对今天的文学解《诗》依然有一定的帮助。杨简解《邶风·柏舟》"诗情忧郁不通"[②],《王风·兔爰》"忧苦无聊,虽有隐怨,无敢著明"[③],《王风·采葛》"熟观《采葛》之诗,朋友相好有如此者,人情相爱相念之笃"[④],解《郑风·将仲子》"'无折我树杞''无折我树桑''无折我树檀',我云者,亲爱之真情也。曰'岂敢爱之',其情实爱也。今人实爱而曰'不敢爱'者,每有是言。曰'畏父母''畏诸兄''畏人之多言',此畏忌之心,非慢易之心也"[⑤]。

杨简继承欧阳修"以人情论诗"的方法,将是否合乎人情事理作为判断对《诗》理解是否合适的标准,"此人情事理之常"[⑥]。解《小雅·四月》"大抵诗多出于常情之所习用"[⑦],认为该诗运用"夏历"历法,合乎常情,另《豳风·七月》也是如此。又如解《东山》"详考诗情,不合"[⑧],《鹿鸣》"然考本诗,初无此情"[⑨]等。

严粲在《诗缉》的《自序》中说"《诗》之兴几千年于此矣,古今性情一也,人能会孟氏说《诗》之法,涵泳《三百篇》之性情,则悠然见诗人言外之趣。毛、郑以下且束之高阁,此书覆瓿可也",又在《条例》中说"要在以意逆志,优而柔之,以求吟咏之情性而已"[⑩],可见受《孟子》影响之深,并明标"古今性情一也"。

戴溪《读邶风·燕燕》"睹物兴怀,人情然也。相勉以正,非贤者不

① (宋)吕祖谦:《吕氏家塾读诗记》卷十一《绸缪》,《丛书集成初编》本,第200页。
② (宋)杨简:《慈湖诗传》卷三,文渊阁《四库全书》(第73册),第31页。
③ (宋)杨简:《慈湖诗传》卷六,文渊阁《四库全书》(第73册),第71页。
④ 同上书,第72页。
⑤ 同上书,第74页。
⑥ (宋)杨简:《慈湖诗传》卷十一,文渊阁《四库全书》(第73册),第146页。
⑦ (宋)杨简:《慈湖诗传》卷十三,文渊阁《四库全书》(第73册),第207页。
⑧ (宋)杨简:《慈湖诗传》卷十,文渊阁《四库全书》(第73册),第137页。
⑨ (宋)杨简:《慈湖诗传》卷十一,文渊阁《四库全书》(第73册),第144页。
⑩ 《经义考》卷一百零九,乾隆四十二年本,第6页。按:"束之高阁"的"束"原作"束",当为误。

能也”[①]。《读鄘风·桑中》认为“惟郑与卫多淫风，《桑中》《溱洧》是也，古人所以恶郑卫之声，有以也夫”，但又联系“今之乐府，道闺阃之情，未必有是事也”，而认为“《桑中》之诗亦然”，“岂必尽要桑中，尽期上宫，尽送淇之上。诗人伤其众多云尔”[②]，就是以人情来衡量和重解诗义。

王应麟在《诗地理考》的《自序》中也认为，“夫诗由人心生也。风土之音曰风，朝廷之音曰雅，郊庙之音曰颂，其生于心一也。人之心与天地山川流通，发于声，见（现）于辞，莫不系水土之风而属三光五岳之气，因诗以求其地之所在，稽风俗之薄厚，见政化之盛衰，感发善心而得性情之正，匪徒辨疆域云尔。世变日降，今非古矣；人之性情，古犹今也，今其不古乎？……读《诗》者，观乎此亦升高自下之助云”[③]，虽多受理学的影响，有心性义理的因素，但认为古今人的性情也应是相通的，“人之性情，古犹今也，今其不古乎？”

为了便于叙述，笔者姑且将“据文求义”与“以今论古”（或“古今人情一也”）分开作历史历时的考察，旨在表明这两种方法贯穿宋代《诗经》学的重要地位，如本章第一节所分析，它们本是相辅相成的关系，不能简单地割裂开来。兹再举一例，并重申此义。王质解《邶风·燕燕》：

> 《总闻》曰：君夫人出远郊送归妾，既违妻妾尊卑之礼，又违妇人迎送之礼。庄姜，识礼者也。郑氏以归妾为戴妫，归宗也。戴妫既生桓公，乌有绝其母子之理？庄姜，亦识义者也，以桓公为己子，而绝戴妫使不母桓公，人情断矣，又乌有瞻望泣涕不可胜忍之情？且有大可疑者，使桓公幼稚，戴妫隔离，容或有之，既称先君，则庄公已没（殁），桓公已立，尤非人情也。寻诗，差池，若有一前一后之意；颉颃上下，若有一低一昂之意，当是女子往适人君，子来迎妇，故即燕取兴，兼其末，皆非妇人称谓之辞。[④]

① （宋）戴溪：《续吕氏家塾读诗记》卷一，《丛书集成初编》本，第7页。

② 同上书，第12页。按：“道闺阃之情”的“阃”初编本用了“阃”的俗字，已改。

③ （宋）王应麟：《诗地理考·叙》，《丛书集成初编》本，第1页。

④ （宋）王质：《诗总闻》卷二，《丛书集成初编》本，第26页。按：“瞻望泣涕”的“瞻”原误作“赡”。

先破后立，破则指出郑玄解《诗》不合人情，辨析周密细微；立则侧重诗歌意象意味，因文以见义，体贴细腻深入。从而将传统认为的卫庄姜送归妾的理解解释为迎妇的情景，既合情理，又与语境相符，是对“据文求义”与“以人情解诗”方法的综合运用。当然，这两种原则与方法在解《诗》的过程中，会不会带来一些弊端，也是值得进一步研究的问题①。

这两种方法与义理解《诗》注重性理紧密相关。

“六经”虽有《诗》《书》《礼》《乐》《易》《春秋》名目的不同，似各有侧重，言志、文诰、礼仪、乐教、通变不易之理，史鉴褒贬，而实则并不如此清晰，如“六经”皆含有礼乐的因素，因此也可以礼读，如汉人所作；也有修齐治平之理，如宋人所解；甚至可以以史读，因含有历史的因素，如清人所为。因此，“六经”的包容性给后人提供了广阔的解读空间和多种可能。宋代解《诗》，由恢复文本义肇端，沟通古今人情，“以人情解《诗》”，进而发展至“以义理解《诗》”，二者相承而有区别。至清姚际恒依然继承“以人情解《诗》”的传统，主张“涵泳篇章，寻绎文义”②，但却极力反对“义理解《诗》”的倾向，显示了两者的背离和分化，但二者在宋代的因承是不容否定的。恢复文学本义，只是一种理想和对既有解释的超越和突破，人们可以尝试各种可能途径，采取各种方法，如古人用的三种旧的读法（经学的、史学的、文学的方法），闻一多先生用的社会学方法，现当代其他学者使用的神话学、民俗学的方法，但也只是就某一侧面而论，只是有限度有特色地接近而不能完全达到。文本一旦形成，其作品意义的诞生，除文本自身的符号因素外，更多取决于读者的阅读视野、解读途径和阅读期待③。理学背景下的《诗经》学能体现

① 皮锡瑞:《论以世俗之见解诗最谬毛诗亦有不可信者》，认为“后世说经有二弊：一以世俗之见测古圣贤，一以民间之事律古天子诸侯。各经皆有然，而《诗》为尤甚”，最终易流为“于近人情而实非者，误信所不当信；不近人情而实是者，误疑所不当疑”[（清）皮锡瑞:《经学通论》二《诗经》，中华书局1954年版，第19、20页]，从方法论上反思以人情解《诗》、以今论古的可能弊端和不足，这是发人深省的，也是对欧阳修以来解《诗》原则与方法自觉反思的表现。

② （清）姚际恒:《诗经通论》之《自序》，顾颉刚标点本，中华书局1958年版，第9页。

③ 此看法也许受接受美学的影响更大一些，尽管也有哲学解释学注重文本和读者相互对话的因素。

这个特点。而恢复文本本义的真正用意是除蔽，即重新评估古人的解读成果，从而为新的解读奠定基础，如宋人批评汉代学者的支离，就是为简易、实用[①]的宋学开辟道路。

① 此处的“实用”指对心性的重要价值，不是物质利益意义上的有用。

第四章

今本《诗本义》主要卷次内在关系及意义考论

欧阳修《诗本义》是《诗经》学史上的重要作品之一，影响深远。《诗本义》是欧阳修晚年的重要著作，在其《年谱》中有集中的反映，其成书有一个不断增益的过程，但根据欧阳修的陈述，特别是对自己身体状况（长年困于目疾）的描述，以及结集的过程记录来看，《诗本义》应在欧阳修生前已经全部完成。这样，北宋学者多称《诗本义》为"十四卷"（如欧阳发《先公事迹》、韩琦《故观文殿学士太子少师致仕赠太子太师欧阳公墓志铭》、苏辙《欧阳文忠公修神道碑》等），应是欧阳修改定的《诗本义》的原初面貌，时间则在熙宁三年（1070）[①]。接着，晁公武《郡斋读书志》卷一上称"欧阳《诗本义》十五卷"，陈振孙《直斋书录解题》卷二载"《诗本义》十六卷、《图谱》附"，南宋末年王应麟撰《玉海》卷三十八《艺文·〈诗〉》则说"欧阳修为《毛诗本义》十六卷，凡百十四篇"，是有将《诗本义》目为《毛诗本义》的举动，元托克托等修《宋史》卷二百二《艺文志》称"欧阳修《诗本义》十六卷，又补注《毛诗谱》一卷"，如此，《诗本义》的卷次增益已昭然若揭[②]。元代马端临《文献通考》一百七十九《经籍考

① 欧阳修在《与颜直讲长道》中说："某衰病如昨，幸得闲暇偷安，但苦病目，不能看书，无以度日。《诗》义未能精究，第据所得，聊且成书，正恐眼目有妨，不能卒业，盖前人如此者多也。今果目视昏花，若不草草了之，几成后悔。所以未敢多示人者，更欲与二三君讲评其可否尔。"（《欧阳修全集·书简》卷九，中国书店1986年版，第1319页）该信简作于熙宁三年。

② 这也说明，《诗本义》原本十四卷，题名应为"诗本义"，"毛诗本义"为后来用法，大约在宋元之际；即使有人将《诗本义》称作《毛诗本义》时，还有典籍保留了原来的名称（如《宋史·艺文志》《文献通考》等）。

六》作十六卷，清纪昀等《四库全书总目》卷十五俱作十六卷，其羡出一卷盖《诗谱》《补亡》，卷数殆从《直斋书录解题》。可见，《诗本义》单行于世，原本为十四卷，后世学者踵事增华，遂有十五卷、十六卷的歧异。

目前，学术界对这种歧异依然存有不同看法。比较早并有代表性的观点是裴普贤的研究成果，她认为："《诗本义》原为十四卷，其后蜀本增加《诗解》八首并加《统序》为九篇，遂成十五卷。据华孳亨《增订欧阳文忠公年谱》，定欧公《诗本义》撰于嘉祐四年五十三岁时，则此九篇，或者是其早年所撰，故弃而不用，未入《诗本义》中。这样，《诗本义》十四卷为正文，第十五卷为后人辑补。而《图》《序》《诗谱》，则为附录耳。"① 裴氏将《诗解统序》九篇的存无作为《诗本义》卷次歧异的关键，虽多不刊之论，而其中似还有更复杂微妙的地方。也有学者怀疑今本前十四卷为原始的《诗本义》而其余为后人所补，《诗本义》"十四卷"具体包括《诗本义》十二卷和《一义解》《取舍义》和"三问"等两卷②。还有学者注意到《诗本义》前十二卷与后几卷的差异，相较前十二卷后几卷更具有"散论"的性质，并认定其为补充关系③；或者主张《诗本义》更像一部《诗经》研究丛书，尤其重视前十二卷本义说解（主体）和卷十四的《时世论》《本末论》《豳问》《鲁问》《序问》（专题讨论），认为它们最能反映欧阳修关于《诗经》的基本观点④。当然，将《诗本义》十六卷等量齐观、视为一个整体，也是相关研究中比较多见的做法⑤。但是这种"整体"的意义并不局限于"补充"与"被补充"的关系，其间经历了复杂的历史演变和增删的过程，如果可能，尽力考察和把握其中的演变脉络，以期对《诗本义》及价值有更深入的理解，这将是一项有意义的工作。笔者不揣浅陋，试从今本十六卷《诗本义》主要卷次内在关系比较中彰显《诗本义》十四卷的遗迹与版本演变的过程和意义，以进一步凸显今本《诗本义》在经典形成与传播过程中的历史性

---

① 裴普贤：《欧阳修诗本义研究》，台湾东大图书有限公司1981年版，第7页。按：标点略有改动。

② 顾永新：《欧阳修学术研究》，人民文学出版社2003年版，第224页。

③ 详见戴维《〈诗经〉研究史》，湖南教育出版社2001年版，第272、274页。

④ 洪湛侯：《诗经学史》，中华书局2002年版，第299页。

⑤ 刘德清：《欧阳修论稿》，北京师范大学出版社1991年版，第137—138页。

特征与学术价值。

需要说明的是，这里的今本《诗本义》（有些本子名《毛诗本义》，显系宋元时期所列，如王应麟等，只是名称差异，对内容并无实质性影响，可不予考虑），包括直接标明“十六卷”，和虽标“十五卷”但附录又有一卷两种形式。今本《诗本义》《四部丛刊》本、《通志堂经解》本、文渊阁与文津阁《四库全书》本，应都属于宋版系统①。另有关于明版系统及其判断的标准以及与宋版系统的关系考察，详可参见车行健等的相关论述②。明版系统首冠《小序》，分列经文、《毛传》《郑笺》《论》与《本义》，已非《诗本义》之旧，虽或有宋版系统的远源，可作参考，但最主要的今本《诗本义》依然是宋版系统③。

第一节　关于《一义解》《取舍义》等与《诗本义》前十二卷的关系

《诗本义》所选论诗篇 114 首，这是从《四库全书总目》等以来的传统看法，也是诸《诗经》学史作品沿用的观点，但是否真的如此呢？如果仅选了一部分诗作，《诗本义》是否一部不全的书呢？

《诗本义》卷一至卷十二已经涵盖《诗经》风、雅、颂三体，除《魏风》未有一首选入外，其他均程度不同有所选入，因此，此十二卷应视为一个有机的整体（详见附录一《〈诗本义〉卷一至卷十二所选录诗篇及分布统计总表》）。而卷十三《一义解》《取舍义》则是对前十二卷的补充（详见下文），在内容上没有重合的地方，因此，传统认为《诗本义》涉及 114 首诗是不准确的。全面地总结分析，至少应该包括今本前十三卷（见表 4），对《四库全书总目》以来的看法或有所矫正，同时也可印证朱熹等宋人的基本评价。

---

① 可参见裴普贤《欧阳修诗本义研究》，台湾东大图书有限公司 1981 年版，第 5—7 页；车行健《诗本义析论——以欧阳修与龚橙诗义论述为中心》，台北里仁书局 2002 年版，第 132—138 页。

② 车行健：《诗本义析论——以欧阳修与龚橙诗义论述为中心》，第 139—144 页。

③ 这里所引《诗本义》文字，以文渊阁《四库全书》本为底本，校以《通志堂经解》本与《四部丛刊》本。

表4 《诗本义》选录《诗经》诗篇总计

卷次	选录《诗经》诗篇数目	备注
卷一至卷十二	114	
卷十三	32	《一义解》20首、《取舍义》12首
合计	146	

当然，前人对114篇诗与整个《诗经》311首诗的关系，也有精彩的论述。开禧三年（1207）张瓘跋《诗本义》便强调“一篇之文自有本书，亦犹三百五篇之文自有本书也”“大儒著作之体如此，不知者以是为不全之书，其知者为欧阳氏全书也”，鉴于《诗本义》针对毛郑议论、辩驳、补充，其实正是“不全之全”。读者也可触类旁通，独获新知。

关于《一义解》《取舍义》等与《诗本义》前十二卷的关系，还需要深入细致地辨析。《一义解》《取舍义》被视为欧阳修“学习《诗经》的随笔札记”①，这可能源于这两部分文字简约、内容寡少、一诗一题的特点。但如果据此判断《一义解》《取舍义》是欧阳修早期的作品，并未被收录到《诗本义》中，今本《诗本义》收录这两篇是后人的举动，则是需要斟酌的。

如果从前十二卷与第十三卷的关系来分析，特别是第十三卷《一义解》中所涉及的诗篇基本是前十二卷没有涉及的，虽然我们还没有足够的证据否定《一义解》早出，但至少可以考察出《一义解》与前十二卷是一种互补的关系，《取舍义》也具有这种互补的功能与特征，但最典型的莫过于《一义解》。如果作竭泽而渔的考察，可以用下表作简明反映（见表5、表6）。

① 刘德清：《欧阳修论稿》，北京师范大学出版社1991年版，第137页。

表5 《一义解》所涉20首诗与《诗本义》前十二卷的关系图表

《一义解》所涉诗篇名称	《诗经》类别	是否见于《诗本义》前十二卷	备注
《甘棠》	《召南》	卷二未及	
《日月》	《邶风》	卷三未及	
《谷风》	《邶风》	卷三未及	
《简兮》	《邶风》	卷三未及	
《木瓜》	《卫风》	卷三未及	
《萚兮》	《郑风》	卷四未及	
《野有蔓草》	《郑风》	卷四未及	
《伐檀》	《魏风》	卷四未及	
《羔裘》	《唐风》	卷四未及	
《七月》	《豳风》	卷五未及	
《南山有台》	《小雅·南有嘉鱼之什》	卷六未及	
《菁菁者莪》	《小雅·鸿雁之什》	卷六未及	
《采芑》	《小雅·鸿雁之什》	卷六未及	
《頍弁》	《小雅·鱼藻之什》	卷八、九未及	
《鱼藻》	《小雅·鱼藻之什》	卷八、九未及	
《板》	《大雅·生民之什》	卷十、十一未及	
《云汉》	《大雅·荡之什》	卷十一未及	
《召旻》	《大雅·荡之什》	卷十一未及	《一义解》曰："其义与《瞻卬》同，而毛、郑常以为斥王者，皆非也。"按：《瞻卬》见于《大雅·荡之什》，《诗本义》卷十一有"论曰"

续表

《一义解》所涉诗篇名称	《诗经》类别	是否见于《诗本义》前十二卷	备注
《有客》	《周颂·臣工之什》	卷十二未及	《一义解》曰："《诗》言'亦'者多矣，若《抑》曰'哲人之愚，亦维斯戾'者，似因上文先述庶人之愚，然庶人之愚自云'亦职维疾'，则又无所因，以此知其不然也；《卷阿》曰'凤凰（按：《四部丛刊》本，"凰"作"皇"）于飞，亦集爰止'，郑以为亦众鸟，其义不通，已见别论。至其（按：《四部丛刊》本，'其'作'于'）下章又云'亦傅于天'，则郑更无所说。《菀柳》曰：'有鸟高飞，亦傅于天。'郑亦无所说。盖其义不通，不能为说也。"按：《抑》见于《大雅·荡之什》，《诗本义》卷十一有详论；《卷阿》见于《大雅·生民之什》，《诗本义》卷十一有"论曰"，也即"已见别论"；《菀柳》见于《小雅·鱼藻之什》，《诗本义》卷九有详论
《閟宫》	《鲁颂·駉之什》	卷十二未及	《一义解》曰："毛谓'上帝是依'依其子孙，郑谓依其身也。天依凭［按：《四部丛刊》本，'凭'（凴）作'冯'］而降精气，郑之此说是用'履帝武敏歆'之说也，其言怪妄，《生民》之'论'详之矣。"按："《生民》之'论'详之矣"即《诗本义》卷十《生民》"论曰"

《一义解》所涉20首诗具有这样两个特点：一是诗序均按《毛诗》顺序先后排列；二是这些诗歌均是《诗本义》前十二卷没有涉及的诗篇。《一义解》在《召旻》《有客》《閟宫》的诗解中，显示其与《诗本义》前十二卷有相互映照的关系，因为前十二卷已有论述，所以在《一义解》中从略。这说明《一义解》与《诗本义》前十二卷是互补关系，并且《一义解》可能完成于《诗本义》前十二卷之后。如果要坚持《一义解》为欧阳修早期作品的话，至少必须承认，在被选入《诗本义》的时候，欧阳修对其作了修改，并使其与前十二卷成为一个有机的整体。

表6　《取舍义》所涉12首诗与《诗本义》前十二卷的关系图表

《取舍义》所涉诗篇名称	《诗经》类别	是否见于《诗本义》前十二卷	备注
《绿衣》	《邶风》	卷三未及	
《旄丘》	《邶风》	卷三未及	
《出其东门》	《郑风》	卷四未及	
《敝笱》	《齐风》	卷四未及	
《载驱》	《齐风》	卷四未及	
《园有桃》	《魏风》	未及	《诗本义》前十二卷未及一首；如有，似当置于卷四
《椒聊》	《唐风》	卷四未及	
《绸缪》	《唐风》	卷四未及	
《蜉蝣》	《曹风》	卷五未及	
《下泉》	《曹风》	卷五未及	
《楚茨》	《小雅·甫田之什》	卷八未及	
《玄鸟》	《商颂》	卷十二未及	

《取舍义》所涉12首诗，虽然在表面上是对这些诗歌涉及毛、郑解释优长的取舍判断，但更为重要的是，这些诗歌既不见于《诗本义》前

十二卷，也不见于同卷《一义解》所列的诗歌，在客观上，《诗本义》前十二卷与《一义解》《取舍义》所列诗篇没有重出现象，呈现出一种互补的有机结构，而且在学术方法、基本的学术观点上也具有内在的一致性。这样，在将《一义解》《取舍义》与《诗本义》前十二卷比较的基础上，我们基本可以明了《诗本义》（至少前十三卷）结撰的匠心所在，对那些在它们之间分别高下、前后的意图作一拨正，也是有意义的学术努力。

在上述考察的基础上，我们认为，今本《诗本义》第十三卷《一义解》《取舍义》与前十二卷具有内在的联系，呈现互补态势，共涉及诗歌146首，它们是欧阳修研究《诗经》互补互现、突出重点方法的体现。欧阳修在陈述与《诗序》，毛、郑观点的差异时，也多列出差异的部分，而相同的则叙述简略，甚至略而不提，也具有这样的特点。因此，在较早期的十四卷的《诗本义》中，结构本是经过细致考虑和安排的。这种结构特点，促使我们在阅读和研究《诗本义》时，不能将前十二卷与第十三卷割裂开来，而是要作为一个相辅相成的有机整体对待。至于《一义解》《取舍义》与前十二卷在具体学术观点上是否存有细微的变化，还可作进一步的考察和分辨。

第二节　《诗本义》“二论”、“三问”的后出问题

今本《诗本义》卷十四包括“二论”、“三问”，即《时世论》《本末论》《豳问》《鲁问》《序问》五篇。它们又分别见于《欧阳修全集》卷六十一《居士外集》卷十一《经旨十八首》[①] 的相关内容，《通志堂经解》本、文渊阁《四库全书》本、《四部丛刊》本等与《居士外集》卷十一《经旨十八首》的文字出入并不大，基本一致。而且，这些“二论”、“三问”在结构与内容上也并非与《诗本义》前十三卷有内在的照映关系。如果考虑到《欧阳修全集》（包括《居士外集》）等在宋代拥有多种版本，以及《诗本义》独立于《欧阳修全集》印行的事实，可以发现，“二论”、“三问”应是从《居士外集》卷十一《经旨十八首》采撷并后续到《诗本义》中。具体编选、续接的过程则难以清楚知晓，这些

① 《欧阳修全集》，中国书店1986年版（据世界书局1936年版影印）。

内容待考[①]。下面择要略作考察。

《诗本义》卷十四《本末论》，其中有关《诗经》研究中的“本末”问题的讨论：

> 吾之于《诗》，有幸，有不幸也。不幸者，远出圣人之后，不得质吾疑也；幸者，《诗》之本义在尔。《诗》之作也，触事感物，文之以言，美者善之[②]，恶者刺之，以发其揄扬怨愤于口，道其哀乐喜怒于心，此诗人之意也。古者国有采诗之官，得而录之，以属太师播之于乐。于是考其义类，而别之以为风、雅、颂，而比次[③]之以藏于有司，而用之宗庙朝廷，下至乡人聚会，此太师之职也。世久而失其传，乱其雅、颂，亡其次序，又采者积多而无所择，孔子生于周末，方修礼乐之坏，于是正其雅颂，删其繁[④]重，列于《六经》，著其善恶以为劝戒，此圣人之志也。周道既衰，学校废而异端起。及汉承秦焚书之后，诸儒讲说者整齐残缺，以为之义训，耻于不知而人人各自为说，至或迁就其事以曲成其己学，其于圣人有得有失，此经师之业

① 《困学纪闻》多处引用《诗本义》，包括王应麟在正文中明标的《时世论》：“《昊天有成命》‘二后受之。成王不敢康’。所谓‘二后’者，文、武也，则‘成王’者，成王也，当是康王以后之诗。《执竞》曰：‘不显成康’，所谓‘成康’者，成王、康王也，当是昭王已后之诗。《噫嘻》曰‘噫嘻成王’者，亦成王也。”（《困学纪闻》卷三《诗》，第406—407页）王氏并说“朱子《集传》与欧、范之说合”，可见此段论析对朱熹的影响。《诗本义》作“《昊天有成命》曰：‘二后受之。成王不敢康。’所谓‘二后’者文、武也，则‘成王’者成王也，犹‘文王’之为文王，‘武王’之为武王也。然则《昊天有成命》当是康王已后之诗，而毛、郑之说以《颂》皆是成王时作，遂以‘成王’为‘成此王功，不敢康宁’。《执竞》曰：‘执竞武王，无竞维烈。不显成康，上帝是皇。自彼成康，奄有四方。’所谓‘成康’者，成王、康王也，犹文王、武王谓之文武尔。然则《执竞》者当是昭王已后之诗，而毛以为成大功而安之，郑以为成安祖考之道，皆以为武王也。据诗之文，但云‘成康’尔，而毛、郑自出其意，各以增就其己说，而意又不同，使后世何所适从哉？《噫嘻》曰‘噫嘻成王’者，亦成王也”。（《诗本义》卷十四《时世论》）“成此王功，不敢康宁”实解诗句“成王不敢康”。“不敢康宁”，《四部丛刊》本作“不敢康”。《欧阳修集》卷六十一《居士外集》卷十一《经旨十八首》之《时世论》，作“不敢康宁”，与文渊阁《四库全书》本同。古人引书多有节略，两相比较，《困学纪闻》所引《时世论》与今本《诗本义·时世论》基本一致，足证《时世论》已经被编入《诗本义》。

② 按：“美者善之”，疑为“善者美之”之讹，下文“善则美，恶则刺”“事之善恶，言之美刺”“察其美刺，知其善恶”等可作为旁证。《四部丛刊》本正作“善者美之”，当据改。《欧阳修集》卷六十一《居士外集》卷十一《经旨十八首》之《本末论》，作“美者美之”。

③ 按：《四部丛刊》本，“比次”作“次比”。

④ 按：《四部丛刊》本，“繁”作“烦”。

也。惟是诗人之意也，太师之职也，圣人之志也，经师之业也，今之学《诗》也不出于此四者，而罕有得焉者，何哉？劳其心而不知其要，逐其末而忘其本也。何谓本末？作此诗，述此事，善则美，恶则刺，所谓诗人之意者，本也。正其名，别其类，或系于此，或系于彼[①]，所谓太师之职者，末也。察其美刺，知其善恶，以为劝戒，所谓圣人之志者，本也。求诗人之意，达圣人之志者，经师之本也。讲太师之职，因其失传而妄自为之说者，经师之末也。今夫学者得其本而通其末，斯尽善矣；得其本而不通其末，阙其所疑可也。虽其本有所不能通[②]者，犹将阙之，况其末乎？所谓周、召、邶、鄘、唐、豳之风，是可[③]疑也。考之诸儒之说既不能通，欲从圣人而质焉又不可[④]得，然皆其末也。若诗之所载，事之善恶，言之美刺，所谓诗人之意，幸其具在也，然颇为众说汩之，使其义不明，今去其汩乱之说，则本义粲然而出矣。今夫学者知前事之善恶，知诗人之美刺，知圣人之劝戒，是谓知学之本而得其要，其学足矣，又何求焉？其末之可疑者，阙其不知可也。盖诗人之作诗也，固不谋于太师矣。今夫学《诗》者，求诗人之意而已，太师之职有所不知，何害乎学《诗》也？若圣人之劝戒者，诗人之美刺是已[⑤]，知诗人之意，则得圣人之志矣。（《诗本义》卷十四《本末论》）

欧阳修关于《诗经》学中本末的评价和论断，受到学者们的重视。南宋朱熹就曾注意到这个问题，他认为："欧阳公有《诗本义》二十余篇，煞说得有好处。有《诗本末论》。又有论云：何者为《诗》之本，何者为《诗》之末，《诗》之本不可不理会，诗之末不理会得也无妨。其论甚好。近世自集注文字出，此等文字都不见有了，也害事。如吕伯恭《读诗记》，人只是看这个，他上面有底便看，无底更不知看了。"［（宋）朱鉴编《诗传遗说》卷一，亦见于《朱子语类》卷八十］，朱熹所说

① 按：《四部丛刊》本，"或系于此，或系于彼"作"或系于彼，或系于此"。

② 按：《四部丛刊》本，"通"作"达"。《欧阳修集》卷六十一《居士外集》卷十一《经旨十八首》之《本末论》，与《四部丛刊》本同，似优长。

③ 按：《四部丛刊》本，"可"作"何"。

④ 按：《四部丛刊》本，无此"可"字。

⑤ 按：《欧阳修集》卷六十一《居士外集》卷十一《经旨十八首》之《本末论》，"已"作"也"。

《诗本义》“二十余篇”，未详具体情形，但他所说“《诗本末论》”，内容自然是今天的既见于《诗本义》，又见于《居士外集》中的《本末论》无疑，“今夫学者……知学之本而得其要，其学足矣，又何求焉？其末之可疑者，阙其不知可也”（《诗本义》卷十四《本末论》）可印证《朱子语类》记载。但朱熹所见的《诗本末论》是否已经包含在《诗本义》中，根据《朱子语类》等的记载，仔细审查上下语境和文脉，似乎《本末论》已经包括在“《诗本义》二十余篇”中了，但不包括在内的可能性依然存在。

《诗本义》卷十四《豳问》透露的消息更多。通过前文对《诗本义》卷一至卷十二，以及卷十三关系的考察，欧阳修在《诗本义》撰写中的确做到相辅相成、主次有别、力戒重复。《豳风》共包括诗歌七首，《诗本义》卷五选释五首，即《鸱鸮》《破斧》《伐柯》《九罭》《狼跋》，卷十三《一义解》又选解《七月》，这样《豳风》中没有被单独释解的就剩《东山》一首了。《豳问》则继续探讨《七月》，与《一义解》选题似重复，虽然在内容上《豳问》较《一义解》要深广得多。《一义解》说“《七月》，陈王业也”，《豳问》主张《七月》叙“男女耕织，衣食之本，以见大（太）王居豳兴起王业艰难之事”，在本质上是一致的。如果按照欧阳修对《诗本义》前十三卷的处理，《豳问》不当单独复现于《诗本义》中，这启示我们，《豳问》可能是后来选编掺入《诗本义》中的。

《诗本义》卷十四《鲁问》也是如此。《诗本义》卷十二选释《有駜》，卷十三《一义解》选释《閟宫》，余《駉》《泮水》两首诗。《鲁问》讨论《鲁颂》歌颂鲁僖公的史实依据。根据《春秋》与《诗》相左的记载，指出：“《诗》，孔子所删正也。《春秋》，孔子所修也。《诗》之言不妄，则《春秋》疏缪（谬）矣；《春秋》可信，则《诗》妄作也。其将奈何？应之曰：吾固已言之矣。虽其本有所不能达者，犹将阙之是也。惟阙其不知以俟焉，可也。”（《诗本义》卷十四《鲁问》）虽然以存疑的态度悬置了这一问题，但欧阳修通过细致的史料比较与分析，采取问难的形式，已基本上否定《鲁颂》颂鲁僖公的成说。《诗本义》解《有駉》时，在“论”中虽屡屡比较毛、郑诗解，以见郑《笺》增字解经的特点，其中增得比较多的就是“颂鲁僖公”的内容，尽管在其他部分，欧阳修揭示了郑玄“诗文所无，此又妄意诗人而委曲为说，故失诗之义愈远”“诗无明文，妄为分别，非诗之本义”“委曲生意，为衍说以自累”，但并没有明确针对“颂鲁僖公”提出质疑，相反，在该诗“本义”中则说：“‘有駜有駜，駜彼乘黄’者，僖公宠锡（赐）其臣车马之盛也。”这无疑是接受和继承了郑《笺》关于《鲁颂》颂鲁僖公的看法。《诗本义》卷十三《一义解》解《閟宫》，认为“《閟宫》，颂僖公也”（《诗本义》卷十三《一义解》）。如果两相比较，《鲁问》针对的正是《诗本义》卷十二《有駉》《诗本义》卷十三《一义解》中未有质疑的观点。这两种看法自然标志着欧阳修不同时期的《诗经》学见解，《鲁问》对《鲁颂》颂鲁僖公的怀疑与否定，在逻辑与事理上，应晚出于《诗本义》卷十二《有駜》。作为独立的论说与对学术观点的修订，自然都是正常的，但是两篇观点截然相反的文字同时出现在同一部著作中，前后抵触，触目惊心，而《诗本义》在论《诗》解时，往往抓住的正是毛郑相互抵触处，或者是他们《诗》解与人情事理抵触的地方，因此，像这种现象，在欧阳修撰写的《诗本义》中自然可以而且也能够避免。这种矛盾的现象，唯一的指向，就是《鲁问》是后来由《居士外集》选出，缀入《诗本义》中的，而不是《诗本义》的原貌。《诗本义》卷十二《有駜》与《诗本义》卷十三《一义解·閟宫》的若合符契，正说明《诗本义》前十三卷具有内在的统一性，而十四卷多有游离抵牾，将十四卷的续貂本质揭示得更加鲜明。

《诗本义》卷十四《序问》，主要讨论《诗序》（《小序》）的作者和价值问题，欧阳修虽然没有完全废黜《诗序》，但肯定其作者不是子夏，主张将诗歌与社会时代联系起来，划分风雅正变，关注《诗经》诗篇的大旨。我们知道，根据《论语·八佾》《史记·儒林列传》《史记·仲尼弟子列传》等的记载，子夏的确在文学方面很擅长。在《诗经》方面，他以礼解经，受到孔子的称赞，开创汉唐《诗经》学的先河，也是不争的事实。但是《诗序》出于多人之手的说法，后渐受到人们的重视，《诗序》不全出于子夏的观点已经得到人们的认可。欧阳修敢于将《诗序》在《周南》《召南》方面的错讹揭示出来，他说：“自汉以来学者多矣，其卒舍三家而从毛公者，盖以其源流所自，得圣人之旨多欤？今考《毛诗》诸《序》与孟子说《诗》多合，故吾于《诗》常以《序》为证也。至其时有小失，随而正之。惟《周南》《召南》失者类多，吾固已论之矣，学者可以察焉。”（《诗本义》卷十四《序问》）当然，欧阳修注意到《毛诗》在解《诗经》时与《孟子》多合，在一定程度上为《毛诗》的地位张本。

欧阳修关于《诗序》的议论与同卷《时世论》的观点相吻合。“今《诗》之《序》曰：《关雎》《麟趾》之化，王者之风，故系之周公；《鹊巢》《驺虞》之德，诸侯之风，故系之召公。至于《关雎》《鹊巢》所述一大（太）姒尔，何以为后妃，何以为夫人？《二南》之事一文王尔，何以为王者，何以为诸侯？则《序》皆不通也。”“学者舍简而从迂，舍直而从曲，舍易通而从难通，或信焉而不知其非，或疑焉而不敢辨者，以去《诗》时世远，茫昧而难明也。余于《周南》《召南》辨其不合者，而《关雎》之作取其近是者焉，盖其说合于孔子之言也。”① “不合者”，即前文所言不合“二公所施先公之德教”；“近是者”，即前文所言“谓《关雎》为周衰之作者”。其中以“近是者”的观点论述《关雎》之指，实际是三家《诗》主张《关雎》刺康王的看法：“《齐》《鲁》《韩》三家皆以为康王政衰之诗，皆与郑氏之说其意不类。盖常以哀伤为言，由是言之，谓《关雎》为周衰之作者，近是矣。”

这与《诗本义》卷一所探求的《关雎》本义相一致，即“《关雎》，周衰之作也”。从表面上看，《诗本义》卷十四《时世论》与卷一《关雎》是统一的，实则不然。在《诗本义》卷一《关雎》中，虽然以是否合乎人情，探讨“君子”“淑女”的具体所指，批评毛郑的烦琐委曲说解，“盖《关雎》之作，本以雎鸠比后妃之德，故上言雎鸠在河洲之上，关关然雄雌和鸣，下言淑女以配君子，以述文王太姒为好匹，如雎鸠雄雌之和谐尔。毛郑则不然，谓诗所斥淑女者非太姒也，是太姒有不妬忌之行，而幽闺深宫之善女皆得进御于文王，所谓淑女者是三夫人、九嫔御以下众宫人尔。然则上言雎鸠，方取物以为比兴；而下言淑女，自是三夫人、九嫔御。以下则终篇更无一语以及太姒。且《关雎》本谓文王、太姒，而终篇无一语及之，此岂近于人情！古之人简质，不如是之迂也”。“淑女谓太姒，君子谓文王也。”（《诗本义》卷一《关雎》）根据《史记·十二诸侯年表》“周道缺，诗人本之衽席，《关雎》

① 按：“或疑焉而不敢辨”之“辨”，《欧阳修全集》卷六十一《居士外集》卷十一《经旨十八首》之《时世论》作“辩”，后同。

作”而论“周道缺而《关雎》作，盖思古以刺今之诗也”，主张“此淑女配于君子，不淫其色而能与其左右勤其职事，则可以琴瑟钟鼓友乐之尔。皆所以刺时之不然。先勤其职而后乐，故曰‘《关雎》，乐而不淫’；其思古以刺今，而言不迫切，故曰‘哀而不伤’”（《诗本义》卷一《关雎》），这实际上已经否定《毛诗》中《诗序》的说法，但是全篇“论”和“本义”只字未提《诗序》，不若《时世论》《序问》这样显豁、直接、语气肯定，这也从一个侧面折射出《时世论》《序问》应是同一时期的作品，但与《诗本义》卷一风格不完全相合，要晚出很多。

的确，在《周南》《召南》中，《诗本义》对《诗序》多有驳正，“惟《周南》《召南》失者类多，吾固已论之矣，学者可以察焉”（《诗本义》卷十四《序问》）。但在这两部分中，大多也是肯定、维护或补正《诗序》，主要依据《诗序》辨析毛郑的得失。虽有一些批驳《诗序》的语句，也基本与《时世论》《序问》重复。

综上所论，在比较细致的比勘和分析的基础上，笔者认为，今本《诗本义》前十三卷为一有机整体，而卷十四《二论》《三问》则是欧阳修后期的《诗经》学作品，后被好事者采撷自《居士外集》，并掺入《诗本义》中，遂使卷帙由十四卷增益至十五卷乃至十六卷。根据《二论》《三问》与前十三卷之间存在的重复、抵牾和文风差异的现象，可以判断其晚出的事实。这样，《诗本义》今本的历史性特征便愈益明显，人们在使用这些材料时便不能一概而论，而作为《诗本义》原初的面貌或许也可略睹一二。

第三节　关于《诗解》（或《诗解统》）的考察

今本《诗本义》卷十五是由一组文章构成的，有的书目说是“十篇”，其实目前所存共“九篇”，一般疑“十”或有讹误，但根据《诗解统序》“予欲志郑学之妄，益毛氏疏略而不至者，合之于经，故先明其统要十篇，庶不为之芜泥云尔”推断，“十篇”或应有渊源，今本“九篇”若非合并篇章，则有遗失篇章的可能。欧阳修有单独行世的《诗解》（或

《诗解统》)，疑即指今本《诗本义》卷十五各篇[①]。

这组文章依次是《诗解统序》《二南为正风解》《周召分圣贤解》《王国风解》《十五国次解》《定风雅颂解》《十月之交解》《鲁颂解》《商颂解》。《欧阳修全集》卷六十一《居士外集》卷十一《经旨十八首》，在此九篇排序上，略与他本不同，可资参考，依次为《诗解统序》《二南为正风解》《周召分圣贤解》《王国风解》《十五国次解》《定风雅颂解》《鲁颂解》《商颂解》《十月之交解》。这些篇名特色独具，主要侧重《诗经》学中的一些宏观问题，如关于《二南》是否正风及区别，《王风》的地位和意义，十五国风编选的次序，风雅颂的区别，《鲁颂》与《商颂》的争议与看法等，而且具有一定的理论性，渗透着欧阳修对《诗经》研究的一些设想和看法。

这些问题在《诗解统序》中有明确的表述，即"《二南》牵于圣贤，《国风》惑于先后，《豳》居变风之末，惑者溺于私见而谓之兼上下，二雅混于小、大而不明，三颂昧于《商》《鲁》而无辨。此一经大概之体皆所未正者，先儒既无所取舍，后人因不得其详，由是难易之说兴焉"(《诗本义》卷十五《诗解统序》)，以下的八篇文章基本是对这段论述的展开和具体化，因此，《诗本义》卷十五整体上呈现为一种有机的结构系统，具有相对的独立性。直至清代，不少学者还不能够避开这些问题，如马瑞辰《毛诗传笺通释》、皮锡瑞《经学通论》等，也能窥见欧阳修探讨这些《诗经》学问题的影响和意义。同时，这些篇目多以"某某解"的形式出现，而序又是"诗解统序"，且《诗解统序》中说"先明其统要，庶不为之芜泥云尔"，因此，这组文章原名应为《诗解》或《诗解统》，主要在于阐明《诗经》学中的一些基本理论问题。相较而言，它可能也要早于《诗本义》前十三卷，是欧阳修早年所撰后弃而不用的作品[②]。这些文章基本是通论，但《十月之交解》所涉及的《十月之交》诗已见于《诗本义》卷七《小雅·节南山之什》，可以折射《诗解》（或《诗解

① 刘毓庆先生考察"《诗解统》一卷，欧阳修撰，存"，认为《诗解统》"即今本《诗本义》之卷十五。然卷首无标题，首列《诗解统序》，其后为八篇论文。据序似此卷当作《诗解统》。《通志》及《绍兴书目》有《诗解统序》一卷，不著撰人姓氏，疑即此卷之单行本而误题者"[刘毓庆：《历代诗经著述考（先秦—元代）》，中华书局2002年版，第141、142页]。可备一说。

② 裴普贤：《欧阳修诗本义研究》，台北东大图书有限公司1981年版，第7页。

统》）与《诗本义》前十三卷的隐秘关系。《十月之交解》指出“《小雅》无厉王之诗，著其恶之甚也”，“今考《雨无正》已下三篇之诗，又其乱落归向，皆无刺厉王之文”[①]，而《诗本义》卷七《十月》在解说时虽与《十月之交解》意义大体一致，但要丰富细致得多，比较诗歌的方法也更加灵活细腻，使粗陈梗概的《十月之交解》相形见绌，顿显单薄简陋。这种现象在《鲁颂解》和《商颂解》等中也同样存在。因此，我们有理由认为，《诗解》（或《诗解统》）是欧阳修早期的作品，后被吸收到《诗本义》中。这是我们在比较《诗本义》卷七和卷十五后，得出的基本看法。

关于《诗解统序》九篇的考察，裴普贤先生在《欧阳修诗本义研究》中有比较细致和集中的考察，这里虽然没有太多的新的论述，但通过一些细节略作补充，作为对该九篇系早年之作而并非《诗本义》原貌结论的注脚[②]。

第四节　《〈诗谱补亡〉后序》的“续貂”痕迹

今本《诗本义》卷十六，所蕴含的“续貂”痕迹亦很明显。该卷包括《诗图总序》，欧阳修补亡的《郑氏诗谱》《〈诗谱补亡〉后序》三部分[③]。

关于《诗本义》卷十六的附录性质，几乎是从《郡斋读书志》《直斋书录解题》《四库全书总目》《郑堂读书记》等以来一贯的看法，似乎无须辩论；但是这个“附录”到底是后出的呢，还是原本就有，其来源脉络怎样，有何意义？历来论述不详。这里以该卷《〈诗谱补亡〉后序》为例，论证至少《〈诗谱补亡〉后序》系后人赘加，文字上也多有弄巧成拙

---

① 按：“又其乱落”之“落”，《四部丛刊》本作“说”。《欧阳修全集》卷六十一《居士外集》卷十一《经旨十八首》之《十月之交解》与《四部丛刊》本同，似当据改。

② 清代王元启（1714—1786）《读欧记疑》评价《诗解》（或《诗解统》）：“余谓皆出庸妄人伪托，其措辞乖戾，虽半由传写之讹，然通此九首观之，语多鄙拙，于《诗》义又无所发明，第六篇末更攘窃文中子语为己语，尤足以断其非公之作，宜尽删之。”（《读欧记疑·经旨》，洪本健编：《欧阳修资料汇编》，中华书局1995年版，第1024页）主张《诗解》（或《诗解统》）不是欧阳修的作品，可备一说。

③ 《四部丛刊》本，《诗图总序》居于《〈诗谱补亡〉后序》之后，与《通志堂经解》本、文渊阁《四库全书》本等编排顺序不同。

的改易，而且这种改易在《四部丛刊》本及《通志堂经解》本、《四库全书》诸版本系列中未得到矫正，以讹传讹，但毕竟不是欧阳修所亲自芟夷的文字①。之所以这样判断，是因为在《欧阳修全集》② 中的《居士集》卷四十一《序》保留了一篇《〈诗谱补亡〉后序》，这为我们反思和校订《诗本义》卷十六《〈诗谱补亡〉后序》提供了绝好的参照。

《欧阳修全集》中的《居士集》是欧阳修本人手订过的，具有更加重要的价值。庆元二年（1196）二月十五日胡柯“参稽众谱，傍采史籍，而取正于公之文”（《欧阳修全集·年谱》），编撰定稿《庐陵欧阳文忠公年谱》，详细记录了欧阳修著作的状况：“凡《居士集》《外集》，各于目录题所撰岁月，而阙其不可知者。奏议表章之类，则随篇注之，定为文集一百五十三卷。《居士集》五十卷，公所定也，故寘（置）于首。《外集》二十五卷，次之。《易童子问》三卷，（原注：《诗本义》别行于世）《外制集》三卷，《内制集》八卷，《表奏书启四六集》七卷，《奏议》十八卷，《杂著述》十九卷，《集古跋尾》十卷，又次之。《书简》十卷，终焉。考公行状，惟阙《归荣集》一卷，往往散在《外集》，更俟博求。别有《附录》五卷，纪公德业。此谱专叙出处，词简而事粗备，览者当自得之。”

下文将《诗本义》卷十六《〈诗谱补亡〉后序》与《居士集》卷四十一《序》中的《〈诗谱补亡〉后序》作一比较（详见表7），其中舛讹彰然在目。

---

① 对欧阳修补修的《诗谱》，历来评价和研究者很多。南宋魏了翁、黄震，明代茅坤，清代雇锡畴、储欣、何焯从学术态度、内容、语言风格等方面对《〈诗谱补亡〉后序》都有一定褒评（详见洪本健编《欧阳修资料汇编》，中华书局1995年版，第373、408、572、635、734、787页）。

② （宋）欧阳永叔：《欧阳修全集》，中国书店1986年版（据世界书局1936年版影印）。

表7　《诗本义》与《居士集》两《〈诗谱补亡〉后序》之比较

《诗本义》卷十六《〈诗谱补亡〉后序》	《居士集》卷四十一《〈诗谱补亡〉后序》	差异	备注
昔者圣人已没，《六经》之道几熄于战国而焚于秦	昔者圣人已没，《六经》之道几熄于战国而焚弃于秦	《居士集》“焚”下衍一“弃”字	《居士集》似为优
传于今者，岂止一人之力哉？	传于今者，岂（一有“止”）一人之力哉？	《居士集》无“止”	《居士集》似为优
若使徒抱焚余残脱之经，伥伥于去圣人千百年后	若使徒抱焚余残脱之经，伥伥于去圣千百年后	《居士集》无“人”	《诗本义》似为优
先儒之论，苟非详其终始而抵牾	然则先儒之论，苟非详其终始而抵牾	《居士集》“先儒”前有“然则”	《居士集》为优
质诸圣人而悖理	质于圣人而悖理	《居士集》“诸”作“于”。	《诗本义》为优
有不得已而后改易者，何以徒为异论以相訾也？	有不得已而后改易者，何必徒为异论以相訾也？	《居士集》“以”作“必”	《居士集》为优
与其风俗善恶、方言训诂	与其风俗善恶、方言训故（一作诂）	《居士集》“诂”作“故”	《居士集》似为优
予疑毛、郑之失既多，然不敢轻为改易之，意其为说不止于《笺》《传》而已，恨不得尽见二家之书，不能遍通其旨	予疑毛、郑之失既多，然不敢轻为改易者，意其为说不止于《笺》《传》，而恨己（一作己恨）不得尽见二家之书，未能遍通其旨	《居士集》“之”作“者”，“意其为说不止于《笺》《传》而已，恨不得尽见”作“意其为说不止于《笺》《传》，而恨己不得尽见”，“恨己”标“一作己恨”；“不能”作“未能”	《居士集》为优

续表

《诗本义》卷十六《〈诗谱补亡〉后序》	《居士集》卷四十一《〈诗谱补亡〉后序》	差异	备注
不尽人之辨（按：《四部丛刊》本，“辨”作“辩”）而欲断其讼之曲直	不尽人之辞（一作“辩”）而欲断其讼之曲直	《居士集》“辨”作“辞”	《居士集》为优
其能使之自服乎？	其能使之必服乎？	《居士集》“自”作“必”	《居士集》为优
悉皆颠倒错乱，不可复序	悉皆颠倒错乱，不可复考	《居士集》“序”作“考”	《居士集》为优
《周南》《召南》《邶》《鄘》《卫》《王》《郑》《齐》《豳》《秦》《魏》《唐》《陈》《曹》，此孔子未删之前，周大（太）师乐歌之次第也	《周南》《召南》《邶》《鄘》《卫》《王》《郑》《齐》《豳》《秦》《魏》《唐》《陈》《曹》，此孔子未删诗之前，周大（太）师乐歌之次第也	《居士集》“删”下有“诗”	《居士集》为优
《周》《召》《邶》《鄘》《卫》《王》《郑》《齐》《魏》《唐》《秦》《陈》《桧》《曹》《豳》（按：《四部丛刊》本，无“齐”字），此郑氏《诗谱》次第也。黜《桧》后《陈》，此今《诗》次第也	《周》《召》《邶》《鄘》《卫》《王》《桧》《郑》《齐》《魏》《唐》《秦》《陈》《曹》《豳》，此郑氏《诗谱》次第也黜《桧》后《陈》，此今《诗》次比也	《居士集》，“桧”置于“郑”前，“今《诗》次第”作“今《诗》次比”	《居士集》为优。据下文“黜《桧》后《陈》”语，《居士集》为妥当，而《四部丛刊》本、《通志堂经解》本、文渊阁《四库全书》本“《陈》《桧》”则显系“黜《桧》后《陈》”，而与前文不侔

续表

《诗本义》卷十六《〈诗谱补亡〉后序》	《居士集》卷四十一《〈诗谱补亡〉后序》	差异	备注
仍存其图，庶几一见予于郑氏之学尽心焉尔	仍存其图，庶几以见予于郑氏之学尽心焉耳	《居士集》“一”作“以”，“尔”作“耳”	《居士集》为优
夫尽其说而不通，然得以论正，予岂好为异论哉	夫尽其说而有所不通，然后得以论正，予岂好为异论者哉	《居士集》“不通”前有“有所”二字；“然”下有“后”字；“异论”下有“者”字	《居士集》为优
补《谱》十有五，补其文字二百七	补其《谱》十有五，补其文字二百七	《居士集》“补”下有“其”字	《居士集》为优
统计	异文22处，其中《居士集》为优者占17处，《居士集》似为优者占3处，《诗本义》似为优者占2处		

通过比较可见，今本《诗本义》卷十六《〈诗谱补亡〉后序》与《居士集》中的同名作品存在较大差异，短短篇幅内，异文共有22处，从语言表达习惯、语意轻重、语义关联等角度来分析，这些异文具有重要的学术意义，相互比较，《居士集》中《〈诗谱补亡〉后序》表达更加通畅准确，能够反映欧阳修下笔的慎重与谨严。在这22处异文中，《居士集》优胜者占17处，而《诗本义》卷十六《〈诗谱补亡〉后序》，《四部丛刊》本、《通志堂经解》本与《四库全书》诸本则区别不大，文字改动略有可观的大约2处，这意味着，《居士集》的《〈诗谱补亡〉后序》更加可靠。尽管《居士集》《〈诗谱补亡〉后序》在表述中有6处标明存有一二字的异文，或系乙倒，或系虚词，但对整体文本意义的影响并不大，所以不会改变这里进行比堪所得出的基本结论。其中尤为重要的是，关于《诗谱》与《诗经》诗篇顺序的比较，《诗本义》卷十六《〈诗谱补亡〉后序》：“《周》《召》《邶》《鄘》《卫》《王》《郑》《齐》《魏》《唐》《秦》《陈》《桧》《曹》《豳》，此郑氏《诗谱》次第也。黜《桧》后《陈》，此今《诗》次第也。”其中，《四部丛刊》本，无“齐”字。《欧阳修全集》之《居士集》卷四十一《序·〈诗谱补亡〉后序》，“桧”置

于“郑”前，据下文“黜《桧》后《陈》”语，《居士集》为妥当，而《四部丛刊》本、《通志堂经解》本、文渊阁《四库全书》本“《陈》《桧》”则显系“黜《桧》后《陈》”，与前文表义不侔。这是一个重要关目，无论是《四部丛刊》本、《通志堂经解》本、《四库全书》诸版本都没有发现这个蛛丝马迹，不能不说是一件遗憾的事情。它昭示我们，《诗本义》卷十六《〈诗谱补亡〉后序》经过后人改动，而且弄巧成拙，远不是欧阳修笔下的《〈诗谱补亡〉后序》，更不可能是《诗本义》原本卷次中的组成部分。如果将今本《诗本义》卷十六《〈诗谱补亡〉后序》视作初稿，《居士集》卷四十一《〈诗谱补亡〉后序》自是修订和改稿无疑，而基本完成于同时期［熙宁三年（1070）］的《诗本义》修订稿，也不可能采用初稿而弃置修改稿。从这个细节着手，我们认为，《诗本义》卷十六《〈诗谱补亡〉后序》不仅是附录，而且是后世赘加的。至于第十六卷《诗图总序》、欧阳修补亡《郑氏诗谱》，则或许亦在十四卷《诗本义》中，因为这两部分并不见于《欧阳修全集》或《文忠集》等。《直斋书录解题》已经著录《诗本义》“补亡”“附”云云，并以“十六卷”自题，今本卷次最晚不晚于《直斋书录解题》著录时间，此后大多以“十六卷”相传。《直斋书录解题》并言“补亡郑《谱》及《诗图总序》附于卷末”，而未提《〈诗谱补亡〉后序》，因此，颇疑《〈诗谱补亡〉后序》赘加不早于陈振孙《直斋书录解题》的著录时间。

总之，今本《诗本义》前十三卷是一有机结构，十四卷本是《诗本义》最初的版本形态，十五卷、十六卷是《诗本义》不断发展、经后世学者屡次附加修改而形成的。十四卷本《诗本义》，虽未能使人清晰目睹其完全面貌，但至少应大体包括今本《诗本义》前十二卷、第十三卷等（或许第十六卷《诗图总序》、欧阳修补亡《郑氏诗谱》亦在其中）。根据《直斋书录解题》卷二的记载，陈振孙所见的十六卷本似基本涵括今本前十二卷，以及十三、十四卷与附录，而疑没有《诗解统》十（或“九”）篇①。而王应麟《困学纪闻》多处引用《诗本义》，其中也涉及

① “《诗本义》十六卷、《图谱》附，欧阳修撰。先为论，以辨毛、郑之失，然后断以己见。末二卷为《一义解》《取舍义》《时世》《本末》二论、《豳》《鲁》《序》三问，而补亡郑《谱》及《诗图总序》附于卷末。大意以为毛、郑之已善者皆不改，不得已乃易之，非乐求异于先儒也。”［（宋）陈振孙著，徐小蛮、顾美华点校：《直斋书录解题》卷二，上海古籍出版社1987年版，第36—37页］

《诗解》（或《诗解统》）中的《定风雅颂解》[①]，卷十五《诗解》（或《诗解统》）被收入今本《诗本义》应不晚于《困学纪闻》的著录时间[②]。这种版本变迁和存在的异文也具有重要的思想学术意义，它使我们更好地理解了典籍与文化的传播和流传过程，并会对典籍自身结构与关系的理解提供帮助。在把握《诗本义》思想学术的思想内涵与学术意义上，作这样历时性的考察尤为重要和必要。

① “欧阳公曰：‘霸者兴，变《风》息焉。然《诗》止于陈灵，在桓、文之后。’”（《困学纪闻》卷三《诗》）该文翁元圻注出自《诗本义·定风雅颂解》，但与今本文字略有不同。或许欧阳公语句起讫点校者断句有误。（宋）王应麟著，（清）翁元圻等注，栾保群、田松青、吕宗力校点：《困学纪闻》（全校本），上海古籍出版社2008年版，第335页。“然《诗》止于陈灵，在桓、文之后”应为王应麟的推论，如果是这样，在文字上便与今本《诗本义·定风雅颂解》相合。笔者倾向于后一种。

② 据元刊本《困学纪闻》牟应龙应王应麟子王昌世约请撰《序》，作于“至治二年秋八月”，即1322年，这是刊刻时间；王应麟卒于元成宗元贞二年（1296），该段文字自然应不晚于该年。

第五章

《诗本义》与三家《诗》的关系

欧阳修《诗本义》与三家《诗》的具体关系，历来是《诗经》学研究中的薄弱环节。这里有两个方面需要关注：一是欧阳修接受三家《诗》的具体途径，比如《文选注》《史记集解》等；一是《诗本义》中明显采用三家《诗》的说法，而抛却了毛、郑的看法，如《关雎》等。这种考察的学术意义在于，三家《诗》虽然在清代成为学者关注的重要学术内容之一，南宋王应麟《诗考》较早地系统考察了三家《诗》的问题，并为后来三家《诗》研究奠定了基础，据王应麟《诗考》序言称受到了朱熹的启发。如果从学术思想发展的实际考察，在《诗经》学史上，较早注意到三家《诗》的意义，不拘门户之见，率先开创融合今古文《诗经》学，并以三家《诗》成果辨析清理毛郑《诗经》学得失，从而开辟《诗经》研究的新局面，不能不首先从欧阳修算起。在以往的研究成果中，对这方面关注不够，有必要予以补充和澄清。

第一节　宋代《诗经》学与三家《诗》的关系

与其他经典不同，《诗经》文本具有一定的文学性，语言含蓄，有节奏和诗意，研究者通过涵泳体味、诵读深思的方式，会在不同程度上触及和折射出其文学性，如清代的“独立思考派”等。但如果考虑到《诗经》学自身的学术变迁史，则不能不关注宋代学者对齐、鲁、韩三家《诗》及其中解《诗》的心性义理萌芽的重视，这是滋生和助长《诗经》学新风气的土壤。这个问题，已引起学者们的重视，“自汉儒把‘情性’范畴引入《诗》学，‘情性’便成为了中国古代诗学重点关注的对象。围绕着对情性的讨论又产生了一系列诗学命题。宋代《诗》学的变革与发展，与情性问题的深入研究密不可分”[①]。

据典籍（如《隋书·经籍志》《经典释文·叙录》及宋人的一些序跋）记载，齐《诗》亡于魏，鲁《诗》亡于西晋，韩《诗》亡于五代之际或北宋，《韩诗外传》虽存，但无传之者，并因篇目与《汉书·艺文志》不符而受到一些学者的怀疑，如范处义、陈振孙等。但是在《史记》《汉书》《后汉书》《文选》等典籍的注解中存在着大量的三家《诗》的章句，朱熹已经注意到这个问题，在他的启发下，王应麟着手考订，撰成《诗考》（《诗考·序》），开创了三家《诗》辑佚研究的风气，在清代蔚然成为显学[②]。而在宋代重视三家《诗》的学者远不止朱、王二人，不少人曾经涉猎或对其较熟悉，打破《毛诗》封闭独尊的局面而对其《序》《传》《笺》加以理性的反思，三家《诗》凤毛麟角的客观反驳和启发不容忽视和低估，其中的心性义理解释萌芽更值得重视。

宋代《诗经》学的复兴与转向与对三家《诗》的关注与吸纳有关。皮锡瑞承认“朱子《集传》，间本三家，实亦有胜于毛郑者。而汉宋强争，今古莫辨”[③]，胡朴安认为“惟有一语，可断言者，三家《诗》之必非合于《诗》之本义是也。三家《诗》既不合于《诗》之本义；则后人本三家《诗》之遗说，以驳《毛传》者，可谓失所依据矣”[④]，胡氏坚信《诗序》《毛传》[⑤]，之所以这样批评，针对的正是宋代《诗经》学。可见他们已捕捉到宋代《诗经》学与三家《诗》之间的蛛丝马迹。洪迈说：“今惟存《外传》十卷。庆历中，将作监主簿李用章序之，命工刊刻于杭。”[⑥] 根据洪迈的记载，在庆历年间，依然在刊刻《韩诗外传》十卷本，而这个时期正是宋代疑经、疑古思潮的兴盛期，也是《诗经》学新风气的形成时期。不得不说《韩诗外传》（及《鲁诗》《齐诗》断章）与宋代

① 谭德兴：《试论程颢程颐的〈诗〉学思想》，中国诗经学会编《诗经研究丛刊》（第六辑），第108页。

② 清代有范家相《三家诗拾遗》、丁晏《三家诗补注》、冯登府《三家诗异文疏证》、阮元《三家诗补遗》、陈乔枞《三家诗遗说考》与《四家诗异文考》等。

③ （清）皮锡瑞：《经学通论》二《诗经·论〈诗〉比他经尤难明其难明者有八》，第2页。

④ 胡朴安：《诗经学》，商务印书馆1928年初版，1933年第1版，第69页。

⑤ 同上书，第21、69页。

⑥ （宋）洪迈：《容斋随笔·容斋续笔》卷八《韩婴诗》，上海古籍出版社1996年版，第310页。

《诗经》研究新风之间存在着一种关联。

因此，注重《诗经》心性义理致思，可溯源于三家《诗》，尤其是齐《诗》的情性观。这也是合乎逻辑的自然的过程，当然三家《诗》（尤其是齐《诗》）解《诗》是有一定自由度的。

一 三家《诗》的心性义理解《诗》萌芽

宋代《诗经》学在一定程度上突出了宋学注重心性义理的特点，而这种旨趣在汉代《诗经》研究中也时有反映。前文已指出，今已有学者注意到汉宋《诗经》学关于“情性”讨论的内在联系。在此，仅针对三家《诗》的心性义理观点略作分述。

司马迁指出“《诗》三百篇，大抵贤圣发愤之所为作也”，突出了《诗经》作品和创作者心境性情的关系，“人皆意有所郁结，不得通其道也，故述往事，思来者”①，揭示诗作是意有所淤塞的产物，并借以宣泄通畅郁结的意。后来刘歆认为“《诗》以言情。情者，性之符也”②，一方面揭示了《诗》“言情”的本质，较先秦至汉初的“言志”更加具体，并开启了魏晋南北朝“诗缘情而绮靡”的“缘情”诗说；另一方面凸显了情与性内外相符的关系，“情者，性之符也”。这个论述尽管还很粗疏，但性与情的关系后来被理学家奢谈，认为性静情动，本于人心，性发而为情，所以李侗等人便教导人要观情未发之前的心的气象，即观性，自然较刘歆的说法要深刻细腻得多，可视为对“情者，性之符也”的深化。

借《诗》以寄寓和阐述伦理纲常的义理，在汉代《诗》说中也能找到痕迹，并有和心性结合在一起加以讨论的情况。“《春秋》之元，《诗》之《关雎》，《礼》之《冠》《昏》（婚），《易》之《乾》《坤》，皆慎始敬终云尔”（《大戴礼·保傅篇》），就将《诗经》中的《关雎》和注重心性的“慎始敬终”联系起来，“慎”“敬”以后成为理学家工夫论或实践论的重要内容。班固说“有五常之道，故曰五经，《乐》仁《书》义《礼》礼《易》智《诗》信也，人情有五性，怀五常，不能自成，是以圣人象天五常之道，而明之以教人，成其德也”（《白虎通德论·五经》），也是以“信”来标志《诗》的伦理特征，并将包括“信”的“五常”与

① 《史记》卷一百三十《太史公自序第七十》。

② （清）朱彝尊编，朱昆田校：《经义考》卷九十八，乾隆四十二年（1777）本，第1页。

“五性” 相联系。

这种情形在《齐诗》[①] 和纬书中比较多见。

翼奉说“《诗》有五际，君臣、父子、兄弟、夫妇、朋友”[②]，此条不见于今之《汉书·翼奉传》[③]，不知所自，或是串入了应劭的注解文字[④]。其中的“五际”即后来常说的“五常”，五种社会伦理道德，包括“三纲”，当然据周予同先生《经学历史》注，认为“三纲”的说法出自《礼纬·含文嘉》[⑤]。关于“五际”，一般多根据颜师古的注和《诗纬·氾历枢》解为阴阳更替的五个阶段。颜师古的注为“阴阳始终际会之岁，于此则有变改之政也”，《诗纬·氾历枢》作“亥为革命，一际也。亥又为天门，出入候听，二际也。卯为阴阳交际，三际也。午为阳谢阴兴，四际也。酉为阴盛阳微，五际也”[⑥]。翼奉还说：

> 臣闻之于师曰，天地设位，悬日月，布星辰，分阴阳，定四时，列五行，以视圣人，名之曰道。圣人见道，然后知王治之象，故画州土，建君臣，立律历，陈成败，以视贤者，名之曰经。贤者见经，然后知人道之务，则《诗》《书》《易》《春秋》《礼》《乐》是也。《易》有阴阳，《诗》有五际，《春秋》有灾异，皆列终始，推得失，考天心，以言王道之安危。[⑦]

在天人相与的总体框架下，构设了一个由道至经的“见道”“明道”过程，阅读经籍的目的是“知人道”，无怪他强调“诗之为学，情性而已”[⑧]。值得注意的是这段文字中“考天心”的“天心”也是宋代《诗经》学常见的语汇。“天心”的概念在朱熹《诗经集传》、袁燮《絜斋毛

① 属于皮锡瑞所说“汉有一种天人之学而齐学尤盛”的“齐学”（《经学历史》，第106页）。

② （清）朱彝尊编，朱昆田校：《经义考》卷九十八，乾隆四十二年（1777）本，第2页。

③ 《汉书·翼奉传》仅作“《诗》有五际”。

④ 《汉书》卷七十五《眭两夏侯京翼李传第四十五·翼奉》。

⑤ （清）皮锡瑞著，周予同注释：《经学历史》，中华书局1959年版，第112页。“三纲谓：君为臣纲，父为子纲，夫为妻纲。”

⑥ 同上书，第107页。

⑦ 《汉书》卷七十五《眭两夏侯京翼李传第四十五·翼奉》。

⑧ 同上。

诗经筵讲义》、戴溪《续吕氏家塾读诗记》中尤为常见，也常见于谢枋得《诗传注疏》等中。

《诗纬·含神雾》明确地说“《诗》者，天地之心，君德之祖，百福之宗，万物之户也”，又说“诗者，持也。在于敦厚之教，自持其心；讽刺之道，可以扶持邦家者也”①。前者指出《诗经》在天地、君德、百福、万物四个方面的根本、起源、途径意义；后者强调《诗经》在“自持其心”与“扶持邦家”方面的心性义理功能，刘勰明显受到这种看法的影响，认为“言之文也，天地之心哉”“诗者，持也，持人情性”②，这一点被宋代《诗经》学继承下来并作了进一步发挥。《春秋演孔图》说“《诗》含五际六情”③，《春秋说·题辞》说“《诗》者，天文之精，生辰之度，人心之操也。在事为诗，未发为谋，恬淡为心，思虑为志，故诗之为言志也”④，都指出《诗》具有操持心性的功能。

探讨《诗经》的心性义理功能，往往和关于《诗》“歌”和“诗”、“乐”和“徒”本质的讨论联系在一起。唐代成伯屿《毛诗指说》也说：

> 《诗·含神雾》云：“诗者，持也。在于敦厚之教，自持其心；讽刺之道，可以扶持邦家者也。”郑玄云：“诗者，承也。政善则下民承而赞咏之，政恶则讽刺之。”梁简文云：“诗者，思也，辞也。发虑在心谓之思，言见其怀抱者也。在辞为诗，在乐为歌，其本一也。”故云“好作歌以讯之”，是也。诗人先系其辞，然后播之乐曲。大（太）康之乱，五子之歌，文近于诗，载于夏典；殷汤之盛而有颂声，文武克成王业，周公能致太平，四始六义，焕然昭著。幽厉板荡，则变雅著。自兹以往，美刺相杂矣。⑤

这里涉及的问题比较多，除承继有汉代“风雅正变”的认识外，对诗和

---

① （清）朱彝尊编，朱昆田校：《经义考》卷九十八，乾隆四十二年（1777）本，第1页。

② 分别见于《文心雕龙》之《原道》《明诗》篇。

③ 《经义考》卷九十八，乾隆四十二年（1777）本，第2页。朱彝尊并按：“即六义也。”

④ 同上。

⑤ （唐）成伯屿：《毛诗指说·解说第二》，文渊阁《四库全书》（第70册），第171页。按：“载于夏典”指《尚书》中的《夏书·五子之歌》。

歌的关系作了辨析[①]，认为他们只是载体和方式不同，而根本是一致的，都是人们情思的表现，所以诗的“乐歌”和“徒歌”“徒诗”的问题还不突出，而在宋代这个问题就因对汉代以礼解《诗》的怀疑而变得尖锐起来。

主张“声歌之说”者（如郑樵等）所反对的正是汉代拘泥于文字进行解说的方法和现象。如果诗为乐歌，则文字后起，文字与声歌之间无必然的对应联系，当然，这种观点已将口头语言和书面文字的关系绝对化而使其对立起来。但宋代学者的初衷是反对和突破已有的成说，认为从本来就不可靠的文字再去解读义理，自然是缘木求鱼和谬以千里了。这种认识也启示了宋代以理解《诗》的简约与不拘泥文字的风气，尽管他们并不轻视文字。

对诗的定义的回顾，使人们认识到《诗》的义理阐发传统的深远，而注重心性已是其中的应有之义，宋代学者（特别是理学家）侧重其中心性修齐之理的集中突破本是有基础的。

二 宋代重视三家《诗》的学者及观点

《鲁诗》《齐诗》《韩诗》，班固[②]认为它们“咸非其本义”，“孔子纯取周诗，上采殷，下取鲁，凡三百五篇，遭秦而全者，以其讽诵，不独在竹帛故也。汉兴，鲁申公为《诗》训故，而齐辕固、燕韩生皆为之传。或取《春秋》，采杂说，咸非其本义。与不得已，鲁最为近之。三家皆列于学官。又有毛公之学，自谓子夏所传，而河间献王好之，未得立”[③]。至于班固判断的标准今已难考，但似乎是有“本义”的，不过，可以肯定的是他也没有将这个“本义”赋予《毛诗》，宋代欧阳修即从此着手

① 成伯屿还认为“《虞书》曰：‘工以纳言，时而飏之。’此君臣相戒，歌诗之渐也。诗发于言，言系乎辞，裁成曲度，谓之文章，引而伸之，以成歌咏。歌有折衷，音有清浊，音律相谐，即乐之用也”［（唐）成伯屿：《毛诗指说·文体第四》，文渊阁《四库全书》（第70册），第177页］。

② 如《汉书·艺文志》抄袭刘歆《七略》成立，也可以代表刘歆父子（《七略》本于刘向的《别录》）的观点。但向、歆是楚元王后代，久习《鲁诗》，汉代注重师法和家法，似不应有非薄之语。元王与申公又同师浮丘伯，元王并作《元王诗》，或与《鲁诗》不远，或略有新义，“元王好《诗》，诸子皆读《诗》，申公始为《诗》传，号《鲁诗》。元王亦次之《诗》传，号曰《元王诗》，世或有之”（《汉书·楚元王传》）。

③ 《汉书》卷三十《艺文志第十》。

（参见第二章《〈诗本义〉的“本义”问题与欧阳修“道”论思想》），后成为有宋三百年学者的共同追求。如果和其他解《诗》的学者比较一下，我们会发现，宋代《诗经》研究是以不同层次的恢复“本义”为旨归的，欧阳修和苏辙还更多侧重诗的表层义，即合乎人情事理的诗歌意义层次，而朱熹等南宋学者已进入所谓的深层义，即天理心性层次，衔接二者的则是王安石和程颐、张载等，这是我们从思想学术史角度考察宋代《诗经》学发展概况的整体认识。

三家《诗》中，《齐诗》与《鲁诗》亡佚较早。“《齐诗》，魏代已亡；《鲁诗》亡于西晋；《韩诗》虽存，无传之者”[①]，根据《隋书·经籍志》的记载，《齐诗》《鲁诗》的亡佚时间比较明确，历来也少有争议。《鲁诗》至宋依然有人引用，所以清代还有学者怀疑直至北宋《鲁诗》尚存[②]，根据《隋书·经籍志》及《宋史·艺文志》等分析，这种可能性比较小，况且三家《诗》在《列女传》《说苑》《文选注》等中有不少保留，宋人也可借这些典籍把握其学术观点。唯有《韩诗》亡佚时间争议颇大，基本有三种说法，即五代说[③]、北宋说[④]和两宋之际说[⑤]。曾有学者考察北宋还有人经常引用《韩诗》，但至南宋已不见引用，因此推断亡于两宋之际，但也只是臆测。《韩诗》亡于北宋的说法比较可靠，北宋还有

① 《隋书》卷三十二《志第二十七·经籍一》。

② “晁说之《诗序》曰：‘《鲁诗》以《卷耳》、《鹊巢》、《采蘩》、《采蘋》，皆康王时诗，今无所考。’意《鲁诗》在北宋时，或尚未亡耶？”［（清）范家相：《三家诗拾遗》卷三《卷耳》，《丛书集成初编》本，第41页］

③ “樵《自序》略曰”“迨五代之后，《韩诗》亦亡”［（清）朱彝尊编，朱昆田校：《经义考》卷一百零六《郑樵〈诗辨妄〉》，第1页］；“到五代时，《韩诗内传》亦亡，现在只存《外传》，非婴传《诗》之详者，其遗说亦时见于他书，与毛义绝异”（金公亮：《诗经学ABC》，第140页）

④ “《齐诗》魏代已亡，《鲁诗》不过江东，《韩诗》虽在，无传之者，后卒亡于北宋，仅存《外传》，亦非完帙，于是三家古义尽失”［（清）皮锡瑞撰：《经学通论》二《诗经·论〈关雎〉刺康王晏朝诗人作诗之义〈关雎〉为正风之首孔子定〈诗〉之义汉人已明言之》，第5页］；“韩氏直传到北宋时始亡，现在所存，只有《韩诗外传》了”（谢无量：《诗经研究》，第34页），按：疑“韩氏”的“氏”为“诗”之讹，“《韩诗外传》”书名号为笔者所加。

⑤ “汉代传《诗》者四家，《隋书·经籍志》称《齐诗》亡于魏，《鲁诗》亡于西晋，惟《韩诗》存。宋修《太平御览》，多引《韩诗》，《崇文总目》亦著录，刘安世、晁说之尚时时述其遗说，而南渡儒者，不复涉及，知亡于政和建炎间也。自郑樵以后，说《诗》者务立新义，以掊击汉儒为能，三家之遗文，遂散佚而不可复问。”（《三家诗拾遗·提要》，《丛书集成初编》本，第1页）按：朱熹《诗经集传》似还有引用，待考。

人读过此书（如刘安世、晁说之等）。当然南宋可能还有伪《齐诗》的情况[①]，必须作谨慎的判断。王应麟《诗考》在《韩诗》部分，有些文字的出处直接标明源于《韩诗内传》，能否证明在南宋末年还能见到这部书，也值得进一步研究。

首先，宋代学者对三家《诗》与《毛诗》之间的相互辩驳比较重视，并在学术思路上得到启发。他们对《毛诗》独传，《序》《传》《笺》《疏》的独行展开了反思，这种思维方式和学术思路显示了宋代学者积极开拓、试图超越汉唐学术、另辟蹊径的努力，对《序》《笺》《传》《疏》的怀疑在所难免。这种倾向在南宋特别明显。

郑樵曰：

> 《毛诗》自郑氏既笺之后，而学者笃信郑玄，故此《诗》专行，三家遂废。《齐诗》亡于魏，《鲁诗》亡于西晋，隋唐之世，犹有《韩诗》可据，迨五代之后《韩诗》亦亡，致今学者只凭毛氏，且以《序》为子夏所作，更不敢拟议。盖事无两造之辞，则狱有偏听之惑。臣为作《诗辨妄》六卷，可以见其得失。[②]

慨叹三家《诗》亡佚后，《毛诗》独行，没有争辩比较者，如断案“事无两造之辞，则狱有偏听之惑”，导致学者对《毛诗》及《诗序》的墨守。“郑子曰：汉人尚三家而不取毛氏者，往往非不取其义也。但以妄诞之故，故为时人所鄙”[③]，虽未必有充分的依据，但可见郑樵对《毛诗》的排斥态度，而对三家《诗》则多有宽容。

章如愚曰：

> 《诗序》之坏《诗》，无异三《传》之坏《春秋》，然三《传》之坏《春秋》而《春秋》存，《诗序》之坏《诗》而《诗》亡。三《传》好为巧说以坏《春秋》，非不酷也，然其三家之学自相弹射，

① （清）朱彝尊编，朱昆田校：《经义考》卷一百零五，乾隆四十二年（1777）本，第4页。

② 《通志》卷六十三《艺文一》，第757页。《经义考》所引多出“樵《自序》略曰”等字样，见（清）朱彝尊编，朱昆田校《经义考》卷一百零六，乾隆四十二年（1777）本，第1页。

③ （宋）周孚：《非诗辨妄》，《丛书集成初编》本，第3页。

后儒又有啖、赵之徒能以辨其非，故世人颇知三《传》之非《春秋》也，是以《春秋》犹存。乃若《诗序》之作，既无学三家者以攻之，又无先儒以言之，俗学相传以为出于子夏，妄者又直以为圣人。知求其义，又只就《序》中求之，学者自儿童时读《诗》，即先读《序》，已入肌骨矣。呜呼！《诗》安得不亡乎?①

认为《诗序》堵塞拘泥了《诗》，“坏《诗》而《诗》亡”，成为后来学《诗》者的前见和障碍，《诗》义自失。这种情形，章如愚认为除《诗序》的影响外，还有两个原因不得不考虑，即没有三家《诗》的辩驳和学者们的辨析。

王柏曰：

汉初齐、鲁、韩三家之《诗》，并列学官，惟毛苌最后出，郑康成为之笺，学者笃信康成，《毛诗》假康成为重，盛行于世。毛、郑既孤行而三家遂绝，不得参伍错综，以订其是非，学者惑于同而忘其异矣。②

王柏也认为因为三家《诗》的亡佚，使《毛诗》“不得参伍错综，以订其是非，学者惑于同而忘其异矣”。依据三家《诗》可以订正《毛诗》的错误，打破学者守同忘异的局面。更有甚者，将对《毛诗》的怀疑追溯至荀子。“紫芝《自序》曰”：

荀卿号为知信“六经”、尊孔氏者，观其著书，辄时取诗人之辞以证其说，卒致失其本旨者甚多。比古人之学最为疏缪（谬）……诸君子有意于学《诗》，愿以孔子、孟子、子夏、子贡为之师，以求诗人之大体，而更以荀卿为戒焉，则庶乎其有得也。③

① （清）朱彝尊编，朱昆田校：《经义考》卷九十九，乾隆四十二年（1777）本，第14页。

② （清）朱彝尊编，朱昆田校：《经义考》卷一百零一，乾隆四十二年（1777）本，第4页。

③ （清）朱彝尊编，朱昆田校：《经义考》卷一百零五，乾隆四十二年（1777）本，第2—3页。

因为据《隋书·经籍志》和《经典释文·叙录》等记载，四家《诗》的传播皆与荀子有关。程大昌认为“汉人赘目《国风》以参《雅》《颂》，其源流正自况出也”[①]，“汉世诗派，大抵皆自况出也”[②]。马宗霍《中国经学史》第四篇《秦火以前之经学》说：“《经典·叙录》述荀卿受《诗》于根牟子，上接曾申之传，以授大毛公，是为《毛诗》之学。[③]《汉书·楚元王交传》言鲁申公受《诗》于浮邱伯，伯者孙卿门人。《儒林传》言申公以《诗经》为《训故》以教，是为《鲁诗》之学。[④]而《韩诗外传》引《荀卿子》以说《诗》者四十有四，是荀卿于《诗》兼开三家也。”[⑤] 因此，当时有人就直接将这种对《诗》的谬解归于荀子，虽过多臆断之风，但目的也是为“正本清源”，为探讨新的解《诗》方向努力和论证。其中“求诗人之大体”正体现了心性义理的旨趣。

其次，宋代《诗经》学者对三家《诗》并不陌生。根据某些自述类材料记载，不少人从小就受到三家《诗》的浸淫熏陶，尽管可能是不系统的、片段的。刘安世就说：“尝记少年读《韩诗》有《雨无极》篇，《序》云：‘正大夫刺幽王也。’首云‘雨无其极，伤我稼穑。浩浩昊天，不骏其德’。诗中云正大夫离居，岂非《序》所谓正大夫乎?”[⑥] 在三家《诗》中，因为《韩诗外传》尚存，尽管学者的意见不一，同时《韩诗》后亡，辑佚作品中关于《韩诗》的部分也往往最多，如王应麟的《诗考》，所以学者围绕《韩诗》讨论三家《诗》的情况就比较多。

《董氏（逌）广川诗故》：

> 《中兴艺文志》：董逌撰，逌谓班固言《鲁诗》最近，今徒于他书时得之。《齐诗》所存不全，或疑后人托为，然章句间有自立处，此不可易者。《韩诗》虽亡阙，《外传》及章句犹存。《毛诗训故》

---

① （宋）程大昌：《诗论·诗论六》，《丛书集成初编》本，第5页。

② 同上书，第6页。

③ 原注：“《大略》篇言‘霜降逆女’与《诗·陈风·东门之杨》《毛传》同义，《孔疏》引《荀子》语，并云毛公亲事荀卿，故亦以秋冬为昏（婚）之正时。又《毛诗传》以‘平平’为‘辨治’，以‘五十矢’为‘束’，皆与《荀子》同。”

④ 原注：“《非相》篇引《角弓》诗‘宴然聿消’，王先谦曰：‘此诗《毛》作见晛，《韩》作曣晛，《鲁》作宴然。’是鲁出于荀之证。”

⑤ 马宗霍：《中国经学史》，商务印书馆1936年版，1998年影印第1版，第25页。

⑥ （清）朱彝尊编，朱昆田校：《经义考》卷一百，乾隆四十二年（1777）本，第8页。

为备，以最后出，故独传。乃据毛氏以考正于三家，且论《诗序》决非子夏所作。①

陈振孙也认为“逌说兼取三家，不专毛郑”，但是怀疑董逌“《齐诗》尚存”的说法②，与《中兴艺文志》比较看，陈振孙似有误解。

范处义曰：

窃谓《韩诗》世罕有之，未必其真，韩氏之传授妄矣。③

这是南宋学者怀疑现有《韩诗》之学④，特别是其传授渊源。陈振孙也认为“《外传》多于旧，盖多杂说，不专解《诗》，不知果当时本书否也”⑤。可见，宋时已有人对《韩诗外传》产生怀疑了。晁公武评《韩诗外传》“虽非解经之深者，然文辞清婉，有先秦风”⑥，虽对其深度不以为然，但又从文学风格角度予以肯定。

吕祖谦对三家《诗》也并不陌生：

鲁、齐、韩、毛，师读既异，义亦不同，以鲁、齐、韩之义尚可见者较之，独《毛诗》率与经传合。《关雎》，正风之首，三家者乃以为刺，余可知矣，是则《毛诗》之义最为得其真也。间有反覆烦重，时失经旨，如《葛覃》、《卷耳》之类，苏氏以为非一人之辞，盖近之，至于止存其首一言，而尽去其余，则失之易矣。⑦

这节文字还被朱熹《诗序辨说》引用，略有出入⑧。吕氏引《说苑》（应为《鲁诗》说）“宋襄公为太子，请于桓公曰：‘请使目夷立。’公曰：

---

① （清）朱彝尊编，朱昆田校：《经义考》卷一百零五，乾隆四十二年（1777）本，第4页。

② 同上。

③ （清）朱彝尊编，朱昆田校：《经义考》卷一百，乾隆四十二年（1777）本，第8页。

④ 疑指《韩诗外传》。

⑤ （清）朱彝尊编，朱昆田校：《经义考》卷一百，乾隆四十二年（1777）本，第9页。

⑥ 同上书，第8页。

⑦ （宋）吕祖谦撰：《吕氏家塾读诗记》卷二《周南》，《丛书集成初编》本，第24—25页。

⑧ （汉）毛苌传述，（宋）朱熹辨说：《诗序》，《丛书集成初编》本，第49页。

'何故?'对曰:'臣之舅在卫,爱臣,若终立则不可以往。'""味此诗而推其母子之心,盖不相远,所载似可信也,不曰欲见母而曰欲见舅者,恐伤其父之意也。母之慈,子之孝,皆止于义而不敢过焉,不幸处母子之变者,可以观矣。"①《吕氏家塾读诗记》多引《经典释文》以见三家《诗》(尤其是《韩诗》)与《毛诗》的异同。

朱彝尊《经义考》还说:

> 王应麟曰:"曹氏《诗说》谓《齐诗》先《采蘋》而后《草虫》。"又曰:"四月秀葽,诸儒不详其名,《说文》引刘向说,以为苦葽。曹氏以《尔雅》、《本草》证之,知其为远志。"又曰:"旱麓,毛氏云旱山名也。曹氏按《地理志》汉中南郑县有旱山,沱水所出,东北入汉。"②

可见,曹粹中解《诗》也是兼采四家,以三家《诗》正《毛诗》。

王应麟对《韩诗》的可靠性比较自信,他引用《韩诗》来解证思想史中的一些疑难问题,解决荀子《非十二子》与思孟的关系,发人深省。如:"申毛之《诗》皆出《荀卿子》,而《韩诗外传》多引荀书","荀卿《非十二子》,《韩诗外传》引之,只云'十子',而无子思、孟子。愚谓荀卿非子思、孟子,盖其门人如韩非、李斯之流托其师以毁圣贤,当以《韩诗》为正"③。在已有思想史研究中,不甚发现这段材料,无论其结论是否属于臆测,但毕竟发现了一个问题,并为思想史研究开拓史料范围提供了一个示例。

第二节 欧阳修《诗本义》与三家《诗》

宋代《诗经》学与三家《诗》的关系十分密切,而在宋代学者中比较自觉地注意到三家《诗》的价值,欧阳修则是有代表性的学者之

---

① (宋)吕祖谦:《吕氏家塾读诗记》卷六,《丛书集成初编》本,第121页。

② (清)朱彝尊编,朱昆田校:《经义考》卷一百零五,乾隆四十二年(1777)本,第5页。按:"曹《诗说》"指《曹氏(粹中)放斋诗说》,《宋志》作三十卷,《经义考》作"未见"。

③ (清)朱彝尊编,朱昆田校:《经义考》卷一百,乾隆四十二年(1777)本,第9页。

一。宋代《诗经》学文献与三家《诗》内在关系的个案研究，还存有深入展开研究的空间。在目前欧阳修《诗经》学研究成果中，关于《诗本义》与三家《诗》关系的考察，依然是学术界亟须加强的一个重要环节[①]。

一　欧阳修与三家《诗》

欧阳修在《崇文总目叙释·诗类》中对四家《诗》的流播与存亡作过考察：

> 昔孔子删古诗三千余篇，取其三百一十一篇著于经。秦楚之际，亡其六。汉兴，《诗》分为四：一曰鲁人申公作训诂，号《鲁诗》；二曰齐人辕固生作传，号《齐诗》；三曰燕人韩婴作内外传，号《韩诗》；四曰河间人毛公作故（原注：一作诂）训传，号《毛诗》。三家并立学官，而毛以后出，至平（原注：一作章）帝时始列于学，其后马融、贾逵、郑众、康成之徒，皆发明毛氏，其学遂盛。魏晋之间，齐、鲁之《诗》废绝，《韩诗》虽在而益微，故毛氏独行，遂传至今。韩婴之书至唐犹在，今其存者十篇而已。《汉志》婴书五十篇，今但存其《外传》，非婴传《诗》之详者，而其遗说时见于他书，与毛之义绝异，而人亦不信。去圣既远，诵习各殊，至于考风雅之变正以知王政之兴衰，其善恶美刺不可不察焉。[②]

据《续资治通鉴长编》庆历元年十二月庚寅（15日）记载，《崇文总目》参与撰写者甚众，如张观、宋庠、王尧臣、郭稹、吕公绰、王洙、刁约、欧阳修、杨仪、陆经等（《续资治通鉴长编》卷一百三十四“庆历

---

① 李君华依据（清）王先谦《诗三家义集疏》对三家《诗》的稽考，比较《诗本义》在《汉广》《卷耳》《驺虞》《击鼓》《甘棠》《野有蔓草》《静女》《白华》《鼓钟》《沔水》《皇皇者华》十一首诗释义上的变化，揭示《诗本义》受到三家《诗》的启示和影响。该章突出了欧阳修《诗经》学研究的薄弱环节，是整篇学位论文中比较有新意的地方。参见李君华《欧阳修〈诗本义〉研究》，硕士学位论文，浙江大学，2008年，第41—45页。关于欧阳修《诗本义》与三家《诗》的关系考察，笔者认为，应注意欧阳修接受三家《诗》途径的复杂性和多样性，因为三家《诗》在《史记集解》《文选注》等中还有一定保留，即使依据南宋末年王应麟《诗考》，也应注重更加接近历史原貌的考察与把握。

② 《欧阳修全集·崇文总目叙释·诗类》，第997—998页。

元年”)。欧阳修于景祐元年(1034)五月赴京,被王曙推荐充任馆阁校勘,但景祐三年(1036)五月因范仲淹指斥宰相吕夷简并作《与高司谏书》事落职,被贬夷陵。欧阳修于康定元年(1040)六月返京,复任馆阁校勘,参与《崇文总目》撰写,至庆历元年(1041)十二月《崇文总目》六十卷成书上奏,欧阳修又迁集贤校理[①]。欧阳修在《上执政谢馆职启》自陈:“修方被罪谴,窜之荆蛮,流离五年,赦宥三徙,山川跋履,风波雾毒,凡万四千里,而后至于京师。其奔走之役,忧思之劳,形意俱衰,岂暇旧学?比其来复,书(指《崇文总目》)已垂成,遂因众功,岂有微效?”[②] 虽不无谦逊之词,但也多系实情,故欧阳修《崇文总目叙释》写作时间应在康定元年(1040)六月与庆历元年(1041)十二月之间,其时间正次于“言诗诋郑笺”的宝元二年(1039),而景祐三年(1036)至景祐四年(1037)贬谪夷陵期间正是欧阳修《诗经》学形成的奠基时期(详见第一章《〈诗本义〉学术渊源与创作时间考》第二节《〈诗本义〉创作时间与情形考》),欧阳修早期的《诗经》学观点与三家《诗》的关系自然可据以管窥。

在《崇文总目叙释》中,欧阳修对宋前《诗经》学史作了简明勾勒,也渗透着他对《毛诗》并非一味独尊的理性态度,而在三家《诗》上,能够辨别斟酌,具有比较开阔的学术胸怀,这为此后三家《诗》研究的兴盛奠定了基础,在《诗经》学史研究上是值得肯定的。但是,欧阳修对三家《诗》的考察大体没有超过《隋书·经籍志》和《经典释文·叙录》的范围,主张齐、鲁《诗》魏晋已废绝,《韩诗》虽“存其《外传》,非婴传《诗》之详者,而其遗说时见于他书,与毛之义绝异,而人亦不信”[③],还不能清晰地反映欧阳修与三家《诗》,特别是《韩诗》的内在关系。

欧阳修受三家《诗》的影响是很深刻的,除他对《文选》等较熟悉外,在《诗本义》中,释义往往在裁断《毛传》《郑笺》时能自觉汲取三家《诗》的合理成分。比如,《关雎》诗释义,三家《诗》认为是刺

① 《上执政谢馆职启》(《欧阳修全集·表奏书启四六集》卷六《启》),题下注:“康定二年十二月,因《崇文总目》成书,自馆阁校勘迁集贤校理。”按:康定二年(1041)十一月即开始用庆历年号。

② 《上执政谢馆职启》,《欧阳修全集·表奏书启四六集》卷六《启》,第750页。

③ 《欧阳修全集·崇文总目叙释·诗类》,第998页。

诗，《毛诗》认为是美诗，欧阳修的看法与三家《诗》相同，“《关雎》，周衰之作也”，而且引司马迁语，进一步将《关雎》论定为“思古以刺今之诗”，太史公受三家《诗》（主要是鲁《诗》）的影响。清代皮锡瑞《经学通论·论诗比他经尤难明其难明者有八》中也引用了欧阳修《诗本义》中的这段话。

《诗本义》卷十四《时世论》：“盖自孔子没，群弟子散亡，而《六经》多失其旨，《诗》以讽诵相传，五方异俗，物名字训往往不同，故于《六经》之失《诗》尤甚！《诗》三百余篇作非一人，所作非一国，先后非一时，而世久失其传，故于《诗》之失时世尤甚！周之德盛于文、武，其诗为《风》，为《雅》，为《颂》。《风》有《周南》《召南》，《雅》有《大雅》《小雅》，其义类非一，或当时所作，或后世所述，故于《诗》时世之失，周《诗》尤甚。自秦、汉已来，学者之说不同多矣，不独郑氏之失也。昔孔子尝言《关雎》矣，曰：‘哀而不伤。’太史公又曰：‘周道缺，诗人本之衽席而《关雎》作。’而《齐》《鲁》《韩》三家皆以为康王政衰之诗，皆与郑氏之说其意不类。盖常以哀伤为言，由是言之，谓《关雎》为周衰之作者，近是矣。”

《关雎》：“本义曰：……《关雎》，周衰之作也。太史公曰：‘周道缺而《关雎》作，盖思古以刺今之诗也。’谓此淑女配于君子，不淫其色而能与其左右勤其职事，则可以琴瑟钟鼓友乐之尔。皆所以刺时之不然。先勤其职而后乐，故曰‘《关雎》，乐而不淫’；其思古以刺今，而言不迫切，故曰‘哀而不伤’。”与《时世论》相一致。

《诗本义》卷十四《序问》：“自圣人没，《六经》多失其传，一经之学分为数家，不胜其异说也。当汉之初，《诗》之说分为《齐》《鲁》《韩》三家，晚而毛氏之《诗》始出。久之，三家之学皆废，而《毛诗》独行，以至于今不绝。今《齐》《鲁》之学没不复见，而《韩诗》遗说往往见于他书，至其经文亦不同，如‘逶迤’‘郁夷’之类是也。然不见其终始，亦莫知其是非。自汉以来学者多矣，其卒舍三家而从毛公者，盖以其源流所自，得圣人之旨多欤？今考《毛诗》诸《序》与孟子说《诗》多合，故吾于《诗》常以《序》为证也。至其时有小失，随而正之。惟《周南》《召南》失者类多，吾固已论之矣，学者可以察焉。”

《诗本义》某些诗旨阐释明显受到三家《诗》的影响，其中的训诂成果也有很多三家《诗》的成分，这些都是以往《诗本义》研究中被忽视的内容。

欧阳修对《有女同车》与《山有扶苏》诗旨的看法比较有新意。“论曰:《有女同车》,《序》言刺忽不昏(婚)于齐,卒以无大国之助,至于见逐。今考本篇,了无此语,若于《山有扶苏》,义则有之。《山有扶苏》,《序》言刺忽所美非美,考其本篇,亦无其语,若于《有女同车》,义则有之。二篇相次,疑其战国、秦汉之际,《六经》焚灭,《诗》以讽诵相传,易为差失,汉兴,承其讹缪(谬),不能考正,遂以至今。然不知《鲁》《韩》《齐》三家之义又为何说也?今移其《序》文附二篇之首,则诗义焕然,不求自得定本。《有女同车》,刺忽也,所美非美;然《山有扶苏》,刺忽也,郑人刺忽之不昏(婚)于齐,太子忽尝有功于齐,齐侯请妻之齐女,贤而不取,卒以无大国之助,至于见逐,故国人刺之。毛、郑之说与予之《本义》,学者可以择焉。”[①] 其中“然不知《鲁》《韩》《齐》三家之义又为何说也”,足见有重视三家《诗》研究成果的意识。但是,事实上,据王先谦《诗三家义集疏》卷五的看法,这两首诗,三家《诗》的看法与毛《诗》并无不同,“三家无异义”[②],欧阳修看法异于四家,具有自得于心的意义。虽然这种看法与《诗序》相左,但后世《毛诗》学者也有近似的认识,如清代钱澄之指出:“同车之女,色如木槿之华,朝华暮落,不足恃也。虽威仪服饰固亦可观,岂若齐姜之美且都乎!”[③] 这种看法得到了马瑞辰的肯定[④],都蕴有对《有女同车》“所美非美”的观点。

关于姜嫄履大人迹而生后稷,历来解说,歧异难通。采取阙疑的态度,无疑更慎重严谨一些,《诗本义》卷十《大雅·生民》:“无人道而生子与天自感于人而生之,在于人理皆必无之事,可谓诬天也。盖毛于《史记》不取履迹之怪而取其讹缪(谬)之世次,郑则不取其世次而取其怪说,三家或异或同,诸儒附之,驳杂纷乱。附毛说者谓后稷是帝喾遗腹子,附郑说者谓是苍帝灵威仰之子,其乖妄至于如此!夫以不近人情、无

① 《四部丛刊》本,“有女同车”作“女有同车”。

② (清)王先谦撰,吴格点校:《诗三家义集疏》卷五,中华书局1987年版,第353、354页。

③ (清)钱澄之撰,朱一清校点:《田间诗学》,黄山书社2005年版,第204页。

④ 但马瑞辰所引钱氏文与此有异,为“上四句言忽所娶陈女徒有颜色之美,服饰之盛,下二句盛言齐女之美且贤,以刺忽之不昏于齐”[(清)马瑞辰撰,陈金生点校:《毛诗传笺通释》,中华书局1989年版,第271页],王先谦《诗三家义集疏》所引即据《毛诗传笺通释》。

稽臆出、异同纷乱之说远解数千岁前神怪、人理必无之事，后世其可必信乎？然则《生民》之诗，孔子之所录也，必有其义。盖君子之学也不穷远，以为能阙所不知，慎其传以惑世也，阙焉而有待可矣。毛、郑之说，余能破之不疑。《生民》之义，余所不知也，故阙其所未详。”可见，在《生民》这样传统解释扞格难通的诗篇，欧阳修也注意到三家《诗》的异同与价值①。

二　欧阳修对汉唐《诗经》学的反思与三家《诗》

欧阳修批判地评价汉唐学者的《诗经》研究成果，主要集中在以礼解《诗》与神学附会上，从而奠定了宋代《诗经》学注重文本和理性解《诗》的基本精神。而这种反思和批判与三家《诗》具有一定的内在联系②。

对于郑玄解《诗》的礼学依据，欧阳修也多有质疑，“今之所谓《周礼》者，不完之书也，其礼乐制度，盖有周之大法焉，至其考之于事，则繁杂而难行者多，故自汉兴，‘六经’复出，而《周礼》独不为诸儒所取，至或以为黩乱不验之书，独郑氏尤推尊之”（《诗本义》卷十四《豳问》）。

他批评《序》和毛郑的地方较多，也多中肯綮，持理性态度。《鹊巢》“论曰：据诗但言维鸠居之，而《序》言德如鳲鸠，乃可以配。郑氏因谓鳲鸠有均一之德。以今物理考之，失自《序》始，而郑氏又增之尔，且诗人本义直谓鹊有成巢，鸠来居尔，初无配义，况鹊鸠异巢，类不能作配也”。齐《诗》作：“周南召南，圣人所在。”（《易林·大过之颐》）“鹊以复至之月始作室家，鳲鸠因成事，天性如此。”（《诗纬·推度灾》）

① 在关于《生民》《玄鸟》的理解上，郑《笺》谶纬气息浓郁，受到欧阳修的批评；毛《传》虽然不及郑《笺》那么神秘，但是也委曲难通，违背情理。欧阳修的看法简易，影响很大。虽然受到一些学者的质疑，如清代顾栋高《毛诗类释》卷六《释祭祀》，但反思的原则与方法却和欧阳修接近。整体上，欧阳修《诗本义》中的理性解读，有助于廓清对履迹、吞卵的神秘解释，具有深远的影响。可参见（清）黄中松《诗疑辨证》卷五“欧阳修兼辟毛郑”注。但苏辙、吕祖谦、朱熹等在这个问题上与欧阳迥异，足以显示学术研究的复杂性和微妙。

② “《邠风》，周公陈农政之诗。欧阳修曰：《七月》，燕、齐、鲁三家皆无之，申公《鲁诗》家何以独有此诗？”［（清）毛奇龄：《诗传诗说驳义》卷四］。“欧阳修曰：《七月》诗，燕、齐、鲁皆无之。按：《太平御览》明载韩婴《七月》之说，即《释文》亦载有‘八月在宇’之训，是《韩诗》之有《七月》甚明，齐、鲁在宋时亡之已久，不知欧公此言何本。”［（清）范家相：《三家诗拾遗》卷六］

“以成嘉福。”（《易林·节之贲》）[①]《鹊巢》，欧阳虽未摆脱《毛序》的影响，但视鸠占鹊巢为新婚诗，与齐《诗》“以成嘉福”同。实际上，在这个婚配的意义上，三家《诗》与《序》《笺》并无根本差异，但《序》《笺》附会贞一之德，受到了欧阳修的批评。

《沔水》“论曰：《序》言‘《沔水》，规宣王也’，则是规正宣王之过失尔。今考诗文及《笺》《传》，乃是刺诸侯骄恣不朝及妄相侵伐等事，了不及宣王也。盖《笺》《传》未得诗人之本义尔”（《诗本义》卷六《沔水》），主要驳斥《传》《笺》未得诗歌的本义，实际上连《序》的“规宣王”也无疑否定了[②]。虽然三家《诗》诗解“未闻”，但王先谦也认为这首诗“通篇意旨，非对王之词”[③]，与欧阳修所见一致。

欧阳修批评毛郑以礼说《诗》，如解《竹竿》，毛郑以礼说诗，以淇水喻礼，“不唯淇水喻礼，义自不伦，且上章以淇水喻夫家，下章又以淇水喻礼，诗人不必二三其意，杂乱以惑人也”，欧阳修所见甚是，后来王先谦就从地理方位角度澄清了这一问题，“古之小国数十百里，虽云异国，不离淇水流域。前三章卫之淇水，末章则异国之淇水也”[④]，实际上是对欧阳说的进一步申述。

欧阳修在解《思文、臣工》中斥责郑玄袭用今文尚书《伪泰誓》论“白鱼赤乌”之事，极力摒除附会。在关于“赤乌谷芒，应周尚赤用兵”方面，清代著名的三家《诗》研究专家陈乔枞认为“《书》说《礼》说并与齐《诗》同一师传，郑《笺》当即本齐《诗》”[⑤]，欧阳修也是有先见之明的。

针对毛、郑、杜预《左传注》对“和羹”的解释而大发议论，实际上揭示了经典解释学的鲜明特点。《烈祖》“论曰：……以此见先儒各用其意为解，以就成己说，岂是诗人本意也”，而欧阳修一改毛、郑、杜等释“和羹”为君臣和济的礼学诠释，而代为“调和此羹之人，谓膳夫也”，还以诗歌的文本本义，解释简明直白。清代经学家陈奂在《诗毛氏

① （清）王先谦：《诗三家义集疏》卷二，第64、65、69页。

② 但是在该诗“本义曰”中又叙述海纳百川的胸怀、恩德，谨勤不忘怀柔不守法度者，亲友而敬礼守法度者，而曲为《序》“规宣王”辨说，前后不甚一致。

③ （清）王先谦：《诗三家义集疏》卷十六，第637页。

④ （清）王先谦：《诗三家义集疏》卷三下，第299页。

⑤ （清）王先谦：《诗三家义集疏》卷二十四，第1018页。

传疏》中也注意到这个问题，认为“《笺》与《孔疏》《杜注》皆泥于晏子引《诗》之义，失诗旨矣”，所谓“泥于晏子引《诗》之义”即借“和羹”之和以喻君臣之和，王先谦也同意陈奂的观点①。而在这个问题上，无疑欧阳修是开启先声的。

批评毛郑附会的地方很多，如以“三德”附会“三英”，《郑风·羔裘》“论曰：‘羔裘晏兮，三英粲兮’，毛郑皆以‘三英’为‘三德’者，本无所据，盖旁取《书》之‘三德’，曲为附丽尔。‘六经’所在，‘三’数甚多，苟可曲以附丽，则何说不可？”②《陈风·衡门》“论曰：毛郑解‘衡门之下，可以栖迟’，其义是矣。自‘泌之洋洋’以下，郑解为任用贤人，则诗无明文，大抵毛郑之失，在于穿凿，皆此类也。郑改‘乐’为‘疗’，谓饮水‘疗’饥，理岂然哉？”实际上，毛《传》解“乐饥，可以乐道忘饥”，郑《笺》“泌水之流洋洋然，饥者见之，可饮以疗饥”，郑改“乐”（樂）为“疗”（繁体字从“疒”从“樂”）。虽有“省借”与“正文”③ 的差异，但郑氏改易确本三家《诗》中的鲁《诗》说与韩《诗》说，详见《列女传·老莱子妻传》与《韩诗外传》二。欧阳修从情理角度对这一源自三家《诗》的改易的批评也显示了他对三家《诗》运用并不盲从的特点。

《宾之初筵》，欧阳修认为郑玄以时间早晚分，君主先周旋中礼，后失礼败俗，一时为贤君，一时又为昏主，不合人情，而代之以“陈古刺今”，以时间古今分，变共时为历时，其“刺意”更加明显，且暗合《序》说。并且指出“郑氏不分别之，此其所以为大失也。郑氏长于礼学，其以礼家之说曲为附会，诗人之意，本未必然，义或可通，亦不为害也”，尽管对郑玄的看法并没有完全否定，但明显指责他以礼学附会《诗经》。这首诗，三家《诗》与毛《诗》不同，毛《诗》《诗序》与郑《笺》认为是“卫武公刺时”之作，欧阳修虽然发现了其中情理不通的地方，但基本是对毛郑的修正与补充。而齐《诗》与韩《诗》则主张《宾之初筵》是“武公作悔”“卫武公饮酒悔过”，分别见于《易林·大壮之家人》、《后汉书·孔融传》李注引《韩诗》及朱熹《诗集传》引《韩诗

① （清）王先谦：《诗三家义集疏》卷二十八，第1101、1102页。

② 按：《尚书·周书·洪范》载：“三德：一曰正直，二曰刚克，三曰柔克。平康，正直；强弗友，刚克；燮友，柔克。沈（沉）潜，刚克；高明，柔克。”

③ （清）王先谦：《诗三家义集疏》卷十，第468页。

序》语，受到了今文经学家的肯定[1]。这透露出欧阳修在面对三家《诗》诗解时也是作了比较勘察与研究的。

《长发》“论曰：帝立子生商。帝，上帝也，而郑以为黑帝，郑惑谶纬，其不经之说汩乱‘六经’者不可胜数。学者稍知正道自能识为非圣之言。然今著于《笺》以害诗义，不可以不去也。至‘玄王桓拨’，又云承黑帝而立子者，亦宜去也。《书》称‘格王，正厥事’‘宁，王遗我大宝龟’，《商颂》亦云‘武王载旆’之类甚多，盖古人往往以美称加王尔。玄者，深微之谓也。老氏言‘玄之又玄’，是矣，不必为黑矣”[2]，不信谶纬神学与五行终始之说，一扫汉人的神学解说与附会，显示了宋人的思辨性和理性精神。

需要注意的是，欧阳修辩驳毛郑也是魏晋以来《诗经》学思想学术史的进一步发展，同时对宋以后《诗经》学的展开具有借鉴意义。《四库全书总目》作者曾比较细致地梳理了这个发展历程，有助于后人加强理解和把握：“自郑《笺》既行，齐、鲁、韩三家遂废（按：此陆德明《经典释文》之说）然《笺》与《传》义，亦时有异同。魏王肃作《毛诗注》《毛诗义驳》《毛诗奏事》《毛诗问难》诸书以申毛难郑，欧阳修引其释《卫风·击鼓》五章，谓郑不如王。王基又作《毛诗驳》以申郑难王，王应麟引其驳《芣苢》一条，谓王不及郑（见《困学记闻》，亦载《经典释文》）。晋孙毓作《毛诗异同评》，复申王说。郑统作《难孙氏毛诗评》，又明郑义（并见《经典释文》）。袒分左右，垂教百年。至唐贞观十六年，命孔颖达等因郑《笺》为《正义》，乃论归一定，无复歧途。毛《传》二十九卷，《隋志》附以郑《笺》，作二十卷，疑为康成所并。颖达等以疏文繁重，又析为四十卷。其书以刘焯《毛诗义疏》、刘炫《毛诗述义》为稿本，故能融贯群言，包罗古义，终唐之世，人无异词……至宋郑樵恃其才辩，无故而发难端，南渡诸儒始以掊击毛、郑为能事。元延祐科举条制，《诗》虽兼用古注疏，其时门户已成，讲学者迄不遵用。沿及明代，胡广等窃刘瑾之书，作《诗经大全》，著为令典，于是专宗朱《传》，汉学遂亡。然朱子从郑樵之说，不过攻《小序》耳，至于诗中训

① （清）王先谦：《诗三家义集疏》卷十九，第782页。

② 按：此为欧阳修在《诗本义》中引用《老子》唯一例，见《道德经》第一章。以后学者引用篇章渐增。

诂，用毛、郑者居多，后儒不考古书，不知《小序》自《小序》，《传》《笺》自《传》《笺》，哄然佐斗，遂并毛、郑而弃之，是非惟不知毛、郑为何语，殆并朱子之《传》亦不辨为何语矣。”

当然，在批评毛郑附会的同时，欧阳修有时又形成新的附会，除经学观念之外，更多是因为认“兴”为“比”，在这一点上并未完全摆脱毛郑的影响，如《东方之日》“论曰：……以诗文考之，日月非喻君臣，毛郑固皆失之矣”，“本义曰：东方之日，日之初升也。盖言彼姝者子，颜色奋然，美盛如日之升也”（《诗本义》卷四《东方之日》），尽管破除了以日月喻君臣的旧附会，但又滑入了以日月喻女色之美的新附会，实质都是认“兴”作“比”。

宋代《诗经》学学者受这种矛盾困扰者并非仅欧阳修一人。但就对汉唐学术的总结反思，以及在宋代《诗经》学上的历史地位而言，欧阳修是比较典型的，三家《诗》的贡献自然也不应被抹杀。尽管欧阳修还不能完全摆脱汉唐传统，但以己意解《诗》、不受传统传注拘束的方法已经很鲜明、很自觉了，对宋代的《诗经》学研究方法的形成有开启之功。

三　《诗本义》与三家《诗》、毛《诗》诗义研究比较（以《二南》诗解为例）

欧阳修在《序问》中说“惟《周南》《召南》失者类多”（《诗本义》卷十四《序问》），因此，选取《二南》诗诗解来考察《诗本义》与三家《诗》的关系，特别是与毛《诗》中《传》《笺》的异同，自然更是比较典型的例子了。因为，反思《传》《笺》的不足，与《诗本义》相前后，也有一些作品，如周轼《笺传辨误》八卷（《宋史》卷二百零二《志第一百五十五·艺文一》）等，但不详具体情形。宋人有视《二南》在《诗经》中位置如同乾坤二卦在《周易》中的位置[①]，说明《二南》诗的价值，所以考察《诗本义》在《二南》诗中的辨析自然更加重要。

拙作附录二《〈诗本义〉与三家〈诗〉、毛〈诗〉诗义研究比较详表（以《二南》为例）》，所涉及三家《诗》、毛《诗》均从清王先谦《诗三

---

① “《周南》《召南》如乾坤”（《经学理窟·诗书》），载（宋）张载《张载集》，中华书局1978年版，第255页。

家义集疏》[1]，三家《诗》诗说各有出处、考辨，为使行文简便，不再赘叙，详可参考王著。《诗三家义集疏》是继宋代王应麟《诗考》以来，关于三家《诗》研究的集大成作品，特别是吸收了清人陈寿祺、陈乔枞《三家诗遗说考》等，是“迄今最完备之三家《诗》读本”[2]。虽王先谦宗尚今文经学，但对毛《诗》或今古文兼采的学者也能平实对待，折中异同，不拘门户，如《诗三家义集疏》引证了陈启源《毛诗稽古编》、陈奂《诗毛氏传疏》、马瑞辰《毛诗传笺通释》、胡承珙《毛诗后笺》等，尤为难能可贵。因此，考察三家《诗》与毛《诗》的异同与源流，《诗三家义集疏》便是很重要的作品。这里，根据王先谦所辑三家《诗》、毛《诗》成果，观照《诗本义》与三家《诗》的关联、三家《诗》与毛《诗》的旨趣，不仅是可能的，而且也是可行的。当然，有时我们也会对王应麟《诗考》加以引用辨析，以见宋代风尚。今人《四家诗旨会归》[3]也是研究四家《诗》的丰赡著作，可酌情参考。

《二南》共计 25 首诗，其中《周南》11 首，《诗本义》选释 9 首，未选《桃夭》《芣苡》等 2 首；《召南》14 首，《诗本义》选释 6 首，未选《采蘩》《采苹》《甘棠》《羔羊》《殷其雷》《小星》《江有汜》《何彼襛矣》等 8 首。总体上，《诗本义》卷一与卷二在《二南》部分涉及 15 首诗歌，占总数的 60%。

综合考察这 15 首诗歌，《诗本义》解释与三家《诗》、毛《诗》（包括《诗序》、毛《传》、郑《笺》）的关系（详见附录二《〈诗本义〉与三家〈诗〉、毛〈诗〉诗义研究比较详表（以《二南》为例）》），大略分为以下五类：

1. 弃毛《诗》从三家《诗》。

如《关雎》，三家《诗》虽略有不同，但基本一致，认为是“刺时”之作。《诗本义》从，所引“太史公”语更是鲁《诗》看法。郑《笺》释“挚”为“至”，似是对齐《诗》的暗袭，遭到欧阳修辩驳。

《螽斯》，欧阳修诗解整体上与《韩诗外传》同。据王先谦“《外传》

① （清）王先谦撰，吴格点校：《诗三家义集疏》，中华书局 1987 年版。

② 吴格：《点校说明》，（清）王先谦撰，吴格点校《诗三家义集疏》，中华书局 1987 年版，第 4 页。

③ 王礼卿：《四家诗旨会归》，华东师范大学出版社 2009 年版。

多采杂事，而大义必与《内传》相应证”[①]，则也是韩《诗》主张。王先谦语“《序》说‘言若螽斯，不妬忌，则子孙众多’，螽斯微虫，妬忌与否，非人所知，《笺》说因之而益谬”[②]，实际正本欧阳修《诗本义》。

2. 尊毛《诗》同时兼采三家《诗》。

如《樛木》，欧阳修采毛《诗》说，但解“乐只君子，福禄绥之”，与三家同。

《行露》，《诗本义》继承毛郑诗解的基本历史背景和防闲守贞的基本解释，但在某种程度上也吸收了韩《诗》的成果。整体上，《行露》诗解，三家《诗》相同，均是指“夫家轻礼违制”“婚礼不明”。欧阳修认为“男女争婚，世俗常事而中人皆能听之”，可见并非对三家《诗》解陌生，而实在是有更深广的考虑。清代王先谦云：“《易林·井之益》：‘穿室凿墙，不直生讼。褰裳涉露，虽劳无功。’‘穿室凿墙’，即诗‘穿屋’‘穿墉’之喻。‘不直生讼’，以夫家生讼为无礼，听讼者不直之。‘褰裳涉露’，本首章诗意而反用之，守礼者云‘谓行多露’，则无礼者是‘褰裳涉露’矣。‘虽劳无功’，乃此诗讼事究竟，非圣王化洽，贤臣秉公，不能完女节而明礼教。《毛序》以为召伯听讼，盖信而有征矣。”[③] 虽本三家，但解《诗》方法和结论与欧阳亦并无二致。

《摽有梅》，《诗本义》虽本《毛序》，与毛郑迥异，但也暗合鲁《诗》“男女及时”的诗旨。《左传·襄公八年》载晋范宣子赋《摽有梅》，义取断章，但亦彰显“唯恐失时”诗旨。

《野有死麕》，《诗本义》依从《毛序》，兼采郑《笺》，但目《野有死麕》为刺诗，与韩《诗》合。郑《笺》亦有吸收韩《诗》的痕迹。《左传·昭公元年》“子皮赋《野有死麕》之卒章，赵孟赋《常棣》，且曰：‘吾兄弟比以安，尨也可使无吠。’”杜预注：“义取君子徐以礼来，无使我失节而使狗惊吠。”王先谦云：“诗人览物起兴，言虽野外之死麕，欲取而归，亦必用白茅裹之，稍示郑重之意，况昏（婚）姻大事，岂可苟且？乃有女怀春，而为吉士者，不待父母之命、媒妁之言，遂欲以非礼诱导此女，是爱人不如爱物矣。”[④] 与欧阳所解整体吻合。

---

① （清）王先谦：《诗三家义集疏》卷一《螽斯》，第35页。

② 同上书，第35—36页。

③ （清）王先谦：《诗三家义集疏》卷二《行露》，第93—94页。

④ （清）王先谦：《诗三家义集疏》卷二《野有死麕》，第112页。

3. 据三家《诗》驳毛《诗》(特别是郑《笺》)。

如《葛覃》，毛郑诗解未离“后妃之职”(《乡饮酒·燕礼》郑注)。欧阳修虽有所质疑，但所解亦未根本脱离此牢笼。欧阳修所辨“安有取喻女之长大哉”实是针对郑《笺》“葛延蔓于谷中，喻女在父母之家，形体浸浸日长大也。叶萋萋然，喻其容色美盛也”，而郑《笺》似受到三家《诗》的影响。《古文苑》所载蔡邕《协和婚赋》“《葛覃》恐其失时，《摽梅》求其庶士”，视《葛覃》与《摽有梅》均为恐婚姻失时之作，似得本义。欧阳修所解“黄鸟，栗留也。麦黄椹熟，栗留鸣，盖知时之鸟也”，实辗转袭自鲁《诗》。黄鸟，亦名黄鹂留、黄栗留、苍庚、商庚、楚雀、离黄，即黄雀。

《汉广》，三家义同。欧阳修诗解虽不离毛说，但辩驳郑《笺》甚力。整体上，依然未脱韩《诗》“《汉广》，说人也”(《韩叙》)的范围。

《麟之趾》，欧阳修《诗本义》批驳《序》《笺》的说法，所解诗旨与韩《诗》合。

4. 以三家《诗》印证毛《诗》。

如《卷耳》，欧阳修诗解义同鲁、毛。王先谦按语：“此诗为慕古怀贤，欲得遍置列位，思念深长。诸家无异说。”①

《鹊巢》欧阳修虽未摆脱《毛序》的影响，但视鸠占鹊巢为新婚诗，与齐《诗》“以成嘉福”同。实际上，在这个婚配的意义上，三家《诗》与《序》《笺》并无根本差异，但《序》《笺》附会贞一之德，受到了欧阳修的批评。

《驺虞》，今本宋版《诗本义》有缺文，明版有补，但可靠性待定。由现存“本义”内容分析，《诗本义》所解与三家《诗》关系密切，特别是在关于“驺虞”内涵的理解上。

5. 融合三家《诗》与毛《诗》，另出新解。

如《兔罝》，《诗本义》基本从毛郑，虽然在“肃肃”的释义上与三家《诗》及毛郑不同，但因郑《笺》已融会三家，欧阳修所解“干”“赳赳”等及诗篇主旨依然能反映三家《诗》的影响。

《汝坟》，郑《笺》多有采鲁《诗》者。《诗本义》融合毛郑。在鲁、

① (清)王先谦：《诗三家义集疏》卷一《卷耳》，第23页。

韩《诗》说基础上，进一步概括为“思之欲见”，合情入理。

《草虫》，《诗本义》基本未超出《毛序》，但对毛郑诗解作了细微调整。据《左传·襄公二十七年》郑七子享赵孟，子展赋《草虫》，赵孟称之“民之主也”“在上不忘降”，则与鲁《诗》“好善道”相合。

《诗本义》与三家《诗》、毛《诗》的这五种关系，恰恰反映了经典阐释与研究的复杂形态，启示人们不能简单论说，而应结合具体诗篇具体分析，但基本学术倾向却也很分明。

此外，《诗本义》卷二没有论及《甘棠》，但《一义解》对《召南》《甘棠》也有阐发[①]，具体为：“《甘棠》，美召伯也。其诗曰：‘蔽芾甘棠，勿翦勿伐，召伯所茇。’毛、郑皆谓：蔽芾，小貌；茇，舍也。召伯本以不欲烦劳人，故舍于棠下。棠可容人，舍其下则非小树也。据诗意，乃召伯死后，思其人，爱其树而不忍伐，则作诗时益非小树矣。毛、郑谓蔽芾为小者失诗义矣。蔽，能蔽风日，俾人舍其下也。芾，茂盛貌。蔽芾，乃大树之茂盛者也。”（《诗本义》卷十三《一义解》）[②] 毛郑的看法分别是“美召伯也。召伯之教，明于南国”（《毛序》）、“召伯，姬姓，名奭，食采于召，作上公，为二伯，后封于燕。此美其为伯之功，故言伯云”（郑《笺》）。

该诗三家《诗》说解分别如下：

《史记·燕召公世家》注引鲁《诗》说：“召公之治西方，甚得兆民和。召公巡行乡邑，有棠树，决狱政事其下。自侯伯庶人各得其所，无失职者。召公卒，而民人思召公之政，怀甘棠不敢伐，歌咏之，作《甘棠》之诗。”刘向《说苑·贵德篇》“《诗》曰：‘蔽芾甘棠，勿翦勿伐！召伯所茇。’《传》曰：‘自陕以东者，周公主之；自陕以西者，召公主之。召公述职，当桑蚕之时，不欲变民事，故不入邑中，舍于甘棠之下而听断焉。陕间之人皆得其所，是故后世思而歌咏之。善之故言之，言之不足故嗟叹之，嗟叹之不足故歌咏之。夫诗思然后积，积然后满，满然后发，发由其道而致其位焉。百姓叹其美而致其敬，甘棠之不伐，政教恶乎不行。孔子曰：吾于《甘棠》，见宗庙之敬也。甚尊其人，必敬

① 之所以将《一义解》与《诗本义》卷一、卷二略作区分，是因为它们不是同一时期的作品，具体考察可参考第四章《今本〈诗本义〉主要卷次内在关系及意义考论》。

② 《四部丛刊》本，“貌”作“皃”。

其位，顺安万物，古圣之道几哉。'"扬雄《法言·巡狩篇》："《诗》曰：'蔽芾甘棠，勿翦勿伐！召伯所茇。'言召公述职，亲税舍于野树之下也。"

《初学记·人事部》引《乐动声仪》齐《诗》说："召公，贤者也，明不能与圣人分职，常战栗恐惧，故舍于树下而听断焉。劳身苦体，然后乃与圣人齐，是故《周南》无美而《召南》有之。"桓宽《盐铁论·授时篇》："古者春省耕以补不足，秋省敛以助不给，民勤于财则贡赋省，民勤于力则功业牢，为民爱力；不夺须臾，故召伯听断于甘棠之下，为妨农业之务也。"①

韩《诗》说："昔者周道之盛，召伯在朝，有司请营召以居。召伯曰：'嗟！以吾一身而劳百姓，此非吾先君文王之志也。'于是出而就烝庶于阡陌陇亩之间，而听断焉。召伯暴处远野，庐于树下，百姓大悦，耕桑者倍力以劝。于是岁大稔，家给人足。其后在位者骄奢，不恤元元，税赋繁数，百姓困之，耕桑失时。于是诗人见召伯之所休息树下，美而歌之。《诗》曰：'蔽芾甘棠，勿翦勿伐！召伯所茇。'此之谓也。"《汉书·王吉传》："昔召公述职，当民事时，舍于棠下而听断焉，是时人皆得其所。后世思其仁恩，至乎不伐甘棠，《甘棠》之诗是也。"

将三家《诗》、毛《诗》诗解与《诗本义》对《召伯》的训解比较，虽然在个别细节上略有出入，但整体上"美召伯"的主旨相同。欧阳修不取毛郑"蔽芾，小貌"的解释，而根据三家《诗》与毛《诗》"舍于棠下"推断："棠可容人，舍其下则非小树也。据诗意，乃召伯死后，思其人，爱其树而不忍伐，则作诗时益非小树矣。毛、郑谓蔽芾为小者失诗义矣。蔽，能蔽风日，俾人舍其下也。芾，茂盛貌。蔽芾，乃大树之茂盛者也。"将"芾"解释为"茂盛貌""蔽芾"是茂盛的大树，则已成为今天广被人接受的观点。如果要参照前述分类，此类应该并入第五种"融合三家《诗》与毛《诗》，另出新解"。

综上，通过具体考察《诗本义》卷一、卷二以及卷十三所涉及的对《周南》《召南》16首诗歌的训解，能够比较细致地反映《诗本义》与三

① "民勤于力则功业牢"，按：陈乔枞云"业、牢，是筑、罕之伪。《谷梁·庄二十九年传》：'民勤于力则功筑罕。'可证"。

家《诗》、毛《诗》的微妙关系，虽然还不能轻率地断定三家《诗》是《诗本义》裁断《诗序》毛《传》郑《笺》的主要依据，因为具体情形要复杂得多，但三家《诗》与《诗本义》之间存在着密切的内在关联则是毋庸讳言的。

第六章

《吕氏家塾读诗记》与《诗本义》

深受二程学术影响，又承长于中原文献的家学熏陶的吕祖谦（1137—1181），因学术渊源于尹焞、吕本中，在朱陆之争（如鹅湖之会）中具有调和朱陆、和同朱陆、“兼取其长”① 的气象。但吕祖谦辈分较陆九渊长，二人虽后为莫逆之交，但若视吕学为和同朱陆终究不妥，毋宁主张吕祖谦遥承二程，能齐心、理学说，虚心融会，减少偏颇，和同朱陆只是这一学术渊源的外在表现而已。吕祖谦经学思想与理学关系密切，其经学观念与治经方法相辅相成，整体也体现了这种和同理学与心学的特色②。

在《诗经》学方面，吕祖谦《吕氏家塾读诗记》是很有特色的一部集注类作品，几可与后来的朱熹《诗集传》（或称《诗经集传》）相颉颃。当然，吕祖谦的经学研究（包括《诗经》学研究）资料还可见于《丽泽论说集录》。《丽泽论说集录》，十卷，是门人整理吕祖谦平日讲学的记录，吕氏生前已有流播，但因错讹与讲说体的限制，其中观点未必被吕祖谦视为定论，但吕氏身后，其弟吕祖俭与祖俭子吕乔年又加增益编次刊布，内容大多为经说以及部分史说、杂说。其中卷三为《门人所记诗说拾遗》，扼要论及《诗经》诗篇56首，大略不出以理学和史学论《诗》的苑囿，文字平易简约，可以参看，但毕竟不像《吕氏家塾读诗记》经

---

① 《宋元学案》卷五十一《东莱学案》。

② 蔡方鹿认为：“吕祖谦在经学上提出‘以理视经’的思想，重视以理解经，批评章句训诂传注之学；强调‘经非疏我，而我则疏经’，既以理喻之，又崇尚心悟。提出一套先治一经，触类旁通；先识得大纲，再做工夫；读书必务精熟的治经方法。以义理为指导，以经典为研究对象，在经典诠释中，讲求实理，把经学与理学结合起来，在当时南宋思想界产生了较大影响。”（蔡方鹿：《吕祖谦的经学思想及其方法论原则》，《中国哲学史》2008 年第 2 期）

过反复修订，这个过程比较详细地记录在吕祖谦的《庚子辛丑日记》[1]中，包括修订《读诗记》诗篇章节的进程，从淳熙七年（1180）正月四日修订《唐风·无衣》一直到淳熙八年（1181）七月二十日修订至《公刘》第一章，因此，《吕氏家塾读诗记》应是吕祖谦《诗经》学的代表作。

第一节　《吕氏家塾读诗记》成书时间及与《诗本义》关系考

古鄞陆釴于嘉靖辛卯（1531）撰《吕氏家塾读诗记序》记载刊刻缘起时说道："或问余曰：今《诗》学宗朱氏《集传》矣，刻吕氏何居？余应曰：子谓朱吕异说，惧学者之多岐耶？夫三百篇微词奥义，藐哉，遐矣。齐鲁韩毛，譬则蹊径之始分也，其适则同也。注疏，所由以适也，譬则辙也；朱氏、吕氏，盖灼迷而导之往也，譬则炬与帜也。吕宗毛氏，朱取三家，固各有攸指矣，安得宗朱而尽弃吕耶？朱说《记》采之，吕说《传》亦采之，二子盖同志友也，非若夫立异说以求胜也。善学者，审异以致同；不善学者，因同以求异。是故刻吕氏以存毛翼朱，求合经以致同而已矣。"虽然声明刻印《吕氏家塾读诗记》的目的是"存毛翼朱"，将《吕氏家塾读诗记》《诗经集传》相互影响、彼此采撷、相辅相成的特征说得很清楚，相较《诗经集传》而言，《吕氏家塾读诗记》保存的前贤诗解的更多原貌，为人们辑校补遗保存了丰富的资料。

作为吕祖谦的好友，在《诗经》学上同样有深厚造诣的朱熹早已看得更分明。淳熙壬寅（1182）九月己卯朱熹《吕氏家塾读诗记序》载："诗自齐、鲁、韩氏之说不传，而天下之学者尽宗毛氏。毛氏之学，传者亦众，而王《述》之类今皆不存，则推衍毛说者又独郑氏之《笺》而已。唐初，诸儒为作《疏》义，因讹踵陋，百千万言而不能有以出乎二氏之区域。至于本朝，刘侍读、欧阳公、王丞相、苏黄门、河南程氏、横渠张氏始用已意有所发明，虽其浅深得失有不能同，然自是之后，三百五篇之微词奥义乃可得而寻绎。盖不待讲于齐、鲁、韩氏之传，而学者已知

[1] 《东莱吕太史文集》卷十五，黄灵庚、吴战垒主编《吕祖谦全集》第一册，浙江古籍出版社 2008 年版，第 238—276 页。

《诗》之不专于毛郑矣。及其既久，求者益众，说者愈多，同异纷纭，争立门户，无复推让祖述之意，则学者无所适从，而或反以为病。今观《吕氏家塾》之书，兼总众说，巨细不遗，挈领持纲，首尾该贯，既足以息夫同异之争，而其述作之体则虽融会彻，浑然若出于一家之言，而一字之训、一事之义亦未尝不谨其说之所自。及其断以己意，虽或超然出于前人意虑之表，而谦让退托，未尝敢有轻议前人之心也。"(《吕氏家塾读诗记序》) 这段文字不仅对北宋代表性的《诗经》学学者刘敞、欧阳修、王安石、苏辙、程颐、张载有很高的评价，而且扼要概括了《吕氏家塾读诗记》汇集融合众说、谨严平实的特点。《四库全书总目提要》的作者根据吕祖谦去世不久此书版次更新推断"知宋人绝重是书也"(《吕氏家塾读诗记·提要》)。

《吕氏家塾读诗记》三十二卷，二十六卷《公刘》诗之后(陆釴《吕氏家塾读诗记序》作"二十二卷"之后)，当时就有人认为是吕祖谦未完全校订的作品，或系门人续成(陆釴《吕氏家塾读诗记序》)，根据吕祖俭的说法(《吕氏家塾读诗记》卷二十六《公刘》)，应以前者为可信，因此，《公刘》以下应也是吕祖谦《诗经》学的有机构成部分，不过编写体例与内容繁简与前略有差异而已。吕祖谦曾对《吕氏家塾读诗记》进行刊定，据吕祖俭说，修订至《公刘》第一章后去世，因此此章以前的释文可以代表吕祖谦比较定型的《诗经》学思想和见解。如果仔细阅读，今天看到的三十二卷《读诗记》，体例实际上分为三种，《公刘》第一章以后自不用说，前二十六卷的体例也稍有不同，前十八卷在章后较各家注解低一字按语，为吕祖谦按，但不标姓氏名号；从卷十九到卷二十六《公刘》第一章，则在章后以"东莱曰"标志吕氏的看法。通过这种细微的差别，可以推断也许删定非一时一人所为。

至于始于淳熙元年(1174)和淳熙三年(1176)的《吕氏家塾读诗记》一稿和二稿的关系[①]，明代至现代学术史上关于《公刘》第一章后是否为吕氏原著的争论，可见于杜海军《吕祖谦文学研究》第六章《〈诗经〉之学》部分的追溯(包括明代的陆釴、清代的《四库》馆臣、现代的陆侃如)[②]。笔者认为，这个问题比较清楚，如结合朱彝尊《经义考》

① 《东莱吕太史文集附录》卷一《年谱》，《吕祖谦全集》第一册。

② 杜海军：《吕祖谦文学研究》，学苑出版社 2003 年版，第 184 页。

的梳理会更清楚。因此，不作考辨，主要依据其修订的部分。

吕祖谦对欧阳修的史学与经学成就等很熟悉，并结合欧阳修生平、诗文与著作编撰《欧公本末》四卷[①]，吕祖谦的好友朱熹也有《考欧阳文忠公事迹》。一般据《吕祖谦年谱》淳熙八年辛丑载“编《欧公本末》”[②]判断，定《欧公本末》完成于吕祖谦去世前不久，即淳熙八年（1181）上半年。但吕氏详细记录自己淳熙七年至八年（1180—1181）读书写作的《庚子辛丑日记》[③]，却并没有关于撰写《欧公本末》的记载，《庚子辛丑日记》记录简明，修订《读诗记》，阅读《正蒙》《论语》《近思录》等，每天任务量并不很大，虽“翻阅论著，固不以一日懈”[④]，但更透露出吕氏身体每况愈下、体力严重不支的实情，疑《欧公本末》四卷完成时间可能并不在这两年。吕祖谦对欧阳修很敬仰，除吕氏先祖与欧阳有世交外，欧阳的史学与经学成就等也是很重要的方面，吕祖谦去世当年（1181）“正月十五日阅《欧阳公集》”[⑤]，就可窥一斑了。

《丽泽论说集录》卷三《门人所记诗说拾遗》较少引及前人言论，所引用者约有张载、程颐、谢良佐（引程颢诗说）各一例，其次就是欧阳修，在《沔水》诗解中，“欧公谓三章皆诸侯责王之辞”[⑥]，但该条不见于《吕氏家塾读诗记》卷十九《沔水》，《诗本义》卷六《沔水》也仅说“诗人规戒宣王以恩德亲诸侯”，未有“诸侯责王之辞”云云，当属记录错讹。然而，《丽泽论说集录》卷三《门人所记诗说拾遗》保留的一些吕祖谦的《诗经》观念与解说原则，却是同欧阳修一气的，因而并非没有参考价值。如“诗者，人之性情而已，必先得诗人之心，然后玩之易入”[⑦]，前半句（“诗者，人之性情而已”）本之于王通，欧阳修也曾经引用；“《诗》三百篇，大要近人情而已”，“看《诗》须是以情体之，如看《关雎》诗，须识得正心，一毫过之，便是私心。如‘窈窕淑女，寤寐求之’，此乐也，过之则为淫；‘求之不得，展（辗）转反侧’，此哀也，过

① 《吕祖谦全集》第九册，第1—394页。
② 《东莱吕太史文集附录》卷一《年谱》，《吕祖谦全集》第一册，第749页。
③ 《东莱吕太史文集》卷十五，《吕祖谦全集》第一册，第238—276页。
④ 朱熹淳熙壬寅（1182）《庚子辛丑日记》“后记”，同上书，第276页。
⑤ 同上书，第262页。
⑥ 《丽泽论说集录》卷三《门人所记诗说拾遗》，《吕祖谦全集》第二册，第125页。
⑦ 同上书，第112页。

之则为伤。'天生蒸民，有物必有则'，自有准则在人心，不可过也"[①]，虽不能贸然断定吕祖谦的"人情"与欧阳修"人情"内涵完全一致，但吕氏无疑也重视人情事理，特别重视中庸之道[②]；"常人之情，以谓今之事皆不如古，怀其旧俗而不达于消息盈虚之理，此所谓不'达于事变'者也。'达于事变'，则能得时措之宜，方可'怀其旧俗'。若唯知旧俗之是怀，而不达于事变，则是王莽行井田之类也"[③]，谈论古今问题，与欧阳修从人情事理古今相通角度切入不同，吕祖谦注意到古今的同异，主张应因时损益，才能切合古制的精神，而不是拘泥于形式的复古，在根本上与同样是历史学家的欧阳修有相契合之处。

《吕氏家塾读诗记》有二十八卷引到庐陵"欧阳氏"诗论，共计165处，直接评价"欧阳氏"经学观点的有3处，这些诗解基本出自《诗本义》。今《四部丛刊》本《诗本义》"为宋刻本，钞配六卷。其原刻各卷，遇玄、敬、警、惊、檠、殷、慇、桢、让、树、桓、完、觏、慎诸字，均以避讳阙笔，当刊于南宋孝宗之世"[④]，即在隆兴元年（1163）与淳熙十六年（1189）之间，共27年，而据淳熙壬寅（1182）九月己卯朱熹《吕氏家塾读诗记序》来看，《吕氏家塾读诗记》可能刊刻于淳熙年间，当时吕祖谦已去世（1181），而《吕氏家塾读诗记》所记《诗本义》的资料则应不晚于1181年。如果根据吕祖俭在《公刘》第一章后按语，吕祖谦于己亥（1179）秋刊定至此而终，而"自《公刘》之次章，讫于终篇，则往岁所纂辑者，皆未及刊定，如《小序》之有所去取，诸家之未次先后……"可以确认，包括《诗本义》在内的《诗经》学资料纂辑很早，"往岁所纂辑"，则其中的《诗本义》各则不晚于1179年。如果再考虑到《吕氏家塾读诗记》淳熙元年（1174）和淳熙三年（1176）一稿和二稿的关系，则这个时间底限还可上溯至1174年。吕祖谦享年44岁，如果从孝宗第一个年号隆兴元年（1163）估算，吕祖谦26岁，正是年富

---

① 《丽泽论说集录》卷三《门人所记诗说拾遗》，《吕祖谦全集》第二册，第112—113页。

② 笔者曾将吕祖谦的《诗经》学思想概括为："吕祖谦《诗经》学调剂朱陆的学术思想特征体现在对'则'和'心'的双重肯定上，他主张在阅读《诗经》诗篇中要'识见得正心'，又主张'准则在人心'，所以他的治学工夫论也集中在'中和为则'与'复归本心"上。"（拙著《宋代〈诗经〉学与理学》，第380页）

③ 《丽泽论说集录》卷三《门人所记诗说拾遗》，《吕祖谦全集》第二册，第113页。

④ 张元济《宋本〈诗本义〉跋》（《四部丛刊》[三编]），又见于张人凤编《张元济古籍书目序跋汇编》（上、中、下册），商务印书馆2003年版，第929页。

力强、出入经史的时候，他所接触的《诗本义》应早于“孝宗之世”，这样，《吕氏家塾读诗记》所引的165条欧阳修《诗经》学资料可能昭示了更早的《诗本义》宋版信息，在文献研究方面也极具重要价值。

第二节 《吕氏家塾读诗记》所引“欧阳氏曰”的特点与价值

《吕氏家塾读诗记》全书汇集了四十四家的《诗经》解释，汉唐九家，宋占三十五家，实为宋代《诗经》学之渊薮[①]，也为我们集中把握欧阳修《诗本义》在宋代的影响提供了方便。

虽然古人引书未必字句必较，但吕祖谦与他人稍异，引用相当严谨，有些引文先后顺序或有出入，但整体比较细密。通过附录三比较，我们可以更深刻地感受到这一点。这不仅会让人对《吕氏家塾读诗记》的史料性质有进一步确认，同时也能够隐约感受到在《四部丛刊》本前的宋版《诗本义》的生动气息。关于文字的差异，吕祖谦删削的可能性较小，而有可能是《诗本义》不同修改本或版本的原因造成了这种细微的区别。而且在今天流传的关于《诗本义》比较清晰的宋代书目著作《郡斋读书志》《直斋书录解题》之前，《吕氏家塾读诗记》所征引的《诗本义》可能是我们目前能看到的最早的《诗本义》本，尽管还不是全部。当然，《吕氏家塾读诗记》（后文有时简称《读诗记》）虽也有不断流传增益的过程，会在某种程度上“扰乱”[②]这种考察，但在基本文献比勘上，依然有重要的参考价值，我们努力参考文渊阁《四库全书》《丛书集成初编》以及点校整理的《吕祖谦全集》中的《吕氏家塾读诗记》，就是试图使这种“扰乱”降低到最低程度，从而增强比较和研究的信度与效度。它除反映了当时《诗本义》在客观现实中产生过实际影响，《读诗记》所引“欧阳氏曰”基本都来源于《诗本义》之外，还有助于我们反思《诗本义》版本流变的一些情况，包括解决《四部丛刊》本配抄六卷是否系宋

---

① 该书被认为是“宋代《诗经》学资料，赖此书得以保存，是研究我国宋代《诗》学弥足珍贵的宝库。仅此一点，《读诗记》就已找到了它在《诗经》研究史上的位置”（蒋见元、朱杰人：《诗经要籍解题》，上海古籍出版社1996年版，第41页）。

② 借用考古学术语“扰乱”，旨在表明历史与文化的研究，在某种意义上与地下考古很相似。这可能也是这种人文学科科学性的内在规定之一，所以也可以称为“知识考古学”。

版的问题，所以学术意义尤为重大。

《吕氏家塾读诗记》所引证的《诗本义》有几个特点：一是比较全面，主要的各个卷次都有；二是绝大多数与今本文字相合，少数有节略特点，个别不见于今本《诗本义》；三是引证所涉及的内容丰富多彩，既有篇章主旨说解，又有训诂考证，还有义理发挥，虽斥责毛郑的议论基本未被录入，但反对毛郑的学术观点却多有选收；四是重视历史评论与道德评价、史学与经学相结合，是欧阳氏、吕氏的共同特点。

笔者尝试将《吕氏家塾读诗记》所引“欧阳氏曰”与今本《诗本义》进行细致比较，用以彰显二者的关系，并折射《诗本义》早期版本的信息。这里，为表述简洁，特将该表统计而得的主要数据制成简表（见表8），以便扼要把握。

表8　《吕氏家塾读诗记》所引“欧阳氏曰”与今本《诗本义》相关性统计简表

项目名称	《吕氏家塾读诗记》				今本《诗本义》			
	卷次	篇目	欧阳氏曰		卷次	篇目	论曰	本义曰
引用	28	80	165	3	12	68	37	127
总数	32	305	168		12	114	164	
比例	87.5%	26.2%	98.2%	1.8%	100%	59.6%	22.6%	77.4%
说明	《吕氏家塾读诗记》所引“欧阳氏曰”包括涉及今本《诗本义》卷十三《一义解》6处、《取舍义》1处，卷十六《〈诗谱补亡〉后序》2处							

由表8可见，《吕氏家塾读诗记》对欧阳修《诗本义》相当重视，在32卷中有28卷引用，占到87.5%；所引“欧阳氏曰”共168处，包括经解165处，吕祖谦评论3处，分别占98.2%与1.8%，吕祖谦未轻易下评判，更加重视欧阳修的《诗经》学观点的价值，尽管其中少数可能存在误断，即将欧阳修批评或发挥毛郑的观点视作欧阳修自己的观点，但均与今本《诗本义》相关，不影响这里的考察统计。《吕氏家塾读诗记》所引“欧阳氏曰”涉及内容丰富，除包括涉及今本《诗本义》卷十三《一义解》6处、《取舍义》1处，卷十六《〈诗谱补亡〉后序》2处外，其余均分布在今本《诗本义》一卷至十二卷，而且每一卷都有涉及，次序也基

本吻合，所以是100%，仅就所涉诗篇比例来看，按照传统看法，《诗本义》所共论诗歌114篇，吕氏所涉及的68篇占比为59.6%，如果将《一义解》6处、《取舍义》1处所涉及7首诗歌（即《邶风·谷风》《七月》《南山有台》《菁菁者莪》《鱼藻》《云汉》《载驱》）剔除，这个比例也应为53.5%，额度也是相当高的。而且，在今本《诗本义》中，吕氏所引大多表达次序与今本相一致，个别顺序呈倒易状态，少数兼具联结今本《诗本义》“论曰”与“本义曰”内容，如果分别统计，在164处中，37处涉及“论曰”，占22.6%，127处涉及“本义曰”，占77.4%，这无疑说明吕祖谦更加看重欧阳修个人的《诗经》学观点，但对毛郑的分析也比较关注。这个基本结论与前从《吕氏家塾读诗记》所引“欧阳氏曰”的推论一致，证明《吕氏家塾读诗记》与《诗本义》明显正相关，关系密切，其中所引《诗本义》就是较早的《诗本义》宋版系统，由其与《四部丛刊》本《诗本义》的个别印证，也可佐证这一点。

如果说，《吕氏家塾读诗记》对于《诗本义》最重要的意义，莫过于两个方面：一是可以补充今本《诗本义》缺漏；二是有助于厘清版本源流。

《吕氏家塾读诗记》卷二十三记载了一条“欧阳氏曰”，是关于《小雅·鱼藻》诗的解释，今本《诗本义》目录并无《鱼藻》，但卷十三《一义解》有关于《鱼藻》的阐述：“‘鱼在在藻’者，言万物之得其性也；‘王在在镐’者，谓武王安其乐尔。”《吕氏家塾读诗记》卷二十三《桑扈之什》则作：“欧阳［阳］氏曰：‘鱼在在藻’者，言万物之得其性也。‘王在在镐’者，谓武王安其乐也。”吕祖谦并注道：“毛氏曰：‘鱼以依蒲藻为得其性。’孔氏曰：‘鱼何所在乎？在于藻也。藻是鱼之常处，既得其性，故能肥充，有颁然其大首也。’长乐刘氏曰：‘夏月之时，浅水生藻，阳气在外，鱼亦从之，不潜于渊，而在于藻也。有颁其首者，出游水面，则露其首，故见其颁大也。’”吕祖谦引用毛、孔、刘三家同时注释“得其性”的问题，足见欧阳修“万物之得其性”训释的重要，也是超迈各家的地方。《吕氏家塾读诗记》卷二十七，《大雅·云汉》诗解中记载了一条：“欧阳氏曰：‘父母先祖，胡宁忍予’，诗人述宣王诉于父母及先祖尔。”今本《诗本义》目录无《云汉》，但卷十三《一义解》载，《云汉》“下章又云‘父母先祖，胡宁忍予’者，其义同也。而毛、郑皆谓先祖文武为民父母者，亦非也。盖诗人述宣王诉于父母及先祖尔”。可见，《吕氏家塾读诗记》所引是对《一义解》的节略。

《读诗记》所引见于《一义解》的还有卷四《谷风》、卷十六《七月》、卷十八《南山有台》、卷十九《菁菁者莪》等诗解。

《吕氏家塾读诗记》所征引的资料有的与今本《诗本义》第十三卷《取舍义》一致。如《齐风·载驱》，吕祖谦引欧阳修的观点：“文姜安然乐易，无惭耻之色也。”（《吕氏家塾读诗记》卷九《载驱》）这本是对毛《传》的继承，今本《诗本义》卷十三《取舍义》作：“毛云言文姜于是乐易然者，谓文姜为淫秽之行，曾不畏忌人。而襄公乘骊，垂辔而行鲁道，文姜安然乐易，无惭耻之色也。”

《吕氏家塾读诗记》卷三十二引“欧阳氏曰”，至《长发》止，欧阳修《诗本义》前十二卷也以《长发》诗为终结。吕祖谦所引主要集中在《诗本义》卷一到卷十二。这或许证明，当时流行的《诗本义》的主体就是这十二卷，朱熹在《朱子语类》中曾经提到《诗本义》有“二十篇煞说得好处”此类的话，“二十篇”终难明了具体所指。根据吕祖谦比较严谨的资料引证，朱熹所说的“二十篇”可能正是指这“十二卷”，“二十”是“十二”之误，略备一说，以供有志于深入探研者参考。《吕氏家塾读诗记》所引“欧阳氏曰”涉及今本《诗本义》卷十三《一义解》《取舍义》，卷十六《〈诗谱补亡〉后序》，这可能说明吕祖谦所看到的《诗本义》已经包括《一义解》《取舍义》即今本第十三卷在内了，对我们了解宋代十四卷本的《诗本义》提供了重要的参考。如果这一点可以确定的话，依据《吕氏家塾读诗记》所征引的《诗本义》的资料分析，当时十四卷应包括今本第一卷至第十二卷、第十三卷、第十六卷（或者十五卷本的附录），第十六卷至少包括《〈诗谱补亡〉后序》。当然，《吕氏家塾读诗记》所引“欧阳氏曰”涉及今本《诗本义》卷十三《一义解》《取舍义》、卷十六《〈诗谱补亡〉后序》内容，是否还有其他来源渠道，对窥测《一义解》《取舍义》《〈诗谱补亡〉后序》是否已编入《诗本义》到底有多大助益，这些问题还有待日后进一步研究。因为吕祖谦对“《欧阳公集》”很熟悉（见前文），《〈诗谱补亡〉后序》采撷自“《欧阳公集》”也是极有可能的。

《吕氏家塾读诗记》卷一《删次》引用了欧阳修关于国风编次的论说：“欧阳氏曰：《周南》《召南》《邶》《鄘》《卫》《王》《郑》《齐》《豳》《秦》《魏》《唐》《陈》《曹》，此孔子未删之前，周太师乐歌之次第也。《周》《召》《邶》《鄘》《卫》《王》《郑》《齐》《魏》《唐》《秦》《陈》《桧》《曹》《豳》，此今诗次第也。《周》《召》《邶》《鄘》《卫》《桧》《郑》《齐》《魏》《唐》《秦》《陈》《曹》《豳》《王》，此郑氏《诗谱》次第也。”这段引文很重要，“今诗次第”与“郑氏《诗谱》次第”的最大区别，是“黜《桧》后《陈》，此今《诗》次第也”（《诗本义》卷十六《〈诗谱补亡〉后序》），吕氏所引符合这个特征，同时，它还进一步透露了“郑氏《诗谱》次第”将《王风》次于《豳风》之后的消息，这种顺序与今人冯浩菲《郑氏诗谱订考》的基本编排顺序吻合[①]。

欧阳修关于十五国风次第的论述主要见于《〈诗谱补亡〉后序》《诗图总序》以及早年作品《诗解》（或《诗解统》）中的《十五国次解》等。

《〈诗谱补亡〉后序》作：“《周南》《召南》《邶》《鄘》《卫》《王》《郑》《齐》《豳》《秦》《魏》《唐》《陈》《曹》，此孔子未删之前，周大师乐歌之次第也。《周》《召》《邶》《鄘》《卫》《王》《郑》《齐》《魏》《唐》《秦》《陈》《桧》《曹》《豳》，此郑氏《诗谱》次第也。黜《桧》后《陈》，此今《诗》次第也。”[②]《吕氏家塾读诗记》卷一《删次》所引与此段文字大体相当，但也有文字出入。相较而言，吕氏所引与郑氏《诗谱》吻合，完整清晰，如果考虑到《居士集》经过欧阳修的亲笔修订，则该集所收录的《〈诗谱补亡〉后序》体现的“今《诗》次第”“黜《桧》后《陈》”特征，与吕氏所引相副称。自然，《吕氏家塾读诗记》所引的《诗》的三种次第要更分明一些，似乎是对《诗本义》进一步修订完善的结果，时间顺序应在《居士集》所收集的《〈诗谱补亡〉后序》之后。

《诗图总序》作：“《周》《召》《邶》《鄘》《卫》《王》《郑》《齐》《豳》《秦》《魏》《唐》《陈》《桧》《曹》，此孔子未删《诗》

① 参见冯浩菲《郑氏诗谱订考》，上海古籍出版社2008年版，第129—152页。

② 按：“此孔子未删之前”，《欧阳修全集》之《居士集》卷四十一《序·〈诗谱补亡〉后序》“删”下有“诗”字；“《周》《召》《邶》《鄘》《卫》《王》《郑》《齐》《魏》《唐》《秦》《陈》《桧》《曹》《豳》，此郑氏《诗谱》次第也”，《四部丛刊》本无“齐”字，《欧阳修全集》之《居士集》卷四十一《序·〈诗谱补亡〉后序》“桧”置于“郑”前，据下文“黜《桧》后《陈》”语，《居士集》为妥当，而《四部丛刊》本、文渊阁《四库全书》本“《陈》《桧》”则显与“黜《桧》后《陈》”不侔；“黜《桧》后《陈》，此今《诗》次第也”，《四部丛刊》本、《欧阳修全集》之《居士集》卷四十一《序·〈诗谱补亡〉后序》“第”作“比”。

之前，季札所听周乐次第也。《周》《召》《邶》《鄘》《卫》《王》《郑》《齐》《魏》《唐》《秦》《陈》《桧》《曹》《豳》，此今《诗》之次第也。”

《十五国次解》作：“大抵《国风》之次，以两而合之，分其次以为比，则贤善者著而丑恶者明矣。或曰：何如其谓之比乎？曰：《周》《召》以浅深比也，《卫》《王》以世爵比也，《郑》《齐》以族氏比也，《魏》《唐》以土地比也，《秦》《陈》以祖裔比也，《桧》《曹》以美恶比也，《豳》能终之以正，故居末焉。”

《诗图总序》与《十五国次解》主要探讨“今《诗》之次第”，尤其是《十五国次解》概括的“以两而合之，分其次以为比”的划分原则，虽然有牵强的地方，但便于人们理解，其中将三《卫》诗（《邶》《鄘》《卫》）系于《卫风》之下，这种对十五国风次第的抽象思考是发人深思的。但论述明显不及《〈诗谱补亡〉后序》以及《吕氏家塾读诗记》所引之全面完整，时间应也属早出之列，可作参考。

当然，《吕氏家塾读诗记》在引用欧阳修《诗》论时偶尔也有误断的地方，但材料却与《诗本义》密切相关，对我们判断《诗本义》影响不大，但在把握欧阳修的《诗经》学观点和思想方面，则应谨慎对待这些材料。如《邶风·柏舟》，吕祖谦分别引用欧阳氏《诗》论三处，其中前两处分别是“其意谓‘石席可转卷，我心匪石席，故不可转卷也’”“‘愠于群小’，群小愠仁人也”，这些文字也见于今本《诗本义》卷二，但是前者实际是欧阳修对毛《传》、郑《笺》的进一步阐发，后者则是对“郑氏云‘德备而不遇，所以愠’”的解释，欧阳修自己的观点正相反，即“‘忧心悄悄，愠于群小’者，本谓仁人为群小所怒，故常惧祸而忧心焉”。这可能是吕祖谦考察不周的遗憾，在所难免。如果吕祖谦考察无误，这种歧异则更可能昭示了今本《诗本义》对学术观点的截然相反的调整，是值得注意的。

第三节 《吕氏家塾读诗记》保存的《诗本义》与今本《诗本义》的关系

《读诗记》绝大多数保留了《诗本义》的原貌，引证精审规范，材料具有可信性。

《诗本义》卷十三《一义解》:“农夫在田，妇子往馌，田大夫见其勤农乐事而喜尔。”《读诗记》卷十六《七月》所引“妇子往馈”之“馈”正与《四部丛刊》本《诗本义》相合，而他本多作“馌”。《吕氏家塾读诗记》卷三十引作“‘实维尔公允师’者”，文渊阁《四库全书》本《诗本义》作“‘实维尔公’者”，实际上《酌》诗文末一句即为“实维尔公允师”。

《吕氏家塾读诗记》引用《诗本义》大多准确，少有变动，而且基本分别取于“论曰”或“本义曰”。当然，也有少数例子横跨“论曰”与“本义曰”。如《卷耳》诗解，吕氏所引为:“欧阳氏曰:妇人无外事，求贤审官非后妃之职。盖后妃讽其君子爱养臣下，慰其劳苦，而接以恩意。其宫中相语者，如是而已，非私谒之言也。”该段文字实际上分别包括今本《诗本义》“论曰”的“妇人无外事，求贤审官非后妃之职也”与“本义曰”的“后妃以采卷耳之不盈而知求贤之难得，因物托意，讽其君子以谓贤才难得，宜爱惜之。因其勤劳而宴犒之，酌以金罍不为过礼，但不可以长怀于饮乐尔。故曰‘维以不永怀’，养爱臣下，慰其劳苦，而接以恩意，酒欢礼失，觥罚以为乐，亦不为过，而于义未伤，故曰‘维以不永伤也’。所以宜然者，由贤臣勤国事，劳苦之甚，如卒章之所陈也。诗人述后妃此意以为言，以见周南君后皆贤。其宫中相语者，如是而已，非有私谒之言也，盖疾时之不然”①，其中，《读诗记》似是对今本《诗本义》的节略和修订。

又有一处似兼采今本《诗本义》“论曰”与“本义曰”的地方，这就是《邶风·击鼓》，吕祖谦引用欧阳修的看法:“王肃以下三章卫人从军者与其室家诀别之辞。士卒将行与其室家诀别，云:‘我之是行，未有归期，亦未知于何所居处，于何所丧其马，若求我与马，当于林下求之。’盖为必败之计也。”与今本《诗本义》相较，实际上涵盖“论曰”“自‘爰居’而下三章，王肃以为卫人从军者与其室家诀别之辞”，“本义曰”“于其诗载其士卒将行与其室家诀别之语，以见其情，云:‘我之是行，未有归期，亦未知于何所居处，于何所丧其马，若求与我马，当于林下求之。’盖为必败之计也”。《读诗记》似是对今本《诗本义》的节略和修订。

① “所以宜然者，由贤臣勤国事”，《四部丛刊》本“贤”下衍一“者”。

《吕氏家塾读诗记》所引同一处经解横跨今本《诗本义》“论曰”与“本义曰”的还有卷四《匏有苦叶》、卷十七《天保》、卷十八《湛露》等诗诗解。

《吕氏家塾读诗记》所引“欧阳氏曰”的文字叙述顺序，大多与今本《诗本义》整体上保持一致，但也有例外。如《吕氏家塾读诗记》卷二《汉广》，所引前后两例文字，即“欧阳氏曰：末乃陈其不可得之辞，如汉广而不可泳，江永而不可方尔”。“欧阳氏曰：既知不可得，乃云之子既出游而归，我则愿秣其马。此悦慕之辞，犹古人言‘虽为执鞭，犹忻慕焉者’是也。”与今本《诗本义》卷一《汉广》“本义曰”完全相同，但顺序正好相反。

吕氏所引，有时似乎不全，删削也不当，如《召南·草虫》，引“欧阳氏曰：妇人见时物之变新，感其君子”。《诗本义》作：“其曰‘陟彼南山，采蕨采薇’云者，妇人见时物之变新，感其君子久出而思得见之，庶几自守能保其全之意也。”但《读诗记》所引句子似不全，这从侧面说明《读诗记》所引可能是对当时《诗本义》的删节。

上述《读诗记》征引文字兼有今本《诗本义》“论曰”“本义曰”的内容，究竟如何判断？仅从逻辑上考察，似乎难以得出令人信服的结论。但关键的问题是这种节略是欧阳修后期修订的，还是吕祖谦引用时酌加的，抑或是版刻不同所致？根据后几卷引述的精确判断，吕祖谦改动的可能性很小。这种歧异从逻辑上导致了几种截然相反却可能并存的状况，即吕氏所引是今本《诗本义》扩充和增补的基础和内核，或是对今本《诗本义》的删削和简化，或是《诗本义》原稿与修订稿分别传布、同时存在的明证，还是不同的修订本的流传样态？这种考察最终只能在历史学和文献学的视阈内才能得到较为明晰的呈现。

《吕氏家塾读诗记》所引“欧阳氏曰”绝大多数文字与今本《诗本义》相合，而且有九十余处完全一致，说明吕氏引用是相当谨严准确的，在这种情况下，那些貌似节略和删削、个别文字出入、顺序颠倒的例子，便不能被以引用不慎的态度轻易放过，正是它们可能昭示了更早于《四部丛刊》本《诗本义》的蛛丝马迹。因为，在《吕氏家塾读诗记》中的确存在着这样一些富有启发意义的异文存在，需要我们认真辨析，但首先是将其放在吕祖谦谨严引证而形成的系统的前提下，才能呈现其准确和明晰的内涵。

《读诗记》所引《诗本义》与今本《诗本义》的差异有助于反思《诗本义》的源流变化。

首先，今本《诗本义》在某些地方，较《读诗记》所引简易恰切，是明显被修订的遗存。如“谓此君子乐易而有威仪尔”。《读诗记》卷十九所引“君子乐且而有威仪”，“乐且”古涩不通，今本《诗本义》作“乐易”，简易明白，为长。《读诗记》卷二十《斯干》引作“如鸟惊变而悚顾也”，今本《诗本义》卷七作“如鸟惊而革也”，与“论曰”文字相映照，行文更加周密。《吕氏家塾读诗记》卷二十五在《大雅·皇矣》诗解中记载了一条“欧阳氏曰：省，视也”，而今本《诗本义》则无，似已删去，“其三章言帝视岐”实际解释的正是诗句“帝省其山”，已经包含“省，视也”的意思，所以原“省，视也”的注释因过于简易便可径直删去。这说明今本《诗本义》是修订本，但未必是最终的修订本。

其次，《读诗记》所引与今本《诗本义》在整体相关的基础上，还保留有许多异文，而且相较今本《诗本义》更胜一筹。如《读诗记》卷十九《鸿雁》，引“欧阳氏曰”作“之子使臣也”，今本《诗本义》卷六作“此诗之说但述使臣”，文虽不同，意义相同，《读诗记》更加简洁。《读诗记》卷二十《无羊》所引“‘众维鱼矣’，但言鱼之多也。周官司常，县鄙建旐，州里建旟。（吕氏原注：详见《出车》）”，与今本《诗本义》出入较大，今本《诗本义》卷七作“鱼之为物，生子最多，故梦鱼者占为丰年”。《读诗记》卷二十《正月》所引“此章大夫自伤独立于昏朝之乱也，大夫既伤独立而知其无如之何，故于下章遂及亡国之忧”，今本《诗本义》卷七作“其七章曰‘瞻彼阪田，有菀其特。天之扤我，如不我克。彼求我则，如不我得。执我仇仇，亦不我力’云者，大夫自伤独立于昏朝之辞也。五章既陈戒王之意，六章又戒小人而不见听，因自伤独立而无助云，瞻彼阪田之苗，有特立者乃菀然而茂盛，今我独立于昏朝而势倾危，‘天之扤我’，惟恐不倾折也。又云‘彼有欲求我相则效’者，又不与我相遭；其与我同列而耦居者，又不出力助我也。云‘天之扤我’者，君子居危，推其命于天也。古言谓‘耦’为‘仇’，其复言‘仇仇’者，犹昔言‘两两’，今言‘双双’也。大夫既伤独力，而知其无如之何，故于下章遂及亡国之忧，然犹欲救之也”。《读诗记》引征简明扼要，“大夫自伤独立于昏朝之乱也”，《诗本义》“乱”作“辞”，胜于《读诗记》，《读诗记》或系字形相近误刻，余大多似是对今本《诗本义》的节略，该段文字是在今本基础上删削而成，抑或是今本扩充的基础？待考。但今本语言散漫，前文已有“五章”“六章”义释，文隔不远，不必回溯，似非欧阳语，而《读诗记》所引颇胜一筹。

又如《读诗记》卷二十一《巧言》引作“蛇蛇乃舒迟安闲之貌”，今本《诗本义》卷八作“委委蛇蛇，古人常语，乃舒迟安闲之貌”，《读诗记》所引似更佳。《巧言》第六章曰“蛇蛇硕言，出自口矣。巧言如簧，颜之厚矣”，当直接释“蛇蛇”为妥。“委委蛇蛇，古人常语，乃舒迟安闲之貌”，反似散漫，与诗文也不尽相侔。《读诗记》卷二十一《大东》引作“箕引其舌”，较《诗本义》卷八“箕张其舌”更加通畅贴切。《读诗记》卷二十四《白华》引作“弃妻指此石常在人下，如妾止当在下尔。今之子远我而近彼，使我病也”，今本《诗本义》卷九作“弃妻指此石常在人下而助人升者，如妾止当在下而佐人尔。今之子远我而进彼，使我病也”，《读诗记》所引“此石常在人下”下无“而助人升者”，另“远我而近彼”，《诗本义》作“远我而进彼”，远与近、进与退相对，因此，《读诗记》所引为长。《读诗记》卷二十六《凫鹥》引作“凫鹥在泾、在沙，谓公尸和乐，如水鸟在水中及水旁得其所尔。在渚、在潨、在亹，皆水旁尔。郑氏曲为分别，以譬在宗庙等处者，皆臆说也”，今本《诗本义》卷十在“在渚”前有“在沙”二字。《凫鹥》诗五章，章六句，各章依次言凫鹥在泾、在沙、在渚、在潨、在亹，《诗本义》“论曰”已言“凫鹥在泾、在沙，谓公尸和乐”，下当不必复言“在沙”。因此，应以《读诗记》所引为精当。

这些异文可视作今本《诗本义》被删订的证据，也就是说，《吕氏家塾读诗记》所引《诗本义》应该早于今本《诗本义》，尽管它也可能是欧阳修修订过的一种本子。《读诗记》所引《诗本义》应是欧阳修《诗本义》的修订本，更加简洁精当；而流传的宋版系统的《诗本义》在这个细节上与《读诗记》一致，是同一版本源流。虽然肇源相同，但修订不一，所以两种本子存在一定的离合关系。如欧阳修文集有多种版本流传一样，《诗本义》也存在类似的情形。但不同的毕竟是少数，绝大多数则相同或基本相同，反映当时《诗本义》有了比较稳定的版本形态和流传载体。这样，今本《诗本义》中所没有的几处、明显的对今本文字的节略等都可以得到解释。

这正好给我们以启发：该“欧阳氏曰”可以弥补今天《诗本义》的

不足，使人了解到《诗本义》删削修订的历史过程，这种删削同时印证《吕氏家塾读诗记》所保留的《诗本义》与今本《诗本义》同源异质的特征，它可能保留了欧阳修修订本的一些面貌，但异文的存在标明要早出于今本《诗本义》，这同前文考证的吕祖谦所接触的《诗本义》应早于“孝宗之世”的结论可以相互佐证。

第四节　《吕氏家塾读诗记》所见《诗本义》与汉宋《诗经》学

通过《吕氏家塾读诗记》的集注形式，人们可以比较集中地把握汉宋《诗经》学的异同与沿革，从这种意义上说，与《诗本义》一样，《读诗记》也是汉宋《诗经》学过渡中的作品之一。

吕祖谦经常将欧阳修的《诗》解放在汉唐及宋代《诗经》学者的观点中，彼此映照，相互补充，同时也能看到这些观点的优劣和承袭关系。如《齐风·东方之日》，他就将毛、程、朱、欧阳放在一起，让人对这首诗的主旨有基本明确的把握，《吕氏家塾读诗记》卷九《齐》“毛氏曰：兴也，日出东方，人君明盛，无不照察也。朱氏曰：履，随也。郑氏曰：即，就也。朱氏曰：言随我而相就也。程氏曰：日月明照，则物无隐蔽，奸匿莫容，如朝廷明于上也；今君不明，故有淫奔之行，诗人以东方之日刺其当明而昏也。欧阳氏曰：‘在我室兮，履我即兮’，相邀以奔之辞也”。

吕祖谦通过夹注的形式呈现了欧阳修《诗本义》观点的渊源。如《小雅·节南山》，“欧阳氏曰：责幽王不自为政，而使此尹氏在位，致百姓于忧劳也”。吕祖谦注：“孔氏曰：王肃云言政不由王出也。”① 可见，欧阳修此解与孔《疏》同，均发源于晋代王肃。《小雅·小宛》，“欧阳氏曰：告其速自改悔云，譬如脊令，且飞且鸣，自勤其身，不少休息”。吕祖谦注：“前汉东方朔云：士所以日夜孳孳，敏行而不敢怠也，辟若鹍领飞且鸣矣。”吕祖谦引西汉东方朔的话，点明欧阳修诗解“譬如脊令，且飞且鸣”的意义与来源。《小雅·蓼莪》，“欧阳氏曰：‘南山烈烈’，望之可畏也。‘飘风发发’，暴急而中人也”。吕祖谦注：“郑氏曰：民人自

① 下引吕祖谦之语，皆出《吕氏家塾读诗记》，不一一出注。

苦见役，视南山则烈烈然，飘风发发然，寒且疾也。”可见，欧阳修在解释“南山烈烈，飘风发发”时，受到郑玄的影响，但有自己的调整，“‘飘风’非取其寒，亦非诗意也”，“暴急而中人”就是“寒且疾”的进一步明晰化和校正，解“南山烈烈”为“望之可畏也”，虽比较委曲，但也是看到郑《笺》有不周到的地方。朱熹《诗经集传》注意到了，解“烈烈，高大貌。发发，急貌”，就更加明了，但又说“南山烈烈，则飘风发发矣”，反有些添足。

比较典型的例子是《小雅·大东》篇诗解，可以看到《诗本义》与郑《笺》、孔《疏》的内在联系。《小雅·大东》，《吕氏家塾读诗记》作：“欧阳氏曰：天虽有织女，不能为我织而成章；（吕氏原注：‘郑氏曰：织女有织名尔，驾则有西无东，不如人织相反报成文章。孔氏曰：织之用纬，一来一去，是报反成章。’）虽有牵牛，不能为我驾车而输物；虽有启明、长庚，不能助日为昼，俾我营作；（吕氏原注：‘郑氏曰：启明、长庚，皆有助日之名，而无实光也。’）虽有天毕，不能为我掩捕鸟兽。（吕氏原注：‘孔氏曰：在天之毕，徒施于二十八宿之行列而已，何曾见其掩兔乎?’）”为了更集中地看到《读诗记》注释的特点，我们这里保留了原排版的基本面貌，诗文“虽则七襄，不成报章。睆彼牵牛，不以服箱。东有启明，西有长庚。有捄天毕，载施之行”，欧阳修在解释时，明显受到郑《笺》和孔《疏》的深刻影响。

《大雅·棫朴》，“欧阳氏曰：诗人言芃芃然棫朴，茂盛采之以备薪槱”。吕祖谦注：“毛氏曰：山木茂盛，万民得而薪之。”指出欧阳修诗解与毛《传》关系密切。

作为史学家、经学家和理学家，吕祖谦很注意思想学术流变的渊源与流播。这种历史的眼光与义理（道德）的眼光一直伴随着他的历史与经学研究。

如解《邶风·谷风》诗，吕祖谦就受到欧阳修的深刻影响，《吕氏家塾读诗记》卷四《邶》：“欧阳氏曰：禁其新昏‘毋逝我梁，毋发我笱’，言弃妻将去，犹顾惜其家之物，既而叹曰‘我身不容，安得恤后事乎’。”吕祖谦自己的看法：“泾，新昏也。渭，旧室也。泾渭既合，则清浊易惑，于洲渚浅处视之，渭之清犹可见也。诗人多述土风，此卫诗而远引泾渭者，盖泾浊渭清，天下所共知，如云海咸河淡也。”吕祖谦将“泾渭”视作新旧室之比。朱熹也是以比看待“泾渭”，但意义上有细微差别，认为"泾浊渭清""妇人以自比其容貌之衰久矣，又以新昏（婚）形之，益见憔悴，然其心则固犹有可取者"，诗歌主旨上与欧阳修、吕祖谦判断相同，《诗经集传》卷二《邶》"言毋逝我之梁，毋发我之笱，以比欲戒新昏（婚）毋居我之处，毋行我之事。而又自思我身且不见容，何暇恤我已去之后哉？知不能禁而绝意之辞也"，虽然这段训解朱熹并未声明受到欧阳修影响，但其中采撷融裁欧阳、吕二氏观点处痕迹鲜明[①]。

欧阳修对宋代学者启发很大，包括在某些训诂上，吕祖谦也通过文中夹注的方式揭示了这种学术影响。如《卫风·氓》："欧阳氏曰：桑之沃若，喻男情意盛时可爱；至黄而殒，又喻男意易得衰落。"吕祖谦注："朱氏曰：桑之沃若，以比始者容色美盛情好欢洽之时也；桑之黄落，以比色衰而爱弛也。"自然，朱熹后出则优，但脉络一致。《陈风·东门之枌》"谷旦于差，南方之原。不绩其麻，市也婆娑"，"欧阳氏曰：子仲之子，常婆娑于国中树下，以相诱说，因道其相诱之语，曰当以善旦期于国南之原野，下章又述其相约以往"。吕祖谦注："范氏曰：先王恶夫饱食而逸居，是故君子勤礼，小人尽力，所以爱日也，今也民于善日则择高明之地而荒乐焉。"朱熹在解《东门之枌》时，完全沿袭了欧阳修的看法，"既差择善旦以会于南方之原，于是弃其业以舞于市而往会也"，尽管他也并未注明出处。《陈风·防有鹊巢》"欧阳氏曰：谗言惑人，非一言一日之致，必由积累而成，如防之有鹊巢，渐积构成之尔，又如苕饶，蔓引牵连，将及我也"。吕祖谦注"程氏曰：相茂林之蔽翳，则鹊巢之兴；人心有蔽昏，则谗诬者至。丘言平广之地则有美草，兴人心高明平夷则来善言"。

《小雅·常棣》："丧乱既平，既安且宁。虽有兄弟，不如友生。""欧阳氏曰：'此乃责之之辞。'程氏曰：'言平时则皆可遂其私意，急难则莫如兄弟也。'"吕祖谦注："苏氏曰：'人居平安之世，不知兄弟之可恃，而以至亲相责望，则兄弟常多过失，易以生怨，故有以朋友为贤于兄弟者。'王氏曰：'友生约我以礼义者也，虽有兄弟，不如友生，有礼义然后无失其爱兄弟之常心。友生约其外，妻子调其内，则兄弟加亲矣。故曰'妻子好合，如鼓瑟琴。兄弟既翕，和乐且湛'。"这里涉及欧阳修、程

---

① 当然，"知不能禁而绝意之辞也"虽然《吕氏家塾读诗记》卷四《邶》已在注中标明，但其他各句未见，或这些论断《诗经集传》初稿尚无，可窥学术影响与发展的渊源和微妙。

颐、苏辙、王安石四人的诗解，其中因为王安石发挥《诗经》义理，重视伦理道德的价值，虽然并非诗的本义，但依然有价值，因此吕祖谦认为“王氏之说虽非经旨，亦学者所当知也”。而欧阳修对诗句辞气的体味就比较真切，较程颐超绝，苏辙也紧承欧阳修的诗解，是对欧阳修“责之之辞”的进一步阐发。

《小雅·南山有台》，“欧阳氏曰：高山多草木，如周大国多贤才”。吕祖谦注：“李氏曰：诗人之意，只言山之有草木，以喻国之有贤者，君必一一为说则拘矣。”吕祖谦自己的看法：“贤才之盛多如此，乐哉，王者诚可为邦家之基矣，诚可以万寿无期矣。五章反复咏叹之，乐之至也。”显然李氏、吕祖谦也是承袭欧阳修“乐多贤才”的看法。《小雅·沔水》，“欧阳氏曰：‘鴥彼飞隼，载飞载止’者，言诸侯之来者，如隼之或飞或止，其或来或不来，不可常。东莱曰：诸侯之于天子，如沔水之朝宗，其常理也。所以如飞隼载飞载止、去来不常者，其必有所以矣。‘嗟我兄弟，邦人诸友’，固皆愿安宁；‘莫肯念乱，况谁无父母’，岂不顾惜乎？然则其未服者，盖必有甚不得已也。此深规宣王，使之自反也”[①]。“东莱曰”以下是吕祖谦的认识，在训释上从欧阳修，在义理探讨上则更加深刻，揭示诸侯朝宗[②]不常的原因与周天子的德行有关，因此，该诗具有讽谏宣王自省的功能，这种义理发挥反映了作为史学家与理学家的吕祖谦关注社会现实、时代命运、德性修养的理论旨趣，但无疑是在思想方面对欧阳修的进一步深化和延伸。

《大雅·思齐》，“欧阳氏曰：事虽未尝闻，举必中法，又不待教谏而入于善”。吕祖谦注：“朱氏曰：虽事之无所前闻者，而亦无不合于法度；虽无谏诤之者，而亦未尝不入于善。”吕祖谦所引朱熹的诗解亦见于《诗经集传》卷十六《思齐》，尽管吕氏看到的是朱熹前期的作品，但在此句上只字未改。吕祖谦的注释使人看到，欧阳修的诗解对朱熹具有深刻的影响。但是，《诗经集传》该句前后却未提到欧阳。

《小雅·大东》，“欧阳氏曰：周人方事侈富，洁其衣服以相夸，至于操舟之贱，亦衣熊罴之裘，而私家之人皆备百官而禄食”。吕祖谦注：“王氏曰：私人之子试于百僚，则绝功臣之世，弃贤者之类，窭贱者用事

① “莫肯念乱，况谁无父母”，疑此“况”字衍。

② “诸侯春见天子曰朝，夏见曰宗。”（朱熹：《诗经集传》卷十《沔水》）

而贵也。”王安石与欧阳修《诗》解的联系也可窥一斑。

此外，夹注也有表达对欧阳修诗解的辅证意义。《小雅·正月》，“欧阳氏曰：‘我心之忧如结，而国之政何其恶也！’”吕祖谦注：“王氏曰：厉，危也。正危则邪胜故也。”“王氏”指王安石，吕祖谦引王安石诗解，表面看了无瓜葛，但实际是对欧阳观点的补充和说明。

《吕氏家塾读诗记》引欧阳修的看法：“诹、谋、度、询，但变文以叶韵尔，诗家若此之类甚多。”这段论断也见于今本《诗本义》卷六。吕祖谦并按：“诹、谋、度、询，必咨于周，而诗文乃云‘周爰咨诹’者，古语多倒也。欧阳氏诸说《诗》中亦兼有此意。然毛《传》乃经之本旨也。”欧阳氏开“叶韵”说，当为朱子所承。

当然，毕竟《吕氏家塾读诗记》整体上尊序、宗毛，有些比较是应谨慎的，但也饶有学术价值。如《小雅·斯干》，《诗序》认为是“宣王考室也”，郑《笺》释“考”为“成”，孔《疏》进一步延续，主张“路寝成则考之而不衅”，解释为一种祭祀庆祝的仪式。欧阳修与吕祖谦继承并发挥了这种基本解释，“欧阳氏曰：古人成室而落之，必有称颂祷祝之言，如歌于斯，哭于斯，聚国族于斯，谓之善颂善祷者是矣。若知《斯干》为考室之辞，则一篇之义简易而通明矣。东莱曰：《斯干》《无羊》，皆宣王初年之诗，乃次于刺诗之后，何也？盖宣王晚岁，虽怠于政，然中兴周室之大德，岂可以是而掩之乎？故复取此二篇以终之也。宣王之大雅有美无刺，大雅言大体者也，论其大体，则宣固一世之贤君也”。欧阳修关注《斯干》文辞的体味，深感作为“考室之辞”，有助于简明地把握全诗的重要，这是恢复诗本义的阅读。而吕祖谦则是史学与义理相结合的解读，重在阐发《斯干》《无羊》所彰显的历史意义，与其评价历史时代与英雄人物重视“大体”的史学思想相一致，“大体”即吕祖谦常说的“统体”或“大纲”①。如将《诗序》、郑、孔、欧阳、吕相互比较，承革损益脉络明晰，反映了思想学术史生动复杂的发展面貌。

《小雅·节南山》“驾彼四牡，四牡项领。我瞻四方，蹙蹙靡所骋”，“欧阳氏曰：我驾此大领之四牡，四顾天下，王室昏乱，诸侯交争，而四方皆无可往之所。东莱曰：此章言幽王既不悟贤者有去，而己于是驾彼四

① 《东莱吕太史别集》卷十四《读书杂记·读史纲目》，《吕祖谦全集》第一册，第561页。

牡而将行，四牡项领，则马之肥壮固可惟意所适也，然我瞻四方则蹙蹙靡所骋。盖本根病则枝叶皆瘁，是以无可往之地也”。吕祖谦解释虽多深婉义理与历史批评，“本根病则枝叶皆瘁”尤能发人深省，但基本意思与欧阳修无二，或者说是以欧阳修的诗解为基础的。朱熹《诗经集传》在此章，实际上是将欧阳修与吕祖谦的看法融而为一，并明确标明吕祖谦的看法，但未注明欧阳修的诗解，其注解：“言驾四牡而四牡项领，可以骋矣。而视四方则昏乱，蹙蹙然无可往之所，亦将何所骋哉？东莱吕氏曰，本根病则枝叶皆瘁，是以无可往之地也。”由朱熹引证东莱语的准确无误看，《吕氏家塾读诗记》的这段材料朱熹应比较熟悉，与其紧连的欧阳修的解释也应不会陌生，虽未标明“欧阳氏”，我们也可目为欧阳修《诗经》学影响的表征。至于朱熹多次未标明欧阳氏诗解，其中原因虽不便推测，或者可能是多方面的，但理学标准则是很重要的方面，这也是“本根病则枝叶皆瘁，是以无可往之地也”被朱熹强调的重要原因，实际上它对理解诗义本身意义并不大，但是在义理价值上却很突出，这应是不可忽视的现象。因此，清理欧阳修以及其他人经学见解及其渊源影响，不能仅停留在文字表面，或者仅重视作者是否标出引用的字样，而是要据实而论、实事求是。

吕祖谦、朱熹借鉴欧阳修《诗本义》的地方也很明显。如《大雅·抑》，吕祖谦引：“欧阳氏曰：觉，警动也，言德行修著可以动人，则四国服从矣。”此句见于今本《诗本义》卷十一《抑》。《吕氏家塾读诗记》并作：“东莱曰：动民以行，不以言。德行者不言，而信觉民之大者也，故曰‘有觉德行，四国顺之’。”朱熹在解释“无竞维人，四方其训之，有觉德行，四国顺之”时则说：“言天地之性人为贵，故能尽人道，则四方皆以为训。有觉德行，则四国皆顺从之。”朱熹在欧阳、吕氏的基础上，将对诗文的解释纳入理学的轨辙，揭示其中隐藏着的人文精神，重视德行修养，则是他们共同强调的。

《大雅·抑》，“欧阳氏曰：人必先观其质性之如何也。横渠张氏曰：柔和之木乃弓之材，温恭之人乃德之质……东莱曰：此章言人之质有美有恶，故有可告语者，有不可告语者”。在论述人的德性与气质方面，也能看到欧阳修、张载、吕祖谦的一致之处。

《小雅·斯干》“殖殖其庭，有觉其楹。哙哙其正，哕哕其冥，君子攸宁”，“欧阳氏曰：宜君子居之而安宁也。董氏曰：‘哙哙其正’，所谓阳室者也。'哕哕其冥'，所谓阴室者也。古者于阴阳以为宫室，故其正为阳，冥为阴。夫负阴抱阳以安其神，所以宁也"。欧阳修解释简明，"宜君子居之而安宁也"，但为什么要解为"宜君子居"，这种居室有什么特点，为什么就能使人"安宁"，"董氏"（逌）则从阴阳关系角度作了解释，它是对上述问题的解答，也是对欧阳修诗解的补充。从解诗思想倾向上看，与王安石《诗经新义》、蔡卞《毛诗名物解》等气息相投，笔者颇疑"董氏"受王氏新学影响，因为"董氏"《诗经》学著作零落散佚严重，《吕氏家塾读诗记》就是很重要的资料。如果这种推断无误，那么，即使在王学兴盛的时候（乃至南宋以后还有六十年的时间），欧阳修的《诗本义》应该也还是有影响的，并非湮灭无闻。

《豳风·鸱鸮》："东莱曰：《尔雅》：'鸋鴂，鸱鸮之别名。'郭景纯、陆农师所解皆得之。《方言》云：'自关而东，谓桑飞曰鸋鴂。'此乃陆玑《疏》所谓巧妇，似黄雀而小，其名偶与鸱鸮之别名同，与《尔雅》之所载实两物也。毛、郑误指以解诗，欧阳氏虽知其失，乃并与《尔雅》非之，盖未考郭景纯之注耳。"程颐已弄不清"鸱鸮者主何物"。晋代郭璞认为属于鸱类，宋代陆佃认同郭璞的观点，而反对将鸱鸮解作巧妇。吕祖谦从博物学角度进行综合考察，也肯定了郭陆的解释，同时对欧阳修的优长和不足作了辨析，论述简明而平实，将欧阳修鲜为人知的博物学知识与经学精审的学术态度也凸显了出来。

因为尊《序》的基本倾向，以及对毛《诗》的信崇，吕祖谦对欧阳修的《诗》论有时便略有微词，如《野有死麕》："此诗三章皆言贞女恶无礼而拒之，其辞初犹缓而后益切。曰'有女怀春，吉士诱之'，言非不怀昏（婚）姻，必待吉士以礼道之，虽拒无礼，其辞犹巽也。曰'有女如玉'，则正言其贞洁，不可犯矣，其辞渐切也。至于其末，见侵益迫，拒之益切矣。毛、郑以'诱'为道，《仪礼·射礼》亦先有诱射，皆谓'以礼道之'，古人固有此训诂也。欧阳氏误以'诱'为挑诱之诱，遂谓彼女怀春，吉士遂诱而污以非礼。殊不知是诗方恶无礼，岂有为挑诱之污行而尚名之吉士者乎？"与朱熹《诗集传》直接继承了欧阳修关于这首诗的诗解不同，吕祖谦虽赞同毛郑观点，对欧阳修的训诂提出质疑，但是在揣摩文辞、"因文见义"方面无疑也受到了欧阳修的启发和影响，选录欧阳修诗解较多，也说明了这个道理。吕祖谦对欧阳修的批评，也可在后来对郑樵和朱熹批评中看到，他撰《又诗说辨疑》一文，深诋朱熹《诗集传》解《诗》受郑樵的影响①，因为欧阳修、郑樵、朱熹之间具有承接关系，这种连环批评就是情理中的了，但侧面也可看到欧阳修等的影响。

总之，《吕氏家塾读诗记》所引用的"欧阳氏曰"，坚定了我们这种认识，即宋代十四卷的《诗本义》本身包含今本《诗本义》一卷至十二卷，卷十三《一义解》《取舍义》或也在其中，甚至包括《〈诗谱补亡〉后序》，但吕祖谦所引《〈诗谱补亡〉后序》可能源于《欧阳公集》，即使它就是今本《诗本义》中的《〈诗谱补亡〉后序》的情形，也与本书前面第四章考察的今本《诗本义》的《〈诗谱补亡〉后序》"续貂"特点的结论并不冲突。为什么能够肯定吕祖谦所看到《诗本义》是十四卷，而不是十五卷或十六卷呢？因为除作为今本卷十五的《诗解》（或《诗解统》）已被学者们证明是欧阳修早年的作品、后弃而不用外，更为重要的是，《吕氏家塾读诗记》引用《诗本义》涉及面广，仅引用了今本《诗本义》卷一至卷十二，卷十三《一义解》《取舍义》，卷十六《〈诗谱补亡〉后序》。这为后人了解宋本十四卷本《诗本义》提供了重要依据和参考，并为把握今本《诗本义》的学术流变和价值提供了有力的论证。同时，它也显示了早于《四部丛刊》本的《诗本义》的结构与内容概貌，《读诗记》所引与今本《诗本义》大量相同或基本相同的内容，彰显了今本《诗本义》渊源有自；而《读诗记》所具有的异文及相较精当的地方则折射出今本《诗本义》可能经过修订，但还不是最终的修订本。同源而异质是《读诗记》所引《诗本义》与今本《诗本义》的联系与区别。同时，通过吕祖谦的集注也有助于比较清晰集中地把握欧阳修《诗经》学对汉唐和宋代《诗经》学的承革与影响，是弥足珍贵的史料。《四部丛刊》本有六卷系抄配（如一卷至五卷、八卷至九卷部分、十五卷部分），《吕氏家塾读诗记》所引《诗本义》，进一步印证了这些抄配确乎属于宋版系统，但未必属于《四部丛刊》本一系的宋版系统。

---

① 《东莱吕太史别集》卷十六《又诗说辨疑》，《吕祖谦全集》第一册，第598页。

第七章

《诗本义》效果史研究

关于《诗本义》及欧阳修《诗经》学研究的影响和效果，拙作已从研究方法等角度作过分析和梳理，这里，主要结合宋及以后学者的扼要评价作以鸟瞰，以使《诗本义》的效果史研究更加全面和丰富。

《宋元学案》卷四《庐陵学案》，是全祖望补修时专门增加的。欧阳修也被作为范仲淹的同调[①]，而《庐陵学案》则比较集中地记述了欧阳修的学术渊源与影响，同调除范仲淹外，还有尹洙、吕公著、梅尧臣、苏洵等，再传欧阳发、欧阳棐、焦千之、刘敞、刘攽、陈舜俞、丁骘、张巨、胡宗愈、王安石、曾巩、苏轼、苏辙、王回、徐无党等，焦千之传吕希哲、吕希绩、吕希纯，刘敞传刘奉世、王回（亦为庐陵门人）、江端礼，曾巩传曾肇、李撰、陈师道，李撰传李弥逊、李弥大、李弥正[②]。其中刘敞与欧阳修实际也是亦师亦友的关系。关于欧阳修经学成就，道光时期王梓材根据全祖望《学案札记》"欧阳公《易童子问》三卷"补入《易童子问》[③]，冯云濠在《庐陵学案》之《文忠欧阳永叔先生修》的传记文字注中则加按语，指明"先生所著尚有《毛诗本义》十六卷、《左传节文》十五卷、《文忠集》一百五十三卷、《归田录》二卷"[④]。虽然《宋元学案》经清末学者的校补，《易童子问》得到了空前的重视，也是时下人们关注欧阳修经学研究的重要方面和线索，但是《诗本义》在思想学术史上的影响却并不因为学案的疏失而湮没无闻。

---

① （清）黄宗羲原著，全祖望补修，陈金生、梁运华点校：《宋元学案》，中华书局1986年版，第142、179页。

② 同上书，第179—221页。

③ 同上书，第198页。

④ 同上书，第184页。

清代华孳亨《增订欧阳文忠公年谱》在“己亥嘉祐四年，公五十二岁”条下，明标：“撰《毛诗本义》成，其论《诗》曰：‘察其美刺，知其善恶，以为劝戒。所谓圣人之志者，本也；因其失传而妄自为之说者，经师之末也。学者得其本而通其末，斯尽善矣。得其本而不通其末，阙其所疑可也。’又曰：‘先儒于经不能无失，而所得多矣。尽其说而理有不通，始为辨正。不当过求圣人之意，以立异于先儒也。’”（原注：“以卷首公自题官知在是年”）[①] 嘉祐四年即1059年，《诗本义》成于该年的说法对后来研究《诗本义》者影响很大。不过，《毛诗本义》是南宋末年才出现的命名，应作《诗本义》为妥；华氏所引文字出自《本末论》，是欧阳修论《诗》的总纲，能否直接证明这个时期《诗本义》十四卷本子已就，还是有待进一步研究的问题。但是《诗本义》的修订定稿是在欧阳修去世前一两年才完成的，则基本没有疑问。

这部著作被称作《诗本义》或《毛诗本义》，卷次有十四卷、十五卷、十六卷。

《四库全书》的编者认为欧阳修“经术亦复湛深”，对其《诗本义》的价值有充分肯定：“是书凡为说一百十有四篇，《统解》十篇，《时世》《本末》二论，《豳》《鲁》《序》三问，而《补亡郑谱》及《诗图总序》附于卷末。修文章名一世，而经术亦复湛深”，“自唐以来，说《诗》者莫敢议毛郑，虽老师宿儒亦谨守《小序》。至宋而新义日增，旧说俱废，推原所始，实发于修”，“修作是书，本出于和气平心，以意逆志，故其立论未尝轻议二家，而亦不曲徇二家，其所训释往往得诗人之本志。后之学者，或务立新奇，自矜神解，至于王柏之流乃并疑及圣经，使《周南》《召南》俱遭删窜，则变本加厉之过固不得以滥觞之始归咎于修矣”。《四库全书简明目录》认为《毛诗本义》（十六卷）“自唐定《五经正义》以后，与毛郑立异同者，自此书始。然修不曲狗二家，亦不轻诋二家，大抵和气平心，以意逆志，故其所说往往得诗人之本旨”。大抵可以看到，《四库全书》编者主张《诗本义》平和持论、“不曲徇二家，亦不轻诋二家”“所说往往得诗人之本旨”，也强调了《诗本义》在《诗经》学史上划时代的价值和意义。同时，即使在具体的编撰体例上，《诗本义》对后世影响也很大。《四库全书总目》撰者认为，朱熹57岁（淳熙十三年）

① 《增订欧阳文忠公年谱》，洪本健编《欧阳修资料汇编》，中华书局1995年版，第891页。

所撰的《孝经刊误》（一卷），“朱子诋毁此书已非一日，特不敢自居于改经，故托之胡宏、汪应辰耳。欧阳修《诗本义》曰删《诗》云者非止全篇删去也，或篇删其章，或章删其句，或句删其字，引《唐棣》《君子偕老》《节南山》三诗为证，朱子盖用是例也”“见诸儒渊源之所自，与门户之所以分焉”。

但《诗本义》也曾经寂寞过，比如《四库全书总目》卷十五：“王宏撰《山志》记嘉靖时，欲以修从祀孔子庙，众论靡定，世宗谕大学士杨一清，曰：‘朕阅《书》《武成》篇有引用欧阳修语，岂得谓修于《六经》无羽翼，于圣门无功乎？’一清对以修之论说见于《武成》，盖仅有者耳，其从祀一节未敢轻议云云。盖均不知修有此书也。”王宏撰撰《山志》（六卷）（江苏周厚堉家藏本），“其载明世宗论《书》《武成》篇有引用欧阳修语，指为有功于《六经》，杨一清对以修之解经仅见《武成》，宏撰以一清之对为是。是均未知修自有《诗本义》也”。可见，明代杨一清（1454—1530）、清代王宏撰（1622—1702）对《诗本义》竟茫然不知，尽管这是一个特例，但也可窥《诗本义》影响式微的迹象。但是否像有些学者所说，《诗本义》直到《四库全书》编写时才焕发光彩，而此前一直是悄然无闻呢？这需要具体分析。

第一节　两宋时期《诗本义》的影响及特点

一　北宋时期的《诗本义》及影响

欧阳修经学研究的特点是“治其大旨，不为章句，不求异于诸儒”，所著《易童子问》三卷、《诗本义》十四卷可以作为代表。

韩琦（1008—1075）认为欧阳修“所治经术，务究大本，尝以先儒于经所得多矣，而不能无失，惟其说或有未通，公始为辨正，不过求圣人之意以立异论”①，此段表述也主要针对《诗本义》。

苏辙（1039—1112）认为欧阳修“于《六经》，长于《易》《诗》《春秋》，其所发明，多古人所未见”，“《易童子问》三卷，《诗本义》十四卷”②。

① 《赠太子太师文忠欧阳公墓志铭并序》，《欧阳修全集·附录》卷二，第1346页；（宋）韩琦：《安阳集》卷五十《墓志·故观文殿学士太子少师致仕赠太子太师欧阳公墓志铭》。

② 《欧阳文忠公神道碑》，《欧阳修全集·附录》卷二，第1351页；（宋）苏辙：《栾城后集》卷二十三《欧阳文忠公神道碑》；（宋）王称：《东都事略》卷七十二《列传》五十五《欧阳修》；（清）朱彝尊：《经义考》卷十八《易十七》。

吴充在为欧阳修写的《行状》中强调“于经术，务究大本，其所发明，简易明白。其论诗曰：察其美刺，知其善恶，以为劝戒，所谓圣人之志者，本也；因其失传，而妄自为之说者，经师之末也。今夫学者得其本而通其末，斯善矣；得其本而不通其末，阙其所疑可也。不求异于诸儒。尝曰：‘先儒于经不能无失，而所得固多矣，尽其说而理有不通，然后得以论正。予非好为异论也。’其于《诗》《易》多所发明。为《诗本义》，所改正百余篇，其余则曰毛郑之说是矣，复何云乎！”①

上述《庐陵本传》《赠太子太师文忠欧阳公墓志铭并序》《欧阳文忠公神道碑》《行状》等多本欧阳发（1040—1085）等述的《事迹》（或《先公事迹》）：

> 于经术，务明其大本，而本于情性；其所发明，简易明白。其论《诗》曰：“察其美刺，知其善恶，以为劝戒，所谓圣人之志者，本也；因其失传而妄自为之说者，经师之末也。今夫学者得其本而通其末，斯尽善矣；得其本而不通其末，阙其所疑可也。”又云：“今夫学者知前事之善恶，知诗人之美刺，知圣人之劝戒，是谓知学之本而得其要，其学足矣，又何求焉？”公于经术去取如此，以至先儒注疏有所不通，务在勇断不惑。平生所辨明十数事，皆前世人不以为非、未有说者。然亦不苟务立异于诸儒，尝曰：“先儒于经不能无失，而所得已多矣，正其失可也，力诋之不可也。尽其说而理有不通，然后得以论正。予非好为异论也。”其于《诗》《易》多所发明。为《诗本义》，所改正百余篇，其余则曰“毛郑之说是矣，复何云乎”，其公心通论如此。②

元祐六年（1091）六月十五日（绵本作三年十二月）苏轼（1037—

① 《行状》，《欧阳修全集·附录》卷一，第1336—1337页。

② 《事迹》，《欧阳修全集·附录》卷五，第1370页。按：“皆前世人不以为非、未有说者”，原注：“如五帝不必皆出于黄帝、春秋赵盾弑君非赵穿、许世子非不尝药、武王之十有一年非受命之年数，及力破汉儒灾异五行之说。《正统论》破以秦为伪闰，或以功德，或以国地不相臣属，则必推一姓以为主之说，以为正者正天下之不正，统者统一天下之不一，至于各据地而称帝，正朔不相加，则为绝统，惟今天下于一者为正统。统或绝或续，而正统之说遂定焉。”“惟今天下于一者为正统”，“今”疑作“合”，文渊阁《四库全书》本《文忠集·附录》卷五《事迹》正作“合”，可证。

1101）撰写《居士集序》详细叙述和评价欧阳修的学术价值与影响，“其学推韩愈孟子以达于孔氏，著礼乐仁义之实以合于大道。其言简而明，信而通，引物连类，折之于至理，以服人心。故天下翕然师尊之。自欧阳子之存，世之不说者，哗而攻之，能折困其身而不能屈其言。士无贤不肖，不谋而同曰：‘欧阳子，今之韩愈也。’宋兴七十余年，民不知兵，富而教之。至天圣景祐极矣；而斯文终有愧于古，士亦因陋守旧，论卑而气弱。自欧阳子出，天下争自濯磨，以通经学古为高，以救时行道为贤，以犯颜纳说为忠，长育成就，至嘉祐末，号称多士，欧阳子之功为多。呜呼，此岂人力也哉！非天其孰能使之？欧阳子没十有余年，士始为新学，以佛老之似，乱周孔之实，识者忧之……欧阳子论大道似韩愈，论事似陆贽，记事似司马迁，诗赋似李白，此非予言也，天下之言也”①。苏轼将欧阳修“通经学古”的经学主张上溯至韩愈，与之前的韩琦《赠太子太师文忠欧阳公墓志铭并序》直追溯至柳开、韩愈类似，都注意到唐代古文复兴运动以及解经新风尚渐次形成与欧阳修思想学术之间的内在联系。

与欧阳修过从甚密的苏辙对《诗经》也深有研究。他撰写的《诗集传》（或称《苏氏诗集传》，以区别于朱熹《诗集传》）二十卷（一作十九卷，卷次分合略有不同）疑《诗序》（《小序》）极力，仅取其首句，余皆删汰，将废《序》言诗推进到一个新的阶段，发郑樵、朱熹的先声。在这种意义上，苏辙将《诗本义》对《诗序》（特别是《二南》）的某些学术精神继承了下来，但是相较欧阳修，苏辙基本尊崇《毛诗》，虽然对《齐诗》《韩诗》也偶有引用。在学术观点上，辩驳毛郑，但大体上不出《诗序》首句的基本格局，注疏简明，在个别诗篇注疏中能大胆发表学术观点，其义理的解经思想与特色也可借以管窥。《诗集传》引用典籍《春秋》《周礼》《礼记》《孟子》等作品，而没有直接引用《诗本义》的字眼，是很独特的现象。除从该著撰写的体例来看，此前的《诗经》学著作或学者引用或标明者极少外，在学术观点上与《诗本义》存在着一定的分歧则是很重要的因素。当然，在具体解释上，有的与《诗本义》相吻合，如《甘棠》诗旨，但解“蔽芾”“小貌也”则意义相反；关于《有女同车》《山有扶苏》的诗旨，虽本“刺忽也”的基本看法，但具体

① 《欧阳修全集·居士集序》，第1—2页。

也有怀疑，特别是关于《山有扶苏》，将毛郑曲折强解归罪于《诗序》，“夫使说者劳而不得，皆叙惑之也”；主张《商颂》五篇“皆盛德之事，非宋之所宜有”，这都似受到《诗本义》的影响。在反对谶纬方面，《诗集传》较《诗本义》倒退很多，如在解《生民》诗时认为“神人之生，而有以异于人，何足怪哉？虽近世犹有然者。然学者以其不可推，而莫之信。夫事之不可推者，何独此？以耳目之陋，而不信万物之变。物之变无穷，而耳目之见有限。以有限待无穷，则其为说也劳，而世不服”，其中“莫之信”的学者自然包括欧阳修。但比较遗憾的是，因为《诗集传》没有直接引用《诗本义》的字句，虽然苏辙称道欧阳修经学成就，但《诗本义》对其《诗集传》的具体影响脉络还是不甚分明，个中原因还可留待进一步考察。

《诗本义》指斥郑玄以《礼》解《诗》[①]的地方很多，这种观念和方法对同时和后世的学者启发很大。“郑学长于《礼》，以《礼》训《诗》，是按迹而议性情也。”[②]此语应为北宋李邦直语，翁元圻注解《困学纪闻》时说：“宋章俊卿《群书考索》别集《经籍门》载李清臣《诗论》曰：‘郑氏之学长于《礼》而深于经制。夫诗，性情也；礼，形迹也。彼以《礼》训《诗》，是按迹以求性情也。此其所以繁塞而多失者欤？《绿衣》之诗，郑氏以为褖；‘不谏亦入’，郑以为入于宗庙；‘狼跋’状周公安闲自得于谗疑之中，故有‘公孙硕肤，赤舄几几’之句，而郑谓之公逊；‘庭燎’见宣王有怠政之渐，而郑以为不设鸡人之官。诸类此者，不可悉举。’”[③]欧阳修《诗本义·宾之初筵论》：“郑氏长于礼学，其以礼家之说，曲为附会，诗人之意本未必然。”[④]阎若璩注：“林爱（艾）轩亦尝曰：‘郑康成以三《礼》之学笺传古诗，难与论言外之旨矣。’”[⑤]翁元圻注：“阎注所引林爱（艾）轩之说，林希逸作《严华谷诗缉序》引之。”[⑥]论断郑玄以《礼》解《诗》，欧阳修和李邦直（1032—1102）都比较早，

① 当然，今天也有学者将郑玄解《诗》原则与方法具体分为“以礼解《诗》”与“以《礼》解《诗》”两种，而且更加突出前一种。详参见《郑玄以礼笺〈诗〉研究》（梁锡锋：《郑玄以礼笺〈诗〉研究》，学苑出版社2005年版）。

② 《困学纪闻》卷三《诗》，第338页。

③ 《困学纪闻》卷三《诗》，（清）翁元圻注，第339页。

④ 同上。

⑤ 《困学纪闻》卷三《诗》，（清）阎若璩注，第339页。

⑥ 《困学纪闻》卷三《诗》，（清）翁元圻注，第339页。

后林光朝也主此说。欧阳修欣赏李邦直（名清臣）的文章，曾比拟为苏轼，李邦直与苏轼亦交好。这个观点，或是李受欧阳的影响。

整体上，北宋与欧阳修有过密切交往的儒士对包括《诗本义》在内的经学著作评价很高，特别强调其“务明大本”，“简易明白”“不好立异论”的学术品格。

二 两宋之际研究《诗本义》的新动向

两宋之际的吕本中（1084—1145）在《紫微杂说》中引用欧阳修《诗本义》的学术观点，并不无商榷。

“《抑》诗，卫武公刺厉王也。呜呼！小子未知臧否者，恶厉王败，周室之衰，怨之之深也。而欧公《诗本义》以为遍考古人，未有谓君为小子者，言小子者，武公自谓也；未知臧否者，不度可否也。至于言提其耳，则言刺王之不可教诲，提其耳而告之，欲其听，而王终不听信也。夫既曰提其耳矣，而不得谓之小子，则若失轻重之序者。《考盘》诗，‘永矢勿谖’‘勿告’‘勿过’者，怨其君失道，欲与之绝，而知其不可复改也。然此皆非诗人本意，诗人之意特欲为艰难之辞，苦口之语，有以感发之，庶几其君犹有悔也。先儒之解，未为害义，而欧公以为如郑之说，进则喜乐，退则怨怼，乃不知命之狠人耳，以为勿谖者谓硕人，居于山涧之间不以为狭，而独言自谓不忘此乐也；勿过谓不复有所他之也；勿告者，自得其乐，不可妄以语人也。欧公之意，以为君不可怨，怨君非义，故以小子为自谓，而‘勿谖’‘勿过’‘勿告’非有及君之意，然而高子以《小弁》为小人之诗曰怨，孟子以高子为固矣，且以亲之过大而不怨，是愈疏也，愈疏不孝也，然则事君愈疏而不怨，是愈疏也，愈疏不孝也。然则事君愈疏而不怨，亦可得为忠乎？孔子曰：‘《诗》可以怨。’然则怨者乃所以甚爱其君也，此固忠孝之道无所不用其极，有不能忘于心者也，故思之深则怨之切，念之甚则痛之深，于常人有是乎？欧公既未察此义，人君习见，秦汉以来，以怨望为大罪，遂以为常，违君臣规戒相与之道，而启佞人怀利谬敬以事君者之心，且使后世庸主督察臣下无复人理，使不得议已，皆此等议论有以发之，不得不详辨也。”吕本中所引见于今本《诗本义》卷十一，虽然《诗本义》在欧阳修生前流布不广，但据吕本中引用分析，则当时《诗本义》影响亦开始显彰，并能激发人们从不同角度进行思考。

吕本中学术对南宋影响很大。除吕祖谦深受其熏陶之外，在《诗经》学方面，李樗就是吕本中的门人（见何乔远《闽书》），也是林之奇的外兄。而李樗、林之奇对《诗本义》的征引和反思，可溯源于吕本中。

李樗解《节南山》："呼天而告之曰昊天，不吊而使我空穷如此。不宜空我师，言不宜如是之空穷我师。王氏曰尹氏空我师而归怨昊天，师尹之所为，王实使之，而王之所为，天实使之也……毛氏以吊为至，郑氏乃曰至犹善也，欧阳氏不从其说，以为昊天不吊，哀此下民，而使王政害民如此，是也。盖此所谓不吊昊天，如《书》云'不吊昊天''降割于我家''不少延弗''吊天降丧于殷'相似。"[①] 宋李樗、黄櫄《毛诗集解》也吸收了《诗本义》的部分成果。另，"驾彼四牡，郑氏以此四句分为两意。上二句则以为大臣专恣，下二句则以见四方土地日以侵削于夷狄蹙蹙然，虽欲驰骋，无所之也。欧氏不从其说，合为一意，言我驾此大领之四牡，顾天下王室昏乱，诸侯交争，而四方皆无可往之所，其说为简径。言我心之忧如此，而为大臣者方且为恶日炽，视其戈矛欲相征矣。言其快私怒也，既和且平，无事则又如宾主饮酒相酬然，盖其性之无常如此。所谓喜者，私喜而已。所谓怒者，私怒而已。言其私喜怒不在国家也"。评价欧阳修《诗本义》的解说为"简径"，能体现《诗本义》的基本特点。

解《正月》："'正月繁霜'，孔氏曰正阳之月而有繁多之霜，是由王急酷之异以致，伤万物，故我心为之忧伤也；有霜，由于王急酷致于讹言，则此民之讹言为害亦甚大矣。孔氏之意，以霜之所以降者以讹言之致，此说非也。王氏曰'正月繁霜'，'民之讹言，亦孔之将'，故我心忧伤也。盖为非，有繁霜，但讹言尔，此说亦非。欧氏曰'降霜非时，天灾可忧，而民之讹言以害其国，其害甚于繁霜之害物也'，此说得之。盖以正月之阳而有繁霜，我心固已忧伤矣。今也民又讹言，其言甚大，则其心之忧愈甚矣。"欧阳修的解释合情合理，容易被人们接受。

《正月》："心之忧矣，如或结之。今兹之正，胡然厉矣！燎之方扬，宁或灭之？赫赫宗周，褒姒威之"，《毛诗集解》解作"言我心之忧，如有物缠结之者，以国政之危故也。郑氏曰：'正，长也。'忧念此之君臣何厉然为恶如是？王氏又以'正'为邪正之'正'，言正危则以邪胜故

① 文内引李樗之论，皆出自李樗、黄櫄《毛诗集解》卷二十三，下同。

也，此说比于郑氏为长，然不如欧氏之说‘正’为政事之‘政’，言古用字多通也。厉，危也。‘燎之方扬，宁或灭之’，言火之燎于原，宁有能灭之乎？今也赫赫然方盛之宗周，乃为褒姒所灭，诚可骇也！欧氏曰‘火燎于原，其热盛，若不可向，而犹或有扑灭之者，周虽赫然而必为褒姒所灭也’，然《诗》本义正不如此。颜师古尝解此四句曰‘言火燎方盛，宁有灭之者乎？宗周之盛而为褒姒所灭，怨其甚也’，此论得之。褒，国名也。姒，姓也。褒姒，犹所谓齐姜、宋子也。威，亦灭也。此时周未灭而言灭者，言其有灭亡之理也。”《毛诗集解》中虽有部分对《诗本义》深表赞同的看法，但也有不一致的地方。值得注意的是《毛诗集解》对王安石与欧阳修《诗》解的高下也有评论。该段所引欧阳修《诗》解见于今本《诗本义》卷七，文字相符。

两宋之际的理学家林之奇（1112—1176）论“金縢之书”，注意到欧阳修对《鸱鸮》传统诗解的辩驳，此时《诗本义》著作的影响已具，自不待言。

他在《尚书全解》卷二十六中说：“郑氏以‘辟’为‘避’，其说以谓群叔流言，周公避居，东都及遭风雷之变，启金縢之书，迎公来反，及摄政方始东征。信如此说，则此篇自‘岁则大熟’以上，其事皆在《大诰》之前矣。成王疑之，周公出避，其说亦不可至于罪，人斯得其说不行，故又从而为之说，曰周公居东都，其党属亦皆奔亡至，明年乃为成王所得而诛之；公作《鸱鸮》之诗，救其臣属，请勿夺其官位土地。夫周公之党有何罪而谓之罪人？足见其说之陋。欧阳《诗本义》已破其说矣。周公虽作《鸱鸮》之诗，成王犹未肯以其言而信其心，然则周公之心非金縢则不可得而见，而金縢之书自二公以下皆所不知，自非天诱其衷，则成王之疑将何时而释乎？成王之疑不释，则国之存亡未可知也。”这段材料显示，《诗本义》在林之奇《尚书全解》撰写之前已经出版，并且产生了影响。《尚书全解》（五十八卷）受二程理学思想影响，反对荆公新学，是较早以《大学》《中庸》会通、解释《尚书》的著作，体现了理学思想的进一步发展。该书保存了不少资料（如王安石《尚书新义》等），对《诗本义》的关注也折射了《诗本义》在两宋之际的意义。林之奇师从吕本中，又是吕祖谦的老师，在经学特别是《尚书》学方面有深入的研究。

三 南宋时期的《诗本义》及影响

庆元二年（1196）二月十五日胡柯“参稽众谱，傍采史籍，而取正于公之文”[①]，编撰定稿《庐陵欧阳文忠公年谱》，详细记录了欧阳修著作的状况：“凡《居士集》《外集》，各于目录题所撰岁月，而阙其不可知者。奏议表章之类，则随篇注之，定为文集一百五十三卷。《居士集》五十卷，公所定也，故置（寘）于首。《外集》二十五卷，次之。《易童子问》三卷，（原注：《诗本义》别行于世）《外制集》三卷，《内制集》八卷，《表奏书启四六集》七卷，《奏议》十八卷，《杂著述》十九卷，《集古跋尾》十卷，又次之。《书简》十卷，终焉。考公行状，惟阙《归荣集》一卷，往往散在《外集》，更俟博求。别有《附录》五卷，纪公德业。此谱专叙出处，词简而事粗备，览者当自得之。”[②] 这段记载虽然是在南宋宁宗（赵扩）初期形成的，而且在此前已经流传有众多欧阳修的年谱，其中“桐川薛齐谊，庐陵孙谦益，曾三异三家为详”[③]，可见，在庆元二年（1196）前已有众多关于欧阳修作品及行事的编年记录。同时，根据胡柯的说法，也可明了以下三点：一是《诗本义》在庆元二年的时候的确还在另行刊刻，这从反面证明《朱子语类》卷八十记载《诗本义》“此等语不见”等或有欠准确的地方（胡柯的年谱成于朱子逝世前四年，应具有较强的可比较性）；二是《诗本义》并未被收入《欧阳修全集》中，在今天所能见到各种全集本中也依然承袭着这种编选传统，某种意义上，这里“全集”其实是不全的；三是胡柯所提到的欧阳修的著作与欧阳修行状基本吻合，比较全面地反映了欧阳修的著作状况。

《诗本义》传世后，宋代还有一部著作《诗本义补遗》，或许与《诗本义》有一定关系。王应麟《困学纪闻》卷三载“鹤林吴氏论《诗》曰：‘兴之体，足以感发人之善心。毛氏自《关雎》而下总百十六篇，首系之兴，《风》七十，《小雅》四十，《大雅》四，《颂》二，注曰兴也，而比、赋不称焉。盖谓赋直而兴微，比显而兴隐也。’吴氏，未详其名，其书出于朱子《集传》之前，未审即《宋志》所载《本义补遗》否也?”

---

① 《欧阳修全集·年谱》，第 22 页。

② 同上。

③ 同上。

《宋史·艺文志》并录有吴氏《诗本义补遗》二卷，也是《诗经》学作品，从题目来看，似乎是对欧阳修《诗本义》的进一步补充，明代朱睦㮮撰《授经图义例》卷十二载"《毛诗本义》十六卷（原注：欧阳修），《诗本义补遗》二卷（原注：吴氏）"，并仅次于欧阳修《毛诗本义》十六卷之后，可作进一步印证。《经义考》载"吴氏（原注：失名），《宋志》二卷，佚"（《经义考》卷一百一十），已著录该书亡佚，并援引《困学纪闻》语，已难以辨别该书流传情况，朱氏所察或有不周。清代翁元圻为《困学纪闻》作注时指明其中的吴氏非《诗本义补遗》的吴氏。《诗本义补遗》，也不见于《郡斋读书志》《直斋书录解题》《郑堂读书记》《四库全书总目》《续修四库全书总目》（经部）等，或已经亡佚难考。

南宋初年林光朝《与赵著作子直》批驳《诗本义》甚力。原文：

《诗本义》，初得之，才廿五岁，如洗涤肠胃，读之三岁，旋觉得有未稳处，大率是欧阳、二苏及刘贡父谈经多如此，若补亡郑氏所序。此为无用之学，若铅山坐得定，当作数段去，大家评量看，如何？古人著书，直是百世以俟，圣人而不惑，岂如此苟作也！

欧阳氏《诗本义》，初欲作数段注脚去，偶闻旌车入觐，便不复作此念。此一件，唯林下可以过目，若公余尚可耳。今贺者填门，何暇及此事？某顷时作《诗》注脚，乃在上庠，与同舍往还。今思之，三十五年，尚未成编，亦不知去家十年，顿在甚处。前时，欲追记仿佛，第以欧阳不当谓之"本义"，若论"本义"，何尝如此费辞说？且如《关雎》，云视其居，则常有别，此一段却是为先儒之说所乱，若在"本义"不应尔。又云以其有不妬忌之行而左右乐助其事，又云能如此则宜有琴瑟钟鼓以友乐之，此皆支蔓语。如引太史公"周道缺而《关雎》作"，又不然，当时三家说《诗》，各有师承，今齐、韩之《诗》字与义多不同。毛公为赵人，未必不出于《韩诗》。太史公所引者乃是一家之说，岂可便以此为定说？《古文尚书》与子长并出，今所引者非古文，如所谓"祖饥""惟刑之谧"，此当有来处，非口口传授之失也，则《关雎》自不当据一家为说。又如《卷耳》，云因其勤劳而宴犒之；又《樛木》，云不嫉妬则妾无怨旷；又《兔罝》，以言周南之君列其武夫以为守御，此皆赘辞，断然非"本义"。

> 如《汉广》《汝坟》，意义全失；《麟之趾》，只是周南之人目之所见，如公子者乃人中麒麟，故以此引譬，此在“六诗”为比。比则有义，兴则无义可寻也。《麟之趾》乃以比公子。“于嗟麟兮”，此叹美之辞。二章、三章，只是说麟，已说趾，又须说一件，乃为角，《大序》所谓“言之不足，故嗟叹之；嗟叹之不足，故永歌之”，所以一篇而三致意焉。今乃云以蹄角自卫，如我国君以仁德为国犹须公族相辅卫尔，如此说《诗》，谓之“本义”，可乎？孟子谓“固哉，高叟之为《诗》！”如孟子见得“本义”甚晓。然文中子以为“诗者，民之情性”，孟子谓“《诗》亡然后《春秋》作”，人之情性不应亡，使孟子复出，必从斯言。某每有胸臆之说，文潜多以为然，其次则吾兄。自从去家乡，他人之前，更不应及此，一见弃去，勿以视人也。①

《四库全书总目》认为《与赵著作子直》系两书共名：“林光朝《艾轩集》有《与赵子直书》曰‘《诗本义》，初得之如洗肠，读之三岁，觉有未稳处，大率欧阳二苏及刘贡父谈经多如此’，又一书驳《本义》《关雎》《樛木》《兔罝》《麟趾》诸解，辨难甚力，盖文士之说《诗》，多求其意，讲学者之说《诗》则务绳以理，互相掊击，其势则然，然不必尽为定论也。”②《困学纪闻》记载：“朱子《诗序辨说》多取郑渔仲《诗辨妄》。艾轩谓欧阳公《诗本义》不当谓之《本义》，古人旨意精粹，何尝如此费辞。”③ 林光朝（艾轩）是南宋时人，也是长于朱熹、遥承伊洛的儒者。他对《诗本义》的看法代表了当时一部分崇尚毛郑《诗》学学者的看法，在《诗经》学具体观点上也受到程颐的影响，作为一家之言，是值得注意的。但是，林艾轩评价《诗本义》的标准，却正是《诗本义》

① （宋）林光朝：《艾轩集》卷六。《四库全书总目·艾轩集提要》云：“《艾轩集》，九卷，附录一卷，宋林光朝撰。光朝，字谦之，莆田人。登隆兴元年进士，历官国子监祭酒，兼太子左谕德，除中书舍人，兼侍讲，以集英殿修撰知婺州卒。光朝为郑侠之壻，又从陆子正游学，问气节俱有自来，长朱子十六岁，朱子兄事之，其为舍人日，缴还谢廓然词头一事，尤为当世所称。平生不喜著书，既没后，其族孙同叔裒其遗文为十卷，陈宓序之。后其甥方之泰搜求遗逸，辑为二十卷，刻于鄱阳，刘克庄序之。至明代，宋刊已佚，仅存抄本，正德辛巳，光朝乡人郑岳择其尤者九卷，附以遗事一卷，题曰《艾轩文选》，是为今本。”

② 《四库全书总目》卷十五。

③ 《困学纪闻》卷三《诗》。

的特色和学术追求，即崇尚简易，力戒烦琐，旨在使《诗》解与人性情相契合。当然，某些具体学术问题的争鸣也是正常的。在这种复杂的学术纷争中，能够在异中求同、同中存异，有助于把握经学特别是《诗经》学研究的基本发展趋势。不言而喻，即使在两宋，关于《诗本义》的看法也不尽相同①。北宋韩琦认为欧阳修："所治经术，务究大本，尝以先儒于经所得多矣，而不能无失，唯其说或有未通，公始为辨正，不过求圣人之意以立异论。"② 欧阳发等所撰《事迹》也极力称道欧阳修经学研究，"其于经术，务明其大本，而本于情性；其所发明，简易明白"③。实际上，在"本于情性"、追求简易方面，林光朝与欧阳修并无二致，关键是《诗本义》某些对诗歌的训解，在林光朝看来，还没有完全兑现这两个追求，从而加以批评。欧阳修研究经学，核心的问题到底是什么，是我们研究和把握《诗本义》的关键，"务究大本"，这个大本所指谓何？欧阳修《诗本义》中的"大本"就是"情性"。虽然《文中子》已经指出"诗者，民之情性"，但欧阳修的"情性论"却有自己的特色和脉络。把握《诗本义》的优长和不足，都与欧阳修的"情性论"密切相关。

朱熹在淳熙壬寅（1182）九月己卯为《吕氏家塾读诗记》写的《序》（《丛书集成初编》本称为《原序》）中说：

> 《诗》自齐、鲁、韩氏之说不传，而天下之学者，尽宗毛氏。毛氏之学，传者亦众，而王《述》之类，今皆不存，则推衍毛说者，又独郑氏之《笺》而已。唐初诸儒为作《疏义》，因伪踵陋，百千万言，而不能有以出乎二氏之区域。至于本朝，刘侍读、欧阳公、王丞相、苏黄门、河南程氏、横渠张氏，始用己意有所发明。虽其浅深得失，有不能同，然自是之后，三百五篇之微词奥义，乃可得而寻绎。盖不待讲于齐、鲁、韩氏之传，而学者已知《诗》之不专于毛、郑

① 当然，也有些笔记类作品诋斥甚烈，如陈善的《扪虱新话》，但正如《四库全书总目·扪虱新话提要》云："大旨以佛氏为正道，以王安石为宗主。故于宋人诋欧阳修，诋杨时，诋陈东，诋欧阳澈，而诋苏洵、苏轼、苏辙尤力。"（《四库全书总目》卷一百二十七子部《杂家类·存目四》）《扪虱新话》的材料也只能作为一种参考，不能完全信从。

② （宋）韩琦：《安阳集》卷五十《墓志·故观文殿学士太子少师致仕赠太子太师欧阳公墓志铭》。

③ 《事迹》，《欧阳修全集·附录》卷五，第1370页。

矣。及其既久，求者益众，说者愈多，同异纷纭，争立门户，无复推让祖述之意，则学者无所适从，而或反以为病。[①]

朱熹简明地叙述了汉唐《诗经》学与宋代《诗经》学的不同。前者突出了毛郑的影响。后者则扼要地概括为两个阶段，即刘敞、欧阳修、王安石、苏辙、二程、张载"始用己意有所发明"；南宋后观点众多，纷纭难从，渐有集众家之说加以裁夺的《吕氏家塾读诗记》类作品。当然，朱熹自己的《诗经集传》也属于这一类。

朱熹多称道《诗本义》。如

欧阳公有《诗本义》二十余篇，煞说得有好处。有诗本末论，又有论云何者为诗之本，何者为诗之末，诗之本不可不理会，诗之末不理会得也无妨，其论甚好，近世自《集注》文字出，此等文字都不见有了，也害事。如吕伯恭《读诗记》，人只是看这个他上面有底便看，无底更不知看了。[②]

子由《诗》解好处多，欧公《诗本义》亦好。(钱木之录)[③]

因言欧阳《诗本义》而曰："礼义大本，复明于世，固周程之功，然近世诸儒亦为有助。旧来儒者谈经不越乎注疏而已，至孙明复、刘原父及永叔始，自出议论，如李泰伯，文字亦自好，盖是运数将开，此理复将明于世故耳，苏明允说欧阳子之文处形容得甚好，近因观其奏议，如论回河札子，皆说得尽，诚如老苏所论。《诗义》中辨毛郑处，文辞徐缓而其说直到底不可易。"[④]

公于经术，务究大本，所发明简易明白。论《诗》曰："察其美刺，知其善恶，以为劝戒，所谓圣人之志者，本也；因其失传，妄自为之说者，经师之末也。今学者得其本而通其末，斯善矣；得其本，不通其末，阙其所疑可也。"不求异于诸儒，尝曰："先儒于经不能无失而所得者固多矣，尽其说而理有不通，然后得以论正，予非好为

① 《吕氏家塾读诗记·原序》，《丛书集成初编》本，第1页。按："王《述》"当指王肃《毛诗注》(二十卷)，已佚。

② (宋)朱鉴编：《诗传遗说》卷一，亦见于《朱子语类》卷八十。

③ 同上。

④ 同上。

异论也。”其于《诗》、《易》多所发明。为《诗本义》所改百余篇，其余则曰“毛郑之说是矣，复何云乎”①。

朱熹《诗集传》也直接间接吸收了《诗本义》的一些学术观点，在学术思想、研究方法②以及具体学术观点上都受到《诗本义》的影响③。《朱子语类》《诗集传》中多有称引《诗本义》的地方，足见《诗本义》对《诗集传》的影响之巨。这方面的内容，自然属于《诗本义》效果史的考察范围，但在此作个案审视，目的在于呈现《诗本义》对《诗集传》的具体影响及方式，在微观角度上是对“《诗本义》效果史研究”的丰富和具体化，二者是纵横交织、微观与宏观的关系，完全可以相得益彰。

明代朱升指出：“朱子之于《诗》也，本欧阳氏之旨而去《序》文。”④ 欧阳修《诗本义》对朱熹《诗集传》的影响和启发，古人已有揭示，但这种影响到底表现在哪些方面，意义是什么，则需要更加深入的研究。裴普贤《欧阳修诗本义研究》曾辟专章研究《诗本义》对《诗集传》的影响，给后学提供了研究的借鉴和基础，功绩甚伟。

《诗本义》对《诗集传》的影响大体可体现在以下几个方面：对《诗经》的认识特别是对“淫诗”的认识；对《诗经》“诗人之体”的认识；《诗经》研究方法及关系；赋比兴论述的影响；训诂方法的启示等。

《鄘风·墙有茨》：“诗人取物比兴，本以意有难明，假物见意尔。”⑤ 类似的《邶风·静女》论“彤管”有无比兴含义时也涉及。《王风·采葛》：“论曰：诗人取物为比，比所刺美之事尔。至于陈己事，可以直述，

① （宋）朱熹纂集：《宋名臣言行录后集》卷二。

② “欧阳修《诗本义》曰‘删诗’云者，非止全篇删去也，或篇删其章，或章删其句，或句删其字，引《唐棣》《君子偕老》《节南山》三诗为证。朱子盖阴用是例也。陈振孙《书录解题》载此书，注其下曰：‘抱遗经于千载之后，而能卓然悟疑辨惑，非豪杰特起独立之士，何以及此？此后学所不敢仿效，而亦不敢拟议也。’斯言允矣。”（《四库全书总目·孝经刊误提要》）《四库全书》馆臣在为朱熹《孝经刊误》所作的提要中，已经揭明《诗本义》解《诗》方法以及在某些《诗经》学问题（如“删诗”等）看法与处理原则的影响，这无疑也强调了《诗本义》对后世的客观反响，但往往容易被人们所忽视。

③ 参见第三章《〈诗本义〉的两大解经方法及影响》、第六章《〈吕氏家塾读诗记〉与〈诗本义〉》。

④ 《经义考》卷一百零八引。

⑤ 《诗本义》卷三《鄘风·墙有茨》。

不假曲取他物以为辞。”[①] 欧阳修关于赋比兴功能和特点的看法对朱熹有直接的启发作用。

《齐风·东方之日》:“本义曰:‘东方之日’,日之初升也,盖言‘彼姝者子’颜色奋然美盛,如日之升也。‘在我室兮,履我即兮’者,相邀以奔之辞也。此述男女淫风,但知称其美色,以相夸荣,而不顾礼义,所谓不能以礼化也。下章之义亦然。”[②] 《东方之日》最终未逃出朱熹、王柏淫诗之列。欧阳修已将不少诗篇视为淫诗,朱熹《诗集传》受其影响,裴普贤著已作比较详尽的研究,兹不赘述。

《陈风·东门之枌》:“论曰:子仲之子,莫知为男也?女也?而郑谓之男子。谷旦者,善旦也,犹今言吉日尔。郑谓朝日善明者,何其迂邪?南方之原,毛以为陈大夫原氏,而郑因以此原氏,国中之最上处,而家有美女。附其说者,遂引《春秋》庄公时,季友如陈葬原仲,为此原氏。且原氏,陈之贵族,宜在国中,而曰“南方之原”者,何哉?据诗人所陈,当在陈国之南方也。而说者又以不绩其麻而舞于市者,遂为原氏之女,皆诗无明文,以意增衍而惑学者,非一人之失也。本义曰:陈俗男女喜淫风,而诗人斥其尤者。子仲之子常婆娑于国中树下,以相诱说,因道其相诱之语:当以善旦,期于国南之原野,而其妇女亦不务绩麻而婆娑于市中。其下文又述其相约以往,而悦慕其容色,赠物以为好之意。盖男女淫奔,多在国之郊野。所谓南方之原者,犹东门之墠也。”[③]《陈风》中的《东门之枌》,被欧阳修视为“淫诗”,朱熹等相同。“南方之原”,欧阳修的看法与毛郑不同,作“原野”理解,逐渐稳定起来,对朱熹影响也大。其他“我心匪鉴,不可以茹”,“茹”作接纳理解,也创始于欧阳修,后为朱熹所接受。

吕祖谦的《吕氏家塾读诗记》保存了珍贵的《诗本义》资料,可靠性很强,侧面反映了《诗本义》对《吕氏家塾读诗记》的深远学术影响。本书辟专章考察讨论[④],兹处从略。

黄震《读诗一得》,一卷,《经义考》作“存”,黄震《自序》说:

---

① 《诗本义》卷三《王风·采葛》。

② 《诗本义》卷四《齐风·东方之日》。“彼姝者子”,《四部丛刊》本作“彼姝之子”。

③ 《诗本义》卷五《陈风·东门之枌》。

④ 第六章《〈吕氏家塾读诗记〉与〈诗本义〉》。

《毛诗》注释简古，郑氏虽以礼说《诗》，于人情或不通，及多改字之弊，然亦多有足以裨《毛诗》之未及者。至孔氏《疏义》出，而二家之说遂明。本朝伊川与欧、苏诸公又为发其理趣，《诗》益焕然矣。南渡后，李迂仲集诸家为之辨而去取之，南轩、东莱止集诸家可取者，视李氏为径，而东莱之《诗记》独行。岷隐戴氏遂为《续诗记》，建昌段氏又用《诗记》之法为《集解》，华谷严氏又用其法为《诗缉》，诸家之要者多在焉，此读《诗》之本说也。雪山王公质、夹漈郑公樵始皆去《序》而言《诗》，与诸家之说不同。晦庵先生因郑公之说，尽去美刺，探求古始，其说颇惊俗，虽东莱不能无疑焉。①

可见，黄震对朱熹《诗经集传》服膺有加，但正如《四库全书总目》认为的那样，不无怀疑；如果从学者认识上说，尊崇朱氏《集传》似乎在这个时候已经渐渐地开始。黄震持论较平允，既明确了郑玄以礼解《诗》有不合人情的地方，但又未全盘否定。对孔《疏》也多有褒奖。就宋代《诗经》学言，黄震基本是按对待《诗序》的态度来勾勒的。北宋程颐、欧阳修、苏辙等“发其理趣”。南宋则有李樗、张栻、吕祖谦的不同方式的集传类作品，吕氏独著，并影响至戴溪、段昌武和严粲。这是后来常说的所谓尊《序》派。黄震认为“去《序》言《诗》”则有王质、郑樵等，朱熹受郑樵的影响，以己意解《诗》。这是后来常说的所谓废《序》派。黄氏对朱熹的“淫诗说”也未全部否定，而多有推尊《集传》之意。值得一提的是，黄震的划分方法对《四库全书》的编者及现当代《诗经》学史（或研究史）影响深远，凡以“尊《序》”（或崇《序》）“废《序》”（或“斥《序》”）对立来叙述宋代《诗经》学演变者，即直接或间接地受其启发和牢笼。

楼钥（1137—1213）曾说：

由汉以至本朝，千余年间，号为通经者不过经述毛郑，莫详于孔颖达之《疏》，不敢以一语违忤二家，自不相侔者，皆曲为说以通

① （清）朱彝尊编，朱昆田校：《经义考》卷一百一十，乾隆四十二年（1777）本，第3—4页。

之。韩文公，大儒也，其上书所引《菁菁者莪》，犹规规然守其说。惟欧阳公《本义》之作，始有以开百世之惑，曾不轻议二家之短长，而能指其不然，以深持诗人之意。其后王文公、苏文定公、伊川程先生各著其说，更相发明，愈益昭著，其实自欧阳氏发之。①

这里，虽未明晰地划分宋代整个《诗经》学的演变阶段，但根据汉宋《诗经》学的转折关键来确定欧阳修《诗本义》在宋代《诗经》学中的重要地位，"始有以开百世之惑"，并认为王安石、苏辙、程颐等祖欧阳修而"各著其说，更相发明，愈益昭著"。在肯定欧阳修的开创作用上，《四库全书总目》编者的结论也不过如此。

宋代罗大经《鹤林玉露》，在《文章有体》中记载杨万里的长子杨东山（1150？—1229？）（东山名长孺，字子伯，号东山潜夫，人称"杨东山"）的一段话②，"杨东山尝谓余曰：'文章各有体，欧阳公所以为一代文章冠冕者，固以其温纯雅正，蔼然为仁人之言，粹然为治世之音，然亦以其事事合体故也……作《诗本义》，便能发明毛、郑之所未到……'"③当时，年齿较罗大经（1195？—1252？）高一两辈的杨东山能以"便能发明毛、郑之所未到"概括和评价《诗本义》，的确能够把握整体和关键。周必大、杨万里、朱熹、吕祖谦等年齿相差不远，杨东山语极有可能出于朱熹《诗集传》之后，但至少能够说明南宋时期《诗本义》依然受到学者们的关注。

即使在具体的学术观点上，《诗本义》的影响也依然历历在目。前除《诗集传》《吕氏家塾读诗记》等作品外，还有关于"牟麦"看法的典型例子。"欧阳公《诗本义》云：'牟者，百谷中一谷。'孟子言麰，又言麦，明非一物。若谓来牟为麦，则非尔。麰既不为麦，而于《尔雅》亦无他训诂。旁考《六经》，牟无义训，多是人名、地名。仁杰按：《诗》美后稷'即有邰家室'，张敞《传》'后稷封于斄'，师古曰：'斄与邰

① （清）朱彝尊编，朱昆田校：《经义考》卷一百零四，乾隆四十二年（1777年）本，第3页。按："违忤二家"的"二家"指毛郑；"曲为说"，刘毓庆《历代诗经著述考（先秦—元代）》作"为曲说"（刘著第134页）。

② （宋）罗大经：《鹤林玉露》卷二、（明）唐顺之撰：《稗编》卷七十五《文艺四·文》。

③ 《鹤林玉露》丙编卷二，洪本健编《欧阳修资料汇编》，中华书局1995年版，第389页。

同。’然则来牟之来，即麰之省文耳。牟，训麦之外，又为器名，故志以牟，与豆笾偕言之。《内则》亦云‘敦牟卮匜’，注云：‘敦牟，黍稷器也。’《思文》之诗‘贻我来牟，帝命率育’，盖言帝赐黍稷之器，使后稷祈谷以均养四方之民，与《生民》诗所咏‘于豆于登’义同。《臣工》诗言‘於皇来牟’，终之以‘迄用’丰年，所以歌咏祈谷之应也。然则所谓‘来牟’者，指言后稷初封所赐祭器，诗文从省，而毛郑乃有赤鸟牟麦俱来之诞，宜为欧阳公所不取。”① 该书《提要》云：“《两汉刊误补遗》，宋吴仁杰撰。仁杰，字斗南，一字南英，别号蠹隐居士，昆山人。其称河南者，举郡望也。淳熙中登进士，官国子学录。是书，前有淳熙己酉曾绛《序》称，仁杰知罗田县时自刊板；又卷末有庆元己未林瀛《跋》，称陈虔英为刊于全州郡斋，殆初欲刊而未果，抑虔英又重刊欤？旧刻久佚，此本乃朱彝尊之子昆田抄自山东李开先家，因传于世。”可见此书为南宋时期作品，其中记载的《诗本义》的影响，由“牟麦”之解也可窥一斑，尤其值得注意的是吴氏通过细致的考证，进一步佐证了欧阳修《诗》解谨慎周密，虽然他本人并不完全赞同将“牟”解为谷物的看法。《困学纪闻》也有类似的记载，引欧阳公《诗论》：“古今诸儒谓‘来牟’为麦者，更无他书所见，直用二《颂》毛、郑之说。来牟为麦，始出于毛、郑，而二家所据，乃臆度伪《大誓》不可知之言。”② 此处《诗论》当指《诗本义》。

两宋时期《诗本义》影响特点与《诗本义》的传播具有密切的关系。北宋时期，《诗本义》的重要性已经受到人们的重视，但据流传典籍分析，书籍引用不广。两宋之际，学者们对《诗本义》的优长和不足渐有讨论，在一些《诗经》集注及相关的作品中能够比较多地发现《诗本义》被引用的证据，虽然关于《诗本义》的不足评价有些还不免失于偏颇，但在思想学术原则上则大多受到《诗本义》积极影响。南宋以降直至宋元之际，关于《诗本义》在《诗经》学史上的重要地位以及欧阳修在经学史上的划时代意义，已经有比较一致的看法，同时也突出了欧阳修《诗经》学的学术特色的探讨，《诗本义》的影响进一步呈现愈益深广的

---

① （宋）吴仁杰：《两汉刊误补遗》卷九。按：“终之以‘迄用’丰年”中的“迄用丰年”，《臣工》原作“迄用康年”。

② 《困学纪闻》卷三《诗》。

发展态势。这种情形一方面奠定了此后《诗本义》学术影响的基础和基本格局，另一方面也比较形象地展示了《诗本义》影响日渐显著的历史趋势。

第二节 元明时期《诗本义》的影响及特点

一 元代《诗本义》及影响

元代朱德润为郑樵《诗传训诂》作的《序》中说：

> 汉儒专门训诂一经之旨，扬镳分路，使后世学者莫适，而经之本文亦乖戾破碎。至宋濂洛诸儒出，然后诸经之旨粲然明白。今考载籍《诗》传，自伊川、欧、苏诸先生发其理趣，南渡后李迂仲、张南轩、吕东莱、戴岷隐、严华谷诸先生又各自名家。而方今学者咸宗朱氏者，岂非以其义明理畅足以发诗人比兴之旨趣，辞简意备足以广诗人赋咏之性情乎?①

朱德润将宋代经学的实质性变化追溯至濂洛诸儒，而《诗经》学则基本被划分为三个阶段，首先是程颐、欧阳修、苏辙“发其理趣”，其次是南宋李樗、张栻、吕祖谦、戴溪、严粲等各自名家，最后是朱熹《诗经》学独尊局面的形成。总体上也是一历时的划分，但不甚严格。但无疑是将欧阳修“发其理趣”的《诗经》研究作为两宋《诗经》研究的一个重要阶段，凸显了其在《诗经》学史上的重要地位。

元代虞集《郑氏毛诗序》：“齐、鲁、韩诗不传，而毛氏独存，言《诗》之家，千数百年守此而已。至宋欧阳子疑《诗序》之非而著《本义》，苏栾城亦疑而去之，不免犹存其首句。譬诸山下之泉，其初出也，壅塞底滞，而端亦微见矣，渐而清通，沛如江河，后因于先而廓之，而水之源流达矣，亦有其时也。”② 对《诗本义》在《诗经》学史上的影响与意义也有形象的说明，但主要侧重的还是《诗本义》在疑《序》方面的

---

① （清）朱彝尊编，朱昆田校：《经义考》卷一百零六，乾隆四十二年（1777）本，第2页。

② 《道园学古录》卷三十一，洪本健编《欧阳修资料汇编》，中华书局1995年版，第458页。

贡献及对苏辙的开启意义。

元代许谦撰《诗集传名物钞》，解《鹊巢》“诸侯家人美夫人”，说：“《传》：一章，欧阳文忠公《诗本义》：‘今所谓布谷戴胜者，与鸠绝异。’惟今人直谓之鸠者，拙鸠也，不能作巢，多在屋瓦间或于木上架构树枝，初不成巢，便以生子往往坠陨雏。鹊作巢甚坚，既生雏，散飞则弃而去，容有鸠来处彼空巢。”① 许谦注意到欧阳修对“鸠”与“布谷”鸟的辨析。

元代梁益撰《诗传旁通》，也引用《诗本义》，解《天保》“尔”指“君”，“欧阳文忠公《诗本义》曰：‘诗人尔其君者，盖称天以为言耳。’”② 解《十月之交》“日食”，“欧阳文忠公《诗本义》曰：‘日，君道也。月，臣道也。’望而至于黄道，是谓臣干君明则阳斯蚀之；朔而至于黄道，是谓臣壅君明，则阳为之蚀。《十月之交》，于历当食，君子犹以为变，诗人悼之，然则古之太平，日不食，星不孛，盖有之矣。若过至未分，月或变行以避之，或五星潜在日下御侮以救之，或涉交数浅，或在阳历阳盛阴微则不蚀，或德之休明而有小眚焉（眚生之上），则天为之隐，虽交而不蚀，四者皆德之所由生也”③。

元代梁益解《生民》“姜嫄”，引“欧阳文忠公曰：秦汉学者喜为异说，高辛四妃皆以神异而生子，盖尧有圣德，稷、契后世皆王天下数百年，学者喜为之称述，欲神其事，故务为之说。文忠公辟祥瑞之说，有《诗本义》。严坦叔粲曰：‘古无巨迹之说，特《列子》异瑞，司马迁好奇，郑氏信谶纬，以帝武疑似之辞，借口而为是说。’毛氏不信神怪，其说甚正，后世犹未尽从者，谓其以帝为帝喾耳。今依毛以敏为疾，而不用其帝为高辛之说；依郑以帝为上帝，而不用其敏为拇指之说，合二家之说而去取之，可以折衷矣”④。这段材料显示，欧阳修辟神怪、祥瑞，对宋代严粲影响深刻；在关于“履帝武敏歆”的看法上，欧阳修的确有过人之处，连朱熹、吕祖谦都有不及，黄震已经明确地指明了这一点。这同时

① （元）许谦：《诗集传名物钞》卷一。

② （元）梁益：《诗传旁通》卷六。

③ （元）梁益：《诗传旁通》卷八。

④ （元）梁益：《诗传旁通》卷十一“可以折中矣”下，原注：黄东发震曰：“郑氏谓姜嫄履巨人迹，歆动而生后稷，近世大儒如晦庵、东莱皆从之，惟欧阳公尝斥其诞，至严华谷力主欧阳之说焉。”

说明，即使在朱熹《诗集传》流行的时候，欧阳修的《诗本义》依然具有一定的学术影响，而并非湮没不可闻，“此等文字都不见有了”[①]，这是格外值得关注的。

“唐孔颖达氏取毛《传》、郑《笺》而疏之，谓之《正义》。诗之制度名物，于是大备，然其训说，皆不敢背乎《小序》，未有舍《序》而自为之说者。惟宋欧阳公、王荆公诸先生出，卓然有见，高视千古之上，舍《序》舍《传》而研究经旨，理明义精，犁然允当。如唐之啖助、赵匡、陆淳舍《传》言《春秋》，非寻常识见。所及夹漈郑樵氏渔仲之言曰，风土之音曰风，朝廷之音曰雅，宗庙之音曰颂，且为作《诗辨妄》六卷，诗经之旨大明，迨晦庵朱子而大定矣。益谓去古未远，有古书可考，莫若汉儒之毛氏《传》、郑氏《笺》；制度述作，物性名件，莫若唐孔氏之《疏》义。读此经者，所当遍知而不可偏观也。”[②]元代梁益对欧阳修解经（《诗经》）新风及影响已经有简明扼要的概括，较南宋楼钥《攻媿集》更加具体细致，“舍《序》舍《传》而研究经旨，理明义精，犁然允当”，也是对《诗本义》等的中肯评价。

元代学者对《诗本义》的评价是对南宋的进一步继承和发展，其中因袭沿革的痕迹很明显。侧重义理，突出《诗本义》在《诗经》学史上的重要转折地位是这个时期的主要特征。

二 明代《诗本义》及影响

明初著名经史学家、浙东学派的代表人物之一王祎（1321—1372）撰《孔子庙廷从祀议》，认为：

> 圣人之道，或著之事功，或载之文章，用虽不同，而实则一致。三代以下，人才莫盛于宋东都，其间慨然以圣人之道为己任而著之行事者，范仲淹而已。其言以为“士当先天下之忧而忧，后天下之乐而乐”，虽伊尹之任，无以尚之，况当其时，天下学术未知所宗尚，而仲淹首以《中庸》授张载，以为道学之倡，盖其为学本乎《六经》，而其议论无不主于仁义，虽勋业之就未究其志，而事功所及，

---

① （宋）朱鉴编：《诗传遗说》卷一，亦见于《朱子语类》卷八十。

② （元）梁益：《诗传旁通》卷十五《叙》。

> 光明正大，实与司马光相上下。自圣道不行，世儒徒知章句以为事，而孰知圣人经世之志，固不专在是也。欧阳修与仲淹同时，实倡明圣贤之学而著之文章，其《易》、《春秋》诸说，《诗本义》等书，发挥经学为精。至其欲删诸经《正义》谶纬之说，一归于正，尤有功于圣道。其为言根乎仁义而达之政理，所以羽翼《六经》而载之于万世。至于《本论》等篇，比之韩愈之《原道》，夫复何愧？而世之浅者，每目之为文人。夫文以载道，道因文而乃著，虽经天纬地者亦谓之文，而顾可少之哉？然则如范仲淹之立功，欧阳修之立名，皆可谓有功于圣人之道者。①

《孔子庙庭从祀议》评价宋代学术的转变，虽目的在于为讨论祀法及从祀的人选和次第问题，但却比较客观地表达了对宋代理学家重视“道”的传承的认可。尤其是“圣人之道，或著之事功，或载之文章，用虽不同，而实则一致”，以体用看待道与文章、事功的关系，对宋代思想学术史演进的勾勒就具有一定的包容性，即使对今天研究宋代儒学包括理学都会有一定的启发。同时，王祎从继承与弘扬道的高度对欧阳修的文章与经学研究作以崇高评价，揭示思想学术发展的复杂原因与历史面貌，特别注意到欧阳修思想学术与韩愈、范仲淹等的关联，对惯常的从文学与文士角度来评价欧阳修的现象提出批评，这是很有见地的。关于《诗本义》，则认为“《诗本义》等书，发挥经学为精”，也是不菲的褒扬，这也侧面体现了欧阳修的思想学术成就以及《诗本义》对后世的深远影响。

方孝孺（1357—1402）《答王仲缙五首》：“宋之以文名者，曰欧阳氏，曰苏氏，曰曾氏，曰王氏。此四人之文，尤三百年之杰然者，而未尝以奇怪为高。则夫文之不在乎奇怪也久矣，惟其理明辞达而止耳。”② 这段论述也是从“理明辞达”方面肯定欧阳修等的成就，而不仅仅侧重文学形式，是对“文以载道”“文以明道”传统的继承和弘扬，但也更加侧重“理明”的重要。袁宗道（1560—1600）《论文下》：“汉、唐、宋诸名家，如董、贾、韩、柳、欧、苏、曾、王诸公及国朝阳明、荆川，皆理

① （明）王祎：《王忠文集》卷十五《议·孔子庙庭从祀议》，又见（明）贺复征《文章辨体汇选》卷四百二十六《议三》之王祎《孔子庙庭从祀议》，（清）黄宗羲《明文海》卷七十四之王祎《孔子庙庭从祀议》，（清）秦蕙田《五礼通考》卷第一百十九等。

② 《逊志斋集》卷十，洪本健编《欧阳修资料汇编》，中华书局1995年版，第493页。

充于腹而文随之。”[①] 以“理充于腹而文随之”概括欧阳修等的作品风貌，也正是有见于文道的文质关系。这种倾向显示了当时评价重视对“理明”及文质辩证关系的考察。

何乔新（1427—1502）《六经》：“宋欧阳氏、王氏、苏氏、吕氏，于《诗》皆有训释。虽各有发明，而未能无遗憾者。自朱子之传一出，则‘三百篇’之旨，灿然复明，若大空之日月而出于云霾之积阴也。”[②] 虽然对《诗本义》《诗经新义》《苏氏诗集传》《吕氏家塾读诗记》发明义理与诗解都有所肯定，但主要目的在于表彰朱熹《诗集传》超越前贤的价值，“‘三百篇’之旨，灿然复明，若大空之日月而出于云霾之积阴也”是在传统诗解的基础上，经过多代人的努力，相互切磋琢磨，借鉴取舍，才逐步完成的，不过，它却形象地揭示了宋代《诗经》学经历的“除蔽”的艰难过程，而朱熹《诗集传》之所以能够成为集大成的作品，其中自然也受到了《诗本义》等的影响[③]。这是在朱熹《诗集传》大盛的情况下依然不废《诗本义》等的标志。

明代毛晋作《陆氏诗疏广要》曾参考《诗本义》，认为：“今《诗》之‘驺虞’，解者类以为此兽。欧阳公《诗本义》独引贾生说，以为驺者，文王之囿；虞，其官也。然驺虞从古以为兽史之说，有得兽而莫知其名者，东方朔识之曰此所谓驺虞者也，则汉武时尝有兽号驺虞者矣。古者音声之假借，以虞为吾，故朔所谓驺虞，则《诗》所谓驺虞者尔，岂可谓虞官也哉？然以为诗直指此兽，又大谬。盖此物，兽之俊逸者，以其俊逸，故马之健者比之。”[④] 虽然对《诗本义》引用汉人的训释作了驳正，但也流露出《诗本义》在明代的影响。实际上，关于“驺虞”的看法，在元代已经有人展开讨论，对《诗本义》的见解虽有矫正，但并没有完全否定。“驺虞，汲冢《周书》《王会》篇云：‘驺虞，白虎，黑文，西方之兽。’欧阳公《诗本义》引贾太傅之说，‘驺’为文王之囿，固未可据。然‘虞’为司兽，不为无理。《书传》言虞多为掌山泽之官，伯益作虞，远自舜世。《周礼》分为虞衡，属之夏官司马，至如今时京师有仁虞

① 《白苏斋类集》卷二十，洪本健编《欧阳修资料汇编》，中华书局 1995 年版，第 609 页。

② 《何文肃椒丘先生策府群玉文集》卷上，洪本健编《欧阳修资料汇编》，中华书局 1995 年版，第 510 页；《椒邱文集》，文渊阁《四库全书》本。

③ 详可参见裴普贤等人的考察。

④ （吴）陆玑撰，（明）毛晋广要：《陆氏诗疏广要》卷下之下《释兽》。

监，取正《诗序》之义而掌畋猎之事焉。”①

明代诗文虽也有前后七子等的复杂运动，在评价《诗本义》方面也能折射出来，重视“理明”与“辞通”的统一，重视经学研究中的载道传统是这个时期的主流，《诗本义》影响的重点和特色也以这个方面为主。但是朱熹《诗集传》的地位日益崇隆，《诗本义》等《诗经》学作品的价值虽然没有被完全否定，但也仅被视作《诗经》学史上的重要发展阶段之一。

第三节　清代《诗本义》的影响与学术纷争

伴随着汉宋学术、今古文经之争，清代《诗经》学史呈现出复杂多样、不断融合吸收的形态。在这种情况下，对《诗本义》的褒贬不一，但却基本说明《诗本义》的确是人们不可忽视的重要的思想学术资源。

一　清初至雍正时期

明末清初学者申涵光（1619—1677）在《荆园进语》中称：“《集注》未定之先，宋人取士，以注疏为主而旁及诸家。如《易》则胡瑗、石介、欧阳修、王安石……《诗》则欧阳修、苏轼、程颐、张载……纷纷之说，安所适从?”② 强调了欧阳修《诗》解在宋代的客观影响，而并非湮没不闻。

清初朱子学学者陆陇其（1630—1692）曾说：“观《杂学辨》所辨苏氏《易解》诸条，真尹和靖所谓训经而欲新奇，无所不至矣。欧阳公《事迹》曰：‘公尝谓前儒注诸经，惟其所得之多，故能独出诸家而行于后世，而后之学者各持好胜之心，务欲掩人而扬己，故不止正其所失，虽其是者一切易以己说，欲尽废前人而自成一家，此学者之大患也。故公作《诗本义》止百余篇而已，其余二百篇无所改易。曰：毛郑之说是也，复何云乎？’呜呼！此其用心公正，岂子瞻所及哉？宜朱子之有取焉。”③ 虽然转引欧阳发等《事迹》语，但评价时却将欧阳修的经学成就与苏轼作一比较，并揭示欧阳修对朱熹的影响。

王士祯（1634—1711）强调“欧阳子作《诗本义》，其《序问》篇

① （元）梁益：《诗传旁通》卷十五《叙》。

② 《荆园进语》，洪本健编《欧阳修资料汇编》，中华书局1995年版，第679页。

③ （清）陆陇其：《读朱随笔》卷四。

云:《毛诗》诸序与《孟子》说诗多合，故吾于《诗》常以《序》为证，惟《周南》《召南》失者类多，随而正之。欧阳子所见，岂出朱子下也?"[①] 言下之意欧阳修的某些《诗经》学成就并不亚于朱熹。针对历史上林光朝（艾轩）（1114—1178）批驳《诗本义》的看法，王士祯认为"宋林艾轩光朝与朱子同时同里，说《诗》最不喜欧阳《本义》。《与赵子直书》云:'《诗本义》，初得之，如洗肠胃，读之三岁，觉得有未稳处。大率欧阳、二苏及刘贡父谈经多如此。'又一书驳《本义》《关雎》《樛木》《兔罝》《麟趾》等解甚悉。大抵欧阳《本义》虽未必尽合，然较考亭尽去《小序》而以臆断，不啻胜之，未可厚非。"[②] 这里，"欧阳《本义》虽未必尽合，然较考亭尽去《小序》而以臆断，不啻胜之，未可厚非"，代表了王士祯的基本看法，显然他属于尊《序》一派，在反对朱熹"去《序》"的基础上，对宋代林艾轩批驳《诗本义》的看法作出校正，在某种意义上佑护了《诗本义》。

由清陆陇其《读朱随笔》卷四、王士祯《池北偶谈》卷十四与卷十六所载可见，当时学者讨论欧阳修、朱熹《诗经》学观点，不仅强调朱熹受欧阳修影响，而且甚至在某种程度上认为欧阳修不亚于朱熹。当然，就思想学术史实际而言，这种学术评价也需考虑到清代学者对汉学与宋学的态度，兼采汉宋以及独标汉学的学者，对保留汉学研究成果的《毛传》自然会多一些容忍和赞许[③]，这也是合乎情理，并契合清代思想学术发展

① （清）王士祯:《池北偶谈》卷十四。

② （清）王士祯:《池北偶谈》卷十六。

③ 明末清初钱澄之撰于康熙乙卯（1675）至康熙己巳（1689）间的《田间诗学》引用史料很丰富，"大旨以《小序》首句为主，所采诸儒论说，自《注》《疏》《集传》以外，凡二程子、张子、欧阳修、苏辙、王安石、杨时、范祖禹、吕祖谦、陆佃、罗愿、谢枋得、严粲、辅广、真德秀、邹忠允、季本、郝敬、黄道周、何楷二十家……持论颇为精核，而于名物、训诂、山川、地理，言之尤详"。(《四库全书总目·田间诗学提要》）朱鹤龄《诗经通义》:"专主《小序》而力驳废《序》之非，所采诸家，于汉用毛郑，唐用孔颖达，宋用欧阳修、苏辙、吕祖谦、严粲。"（《四库全书总目·诗经通义提要》）顾镇《虞东学诗》:"大旨以讲学诸家，尊《集传》而抑《小序》；博古诸家，又申《小序》而疑《集传》。《集传》既不敢不从，《小序》又不可竟废，于是委曲调停，驿骑于两家之间，谓其说本无大异，是亦解纷之一术也。征引者凡数十家，而欧阳修、苏辙、吕祖谦、严粲四家所取为多，虽镕铸群言，自为疏解，而某义本之某人，必于句下注其所出。又《集传》主于义理，于名物、训诂、声音之学皆在所略，镇于是数端皆精心考证，具有根柢，不徒以空谈说经，在汉学宋学之间可谓能持其平者矣。书虽晚出，于读《诗者》不为无裨也。"（《四库全书总目·虞东学诗提要》）这些著作在宋代主要采撷的还是尊《序》派，对欧阳修也持肯定的意见，其中《诗本义》也在参考之列。

内在规律的现象。

陈启源（？—1689）《毛诗稽古编》对欧阳修《诗本义》也多有探讨。该书曾被誉为“国初诸家，始变为征实之学，以挽颓波，古义彬彬，于斯为盛，此编尤其最著也”[①]。《毛诗稽古编》（三十卷）（江西按察使王昶家藏本），成于康熙二十六年（丁卯）（1687），阅十四载，凡三易稿。该书“训诂一准诸《尔雅》，篇义一准诸《小序》，而诠释经旨则一准诸《毛传》，而《郑笺》佐之，其名物则多以陆玑《疏》为主。题曰‘毛诗’，明所宗也；曰‘稽古编’，明为唐以前专门之学也。所辨正者，惟朱子《集传》为多，欧阳修《诗本义》、吕祖谦《读诗记》次之，严粲《诗缉》又次之。所掊击者，惟刘瑾《诗集传通释》为甚，辅广《诗童子问》次之。其余偶然一及，率从略焉”[②]。在《毛诗稽古编》中，《诗本义》等也是被辩驳的重要内容。如解《关雎》“毛《传》，雎鸠挚而有别。《笺》申其意，以为挚之言‘至’。《疏》又申之云：‘雌雄情意至厚而能有别，以兴后妃说乐君子，情深犹能不淫其色。’《传》为‘挚’字，实取‘至’义。《笺》《疏》皆善述《传》义矣。盖‘至’与‘别’，义正相反，合之方见后妃之德。若作‘挚’解，文义偏枯矣。《集传》云情意深至，亦《笺》《疏》之意也。欧阳（修）《本义》云：‘不取其挚，但取其别。’钱氏《诗诂》亦讥《笺》义为非，皆未喻《传》意。按：雎乃雕类，定是鸷鸟。古字‘鸷’

① 明末清初钱澄之撰于康熙乙卯（1675）至康熙己巳（1689）间的《田间诗学》引用史料很丰富，“大旨以《小序》首句为主，所采诸儒论说，自《注》《疏》《集传》以外，凡二程子、张子、欧阳修、苏辙、王安石、杨时、范祖禹、吕祖谦、陆佃、罗愿、谢枋得、严粲、辅广、真德秀、邹忠允、季本、郝敬、黄道周、何楷二十家……持论颇为精核，而于名物、训诂、山川、地理，言之尤详”。（《四库全书总目·田间诗学提要》）朱鹤龄《诗经通义》：“专主《小序》而力驳废《序》之非，所采诸家，于汉用毛郑，唐用孔颖达，宋用欧阳修、苏辙、吕祖谦、严粲。”（《四库全书总目·诗经通义提要》）顾镇《虞东学诗》：“大旨以讲学诸家，尊《集传》而抑《小序》；博古诸家，又申《小序》而疑《集传》。《集传》既不敢不从，《小序》又不可竟废，于是委曲调停，驿骑于两家之间，谓其说本无大异，是亦解纷之一术也。征引者凡数十家，而欧阳修、苏辙、吕祖谦、严粲四家所取为多，虽镕铸群言，自为疏解，而某义本之某人，必于句下注其所出。又《集传》主于义理，于名物、训诂、声音之学皆在所略，镇于是数端皆精心考证，具有根柢，不徒以空谈说经，在汉学宋学之间可谓能持其平者矣。书虽晚出，于读《诗者》不为无裨也。”（《四库全书总目·虞东学诗提要》）这些著作在宋代主要采撷的还是尊《序》派，对欧阳修也持肯定的意见，其中《诗本义》也在参考之列。

② 《四库全书总目》卷十六《毛诗稽古编提要》。

‘挚’亦通用，但诗人取义在‘至’不在‘鸷’耳。”[①] 所引《诗本义》基本与《毛传》相表里，但陈启源认为，《诗本义》“未喻《传》意”，是因为训解遗漏了“挚”字的“至”意义，不够全面。而后来的《诗集传》则在参考毛《传》、郑《笺》、孔《疏》诗解上弥补了这个缺憾。

清代著名经学家惠周惕（约1646—约1695），长于经学，是吴派经学的奠基者，子士奇、孙栋，世传其学。他的《诗说》是研究《诗经》的一部著作，在诗经学史上有一定的影响。《诗说》吸收了《诗本义》的部分成果，并作出自己的反思和判断。如“《扬之水》，《序》为刺昭公也。昭公分国以封沃，沃盛强，昭公微弱，国人将叛而归沃焉。欧阳《诗本义》亦云，扬之水，其力弱，以比昭公微弱，不能制曲沃，而桓叔之强于晋国，如白石凿凿然见于水中，其民乐而从之。余窃以为不然，其诗虽刺昭公，实刺桓叔也。桓叔之倾晋，惟潘父栾宾之党从之，国人弗予也。其谋已泄，微闻于晋，晋之臣如师服者已知，晋之不能久，特昭公弗知耳，故其时深识远虑之人如师服者作此诗，以儆桓叔，盖亦无谓秦无人意也”[②]。但直到今天，关于《唐风·扬之水》的解释也多采用欧阳修的看法。如果联系《王风·扬之水》《郑风·扬之水》，在归纳的基础上综合判断，“扬之水”的比兴，内涵着水流和缓、软弱无力的意思，所以才多有“扬之水，不流束薪”等语，并与全诗的内容能够统一协调，进一步肯定“扬之水，其力弱”解说的准确无误。又如，“《鸿雁》‘之子于征’，《传》云侯伯卿士也，《诗本义》云使臣也，朱子《集传》云流民自相谓也。按：《周礼·地官》县都之委积以待凶荒，旅师用粟，春颁而秋敛之。凡新甿之治，皆听之，使无征役。廪人掌九谷以治年之凶荒，令邦移民就谷，旅师遣人皆士。廪人有下大夫二人，则赈贷存恤之事，必有大夫士以主之，即《诗》所谓‘之子’者也。‘劬劳于野’，言‘之子’拊循流民，身亲劳勚之事，所以美之也。若流民相谓，岂特劬劳而已耶？”[③] 关于《鸿雁》“之子于征”中“之子”的理解，惠周惕主要辩驳的是朱熹《诗集传》“流民自相谓”的观点，虽更多受毛《传》的影响，

① （清）陈启源撰：《毛诗稽古编》卷一。
② （清）惠周惕撰：《诗说》卷中。
③ （清）惠周惕撰：《诗说》卷下。

但对《诗本义》基本作了参考和吸收。《诗说》解《大东》，曾云："欧阳公谓'维天有汉'以下，仰诉于天之辞。朱子仍用其说。果如欧言，则三垣列宿皆可控告，何独及是乎？《笺》言众官废职，庶几得之，惜未详言也。"[①] 体现了独立思考与严谨的治学精神，但能重视《诗本义》与《诗集传》的研究成果。

严虞惇（1650—1713）《读诗质疑》受《诗本义》探求诗歌本义、裁量古今诗说的影响，也多求"诗本义"，这是《诗本义》在方法原则上对后世《诗经》学研究产生的学术意义。解《关雎》，"欧阳修《本义》驳后妃乐得淑女之说，而以'寤寐求之'为寤寐勤求其事，夫职事固所当求，而荇菜绝非难得，求荇菜之不得而至于辗转反侧，恐非事理宜然"[②]。这也是根据情理、简易来判断训解是否准确的一个例子，可谓宋代林光朝的同调。当然，判断也比较有道理，暴露了欧阳修《诗本义》中依然存在着穿凿之说的不足。

严虞惇解《草虫》，认为："《草虫》，三章，章七句。虞惇按：毛郑以大夫妻为在涂之女，忧心不当夫，恐被出而归宗，亦非诗本义。既云大夫妻其非在涂之女，可知郑引男女觏精解'觏止'之'觏'尤属附会，今削之。'喓喓草虫'，是托物以起兴，三章皆然，《集注》云赋，亦非是。"[③] 解《有狐》，指出："《有狐》，刺时也。卫之男女失时，丧其妃耦焉，古者国有凶荒则杀礼而多昏，会男女之无夫家者，所以育人民也。虞惇按：'古者国有凶荒'以下序诗者陈古之辞，非诗本义也。"[④] 解《有杕之杜》，则说："虞惇按：'曷饮食之'，曷，何也。毛郑云何但饮食之，朱子云无自而得饮食之，而诸家又解作曷不饮食之，皆非诗本义也。孔疏与陈氏说，颇得何字之意，更以鄙见申之。"[⑤] 解《匪风》，"虞惇按：'匪风发兮'，'匪车偈兮'，毛公与《汉书·王吉传》正相合，《集注》过于简捷，遂失取兴之义。今参用苏氏毛公亨鱼之说，亦非诗本义，而意旨殊妙，故附录之"[⑥]。解《东山》"虞惇按：'我心西悲'，《传》云：公

① （清）惠周惕撰：《诗说》卷下。
② （清）严虞惇撰：《读诗质疑》卷一。
③ （清）严虞惇撰：《读诗质疑》卷二。
④ （清）严虞惇撰：《读诗质疑》卷五。
⑤ （清）严虞惇撰：《读诗质疑》卷十。
⑥ （清）严虞惇撰：《读诗质疑》卷十三。

族有辟，公亲素服，不举乐，为之变，如其伦之丧，意旨殊胜，然非诗本义也。‘勿士行枚，《笺》云善兵者不阵，亦太迂。‘有敦瓜苦，其新孔嘉’，俱不如《集注》之善。‘熠耀宵行’，《注》云宵行虫名，按《尔雅》及《埤雅》诸书俱云熠耀萤火也。朱子避末章之熠耀而改宵行为萤火，于经传未有所据，今从旧。”[①] 解《南山有台》“《南山有台》，五章，章六句。虞惇按：《鱼丽》以下诸诗，朱子皆以为燕飨通用之乐，是矣；而皆以为无所取义之兴，则殊不然。如此诗，《南山有台》以《序》‘乐得贤’之义求之，则意味亲切而深厚；若云‘无所取’义，便成赘语矣。《郑笺》云人君得贤，则广大坚固如南山之有基趾，此又别生枝节，非诗本义。陆佃《埤雅》更以台莱桑杨杞李栲杻之属逐物取义，则又矫朱子而失之穿凿，诗人未必如是之繁碎也。邦家之基，万寿无期，皆指贤人而言，诸家以《序》有‘为邦家立太平之基’句，遂以为称颂得贤之效，其实非也，今正之”[②]。解《何人斯》“朱注云：苏公不欲直斥暴公，故但指其从行者而言，诗既言‘唯暴之云’矣，则已明指暴公，何云不欲直斥也？又云以从暴公而不入我门，则暴公之谮己也明矣，竟若此诗之作专责暴公之谮己而借何人以为辞，则于诗本义全失，毛、郑、孔《疏》之外，诸家惟苏氏为得，今录之”[③]。

这些论述，虽然未必均直接受到欧阳修《诗本义》的影响，但严氏解《诗》自觉追求“诗本义”则与《诗本义》不无关系，评价传统诗解的方法与原则也与欧阳修类似。

严虞惇《读诗质疑》卷二十四上解《文王》“《文王》，文王受命作周也。欧阳氏曰：周自后稷以来，积功累仁，至于文王，威德并著，国自此大；武王因之，遂灭商，有天下，是以盛德为天所相而兴周者，自文王始也，故《序》但言‘受命作周’，不言‘受命称王’也。虞惇按：《周书·无逸》曰：‘文王受命惟中，身厥享国五十年。’《武成》曰：‘我文考文王，克成厥勋，诞膺天命，惟九年大统未集。’是文王受命之事也。《帝王世纪》云：‘文王即位四十二年，岁在鹑火，文王于是更为受命之元年，始称王矣。’《史记·周本纪》：‘西伯盖即位五十年，其囚羑

① （清）严虞惇撰：《读诗质疑》卷十五。
② （清）严虞惇撰：《读诗质疑》卷十七。
③ （清）严虞惇撰：《读诗质疑》卷二十。

里，盖益易之八卦为六十四卦，诗人道西伯盖受命之年称王，而断虞芮之讼后十年而崩。'是文王称王改元之事也。欧阳氏以文王未尝称王改元，故著论以辩之，而于《诗本义》亦极诋毛、郑之妄，然谓文王未尝称王是矣，而谓文王未尝受命改元则非也"。严虞惇对《诗本义》的观点进行辩论，能够比较客观地予以分析，也说明《诗本义》在清代前期的突出影响。而且，在《读诗质疑》中，往往将朱熹《诗集传》的某些观点作为研究的重点，让人体会到《诗集传》与《诗本义》的内在相似点，这也是值得人们关注的地方。辨析《诗集传》是否触及诗本义、是否简约，正是对《诗本义》解诗方法的继承和弘扬[①]。

朱彝尊（1629—1709）《与李武曾论文书》："魏、晋以降，学者不本经术，惟浮夸是务，文运之厄数百年。赖昌黎韩氏始倡圣贤之学，而欧阳氏、王氏、曾氏继之，二刘氏、三苏氏羽翼之，莫不原本经术，故能横绝一世。盖文章之坏，至唐始反其正，至宋而始醇。"[②] 又在《报李天生书》中说："仆之深契夫韩、欧阳、曾氏之文者，以其折衷六艺，多近道之言，非谓其文之过于秦汉也。"[③] 即使在欧阳修以文名世，后世不断研求其文法辞章的时候，朱彝尊等强调欧阳修在传承儒家思想方面的贡献，就更加具有启发意义。重视欧阳修等人"原本经术""折中六艺，多近道之言"的重要价值，自然符合"文以载道"的儒学传统。

王元启（1714—1786）《读欧记疑》，在《经旨》中曾讨论过《诗解（统）序》："'序'上加一'统'字，俚鄙不典甚矣。此下九篇原注云：'蜀中《诗本义》有之。'余谓皆出庸妄人伪托，其措辞乖戾，虽半由传写之讹，然通此九首观之，语多鄙拙，于《诗》义又无所发明，第六篇

---

① 这个时期在《诗经》研究上具有"诗本义"自觉追求的学者很多，其他如顾栋高、黄中松、范家相等。"《正字通》曰：'粺，米，稍疏也。'疏与粺皆喻小人，言小人当引分自废，非疏喻小人、粺喻君子。朱《传》因毛云'粺，精也'，故误以粺属君子，未详诗本义耳。"［（清）顾栋高：《毛诗类释》卷十四《释草》］解《葛覃》："此诗本义盖言后妃在父母家时，其志固在于女功之事，今归文王，犹能躬俭节用云云，则文义未始不顺也。吕东莱最信《序》说，乃以此序为后之讲师附益，朱子《辨说》更加痛斥，未免有过于恶《序》之失，而《集传》之义则诚精当已。"［（清）黄中松：《诗疑辨证》卷一］解《大田》："'来方禋祀，以其骍黑'，《诗记》谓来南方则用骍牲，来北方则用黑牲，独举骍黑者，略举二方以适韵是也。郑《笺》引《周礼·牧人》阳祀用骍、阴祀用黝，非诗本义，四方之祭不在阳祀阴祀之中，故孔《疏》不从。"［（清）范家相：《诗渖》卷十三］

② 《曝书亭集》卷三十一，洪本健编《欧阳修资料汇编》，中华书局1995年版，第722页。

③ 同上。

末更攘窃文中子语为己语，尤足以断其非公之作，宜尽删之。"[①] 通过文字风格和引用材料判断真伪，主张《诗解》不是欧阳修的作品，可备一说。王氏在学术和文章方面服膺韩愈和欧阳修，他对《诗本义》的看法虽然突兀率直，但联系《诗本义》其他各卷来看，王元启对《诗解统》的看法不是没有道理的。

刻成于雍正五年（1727）的《诗经传说汇纂》[②] 对《诗序》的兴废过程作了简要梳理，客观上能反映学术变迁的基本面貌，认为："《诗序》自古无异说，王肃、王基、孙毓、陈统争毛郑之得失而已。其舍《序》言《诗》者，萌于欧阳修，成于郑樵，而定于朱子之《集》，辅广《童子问》以下递相羽翼，犹未列学官也。元延祐中行科举法，始定《诗》义用朱子，犹参用古注疏也。明永乐中，修《诗经大全》，以刘瑾《诗集传通释》为蓝本，始独以《集传》试士。然数百年来，诸儒多引据古义窃相辨诘，亦如当日之攻毛郑。盖《集传》废《序》，成于吕祖谦之相激，非朱子之初心，故其间负气求胜之处，在所不免，原不能如《四书集注》句铢字两，竭终身之力研辨至精。"（《钦定诗经传说汇纂》卷首）虽然没有轻易否定朱熹《诗集传》的地位，但"尊序"倾向很明显，对欧阳修、郑樵等"舍《序》言《诗》"者颇有微词[③]。"舍《序》言《诗》者，萌于欧阳修"的看法，虽不能完全经得起推敲，但大体在欧阳修那里不仅在理论上有所探索，而且在实践中（尽管还只是一部分诗篇）已经比较多地付诸实施了。

二 乾嘉时期

乾隆年间的《御纂诗义折中》对欧阳修的《诗本义》也多有引用。

---

① 《读欧记疑·经旨》，洪本健编《欧阳修资料汇编》，中华书局 1995 年版，第 1024 页。

② 《钦定诗经传说汇纂》卷首："《诗经传说汇纂》，二十卷，序二卷。康熙末，圣祖仁皇帝御定。刻成于雍正五年，世宗宪皇帝制序颁行。"

③ 以致有学者直接视欧阳修、苏轼等为"不读书人"。苏轼《书》传"解经，每以强辞夺正理，大之启南渡改经之渐，小之一扫汉儒旧说，使不学之徒可以凭臆解断。初闻之，似乎极快而实，则灭经之祸皆始于此。此正学人所当戒者……吾故曰：欧阳修、苏轼辈，皆不读书人，非无谓也。"［（清）毛奇龄：《经问》卷四］可见毛奇龄对欧阳修、苏轼等的偏见之深，议论之烈，与其汉学的学术背景有密切关系。虽然不无偏激，但也触及了宋代新经学的优长和弊端，因而也具有一定的参考价值。梁启超说"近儒或以欧阳修、苏轼为宋学界之虿，其论稍过"（梁启超：《论中国学术思想变迁之大势》第八章《近世之学术（起明亡以迄今日）》，上海古籍出版社 2001 年版，第 117 页），当也与此有关。

卷五《王风一之六》解《王风·扬之水》，引“欧阳修曰：激扬之水不能流束薪，犹平王政衰不能令诸侯也。‘彼其之子’，周民谓他国之当戍者也。苏轼曰：‘不与戍申’，怨诸侯不至也；‘曷月旋归’，久戍而不得代也”。卷八《陈风一之十二》解《陈风·防有鹊巢》，引“欧阳修曰：‘中唐有甓’，非一甓也，以积累而成路。‘旨鹝’，绶草，杂众色以成文，犹多言交织以成惑是也。其侜更巧，故忧之，甚而至于惧也”。卷十《小雅二·鹿鸣之什二之一》解《小雅·常棣》“丧乱既平，既安且宁。虽有兄弟，不如友生”，认为“赋也。此承上文言丧乱之时，虽有良朋，不如兄弟，幸以急难御侮之故。丧乱平矣，不止身安，亦且家宁，岂可视兄弟反不如友生乎？欧阳修曰：‘此责之之辞，所谓吊其不咸也。’”卷十《小雅二·白华之什二之二》解《小雅·湛露》“湛湛露斯，匪阳不晞。厌厌夜饮，不醉无归”，认为“兴也。湛湛，露盛貌。阳，日也。晞，干也。厌厌，安也，亦久也，足也。夜饮，私燕也。《楚茨》之诗曰‘备言燕私’是也。欧阳修曰：‘湛湛之露，润沾于庶物，非至曙则不干；厌厌之饮，恩被于诸侯，非至醉则不止，见天子待诸侯之厚也。’”这些引证，合乎情理，细腻真切，是难能可贵的。

乾嘉朴学的重要代表人物之一历史学家王鸣盛（1722—1797）在《蛾术编》中有几处论述欧阳修《诗本义》，可以作为重要的参考。如关于“驺虞”，“《诗·驺虞》，《毛传》以为义兽，疏引郑志答张逸问：传云‘白虎黑文’，《礼记·射义》云‘乐官备’，何谓？答曰：白虎黑文，《周史·王会》云备者，取其一发五豝，言多贤也。欧阳修《诗本义》以驺虞为掌苑囿之官，如水虞、泽虞之类，以此解官备，凿空妄谭也”。但稍晚的迮鹤寿（1773—?）却认为：“《六韬》言文王拘于羑里，散宜生得驺虞以献纣。《尚书大传》言散宜生之于陵氏，取怪兽，尾倍其身，名之曰虞，《山海经》作驺吾。此即《毛传》所本也。然《鲁诗》云：梁驺，古天子囿名。贾谊《新书》云：驺者，文王囿名；虞者，囿之司兽。则不作兽名解。欧阳氏据此以为国君顺时畋于驺囿，其虞官乃翼驱五田豕以待射，君有仁心，惟一发而已。陈氏又据《射义》‘天子以驺虞为节，乐官备也’之文，以为虞官之明证。严氏又据《月令》‘季秋田猎，命仆及七驺咸驾’，《左传》‘晋悼公使程郑为乘马御，六驺属焉’，《孟子》‘招虞人以旌’之文，以驺为驺御，虞为虞人，驺御、虞人皆不乏人，则官备可知。今按贾谊以驺为囿名，本于《鲁诗》；以虞为官名，当即本于

《国语》之水虞，《周官》之泽虞。欧阳氏因之，并非凿空无据。惟严华谷谓驺即驺御，似与《新书》不合，然亦不为无本。”[①] 通过王鸣盛、迮鹤寿的论辩，可见《诗本义》在“驺虞”的训解上并非凿空妄论[②]，而是受到《鲁诗》的影响，就是一个与三家《诗》相关的确例。迮鹤寿著有《齐诗翼氏学》，对三家《诗》有深入研究。同时，王鸣盛、迮鹤寿二人关于《诗本义》截然不同的看法，也能管窥当时汉宋学术以及今古文之争的纷杂。

关于“唐棣”：“欧阳氏《诗本义》云：删诗或篇删其章，章删其句，句删其字。如‘唐棣之华，偏其反而。岂不尔思，室是远而’，此《小雅·常棣》之诗，夫子谓其以室为远，害于兄弟之义，故篇删其章也。按：唐棣、常棣非一物，宋景文云：‘世人多误以常棣为唐棣，于兄弟用之。’欧公之论，明系杜撰。常棣，《尔雅》所谓棣也；（原注：子如樱桃可食）唐棣，《尔雅》所谓移也。（原注：似白杨）‘棠棣之华，鄂不韡韡’，‘彼尔维何，维常之华’，‘裳裳者华，其叶湑兮’，此常棣也。‘何彼秾兮，唐棣之华’，‘唐棣之华，偏其反而’，此唐棣也。”[③] 这是从考据学的角度，对《诗本义》关于“唐棣”与“棠棣”的释义提出质疑和批评，不为无见。

关于《伐木》诗兼具飨食燕礼，“欧阳修《诗本义》云：《小雅·伐木》‘以速诸父’，毛谓天子谓同姓诸侯曰父，则此诗文王诗也。伐木，庶人贱事，不宜为文王诗。且文王之诗，虽令泛言凡人，犹当以天子诸侯事为主，今每以伐木为言，是以庶人贱事为主，岂得为文王诗？按：文王之诗言伐木何害？若以此遂疑为庶人诗，则《雅》诗之中，不当忽间以一篇庶人宴饮之诗。《曲礼》云：五官之长曰伯，天子同姓谓之伯父，异姓谓之伯舅；九州之长，天子同姓谓之叔父，异姓谓之叔舅。据此，则此诗之称谓，其非庶人也明矣。《周礼·地官·舍人》：祭祀共簠簋。《冬官》疏云：祭宗庙用木簋，天地用瓦簋。刘氏彝曰：簋八，则笾豆倍之，天子燕礼之数。何氏楷曰：礼有飨有食有燕。飨礼烹太牢以饮宾，体荐而

① 《蛾术编》卷六十二及迮鹤寿按语，洪本健编《欧阳修资料汇编》，中华书局1995年版，第1115页。

② 《皇清文颖》卷十二之李绂《驺虞解》：“夫以虞为司兽，于官字之义合矣，然未见其为备也，且文王之囿曰灵囿，以驺为囿名，他书无所考。窃意驺虞皆官名耳。”

③ 《蛾术编》卷六十二，洪本健编《欧阳修资料汇编》，中华书局1995年版，第1115页。

不食，爵盈而不饮；食礼每乐有饭有肴，设酒而不饮；燕礼一献之礼毕，皆坐而饮酒，其爵无算也，其乐无算也。《诗》言‘肥牡’‘肥羜’，是用太牢则同于飨；言‘陈馈八簋’，‘笾豆有践’，是有饭有肴则同于食；言‘有酒湑我，无酒酤我’，是无算爵，‘坎坎鼓我，蹲蹲舞我’，是无算乐；则同于燕。据此则此诗之仪节，其非庶人也又明矣”①。此节辨欧阳修《诗本义》《伐木》诗为庶人诗的观点甚力，并结合先秦典籍对《毛诗》的说法作了进一步论证。虽然在某种意义上，它弥补了《诗本义》解《伐木》诗的不足，但也更加凸显了《诗本义》简易说《诗》的特色，尽管在有些地方可能与古代礼制还存有出入。

阮葵生（1727—1789）认为“欧阳修重《毛诗》”，“欧公论《诗》曰：邑中失火，邑人走而相告曰，火起某坊；郊野道路之人望而相语曰，人在某坊。将谁从？毛当汉初，去《诗》犹近，后二百年而郑氏出，又几及千年而苏氏出，其孰为邑中之人，孰为郊野道路之人欤？则于俱未通之中，毛义必有授受，非若后人之揣摩拟议者耳”②。这是以欧阳修论《诗》的原则来揭示欧阳修、苏辙等人论《诗》可能存在的不足，虽然出于推测，但也是对《诗经》研究方法自觉反省的标志之一。

或许是出于汉宋学术的门户之见等，钱大昕（1728—1804）对欧阳修的学术（特别是经学）有一些批评，他在“宋景文识见胜于欧公”中，就认为宋祁《新唐书·儒学传·啖助论》已经预见“以己意解经”之风的弊端，“《唐书》，欧阳修撰本纪、志、表，宋祁撰列传。后世重欧阳公之名，颇惜列传不出公手。予读《儒学传·啖助论》云：‘啖助在唐，名治《春秋》，摭讪二家，不本所承，自用名学，凭私臆决，尊之曰孔子意也。赵、陆从而唱之，遂显于时。呜呼！孔子没乃数千年，助所推著，果其意乎？其未可必也。以未可必而必之，则固；持一己之固而倡兹世，则诬。诬与固，君子所不取。助果谓可乎？徒令后生穿凿诡辨，诟前人，舍成说，而自谓纷纷，助所阶已。’此等议论，欧阳所不能道。欧阳之《诗童子问》，正宋所议舍成说而诟前人者也。其后王安石、郑樵辈出，以穿

① 《蛾术编》卷六十九，洪本健编《欧阳修资料汇编》，中华书局1995年版，第1116页。

② 《茶余客话》卷十，洪本健编《欧阳修资料汇编》，中华书局1995年版，第1137页。按：“郊野道路之人望而相语曰，人在某坊”，后一“人”字疑应为“火”。

凿杜撰为经学，诋毁先儒，肆无忌惮，景文已先见及之矣”[①]。他在“宋儒经学”又说：“宋初儒学者，皆遵守古训，不敢妄作聪明。宋景文《唐书·儒学传》，于《啖助赞》深致贬斥。盖其时孙复、石介辈，已有此等议论，而欧阳公颇好之，故于此传微示异趣，以防蔑古之渐。”[②] 龚自珍也曾引用钱大昕《养新录》论欧阳修语，作“欧阳之《诗童子问》，正宋所议舍成说而诟前人者也”，并结合欧阳修《春秋论》作了进一步发挥[③]，其中《诗童子问》，似为《易童子问》，根据后文提到的王安石、郑樵等，则所称《诗童子问》或即论《诗本义》也有可能。虽然颇多汉宋经学门户倾轧之嫌，但是在凸显宋代经学（包括《诗经》学）问题方面，的确入木三分，根本问题是宋人所解的经本义是否真正就是经本义，舍弃传统经解，是否可以保证就能获得经的本义。直到刘子健《欧阳修的治学与从政》也依然在强调这个关键，也是今天反思和评价宋代《诗经》学不能回避的问题之一。

戴震（1723—1777）《诗经补注》是汉宋兼采的《诗经》学作品，并有《毛郑诗考正》传世，注重文字考释与义理探讨的有机结合。胡承珙（1776—1823）所撰《毛诗后笺》，以《毛诗》为本，但兼采汉宋学者的观点，广泛征引资料，吸收三家《诗》义，对郑《笺》辩驳尤力，这也将《诗本义》的工作向前推进了一步。陈奂（1786—1863）《诗毛氏传疏》集清代《毛诗》研究的大成。在学术倾向上，以三家《诗》说佐证《毛诗》，反驳宋学，辨析郑《笺》，尊崇毛《传》与《小序》。

李兆洛（1769—1841）虽侧重古文经学研究，但与常州今文经学关系密切。他撰写的《诗经申义序》对欧阳修《诗经》学的特点和地位有很高的评价，“唐以前，成书之传者已少，惟宋为盛。就宋贤所说，欧阳永叔之学质，故《本义》之诂诗也宽以通；苏子由之学雅，故《集传》之诂诗也和以肆；朱子晦庵之学挚，故《集传》之诂诗也绞以悫；吕东

① 《十驾斋养新录》卷六，洪本健编《欧阳修资料汇编》，中华书局 1995 年版，第 1144—1145 页。

② 《十驾斋养新录》卷十八，洪本健编《欧阳修资料汇编》，中华书局 1995 年版，第 1145—1146 页。

③ 《龚自珍全集》第八辑语录，洪本健编《欧阳修资料汇编》，中华书局 1995 年版，第 1216 页。

莱之学博，故《家塾读诗记》之诂诗也节以亮；严华谷之学平易，故《诗辑》之诂诗也清以柔。诸贤亦各有得也，各有失也，而无失圣人垂教之意，则一也"[①]。该文比较扼要地评价了宋代《诗经》学史上一些代表性的著作，有欧阳修的《诗本义》、苏辙的《苏氏诗集传》、朱熹的《诗集传》（或《诗经集传》）、吕祖谦的《吕氏家塾读诗记》、严粲的《诗缉》等，以"宽""通"来评价《诗本义》，对欧阳修《诗经》学的质实特点也有概括，依然能折射出《诗本义》在这个时期的影响。

江藩（1761—1830）《国朝经师经义目录》："自汉及五代，未有不本毛公而别为之说者，有之，自欧阳修《诗本义》始，于经义毫无裨益，专务新奇而已。修开妄乱之端，于是攻《小序》者不一其人，攻《大序》者不一其人，若毛《传》郑《笺》，则弃之如粪土矣。至程大昌之《诗论》、王柏之《诗疑》，变本加厉，斥之为异端邪说可也。国朝崇尚实学，稽古之士崛起，然朱鹤龄之《通义》虽力驳废《序》之非，而又采欧阳修、苏辙、吕祖谦之说，盖好博而不纯者也。"[②] 这段文字显示了极强的学术门户之见，不少评价发于激愤，不合实际，如欧阳修对待大、小《序》需要具体分析，"若毛《传》郑《笺》，则弃之如粪土矣"，极尽夸张。江藩对宋学成见极深，但是也侧面透露出了一些学术消息。第一，欧阳修是汉宋《诗经》学演变的过渡环节，是宋代《诗经》学新风的倡导者，对宋代《诗经》学发展产生了深远的影响。第二，尽管清代学风为之一变，但是在汉宋学术上，有些学者（如朱鹤龄）采取兼采汉宋的方法，消除门户之见，虽然被人所不理解，但是足以证明宋代《诗经》学具有不可漠视的学术价值。

三　道咸同光时期

嘉庆道光年间，出现了清代《诗经》学史上又一部重要作品，即马瑞辰（1782—1853）的《毛诗传笺通释》。它虽主《毛诗》，但并不盲从，能够纠正毛《传》、郑《笺》、孔《疏》的错误，大胆吸收三家《诗》说，融会创新。尽管恪守《诗序》，但已较毛郑发生很大变化。马瑞辰多

---

① 《养一斋集·养一文集》卷四，洪本健编《欧阳修资料汇编》，中华书局 1995 年版，第 1183 页。按：《诗辑》通常作《诗缉》。

② （清）江藩撰，钟哲整理：《国朝汉学师承记》（附《国朝经师经义目录》《国朝宋学渊源记》），中华书局 1983 年版，第 140—141 页。

吸收汉唐学者以及清代汉学家及今文经学者的成果，可是，这种不专主一家，探求诗义本身和作者原意的努力，实际上都直接或间接地受到《诗本义》的启发，然而该书在宋代《诗经》成果方面，除对朱熹《诗集传》引用较多外，其他均颇寥寥，但这种情形并不能掩盖在思想学术原则与方法上受到宋代包括《诗本义》在内的作品的影响。如在十五国次问题上的讨论，马瑞辰引述欧阳修《〈诗谱补亡〉后序》，并加按语："欧阳公所言周太师乐歌之次第，盖据《左传》季札观乐而言，而《郑谱》次第误以王列豳后。窃谓国风次序，当以所订《郑谱》为正，周、召、邶、鄘、卫、王、桧、郑、齐、魏、唐、秦、陈、曹、豳也。其先后次第，非无意义，但不得以一例求之。盖于二南、邶、鄘、卫、王，可以见殷、周之盛衰焉。二南，周王业所起也。邶、鄘、卫，纣旧都也。王，东迁以后地也。首二南，见周之所以盛；次邶、鄘、卫，见殷之所以亡；次王，见周之所以始盛而终衰也。于桧、郑、齐、魏、唐、秦，可以觇春秋之国势焉。春秋之初，郑最称强，桧则灭于郑者也，故桧、郑为先。郑衰而齐桓创霸，故齐次之。齐衰而晋文继霸，魏则灭于晋者也，故魏、唐次之。晋霸之后，秦穆继霸，故秦又次之。若夫陈、曹、豳，则又《诗》之废兴所关焉。陈灭于淫，曹灭于奢，而豳则起于勤俭者也。以陈、曹居《变风》之末，见《诗》之所以息；以《豳风》居周《雅》之先，见《诗》之所以兴。至豳之后于陈、曹，则又有反本复古之思焉。大抵十五国之《风》，其先后皆以国论，不得以一诗之先后为定也。邶、鄘灭于卫，桧灭于郑，魏灭于唐，皆附乎卫、郑、唐以见，又以见一国之废兴焉，不得以国之小大为定也。而采得之先后，载籍无征，其不足以定次序，更无论矣。"① 这是以殷周二代、十五诸侯国的历史兴衰替革为序，解释和说明十五国风诗歌的编次问题，可算一家之言，而且能够比较融通地解决这个次第的难题。而欧阳修除在《〈诗谱补亡〉后序》中探讨过这个次第问题，还在《十五国次解》专文中讨论："《国风》之号起《周》终《豳》，皆有所次，圣人岂徒云哉！而明《诗》者多泥于疏说而不通，或者又以为圣人之意不在于先后之次，是皆不足为训法者。大抵《国风》之次，以两而合之，分其次以为比，则贤善者著而丑恶者明矣。或曰：何如其谓

① （清）马瑞辰撰，陈金生点校：《毛诗传笺通释》卷一《十五国风次序论》，中华书局1989年版，第8—9页。

之比乎？曰：《周》《召》以浅深比也，《卫》《王》以世爵比也，《郑》《齐》以族氏比也，《魏》《唐》以土地比也，《秦》《陈》以祖裔比也，《桧》《曹》以美恶比也，《豳》能终之以正，故居末焉。‘浅深’云者，《周》得之深，故先于《召》。‘世爵’云者，卫为纣都而纣不能有之，周幽东迁无异是也，加卫于先，明幽、纣之恶同而不得近于正焉。‘姓族’云者，周法尊其同姓而异姓者为后，郑先于齐，其理然也。‘土地’云者，魏本舜地，唐为尧封，以舜先尧，明晋之乱非魏褊俭之等也。‘祖裔’云者，陈不能兴舜，而襄公能大于秦，子孙之功陈不如矣。”[①] 相较于欧阳修“以两而合之，分其次以为比”的《诗》序观，马瑞辰的解释更加具有统一性和历史感，无疑是一种进步。

道光末期，魏源（1794—1857）《诗古微》吸收当时三家《诗》学成果，力诋《毛诗》，独获良多，是今文经学的代表作品。其学术精神与原则受欧阳修启发很大，并在新的历史情境下有更大的跃迁。皮锡瑞（1850—1908）《经学通论》专门辟文《论三家亡而毛传孤行人多信毛疑三家魏源驳辨明快可为定论》，力表“魏氏辨驳分明，一扫俗儒之陋”[②]。梁启超（1873—1929）曾评论：“《诗古微》，始大攻《毛传》及《大小序》，谓为晚出伪作。其言博辩，比于阎氏之《书疏证》，且亦时有新理解。其论《诗》不为美刺而作，谓：‘美刺固《毛诗》一家之例……作诗者自道其情，情达而止……岂有欢愉哀乐，专为无病代呻吟者？’（《诗古微·齐鲁韩毛异同论中》）此深合‘为文艺而作文艺’之旨，直破二千年来文家之束缚。又论诗乐合一，谓：‘古者乐以诗为体，孔子正乐即正诗。’（同《夫子正乐论》上）皆能自创新见，使古书顿带活气。”[③] 我们认为，魏源是继承了《诗本义》论《诗》的精神的，并向前推进了一步，与明清独立思考派的《诗经》研究方向一致，这在某种意义上可以说是今文经学的大兴，也是宋学精神复苏的表征。至于魏源对三家《诗》与《毛诗》关系的过当论述，在清末民初王先谦（1842—1917）《诗三家义

---

① 按：“世爵云者”，“世爵”《四部丛刊》本作“得失”，《欧阳修集》卷六十一《居士外集》卷十一《经旨十八首》之《十五国次解》与文渊阁本同，作“世爵”；“姓族云者”，“姓族”《四部丛刊》本、文渊阁《四库全书》本、《欧阳修集》同，但与前文不侔，似应作“族氏”。

② （清）皮锡瑞：《经学通论》二《诗经》，中华书局1954年版，第18页。

③ 梁启超：《清代学术概论》，上海古籍出版社1998年版，第76页。

集疏》中则得到克服。《诗三家义集疏》与《诗本义》的关系，以及《诗本义》与三家《诗》的关系，已经约略见于前文。

明清独立思考派的《诗经》研究的代表性作品主要有姚际恒（1647—?）《诗经通论》、崔述（1740—1816）《读风偶识》与方玉润（1811—1883）《诗经原始》等。该派之所以被称作独立思考派，关键在于身居汉宋、今古文经学之争的潮流中，能不囿于门户之见，凌越于纷争之上，通过“涵泳篇章、寻绎文义，辨别前说，以从其是而黜其非”（《诗经通论·自序》），当然也有自觉融合汉宋、今古文并别出新解的作品（如《诗经原始》）。方玉润遥承欧阳修、郑樵、朱熹疑《序》之风，并受姚际恒《诗经》通论影响，“得姚氏际恒《通论》一书读之，亦既繁征远引，辩论于《序》《传》二者之间，颇有领悟，十得二三矣”，“反覆涵泳，参论其间，务求得古人作诗本意而止，不顾《序》，不顾《传》，亦不顾《论》，唯其是者从而非者正，名之曰《原始》，盖欲原诗人之始意也。虽不知其于诗人本意何如，而循文按义，则古人作诗大旨要亦不外乎是”（《诗经原始·自序》），通过“循文按义”来“原诗人之始意”，正是欧阳修在《本末论》与诗解中强调的基本原则。从思想方法和解说风格分析，独立思考派受欧阳修《诗本义》及朱熹《诗集传》的影响更大，特别是《诗本义》的“因文见义”与“以今论古”的方法。但是，这并不意味着该派解《诗》就紧步《诗经》宋学的后尘，方玉润曾明确地说：“读《诗》不可以迫狭心神索之，是诸儒之所知；读《诗》不可以道理格局拘之，非诸儒所能识。而宋儒则尤甚，动辄以道理论《诗》旨，乌能有合诗人意旨乎？”（《诗经原始》卷首下《诗旨》）独立思考派注重涵泳体味，某种程度上突出了《诗经》的文学因素与鉴赏风格，为五四前后《诗经》学的新转向奠定了基础。

清代《唐宋文醇》强调欧阳修的经学成就和价值，认为《诗谱补亡后序》《与宋咸书》《与徐无党书》三者能够简明地反映欧阳修的经学观：“修《与宋咸书》谓经非一世之书，其传之谬非一日之失，其刊正补缉亦非一人之所能。使学者各极其所见而明者择焉，十取其一，百取其十，虽未能复《六经》于无失，然聚众善以补缉之，庶几不至于大谬，可以俟圣人之复生。又《与徐无党书》谓凡今治经者，莫不患圣人之意不明而为诸儒以自出之说汩之也。今于经外又自为说，则是患沙浑水而投土益之也。不若沙土尽去，则水清而明矣。合之此序，三者虽若语相抵牾，而实如五味之相和，可见修于六经潜心自得之趣，而亦可为后世学人治经之法也。”① 这段论述有中肯的地方，虽值康乾时期，能不受汉学的范囿，强调欧阳修的经学研究心得，已属罕见。其中，也透露出欧阳修对“经外又自为说”好立新奇的解经风习弊端的思考，但“沙土尽去，则水清而明”更是恢复经典本身、摆落传疏窠臼的宋学新风的形象写照，这种微妙的“抵牾”实际正显示了欧阳修作为汉宋经学过渡者的独特品格。

清代思想学术复杂多变，但脉络可循，从永历康熙间袭宋学而汉学复兴，至乾嘉时期汉学大振，至道咸同时期今文经学又兴，而古文经学不衰②。整体上，清代经学先有汉宋之学的颉颃，后有今古文经的纷争，虽兼采汉宋、包容今古的学者亦时有涌现，但“学者不特知汉、宋之别，且皆知今、古文之分”③ 的基本格局鲜明。《诗本义》在清代思想学术史上褒贬不一、起伏变化的地位，实际也是这种基本格局的间接反映。这里以乾嘉时期作为考察重点，也是试图来彰显思想学术史的复杂性，并使具有汉宋学术过渡本质的《诗本义》在清代汉学与宋学的纷争中现身，以比较集中地折射《诗本义》的基本学术面貌、品格和影响。

第四节　现当代《诗本义》的影响

在现当代《诗经》学史上，《诗本义》基本也是被作为《诗经》学史的重要构成链环之一，但不同的学者与作品则有很大不同。

谢无量（1884—1964）的《诗经研究》是较早的一部具有现代意义的《诗经》学研究著作。全书分为五章，依次是《诗经总论》（包括诗经

① 《唐宋文醇》卷二十四，文渊阁《四库全书》第1447册；洪本健编：《欧阳修资料汇编》，中华书局1995年版，第938页。

② 梁启超：《论中国学术思想变迁之大势》第八章《近世之学术（起明亡以迄今日）》，上海古籍出版社2001年版，第100—136页。

③ “国朝经学凡三变。国初，汉学方萌芽，皆以宋学为根柢，不分门户，各取所长，是为汉、宋兼采之学。乾隆以后，许、郑之学大明，治宋学者已鲜。说经皆主实证，不空谈义理。是为专门汉学。嘉、道以后，又由许、郑之学导源而上，《易》宗虞氏以求孟义，《书》宗伏生、欧阳、夏侯，《诗》宗鲁、齐、韩三家，《春秋》宗《公》、《穀》二传……是为西汉今文之学。学愈进而愈古，义愈推而愈高；屡迁而返起初，一变而至于道。学者不特知汉、宋之别，且皆知今、古文之分。门径大开，榛芜尽辟。”［（清）皮锡瑞著，周予同注释：《经学历史》十《经学复盛时代》，中华书局2004年7月新1版，第249—250页］

的来历、义例及诗序与篇次、诗经学流传及注家研究)、《诗经与当时社会之情势》(包括古代固有之思想、国家制度与诗经、家族礼制与诗经)、《诗经的历史上考证》(包括对周室、邶鄘卫、郑、齐、晋、秦、陈、桧曹的史证)、《诗经的道德观》(包括家庭、个人、国家的道德)、《诗经的文艺观》(包括诗形及诗韵、诗经的修辞法)。基本是材料的类编和条理,但规模初具,指出了多个有待深化的新研究领域。关于汉宋《诗经》学的演变及宋代《诗经》学的发展,他说:

> 汉唐训诂学,束缚思想太甚。至宋代乃起一大反动。学者主张自由研究真理,不拘守注疏。对于群经,每用自己之主见,求古人之精神。说《诗》诸家,也多半如此。
>
> 王得臣、程大昌议《诗序》,实自苏辙发端。
>
> 宋代可谓经术革命时期。及朱子出,乃确开一诗学之新局面。①
>
> 要之古代诗学,至北宋即破坏无遗。或疑《毛诗》,疑《郑笺》,疑《小序》。乃至从古所信之“六义”“四始”、大小、正变等说,无一不发生问题。朱子出为之折衷去取,议论稍定。自是《朱注》大行,毛郑之学,又渐渐衰了。②
>
> 《吕氏家塾读诗记》仍墨守毛郑。严粲《诗缉》,又宗吕氏。③

肯定了苏辙议《序》、吕祖谦《吕氏家塾读诗记》对南宋《诗经》学的影响,尤其是突出了朱熹《诗经》学的重要地位,但并未超迈前人论述。“疑《毛诗》,疑《郑笺》,疑《小序》”,便与《诗本义》关系很密切,但可惜的是谢氏已注意到苏辙议《序》的重要,但还未明确地点明《诗本义》的意义。

胡朴安(1878—1947)继承前人的研究成果,分析更加细腻周密,他在所著《诗经学》的《宋元明诗经学》部分中说:

> 自唐以来,说《诗》者悉宗毛郑,谨守《小序》;至宋而新意日

① 前述三则材料均见于谢无量《诗经研究》,商务印书馆1923年初版,1935年第1版,第44页。按:“《诗》”“《诗序》”的书名号为笔者所加。

② 谢无量:《诗经研究》,商务印书馆1923年初版,1935年第1版,第45页。

③ 同上。

增，旧说几废。宋人说《诗》略分三派：一废《小序》派，二存《小序》派，三名物训诂派。非《小序》一派，其传最盛。推原所始，实发于欧阳修之《毛诗本义》。[①]

修著《本义》，虽不轻议毛郑，然亦不确守毛郑。观其所言，已开宋人以己意说经之始。嗣后苏辙作《诗集传》以广其义。其说以《诗》之《小序》，反复繁重，类非一人之词，疑为毛公之学，卫宏之所集录，则是对于《小序》，已略有怀疑之意矣。迨至郑樵作《诗辨妄》，王质作《诗总闻》，毛郑之义，废弃无余矣。[②]

《诗辨妄》六卷，专攻毛郑之妄，削去《小序》，而以己意说之也。质之《诗总闻》，虽不字字攻诋《小序》，然毅然自用，别出心裁，勇锐之气，几扫前说而一空之。此皆废《小序》之最力者也。朱子作《诗集传》，颇用调和之说。故虽杂采毛郑，然卒废《小序》不用。自是读《诗》者，几不知有《小序》矣。《小序》既废，《诗》义多晦。郑卫之风，悉为淫奔之诗。郑风尤甚。[③]

朱子废《小序》说《诗》。其传最盛。一时说《诗》者，虽非朱子（的）[嫡]传，大概悉受朱子之影响，破旧说而持新义。若杨简之《慈湖诗传》，袁燮之《絜斋毛诗经筵讲义》，皆排斥《序》《传》，说以义理。杨氏之学，出于陆九渊，高明之过，勇于疑古。其说《诗》也……思想之所至，遂多新说……穿凿无根，此其蔽也。袁氏说《诗》，注重时事……虽经筵之体，义重献纳，然持论不衷于古矣。盖宋人说《诗》，自朱子而后，多以《集传》为宗。如辅广之《诗童子问》，朱鉴之《诗遗说》，尤其显然者。又有王柏者著《诗疑》。王为朱子三传弟子[④]，其《诗》学亦出于朱子。但其攻斥毛郑，改删经文，至削《诗》三十余篇，并移其篇次，为变本加厉耳。此一派也。吕氏祖谦，与朱子同时……后朱子改从郑樵之说，不用《小序》；吕氏仍守毛郑……吕氏《读诗记》所采朱子之说，而朱子特加以否认也。然吕氏之书，亦颇传诵于一时。有戴溪者著《续吕氏读诗记》，以《毛传》为宗，折衷众说。于名物训诂，颇为详悉。

① 胡朴安：《诗经学》，商务印书馆1928年初版，1933年第1版，第97页。

② 同上。

③ 同上书，第97—98页。

④ 胡朴安原注：柏师何基，基师黄榦，黄榦师朱子。

不废古训，而亦时有新说……又有严粲者著《诗缉》，以吕氏《读诗记》为主……又有段昌武者著《毛诗集解》，大致亦仿吕氏《读诗记》……吕氏本《小序》以说《诗》，戴氏严氏段氏，皆本吕氏而不废《小序》，然新说亦时时有之，此又一派也。蔡氏卞王氏应麟，在宋儒之中，其学颇为征实。蔡氏著《毛诗名物解》，踵陆氏之例为之，而征引加博。王氏著《诗考》，搜集三家《诗》遗说，勒为一书……搜集三家《诗》，其业刱于王氏，有足多者。王氏又著《诗地理考》……此又一派也。[①]

相较而言，胡朴安的勾勒比较清晰和流畅，尽管没有完全跳出黄震所划分的范围，但愈益细致清楚。他将宋代《诗经》学划分为三派，其中第三派“名物训诂派”还值得进一步商榷。其他对欧阳修的评价、废《序》的沿革、《诗经集传》和《吕氏家塾读诗记》影响的概括，前人也多有论及。在此，胡朴安的贡献不仅在于较清晰完备地勾画出宋代《诗经》学的脉络，更重要的是注意到陆学学者如杨简、袁燮等的《诗经》学风格和意义。近代学者刘师培《经学教科书》也以欧阳修为新风气的开创者，以攻《序》宗《序》划分脉络，但已以“惟以义理擅长”[②]概括陆学学者的《诗经》学研究，可惜文字极为简短，性质类同人物和作品简要目录，只是略具眉目。“推原所始，实发于欧阳修之《毛诗本义》”，虽注意到欧阳修《诗本义》在《诗经》宋学发展过程中的奠基地位，但仅作为“非《小序》”的先河，似乎也是不甚准确和全面的。

金公亮在通俗的学术著作《诗经学ABC》中说：

三家诗既亡，只存《毛诗》独行于世，又经孔颖达作疏，于是毛说成为《诗》学界中的权威，凡研究《诗经》的人，没有敢于反抗的，直到欧阳修、苏辙、郑樵、朱熹出来，才开始对于旧说加以攻击。欧阳修作《诗本义》、苏辙作《诗集传》，已经表示对于旧说不信任；郑樵《诗辨妄》更是彻底，痛骂《诗序》的荒谬，极多创见，

---

① 胡朴安：《诗经学》，商务印书馆1928年初版，1933年第1版，第97—100页。

② 刘师培：《中国中古文学史讲义》（含《汉魏六朝专家文研究》《经学教科书》《两汉学术发微论》），中国人民大学出版社2004年版，第208页。

> 传统的诗经学，在学术上的地位，因之大为动摇。朱熹的《诗序辨说》《诗集传》，废《序》言《诗》，别出新解，遂起而握诗学界的牛耳。此外如程大昌、王质、杨简等亦都是新派健将。当时正统派的学者有范处义、吕祖谦、严粲、马端临等，仍旧拥护毛、郑，不过势力不大，终不能战胜新派。[①]

金公亮未跳出"正统派"与"新派"，即尊《序》派与斥《序》派二元对立的思维模式，与五四前后的风气有关。同时末一句论述正统派势力不大，终不能战胜云云，不成事实，也有些简单化处理。《诗本义》亦被视为"开始对于旧说加以攻击"的代表作品之一。

与《诗经学ABC》同时的还有傅斯年（1896—1950）《诗经讲义稿》。《诗经讲义稿》也基本以对待《诗序》的态度描述宋代《诗经》学，但将重点集中在朱熹与王应麟两人身上。他高度评价朱熹《诗经》学成果，认为《诗经集传》"却是文公在经学上最大一个贡献，拿着本文解《诗》义，一些陋说不能附会，而文学的作用赤裸裸地重露出来"，但批评其未将这种方法贯彻到《二雅》《二南》《豳风》诗上；认为王应麟的《诗考》《诗地理考》"开近代三百年朴学之源"。傅先生对宋代《诗经》学整体评价也比较高，"现在我们就朱彝尊的《经义考》看去，已经可以觉得宋朝人经学思想之解放，眼光之明锐，自然一切妄论谬说层出不穷，然跳梁狐鸣，其中也有可以创业重统者"[②]。朱熹《诗集传》继承了《诗本义》的基本学术精神，傅斯年关于《诗集传》"拿着本文解《诗》义"实际也正是《诗本义》"因文见义"的写照，关于"宋朝人经学思想之解放，眼光之明锐"，自然应包括欧阳修在内了。

刘师培（1884—1920）在《经学教科书》第一册第二十五课《宋元明之〈诗〉学》开门见山写道："宋儒治《诗经》者，始于欧阳修《毛诗本义》与郑立异，不主一家。苏辙广其义作《诗经说》，立说专务新奇。"[③] 他将《诗本义》作为宋代《诗经》学的奠基性作品，自然没有歧

---

① 金公亮：《诗经学ABC》第十一《诗经学的流派》，世界书局1929年版，第140页。按："传统的诗经学"中的"诗经学"原作"《诗经学》"。

② 傅斯年：《诗经讲义稿》（含《中国古代文学史讲义》），中国人民大学出版社2004年版，第10页。

③ 刘师培著，陈居渊注：《经学教科书》，上海古籍出版社2006年版，第100页。

义，特别是《诗本义》对苏辙《诗》说（即《苏氏诗集传》）影响很大，是形成“专务新奇”的解经风尚的重要因素。但如《四库全书总目》所言，《诗本义》并没有特意要在毛郑之间力分轩轾，而能平心而论，从诗文本身出发，裁夺前人观点，自铸新解，因此，此处“始于欧阳修《毛诗本义》与郑立异”，是不准确的。虽然这种判断有不甚准确的地方，但它却是将欧阳修《诗》学放在毛郑《诗》学长河中观照的结果，这种方法具有启示意义。也正是在这个长河中，才能对欧阳修在《诗经》学史特别是在汉宋学术转型中承上启下的枢纽地位与作用有一深刻洞察。

当代《诗经》学的奠基之作夏传才《〈诗经〉研究史概要》在《宋学〈诗经〉研究中的几个问题》涉及《思辨学风与〈诗经〉研究的革新》《废序和尊序的论争》《〈诗集传〉——〈诗经〉研究的第三个里程碑》《王柏的〈诗疑〉及其删诗问题》《〈诗经〉考据学的产生》，将宋代《诗经》学发展分为“三个时期：北宋时期；南宋初到朱熹完成《诗集传》的时期；理宗以后的南宋后期”[①]，废序和尊序依旧是一条重要线索，但对欧阳修《诗本义》关注不够，是比较遗憾的。

林叶连《中国历代诗经学》在《宋朝诗经学》部分涉及《宋朝经学背景》《宋朝经学之发展趋势》《欧、吕、朱之诗经学》等，并将宋代《诗经》学细分为八个流派（议论毛传郑笺派、删削唐人注疏派、废小序派、存毛郑小序派、名物训诂派、图谱派、借诗寓意派、三家诗派）[②]，较胡朴安更琐碎，标准亦不一致，但尊序和废序也被视为重要的线索，人物专章之所以选欧阳、吕、朱三人，或许这是一个重要依据。洪湛侯《诗经学史》宋代部分较详备，资料丰富，但基本格局未有实质性变化，包括六章，依次是《宋代疑经改经蔚成风气》、《北宋〈诗〉学革新浪涛滚滚》（包括欧阳修、王安石、苏辙）、《关于反〈序〉存〈序〉的论争》（将杨简列入反《序》行列）、《“诗经宋学”的形成及其权威著作〈诗集传〉》、《南宋的重要〈诗〉家》、《宋代学者已注意到〈诗〉的文学特点》[③]。戴维的《诗经研究史》基本也是如此，但要单薄零碎的多。

---

① 夏传才：《〈诗经〉研究史概要》，中州书画社 1982 年版，第 132 页；《诗经研究史概要》（增注本），清华大学出版社 2007 年版，第 107 页。

② 林叶连：《中国历代诗经学》，台北学生书局 1993 年版，第 246—248 页。

③ 洪湛侯编：《诗经学史》，中华书局 2002 年版，第 285—409 页。

现当代《诗经》学史研究对欧阳修《诗本义》学术价值的认识与评价，是对宋明以来学者观点的继承和发展。关于当代欧阳修《诗本义》研究的具体情况可参看导论（《欧阳修〈诗本义〉研究述评》）和相关综述文章，这里仅结合现代《诗经》学史扼要强调《诗本义》在现代《诗经》学研究转向中的作用和意义。整体上，将《诗本义》作为解经新风的开创者，现当代《诗经》研究的文学转向在历史与逻辑上都与《诗本义》具有一定的内在联结，当然，这并不意味着文学转向是现当代《诗经》研究的唯一转向①。

① 现当代《诗经》研究具有多元性的特征，如历史学、社会学、文化学、文学、语言学等多维面向，但无疑关于《诗经》及《诗经》学的文学研究与清理是这些面向中最重要的一种。至于现代学术思潮与《诗经》学多元展开的关系，可参阅赵沛霖《现代学术文化思潮与诗经研究——二十世纪诗经研究史》，学苑出版社2006年版。

余论

关于《诗本义》的思想学术价值和意义，拙著将其放在汉唐至宋明《诗经》学转型的过程中具体考察，以突现学术与思想发展的内在规律和特征。在《诗经》学发展史中，欧阳修的《诗本义》具有汉宋学术过渡特征，在某种意义上，它兼有汉宋《诗经》学的学术面貌。欧阳修注重考证，但不烦琐，反对谶纬迷信和增字解经的风气；注重义理，努力从文本自身出发，沟通古今人情事理，探求《诗经》诗篇的本义，尽管相当一部分诗歌解释并没有完全走出《小序》、毛《传》、郑《笺》的牢笼，但这种方法的影响和启示却具有新的意义。事实上，在朱熹《诗集传》出现之前，《诗本义》的影响尤大；即使《诗集传》被尊崇的时候，《诗本义》的影响依然不绝如缕。特别是在清代汉宋学术、今古文经学纷争中，对《诗本义》褒贬的细微变化及其思想学术的客观影响，都映照出《诗本义》兼具汉宋学术的基本特征，并为《诗经》学研究的文学转向及多元展开奠定了一定的基础，因而也具有重要的现代意义。

刘师培在考察三国南北朝隋唐时期《诗经》学发展状况时就注意到这种变化和线索，将对待毛郑学术观点的差异作为厘清《诗经》学发展阶段的标准，而我们在对《诗本义》的考察中，也能够看到这条线索的痕迹与尾声，而其鲜明的差异自然也会更加分明。《经学教科书》第一册第十八课《三国南北朝隋唐之〈诗〉学》："东汉之末，说《诗》者，咸宗毛、郑。自魏王肃作《诗解》，述《毛传》以攻《郑笺》，蜀儒李譔作《毛诗传》亦与《郑笺》立异。惟吴人陆玑作《毛诗草木鸟兽虫鱼疏》详于名物，有考古之功。及晋永嘉之乱，《齐诗》沦亡，惟韩、鲁之说仅在。（原注：（晋）董景道兼治《韩诗》）当南北朝时，《毛传》《郑笺》之学行于河北。通《毛诗》者，始于刘献之，献之作《毛诗序义》，以授李周仁、程归则，归则传刘轨思，周仁传李铉，铉作《毛诗义疏》。又刘焯、刘炫咸从轨思受《诗》，炫作《毛诗述义》。而河北治《毛诗》者，复有刘芳、沈重、（原注：《毛诗义》《毛诗音》）乐逊、（原注：《毛诗序论》）鲁世达，（原注《毛诗章句义疏》）大抵兼崇毛、郑。（原注：以上北学）江左亦崇《毛诗》，晋王基驳王申郑；孙毓作《诗评》评论毛、郑、王三家得失，多屈郑祖王；而陈统复难孙申郑，王、郑两家互相掊击，然咸宗《毛传》。若伏曼容、（原注：《毛诗义》）崔灵恩、（原注：《毛诗集注》）何胤、（原注：《毛诗总集》《毛诗隐义》）张讥、（原注：《毛诗义》）顾越（原注：《毛诗傍通义》）亦治《毛诗》，于郑、王二家亦间有出入。惟周续之作《诗序义》，最得毛、郑之旨。（原注：以上南学）及（唐）孔颖达作《诗义疏》，亦兼崇毛、郑，引申两家之说，不复以己意为进退，守疏不破注之例，故《毛诗》古义赖以仅存，而鲁、韩遗说不可复考矣。又唐人治《诗》者，有成伯屿《毛诗指说》，间以己见说经，以《诗序》为毛公所续，（原注：北朝沈重已有此说）遂开宋儒疑《序》之先。"[①] 刘师培这段论述大概未出《四库全书总目·毛诗正义提要》牢笼，但更加简明通畅。刘氏认为东汉末"咸宗毛、郑"，三国述毛攻郑；南北朝时期，北学"大抵兼崇毛、郑"，而南学较为复杂，驳王申郑尊毛，不一而足，但也基本徘徊于"毛、郑之旨"间。唐代孔颖达和同南北经学，"兼崇毛、郑，引申两家之说，不复以己意为进退"，成伯屿"间以己见说经"对宋代《诗经》学有启发意义。因此，辨析考察毛郑得失是东汉至唐末《诗经》学史上的重要内容，欧阳修的《诗经》学重视毛郑之辨是对这一学术潮流的延伸和发展，但是与此前的《诗经》学者不同的是，欧阳修不尊崇某一家，即刘师培所说"不主一家"，能够在义理上贯通毛郑，并发现和凸显毛郑《诗》解中冲突抵触的地方，从而为《诗》学的新解与新的发展方向开辟道路。从这个意义上看，欧阳修《诗》学是《诗经》汉宋学转型过程的重要转折点，同时兼具"承旧"与"开新"的性质，但尤为重要的是《诗本义》的开新功能，笼罩两宋，影响深远，自非一语两语能够论述。

《诗本义》是《诗经》学史上重要的著作，具有承前启后的作用，体现了汉宋学术的重要变迁，对朱熹、姚际恒等以及现当代《诗经》学发

① 刘师培著，陈居渊注：《经学教科书》，上海古籍出版社2006年版，第68—69页。

展都有深远影响。但是目前该领域研究关键是缺乏对《诗本义》典籍的系统梳理和考辨，研究也多有陈陈相因的弊端，关于《诗本义》的深入具体以及系统的效果史研究比较薄弱。在材料使用上，对《诗本义》宋、明两大版本流传系统及其各自内部关系关注不够，影响了该课题的深入研究和拓展。台湾学者车行健曾在专著《诗本义析论》中指出："对《诗本义》一书的流传以及为现代读者的研读而言，当务之急应是在宋版系统和明版系统的基础之上，重新校勘、出版，使这部深具价值的古书更能为现代人所认识。如此，方能使这部书的诸多版本具有更丰富的价值和意义。"① 目前，该项目研究依然是极为薄弱的环节，它直接影响了对《诗本义》的全面和准确把握，也不利于重估《诗本义》的《诗》学价值。

目前关于欧阳修及欧阳修的经学（包括《诗经》学）研究成果较多，但是在史料运用上，往往拘泥于宋版系统中的某一版本，主要是《通志堂经解》本、文渊阁《四库全书》本，但是这两个版本均有校勘不精的地方。宋版系统内部，到底有怎样的分歧，分歧具有怎样的学术意义，目前研究几乎空缺，而且缺乏系统全面谨严的点校本。已有研究虽然略作了梳理，但是一方面过高估价了明版系统（包括刻本和钞本）的文献学价值，一方面缺乏对各版本的细致比勘和研究。立论基础大多限于前人目录序跋，也没有重视《诗本义》自身的复杂性。因此，如果能够整理出《诗本义》的新校本，自然有助于解决目前相关研究的瓶颈效应问题。此外，在具体整理和细致分疏的基础上，系统把握《诗本义》的有关思想学术问题，凸显《诗本义》的历史性特征，为一些忽视该著历史性特征及悬而未决的问题提供解决的思路和尝试，从而使校释的基础文献整理与专门的学术研究形成有机的统一整体，有助于促进欧阳修经学特别是《诗经》学思想研究的新进展。

《诗本义》校本将会成为《诗经》研究史及经学史、经学思想史的重要史料，它是该领域研究的基本文献，具有重要的学术意义和参考价值。同时，建立在细致分疏与整理基础上的专门的《诗本义》个案研究，也会继承前人研究成果（如裴普贤著《欧阳修诗本义研究》、车行健著《诗本义析论》等）并作出明显推进。重视结合宋人的行状、笔记、引用（特别是集传类作品，如苏辙《苏氏诗集传》、朱熹《诗集传》、吕祖谦

① 车行健：《诗本义析论》，台北里仁书局2002年版，第146页。

《吕氏家塾读诗记》等)、诗文等，为综合研究《诗本义》的成书与流传、欧阳修的《诗经》学思想及演变提供丰富而可靠的史料与观点。这种研究有助于进一步明确《诗本义》宋、明版本系统的关系和各自价值，凸显宋版系统的重要性，对明版系统则持谨慎参考态度。在谨严研究的前提下尝试董理宋版系统《诗本义》的基本面貌，弥补该领域研究的不足和薄弱环节。同时，对《诗本义》的相关学术问题也给予具体分析和解释。

关于《诗本义》版本的考察和校勘，应主要以宋版系统《四部丛刊》本、《通志堂经解》本、文渊阁《四库全书》、文津阁《四库全书》本、摛藻堂《四库全书》本等的比勘为主，谨慎参考明版系统的多种流传刻本和钞本，并在宋版系统的基础上整理出新校本。在校释的基础上，不断归纳和系统化，对《诗本义》在《诗经》学史上的地位作更加扎实和深入的微观研究。特别是注意到《诗本义》卷数（十四卷、十五卷、十六卷）的分歧与差异，实际是《诗本义》不断流传与修改完善的过程，明版系统对汉唐《诗经》学成果的补充与注明也可从这一视角加以观照。从景祐、宝元年间到熙宁三年（1070），欧阳修的《诗经》学思想的具体演变脉络，也可在这些细致研究的基础上获得进一步的呈现，《诗本义》是欧阳修在临去世前三年左右才完全定稿的作品，是经过深思熟虑和推敲加工的，能够呈现出《诗本义》反复修改、不断完善的写作过程和思想演进实质。

在比较系统的宋版系统《诗本义》校本的基础上，展开对《诗本义》的学术创新、方法特征、思想演变、学术影响、篇章关系以及某些具体的学术问题的进一步深入考察，以努力从多个侧面体现《诗本义》在《诗经》学史上的重要影响和价值。

欧阳修《诗本义》在《诗经》学史上具有承前启后的学术意义。通过版本的梳理、对勘与笺释，可为专门的系统研究提供切实可靠的史料依据，并在历史与逻辑、文献与考证相结合的基础上对一些学术问题作进一步反思和重估。这些学术问题大略有欧阳修的《诗经》观与突破、欧阳修与汉唐《诗经》学、欧阳修对三家《诗》研究的贡献、欧阳修疑《诗》及意义、欧阳修与“淫诗说”、欧阳修解《诗》新法及影响、欧阳修《诗经》研究的特征及思想学术价值等方面。

欧阳修对“六经”有基本一贯的认识，强调“六经”的教化功能，具有“法不法”和“正不正”的作用，而“不法”与“不正”的社会现实正是“六经”之所以产生的原因。欧阳修认为《诗经》关乎其他“道”之所存的“五经”，并进一步明“用”，而“迹道”与“知用”紧密结合，尽管欧阳修的“用之与夺”主要是指“劝戒”“美刺”，但实际上已初步纠正对《诗经》的三种偏见（即“章句之书”“淫亵之辞”“猥细之记”），渐次以降，“‘六经’皆道之所存”，以至有张程朱陆等学者的理学解读，所以说欧阳修开启了宋代以“道”（包括“理”“心”）为核心的《诗经》研究是毫不夸张的，而且有助于从更深层次的思想文化角度理解《诗经》学术演变的内在规律。结合年谱，欧阳修与理学的奠基者“宋初三先生”胡瑗、石介、孙复以及邵雍等都有比较密切的交往，有助于彰显学术思想形成的复杂性、深刻性与生动性。欧阳修在《本末论》中集中阐发自己对解《诗》四种情况的本末认识，是理解其解读《诗经》思想的基础。他将学《诗》的目的分为四种，即把握诗人之意、圣人之志、太师之职、经师之业，通晓诗人之意、圣人之志则为“本”，了解太师之职则为“末”，而经师之业则随其所求而变化，为本则本，为末则末。

欧阳修批判地评价汉唐学者的《诗经》研究成果，主要集中在以《礼》解《诗》与神学附会上，从而奠定了宋代《诗经》学注重文本和理性解《诗》的基本精神。他批评《序》和毛郑的地方较多，也多中肯綮，持理性态度。尽管他对郑玄的看法并没有完全否定，但明显指责他以礼学附会《诗经》。对于郑玄解《诗》的礼学依据，欧阳修也多有质疑。尽管欧阳修还不能完全摆脱汉唐传统，但以己意解《诗》、不受传统传注拘束的方法已经很鲜明、很自觉，对宋代的《诗经》学研究方法的形成有开启之功。他不信谶纬神学与五行终始之说，一扫汉人的神学解说与附会，显示了宋人的思辨性和理性自觉。当然在批评毛郑附会的同时，欧阳修有时又形成新的附会，除经学观念之外，更多是因为认“兴”为“比”，在这一点上并未完全摆脱毛郑的影响。宋代《诗经》学学者受这种矛盾困扰者并非欧阳修一人。但就对汉唐学术的总结反思，以及在宋代《诗经》学上的历史地位而言，欧阳修是比较典型的。

欧阳修已经注意到三家《诗》的问题，而且指出《韩诗》遗说多见于他书，对朱熹和王应麟的三家《诗》研究可能有启发，但南宋王应麟在《诗考》中将这种学术启悟只追溯至朱熹。这一问题还有待深入挖掘和研究。

欧阳修怀疑的范围已比较广（从著作角度分析尽管侧重在《书》上），关于《诗经》，主要体现在经典的有无、真伪、作者、释义、训诂、篇次等问题上，而以“释义”为核心。即使是《诗序》文字本身，他也敢于怀疑其编次，并作了调整，目的在于恢复《诗》的本义，使诗歌的意义更加完整流畅，体现了理性精神。他已指出《诗序》的不足，尤其是《二南》部分，已不盲目尊崇《诗序》。

关于“淫诗说”的起源，《诗经》学学术史上主要有三种认识：一是起源于郑樵，如周孚、朱熹等；一是起源于欧阳修，如《四库全书》的编撰者；一是起源于《毛诗》，如范家相等。欧阳修虽然还未直接给《诗经》的《风》诗打上“淫诗”的烙印，但已指出个别诗篇（尽管是少数）属于“男女淫奔之诗”。而范家相将“淫诗说”溯源于《毛诗》，指出《毛诗》解诗增加了不少时代因素、私奔情景，为后代郑樵、朱熹、王柏等所本，其实质是批评朱子和宋学。因此，严格意义上，“淫诗说”应肇端于欧阳修。

宋代《诗经》学有自己独特的学术方法，奠基于欧阳修。欧阳修《诗经》学的鲜明特点，也是历来研究史不甚注意的，是注重诗歌的具体语境、上下文，可以用“据文求义”（“因文见义”）来作概括，还有具体“求”的方法，主要是沟通古今、推于人情的“古今人情一也”（“以今论古”）的方法及理论，强调人情事理的相同相近。这两个方面尽管更多侧重的是方法论层面，但对宋代的《诗经》学研究有深远的影响，既是衡量此前汉唐传注研究成果的方法，也是自铸新义、建构新解的方法，同时兼有破和立的意义。《诗本义》中有大量的表述，可以认为这两种方法是欧阳修解释《诗经》的根本方法。在具体运用时它们往往相互结合，相辅相成。当然，在指导思想上尽管还不能算完全的理学思想，但受儒家的“无邪”“诗教”观念影响很深，至少还在经学的范围内。欧阳修追求简直明易的风格对宋代《诗经》学研究风格的形成有奠基作用，反对迂远衍义为说。“据文求义”和“古今人情一也”方法对宋代及以后《诗经》学学者产生了深远影响，其中包括相当一部分理学家，并逐步凸显“义理”解《诗》倾向。

“六经”虽有《诗》《书》《礼》《乐》《易》《春秋》名目的不同，似各有侧重，言志、文诰、礼仪、乐教、通变不易之理、史鉴褒贬，而实则并不如此清晰。“六经”的包容性给后人提供了广阔的解读空间和多种可能。宋代解《诗》，由恢复文本义肇端，沟通古今人情，“以人情解《诗》”，进而发展至“以义理解《诗》”，二者相承而有区别。至清姚际恒依然继承“以人情解《诗》”的传统，但却极力反对“义理解《诗》”的倾向，显示了两者的背离和分化。恢复文本本义的真正用意是除蔽，即重新评估古人的解读成果，从而为新的解读奠定基础。从这种学术史角度审视更容易凸显欧阳修在《诗经》学史上的独特贡献和深远影响。《诗本义》效果史显示的褒奖和批评同时存在的两种倾向，就集中展示了欧阳修《诗经》学思想与方法在《诗经》学史的独特地位。《诗集传》对《诗本义》的借鉴与改造，也有力地说明了这一点。

欧阳修比较系统地确立了《诗经》学研究的“本末”观念，使学者可以从“太师之职”及一些“经师之说”中摆脱出来，而去体味“诗人之意”和“圣人之志”，奠定了《诗经》研究恢复本义、借以寓道的理论基础。欧阳修的批驳重点在郑（玄），即成熟的典型的汉代《诗经》研究成果，他是宋代《诗经》学研究的开创者和奠基者。他在《诗经》研究中涉及部分理学问题，既表现了自己受孟荀学术影响的思想痕迹，同时也在一定程度上体现出与理学相近的旨趣，对理学家的解《诗》不无影响。朱熹就曾高度评价欧阳修《诗本末篇》（《朱子语类》卷八十）。欧阳修治学的理性精神和阙疑态度在宋代《诗经》学发展以及理学家的解《诗》原则上都有突出的反映。

目前学术界在宋代《诗经》学研究方面已经出现一系列成果，比较集中，在人物个案研究中，欧阳修和朱熹的《诗经》学研究受到学者们广泛而持久的关注，这是可喜的现象。仅就欧阳修个人的《诗经》学研究来看，成果众多，但是相似者亦多。关于《诗本义》及欧阳修个人在《诗经》学发展史上的定位，还远没有超出夏传才先生在《〈诗经〉研究史概要》中关于《诗经》学的整体评价体系和格局。在这个体系和格局中，主要突出了《诗经》学史的三大里程碑，即毛《传》、郑《笺》和朱熹《诗集传》的地位和影响。诚然，欧阳修《诗本义》是汉宋《诗经》学转型过程中的代表性作品，而《诗集传》实际上也是对汉宋《诗经》学总结的结晶，如果从思想学术史的渊源和影响角度把握，《诗本义》在两宋《诗经》学史上具有深远的学术魅力，特别是《诗本义》两种相辅相成的解《诗》方法启迪尤大，其独特的解经观念与载道论，承接中唐《春秋》新学“本诸人情”“横断礼义”的思想，将唐宋新经学思潮和古文复兴运动融为一个整体，在生机勃勃的动态发展中呈现了《诗经》学合逻辑与合历史的辩证统一。《朱子语类》卷八十记载，朱熹对自己的学生说，在集注类《诗经》学作品（自然包括《诗集传》《吕氏家塾读诗记》等）作品出现前，《诗本义》具有很重要的影响。这从侧面可以说明《诗本义》的学术地位。如果将《诗本义》和《诗集传》作全面比较（前辈学者裴普贤《欧阳修诗本义研究》等作过部分考察），更能显示《诗本义》及欧阳修《诗经》学的价值。

鉴于上述内容，笔者着眼于对《诗经》学思想学术史的综合考察，在“三大里程碑”的基础上，为了避免漠视学术承革的连续性和复杂性，尝试将中国古代《诗经》学史概括为这样四个阶段：一是源于春秋时期“赋诗断章”，以至《论语》开启“以理解《诗》”与“以礼解《诗》”传统，肇启思孟与荀子学派研究《诗经》的不同方向，下开三家《诗》说并立格局与《毛诗》渐兴局面，这是中国《诗经》学发展史的第一个阶段，也是后来《诗经》汉学与《诗经》宋学的学术源头；一是秦汉之际，三家《诗》并立学官，毛《诗》初兴，两汉间，今古文经此消彼长，古文经学潜滋暗长，特别是在《毛诗故训传》（或《毛诗训诂传》）的基础上，郑玄融合三家《诗》说，笺注《毛诗》，三家《诗》不过江东，《毛诗》独传，促进了《诗经》研究的今古文融合，风习所至，以至魏晋南北朝，南学与北学各有所长，终归《毛诗正义》，这是《诗经》汉学的兴盛与传播阶段；一是唐代中晚叶，受古文复兴运动以及《春秋》学解经新风激荡，历唐宋变革，直至庆历蔚然勃兴，《诗本义》承上启下，萌蘖《诗经》宋学，尊《序》与废《序》交争与融合，“淫诗”说渐兴，三家《诗》研究初具，《诗经》考据学等略呈端倪，郑樵、朱熹、王柏俱受其沾溉，终至元明朱熹《诗集传》被勒为功令，地位独尊，这是《诗经》宋学的形成与发展阶段；一是清初继承元明风气，《诗经》宋学得到发展，但已显汉宋学分歧，乾嘉而至顶峰，并有兼采汉宋的《诗经》学研究，嘉道以下，今文经学重振，今古文经学呈纷争融合趋势，《诗经》宋学依然暗流不断，明清独立思考派迥出汉宋、今古文经之外，兼采独断，独张《诗经》宋学精神，下启现当代《诗经》文学与多元研究的先声，辛亥革命至五四前后，《诗经》的经学地位动摇，《诗经》传统的经学研究结束，这是《诗经》汉学与《诗经》宋学相互交融、螺旋上升以至终结的阶段。

前文提到，围绕《诗本义》和欧阳修《诗经》学研究，成果众多，但陈陈相因者多，难以将既有研究不断拓展和深化。笔者认为，主要原因是缺乏历史视角，特别是存在着没有从整体把握《诗本义》在汉唐《诗经》学衍变、欧阳修《诗经》学观点变化、《诗本义》文本的历史性与历时性版本存在形态与递革及其思想学术意义。

因此，这里突出了历史视角，从三个维度切入，试图呈现《诗本义》的独特价值与复杂面貌，并将思想学术探讨熔铸在整体的历史考察和辩证中，以期比较全面和深入地展示《诗本义》在汉宋学术转折中的独特贡献和价值。

这三个维度是：

一是从汉宋《诗经》学转变视角中确立评价《诗本义》的学术价值和思想意义。其价值不仅表现在继承、整理、评判已有汉唐《诗经》学研究成果上，而且表现在为新的经解开辟道路，在解经的本末观念和载道论（道论）基础上，形成了比较成熟的解经方法。《诗本义》的影响，特别是受到后代学者的褒贬，也可以从汉宋学术的差异和长短得到说明。文中考察《诗本义》和毛《传》、郑《笺》，特别是作为研究的薄弱环节《诗本义》与三家《诗》的关系，《诗本义》的接受和影响史研究，《诗本义》中的《诗经》观与解《诗》方法研究就是这种研究维度折射的光芒。

二是将《诗本义》的形成放在欧阳修《诗经》学思想与研究不断成熟与丰富的过程中考察，有助于避免在使用材料上不做辨析、眉毛胡子一把抓的现象。欧阳修研究资料（特别是年谱、诗文和书论等）[①] 显示，景祐、宝元年间，欧阳修三十岁左右的时候，已经出现《诗解》（或《诗解统》）等作品，后经过长时期摸索研讨，欧阳修在中晚年经受目足病痛折

---

① 2011 年 10 月 5 日西日本新闻社发表消息《九大教授发现 96 封欧阳修的书信》，称九州大学研究生院比较社会文化研究院的东英寿教授（中国文学），在调查比较中国国家图书馆（北京市）与日本的宫内厅、天理大学附属天理图书馆（奈良县）所藏《欧阳文忠公集》三本原始木刻板的时候，发现天理图书馆的原始木刻板有 96 封未被收录的书信。但消息称“据推断，周必大编纂的全集在完成后也进行过加工，96 封书信可能由此被添入”。这 96 封书信详见东英寿文《新见九十六篇欧阳修散佚书简辑存稿》，载《中华文史论丛》2012 年第 1 期（总第 105 期），2012 年 3 月版，第 1—28 页），但在研究欧阳修《诗经》学学术思想方面似并没有直接联系。天理图书馆藏《欧阳文忠公集》与世界书局 1936 年影印《欧阳修全集》具有怎样的联系，这 96 封书信到底有多大意义，将俟日后跟踪探讨。

磨的情况下，在熙宁三年《诗本义》定稿，并准备与好友讲评商榷，次年还归故里，深以朋友过往不便为憾，再次年去世。关注欧阳修《诗经》学思想和研究成果，最主要、最直接的材料依据是他生前定稿的《诗本义》，但是也要顾及以丰富多彩的形式透露出来的欧阳修《诗经》学观点及其与《诗本义》的关系。本书考察《诗本义》及欧阳修《诗经》学观念、解《诗》方法与谪居夷陵的关系，特别是夷陵巫觋风俗与语言文化差异所带来的启示和影响，以及通过诗文等形式所传达出来的《诗经》学思想，就是出于这个研究维度的考虑，它们对仅仅也是《诗本义》文本研究的补充，有助于比较全面理解和把握欧阳修的《诗经》学研究成果和发展历程。

三是比较全面细密地考察了《诗本义》版本的衍变历程、卷次关系及其思想学术意义，避免将《诗本义》作为一种静止的文本来对待。在欧阳发《先公事迹》、韩琦《故观文殿学士太子少师致仕赠太子太师欧阳公墓志铭》、苏辙《欧阳文忠公修神道碑》等作品中，均记载《诗本义》十四卷，后来流传至今的《诗本义》基本是十五卷和十六卷两种形式，但版本系统和种类也需深入考察（台湾学者车行健已有若干探索），在研究《诗本义》主要卷次的关系与校勘基础上，通过内证和校勘等方法，彰显《诗本义》的流传与传播中的历史性与历时性特征，使人们在利用这些资料时能够区别对待，能给相关研究以裨益。关于《诗本义》版本考察、卷次关系及学术意义考论等内容就属于这个部分，《诗本义》与《吕氏家塾读诗记》的比较也是希望能够呈现和明晰比较早的《诗本义》版本的基本形态和汉宋学术价值。

通过这三种相辅相成、互相印证的研究维度，研究和反思《诗本义》及欧阳修《诗经》学对《诗经》学史的影响，揭示其在汉宋《诗经》学思想学术研究过渡中的地位和价值，并进而对《诗本义》及欧阳修的《诗经》学研究作些有针对性的考察，将是一件有意义的学术研究工作。

附录一

《诗本义》卷一至卷十二所选录诗篇及分布统计总表

卷次	类别	选录诗篇（数量）	未选诗篇（数量）	备注
卷一	《周南》	《关雎》《葛覃》《卷耳》《樛木》《螽斯》《兔罝》《汉广》《汝坟》《麟之趾》（9首）	《桃夭》《芣苡》（2首）	《周南》共11首诗
卷二	《召南》	《鹊巢》《草虫》《行露》《摽有梅》《野有死麕》《驺虞》（6首）	《采蘩》《采苹》《甘棠》《羔羊》《殷其雷》《小星》《江有汜》《何彼襛矣》（8首）	《召南》共14首诗
	《邶风》	《柏舟》《击鼓》《匏有苦叶》	《绿衣》《燕燕》《日月》《终风》《凯风》《雄雉》《谷风》《式微》《旄丘》《简兮》《泉水》《北门》（12首）	《邶风》共19首
卷三		《北风》《静女》《新台》《二子乘舟》（7首）		
	《鄘风》	《墙有茨》《相鼠》（2首）	《柏舟》《君子偕老》《桑中》《鹑之奔奔》《定之方中》《蝃蝀》《干旄》《载驰》（8首）	《鄘风》共10首
	《卫风》	《考盘》《氓》《竹竿》（3首）	《淇奥》《硕人》《芄兰》《河广》《伯兮》《有狐》《木瓜》（7首）	《卫风》共10首

续表

卷次	类别	选录诗篇（数量）	未选诗篇（数量）	备注
卷三	《王风》	《扬之水》《兔爰》《采葛》《丘中有麻》（4首）	《黍离》《君子于役》《君子阳阳》《中谷有蓷》《葛藟》《大车》（6首）	《王风》共10首
卷四	《郑风》	《叔于田》《羔裘》《女曰鸡鸣》《有女同车》《山有扶苏》《褰裳》《子衿》（7首）	《缁衣》《将仲子》《大叔于田》《清人》《遵大路》《箨兮》《狡童》《丰》《东门之墠》《风雨》《扬之水》《出其东门》《野有蔓草》《溱洧》（14首）	《郑风》共21首。按：《诗本义》将《有女同车》《山有扶苏》同篇比较
	《齐风》	《东方之日》《南山》（2首）	《鸡鸣》《还》《著》《东方未明》《甫田》《卢令》《敝笱》《载驱》《猗嗟》（9首）	《齐风》共11首。按：《魏风》共7首，欧阳文忠公《诗本义》未选一首，这些诗歌分别是《葛屦》《汾沮洳》《园有桃》《陟岵》《十亩之间》《伐檀》《硕鼠》，按次应居于《齐风》后，特具说明
	《唐风》	《蟋蟀》《扬之水》《采苓》（3首）	《山有枢》《椒聊》《绸缪》《杕杜》《羔裘》《鸨羽》《无衣》《有杕之杜》《葛生》（9首）	《唐风》共12首

续表

卷次	类别	选录诗篇（数量）	未选诗篇（数量）	备注
卷四	《秦风》	《蒹葭》（1首）	《车邻》《驷驖》《小戎》《终南》《黄鸟》《晨风》《无衣》《渭阳》《权舆》（9首）	《秦风》共10首
卷五	《陈风》	《东门之枌》《衡门》《防有鹊巢》（3首）	《宛丘》《东门之池》《东门之杨》《墓门》《月出》《株林》《泽陂》（7首）	《陈风》共10首
	《桧风》	《匪风》（1首）	《羔裘》《素冠》《隰有苌楚》（3首）	《桧风》共4首
	《曹风》	《候人》《鸤鸠》（2首）	《蜉蝣》《下泉》（2首）	《曹风》共4首
	《豳风》	《鸱鸮》《破斧》《伐柯》《九罭》《狼跋》（5首）	《七月》《东山》（2首）	《豳风》共7首

续表

<table>
<tr><th>卷次</th><th>类别</th><th>选录诗篇（数量）</th><th>未选诗篇（数量）</th><th>备注</th></tr>
<tr><td rowspan="3">卷六</td><td>《小雅·鹿鸣之什》</td><td>《鹿鸣》《皇皇者华》《常棣》《伐木》《天保》《出车》（6首）</td><td>《四牡》《采薇》《杕杜》《鱼丽》《南陔》（5首）</td><td>《小雅·鹿鸣之什》共11首诗。按：《南陔》系笙诗</td></tr>
<tr><td>《小雅·南有嘉鱼之什》</td><td>《湛露》（1首）</td><td>《南有嘉鱼》《南山有台》《崇丘》《由仪》《蓼萧》《彤弓》《菁菁者莪》《六月》《采芑》《车攻》《吉日》（11首）</td><td>《小雅·南有嘉鱼之什》共12首诗。按：《崇丘》《由仪》系笙诗。《南陔》《白华》《华黍》《由庚》《崇丘》《由仪》六首笙诗的演奏情况，可参见《仪礼》中的《乡饮酒》与《燕礼》。朱熹重加考订，分别置于《诗集传》之《鹿鸣之什》《白华之什》。这里采用清马瑞辰《毛诗传笺通释》排序，以见《毛诗》原貌</td></tr>
<tr><td rowspan="2">《小雅·鸿雁之什》</td><td>《鸿雁》《沔水》《黄鸟》</td><td rowspan="2">《庭燎》《鹤鸣》《祈父》《白驹》《我行其野》（5首）</td><td rowspan="2">《小雅·鸿雁之什》共10首诗</td></tr>
<tr><td>卷七</td><td>《斯干》《无羊》（5首）</td></tr>
</table>

续表

卷次	类别	选录诗篇（数量）	未选诗篇（数量）	备注
卷七	《小雅·节南山之什》	《节南山》《正月》《十月》《雨无正》《小旻》《小宛》	《小弁》《巷伯》（2首）	《小雅·节南山之什》共10首诗。按：《十月》即《十月之交》）《雨无正》《小旻》《小宛》，四首同篇比较
卷八		《巧言》《何人斯》（8首）		
	《小雅·谷风之什》	《蓼莪》《大东》《四月》《小明》《鼓钟》（5首）	《谷风》《北山》《无将大车》《楚茨》《信南山》（5首）	《小雅·谷风之什》共10首诗
	《小雅·甫田之什》	《裳裳者华》《鸳鸯》《车辖》	《甫田》《大田》《瞻彼洛矣》《桑扈》《頍弁》（5首）	《小雅·甫田之什》共10首诗
卷九		《青蝇》《宾之初筵》（5首）		
	《小雅·鱼藻之什》	《采菽》《角弓》《菀柳》《白华》《渐渐之石》（5首）	《鱼藻》《都人士》《采绿》《黍苗》《隰桑》《绵蛮》《瓠叶》《苕之华》《何草不黄》（9首）	《小雅·鱼藻之什》共14首诗
卷十	《大雅·文王之什》	《文王》《棫朴》《思齐》《皇矣》（4首）	《大明》《绵》《旱麓》《灵台》《下武》《文王有声》（6首）	《大雅·文王之什》共10首诗
	《大雅·生民之什》	《生民》《凫鹥》《假乐》	《行苇》《既醉》《公刘》《泂酌》《民劳》《板》（6首）	《大雅·生民之什》共10首诗
卷十一		《卷阿》（4首）		
	《大雅·荡之什》	《荡》《抑》《桑柔》《瞻卬》（4首）	《云汉》《崧高》《烝民》《韩奕》《江汉》《常武》《召旻》（7首）	《大雅·荡之什》共11首诗

续表

卷次	类别	选录诗篇（数量）	未选诗篇（数量）	备注
卷十二	《周颂·清庙之什》	《维天之命》《烈文》《天作》《时迈》《思文》（5首）	《清庙》《维清》《昊天有成命》《我将》《执竞》（5首）	《周颂·清庙之什》共10首诗。按：《思文》《臣工》合论
	《周颂·臣工之什》	《臣工》（1首）	《噫嘻》《振鹭》《丰年》《有瞽》《潜》《雝》《载见》《有客》《武》（9首）	《周颂·臣工之什》共10首诗
	《周颂·闵予小子之什》	《敬之》《酌》（2首）	《闵予小子》《访落》《小毖》《载芟》《良耜》《丝衣》《桓》《赉》《般》（9首）	《周颂·闵予小子之什》共11首诗
	《鲁颂·駉之什》	《有駜》（1首）	《駉》《泮水》《閟宫》（3首）	《鲁颂·駉之什》共4首诗
	《商颂》	《那》《烈祖》《长发》（3首）	《玄鸟》《殷武》（2首）	《商颂》共5首诗
合计		114	187（实则184首，其余3首为笙诗）	308（按：实则305首，其余3首为笙诗；其中包括《魏风》7首，欧阳文忠公《诗本义》未选一首）

附录二

《诗本义》与三家《诗》、毛《诗》诗义研究比较详表（以《二南》为例）

卷次与类别	诗篇名称	《诗本义》		三家《诗》			毛《诗》	备注
		论曰	本义曰	鲁《诗》	齐《诗》	韩《诗》		
卷一《周南》（9首）	《关雎》	先儒辨（《四部丛刊》本“辨”作“辩”）雎鸠者甚众，皆不离于水鸟。惟毛公得之，曰鸟挚而有别，谓水上之鸟，捕鱼而食，鸟之猛挚者也	《关雎》，周衰之作也。太史公曰：“周道缺而《关雎》作，盖思古以刺今之诗也。”谓此淑女配于君子，不淫其色而能与其左右勤其职事，	“关关，音声和也”（《尔雅·释诂》）、“鴡鸠，王鴡”（《尔雅·释鸟》）、“夫雎鸠之鸟，犹未尝见乘居而匹处也”（《列女传·魏曲沃负传》）。	“贞鸟雎鸠，执一无尤。”（《易林·晋之同人》）“孔子论《诗》，以《关雎》为始。言太上者民之父母，后夫人之行不侔乎天地，	“《关雎》，刺时也。”（《韩叙》）“诗人言雎鸠贞洁慎匹，以声相求，隐蔽于无人之处，故人君退朝入于私宫，后妃御见有度，应门击柝，	“后妃之德也。风之始也，所以风天下而正夫妇也。故用之乡人焉，用之邦国焉。”（《毛序》）	《关雎》，三家《诗》虽略有不同，但基本一致，认为是“刺时”之作。《诗本义》从，所引“太史公”语更是鲁《诗》看法。郑《笺》释“挚”为“至”，

续表

卷次与类别	诗篇名称	《诗本义》		三家《诗》			毛《诗》	备注
		论曰	本义曰	鲁《诗》	齐《诗》	韩《诗》		
卷一《周南》(9首)	《关雎》	而郑氏转释“挚”为“至”，谓雎雄情意至者，非也	则可以琴瑟钟鼓友乐之尔。皆所以刺时之不然	“周道缺，诗人本之衽席，《关雎》作。”(《史记·十二诸侯年表》)“周之康王夫人晏出朝，《关雎》预见，思得淑女以配君子。”(《列女传·魏曲沃负传》)“周衰而《诗》作，盖康王时也。康王德缺于房，大臣刺晏，故诗作。”(《论衡·谢短》)	则无以奉神灵之统而理万物之宜，故《诗》曰：‘窈窕淑女，君子好仇。’言能致其贞淑，不贰其操，情欲之感无介乎容仪，宴私之意不形乎动静，夫然后可以配至尊而为宗庙主。此纲纪之音、王教之端也。”(《汉书·匡衡传》)	鼓人上堂，退反宴处，体安志明。今时大人内倾于色，贤人见其萌，故咏《关雎》，说淑女、正容仪以刺时。”(《后汉书·明帝纪》李注引《韩诗薛君章句》)	“《关雎》乐得淑女以配君子，忧在进贤，不淫其色，哀窈窕、思贤才，而无伤善之心。是《关雎》之义也。”(《毛序》)	似是对齐《诗》的暗袭，遭到欧阳修辩驳。

续表

卷次与类别	诗篇名称	《诗本义》		三家《诗》			毛《诗》	备注
		论曰	本义曰	鲁《诗》	齐《诗》	韩《诗》		
卷一《周南》（9首）	《葛覃》	《葛覃》之首章，毛《传》为得而郑《笺》失之。葛以为絺绤尔，据其下章可验，安有取喻女之长大哉？黄鸟，栗留也。麦黄椹熟，栗留鸣，盖知时之鸟也。诗人引之以志夏时草木盛，葛欲成而女功之事将作尔，岂有喻女有才美之声远闻哉？	诗人言后妃为女时，勤于女事。见葛生引蔓于中谷，其叶萋萋然茂盛，葛常生于丛木之间，故又仰见丛木之上，黄鸟之声喈喈然，知此黄鸟之鸣乃盛夏之时，草木方茂，葛将成就而可采，因时感事，乐女功之将作	“《葛覃》，恐其失时。”（《古文苑》蔡邕《协和婚赋》）“萋萋，茂也”（《广雅·释训》）		“萋萋，盛也。”（《文选》潘岳《藉田赋》李注引《章句》）	“后妃之本也。后妃在父母家，则志在于女功之事；恭俭节用，服澣濯之衣；尊敬师傅，则可以归安父母，化天下以妇道也。”（《毛序》）“萋萋，茂盛貌。”（毛《传》）	《葛覃》，毛郑诗解未离“后妃之职”（《乡饮酒·燕礼》郑注）。欧阳修虽有所质疑，但所解亦未根本脱离此牢笼。欧阳修所辨“安有取喻女之长大哉”实是针对郑《笺》“葛延蔓于谷中，喻女在父母之家，形体浸浸日长大也。叶萋萋

续表

卷次与类别	诗篇名称						毛《诗》	备注
		论曰	本义曰	鲁《诗》	齐《诗》	韩《诗》		
卷一《周南》（9首）								然，喻其容色美盛也”，而郑《笺》似受到三家《诗》的影响。《古文苑》所载蔡邕《协和婚赋》“《葛覃》恐其失时，《摽梅》求其庶士”，视《葛覃》与《摽有梅》均为恐婚姻失时之作，似得本义。欧阳修所解“黄鸟，栗留也。麦黄椹熟，栗留鸣，

续表

卷次与类别	诗篇名称						毛《诗》	备注
		论曰	本义曰	鲁《诗》	齐《诗》	韩《诗》		
卷一《周南》（9首）								盖知时之鸟也”，实辗转袭自鲁《诗》。黄鸟，亦名黄鹂留、黄栗留、苍庚、商庚、楚雀、离黄，即黄雀。

续表

卷次与类别	诗篇名称	《诗本义》		三家《诗》			毛《诗》	备注
		论曰	本义曰	鲁《诗》	齐《诗》	韩《诗》		
卷一《周南》（9首）	《卷耳》	《卷耳》之义，失之久矣。云卷耳易得，顷筐易盈而不盈者，以其心之忧思在于求贤，而不在于采卷耳，此荀卿子之说也。妇人无外事，求贤审官非后妃之职也……《序》言知臣下之勤劳，以诗三章考之，如毛郑之说，	卷耳易得，顷筐，小器也。然采采而不能顿盈，后妃以采卷耳之不盈而知求贤之难得，因物托意，讽其君子以谓贤才难得，宜爱惜之。因其勤劳而宴犒之，酌以金罍不为过礼，但不可以长怀于饮乐尔……	“思古君子官贤人，置之列位也。”（《淮南子·俶真训》高注）		“顷筐，敧筐也。”（《经典释文》引《韩诗》）	“后妃之志也。又当辅佐君子求贤审官，知臣下之勤劳，内有进贤之志，而无险诐私谒之心，朝夕思念，至于忧勤也。”（《毛序》）“顷筐，畚属，易盈之器也。”（毛《传》）	《卷耳》，欧阳修诗解义同鲁毛。王先谦按语：“此诗为慕古怀贤，欲得遍置列位，思念深长。诸家无异说。”（《诗三家义集疏》卷一《卷耳》，第23页）

续表

卷次与类别	诗篇名称	《诗本义》		三家《诗》			毛《诗》	备注
		论曰	本义曰	鲁《诗》	齐《诗》	韩《诗》		
卷一《周南》（9首）			则文意乖离而不相属	诗人述后妃此意以为言，以见周南君后皆贤。其宫中相语者，如是而已，非有私谒之言也，盖疾时之不然				

续表

卷次与类别	诗篇名称	《诗本义》		三家《诗》			毛《诗》	备注
		论曰	本义曰	鲁《诗》	齐《诗》	韩《诗》		
卷一《周南》（9首）	《樛木》	据《序》止言后妃能逮下，而无嫉妒之心尔			诗人以樛木下其枝，使葛藟得托而并茂，如后妃不嫉妒，下其意以和众妾，众妾得（《四部丛刊》本无此“得”。文渊阁《四库全书》本似较长）附之而并进于君子。后不嫉妒，则妾无怨旷。云“乐只君子，福禄绥之”者，	《文选》潘安仁《寡妇赋》“顾葛藟之蔓延兮，托微茎于樛木”，李善注：“言二草之托樛木，喻妇人之托夫家也。《诗》曰：‘南有樛木，葛藟累之。’”《文选》班孟坚《幽通赋》“葛绵绵于樛木兮，咏南风以为绥”，李善注引曹大家曰：	“后妃逮下也。言能逮下而无嫉妬之心焉。”（《毛序》）	《樛木》，欧阳修采毛《诗》说，但解“乐只君子，福禄绥之”，与三家同

续表

卷次与类别	诗篇名称	《诗本义》		三家《诗》			毛《诗》	备注
		论曰	本义曰	鲁《诗》	齐《诗》	韩《诗》		
卷一《周南》（9首）					众妾爱乐其君子之辞也	“‘南有樛木，葛藟累之。乐只君子，福履绥之。’此是安乐之象也”。王先谦按：“潘李所用《诗》义，不能明为何家。大家用齐义而说此诗亦不及‘后妃逮下’，知三家与毛义异。”（《诗三家义集疏》卷一《樛木》，第32页）		

续表

卷次与类别	诗篇名称	《诗本义》		三家《诗》			毛《诗》	备注
		论曰	本义曰	鲁《诗》	齐《诗》	韩《诗》		
卷一《周南》（9首）	《螽斯》	《螽斯》，大义甚明而易得，惟其《序》文颠倒，遂使毛郑从而解之，失也。蛰螽，蝗类，微虫尔。诗人安能知其心不妒忌，此尤不近人情者。蛰螽，多子之虫也。大率虫子皆多，诗人偶取其一以为比尔。所比者，但取其多子似螽斯也		“蛰，静也。”（《尔雅·释诂》）		“绳绳，敬貌也。”（《玉篇·系部》引《韩诗》）王先谦曰：“《韩诗外传》九举‘孟母教子’‘为相还金’二事，终篇两引《诗》‘宜尔子孙，绳绳兮’，言贤母使子孙贤也……以‘振振’、‘绳绳’、‘蛰蛰’之义，	“后妃子孙众多也。言若螽斯，不妒忌，则子孙众多也。”（《毛序》）“振振，仁厚也”“薨薨，众多也。绳绳，戒慎也”“揖揖，会聚也。蛰蛰，和集也”（毛《传》）	《螽斯》，欧阳修诗解整体上与《韩诗外传》同。据王先谦“《外传》多采杂事，而大义必与《内传》相应证”（《诗三家义集疏》卷一《螽斯》，第35页），则也是韩《诗》主张。王先谦语“《序》说‘言若螽斯，不妒忌，则子孙众多’，

续表

卷次与类别	诗篇名称	《诗本义》		三家《诗》			毛《诗》	备注
		论曰	本义曰	鲁《诗》	齐《诗》	韩《诗》		
卷一《周南》(9首)		据《序》，宜言不妒忌则子孙众多，如螽斯也。今其文倒，故毛郑遂谓螽斯有不妒忌之性者，失也。振振，群行貌；绳绳，齐一貌；蛰蛰，众聚貌，皆谓子孙之多。而毛训仁厚、戒慎、和集，皆非诗意。其大义则不远，故不复云				知韩说此诗美后妃能使子贤也。”(《诗三家义集疏》卷一《螽斯》，第35页)		螽斯微虫，妬忌与否，非人所知，《笺》说因之而益谬”(《诗三家义集疏》卷一《螽斯》，第35—36页)，实际正本欧阳修《诗本义》

续表

卷次与类别	诗篇名称	《诗本义》		三家《诗》			毛《诗》	备注
		论曰	本义曰	鲁《诗》	齐《诗》	韩《诗》		
卷一《周南》（9首）	《兔罝》	《兔罝》，小人之贱事也。士有既贤且武，又有将帅之德，可任以国守，扞城其民，其谋虑深长，可以折冲御难于未然……肃肃，严整貌，而毛《传》以为敬。且布罝椓杙，何容施敬，亦其失也	捕兔之人，布其网罟于道路林木之下，肃肃然严整，使兔不能越逸，以兴周南之君。列其武夫为国守御，赳赳然勇力，使奸民不得窃发尔。此武夫者，外可以扞城其民，内可以为公侯好匹，其忠信又可倚以为腹心，	“兔罝，网也。”（《吕氏春秋·季春纪》高注、《淮南子·时则训》高注）“‘肃肃兔罝，椓之丁丁’，言不怠于道也。”（《列女传·楚接舆传》）“言其贤可为公侯扞难其城藩也。”（《吕氏春秋·报更》高注）“诸侯曰‘干城’，	“兔罝之容，不失其恭。”（《易林·坤之困》）	“殷纣之贤人退处山林，网禽兽而食之。”（《文选》桓温《荐谯元彦表》刘良注）“文王举闳夭、泰颠于罝网之中。”（《墨子·尚贤》）	“后妃之化也。《关雎》之化行，则莫不好德，贤人众多也。”（《毛序》）“肃肃，静也。兔罝，罝兔罟也。”（毛《传》）“干也，城也，皆以御难也	《兔罝》，《诗本义》基本从毛郑，虽然在“肃肃”的释义上与三家《诗》与毛郑不同，但因郑已融会三家，欧阳修所解“干”“赳赳”等及诗篇主旨依然能反映三家《诗》的影响

续表

卷次与类别	诗篇名称	《诗本义》		三家《诗》			毛《诗》	备注
		论曰	本义曰	鲁《诗》	齐《诗》	韩《诗》		
卷一《周南》（9首）		以见周南之君好德乐善，得贤众多，所任守御之夫犹如此也	言不敢自专，御于天子也。”（《初学记》卷二十四引《白虎通》逸文）				此置兔之人，贤者也，有武力可任，为将帅之德，诸侯可任以国守，扞城其民，折冲御难于未然。”（郑《笺》）	

续表

卷次与类别	诗篇名称	《诗本义》		三家《诗》			毛《诗》	备注
		论曰	本义曰	鲁《诗》	齐《诗》	韩《诗》		
卷一《周南》(9首)	《汉广》	夫政化之行，可使人顾礼义而不敢肆其欲，不能使人尽无情欲心也。纣时风俗，男女恣其情欲而相奔犯，今被文王之化，男子虽悦慕游女，而自顾礼法不可得而止也。考诗三章，皆是男子见出游之女，悦其美色而不可得尔，	南方之木，高而不可息；汉上之女，美而不可求。此一章之义明矣。其二章云"薪刈其楚"者，言众薪错杂，我欲刈其尤翘翘者；众女杂游，我欲得其尤美者。既知不可得，乃云之子既出游而归，我则愿秣其马。此悦慕之辞，犹古人言，	"翘翘，众也。"（《广雅·释训》）		"《汉广》，说人也。"（《韩叙》）"翘翘，众也。"（《广雅·释训》）按：(清)王念孙认为"盖本于三家"，王先谦认为系鲁韩《诗》说（《诗三家义集疏》卷一，第54页）	"德广所及也。文王之道被于南国，美化行乎江汉之域，无思犯礼，求而不可得也。"（《毛序》）"纣时淫风遍于天下，维江汉之域先受文王之教化。"	《汉广》，三家义同。欧阳修诗解虽不离毛说，但辩驳郑《笺》甚力。整体上，依然未脱韩《诗》"《汉广》，说人也。"（《韩叙》）的范围。

续表

卷次与类别	诗篇名称	《诗本义》		三家《诗》			毛《诗》	备注
		论曰	本义曰	鲁《诗》	齐《诗》	韩《诗》		
卷一《周南》（9首）		若郑《笺》，则不然。	“虽为执鞭，犹忻慕焉者”是也				（郑《笺》）“翘翘，薪貌。”（毛《传》）“楚，杂薪之中尤翘翘者。我欲刈取之，以喻众女皆贞洁，我又欲取其尤高洁者。”（郑《笺》）	

续表

卷次与类别	诗篇名称	《诗本义》		三家《诗》			毛《诗》	备注
		论曰	本义曰	鲁《诗》	齐《诗》	韩《诗》		
卷一《周南》（9首）	《汝坟》	《序》言妇人能闵其君子。君子，谓周南之大夫，以国事勤劳于外者。然则所谓妇人者，大夫之妻也。如郑氏之说，伐薪非妇人之事	周南大夫之妻出，见循汝水之坟以伐薪者为劳役之事，念己君子以国事奔走于外者，其勤劳亦可知。思之欲见，如饥者之思食尔	“周南之妻者，周南大夫之妻也。大夫受命平治水土，过时不来，妻恐其懈于王事，盖与其邻人陈素与大夫言。国家多难，惟勉强之，无有谴怨，遗父母忧……君子是以知周南之妻而能匡夫也。”（《列女传·贤明传》）“遵，行也。”（《广雅·释诂》）		“《汝坟》，辞家也。”（《韩叙》）“遵，行也。”（《广雅·释诂》）	“道化行也。文王之化行乎汝坟之国，妇人能闵其君子，犹勉之以正也。”（《毛序》）“言此妇人被文王之化，厚其君子。”（郑《笺》）“遵，循也。”（毛《传》）	《汝坟》，郑《笺》多有采鲁《诗》者。《诗本义》融合毛郑。在鲁、韩《诗》说基础上，进一步概括为“思之欲见”，合情入理

续表

卷次与类别	诗篇名称	《诗本义》		三家《诗》			毛《诗》	备注
		论曰	本义曰	鲁《诗》	齐《诗》	韩《诗》		
卷一《周南》（9首）	《麟之趾》	《二南》，其《序》多失。而《麟趾》《驺虞》所失尤甚，特不可以为信。疑此二篇之《序》为讲师以己说汩之，不然，安得缪（《四部丛刊》本，"缪"作"谬"）论之如此也？据诗直以国君有公子，如麟有趾尔，更无他义也，	周南风人美其国君之德，化及宗族，同姓之亲皆有信厚之行，以辅卫其公室；如麟有足，有额（《四部丛刊》本，"额"作"题"，文义不变），有角，以辅卫其身尔，其义止于此也			"《麟趾》，美公族之盛也。"（《文选》王融《曲水诗序》张铣注）	"《关雎》之应也。《关雎》之化行，则天下无犯非礼，虽衰世之公子，皆信厚如麟趾之时也。"（《毛序》）"《关雎》之时，以麟为应。后世虽衰，犹存《关雎》之化者，	《麟之趾》，欧阳修《诗本义》批驳《序》《笺》的说法，所解诗旨与韩《诗》合

续表

卷次与类别	诗篇名称	《诗本义》		三家《诗》			毛《诗》	备注
		论曰	本义曰	鲁《诗》	齐《诗》	韩《诗》		
卷一《周南》（9首）		若《序》言：《关雎》之应，乃是《关雎》化行，天下太平，有瑞麟出而为应。不惟怪妄不经，且与诗意不类。《关雎》、《麟趾》，作非一人。作《麟趾》者了无及《关雎》之意					君之宗族犹尚振振然，有似麟应之时，无以过也。”（郑《笺》）	

续表

卷次与类别	诗篇名称	《诗本义》		三家《诗》			毛《诗》	备注
		论曰	本义曰	鲁《诗》	齐《诗》	韩《诗》		
卷一《周南》(9首)	《鹊巢》	据诗但言"维鸠居之",而《序》言"德如鸤鸠,乃可以配"。郑氏因谓鸤鸠有均一之德。以今物理考之,失自《序》始,而郑氏又增之尔。且诗人本义,直谓鹊有成巢、鸠来居尔,初无配义,况鹊鸠异巢,类不能作配也……			"周南召难,圣人所在。"(《易林·大过之颐》)"以成嘉福。"(《易林·节之贲》)"鹊以复至之月始作室家,鸤鸠因成事,天性如此。"(《诗纬·推度灾》)	"其地在南郡南阳之间。"(《水经注·江水》)	"夫人之德也。国君积行累功,以致爵位,夫人起家而居有之,德如鸤鸠,乃可以配焉。"(《毛序》)"起家而居有之,谓嫁于诸侯也。夫人有均一之德如鸤鸠然,	《鹊巢》欧阳虽未摆脱《毛序》的影响,但视鸠占鹊巢为新婚诗,与齐《诗》"以成嘉福"同。实际上,在这个婚配的意义上,三家《诗》与《序》《笺》并无根本差异,但《序》《笺》附会贞一之德,受到了欧阳修的批评

续表

卷次与类别	诗篇名称	《诗本义》		三家《诗》			毛《诗》	备注
		论曰	本义曰	鲁《诗》	齐《诗》	韩《诗》		
卷一《周南》（9首）		《鹊巢》之义，诗人但取鹊之营巢用功多，以比周室积行累功以成王业；鸠居鹊之成巢，以比夫人起家来居已成之周室尔					而后可配国君。”（郑《笺》）	

续表

卷次与类别	诗篇名称	《诗本义》		三家《诗》			毛《诗》	备注
		论曰	本义曰	鲁《诗》	齐《诗》	韩《诗》		
卷一《周南》(9首)	《草虫》	草虫，阜螽，异类而交合，诗人取以为戒；而毛郑以为同类相求，取以自比。大夫妻，实已嫁之妇，而毛郑以为在涂之女，其于大义既乖，是以终篇而失也。盖由毛郑不以《序》意求诗义，既失其本，故枝辞衍说，文义散离，	召南之大夫出而行役，妻留在家，当纣之末世，淫风大行，强暴之男侵陵贞女，淫泆之女犯礼求男，此大夫之妻能以礼义自防，不为淫风所化，见彼草虫喓喓然而鸣呼，阜螽趯趯然而从之，有如男女非其匹偶而相呼诱以淫奔者，	“孔子对鲁哀公曰：‘恶恶道不能甚，则其好善道亦不能甚；好善道不能甚，则百姓亲之也亦不能甚。’《诗》云：‘未见君子，忧心惙惙。亦既见止，亦既觏止，我心则说。’诗人之好善道也如此。”(《说苑·君道》)			“夫人妻能以礼自防也。”(《毛序》)	《草虫》，《诗本义》基本未超出《毛序》，但对毛郑诗解作了细微调整。据《左传·襄公二十七年》郑七子享赵孟，子展赋《草虫》，赵孟称之“民之主也”、“在上不忘降”，则与鲁《诗》“好善道”相合

续表

卷次与类别	诗篇名称	《诗本义》		三家《诗》			毛《诗》	备注
		论曰	本义曰	鲁《诗》	齐《诗》	韩《诗》		
卷一《周南》（9首）		而与《序》意不合也	故指以为戒，而守礼以自防闲					以夫家生讼为无礼，

续表

卷次与类别	诗篇名称	《诗本义》		三家《诗》			毛《诗》	备注
		论曰	本义曰	鲁《诗》	齐《诗》	韩《诗》		
卷一《周南》（9首）	《行露》	诗人本述纣世礼俗大坏，及文王之化既行而淫风渐止，然强暴难化之男犹思犯礼，将加侵陵，而女能守正，不可犯，自诉其事，而召伯又能听决之尔。若如毛、郑之说，虽有媒妁而言约未许，不待期要而强行"六礼"，	女子自言我当多露之时，岂不欲早夜而出行，犹以露多将被沾污而不行，其自防闲以保其身如此，然不意强暴之男与我本无室家之道，遽欲侵陵于我，迫我兴此狱讼，虽然事终获辩者，由召伯听讼之明也。	"召南申女者，申人之女也，既许嫁于丰，夫家礼不备而欲迎之。女与其人言，以为夫妇者人伦之始也，不可不正。""夫家轻礼违制，不可以行，遂不肯往。"（《列女传·贞顺传》）	"婚礼不明，男女失常。《行露》反言，出争我讼。"（《易林·大壮之姤》）"《行露》之讼，贞女不行。"（《易林·无妄之剥》）	"夫《行露》之人许嫁矣，然而未往也。一物不具，一礼不备，守志贞理，守死不往。君子以为得妇道之宜，故举而传之，扬而歌之，以绝无礼之求，防污道之行。"（《韩诗外传》，按：其中含"《传》曰"内容，似为《韩诗内传》）	"召伯听讼也。衰乱之俗微，贞信之教兴，强暴之男，不能侵陵贞女也。"（《毛序》）"衰乱之俗微，贞信之教兴者，此殷之末世，周之盛德，当文王与纣之时。"	《行露》。《诗本义》继承毛郑诗解的基本历史背景和防闲守贞的基本解释，但在某种程度上也吸收了韩《诗》的成果。整体上，《行露》诗解，三家《诗》相同，均是指"夫家轻礼违制""婚礼不明"。欧阳修认为"男女争婚，世俗常事

续表

卷次与类别	诗篇名称	《诗本义》		三家《诗》			毛《诗》	备注
		论曰	本义曰	鲁《诗》	齐《诗》	韩《诗》		
卷一《周南》（9首）		乃是男女争婚之讼尔，非诉强暴侵陵之事也。且男女争婚，世俗常事而中人皆能听之，岂足当诗人之所美乎					（郑《笺》）	而中人皆能听之”，可见并非对三家《诗》解陌生，而实在是有更深广的考虑。清代王先谦云：“《易林·井之益》：‘穿室凿墙，不直生讼。褰裳涉露，虽劳无功。’‘穿室凿墙’，即诗‘穿屋’‘穿墉’之喻。‘不直生讼’，听讼者不直之。‘褰裳

续表

卷次与类别	诗篇名称	《诗本义》		三家《诗》			毛《诗》	备注
		论曰	本义曰	鲁《诗》	齐《诗》	韩《诗》		
卷一《周南》(9首)								涉露’，本首章诗意而反用之，守礼者云‘谓行多露’，则无礼者是‘褰裳涉露’矣。‘虽劳无功’，乃此诗讼事究竟，非圣王化洽，贤臣秉公，不能完女节而明礼教。《毛序》以为召伯听讼，盖信而有征矣。”(《诗三家义集疏》，第93—94页)

续表

卷次与类别	诗篇名称	《诗本义》		三家《诗》			毛《诗》	备注
		论曰	本义曰	鲁《诗》	齐《诗》	韩《诗》		
卷一《周南》（9首）								虽本三家，但解《诗》方法和结论与欧阳亦并无二致。

续表

卷次与类别	诗篇名称	《诗本义》		三家《诗》			毛《诗》	备注
		论曰	本义曰	鲁《诗》	齐《诗》	韩《诗》		
卷一《周南》（9首）	《摽有梅》	《摽有梅》，本谓男女及时之诗也。如毛郑之说，自首章“梅实七兮”以喻时衰，二章、三章喻衰落又甚，乃是男女失时之诗也。《序》言召南之国被文王之化，男女得以及时，则是纣世男女不得及时，独被文王之化者乃得及时尔	梅之盛时，其实落者少而在者七，已而落者多而在者三，已而遂尽落矣。诗人引此以兴物之盛时不可久，以言召南之人顾其男女方盛之年，惧其过时，而至衰落乃其求庶士以相婚姻也。所以然者，召南之俗被文王之化，	“《葛覃》恐其失时，《摽梅》求其庶士。唯休和之盛代，男女得乎年齿。婚姻协而莫违，播欣欣之繁祉。”（蔡邕《协和婚赋》）			“男女及时也。召南之国，被文王之化，男女得以及时也。”（《毛序》）	《摽有梅》，《诗本义》虽本《毛序》，与毛郑迥异，但也暗合鲁《诗》“男女及时”的诗旨。《左传·襄公八年》晋范宣子赋《摽有梅》，义取断章，但亦彰显“唯恐失时”诗旨

续表

卷次与类别	诗篇名称	《诗本义》		三家《诗》			毛《诗》	备注
		论曰	本义曰	鲁《诗》	齐《诗》	韩《诗》		
卷一《周南》（9首）			变其先时先奔犯礼之淫俗，男女各得待其嫁娶之年而始求婚姻，故惜其盛年难久，而惧过时也					

续表

卷次与类别	诗篇名称	《诗本义》		三家《诗》			毛《诗》	备注
		论曰	本义曰	鲁《诗》	齐《诗》	韩《诗》		
卷一《周南》（9首）	《野有死麕》	纣为淫乱，天下成风，犹文王所治不宜如此，于《野有死麕》之《序》仅可为是，而毛郑皆失其义	纣时男女淫奔，以成风俗，惟周人被文王之化者能知廉耻而恶其无礼，故见其男女之相诱而淫乱者，恶之曰："彼野有死麕之肉，汝尚可以（《四部丛刊》本，'可以'作'以可'）食之。"故爱惜而包，以白茅之洁不使为物所污，	"春女感阳则思。"（《淮南子·缪称训》高诱注）		"平王东迁，诸侯侮法，男女失冠昏（婚）之节，《野麕》之刺兴焉。"（《旧唐书·礼仪志》）	"恶无礼也。天下大乱，强暴相陵，遂成淫风。被文王之化，虽当乱世，犹恶无礼也。"（《毛序》）"无礼者，为不由媒妁，雁币不至，劫胁以成昏（婚），谓纣之世。"	《野有死麕》，《诗本义》依从《毛序》，兼采郑《笺》，但目《野有死麕》为刺诗，与韩《诗》合。郑《笺》亦有吸收韩《诗》的痕迹。《左传·昭公元年》"子皮赋《野有死麕》之卒章，赵孟赋《常棣》，且曰：'吾兄弟比以安，尨也可使无吠。'"杜预注："义取君

续表

卷次与类别	诗篇名称	《诗本义》		三家《诗》			毛《诗》	备注
		论曰	本义曰	鲁《诗》	齐《诗》	韩《诗》		
卷一《周南》（9首）			奈何彼女怀春，吉士遂诱，而污以非礼。吉士犹然强暴之男可知矣				（郑《笺》）	子徐以礼来，无使我失节而使狗惊吠。”王先谦云：“诗人览物起兴，言虽野外之死麕，欲取而归，亦必用白茅裹之，稍示郑重之意，况昏（婚）姻大事，岂可苟且？乃有女怀春，而为吉士者，不待父母之命、媒妁之言，遂欲以非礼诱导此女，

续表

卷次与类别	诗篇名称	《诗本义》		三家《诗》			毛《诗》	备注
		论曰	本义曰	鲁《诗》	齐《诗》	韩《诗》		
卷一《周南》（9首）								是爱人不如爱物矣。”（《诗三家义集疏》，第112页）与欧阳所解整体吻合

续表

卷次与类别	诗篇名称	《诗本义》		三家《诗》			毛《诗》	备注
		论曰	本义曰	鲁《诗》	齐《诗》	韩《诗》		
卷一《周南》（9首）	《驺虞》		《召南》风人美其国君有仁德，不多杀以伤生，能以时田猎，而虞官又能供职，故当彼葭草茁然而初生，国君顺时畋于驺囿之中，搜索害田之兽，其驺囿之虞官乃翼驱五田豕以待君之射，君有仁心，惟一发矢而已，不尽杀也	“《驺虞》者，邵国之女所作也。古者役不逾时，不失嘉会。”（《文选》李陵《与苏武诗》李善注引蔡邕《琴操》）“驺虞，天子掌鸟兽官。”（许慎《五经异义》引“今《诗》韩鲁说”同）	“五范四轨，优得饶有。陈力就列，驺虞悦喜。”（《易林·坤之小畜》）“《驺虞》，乐官备也。”（《礼记·射义》）	“驺虞，天子掌鸟兽官。”（《钟师疏》引韩《诗》说）	“《鹊巢》之应也。《鹊巢》之化行，人伦既正，朝廷既治，天下纯被文王之化，则庶类蕃殖，搜田以时。仁如驺虞，则王道成也。”（《毛序》）	《驺虞》，今本宋版《诗本义》有缺文，明版有补，但可靠性待定。由现存“本义”内容分析，《诗本义》所解与三家《诗》关系密切，特别是在关于“驺虞”内涵的理解上

附录三

《吕氏家塾读诗记》所引“欧阳氏曰”与《诗本义》比较详表

《吕氏家塾读诗记》			《诗本义》				备注
卷次	篇目	欧阳氏曰	卷次	篇目	论曰	本义曰	
卷一	《删次》	《周南》《召南》《邶》《鄘》《卫》《王》《郑》《齐》《豳》《秦》《魏》《唐》《陈》《曹》，此孔子未删之前，周太师乐歌之次第也。《周》《召》《邶》《鄘》《卫》《王》《郑》《齐》《魏》《唐》《秦》《陈》《桧》《曹》《豳》，此今诗次第也					《周南》《召南》《邶》《鄘》《卫》《王》《郑》《齐》《豳》《秦》《魏》《唐》《陈》《曹》，此孔子未删（按：《欧阳修全集》之《居士集》卷四十一《序·〈诗谱补亡〉后序》，“删”下有“诗”）之前，周大师乐歌之次第也。《周》《召》《邶》《鄘》《卫》《王》《郑》《齐》《魏》《唐》《秦》《陈》《桧》《曹》《豳》

续表

《吕氏家塾读诗记》			《诗本义》				备注
卷次	篇目	欧阳氏曰	卷次	篇目	论曰	本义曰	
卷一	《大小序》	孟子去《诗》世近而最善言《诗》，推其所说《诗》义，与今《序》意多同，故后儒异说、为《诗》害者，当赖《序》文为证	卷一	《麟之趾》	孟子去《诗》世近而最善言《诗》，推其所说《诗》义与今《序》意多同，故后儒异说、为《诗》害者，常赖《序》文以为证。		《读诗记》与《诗本义》相同，“为证”，后者作“以为证”。另，“今考《毛诗》诸《序》与孟子说《诗》多合，故吾于《诗》常以《序》为证也”（《诗本义》卷十四《序问》），可参考

续表

《吕氏家塾读诗记》			《诗本义》				备注
卷次	篇目	欧阳氏曰	卷次	篇目	论曰	本义曰	
卷一	《训诂传授》	《六经》焚于秦。自汉以来收拾亡逸，正其讹谬，得以粗备者，岂止一人之力哉？后之学者，徒抱焚余残脱之经，伥伥于去圣人千百年后，不见先儒中间之说，而欲特立一家之学者，吾未之信也。先儒之论，苟非详其终始而抵牾，质诸圣人而悖，有不得已而后改易者，何以徒为异论以相訾也					“欧阳子曰：昔者圣人已没，《六经》之道几熄于战国而焚（按：《欧阳修全集》之《居士集》卷四十一《序·〈诗谱补亡〉后序》，‘焚’下衍一‘弃’字）于秦。自汉以（按：《四部丛刊》本，‘以’作‘已’）来，收拾亡逸，发明遗义，而正其讹谬，得以粗备，传于今者，岂止（按：《欧阳修全集》之《居士集》卷四十一《序·〈诗谱补亡〉后序》，无‘止’）一人之力哉？后之学者，因迹前世之所传而较其得失，或有之矣。若使徒抱焚余残脱之经，

续表

《吕氏家塾读诗记》			《诗本义》				备注
卷次	篇目	欧阳氏曰	卷次	篇目	论曰	本义曰	
卷一	《训诂传授》						依依于去圣人（按：《欧阳修全集》之《居士集》卷四十一《序·〈诗谱补亡〉后序》，无‘人’）千百年后，不见先儒中间之说，而欲特立一家之学者，果有能哉？吾未之信也。先儒（按：《欧阳修全集》之《居士集》卷四十一《序·〈诗谱补亡〉后序》，‘先儒’前有‘然则’）之论，苟非详其终始而抵牾（按：《四部丛刊》本，‘抵牾’作‘抵梧’），质诸（按：《欧阳修全集》之《居士集》卷四十一《序·〈诗谱补亡〉后序》，‘诸’作‘于’）

续表

《吕氏家塾读诗记》			《诗本义》				备注
卷次	篇目	欧阳氏曰	卷次	篇目	论曰	本义曰	
卷一	《训诂传授》						圣人而悖理，害经之甚，有不得已而后改易者，何以（按：《欧阳修全集》之《居士集》卷四十一《序·〈诗谱补亡〉后序》，'以'作'必'）徒为异论以相訾也？"（《诗本义》卷十六《〈诗谱补亡〉后序》）吕氏所引是对此段文字的节略

续表

《吕氏家塾读诗记》			《诗本义》				备注
卷次	篇目	欧阳氏曰	卷次	篇目	论曰	本义曰	
卷二	《葛覃》	后妃见葛生鸟鸣，因时感事，乐女功之将作，故其次章遂言葛已成就，刈濩而为絺绤也	卷一	《葛覃》		诗人言后妃为女时，勤于女事。见葛生引蔓于中谷，其叶萋萋然茂盛，葛常生于丛木之间，故又仰见丛木之上，黄鸟之声喈喈然，知此黄鸟之鸣乃盛夏之时，草木方茂，葛将成就而可采，因时感事，乐女功之将作，故其次章遂言葛以成就，刈濩而为絺绤也	《读诗记》与《诗本义》基本相同。《读诗记》似是对今本《诗本义》的节略和修订

续表

《吕氏家塾读诗记》			《诗本义》				备注
卷次	篇目	欧阳氏曰	卷次	篇目	论曰	本义曰	
卷二	《卷耳》	妇人无外事，求贤审官非后妃之职。盖后妃讽其君子爱养臣下，慰其劳苦，而接以恩意。其宫中相语者，如是而已，非私谒之言也	卷一	《卷耳》	妇人无外事，求贤审官非后妃之职也	后妃以采卷耳之不盈而知求贤之难得，因物托意，讽其君子以谓贤才难得，宜爱惜之。因其勤劳而宴犒之，酌以金罍不为过礼，但不可以长怀于饮乐尔。故曰"维以不永怀"，养爱臣下，慰其劳苦，而接以恩意，酒欢礼失，觥罚以为乐，	《读诗记》与《诗本义》基本相同。 《读诗记》似是对今本《诗本义》的节略和修订。 值得注意的是，《读诗记》此处征引与众不同，其文字兼有今本《诗本义》"论曰""本义曰"的内容。但关键的问题是这种节略是欧阳修后期修订的，还是吕祖谦引用时酌加的，抑或是版刻不同所致？根据后几卷引述的精确判断，吕祖谦改动的可能性很小

续表

《吕氏家塾读诗记》			《诗本义》				备注
卷次	篇目	欧阳氏曰	卷次	篇目	论曰	本义曰	
						亦不为过，而于义未伤，故曰“维以不永伤也”。所以宜然者，由贤（《四部丛刊》本，“贤”下衍一“者”）臣勤国事，劳苦之甚，如卒章之所陈也。诗人述后妃此意以为言，以见周南君后皆贤。其宫中相语者，如是而已，非有私谒之言也，盖疾时之不然	

续表

《吕氏家塾读诗记》			《诗本义》				备注
卷次	篇目	欧阳氏曰	卷次	篇目	论曰	本义曰	
卷二	《兔罝》	肃肃，严整貌	卷一	《兔罝》	肃肃，严整貌		《读诗记》与《诗本义》完全相同
卷二	《汉广》	1. 末乃陈其不可得之辞，如汉广而不可泳，江永而不可方尔。 2. 既知不可得，乃云之子既出游而归，我则愿秣其马。此悦慕之辞，犹古人言“虽为执鞭，犹忻慕焉者”是也	卷一	《汉广》		1. 末乃陈其不可之辞，如汉广而不可泳，江永而不可方尔。 2. 既知不可得，乃云之子既出游而归，我则愿秣其马。此悦慕之辞，犹古人言“虽为执鞭，犹忻慕焉者”是也	《读诗记》与《诗本义》完全相同。 但《读诗记》所引与今本《诗本义》文字叙述顺序前后正好相反

续表

《吕氏家塾读诗记》			《诗本义》				备注
卷次	篇目	欧阳氏曰	卷次	篇目	论曰	本义曰	
卷三	《草虫》	妇人见时物之变新，感其君子	卷二	《草虫》		其曰“陟彼南山，采蕨采薇”云者，妇人见时物之变新，感其君子久出而思得见之，庶几自守能保其全之意也	《读诗记》与《诗本义》相同。 但《读诗记》所引句子似不全，这从侧面说明《读诗记》所引可能是对当时《诗本义》的删节

续表

《吕氏家塾读诗记》			《诗本义》				备注
卷次	篇目	欧阳氏曰	卷次	篇目	论曰	本义曰	
卷三	《摽有梅》	谓者，相语也，遣媒妁相语以求之也	卷二	《摽有梅》		谓者，相语也，遣媒妁相语以求之也	《读诗记》与《诗本义》完全相同
卷三	《野有死麕》		卷二	《野有死麕》		爱惜而包，以白茅之洁不使为物所污，奈何彼女怀春，吉士遂诱，而污以非礼。吉士犹然强暴之男可知矣	吕祖谦按语：“欧阳氏误以‘诱’为挑诱之诱，遂谓彼女怀春，吉士遂诱而污以非礼。殊不知是诗方恶无礼，岂有为挑诱之污行而尚名之吉士者乎？”（《吕氏家塾读诗记》卷三《召南》）虽未直接引用，但所引欧阳修观点与《诗本义》相合

续表

《吕氏家塾读诗记》			《诗本义》				备注
卷次	篇目	欧阳氏曰	卷次	篇目	论曰	本义曰	
卷四	《柏舟》	1. 其意谓“石席可转卷，我心匪石席，故不可转卷也”。 2. “愠于群小”，群小愠仁人也。 3. “日居月诸，胡迭而微”者，谓仁人伤卫日往月来而渐微尔，犹言日朘月削也	卷二	《柏舟》	1. 其意谓“石席可转卷，我心匪石席，故不可转卷也”。 2. 仁人愠群小尔，以文理考之，当是群小愠仁人也。 3. “日居月诸，胡迭而微”者，谓仁人伤卫日往月来而渐微尔，		《读诗记》与《诗本义》完全相同。但第1例《读诗记》所引实际是欧阳修对毛《传》、郑《笺》的进一步阐发；第2例，《读诗记》所引则是对“郑氏云‘德备而不遇，所以愠’”的解释，欧阳修自己的观点实际上正相反，即“‘忧心悄悄，愠于群小’者，本谓仁人为群小所怒，故常惧祸而忧心焉”。(《诗本义》卷二《柏舟》）这可能是吕祖谦考察不全的遗憾，在所难免。但更可能昭示了今本《诗本义》对学术观点的截然相反的调整，是值得注意的

续表

《吕氏家塾读诗记》			《诗本义》				备注
卷次	篇目	欧阳氏曰	卷次	篇目	论曰	本义曰	
卷四	《柏舟》				犹言日朘月削也		
卷四	《击鼓》	王肃以下三章卫人从军者与其室家诀别之辞。士卒将行与其室家诀别，云：“我之是行，未有归期，亦未知于何所居处，于何所丧其马，若求我与马，当于林下求之。”盖为必败之计也	卷二	《击鼓》	自“爰居”而下三章，王肃以为卫人从军者与其室家诀别之辞	于其诗载其士卒将行与其室家诀别之语，以见其情，云：“我之是行，未有归期，亦未知于何所居处，于何所丧其马，若求与我马，当于林下求之。”盖为必败之计也	《读诗记》与《诗本义》基本相同。《读诗记》此处征引，文字亦兼有今本《诗本义》“论曰”“本义曰”的内容。《读诗记》似是对今本《诗本义》的节略和修订

续表

《吕氏家塾读诗记》			《诗本义》				备注
卷次	篇目	欧阳氏曰	卷次	篇目	论曰	本义曰	
卷四	《匏有苦叶》	毛郑谓“走曰牝牡”，《书》“牝鸡无晨”，岂为走兽乎？古语通用。济盈无不濡之理，而涉者贪于必进，自谓“不濡”，又兴宣公贪于淫欲，身蹈罪恶而不自知也。雉鸣求其牡者，又兴夫人不顾礼义而从宣公，如禽鸟之相求，惟知雌雄为匹，而无亲疏父子之别	卷二	《匏有苦叶》	毛郑又谓“飞曰雌雄，走曰牝牡”，然《周书》曰“牝鸡无晨”（《尚书·周书》），岂为走兽乎？古语通用无常也	济盈不濡轨者，济盈无不濡之理，而涉者贪于必进，自谓“不濡”，又兴宣公贪于淫欲，身蹈罪恶而不自知也。雉鸣求其牡者，又兴夫人不顾礼义而从宣公，如禽鸟之相求，惟知雌雄为匹，而无亲疏父子之别	《读诗记》与《诗本义》基本相同 《读诗记》此处征引，文字亦兼有今本《诗本义》“论曰”、“本义曰”的内容。《读诗记》似是对今本《诗本义》的节略和修订

续表

《吕氏家塾读诗记》			《诗本义》				备注
卷次	篇目	欧阳氏曰	卷次	篇目	论曰	本义曰	
卷四	《谷风》	禁其新昏，"毋逝我梁" "毋发我笱"，言弃妻将去，犹顾惜其家之物，既而叹曰："我身不容，安得恤后事乎？"					《诗本义》卷十三《一义解·谷风》："其诗曰：'毋逝我梁，毋发我笱。我躬不阅，遑恤我后'者，旧室被弃之辞也，禁其新昏。'毋发我笱'者，言弃妻将去，犹顾惜其家之物，既而叹曰：'我身尚不容，安能恤其后事乎？'"
卷六	《氓》	1. 子初来即我谋，我既许子，而尔乃决以卜筮，于是我从子而往尔。 2. "桑之沃若"喻男情意盛时可爱，至黄而殒又喻男意易得衰落	卷三	《氓》	1. 子初来即我谋，我既许子，而尔乃决以卜筮，于是我从子而往尔		《读诗记》与《诗本义》相同

续表

《吕氏家塾读诗记》			《诗本义》				备注
卷次	篇目	欧阳氏曰	卷次	篇目	论曰	本义曰	
卷六	《氓》				2. "桑之沃若"喻男情意盛时可爱，至黄而陨又喻男意易得衰落尔		
卷六	《竹竿》	1. 卫女之思归者，述其国俗之乐。云有籊籊然执竿以钓于淇者，我在家时，常出而见之。 2. 思卫女之在其国者，巧笑佩玉，威仪闲暇，乐然于二水之上，念己有所不如也。 3. 淇水滺滺然，有乘舟而游者，亦可乐也	卷三	《竹竿》		1. 卫女之思归者，述其国俗之乐。云有籊籊然执竿以钓于淇者，我在家时，常出而见之，今我岂不思复见之乎？	《读诗记》与《诗本义》相同

续表

《吕氏家塾读诗记》			《诗本义》				备注
卷次	篇目	欧阳氏曰	卷次	篇目	论曰	本义曰	
卷六	《竹竿》				2. 又思卫女之在其国者，巧笑佩玉，威仪闲暇，乐然于二水之上，念己有所不如也。3. 淇水滺滺然，有乘舟而游者，亦可乐也		

续表

《吕氏家塾读诗记》			《诗本义》				备注
卷次	篇目	欧阳氏曰	卷次	篇目	论曰	本义曰	
卷七	《扬之水》	"扬之水，不流束薪"，犹东周政衰，不能召发诸侯，独使周人远戍久而不得代耳。"彼其之子"，周人谓他诸侯国人之当戍者也	卷三	《扬之水》		激扬之水，其力弱，不能流移于束薪，犹东周政衰，不能召发诸侯，独使周人远戍久而不得代尔。"彼其之子"，周人谓他诸侯国人之当戍者也	《读诗记》与《诗本义》相同

续表

《吕氏家塾读诗记》			《诗本义》				备注
卷次	篇目	欧阳氏曰	卷次	篇目	论曰	本义曰	
卷八	《叔于田》	1. 国人爱之，以谓：叔出于田，则所居之巷，若无人矣；非实无人，虽有而不如叔之美且仁也。 2. 叔出则巷无可饮酒之人矣。 3. 叔出则巷无能服马之人矣	卷四	《叔于田》		1. 诗人言大叔得众，国人爱之，以谓：叔出于田，则所居之巷，若无人矣；非实无人，虽有而不如叔之美且仁也。 2. 叔出则巷无可共饮酒之人矣，虽有而不如叔之美且好也。 3. 叔出则巷无能服马之人矣，虽有而不如叔之美且武也	《读诗记》与《诗本义》相同

续表

《吕氏家塾读诗记》			《诗本义》				备注
卷次	篇目	欧阳氏曰	卷次	篇目	论曰	本义曰	
卷八	《羔裘》	洵，信也	卷四	《羔裘》	其一章曰"羔裘如濡，洵直且侯"者，言此裘润泽，信可以为君朝服。洵，信也		《读诗记》与《诗本义》相同
卷八	《女曰鸡鸣》	古贤夫妇相警励以勤生之语	卷四	《女曰鸡鸣》		诗人刺时好色而不说德，乃陈古贤夫妇相警励以勤生之语	《读诗记》与《诗本义》相同

续表

《吕氏家塾读诗记》			《诗本义》				备注
卷次	篇目	欧阳氏曰	卷次	篇目	论曰	本义曰	
卷八	《褰裳》	彼大国，有惠然思念我郑国之乱，欲求为我讨正之者，非道远而难至，但褰其裳，涉溱水而来则至矣。“子不我思，岂无他人”者，但言诸侯众矣尔，不我思，则当有他国思我者尔	卷四	《褰裳》	“子惠思我，褰裳涉溱”者，谓彼大国，有惠然思念我郑国之乱，欲来为我讨正之者，非道远而难至，但褰其裳，行涉溱水而来则至矣，言甚易而不来尔。而郑谓有大国思我，		《读诗记》与《诗本义》基本相同。 《读诗记》似是对今本《诗本义》的节略和修订。 两处异文流露出些许信息，《读诗记》“欲求为我讨正”，《诗本义》作“欲来为我讨正”，“求”“来”字形相近而误；《读诗记》“不我思，则当有他国思我者尔”，《诗本义》作“子不我思，则当有他国思我者尔”。可见，《读诗记》征引有误，或系误刻，或系本讹

续表

《吕氏家塾读诗记》			《诗本义》				备注
卷次	篇目	欧阳氏曰	卷次	篇目	论曰	本义曰	
				则我揭衣渡水往告以难也。且以难告人，岂待其思而后往告，亦不以难（按：《四部丛刊》本，“难”作“难难”。“不以难”之“难”，			

续表

《吕氏家塾读诗记》			《诗本义》				备注
卷次	篇目	欧阳氏曰	卷次	篇目	论曰	本义曰	
				读为难易之“难”)而不往也。“子不我思，岂无他人”者，但言诸侯众矣，子不我思，则当有他国思我者尔			

续表

《吕氏家塾读诗记》			《诗本义》				备注
卷次	篇目	欧阳氏曰	卷次	篇目	论曰	本义曰	
卷九	东方之日	“在我室兮，履我即兮”，相邀以奔之辞也	卷四	东方之日		“在我室兮，履我即兮”者，相邀以奔之辞也	《读诗记》与《诗本义》相同
卷九	《载驱》	文姜安然乐易，无惭耻之色也					“毛云言文姜于是乐易然者，谓文姜为淫秽之行，曾不畏忌人。而襄公乘骊，垂辔而行鲁道，文姜安然乐易，无惭耻之色也。”（《诗本义》卷十三《取舍义》）当从毛
卷十一	《蟋蟀》	“职思其外”者，谓国君行乐有时，使不废其职事，而更思其外耳，谓广周虑也	卷四	《蟋蟀》	“职思其外”者，谓国君行乐有时，使不废其职事，而更思其外尔，谓广为周虑也		《读诗记》与《诗本义》基本相同。 《读诗记》所引“耳”、“广周虑”，《诗本义》分别作“尔”“广为周虑”，意义无碍

续表

《吕氏家塾读诗记》			《诗本义》				备注
卷次	篇目	欧阳氏曰	卷次	篇目	论曰	本义曰	
卷十一	《扬之水》	扬之水，其力弱不能流移白石，兴昭公微弱不能制曲沃。而桓叔之强于晋国，如白石凿凿然见于水中尔。其民从而乐之，则诗文自见	卷四	《扬之水》		激扬之水，其力弱不能流移白石，以兴昭公微弱，不能制曲沃。而桓叔之强于晋国，如白石凿凿然见于水中尔。其民从而乐之，则诗文自见	《读诗记》与《诗本义》相同。《读诗记》所引“兴昭公微弱”，《诗本义》作“以兴昭公微弱”

续表

《吕氏家塾读诗记》			《诗本义》				备注
卷次	篇目	欧阳氏曰	卷次	篇目	论曰	本义曰	
卷十一	《采苓》	戒献公闻人之言，且勿听信，置之，且勿以为然。更考其言何所得，谓“徐察其虚实”也	卷四	《采苓》		戒献公（按：指“晋献公”）闻人之言，且勿听信，置之，且勿以为然。更考其言何所得，谓“徐督（《四部丛刊》本：‘督’作‘察’）其虚实”也	《读诗记》与《诗本义》相同

续表

《吕氏家塾读诗记》			《诗本义》				备注
卷次	篇目	欧阳氏曰	卷次	篇目	论曰	本义曰	
卷十二	《蒹葭》	蒹葭，必待霜然后坚实，秦必用周礼以变其夷狄之俗	卷四	《蒹葭》		蒹葭，水草苍苍然茂盛，必待霜降以成其质，然后坚实而可用，以比（按：《四部丛刊》本，“比”作“此”。形近而误）秦虽强盛，必用周礼以变其夷狄之俗，然后可列于诸侯	《读诗记》与《诗本义》基本相同。 《读诗记》似是对今本《诗本义》的节略和修订

续表

《吕氏家塾读诗记》			《诗本义》				备注
卷次	篇目	欧阳氏曰	卷次	篇目	论曰	本义曰	
卷十三	《东门之枌》	子仲之子常婆娑于国中树下，以相诱说，因道其相诱之语，曰：当以善旦，期于国南之原野。下章又述其相约以往	卷五	《东门之枌》		子仲之子常婆娑于国中树下，以相诱说，因道其相诱之语：当以善旦，期于国南之原野，而其妇女亦不务绩麻而婆娑于市中。其下文又述其相约以往	《读诗记》与《诗本义》基本相同。《读诗记》似是对今本《诗本义》的节略和修订

续表

《吕氏家塾读诗记》			《诗本义》				备注
卷次	篇目	欧阳氏曰	卷次	篇目	论曰	本义曰	
卷十三	《衡门》	1. 衡门虽浅陋，亦可以游息于其下；泌水洋洋然，阅之而乐，则亦可以忘饥。言陈国虽小，苟有意于立事，则亦可以有为。 2. 其首章既言虽小国，亦有可为。其二章、三章则又言何必大国，然后可为？譬如食鱼者，凡鱼皆可食，若必待鲂鲤，则不食鱼矣；譬如取妻，诸姓之女皆可取，若待齐、宋之族，则不取矣。是首章之意言小国皆可为，而二章、三章言大国不可待而得	卷五	《衡门》		1. 衡门虽浅陋，若居之不以为陋，则亦可以游息于其下；泌水洋洋然，若阅之而乐，则亦可以忘饥。言陈国虽小，若有意于立事，则亦可以为政，以此勉其不能而诱进之也。 2. 其首章既言虽小，亦有可为。其二章、三章则又言何必大国，	《读诗记》与《诗本义》基本相同。 《读诗记》似是对今本《诗本义》的节略和修订

续表

《吕氏家塾读诗记》			《诗本义》				备注
卷次	篇目	欧阳氏曰	卷次	篇目	论曰	本义曰	
						然后可为？譬如食鱼者，凡鱼皆可食，若必待鲂鲤，则不食鱼矣；譬如娶妻，诸姓之女皆可娶，若必待齐、宋之族，则不娶妻矣。是首章之意言小国皆可有为，而二章、三章言大国不可待而得，此所谓诱掖之也	

续表

《吕氏家塾读诗记》			《诗本义》				备注
卷次	篇目	欧阳氏曰	卷次	篇目	论曰	本义曰	
卷十三	《防有鹊巢》	1. 谗言惑人，非一言一日之致，必由积累而成，如防之有鹊巢，渐积构成之尔；又如苕饶蔓引牵连，将及我也。 2. 中唐有甓，非一甓也，亦以积累而成；绶草杂众色以成文，犹多言交织以成惑，义与“贝锦”同	卷五	《防有鹊巢》		1. 谗言惑人，非一言一日之致，必由累积而成，如防之有鹊巢，渐（按：《四部丛刊》本，“渐”作“斯”）积累成之尔；又如苕饶蔓引牵连，将及我也。 2. 中唐有甓，非一甓也，亦以积累而成；旨鷊绶草，杂众色以成文，犹多言交织以成惑，义与“贝锦”同	《读诗记》与《诗本义》基本相同。 第1例，《读诗记》所引“渐积构成之”，《诗本义》作“渐（按：《四部丛刊》本，“渐”作“斯”）积累成之”

续表

《吕氏家塾读诗记》			《诗本义》				备注
卷次	篇目	欧阳氏曰	卷次	篇目	论曰	本义曰	
卷十五	《候人》	此鹈当居泥水中，以自求鱼而食；今乃邈然高处鱼梁之上，窃人之鱼以食，而得不濡其翼咮，如彼小人窃禄于高位，而不称其服也	卷五	《候人》		此鹈当居泥水中，以自求鱼而食；今乃邈然高处渔梁之上，窃人之鱼以食，而得不濡其翼咮，如彼小人窃禄于高位，而不称其服也	《读诗记》与《诗本义》相同
卷十六	《七月》	农夫在田，妇子往馈，田大夫见其勤农乐业而喜					“农夫在田，妇子往馌（按：《四部丛刊》本，‘馌’作‘馈’），田大夫见其勤农乐事而喜尔。”（《诗本义》卷十三《一义解》）《读诗记》所引“妇子往馈”之“馈”正与《四部丛刊》本《诗本义》相合，而他本多作“馌”。另《读诗记》所引“勤农乐业”，《诗本义》作“勤农乐事”

续表

《吕氏家塾读诗记》			《诗本义》				备注
卷次	篇目	欧阳氏曰	卷次	篇目	论曰	本义曰	
卷十六	《鸱鸮》	鸟之爱其巢者，呼鸱鸮而告之	卷五	《鸱鸮》		鸟之爱其巢者，呼彼鸱鸮而告之	《读诗记》与《诗本义》相同。吕祖谦并按："欧阳氏虽知其失，乃并与《尔雅》非之，盖未考郭景纯之注耳。"（《读诗记》卷十六《鸱鸮》）
卷十七	《皇皇者华》	1. "于原隰"者，其道所经也。 2. 诹、谋、度、询，但变文以叶韵尔，诗家若此之类甚多	卷六	《皇皇者华》		1. 云"于原隰"（按：诗文有"于彼原隰"）者，其道路所经也。 2. 诹、谋、度、询，其义不异，但变文以叶韵尔，诗家若此，其类甚多	《读诗记》与《诗本义》相同。 吕祖谦并按："诹、谋、度、询，必咨于周，而诗文乃云'周爰咨诹'者，古语多倒也。欧阳氏诸说《诗》中亦兼有此意。然《毛传》乃经之本旨也。"（《读诗记》卷十七《皇皇者华》） 欧阳氏开"叶韵"说，当为朱子所承

续表

《吕氏家塾读诗记》			《诗本义》				备注
卷次	篇目	欧阳氏曰	卷次	篇目	论曰	本义曰	
卷十七	《常棣》	此乃责之之辞	卷六	《常棣》		及乎丧乱平而安宁，则反视兄弟不如友生，此乃责之之辞	《读诗记》与《诗本义》相同
卷十七	《天保》	1. 《天保》，六章，其义一也，皆下爱其上之辞。其文甚显而易明。大抵此诗六章，文意重复，以见其爱上深至如此尔。 2. 既曰“何福不除”矣，又曰“俾尔戬穀”，又曰“无所不宜”而“受天百禄”，又曰“降尔遐福”，其所以殷勤重复如此，而犹曰“维日不足”也。 3. 既则又言非惟天之福我君如此，至于四时丰洁酒食祀其先公先王，而神亦降之福。 4. 前既欲其兴盛，则又欲其永久，故多引常久不亏坏之物以为况	卷六	《天保》	1. 《天保》，六章，其义一也，皆下爱其上之辞。其文甚显而易明，然毛、郑不能无小失	1. 六章之所陈者，使我君皆承之也。大抵此诗六章，文意重复，以见爱其上深至如此尔。 2. 既曰“何福不除”矣，又曰“俾尔戬谷”，又曰“无所不宜”而“受天百禄”，	《读诗记》与《诗本义》基本相同。 第1例，《读诗记》征引，文字亦兼有今本《诗本义》“论曰”“本义曰”的内容。《读诗记》似是对今本《诗本义》的节略和修订。 第2、4例完全相同。 第3例，基本相同，但存有3处异文，《读诗记》所引“先公先王”“神亦降之福”，《诗本义》分别作“先公先君”“神亦诒之多福”，语义并无悬隔

续表

《吕氏家塾读诗记》			《诗本义》				备注
卷次	篇目	欧阳氏曰	卷次	篇目	论曰	本义曰	
					又曰"降尔遐福"，其所以殷勤重复如此，而犹曰"维日不足"也。3. 既则又言非惟天之福我君如此，至于四时丰洁酒食祀其先公先君，		

续表

《吕氏家塾读诗记》			《诗本义》				备注
卷次	篇目	欧阳氏曰	卷次	篇目	论曰	本义曰	
					而神亦诒之多福，使民及群黎百姓皆被及之。4. 前既欲其兴盛，则又欲其永久，故多引常久不亏坏之物以为况		

续表

《吕氏家塾读诗记》			《诗本义》				备注
卷次	篇目	欧阳氏曰	卷次	篇目	论曰	本义曰	
卷十七	《出车》	1. 南仲为将，始驾戎车，出至于郊，则称天子之命使我来将此众，遂戒其仆夫以趋王事之急难。 2. 述其归时，春日暄妍，草木荣茂，而禽鸟和鸣。于此之时，执讯获丑而归，岂不美哉！	卷六	《出车》		1. 南仲为将，始驾戎车，出至于郊，则称天子之命使我来将此众，遂戒其仆夫以趋王事之急难。 2. 其卒章则述其归时，春日暄妍，草木荣茂，而禽鸟和鸣。于此之时，执讯获丑而归，岂不乐哉	《读诗记》与《诗本义》相同。 第2例，《读诗记》所引“执讯获丑而归，岂不美哉”，《诗本义》作“执讯获丑而归，岂不乐哉”

续表

《吕氏家塾读诗记》			《诗本义》				备注
卷次	篇目	欧阳氏曰	卷次	篇目	论曰	本义曰	
卷十八	《南山有台》	高山多草木，如周大国多贤才					“考诗之义，本谓高山多草木，如周大国多贤才尔。”（《诗本义》卷十三《一义解·南山有台》）
卷十八	《湛露》	1. 露以夜降者也。因其夜饮，故近取以为比。云：湛湛之露，润沾于物，非至曙则不干；厌厌之饮，恩被于诸侯，非至醉则不止。举其燕私殷勤之意，以见天子恩礼诸侯之厚。 2. 言在彼丰草、杞棘者，以露之被草木，如王恩被诸侯尔。 3. “令德”“令仪”者，言此与燕之臣皆有令德令仪尔。 4. “其桐其椅”，木之美者。“其实离离”然，亦喻诸侯在燕有威仪尔。诗人比事，多于卒章别引他物	卷六	《湛露》	1. 古虽以礼饮酒，有至夜者，所以申燕私之恩，尽殷勤之意，盖昼、燕礼常不道，而举其燕私殷勤之意，以见天子恩礼诸侯之厚。	天之润泽于物者，若雨，若雪，若水泉之浸，其类非一，而独以露为言者，露以夜降者也。因其夜饮，故近取以为比。云：湛湛之露，润沾于物，非至曙则不干；厌厌之饮，恩被于诸侯，非至醉则不止	《读诗记》与《诗本义》基本相同。 第1例，《读诗记》征引，文字亦兼有今本《诗本义》“论曰”“本义曰”的内容。《读诗记》似是对今本《诗本义》的节略和修订。 第2、3、4例完全相同

续表

《吕氏家塾读诗记》			《诗本义》				备注
卷次	篇目	欧阳氏曰	卷次	篇目	论曰	本义曰	
				2. 其言在彼丰草、杞棘者，以露之被草木，如王恩被诸侯尔。3. “令德”“令仪”者，言此与燕之臣皆有令德令仪尔。4. “其桐其椅”，			

续表

《吕氏家塾读诗记》			《诗本义》				备注
卷次	篇目	欧阳氏曰	卷次	篇目	论曰	本义曰	
				木之美者。“其实离离”然，亦喻诸侯在燕有威仪尔。诗人比事，多于卒章别引他物，若《下泉》之诗“芃芃黍苗”之类是也			

续表

《吕氏家塾读诗记》			《诗本义》				备注
卷次	篇目	欧阳氏曰	卷次	篇目	论曰	本义曰	
卷十九	《菁菁者莪》	谓此君子乐且而有威仪耳					“谓此君子乐易而有威仪尔。”（《诗本义》卷十三《一义解·菁菁者莪》）《读诗记》所引“君子乐且而有威仪”，“乐且”古涩不通，《诗本义》作“乐易”，简易明白，为长
卷十九	《鸿雁》	之子，使臣也		《鸿雁》		此诗之说但述使臣	文虽不同，意义相同，《读诗记》更加简洁
卷十九	《沔水》	“鴥彼飞隼，载飞载止”者，言诸侯之来者，如隼之或飞或止，其或来或不来不可常	卷六	《沔水》		“鴥彼飞隼，载飞载止”者，言诸侯之来者，如隼之或飞或止，其或来或不来不可常，又规王宜常以恩德怀来之也	《读诗记》与《诗本义》同

续表

《吕氏家塾读诗记》			《诗本义》				备注
卷次	篇目	欧阳氏曰	卷次	篇目	论曰	本义曰	
卷二十	《斯干》	1. 古人成室而落之，必有称颂祷祝之言，如歌于斯，哭于斯，聚国族于斯，谓之善颂善祷者是矣。若知《斯干》为考室之辞，则一篇之义，简易而通明矣。 2. 犹，图也，谋也。 3. 翼，敬也。棘，急也。矢行缓则枉，急则直，谓廉隅绳直，如矢行也。革，变也。 4. 宫寝之制度，其严正如人跂而翼也，其四隅如矢行而直也，其竦起如鸟惊变而悚顾也，其轩翔如翚之飞也。 5. 宜君子居之而安宁也。 6. 六章以下至于卒章，盛陈占梦生子之事者，谓安此寝而生男女，男则世为君王，女子宜人之家室，亦祷颂之辞也	卷七	《斯干》	1. 古人成室而落之，必有称颂祷祝之言，如歌于斯，哭于斯，聚国族于斯，谓之善颂善祷者是矣。若知《斯干》为考室之辞，则一篇之义，简易而通明矣	1. 宫寝之制度，其严正如人跂而翼翼敬也，其四隅如矢行而直也，其竦起如鸟惊而革也，其轩翔如翚之飞也。 2. 宜君子居之而安宁也。 3. 其六章已下至于卒章，盛陈占梦生子之事者，谓安此寝而生男女，男则世为王，女则宜人之	《读诗记》与《诗本义》同，且第2、3、6例较《诗本义》更加简洁 《读诗记》"如鸟惊变而悚顾也"，《诗本义》作"如鸟惊而革也"，《诗本义》"本义曰"与"论曰"相映照

续表

《吕氏家塾读诗记》			《诗本义》				备注
卷次	篇目	欧阳氏曰	卷次	篇目	论曰	本义曰	
					2. 毛训“犹”为“道”，郑于他诗皆训为“图”为“谋”，又或为“尚”，惟为“图”“谋”近是。3. 毛、郑于他诗皆训“棘”为“急”，而毛于此诗为“棱廉”，	家室，而不贻父母之忧，亦祷颂之词也	

续表

《吕氏家塾读诗记》			《诗本义》				备注
卷次	篇目	欧阳氏曰	卷次	篇目	论曰	本义曰	
					意颇近而简难晓，郑训为“戟”，谓如挟弓矢戟其肘，迂矣。义当为“急”，矢行缓则枉，急则直，谓廉隅绳直，如矢行也。郑又谓“如鸟斯革”云，夏暑希革，张其翼者，		

续表

《吕氏家塾读诗记》			《诗本义》				备注
卷次	篇目	欧阳氏曰	卷次	篇目	论曰	本义曰	
					迁之甚也。革，变也，谓如鸟惊变而竦顾也		

续表

《吕氏家塾读诗记》			《诗本义》				备注
卷次	篇目	欧阳氏曰	卷次	篇目	论曰	本义曰	
卷二十	《无羊》	1. 呼牧人而告之曰：谁谓尔无牛羊乎？其数若此之多也。 2. “众维鱼矣”，但言鱼之多也。周官司常，县鄙建旐，州里建旟。（吕氏原注：详见《出车》）	卷七	《无羊》		1. 呼牧人而告之曰：谁谓尔无牛羊乎？其数若此之多也。 2. 鱼之为物，生子最多，故梦鱼者占为丰年	《读诗记》与《诗本义》同。 第2例出入较大

续表

《吕氏家塾读诗记》			《诗本义》				备注
卷次	篇目	欧阳氏曰	卷次	篇目	论曰	本义曰	
卷二十	《节南山》	1. 责幽王不自为政，而使此尹氏在位，致百姓于忧劳也。 2. 我驾此大领之四牡，四顾天下，王室昏乱，诸侯交争，而四方皆无可往之所	卷七	《节南山》		1. 责幽王不自为政，而使此尹氏在位，致百姓于忧劳也。 2. 我驾此大领之四牡，四顾天下，王室昏乱，诸侯交争，而四方皆无可往之所	《读诗记》与《诗本义》同

续表

《吕氏家塾读诗记》			《诗本义》				备注
卷次	篇目	欧阳氏曰	卷次	篇目	论曰	本义曰	
卷二十	《正月》	1. 降霜非时，天灾可忧，而民之讹言以害于国，又甚于繁霜之害物也。 2. “念我独兮，忧心京京”，大夫言己独为王忧耳，以见幽王之朝多小人，而君臣不知忧惧也。 3. 凡禽鸟之雌雄，多以其首尾毛色不同而别之，乌之首尾毛色，雌雄不异，人所难别，故引以为言。 4. 此章大夫自伤独立于昏朝之乱也，大夫既伤独立而知其无如之何，故于下章遂及亡国之忧。 5. 正、政，古用字多通。 6. 我心之忧如结，而国之政何其恶也！ 7. 此诗上七章皆述王信讹言乱政，至此始言灭周主于褒姒者，谓王溺女色而致昏惑，推其祸乱之本以归罪也。 8. 戒其无弃尔辅而益其辐，	卷七	《正月》		1. 降霜非时，天灾可忧，而民之讹言以害于国，又甚于繁霜之害物也 2.“念我独兮，忧心京京。哀我小心，瘋忧以痒”云者，大夫言己独为王忧尔，以见幽王之朝多小人，而君臣不知忧惧也。 3. 凡禽鸟之雌雄，多以其首尾毛色不同而别之，	《读诗记》与《诗本义》同。 第2例，《读诗记》所引省诗句“‘哀我小心，瘋忧以痒’云者”，更加简洁集中；第4例，《读诗记》引征简明扼要，“大夫自伤独立于昏朝之乱也”，《诗本义》“乱”作“辞”，胜于《读诗记》，《读诗记》或系字形相近误刻，余大多是对今本《诗本义》的节略，该段文字是在今本基础上删削而成，抑或是今本扩充的基础？待考。但今本语言散漫，前文已有“五章”“六章”义释，文隔不远，不必回溯，似非欧阳语，而《读诗记》所引颇胜一筹

续表

《吕氏家塾读诗记》			《诗本义》				备注
卷次	篇目	欧阳氏曰	卷次	篇目	论曰	本义曰	
		又顾其仆使不覆所载者，谓驾车者当如此，犹恐覆败，而今乃履绝险而不以为意，则宜其覆矣				乌之首尾毛色，雌雄不异，人所难别，故引以为言。4. 其七章曰“瞻彼阪田，有菀其特。天之抓我，如不我克。彼求我则，如不我得。执我仇仇，亦不我力”云者，大夫自伤独立于昏朝之辞也。五章既陈戒王之意，六章又戒小人而不见听，	

续表

《吕氏家塾读诗记》			《诗本义》				备注
卷次	篇目	欧阳氏曰	卷次	篇目	论曰	本义曰	
						因自伤独立而无助云，瞻彼阪田之苗，有特立者乃菀然而茂盛，今我独立于昏朝而势倾危，“天之抓我”，惟恐不倾折也。又云“彼有欲求我相则效”者，又不与我相遭；其与我同列而耦居者，又不出力助我也。云“天之抓我”者，君子居危，	

续表

《吕氏家塾读诗记》			《诗本义》				备注
卷次	篇目	欧阳氏曰	卷次	篇目	论曰	本义曰	
						推其命于天也。古言谓“耦”为“仇”，其复言“仇仇”者，犹昔言“两两”，今言“双双”也。大夫既伤独力，而知其无如之何，故于下章遂及亡国之忧，然犹欲救之也。5. 正、政，古用字多通，而毛训为“长”，非也。6. 我心之忧如结，	

续表

《吕氏家塾读诗记》			《诗本义》				备注
卷次	篇目	欧阳氏曰	卷次	篇目	论曰	本义曰	
						而国之政何其恶也！ 7. 诗上七章皆述王信讹言乱政，至此始言灭周主于褒姒者，谓王溺女色而致昏惑，推其祸乱之本以归罪也。 8. 戒其无弃尔辅而益其辐，又顾其仆使不覆所载者，谓驾车者当如此，犹恐覆败，而今乃履绝险而不以为意，则宜其覆矣	

续表

《吕氏家塾读诗记》			《诗本义》				备注
卷次	篇目	欧阳氏曰	卷次	篇目	论曰	本义曰	
卷二十	《雨无正》	古之人于诗多不命题，而篇名往往无义例，其或有命名者，则必述诗之意，如《巷伯》、《常武》之类是也。今《雨无正》之名，据《序》曰"雨自上下者也，言众多如雨，而非政也"，今考诗七章，都无此义，与《序》绝异，当缺其所疑	卷七	《十月、雨无正、小旻、小宛》	古之人于诗多不命题(四部丛刊本，"题"下衍一"篇")，而篇名往往无义例，其或有命名者，则必述诗之意，如《巷伯》、《常武》之类是也。今《雨无正》之名，据《序》曰"雨		《读诗记》所引无"此述篇中所刺厉王下教令繁多如雨而非正尔"。《诗本义》亦缺"当缺其所疑"。按：《读诗记》简明，为长

续表

《吕氏家塾读诗记》			《诗本义》				备注
卷次	篇目	欧阳氏曰	卷次	篇目	论曰	本义曰	
					下者也，言众多如雨，而非正（按：《四部丛刊》本，‘正’作‘政’。据后文‘所刺厉王下教令繁多如雨而非正尔’，当作‘正’。‘政’为讹误）也”，此述篇中所刺厉王		

续表

《吕氏家塾读诗记》			《诗本义》				备注
卷次	篇目	欧阳氏曰	卷次	篇目	论曰	本义曰	
					下教令繁多如雨而非正尔。今考诗七章，都无此义，与《序》绝异		
卷二十一	《小宛》	1. 此鸠虽小鸟，亦有高飞及天之志，而王不自勉强奋起，曾飞鸠之不如！以坠其先王之业。 2. 告其速自改悔。云：譬如脊令，且飞且鸣，自勤其身，不少休息。 3. 交交者，参杂相乱之谓也。 4. 此下二章则言君子、小人所苦，以见举国之人皆失所也。彼桑扈，食肉之鸟，今无肉以食，则相与群飞，杂乱循场而争粟，有如国人失其常业而至于穷寡，乃相与争讼而入于岸狱，	卷七	《十月、雨无正、小旻、小宛》	交交者，参杂相乱之谓也	1. 此鸠虽小鸟，亦有高飞及天之志，而王不自勉强奋起，曾飞鸠之不如！以坠其先王之业。 2. 告其速自改悔。云：譬如脊令，且飞且鸣，自勤其身，	《读诗记》与《诗本义》同。 第4例略有个别字出入，但不影响表义。《读诗记》："此下二章"，《诗本义》作"其下二章"，"此""其"均可；《诗本义》"谓彼桑扈"，《读诗记》引无"谓"字，似更佳

续表

《吕氏家塾读诗记》			《诗本义》				备注
卷次	篇目	欧阳氏曰	卷次	篇目	论曰	本义曰	
		云"宜"者谓其势不得不然也				不少休息。3. 其下二章则言小人、君子所苦，以见举国之人今皆失所也。谓彼桑扈，食肉之鸟，今无肉以食，则相与群飞，杂乱循场而争粟，有如国人失其常业，而至于穷寡，乃相与为争讼而入于岸狱，云"宜"者谓其势不得不然也	

续表

《吕氏家塾读诗记》			《诗本义》				备注
卷次	篇目	欧阳氏曰	卷次	篇目	论曰	本义曰	
卷二十一	《巧言》	1. 且，语助。 2. 慎，谨慎也。大夫伤遭乱世被谗毁，乃呼天而诉曰：悠悠昊天，为我父母，我无罪辜，而使我遭此大乱之世。 3. 蛇蛇乃舒迟安闲之貌。 4. 柔木比柔善之人，王宜爱护，使得树立，勿纵谗邪伤害之也。"往来行言，心焉数之"云者，谓往来行路之言，焉足听纳于心也？ 5. 徐缓敢为大言，出口而无忌惮	卷八	《巧言》	1. "曰父母且"，"且"当为语助。 2. 委委蛇蛇，古人常语，乃舒迟安闲之貌	1. 幽王信惑谗言以败政，大夫伤己遭此乱世而被谗毁，乃呼天而诉曰：悠悠昊天，为我父母，我无罪辜，而使我遭此大乱之世，我畏天之威已太甚矣，实谨慎不敢有罪辜也。 2. 柔木比柔善之人，王宜爱护，使得树立，勿纵谗邪伤害之也。"往来行言，	《读诗记》与《诗本义》基本同。 第1、2、3例略有字句出入，但不影响表义。《读诗记》所引似更佳。《巧言》第六章曰"蛇蛇硕言，出自口矣。巧言如簧，颜之厚矣"，当直接释"蛇蛇"为妥。"委委蛇蛇，古人常语，乃舒迟安闲之貌"，反似散漫，与诗文也不尽相侔

续表

《吕氏家塾读诗记》			《诗本义》				备注
卷次	篇目	欧阳氏曰	卷次	篇目	论曰	本义曰	
					心焉数之"云者，谓往来行路之言，焉足听纳于心也？5. 徐缓敢为大言，出口而无忌惮		
卷二十一	《何人斯》	汝隐匿形迹，能使我不见不觉，如鬼蜮之肆害于人乎？我则不得而知汝。今汝乃人尔，日以面目与我相视无穷，极不可秘藏，我安得不知汝之谮我乎？				汝隐匿形迹，能使我不见不觉，如鬼蜮之肆害于人乎？我则不得而知汝。今汝乃人尔，日以面目与我相视无穷，极不可隐藏，	《读诗记》与《诗本义》基本同。《读诗记》"不可秘藏"，《诗本义》作"不可隐藏"

续表

《吕氏家塾读诗记》			《诗本义》				备注
卷次	篇目	欧阳氏曰	卷次	篇目	论曰	本义曰	
						我安得不知汝之谮我乎	
卷二十一	蓼莪	"南山烈烈"，望之可畏也。"飘风发发"，暴急而中人也	卷八	蓼莪		"南山烈烈"，望之可畏也。"飘风发发"，暴急而中人也	《读诗记》与《诗本义》同
大东	1. 周道平直，而赋役均。2. 至于穷乏，以葛屦而履霜。3. 此告病之辞也。4. 周人方事侈富，	卷八	大东		1. 周道平直，而赋役均也。2. 至于穷乏，以葛屦而履霜。3. 其三章者告病之辞也	《读诗记》与《诗本义》同。第5、6例，《读诗记》所引更加简洁。第6例，《读诗记》"箕引其舌"，较《诗本义》"箕张其舌"更加通畅贴切	

续表

《吕氏家塾读诗记》			《诗本义》				备注
卷次	篇目	欧阳氏曰	卷次	篇目	论曰	本义曰	
	洁其衣服以相夸，至于操舟之贱亦衣熊罴之裘，而私家之人皆备百官而禄食。5. 天虽有织女，不能为我织而成章；虽有牵牛，不能为我驾车而输物；虽有启明、长庚，				4. 周人方事侈富，洁其衣服以相夸，至于操舟之贱亦衣熊罴之裘，而私家之人皆备百官而禄食。5. 言天虽有织女，不能为我织而成章；虽有牵牛，不能为我驾车而输物		

续表

《吕氏家塾读诗记》			《诗本义》				备注
卷次	篇目	欧阳氏曰	卷次	篇目	论曰	本义曰	
	不能助日为昼，俾我营作；虽有天毕，不能为我掩捕鸟兽。6. 虽有箕，不能为我簸扬糠秕；虽有斗，不能为我挹酌酒浆。箕、斗，非徒不可用而已。箕引其舌，反若有所噬；				6. 其七章又言虽有启明、长庚，不能助日为昼，俾我营作；虽有天毕，不能为我掩捕鸟兽。7. 虽有箕，不能为我簸扬糠秕，虽有斗，不能为我挹酌酒浆，其意言我谭人困于供亿。		

续表

《吕氏家塾读诗记》			《诗本义》				备注
卷次	篇目	欧阳氏曰	卷次	篇目	论曰	本义曰	
	斗西其柄，反若有所挹取于东也				8. 其取资于地者皆已竭矣，欲取于天又不可得也。其卒章则又言箕、斗非徒不可用而已，箕张其舌，反若有所噬；斗西其柄，反若有所挹取于东也		

续表

《吕氏家塾读诗记》			《诗本义》				备注
卷次	篇目	欧阳氏曰	卷次	篇目	论曰	本义曰	
卷二十二	《小明》	"嗟尔君子，无恒安处"，乃是大夫自相劳苦之辞。云无苟偷安，使靖共尔位之职，惟正道是与，则神将佑尔以福也	卷八	《小明》	诗云"嗟尔君子，无恒安处"，乃是大夫自相劳苦之辞。云无苟偷安，但靖共尔位之职，惟正直是与，则神将佑尔以福也		《读诗记》与《诗本义》基本同。 《读诗记》"使靖共尔位之职""惟正道是与"，《诗本义》分别作"但靖共尔位之职"，"惟正直是与"。有两处异文

续表

《吕氏家塾读诗记》			《诗本义》				备注
卷次	篇目	欧阳氏曰	卷次	篇目	论曰	本义曰	
卷二十三	《车辖》	"高山仰止，景行行止"者，勉其不已之辞也，以谓贤虽难得，求之不已，将有得也，故其下则云"四牡騑騑，六辔如琴"者，谓调和车马往迎之，如首章车辖也，使我见王得此贤女为新昏，则慰我心矣	卷八	《车辖》		"高山仰止，景行行止"者，勉其不已之辞也，以谓贤女虽难得，求之不已，将有得也，故其下则云"四牡騑騑，六辔如琴"者，谓调和车马往迎之，如首章车辖也，使我见王得此贤女为新昏，则慰我心矣	《读诗记》与《诗本义》同。 《读诗记》"以谓贤虽难得"，"贤"下似脱一"女"。值得注意的是，《四部丛刊》本， "使我见王"，作"徒我见正"，前者不通，后者讹误。《读诗记》作"使我见王"，与《通志堂经解》、文渊阁《四库全书》、文津阁《四库全书》同

续表

《吕氏家塾读诗记》			《诗本义》				备注
卷次	篇目	欧阳氏曰	卷次	篇目	论曰	本义曰	
卷二十三	《宾之初筵》	1. 诗人之作，常陈古以刺今，此诗五章，其前二章陈古如彼，其后三章刺时如此。 2. 刺王之君臣上下饮酒，既失威仪，又号呶杂乱，笾豆亦无次序，至于屡舞	卷九	《宾之初筵》	盖诗人之作，常陈古以刺今，今诗五章，其前二章陈古如彼，其后三章刺时如此，而郑氏不分别之，此其所以为大失也	刺王之君臣上下饮酒，既失威仪，又号呶杂乱，笾豆亦无次序，至于起舞倾侧其冠弁，又立监史以督罚不饮者，皆使之醉，而时人反以不醉为耻	《读诗记》与《诗本义》同。 《读诗记》"此诗"，《诗本义》作"今诗"，无关宏旨。 第2例，略有异文，《诗本义》"至于起舞倾侧其冠弁"等，《读诗记》作"至于屡舞"，更加简洁

续表

《吕氏家塾读诗记》			《诗本义》				备注
卷次	篇目	欧阳氏曰	卷次	篇目	论曰	本义曰	
卷二十三	《鱼藻》	"鱼在在藻"者，言万物之得其性也。"王在在镐"者，谓武王安其乐也					《读诗记》所引见于今本《诗本义》卷十三《一义解》："'鱼在在藻'者，言万物之得其性也；'王在在镐'者，谓武王安其乐尔"。说明当时《一义解》被收入在《诗本义》中
卷二十三	《采菽》	绋纚维舟，如天子以爵命维持诸侯尔	卷九	《采菽》	据诗意绋纚维舟，如天子以爵命维制诸侯尔		《读诗记》与《诗本义》同

续表

《吕氏家塾读诗记》			《诗本义》				备注
卷次	篇目	欧阳氏曰	卷次	篇目	论曰	本义曰	
卷二十三	《角弓》	1. 弓之为物，其体往来，张之则内向而来，弛之则外反而去。 2. 王与骨肉如此，则下民亦将仿上之所为也。 3. 言骨月相残如夷狄，无礼义仁恩也	卷九	《角弓》	弓之为物，其体往来，张之则内向而来，弛之则外反而去	1. 二章言王与骨肉如此，则下民亦将效上之所为也。 2. "如蛮如髦"言骨肉相视如化外，无礼义仁恩也	《读诗记》与《诗本义》同。 第2例，《读诗记》"仿上"，《诗本义》作"效上"，皆可。 第3例，《读诗记》"骨月相残"，《诗本义》作"骨肉相视"。"月""肉"系古今字，义同；"残""视"皆可，《读诗记》似更佳。另外，《四部丛刊》本"骨肉相视如夷狄"中的"夷狄"，文渊阁《四库全书》易作"化外"，为《四库全书》典籍整理中一普遍特色

续表

《吕氏家塾读诗记》			《诗本义》				备注
卷次	篇目	欧阳氏曰	卷次	篇目	论曰	本义曰	
卷二十三	《菀柳》	1. 靖，安也。 2. “后予迈焉”，谓待其可往朝则往焉	卷九	《菀柳》		1. 靖，安也。 2. 惟言“后予迈焉”，谓待其可往朝则往焉	《读诗记》与《诗本义》同
卷二十四	《白华》	1. “樵彼桑薪，卬烘于煁”者，物失其所也。桑薪宜爨烹饪，而为燎烛，弃妻自伤失职也。 2. 弃妻指此石常在人下，如妾止当在下尔。今之子远我而近彼，使我病也	卷九	《白华》		1. “樵彼桑薪，卬烘于煁”者，物失其所也。桑薪宜爨烹饪，而为燎烛，弃妻自伤失职者。 2. 弃妻指此石常在人下而助人升者，如妾止当在下而佐人尔。今之子远我而进彼，使我病也	《读诗记》与《诗本义》基本相同。第1例句末语助略有不同，无伤义。第2例句，有异文，《读诗记》所引“此石常在人下”下无“而助人升者”，另“远我而近彼”，《诗本义》作“远我而进彼”，远与近、进与退相对，因此，《读诗记》所引为长

续表

《吕氏家塾读诗记》			《诗本义》				备注
卷次	篇目	欧阳氏曰	卷次	篇目	论曰	本义曰	
卷二十四	《渐渐之石》	1.“武人东征，不皇朝矣”者，谓久处于外，不得朝见天子也。 2.“不皇出矣”者，谓深入险阻之地，将不得出也。 3. 豕涉波而月离毕，将雨之验也，谓征役者在险阻之中，惟雨是忧，不皇及他也。履险遇雨，征行所尤苦，故以为言	卷九	《渐渐之石》		1.“不皇朝矣”者，谓久处于外，不得朝见天子也。 2.“不皇出矣”者，谓深入险阻之地，将不得出也。 3. 豕涉波而月离毕，将雨之验也，谓征役者在险阻之中，惟雨是忧，不皇及他也。履险遇雨，征行所尤苦，故以为言	《读诗记》与《诗本义》同

续表

《吕氏家塾读诗记》			《诗本义》				备注
卷次	篇目	欧阳氏曰	卷次	篇目	论曰	本义曰	
卷二十五	《文王》	1. 大哉！天命商之子孙，数甚众多，而上帝乃命之为周诸侯。 2. 知天命之不易，无使天命至尔躬而止	卷十	《文王》		1. 大哉！天命商之子孙，数甚众多，而上帝乃命之为周诸侯。 2. 知天命之不易，无使天命至尔躬而止。	《读诗记》与《诗本义》同
卷二十五	《棫朴》	1. 诗人言芃芃然棫朴，茂盛采之以备薪槱。 2. 言在宗庙则奉璋，助祭皆髦俊之士。 3. 王所官人入宗庙、居军旅皆可用，文武之材各任其事也。 4. 云汉在上为天之文章，犹贤人在朝为国之光采	卷十	《棫朴》		1. 诗人言芃芃然棫朴，茂盛采之以备薪槱。 2. 其二章言在宗庙则奉璋，助祭皆髦俊之士。 3. 王所官人入宗庙、居军旅皆可用，	《读诗记》与《诗本义》同。 第3例，《读诗记》所引，“文武之材”前无“言”字

续表

《吕氏家塾读诗记》			《诗本义》				备注
卷次	篇目	欧阳氏曰	卷次	篇目	论曰	本义曰	
						4. 其四章言云汉在上为天之文章，犹贤才在朝为国之光采。言文武之材各任其事也	
卷二十五	《思齐》	1. 大姒每思慕任姜而继其美声，有不妬忌之贤。 2. 保，守也。言文王平居在宫中则雍雍然而和，有事在宗庙则肃肃然而敬。 3. 烈，光也。 4. 光大而无瑕也。式，法也。 5. 事虽未尝闻，举必中法；又不待教谏，而入于善	卷十	《思齐》		1. 大姒每思慕任姜而继其美声，有不妒忌之贤而子孙众多。 2. 文王平居在宫中则雝雝然而和，有事在宗庙则肃肃然而敬……保，守也。 3. 烈，光也。	《读诗记》与《诗本义》基本相同。 第2例，“保，守也”与“言文王平居”云云语序略呈颠倒。 第4例，《读诗记》所引未有原诗。 第5例《读诗记》无“有”“能”“也”三词，更加简洁

续表

《吕氏家塾读诗记》			《诗本义》				备注
卷次	篇目	欧阳氏曰	卷次	篇目	论曰	本义曰	
						4. 光大而无瑕也。“不闻亦式，不谏亦入”者，式，法也。 5. 事有虽未尝闻，举必中法也；又不待教谏，而能入于善也	
卷二十五	《皇矣》	1. 此章乃本周作宅之始岐，周之民乐就有德，皆共刋除树木而营理邑居。 2. 省，视也	卷十	《皇矣》		1. 其二章乃本周作宇之始岐，周之民乐就有德，皆共刊除树木而营理邑居。 2.（无）	《读诗记》与《诗本义》基本相同。第1例，《诗本义》“本周作宇”，《读诗记》引，“宇”作“宅”。第2例，《诗本义》中无，似已删去，“其三章言帝视岐”实际解释的正是诗句“帝省其山”，已经包含“省，视也”的意思。此条可视作《诗本义》被删订的证据

续表

《吕氏家塾读诗记》			《诗本义》				备注
卷次	篇目	欧阳氏曰	卷次	篇目	论曰	本义曰	
卷二十六	《凫鹥》	凫鹥在泾、在沙，谓公尸和乐，如水鸟在水中及水旁得其所尔。在渚、在潀、在亹，皆水旁尔。郑氏曲为分别，以譬在宗庙等处者，皆臆说也	卷十	《凫鹥》	凫鹥在泾、在沙，谓公尸和乐，如水鸟在水中及水旁得其所尔。在沙、在渚、在潀、在亹，皆水旁尔。郑氏曲为分别，以譬在宗庙等处者，皆臆说也。		《读诗记》与《诗本义》基本相同。《诗本义》在"在渚"前有"在沙"二字。《凫鹥》诗五章，章六句，各章依次言凫鹥在泾、在沙、在渚、在潀、在亹，《诗本义》"论曰"已言"凫鹥在泾、在沙，谓公尸和乐"，下当不必复言"在沙"。因此，应以《读诗记》所引为精当

续表

《吕氏家塾读诗记》			《诗本义》				备注
卷次	篇目	欧阳氏曰	卷次	篇目	论曰	本义曰	
卷二十六	《假乐》	1. 诗人嘉乐成王有显显之德，以宜其民，而受天之禄。 2. 言成王有威仪，有令德，其临下无有怨恶于人，率用群臣以共治之，王享其福禄，总其纲纪而已	卷十	《假乐》		1. 诗人言：大哉可乐者，彼成王君子！有显显之德，以宜其人民，而受天之禄。 2. 其三章言成王外有威仪，内有令德，其临下无有怨恶于人，率用群臣以共治之，王享其福禄，总其纲纪而已	《读诗记》与《诗本义》基本相同。第1例，《读诗记》“诗人嘉乐成王”、“以宜其民”，《诗本义》分别作：“诗人言：大哉可乐者，彼成王君子！”“以宜其人民。”《读诗记》更简洁，“人民”一词，古籍不甚见。第2例，《读诗记》“有威仪，有令德”，《诗本义》作“外有威仪，内有令德”，威仪自在外，令德自在内，不言自明。《读诗记》所引精当简洁。《读诗记》所引《诗本义》是否在今流传《诗本义》的基础上删订而成？属于欧阳修晚年的定稿。而当时未定稿、定稿可能分别同时流传，待考

续表

《吕氏家塾读诗记》			《诗本义》				备注
卷次	篇目	欧阳氏曰	卷次	篇目	论曰	本义曰	
卷二十七	《荡》	1. 穆公见厉王无道，知其必亡而自伤周室尔，所以言不及厉王而远思文王殷商也 2. 荡荡，广大也。 3. 二章以下，乃条陈王者之过恶，言此等事皆殷纣所行，文王咨嗟以戒于初而厉王践而行之于终也。 4. “枝叶未有害，本实先拨”者，谓纣时宗庙社稷犹在天下，诸侯未尽叛，但王自为恶盈满而祸败尔，盖穆公作诗而周室尚存，然知其必亡者以王为无道、根本先坏尔。王者，国之本也。又曰“殷鉴不远，在夏后之世”者，言非独文王之鉴殷，殷之初兴以鉴夏之亡也，谓今既然则后之兴者，当又鉴厉王也，此言伤之尤深者！	卷十一	《荡》	1. 穆公见厉王无道，知其必亡而自伤周室尔，所以言不及厉王而远思文王之兴也，能事事以殷为鉴。 2. 荡荡，广大也，谓荡然无限畔也	3. 其二章以下，乃条陈王者之过恶，言此等事皆殷纣所行，文王咨嗟以戒于初而厉王践而行之于终也。 4. 其曰“枝叶未有害，本实先拨”者，谓纣时宗庙社稷犹在天下，诸侯未尽叛，但王自为恶盈满而祸败尔，盖穆公作诗时，周室尚存，然	《读诗记》与《诗本义》基本相同。 第1例，《读诗记》“远思文王殷商也”，《诗本义》作“远思文王之兴也，能事事以殷为鉴”。《读诗记》所引是对《诗本义》的节略修订。 第4例，两处个别字有差异，无伤诗义

续表

《吕氏家塾读诗记》			《诗本义》				备注
卷次	篇目	欧阳氏曰	卷次	篇目	论曰	本义曰	
						知其必亡者以王为无道、根本先坏尔。王者，国之本也。又曰"殷鉴不远，在夏后氏之世"者，言非独文王之鉴殷，殷之初兴亦鉴夏之亡矣，谓今既然则后之兴者，当又鉴厉王也，此言伤之尤深者！	

续表

《吕氏家塾读诗记》			《诗本义》				备注
卷次	篇目	欧阳氏曰	卷次	篇目	论曰	本义曰	
卷二十七	《抑》	1. 觉，警动也，言德行修著可以动人，则四国服从矣。 2. 一章、二章，皆泛论。此章乃专以刺王。 3. “沦胥以亡”者，君臣皆将灭亡也。 4. 戒王起居，左右当友君子，和柔其顺以接之，以习为善道，则庶几远罪也。不遐，遐也，诗人语常如此。 5. 人必先观其质性之如何也。 6. 靡盈不自满。 7. 君暗于上，臣忧于下，臣言甚至而君听甚忽，不以为德而反以为罪也。 8. 我所告尔者，非我妄言，皆据旧事之已然者，庶几听我，犹可不至于大悔也	卷十一	《抑》		1. 觉，警动也，言德行修著可以动人，则四国服从矣。 2. 一章、二章，皆泛论。下章乃专以刺王。 3. “女虽湛乐从，弗念厥绍？罔敷求先王，克共明刑？肆皇天弗尚，如彼泉流。无沦胥以亡”（按：欧阳修认为“罔敷求先王，克共明刑”当九言成句，参见前	《读诗记》与《诗本义》基本相同。 第2例，两字略出入，不妨义。 第3例，显证《吕氏家塾读诗记》所引是对《诗本义》的节略。但《读诗记》卷二十六《公刘》第一章后，未经吕祖谦亲自删正，或出于门人之手，在引用《诗本义》上，反而文字多有比较大的出入，与前二十六卷不同，但也可作为参考，以管窥当时《诗本义》的情况。 第4例，《读诗记》所引“和柔其顺以接之”，《诗本义》作“和柔其颜以接之”，《诗本义》见长，“顺”“颜”字形相近而误

续表

《吕氏家塾读诗记》			《诗本义》				备注
卷次	篇目	欧阳氏曰	卷次	篇目	论曰	本义曰	
						文“论曰”）云者，言王荒于湛乐，不思继绍文武之业，又不求先王所作之典刑，不知为恶者有戮，乃躬自陷（按：《四部丛刊》本，“陷”作“蹈”）于罪咎而皇天不佑，则大戮当至，如泉水之流，泛滥无不被，而君臣皆将灭亡也。 4. 戒王起居，左右当友	第6例，《读诗记》所引在《诗本义》中无对应语句，但应是在《诗本义》对《抑》第十二章诗解的基础上删削而成，或者是该章阐发的基础。待考。 第8例，《读诗记》所引“我所告尔”，《诗本义》作“我小子所告尔”，《诗本义》似长

续表

《吕氏家塾读诗记》			《诗本义》				备注
卷次	篇目	欧阳氏曰	卷次	篇目	论曰	本义曰	
						君子,和柔其颜以接之,以习为善道,则庶几远罪也。不遐,遐也,诗人语常如此。 5. 人必先观其质性之如何也。 6. “民之靡盈,谁夙知而莫成”云者,武公已自悔而又自解也。抱,持也,谓扶持也。假使我未知可否而遽教告王,然我为卿士当扶持王,	

续表

《吕氏家塾读诗记》			《诗本义》				备注
卷次	篇目	欧阳氏曰	卷次	篇目	论曰	本义曰	
						虽遽教之不为过也，惟人不自满者何人蚤（按：《四部丛刊》本，“蚤”作“早”）有知而不成其德，言自是王心自满，教不可入尔。 7. 君暗于上，臣忧于下，臣言甚至而君听甚忽，不以为德而反以为罪也。 8. 我小子所告尔者，非我妄言，	

续表

《吕氏家塾读诗记》			《诗本义》				备注
卷次	篇目	欧阳氏曰	卷次	篇目	论曰	本义曰	
						皆据旧事之已然者，庶几听我，犹可不至于大悔也	
卷二十七	《桑柔》	1. 他木皆有枝叶而诗人独以桑为譬者，惟桑以叶用于人，常见捋采为空枝而人不得荫其下，故以为喻也。 2.“君子实维，秉心无竞。谁生厉阶？至今为梗”者，民归咎于上之辞也，言君子本无强争之心，而何人生此祸乱之阶，为今人之病，意若祸有根原，其来也远而今人适遭之耳，其实刺祸由王致也。 3.“稼穑维宝，代食维好”者，稼穑可宝，当以禄养贤才而刺王不然也。 4. 天降丧乱，将灭亡我王室，而岁又蝗螟为灾，稼穑尽病	卷十一	《桑柔》		1. 他木皆有枝叶而诗人独以桑为喻者，惟桑以叶用于人，常见捋采为空枝而人不得荫其下，故以为喻也。 2.“君子实维，秉心无竞。谁生厉阶？至今为梗”者，民归咎于上之辞也，言诸	《读诗记》与《诗本义》基本相同。 第1例，《读诗记》所引“为譬者”，《诗本义》作“为喻者”，义同。《读诗记》“为譬者”正是为免与下文“故以为喻也”重复，似为修订所改。 第2例，《读诗记》所引“言君子”，《诗本义》作“言诸君子”，义同。 第3例，与《诗本义》相较，《读诗记》所引“者”下并无“言”字。但均无关大义

续表

《吕氏家塾读诗记》			《诗本义》				备注
卷次	篇目	欧阳氏曰	卷次	篇目	论曰	本义曰	
						君子本无强争之心，而何人生此祸乱之阶，为今人之病，意若祸有根原，其来也远而今人适遭之尔，其实刺祸由王致也。3.“稼穑维宝，代食维好”者，言稼穑可宝，当以禄养贤才而刺王不然也。4. 天降丧乱，将灭亡我王室，而岁又蝗螟为灾，稼穑尽病	

续表

《吕氏家塾读诗记》			《诗本义》				备注
卷次	篇目	欧阳氏曰	卷次	篇目	论曰	本义曰	
卷二十七	《云汉》	“父母先祖，胡宁忍予”，诗人述宣王诉于父母及先祖尔					今本《诗本义》目录无《云汉》。该条见于卷十三《一义解》：《云汉》“下章又云‘父母先祖，胡宁忍予’者，其义同也。而毛、郑皆谓先祖文武为民父母者，亦非也。盖诗人述宣王诉于父母及先祖尔。”可见，《吕氏家塾读诗记》所引则是对《一义解》的节略
卷二十七	《瞻卬》	1. 述民呼天而仰诉之辞也。言天不惠养我，使久不安而降此大恶，谓命此幽王为君，故使邦靡有定而士民病也。 2. 士多才智者则能兴人之国。 3. 妇寺者，谓妇人与寺人，言妇、寺者，举类而言尔	卷十一	《瞻卬》	1. 述民呼天而仰诉之辞也。言天不惠养我，使久不安而降此大恶，		

续表

《吕氏家塾读诗记》			《诗本义》				备注
卷次	篇目	欧阳氏曰	卷次	篇目	论曰	本义曰	
					谓命此幽王为君，故使邦靡有定而士民病也，其下遂陈幽王之事也。 2. 士多才智者为谋虑则能兴人之国。 3. “匪教匪诲，时维妇寺”者，谓妇人与寺人，皆王所亲近者，		

续表

《吕氏家塾读诗记》			《诗本义》				备注
卷次	篇目	欧阳氏曰	卷次	篇目	论曰	本义曰	
					其日相亲近则不待教诲而习成其性尔。言妇、寺者，举类而言尔		
卷二十八	《烈文》	呼助祭之诸侯曰：烈文辟公，文武锡此祉福矣，惠我君臣以无疆之休，子孙其永保之	卷十二	《烈文》		成王祭于庙，乃呼助祭之诸侯曰：烈文辟公，文武锡此祉福矣，惠我君臣以无疆之休，子孙其永保之	《读诗记》与《诗本义》相同

续表

《吕氏家塾读诗记》			《诗本义》				备注
卷次	篇目	欧阳氏曰	卷次	篇目	论曰	本义曰	
卷二十八	《时迈》	武王巡守诸国，警动之，而诸侯皆警惧而修职也	卷十二	《时迈》		"薄言震之，莫不震迭"者，言武王巡守诸国，聊警动之，而诸侯皆警惧而修职也	《读诗记》与《诗本义》基本相同。 《读诗记》相较《诗本义》，"警动之"前无"聊"字
卷三十	《敬之》	但当以日月勉强，积学而增缉广大，而至于其道光明，然更赖群臣辅助我所负荷之任，而告示我以显然可修之德行也	卷十二	《敬之》		但当以日月勉强，积学而增缉广大，至于其道光明，然更赖群臣辅助我所负荷之任，而告示我以显然可修之德行也	《读诗记》与《诗本义》完全相同

续表

《吕氏家塾读诗记》			《诗本义》				备注
卷次	篇目	欧阳氏曰	卷次	篇目	论曰	本义曰	
卷三十	《酌》	1. 遵养，循养也。 2."我龙受之"者，谓武王之功兴此王业，成王宠受而承之也。"跷跷王之造"，言跷跷然武功，武王之所为也。"载用有嗣"者，谓后世能承其业为有嗣矣。"实维尔公允师"者，武王用师实天下之至公信，可谓"王师"矣	卷十二	《酌》		1."遵养时晦"者，循养以自晦之道，谓有师而不耀其威武，养之以晦也。 2."我龙受之"者，谓武王之功兴此王业，成王宠受而承之也。"跷跷王之造"，言跷跷然武功，武王之所为也。"载用有嗣"者，谓后世能承其业为有嗣矣。"实维尔公"者，	《读诗记》与《诗本义》基本相同。 第2例，《读诗记》引作"'实维尔公允师'者"，《诗本义》作"'实维尔公'者"，实际上《酌》诗文末一句即为"实维尔公允师"。可见，《读诗记》所引《诗本义》应是欧阳修《诗本义》的修订本，更加简洁精当；而流传的宋版系统的《诗本义》在这个细节上一致，是同一版本源流，但都是《诗本义》早期的稿子，后来反而流传下来

续表

《吕氏家塾读诗记》			《诗本义》				备注
卷次	篇目	欧阳氏曰	卷次	篇目	论曰	本义曰	
						武王用师实天下之至公信，可谓“王师”矣	
卷三十一	《有駜》	1. 明明，修明其职也。 2. 振鹭，取其修洁、翔集有威仪也	卷十二	《有駜》		1.“在公明明”者，谓修明其职也。 2.“振振鹭，鹭于下，鼓咽咽。醉言舞，于胥乐兮”者，言其群臣能自修洁、有威仪，君臣燕饮以相乐也	《读诗记》与《诗本义》基本相同。 第1、2例，显系对《诗本义》的节略

续表

《吕氏家塾读诗记》			《诗本义》				备注
卷次	篇目	欧阳氏曰	卷次	篇目	论曰	本义曰	
卷三十二	《那》	1.《书》曰:“下管鼗鼓。”盖自虞夏以来,旧物常用者。 2. 汤孙斥主祀之时王尔,自太甲以下至纣皆可为汤孙,不知所斥者何王尔? 3. 其述乐而间称汤孙至于再三者,盖诗无定体,作者之意或然也	卷十二	《那》	1.《书》曰:“下管鼗鼓。”盖自虞夏以来,旧物常用者。 2. 颂言汤孙者,斥主祀之时王尔,自太甲以下至纣皆可为汤孙,不知颂作于何时,所斥者何王尔?	3. 其述乐先小者而间称汤孙至于再三者,盖诗无定体,作者之意或然也	《读诗记》与《诗本义》基本相同。 第2、3例,显系对《诗本义》的节略

续表

《吕氏家塾读诗记》			《诗本义》				备注
卷次	篇目	欧阳氏曰	卷次	篇目	论曰	本义曰	
卷三十二	《烈祖》	1.《序》言《烈祖》祀中宗，则“嗟嗟烈祖”者中宗也。如丙以甲为祖，戊亦可以丙为祖矣，汤之后世以汤为祖，中宗之后世以中宗为祖，此常事也。 2. 尔，时主祀之主也。 3. 上言“既载清酤”，下言“亦有和羹”，乃是直陈祭时酒与羹尔。 4. 执事之臣，总无喧哗又不交侵其职位，以见在庙之人皆肃恭而举动得礼，所以神明锡以眉寿黄耇之福也。 5.“约軧错衡，八鸾鸧鸧”者，此始谓助祭之诸侯也。“以假以享”者，谓诸侯既至而助祭也。 6. 我时王受天命溥将，天降丰穰，使我备物而祭。 7. 上云“以享”者，谓诸侯皆来助，致享于神也；下云“来飨”者，谓神来至而歆飨也	卷十二	《烈祖》	1.《序》言《烈祖》祀中宗，则“嗟嗟烈祖”者中宗也。郑执《那》颂烈祖以为成汤者，非也。如丙以甲为祖，戊亦可以丙为祖矣，此古今人之常也。是则汤之后世以汤为祖，	2. 尔，时主祀之王也。 3. 执事之臣，总至无喧哗又不交侵其职位，以见在庙之人皆肃恭而举动得礼，所以神明锡以眉寿黄耇之福也。 4.“约軧错衡，八鸾鸧鸧”者，此始谓助祭之诸侯也。“以假以享”者，谓诸侯既至而助享也	《读诗记》与《诗本义》基本相同。 第1、6例，显系对《诗本义》的节略。 第2例，《读诗记》引作“主祀之主”，《诗本义》作“主祀之王”，今本为妥。 第5例，《读诗记》引作“诸侯既至而助祭”，《诗本义》作“诸侯既至而助享”，略有异文。《读诗记》与前文“此始谓助祭之诸侯”中的“助祭”相照映，似更佳。 第7例，《四部丛刊》本《诗本义》“诸侯来助”，“助”下并无“祭”字，与《读诗记》所引相同

续表

《吕氏家塾读诗记》			《诗本义》				备注
卷次	篇目	欧阳氏曰	卷次	篇目	论曰	本义曰	
					中宗之后世以中宗为祖，此常事也，何必曲为之说哉？3. 上言“既载清酤”、下言“亦有和羹”，乃是直陈祭时酒与羹尔	6. 我时王受天命溥将，此祭祀而天降丰穰，使我备物而祭，致神歆飨而降福也。7. 上云“以享”（按：即“以假以享”）者，谓诸侯来助祭（按：《四部丛刊》本，无此“祭”字），致享于神也；下云“来飨”（按：即“来假来飨”）者，谓神来至而歆飨也。	

续表

《吕氏家塾读诗记》			《诗本义》				备注
卷次	篇目	欧阳氏曰	卷次	篇目	论曰	本义曰	
卷三十二	《长发》	《书》称“格王”“宁王”，盖古人往往以美称加王尔。玄者，深微之谓也。老氏言“玄之又玄”是矣，不必为黑也	卷十二	《长发》	《书》称“格王正厥事，宁王遗我大宝龟”，《商颂》亦云“武王载旆”之类甚多，盖古人往往以美称加王尔。玄者，深微之谓也。老氏言“玄之又玄”是矣，不必为黑也		《读诗记》与《诗本义》基本相同，并显系对《诗本义》的节略

续表

《吕氏家塾读诗记》					《诗本义》				备注
卷次		篇目	欧阳氏曰		卷次	篇目	论曰	本义曰	
统计	28	80	165	3	12	68	37	127	《一义解》6
	32	305	168		12	114	164		《取舍义》1
	87.5%	26.2%	98.2%	1.8%	100%	59.6%	22.6%	77.4%	《〈诗谱补亡〉后序》2
说明	《吕氏家塾读诗记》所引“欧阳氏曰”包括涉及今本《诗本义》卷十三《一义解》6处、《取舍义》1处、卷十六《〈诗谱补亡〉后序》2处。								

参考文献

1. (宋) 欧阳修:《诗本义》(十五卷,附录一卷),《四部丛刊三编》(二),上海书店 1985 年版(据商务印书馆 1935 年影印版重印)。
2. (宋) 欧阳修:《诗本义》(十五卷,补亡一卷),《通志堂经解》(第 7 册),广陵书社 2007 年据清刊本缩拼影印。
3. (宋) 欧阳修:《诗本义》,文渊阁《四库全书》本(第 70 册),上海古籍出版社 1987 年影印。
4. (宋) 欧阳修:《诗本义》(十六卷),文津阁《四库全书》(第 65 册),商务印书馆 2006 年影印。
5. (宋) 欧阳修:《毛诗本义》(十五卷,附录),摛藻堂《四库全书荟要》,吉林出版集团有限责任公司 2005 年影印。
6. (北宋) 欧阳修撰,刘心明、杨纪荣点校:《诗本义》,北京《儒藏》编纂中心编:《儒藏》精华编第二十四册,北京大学出版社 2008 年版。
7. (宋) 欧阳永叔:《欧阳修全集》,中国书店 1986 年版(据世界书局 1936 年版影印)。
8. (唐) 成伯屿:《毛诗指说》,文渊阁《四库全书》本。
9. (宋) 韩琦:《安阳集》,文渊阁《四库全书》本。
10. (宋) 石介著,陈植锷点校:《徂徕石先生文集》,中华书局 1984 年版。
11. (宋) 邵雍:《皇极经世》,《道藏》(第 23 册),文物出版社、上海书店、天津古籍出版社 1986 年联合出版。
12. (宋) 刘敞著,黄曙辉点校:《公是先生弟子记》,华东师范大学出版社 2010 年版。
13. (宋) 苏辙:《栾城后集》,文渊阁《四库全书》本。

14. （宋）王安石著，邱汉生辑校：《诗义钩沉》，中华书局 1982 年版。
15. （宋）张载：《张载集》，中华书局 1978 年版。
16. （宋）程颢、程颐著，王孝鱼点校：《二程集》（共四册），中华书局 1981 年版。
17. （宋）吕本中：《紫微杂说》，文渊阁《四库全书》本。
18. （宋）李樗、黄櫄：《毛诗集解》，文渊阁《四库全书》本。
19. （宋）林之奇：《尚书全解》，文渊阁《四库全书》本。
20. （宋）林光朝：《艾轩集》，文渊阁《四库全书》本。
21. （宋）周孚：《非诗辨妄》，《丛书集成初编》本，中华书局 1985 年新 1 版。
22. （宋）程大昌：《诗论》，《丛书集成初编》本。
23. （宋）王质：《诗总闻》，《丛书集成初编》本。
24. （汉）毛苌传述，（宋）朱熹辨说：《诗序》，《丛书集成初编》本。
25. （宋）黎靖德编，王星贤点校：《朱子语类》，中华书局 1986 年版。
26. （宋）杨简：《慈湖诗传》，文渊阁《四库全书》本。
27. （宋）杨简：《慈湖遗书》，文渊阁《四库全书》本。
28. （宋）戴溪：《续吕氏家塾读诗记》，《丛书集成初编》本。
29. （宋）王应麟：《诗考》，《丛书集成初编》本。
30. （宋）王应麟：《诗地理考》，《丛书集成初编》本。
31. （元）许谦：《诗集传名物钞》，文渊阁《四库全书》本。
32. （元）梁益：《诗传旁通》，文渊阁《四库全书》本。
33. （吴）陆玑，（明）毛晋广要：《陆氏诗疏广要》，文渊阁《四库全书》本。
34. （清）陆陇其：《读朱随笔》，文渊阁《四库全书》本。
35. （清）王夫之著，王孝鱼点校：《诗广传》，中华书局 1964 年版。
36. （清）姚际恒著，顾颉刚标点：《诗经通论》，中华书局 1958 年版。
37. （清）王士祯：《池北偶谈》，文渊阁《四库全书》本。
38. 《唐宋八大家文钞·庐陵本传》，文渊阁《四库全书》本。
39. （清）陈启源：《毛诗稽古编》，《皇清经解》（卷 60—89）。
40. （清）阮元、王先谦编：《清经解·清经解续编》（全 12 册），上海书店 1988 年版。
41. （清）惠周惕：《诗说》，《皇清经解》（卷 190—192）。

42. （清）严虞惇：《读诗质疑》，文渊阁《四库全书》本。
43. 《钦定诗经传说汇纂》，文渊阁《四库全书》本。
44. 《御纂诗义折中》，文渊阁《四库全书》本。
45. （清）戴震：《毛郑诗考正》，《皇清经解》（卷 557—560）。
46. （清）戴震：《诗经补注》，《皇清经解》（卷 561—562）。
47. （清）陈乔枞：《三家诗遗说考》，《皇清经解续编》（卷 1118—1166 下）。
48. （清）陈乔枞：《诗经四家异文考》（即《四家诗异文考》），《皇清经解续编》（卷 1071—1075）。
49. （清）陈乔枞：《齐诗翼氏学疏证》，《皇清经解续编》（卷 1076—1077）。
50. （清）范家相撰，钱熙祚校：《三家诗拾遗》，《丛书集成初编》本。
51. （清）钱澄之撰，朱一清点校：《田间诗学》，黄山书社 2005 年版。
52. （清）胡承珙：《毛诗后笺》，《皇清经解续编》（卷 448—477）。
53. （清）陈奂：《诗毛氏传疏》，《皇清经解续编》（卷 778—807）。
54. （清）马瑞辰撰，陈金生点校：《毛诗传笺通释》，中华书局 1989 年版。
55. （清）方玉润撰，李先耕点校：《诗经原始》，中华书局 1986 年版。
56. （清）魏源：《诗古微》，《皇清经解续编》（卷 1292—1308），岳麓书社本。
57. 《唐宋文醇》，文渊阁《四库全书》本。
58. （清）永瑢等：《四库全书总目》，中华书局 1965 年版。
59. （清）永瑢、纪昀：《四库全书总目提要》，海南出版社 1999 年版。
60. 中国科学院图书馆整理：《续修四库全书总目提要》，中华书局 1993 年版。
61. 孙殿起：《贩书偶记（附续编）》，上海古籍出版社 1999 年版。
62. （宋）陈振孙著，徐小蛮、顾美华点校：《直斋书录解题》，上海古籍出版社 1987 年版。
63. （宋）晁公武撰孙猛校证：《郡斋读书志校证》，上海古籍出版社 1990 年版。
64. （清）周中孚：《郑堂读书记》，北京图书馆出版社 2007 年版。
65. 邵懿辰撰，邵章续录：《增订四库简明目录标注》，上海古籍出版社

1979 年新 1 版。
66. （战国）左丘明撰，（西晋）杜预集解：《左传》（《春秋经传集解》），上海古籍出版社 1997 年版。
67. （清）焦循撰，沈文倬点校：《孟子正义》，中华书局 1987 年版。
68. （清）阮元校刻：《十三经注疏》，中华书局 1980 年影印。
69. （汉）司马迁：《史记》，中华书局 1982 年第 2 版。
70. （汉）班固撰，（唐）颜师古注：《汉书》，中华书局 1962 年版。
71. （清）陈立撰，吴则虞点校：《白虎通疏证》，中华书局 1994 年版。
72. 冯浩菲：《郑氏诗谱订考》，上海古籍出版社 2008 年版。
73. （梁）刘勰著，詹锳义证：《文心雕龙义证》，上海古籍出版社 1989 年版。
74. （隋）王通撰，（宋）阮逸注：《中说》，文渊阁《四库全书》本。
75. （唐）魏征、令狐德棻：《隋书》，中华书局 1973 年版。
76. 《三朝名臣言行录》，《四部丛刊》本。
77. 《五朝名臣言行录》，《四部丛刊》本。
78. （宋）李心传：《建炎以来朝野杂记》，《丛书集成初编》本。
79. （宋）李焘：《续资治通鉴长编》，中华书局 1986 年版。
80. （宋）祝穆：《古今事文类聚》别集，文渊阁《四库全书》本。
81. （宋）洪迈：《容斋随笔·容斋续笔》，上海古籍出版社 1996 年版。
82. （宋）蔡絛：《铁围山丛谈》，冯惠民、沈锡麟点校本，中华书局 1983 年版。
83. （元）脱脱等：《宋史》，中华书局 1985 年版。
84. （宋）吕祖谦编著，黄灵庚、吴战垒主编：《吕祖谦全集》，浙江古籍出版社 2008 年版。
85. （宋）吕祖谦：《吕氏家塾读诗记》，《丛书集成初编》本。
86. （宋）陆九渊著，钟哲点校：《陆九渊集》，中华书局 1980 年版。
87. （宋）陈亮著，邓广铭点校：《陈亮集》（增订本），中华书局 1987 年版。
88. （宋）王应麟著，（清）翁元圻等注，栾保群、田松青、吕宗力点校：《困学纪闻》（全校本），上海古籍出版社 2008 年版。
89. （清）黄宗羲原著，全祖望补修，陈金生、梁运华点校：《宋元学案》，中华书局 1986 年版。

90. （清）朱彝尊著，林庆彰、蒋秋华、杨晋龙、张广庆编审：《点校补正经义考》，台北“中研院”文哲所筹备处 1998 年版。
91. （清）朱彝尊编，朱昆田校：《经义考》，乾隆四十二年（1777）本。
92. （清）朱彝尊、翁方纲、罗振玉：《经义考·补正·校记》（合订本），中国书店 2009 年影印。①
93. （清）翁方纲：《经义考补正》，载《苏斋丛书》（十九种），上海博古斋 1924 年影印。
94. （清）张金吾：《爱日精庐藏书志》（36 卷，续志 4 卷），光绪十三年六月吴县灵芬阁徐氏用集字版校印本。
95. （清）李慈铭：《越缦堂读书记》，由云龙辑本，上海世纪出版集团、上海书店出版社 2000 年版。
96. （清）王先谦撰，吴格点校：《诗三家义集疏》，中华书局 1987 年版。
97. 王礼卿：《四家诗旨会归》，华东师范大学出版社 2009 年版。
98. （清）王先谦撰，沈啸寰、王星贤点校：《荀子集解》，中华书局 1988 年版。
99. 梁启雄：《荀子简释》，中华书局 1983 年新 1 版。
100. 梁启超：《论中国学术思想变迁之大势》，上海古籍出版社 2001 年版。
101. 梁启超：《清代学术概论》，上海古籍出版社 1998 年版。
102. 陈钟凡：《两宋思想述评》，商务印书馆 1933 年版。
103. 夏君虞：《宋学概论》，商务印书馆 1937 年版。
104. 漆侠：《宋学的发展和演变》，河北人民出版社 2002 年版。
105. 侯外庐主编，侯外庐、赵纪彬、杜国庠、邱汉生、白寿彝、杨荣国、杨向奎、诸青执笔：《中国思想通史》（第四卷上册），人民出版社 1959 年版。
106. 侯外庐、邱汉生、张岂之主编：《宋明理学史》，人民出版社 1997 年版。
107. 李泽厚：《中国古代思想史论》，人民出版社 1985 年版。
108. （清）皮锡瑞著，周予同注释：《经学历史》，中华书局 1959 年版。

① 按：该本《经义考》是诸本中最好的，系朱彝尊始刻马曰琯续成的初刻本在乾隆四十二年（1777）前印本。

109. （清）皮锡瑞著，周予同注释：《经学历史》，中华书局 2004 年新 1 版。
110. （清）皮锡瑞：《经学通论》，中华书局 1954 年版。
111. 刘师培著，陈居渊注：《经学教科书》，上海古籍出版社 2006 年版。
112. 许道勋、徐洪兴：《中国经学史》，上海人民出版社 2006 年版。
113. 姜广辉主编：《中国经学思想史》（第三卷），中国社会科学出版社 2010 年版。
114. 章权才：《宋明经学史》，广东人民出版社 1999 年版。
115. 汪惠敏：《宋代经学之研究》，台北师大书苑有限公司 1989 年版。
116. 叶国良：《宋人疑经改经考》，台湾大学出版委员会 1980 年版。
117. 刘复生：《北宋中期儒学复兴运动》，台北文津出版社 1991 年版。
118. 江乾益：《诗经之经义与文学述论》，台北文史哲出版社 2004 年初版。
119. 杨新勋：《宋代疑经研究》，中华书局 2007 年版。
120. 陈植锷著，周秀蓉整理：《石介事迹著作编年》，中华书局 2003 年版。
121. 陈植锷：《北宋文化史述论》，中国社会科学出版社 1992 年版。
122. ［日］土田健次郎著，朱刚译：《道学之形成》，上海古籍出版社 2010 年版。
123. 朱刚：《唐宋四大家的道论与文学》，东方出版社 1997 年版。
124. 林素芬：《北宋中期儒学道论类型研究》，台湾里仁书局 2008 年版。
125. 刘子健：《欧阳修的治学与从政》，台湾新文丰出版公司 1963 年初版，1984 年补正再版。
126. 裴普贤：《欧阳修诗本义研究》，台湾东大图书有限公司 1981 年版。
127. 车行健：《诗本义析论——以欧阳修与龚橙诗义论述为中心》，台湾里仁书局 2002 年版。
128. 刘德清著，郭预衡审订：《欧阳修论稿》，北京师范大学出版社 1991 年版。
129. 严杰：《欧阳修年谱》，南京出版社 1993 年版。
130. 刘德清：《欧阳修纪年录》，上海古籍出版社 2006 年版。
131. 顾永新：《欧阳修学术研究》，人民文学出版社 2003 年版。
132. 余敏辉：《欧阳修文献学研究》，人民出版社 2010 年版。

133. 黄进德：《欧阳修评传》，南京大学出版社 1998 年版。
134. 洪本健编：《欧阳修资料汇编》，中华书局 1995 年版。
135. 李兴武、陆志成：《欧阳修的退却》，中国大百科全书出版社 2010 年版。
136. 吴怀祺：《郑樵研究》，厦门大学出版社 2010 年版。
137. 莫砺锋：《朱熹文学研究》，南京大学出版社 2000 年版。
138. 檀作文：《朱熹诗经学研究》，学苑出版社 2003 年版。
139. 杜海军：《吕祖谦文学研究》，学苑出版社 2003 年版。
140. 程俊英、蒋见元：《诗经注析》，中华书局 1991 年版。
141. 谢无量：《诗学指南》，中华书局 1918 年版。
142. 谢无量：《诗经研究》，商务印书馆 1923 年初版，1935 年第 1 版。
143. 胡朴安：《诗经学》，商务印书馆 1928 年初版，1933 年第 1 版。
144. 金公亮：《诗经学 ABC》，世界书局 1929 年版。
145. 傅斯年：《诗经讲义稿》（含《中国古代文学史讲义》），中国人民大学出版社 2004 年版。
146. 张西堂：《诗经六论》，商务印书馆 1957 年版。
147. 陈子展撰述：《诗经直解》，复旦大学出版社 1983 年版。
148. 陈子展撰述：《诗三百解题》，复旦大学出版社 2001 年版。
149. 夏传才：《〈诗经〉研究史概要》，中州书画社 1982 年版。
150. 夏传才：《诗经研究史概要》（增注本），清华大学出版社 2007 年版。
151. 赵沛霖：《诗经研究反思》，天津教育出版社 1989 年版。
152. 戴维：《〈诗经〉研究史》，湖南教育出版社 2001 年版。
153. 林叶连：《中国历代诗经学》，台湾学生书局 1993 年版。
154. 萧华荣：《中国诗学思想史》，华东师范大学出版社 1996 年版。
155. 洪湛侯编著：《诗经学史》，中华书局 2002 年版。
156. 梁锡锋：《郑玄以礼笺〈诗〉研究》，学苑出版社 2005 年版。
157. 谭德兴：《宋代诗经学研究》，贵州人民出版社 2005 年版。
158. 陈战峰：《宋代〈诗经〉学与理学——关于〈诗经〉学的思想学术史考察》，陕西人民出版社 2006 年版。
159. 刘毓庆：《从经学到文学——明代〈诗经〉学史论》，商务印书馆 2001 年版。
160. 刘毓庆：《历代诗经著述考（先秦—元代）》，中华书局 2002 年版。

161. 赵沛霖：《现代学术文化思潮与诗经研究——二十世纪诗经研究史》，学苑出版社 2006 年版。
162. ［美］艾尔曼（Benjamin A. Elman）：《经学、政治和宗族——中华帝国晚期常州今文学派研究》，赵刚译本，江苏人民出版社 1998 年版。
163. 李零：《郭店楚简校读记》（增订本），北京大学出版社 2002 年版。
164. 马承源主编：《上博馆藏战国楚竹书》（四），上海古籍出版社 2004 年版。
165. 马承源主编：《上博馆藏战国楚竹书》（五），上海古籍出版社 2005 年版。
166. 曾建林：《欧阳修经学思想研究》，博士学位论文，浙江大学，2007 年。
167. 白云姣：《欧阳修〈诗本义〉研究》，硕士学位论文，河北大学，2007 年。
168. 杨丽萍：《欧阳修〈诗本义〉诠释思想研究》，硕士学位论文，首都师范大学，2007 年。
169. 李君华：《欧阳修〈诗本义〉研究》，硕士学位论文，浙江大学，2008 年。
170. 靳利敏：《两汉诗经学研究》，硕士学位论文，苏州大学，2009 年。
171. 户瑞奇：《魏晋诗经学研究》，硕士学位论文，苏州大学，2009 年。
172. 刘新忠：《南北朝诗经学研究》，硕士学位论文，苏州大学，2009 年。
173. 易卫华：《北宋政治变革与〈诗经〉学发展》，博士学位论文，河北师范大学，2010 年。
174. 商意盈：《欧阳修〈诗本义〉研究》，硕士学位论文，浙江大学，2010 年。
175. 王庆玲：《〈诗本义〉研究》，硕士学位论文，山东大学，2010 年。
176. 郭丹丹：《唐宋〈诗经〉学研究》，硕士学位论文，苏州大学，2010 年。
177. 崔路明：《欧阳修排佛思想研究》，硕士学位论文，山东大学，2010 年。
178. 李小成：《文中子考论》，博士学位论文，西北师范大学，2005 年。

179. 萧华荣：《试论汉、宋〈诗经〉学的根本分歧》，《文学评论》1995 年第 1 期。
180. 徐洪兴、杨月清：《试论欧阳修与北宋理学思潮的兴起》，《复旦学报》（社会科学版）1997 年第 6 期。
181. 王国良、郭蕾：《欧阳修与北宋儒学复兴运动》，《安徽大学学报》（哲学社会科学版）2007 年第 6 期。
182. 石文英：《宋代学风变古中的〈诗经〉研究》，林庆彰编《中国经学史论文选集》，台湾文史哲出版社 1993 年版。
183. 夏传才：《现代诗经学的发展与展望》，《文学遗产》1997 年第 3 期。
184. 张启成：《成伯屿与〈毛诗指说〉新探》，《贵州教育学院学报》（社会科学版）1997 年第 4 期。
185. 张启成：《论欧阳修〈诗本义〉的创新精神》，《贵州社会科学》1999 年第 5 期。
186. 莫砺锋：《从经学走向文学：朱熹“淫诗”说实质》，《文学评论》2001 年第 2 期。
187. 蒋立甫：《欧阳修是开拓〈诗经〉文学研究的第一人》，《安徽师范大学学报》（人文社会科学版）2002 年第 1 期。
188. 曾建林：《宋初经学的转型与欧阳修经学的特点》，《浙江大学学报》（人文社会科学版）2002 年第 2 期。
189. 谭德兴：《论欧阳修〈诗本义〉的文学思想》，《贵州教育学院学报》（社会科学版）2004 年第 1 期。
190. 邹其昌：《“以〈诗〉说〈诗〉”与“以〈序〉解〈诗〉”——朱熹〈诗经〉诠释学美学基本原则研究之二》，载中国诗经学会编《诗经研究丛刊》（第六辑），学苑出版社 2004 年版。
191. 李梅训：《欧阳修〈诗本义〉对〈诗序〉的批评及影响》，《安徽师范大学学报》（人文社会科学版）2004 年第 4 期。
192. 李梅训：《欧阳修〈诗本义〉名湮不彰的原因》，《社会科学家》2005 年第 6 期。
193. 陈冬根：《欧阳修“诗本义”的诗学阐释》，《中州学刊》2007 年第 2 期。
194. 马秀娟：《欧阳修〈诗本义〉及其对宋学的影响》，《中国典籍与文化论丛》（第三辑），中华书局 1995 年版。
195. 耿纪平：《朱熹〈诗集传〉征引宋人〈诗〉说考论》，《河南教育学院学报》（哲学社会科学版）2006 年第 2 期。
196. 蔡方鹿：《吕祖谦的经学思想及其方法论原则》，《中国哲学史》2008 年第 2 期。
197. 刘茜：《文学与经学的相融——论二苏的〈诗经〉学思想》，《文学遗产》2008 年第 5 期。
198. 胡晓军：《“诗意”与“诗义”：欧阳修“诗本义”的现代阐释》，《四川大学学报》（哲学社会科学版）2007 年第 2 期。
199. 吴政翰：《欧阳修的词学主张与创作分期浅探》，《修平人文社会学报》2007 年第 8 期。
200. 王学文：《欧阳修〈诗本义〉传世版本之我见》，《兰台世界》2010 年第 14 期。
201. 寇淑慧编：《二十世纪诗经研究文献目录》，学苑出版社 2001 年版。
202. 傅建忠：《宋代诗经学研究百年综述》，《中国韵文学刊》2008 年第1 期。
203. 唐海燕：《欧阳修〈诗本义〉研究综述》，《齐齐哈尔大学学报》（哲学社会科学版）2010 年第 6 期。

后　记

这部书稿行将告毕，往事如烟，感慨良多。

欧阳修的道德与文章，令人叹为观止。或许《与高司谏书》的慷慨激昂还萦绕在耳际，据理力争，不计名利，铮铮风骨，提携后进，重振士风，不阿世，不骄横，沾溉学林，何可胜道？虽长期被视为文士和儒者，但他遥承唐代中晚期的解经新风，在尧舜之道与周公之礼的对立和分合中，继承韩愈学术，沟通人情事理，使经典的平易简易、合乎人情事理的品格得到弘扬，成为人们砥砺德行、把握“道”的有效凭借，并在实践中不断张大其风。欧阳修与宋初三先生（胡瑗、孙复、石介）有密切的交往，与邵雍也有间接往来，在义理之学的成熟及以后理学的形成发展中也具有重要的影响。特别是《诗本义》等经史诗文作品，是欧阳修在长期饱受目力衰竭疼痛、肢体行动不便的情况下完成的，其学术精神与道德风范不禁让人肃然起敬。

关于欧阳修《诗本义》的考察，六七年前我已有这样的打算。虽然，我多年注意考察经学（特别是《诗经》学）与理学的关系，但是也曾留意《诗经》学史上的重要文化经典的传播和研究状况。因为往往囿于成见，一些真正在思想学术史上的经典作品隐而不彰，是特别令人遗憾的事情，《诗本义》就是其中之一。我博士毕业后，在繁忙的工作之余，比较关注《诗本义》的存留版本与研究动态，并计划利用业余的时间对其作个案的考察，但又不限于经典本身。因为，目前在欧阳修的研究中，经学作品与成就虽然已引起人们重视，但是从理论与具体的思想学术史角度进行的研究仍然不能尽使人惬意。

当然，关于《诗本义》的研究，学术界早有裴普贤先生的研究专著，相关单篇论文也比较浩繁，近多年港台与大陆的学者以其作为学位论文选题也不鲜见，比如2010年毕业的多位硕士生就以其作为研究的题目。因为是一个老题目，需要在思想学术意义上重新定位考察，将欧阳修放置在自己学术思想观念变化、《诗经》学史、《诗本义》的演变递革的思想学术史中观照，作微观与宏观相结合的考察，无疑会有助于呈现一些具体学术问题的真正面目与思想学术史意义。比如《诗本义》反映的研究方法与原则，笔者一直坚持两种相辅相成的方法与原则，即“因文见义”与“以今论古”，基于古今人情事理的沟通，在结合欧阳修同时代的一些思想家的论述和交往（如邵雍），进一步彰显这种方法论的理论意义和合理性；关于《诗本义》具体的创作历程，本书在梳理欧阳修《诗》学观念变化的基础上，作了进一步的考察；贬谪夷陵时期，夷陵独特的风土人情，对欧阳修《诗》解观念的形成产生了很深刻的影响，这是学术界不甚关注的一个问题；今本《诗本义》的版本沿革与卷次关系，时人研究大多未超出裴普贤等先生的成果，笔者结合《诗本义》本身及《欧阳修全集》的相关内容，作了辨析和考察，使该著逐步增益及某些卷次“续貂”的本质更加鲜明；《诗本义》与三家《诗》的关系研究，目前学术界关注不够，努力专辟章节考察；《诗本义》对朱熹《诗集传》的影响和启发，研究的学者较多，这里略事增踵，以期有所补益；吕祖谦《吕氏家塾读诗记》是很有特色的一部《诗经》学作品，与欧阳修《诗本义》关系密切，但历来鲜有问津者，作了比较细致和系统的考察，以弥补缺憾；《诗本义》效果史的研究，人们罕有论述，也作了考察。通过上述工作，试图彰显《诗本义》在汉宋《诗经》学发展史上继往开来的重要地位，它是一部极其重要的具有里程碑意义的《诗经》学作品。《诗本义》解经方法与《易童子问》（三卷）有类似的可以贯通的地方，也体现了欧阳修经学思想与方法的成熟。至于一些具体细腻的思想学术问题的讨论与辨正，不一而足。他山之石，可以攻玉。笔者在考察研究动态的基础上，查遗补缺，努力实事求是地推进某些环节的研究，以免陈陈相因、重复劳作。至于究竟做到了几分，则需要提请方家和读者朋友批评。

在关于《诗本义》研究的过程中，笔者竭力清理《诗本义》宋明两大版本系统，并尝试作以考察和点校，这项工作不仅为论文写作提供了竭泽而渔的便利，也实现了多年来的夙愿。希望凭借绵薄之力，改变近年来台湾学者所感慨的《诗本义》缺乏较好的点校本的状况。当然，因为时间延搁，笔者难孚首次出版《诗本义》校点本的厚望。2008 年 12 月《儒藏》精华编第二四册（包括欧阳修《诗本义》、苏辙《诗集传》、朱熹《诗集传》校点本）出版，笔者辗转于今年五月下旬才从网上购置一册，普通读者更难觅踪迹。其中《诗本义》以《四部丛刊》本为底本，《通志堂经解》本为校本，文渊阁《四库全书》本为参校本，《郑氏诗谱补亡》部分依照摛藻堂《四库全书荟要》变换格式。所选四种《诗本义》本子均属宋版系统，其中底本《四部丛刊》本有六卷系抄配（如一卷至五卷，八卷至九卷部分，十五卷部分），张元济《跋》所称已佚“开禧三年张瓘跋”实可据《经义考》卷一百四补出，但未必与《四部丛刊》是同一宋版系统，其他不一一枚举。因此，相形之下，笔者已有的“存异本、董源流”的独立的校笺努力依然自有其不可更易的价值。

需要说明的是，第三章《〈诗本义〉的两大解经方法及影响》、第五章《〈诗本义〉与三家〈诗〉的关系》第一节《宋代〈诗经〉学与三家〈诗〉的关系》，是在原博士论文相关章节的基础上，重新检讨，补充资料，加强论证形成的。第四章《今本〈诗本义〉主要卷次内在关系及意义考论》的部分内容，在今年三月中旬台湾大学举办的经学国际学术会议上交流过。

论文研究和撰写中，得到不少师长和亲友的关怀，在此谨致以诚挚的谢忱！

我所在中国思想文化研究所浓郁的研究氛围，为自己苦心孤诣提供了精神动力和鞭策。多年来，张岂之先生对我耳提面命，在文风与学风方面不断锤炼和示范，感念尤深，先生叮嘱选与既往学科与研究相关的题目加以锻炼，也坚定了我研究的意志和毅力。西北政法大学赵馥洁先生，宽宏大度，温文尔雅，对后学不吝赐教，多次垂询指点我学术研究，并给予热情鼓励和深切关怀，这些都让我备感长者道德文章的可贵可敬。西北大学文学院中国语言文学博士后流动站合作导师李浩教授一直给予我无私的关怀，精心组织专家开会讨论选题的可行性，特别是注意佑护我原有的专门史的学科背景与思想学术史的研究兴趣，多次提醒不要着急，人文学术研究不是一朝一夕的事情，应该重视健康和休息，并多有学术点拨和启迪。

经过集腋成裘、利用零碎时间完成的这本书，希望能使师长、亲友、读者以及我自己不至于太过失望。

经典与生活、传统与现代、研究与普及，一直是人文学科难以回避的问题，《诗本义》的贡献和不足，恰能给人们以深刻的启示和反思。

是为记。

陈战峰

2011年6月初稿、9月修改稿

于西北大学澡雪斋